LEVEL
SEVEN

옮긴이 **한희선**

한국외국어대학교를 졸업했다. 평소부터 일본 문화에 관심이 많았고 일본 미스터리 소설의 애독자이기도 했던 그는 니키 에츠코의 작품을 계기로 번역을 시작했다. 시마다 소지의『점성술 살인 사건』,『미타라이 기요시의 인사』, 요코야마 히데오의『루팡의 소식』, 미야베 미유키의『대답은 필요 없어』,『레벨 세븐』등을 번역했다.

LEVEL 7
by MIYABE Miyuki
Copyright © 1990 MIYABE Miyuki
All right reserved.

Originally published in Japan by SHINCHOSHA Publishing Co., Ltd., Tokyo.
Korean translation rights arranged with RACCOON AGENCY INC., Japan
through THE SAKAI AGENCY and Shinwon Agency Co., Ltd.

LEVEL
SEVEN
미야베 미유키
레벨
세븐
한희선 옮김
북스피어

LEVEL
seven

그러나, 그대, 이것은 모두 꿈에서 본 것, 꿈의 이야기.

—그림 형제, '도둑 신랑'

일러두기 : 본문의 모든 주는 옮긴이 주입니다.

프롤로그

해가 기울기 시작했다.

남자는 와이셔츠의 소매를 당겨 손목시계를 보았다. 거의 동시에 등 뒤에 있는 작은 시계탑의 종이 울렸다. 초라한 정원수가 둘러싼 이 미터 정도 높이의 시계다.

7월의 태양은 스테인리스 광택이 나는 빌딩 골짜기 사이로 불타오르는 듯한 빛을 반사하며 오늘 하루의 궤적을 다 그리고는 가라앉아 간다. 주위의 구름은 주홍색으로 물들어 하늘에 용광로

가 있는 듯 보였다.

남자는 담배에 불을 붙이고 내려다보이는 경치에서 시선을 떼지 않은 채 천천히 연기를 내뿜었다. 마지막 한 개비였다.

여기에서는 거리에 가득 찬 인간의 모습이 보이지 않는다. 너무나 조그맣기 때문에 무수한 건물, 무수한 도로, 무수한 창문 속에 섞여 들어 알 수 없어져 버린 것이다.

도시공학인지 뭔지를 연구하는 학자는 인간을 싫어하는 게 틀림없다. 길을 보고 있으면 사람을 보지 않아도 되니까. 남자는 그렇게 생각했다.

왼쪽으로 멀리 보이는 수도 고속도로 위를 차가 줄지어 빠져나간다. 어느 차체나 방호벽 위로 나와 있는 부분밖에 보이지 않아서, 마치 성질 급한 사격장 표적 같았다. 지상 몇십 미터 높이에 있는 옥상정원 한쪽 구석에서 남자는 가만히 그 풍경을 바라보았다.

자, 쏘아서 떨어뜨려 봐. 맞으면 커다란 경품이 네 거야.

손가락이 그을릴 정도로 짧아진 꽁초를 발밑에 버리고 뒤꿈치로 밟는다. 그럼 돌아갈까.

스스로도 어째서 이렇게 오랫동안 길을 내려다보고 있었는지 알 수 없었다. 각오를 다지기 위해서일까. 기분을 안정시키기 위해서일까. 아니면 단순한 습관일까.

그는 높은 곳을 좋아했다. 그곳에서 내려다보는 도쿄에는 항상 아무 근심도 없다.

이렇게 바람을 맞으며 푸른 하늘을 올려다보고 있을 때만은 벌써 이십 년 가까이 지난 어두운 추억이 조금이나마 바래는 느낌이 든다. 갇혀 도망갈 곳이 없는데도 연기와 불길에 쫓기던 그때의 일이.

떨어져 간다. 한 순간이었을 텐데 기억 속에서는 몇 배나 늘어나 끝없이 계속 떨어지는 느낌이 든다. 그런 '발작'이 일어나면 남자는 언제나 이곳처럼 높은 장소에 서서, 더 이상 떨어질 일은 없다, 이제 괜찮다며 마음속으로 어린아이처럼 주문을 되뇌었다.

주문을 외면 마음의 욱신거림이 멈춘다. 상처가 오래된 다리의 고통만은 그대로지만 이미 오래전에 포기했다.

턱을 들었다가 앞으로 숙여 결린 목을 푼다. 긴장을 푸는 편이 좋아, 라고 자신을 타이른다. 왜냐하면—

사냥이 시작되었으니까.

돌연 그 단어가 심장 주위에서 울렸다. 그는 양다리를 어깨 폭만큼 벌린 채 땅거미에 물들어 미지근해진 바람을 맞으며 우두커니 서 있었다.

등 뒤 바로 가까이에서 목소리가 들렸다.

"신짱, 이제 돌아가자."

정원 출입구 쪽에서 다가온 통통한 중년 여성이 남자 뒤를 지나 시계탑 아래로 걸어간다. 그곳 벤치에 초등학교 고학년쯤 되는 남자 아이 둘이 앉아서 이야기에 열중하고 있었다.

"서두르지 않으면 아빠가 먼저 집에 도착해 버려. 이봐, 밋짱도. 소지품 잘 챙기고."

두 남자 아이는 이야기를 멈추고는 느릿느릿 일어났다. 어느 쪽 아이의 어머니인지 몰라도 아이들은 여자 쪽을 흘끗 쳐다보지도 않는다.

묵직한 백화점 봉투를 든 여자를 선두로 세 사람은 남자가 서 있는 쪽으로 돌아온다. 지친 건 어머니뿐이로군. 남자는 생각했다.

여자가 옆을 지날 때 코를 찌르는 땀 냄새가 났다. 그때 격렬한 몸짓을 섞어 '신짱'이 '밋짱'에게 하는 말이 들렸다.

"이게 기술이야. 레벨7까지 가면……."

가슴이 철렁했다. 어쩌면 깜짝 놀라 펄쩍 뛰었는지도 모른다. 지나가려던 세 사람이 돌아보았다.

여자와 눈이 마주쳤다. 이상하게 여긴다기보다 겁내는 눈빛이었다. 쳐다본 것을 후회하고 있었다. 언제 어디서 어떤 재난과 마주칠지 모르는 도시에서는 백화점 옥상을 혼자 어슬렁거리는 중년 남성 따위와 시선을 맞추면 안 된다.

"실례." 남자가 말했다. 그러고는 펜스 쪽으로 얼굴을 돌렸다.

두근거리는 심장은 점점 진정되었다. 그 뒤로 들려온 대화의 토막으로 미루어 보아 '신짱'과 '밋짱'이 나누는 얘기는 롤플레잉 게임 이야기임이 분명해졌기 때문이다.

남자는 한숨을 쉬고 펜스를 떠나 출입구 쪽으로 향했다. 세 사람도 이미 엘리베이터로 내려가 버렸을 것이다.

남자가 걷기 시작하자 거의 동시에 펜스 쪽으로 가려던 젊은 여자가 흘끗흘끗 이쪽을 보았다. 남자가 아니라 살짝 끄는 듯한 그의 오른쪽 다리를 말이다.

그런 시선에는 익숙했다. 여자도 곧 눈을 돌렸다. 기지개를 켜는 듯이 양손을 올리며 펜스로 다가가 작게 환성을 지른다.

"와아, 예뻐라."

목소리가 탁 트인 데다 즐거운 울림을 띠고 있어 남자는 무심코 돌아보았다. 그러자 여자도 이쪽을 보았다. 마치 지금의 환성은 일부러 그에게 들려주기 위해서였다는 듯 재빨리 미소 짓는다.

"도쿄 타워 조명이 바뀌었네요." 여자가 말을 걸어 왔다.

연한 갈색으로 가볍게 태운 피부에 짙은 립스틱이 잘 어울린다. 이쪽으로 돌아볼 때 귓가에서 금색 피어스가 석양에 반사되어 반짝 빛났다.

남자에게는 어린애라고 해도 좋을 연령대의 아가씨다. 그는 묵묵히 등을 돌려 최대한 자연스러워 보이도록 걸음을 재촉해서 자리를 떠났다.

말을 건 아가씨는 그를 쫓아오지 않았다. 모처럼 작업을 걸어 줬는데, 이 아저씨가—라는 듯한 얼굴로 약간 고개를 갸웃하고 있을 뿐이다.

남자는 무거운 유리문을 밀었다. 엘리베이터 홀은 각층이 훤히 뚫려 있었고, 거기서 바람이 불어와 넥타이가 펄럭거렸다. 그제야 없어진 넥타이핀을 알아차렸다.

와이셔츠의 가슴께를 쓰다듬어 본다. 없다. 어딘가에 떨어뜨린 모양이다.

별로 아깝지는 않았다. 받은 물건이긴 하지만 마음이 담긴 선물은 아니었다. 남자는 버튼을 눌러 엘리베이터가 오자 탔다. 혼자뿐이었다.

일 층으로 내려가 백화점을 나와 거리를 걷다가 역 계단을 올라 전철을 탔다. 그동안 머릿속에서는 끊임없이 같은 말이 맴돌았다. 빙글빙글, 빙글빙글. 그것은 '신짱'의 목소리였다가 그 자신의 목소리로도 변했다.

레벨7까지 가면 이제 돌아오지 않아도 괜찮아―.

남자가 왔을 때 청년은 창가 자리에 앉아 묽은 토마토 주스를 마시고 있었다. 고교 시절에는 찻집을 싫어했다. 어린 학생이 찻집에 있다는 이유만으로 빤히 쳐다보는 사람을 종종 맞닥뜨렸기 때문이다. 지금도 겨우 고교생을 넘긴 나이일 뿐이지만 기분은 상당히 달랐다. 흥미를 느끼고 열중할 수 있는 대상을 찾았고, 거기 맞는 재능도 있어서이리라. 관심사와 재능이 겹치는 일은 극히 드문 행운이다.

청년은 가볍게 오른쪽 다리를 끌면서 걸어오는 남자에게 눈으로 살짝 인사했다. 미행당할 정도로 멍청한 사람은 아닐 거라고 생각은 하지만 너무 당당하게 행동하지 않는 편이 좋다. 남자가 건너편 자리에 걸터앉았을 때도 목소리를 낮추어 말을 걸었다.

"미행은 괜찮습니까?"

"아마." 상대는 대답했다. "젊은 여자가 작업을 걸려고 한……것 같지만."

"대단하네요."

"그게 미행이었다면 더 놀랍지."

"설마요."

남자는 커피를 주문했다. 웨이트리스가 왔다 간다. 미인이지만 애교가 없다고 청년은 생각했다.

"정말로 괜찮나?"

커피를 휘저으면서 남자가 물었다.

"뭐가요?"

입을 다물고 있었다.

청년은 웃었다. "죄송합니다. 농담하는 게 아닙니다. 진심입니다."

"그만두려면 지금 말해."

남자는 얼굴을 들었다. 진지한 표정이었다. 눈이 충혈되어 있다. 별로 푹 자지 못했군, 하고 청년은 짐작했다.

"그만두지 않습니다. 내 의지로 시작한 일이니까."

"권한 것은 나다."

"받아들인 것은 접니다."

남자는 컵을 받침에 돌려놓고 손으로 이마를 쓰다듬었다.

“성공해도 실패해도 성가시게 돼.”

“알고 있습니다.”

“장난이 아니야. 경찰이 엮이니까.”

“알고 있다니까요.”

명랑한 어조 탓에 자신의 말이 아무래도 경박하게 들린 듯하다고 청년은 생각했다. 그래서 가능한 한 무게 있게 말하려고 애썼다.

“저도 지금까지 이것 때문에 실컷 안 좋은 경험을 했습니다.”

청년은 자신의 얼굴을 가리켰다.

무수한 상흔과 봉합 흔적. 피부를 이식한 자국이 뚜렷이 남아 있다. 어른이 된 후가 아니면 불가능한 수술을 몇 번이나 되풀이해 왔기 때문에 새겨진 고통스러운 역사였다.

“이 책임을 물리고 싶은 겁니다.”

남자는 굵은 한숨을 내뱉더니 “알았다”고 대답했다.

청년은 책 한 권을 꺼내어 테이블 위에 놓았다. 영화의 한 장면인 스틸 사진이 커버로 쓰이고 있다.

“표지는 화려하지만 내용은 아주 수수하고 알기 쉬운 입문서입니다. 필요한 곳에 포스트잇을 붙여 뒀어요. 그것만 읽으면 걱정 없습니다. 나머지는 제가 할 테니까.”

남자는 책을 받아들고 다시 한번 “알았어”라고 대답했다.

남자와는 삼십 분 정도 이야기하고 헤어졌다. 이제 시작만 하면 된다.

그날 밤 청년은 여자 친구를 불러내 즐겁게 보냈다. 전혀 마음에 걸리지도 불안하지도 않았다.

여자 친구는 취하면 반드시 그를 '나의 프랑켄슈타인짱'이라고 불렀다. 그녀가 말한다면 그것도 재미있었다. 불쾌한 느낌은 없다.

전혀 불쾌하지 않다. 인생은 즐겁다.

이제부터 하려는 일이 성공하면 훨씬 즐거워지리라. 청년은 믿었다.

8월 12일
일요일

제 1 일

1

되풀이되는 것은, 환영.

잠은 깊어졌다 얕아졌다 했다. 그에 따라 변덕스레 모양을 변화시키는 만화경처럼 꿈 또한 모습을 바꾸었다.

가장 깊숙한 곳에서 그는 꿈에 빠져 있었다. 그곳에서 그는 누군가와 손을 잡고 파도가 도려낸 듯한 절벽 끝에 서서 잔잔해진 바다를 내려다보는 중이다. 바닷바람이 가만히 볼을 만지고, 때때로 입술을 핥으면, 꿈속에서조차 짜디짠 바다의 맛을 분명히 느낄 수 있다.

—이게 바다지?

올려다보니 나란히 서 있는 남자가 끄덕였다. 커다랗고 단단한 갈색 손이 그의 손을 폭 감쌌고, 몸에서는 향기로운 여름풀 냄새가 난다.

—그래, 이게 바다야.

남자가 대답한다. 그는 남자의 손을 꼭 쥐고 얇은 바지의 허벅지 근처에 어깨를 붙인 채 작게 중얼거렸다.

—조금 무서워.

그 후로 말이 이어진다. 들으려 해도 다 알아들을 수 없는 말이. 손을 뻗으면 사라져 가는 신기루처럼 끌어당기려 하면 훌쩍 사라져 가는 말이.

조금 무서워……. 있잖아, 바다는 언제나 저렇게 가만히 있어……. 나를 잡으러 오지는 않아…….

남자가 웃자 그 새하얀 이 사이로 담배 연기가 흘러나온다.

—바다는 땅으로 올라올 수 없어……. 하늘을 날 수 없는 것과 마찬가지야.

그는 남자가 입은 셔츠의 감촉을 볼로 느낀다. 웃음이 피어났다.

그런 건 알고 있어. 사람이 하늘을 날 수 없다는 것쯤이야 나도……. 나도…….

아버지.

깊은 꿈은 거기서 흔들린다. 그리고 사라져 간다. 아버지. 겨우 찾아낸 그 잃어버린 말만이 희미한 여운을 남기고, 바다는 얇은 종이에 그린 데생처럼 사라져 간다…….

혼돈이 되돌아온다. 잠이 깊은 어둠이 되어 흘러나온다. 깊은 공허가 찾아온다. 조금 지나 그는 잠이라는 파도의 바로 밑까지 떠올라 있다. 얼굴에 그저 얇은 담요를 한 장 덮고 있을 뿐인, 얕은 잠.

그때 그는 꿈을 내려다보고 있다. 부감俯瞰하고 있다. 꿈속에서 행동하고 있는 자신은 지금 한 겹의 문 앞에 서 있다. 묵직한 나무문으로, 손잡이는 크고 움켜쥐면 싸늘하다. 꿈 밖에 있을 그의 손바닥에 느껴지는 감촉. 손잡이는 매끄럽게 돌아가고 잠금이 해

제되어 문이 열리기 시작한다.

―분명 깜짝 놀라겠지요.

누군가가 말한다. 하늘 높은 곳에서 내려다보고 있었을 그의 눈은 돌연 꿈속의 자기 바로 옆까지 내려와 말을 건 누군가를 돌아다본다.

그러나 그 얼굴은 보이지 않는다. 여기서 꿈이 끊겼다 이어졌다 했기 때문에. 충전이 끊어질 듯한 헤드폰 스테레오처럼. 재생. 정지. 재생. 정지. 느릿하게 사라지려는 꿈속 광경에는 그저 목소리가 들려올 뿐.

―쉬잇, 조용히.

그는 몸을 뒤척거리고―

―발소리를 내지 않도록.

비어져 나온 발을 뻗어 한쪽으로 쏠려 버린 담요를 다시 덮고―

―놀라게 하는 것도 나쁘지 않아 분명 화내지 않을 거야 왜냐하면 오늘은…….

꿈에서 빠져나오며―

―왜냐하면 오늘은 크리스마스이브니까.

비명이 들린다. 가벼운 발소리와 툭 하는 둔탁한 소리, 이어지는 비명. 계속 울리면서 소리가 바뀌어 가는 종처럼 비명이 울리며 목소리가 잠겨, 떨면서 사라져 가는 그 최후의 단편에 포개어지듯 뭔가 바닥에 떨어져 깨지는 소리가 들리더니―

쨍그랑.

잠에서 깼다.

2

머리는 정확히 베개 위에 놓여 있었다.

그는 왼쪽을 아래로 해서 옆을 보고 누워 하얀 벽과 마주한 모습이다. 두 손을 오그리고 두 다리도 가볍게 굽힌 채 어깨는 담요에서 나와 있다.

베개에 눌린 귀에도 몸 전체에도 자기 심장의 빠른 고동이 들려온다. 두근 두근 두근. 뛰어서 집에 돌아온 아이 같다.

춥다.

눈을 뜬 채 가만히 있으니 이마부터 뒷머리까지 실을 당기는 듯한 아픔이 스쳐 지나간다. 방금 전까지 머릿속을 뛰어 돌아다니던 꿈이 아주 급히 물러가면서 남기고 간 바큇자국. 그 자국을 손가락으로 더듬을 수 있을 것 같았다.

불과 일 초 후 아픔은 가셨다. 그는 눈을 깜빡이며 시선을 들어 보았다.

새하얀 벽은 천장까지 이어져 있다. 얼룩 하나 없다. 바라보니 표면이 완전히 평평하지는 않고 거칠거칠했다. 꼭—.

꼭— 뭐지?

머리를 부드러운 베개에 맡기고 그는 생각했다. 꼭 무엇과 같다고 생각했지?

이 벽. 이 색깔. 담요에서 손을 내어 만져 보면 감촉은 까끌까

끌하다.

뭐 같다고 생각했지? 게다가 이 색깔을 뭐라고 부르더라.

누운 채로 그는 지그시 벽을 바라보았다. 바보 같군, 어째서 생각나지 않을까. 어째서 생각해 내는 일이 이토록 중요하게 느껴지는 걸까.

잠깐 숨을 죽이고, 그는 생각했다.

꼭─뭐지?

진jean이다.

진. 단어는 번뜩이듯이 떠올랐다. 보이지 않는 문이 열리고, 보이지 않는 누군가가 답을 던져 준 것처럼. 벽지의 느낌은 진과 닮았다.

하지만 색깔이 다르군. 이런 색깔의 진 소재는 취향이 아니다. 이 색깔은─이 색깔은─.

오프화이트.

그는 모으고 있던 숨을 내뱉었다. 이다지도 답답한 기분으로 잠을 깨다니. 매일 아침 일어날 때마다 벽지 색깔을 생각해 낼 때까지 꼼짝 않고 있어야 하잖아.

그는 담요를 밀어젖히고 상반신을 일으켰다. 자신이 침대에서 자고 있었다는 사실을 깨달은 동시에 꼼짝할 수 없게 되었다.

옆에는 또 한 사람, 누군가가 자고 있다.

그가 기세 좋게 담요를 젖혔기 때문에 그녀는 아무것도 덮지 않은 상태가 되었다. 깨끗한, 그가 입은 것과 비슷하게 하얀 파자마 하나를 입고 있을 뿐이다.

그녀.

맞다, 여성이다. 머리가 길고, 몸매는 가냘프고 등이 아주 좁아 보인다.

그녀는 '우움' 하고 신음하더니 눈을 감은 채 담요를 찾아 손을 더듬었다. 추운 모양이다. 방 안은 싸늘했다.

그는 허둥지둥 담요의 끄트머리를 잡아 어깨 근처까지 끌어올려 주었다. 손을 더듬기를 멈춘 여자가 만족한 듯 깊게 숨을 내쉬더니 거의 엎드린 자세로 베개에 머리를 푹 파묻는다.

그녀가 규칙적인 숨소리를 낼 때까지 그는 지그시 숨을 죽이고 있었다. 지금 여자가 잠에서 깨면 곤란할 것 같다는 느낌이 들었다. 조금만 더, 상황을 파악할 수 있을 때까지.

한데 이 여자, 누구일까. 이름이 생각나지 않았다.

그건 그렇고, 무슨 일이 있었던 걸까.

어젯밤이겠지. 어젯밤, 아마 십중팔구 자신은 이 여자와 잤으리라. 틀림없다. 쿨쿨 잠만 잤다는 말이 아니라, 이른바 '잔' 것이다. 여자와 함께 밤을 보내며 하룻밤 내내 둘이 침대에 걸터앉아 트럼프를 하고 있었을 리도 없…….

거기서 사고가 멈추었다. 어떻게 된 일이지, 트럼프?

이번에는 그렇게 오래 고심하지 않았다. 이미지가 바로 떠올랐다. 색색의 카드, 카드를 섞는 손의 움직임. 도둑잡기, 나폴레옹, 세븐브리지 같은 게임 이름들도 떠오른다. 그러고 보니 오랫동안

하지 않은 것 같다.

혼란스럽군. 머릿속이 좀 흐트러져 있다. 너무 오래 자면 이렇게 되는지도 모른다.

그는 입가에 손바닥을 대고 숨을 뱉어 냄새를 맡아 보았다. 틀림없이 알코올이 남아 있으리라. 마시고, 과음한 나머지, 몇 차째인가 이동한 가게에서 옆에 앉은 여자 아이와 의기투합했다―그런 상황이겠지. 어쩌면 상대의 이름조차 묻지 않았을지도 모른다. 그래서 생각이 안 나는 것이다.

알코올 냄새는 전혀 없었다. 아주 조금, 약 냄새 같은 게 날 뿐.

숙취가 아니구나 생각했을 때 머릿속이 찡 하고 울렸다. 한순간이지만 무심결에 얼굴을 찡그릴 정도로 강한 통증이었다.

손을 들어 관자놀이 주변을 누르고 그대로 머리를 살짝 움직여 본다. 아프지 않다. 턱을 들었다 내렸다 해도 아무렇지 않았다.

어휴.

계속 이러고 있는 것도 이상하니 어쨌든 세수 정도는 하자고 결심했다.

그는 폭이 넓은 침대 위에 앉아 있었다. 더블, 검은 파이프베드다. 바로 머리에 떠올랐다. 고쳐 앉아 중심을 바꾸니 삐걱 하는 소리가 났다. 그녀를 깨운 게 아닐까 싶어서 쳐다봤지만, 담요에 푹 싸인 어깨는 움찔도 하지 않는다.

앉기 불편한 침대다. 머리 옆의 손잡이 너머로 아래를 살펴본다. 침대 네 다리에는 전부 둥근 물체가 달려 있다. ―바퀴? 아니, 바퀴가 아니지. 그런 단어가 아닌데.

캐스터다. 캐스터. 단어를 생각해내자마자 다리에 캐스터가 붙은 침대를 바닥 위에서 여기저기 이동시키는 장면이 떠올랐다. 스토퍼가 있어서 안심. 게다가 청소는 정말 쉬워요.

이상하다……. 어째서 이런 이미지가 떠오르는 걸까?

그는 침대가 붙은 벽 쪽에 앉아 있다. 오른쪽에는 잠자는 숲속의 공주 같은 여자가 있으니, 여자를 깨우고 싶지 않다면 손잡이를 넘어서 내려갈 수밖에 없다.

천천히 몸을 움직여 조금 차가운 바닥에 발을 내린다.

등을 뻗어 꼿꼿이 서자 소박한 의문이 머리에 쳐들어왔다. 여기는 어디지?

그는 실내를 둘러보았다.

오프화이트 색 벽과 천장. 바닥은 나뭇결. 하지만 생나무의 색이 아니다. 니……니스를 바른 듯한 색. 눈앞에 문이 보인다. 벽과 같은 색 문틀 안에 격자가 있고 하나하나 유리가 끼워져 있다. 그러니까 밖으로 직접 통하는 문이 아니다. 건너편에 또 다른 방이 있을 테고, 끼워진 유리는…… 유리는…… 베벨드 글라스. 그래, 찻집 문에 자주 쓰이는 장식유리다.

그렇게 생각했을 때 휙 끼어들 듯이 한 장면이 떠올랐다. 커다란 테이블이 저런 문에 부딪쳐 깨지는 광경. 죄송합니다 통과할 수 있을 거라 생각했습니다만 이건 강화유리가 아니로군요—.

그는 머리를 흔들어 원래 하던 생각으로 돌아왔다. 그러나 순

간 번뜩 떠오른 유리 깨지는 광경이 눈앞의 현실과 결부되어 시
선을 한곳에 못 박히게 했다.

오른쪽에 창문이 있다. 팔걸이 창이다. 그는 일부러 이름을 확
인했다. 창문 아래에 낮은 테이블이 있고, 그 위에 꽃병이 있다.
아니, 있었다, 가 맞다.

지금 꽃병은 바닥에 떨어져 커다란 두 개의 파편과 반짝반짝
빛나는 무수히 작은 조각이 되어 바닥에 흩어져 있다. 파편이 빛
나는 이유는 살짝 열린 커튼 사이로 태양빛이 들이쳐 꽃병에서
엎질러진 물 위로 비치기 때문이다.

바닥에는 꽃도 흩어져 있다. 하나, 둘―전부 다섯 송이. 빨간
꽃이다. 다만 이름은 모르겠다.

잠을 깨운 쨍그랑 소리는 저것이 깨지는 소리였다. 어째서 테
이블에서 떨어졌을까.

그는 창가로 다가갔다. 풀기로 빳빳한 파자마가―파자마겠지?
응, 그래―쉰 목소리를 낸다. 마룻바닥은 오싹할 정도로 차갑고
상쾌하다. 깨진 꽃병을 밟지 않도록 주의하며 창문으로 다가가자
그가 손을 대기 전에 커튼이 두둥실 부풀어 올랐다.

창문이 열려 있다.

커튼에 꽃병이 걸려 바닥으로 떨어진 모양이다. 그는 커튼 끝
을 들어 올려 머리를 안으로 들이밀었다.

순간, 눈이 아팠다. 햇빛은 강렬했다. 눈을 가늘게 뜨고 한 손
을 이마에 댔다.

눈부심에 익숙해지자 고작 십 센티미터 정도밖에 열려 있지 않은 창문이 보였다. 십 센티미터. 단위도 곧바로 떠올랐다. 센티미터의 위는 미터. 미터의 위는 킬로미터. 제대로 알고 있다. 맙소사, 페달이 무거운 자전거 같다. 처음 밟을 때는 느릿느릿하지만 가속이 붙기 시작하면 정상으로 달린다. 딱히 고장은 아니다.

그건 그렇고 여기는 어디지?

옆에 자고 있던 여자 집인가. 그게 가장 타당한 해석 같다. 그러나 여자가 사는 집치고는 상당히 살풍경하다.

팔걸이 창 너머 바깥을 본다.

온몸으로 전해지는 어렴풋한 체감은 의외로 정확하다. 침대를 내려왔을 때부터 어쩐지 이 방이 상당히 높은 위치에 있을 거라 느꼈는데 정말 그랬다.

눈앞에 펼쳐져 있는 풍경은 책을 난잡하게 엎어놓은 듯 줄줄이 늘어선 지붕들. 그 가운데 점점이 섞인 맨션, 빌딩, 그리고 굴뚝. 오른쪽 아주 멀리 학교 건물도 보인다. 벚꽃 모양 안에 '이중二中'이라는 글자가 들어간 교표가 건물 정면에 붙어 있다.

창틀에 걸친 양손을 햇빛이 쨍쨍 비춘다. 밖은 더울 것 같다. 그야 당연하다, 왜냐하면 오늘은…… 오늘은…….

몇 월 며칠이지?

생각이 나지 않는다.

그때 비로소 패닉의 첫 잔물결이 밀려왔다. 어떻게 된 걸까. 농담이 아니야, 오늘 날짜도 생각 안 나다니 나는 대체 어떻게 된 거지?

달력은 없나. 그런 생각이 들어 방 안을 돌아보다가 침대의 발치에서 커다란 설치형 에이컨을 발견했다. 그 위에도 창문이 있는데, 역시 같은 무늬의 커튼이 걸려 있다.

몸은 완전히 차가워졌다. 부들부들 떨린다.

그는 에어컨으로 다가가 분출구에 손을 댔다. 냉풍이 기세 좋게 흘러나오고 있다. 패널 뚜껑을 열고 스위치를 끈 뒤 이쪽도 커튼을 그대로 두고 창문을 완전히 열었다. 공기를 좀 갈자.

커튼 뒤로 들어가니 투명유리에 태양은 가차 없이 세게 비쳤다. 빛줄기가 살갗에 상쾌하게 쏟아진다.

이 창문 너머 조망도 저쪽과 비슷하다. 그는 몸을 내밀어 보았다.

외벽도 하얀 맨션이다. 타일을 발라서 새것 같다. 빗물 흔적조차 없는 듯하다. 땅에는 이차선 도로가 뻗어 있고, 그곳에 갈색 밴이 한 대 정차해 있다. 바로 아래로는 아래층 방에서 창문 쪽에 널어 놓은 이불이 보인다. 내리쬐는 태양을 향해 메롱 하는 혀처럼 늘어진 두 장의 이불.

방 안으로 시선을 돌린다. 침대 반대쪽 벽에는 지름이 여섯 자인 옷장. 벽 쪽에는 캐스터가 붙은 받침대 위에 놓인 작은 텔레비전.

창문을 떠나 깨진 꽃병을 신중하게 피해 다시 문으로 갔다. 어깨 너머로 상태를 보니 여자는 침대 위에서 아직 새근새근 잠들어 있다.

깔끔하게 만들어진 문을 찰칵 소리를 내며 연다.

옆은 식당 겸 주방이었다. 정면이 주방이고, 그 왼쪽에 문. 이 문은 바깥으로 통하리라. 하얀 원탁과 의자가 두 개. 식기 선반. 냉장고. 전자레인지. 포트.

누구의 집일까. 역시 저 여자인가……. 우리 집은 확실히 아니다. 여기에 살았다는 기억이 없으니까, 하나에서 열까지, 싱크대 언저리에 걸쳐 놓은 행주 하나 본 기억이 없으니까.

여자가 재워 준 것일까……. 분명 그럴 테다. 그것마저 기억 못 하다니 대체 어떻게 된 거지.

"실례합니다."

주방을 둘러보고는 말을 걸었다.

"누구 없습니까?"

대답은 없다. 그야 당연하지. 쓴웃음을 지었다. 한 침대에서 여자와 자고 있었다. 달리 누가 있을 리가? 여자의 아버지?

그때 문에 뚫린 구멍으로 신문 끝이 살짝 보였다. 끄집어 내어 펼치자 사이에 끼워진 광고가 털썩 떨어진다. 아사히신문이다.

날짜는 8월 12일 일요일.

일단 마음을 가라앉혔다. 그래, 8월의 한가운데가 아닌가. 신문이 배달된다면 이 집에 누군가가 산다는 증거다.

잠시 생각하고 나서 문을 열어 보기로 했다. 문패를 보자.

안쪽에서 잠겨 있다. 손잡이를 돌리자 기름칠이 잘된 매끄러운 소리가 나며 잠금이 풀렸다. 살짝 문을 밀어 고개를 뺀다.

문패는 문 왼쪽 벽에 붙어 있었다. 706호실이다. 이곳은 칠 층이다.

방 번호 아래에 한자로 두 글자. '三枝'라고 써 있다.

고개를 쑥 집어넣고 문을 닫으며 생각했다. 사에구사인가. 아는 사람 중에 그런 사람이 있었나…….

그제야 깨달았다. 아는 사람 중에 누구의 이름도, 성조차도 전혀 떠올릴 수가 없다는 것을.

이런 말도 안 되는.

주방에 우뚝 선 채 머리에 두 손을 대고 가볍게 흔들었다. 두드려 보았다. 머리카락을 쥐어뜯어 보았다.

있는 것은 공백뿐. 휑하니 알맹이가 없는 진공 같은 어둠뿐.

당황하지 마, 마음의 일부가 속삭인다. 우선은 나 자신이다. 내 이름을 떠올려 보자. 그게 제일 확실하다. 왜냐하면 다 큰 어른이 자신의 이름도 모르는 일은 있을 리가 없…….

있을 리가 없다. 하지만 있었다.

기억해 낼 수 없었다. 자기 이름을. 성을. 작은 파편조차도.

이번에 찾아온 패닉은 커다란 파도였다. 무릎이 떨렸다. 등뼈가 순간 부드러운 점토로 변한 사람처럼 몸을 지탱하지 못하고 비틀거리며 테이블에 손을 짚었다.

거울. 거울은 어디지? 얼굴을 봐야 해.

세면장으로 통하는 문은 냉장고 옆에 있었다. 그는 문에 마구 부딪치며 손잡이를 찰각거리다가 겨우 문을 당겨 열고 안으로 뛰어들었다.

청결하고 희미하게 약품 냄새가 나는 세면장에도 역시 사람의 모습은 보이지 않았다. 불투명 유리문이 정면에 있고 왼쪽에는 수건걸이, 오른쪽에는 변기와 작은 세면대. 그 위로 벽에 거울이 있다.

거울은 상반신을 비추었다. 머리가 헝클어진 젊은 남자. 햇볕에 탄 얼굴에 눈썹이 짙다. 두꺼운 목에 다부진 어깨. 살진 편은 아니다. 파자마 목 언저리에 뚜렷하게 드러난 쇄골이 보인다.

다시 한번 손을 들어 그는 머리카락을 흐트러뜨렸다. 거울 속 창백한 남자도 같은 동작을 한다.

거울 속 남자의 비뚜름하게 말려 올라간 파자마 소매 아래로 팔뚝에 뭔가 보였다.

그는 양손을 공중에 올린 채 왼쪽 팔뚝을 보았다.

근육질의 팔꿈치 바로 안쪽에 숫자와 기호가 늘어서 있다.

'Level 7 M-175-a'

살짝 손끝으로 만져 본다. 잡아 본다. 그러나 숫자는 사라지지 않고 기호가 흐릿해지지도 않는다. 피부에 찰싹 들러붙어 살갗에 새겨져 있다.

그는 두 팔을 내리고 거울과 마주했다. 그와 마찬가지로 어찌할 바를 모르는 젊은 남자가 반쯤 입을 벌린 채 얼어붙은 표정으로 꼼짝 못하고 서 있다. 만일 그때 등 뒤에서 비명이 들리지 않았다면 영원히 그러고 있었을지도 모른다.

비명은 주방 쪽에서 들려왔다. 돌아보니 열린 세면장 문 저편에 조금 전까지 자고 있던 여자가 서 있었다.

두 사람은 거울에 비친 듯이 같은 자세, 같은 안색으로 마주했다. 여자 또한 입을 벌리고 파자마 차림에 맨발로 바닥에 서 있다.

일단 그가 말했다.

"안녕."

그녀는 멍해서 가만히 쳐다볼 뿐.

"안녕, 이라고 해도 벌써 점심이 다 된 것 같지만……."

여자는 입을 다물고 있다. 그는 연주중 갑자기 반란을 일으킨 오케스트라 지휘자처럼 의미도 없이 팔을 움직이며 말했다.

"그…… 미안해요, 내가 좀 혼란스러운데, 어젯밤 재워 준 건가? 여기는 당신 집?"

말이 통하지 않았나 싶을 정도로 반응이 없었다. 어쩔 수 없이 그는 여자를 계속 응시했다.

머지않아 그녀가 말했다. 알아듣기 어려울 정도의 작은 목소리로.

"꿈을 꿨어."

"뭐?"

"그래서 잠에서 깼어. 그랬더니 당신이 있고……."

느릿느릿하게 양손을 감싼다. 시선이 그에게서 비껴나 머릿속으로 뭔가를 곰곰이 생각하는 듯 바쁘게 눈을 깜빡인다.

다시 시선을 들어 그를 쳐다보았을 때 여자는 명백히 당황한 모습이었다.

"당신 누구야?"

그렇게 중얼거렸다.

"왜 여기에 있어?"

질문의 의미를 파악할 수 없었다. 나야말로 묻고 싶다. 당신이 답을 아는 게 아니었나?

"왜 여기에 있는지 나도 잘 몰라. 당신은? 여긴 당신 집이지? 그렇지?"

그녀는 볼을 누른 채 고개를 가로로 흔들었다.

NO. 아니. 어떻게 생각해도 부정의 표시였다.

어떻게 된 일인가. 겨우 답을 발견했나 싶었는데 다른 질문이지 않은가. 혼란의 제곱이다.

입을 열기 위해서 있는 용기를 전부 쥐어짜 내야 했다.

"아니라고?"

이번에는 끄떡인다.

"기억에 없는걸. 하지만…… 아마 우리 집이 아닌 것 같은데……. 모르겠어. 왜냐하면…….”

"기억이 없지?"

그녀는 양손을 축 늘어뜨리고 끄덕였다. 몇 번이고 끄덕인다. 갑자기 손을 들어 가슴을 안고 한 발짝 뒷걸음질 쳤다. 경계하는 듯한 시선을 보니 파자마 아래에 속옷을 입고 있지 않음을 막 알아차린 모양이다.

“당신도 아무 기억이 없어?”

그녀는 질문에 질문으로 대답했다.

“여기는 어디야? 내가 왜 이런 곳에 있지? 여기 당신 집 아냐?”

그는 고개를 흔들며 대답했다. “나도 몰라. 기억이 없어.”

“기억이 없다…….”

“당신, 자기 이름, 떠올릴 수 있어?”

대답하지 않았지만 안색이 더더욱 새하얗게 되었다.

“역시 그렇구나……. 나도 그래.”

여자는 왼손으로 가슴을 끌어안은 채 오른손으로 머리를 쓸어올리고 집 안을 둘러보았다. 손가락에서 찰랑찰랑 흩어져 떨어지는 아름다운 머리카락이다. 관자놀이에서 흘러내린 몇 가닥이 입술 끝에 들러붙는다. 그의 머리에 ‘광녀’라는 단어가 떠올랐다가 사라졌다. 어딘가에서 비슷한 모습의 여자를 본 듯했다.

파자마의 소맷부리가 젖혀져 눈부실 정도로 하얀 팔뚝이 보인다. 가는 선을 발견하고 무의식중에 다가가는 그를 피해 그녀는 재빨리 물러섰다.

“미안, 놀라게 할 생각은 없어. 당신 팔.”

그는 뒤로 물러나 그녀의 팔을 손가락으로 가리켰다.

“봐. 뭔가 없어?”

여자는 오른쪽 팔뚝을 보았다. 그가 한 말의 의미를 깨닫고 두 눈이 휘둥그레지더니 덤벼들 듯한 표정으로 그를 쏘아본다.

"이거, 대체 뭐야?"

그가 다가가서 확인했다. 역시 거기에도 불가사의한 기호와 문자가 늘어서 있다.

'Level 7 F-112-a'

그는 자신의 왼팔을 보여 주었다. "나도 있어."

눈도 깜빡이지 않고 두 글자를 비교한 그녀의 입술이 떨리기 시작한다.

"이거, 문신이야?" 여자가 문자를 쳐다보며 말한다. "문질러도 지워지지 않아? 만지면 안 돼?"

"몰라."

"어째서."

그녀의 목소리에서 침착함이 사라지기 시작했다. 진정시켜야 한다고 생각했지만 방법을 몰랐다. 모른다, 모른다, 모른다의 연속이다.

가까스로 그는 물었다. "방금 문신이라는 단어, 바로 나왔어?"

그녀는 다시 입을 반쯤 벌리고 그를 올려다보았다. "왜?"

"눈을 떴을 때, 뭐라고 할까—단어가 바로 떠오르지 않는 느낌이 들었어. 꼭, 마치 형광등처럼. 스위치를 눌러도 불이 바로 들어오지 않잖아? 그런 식으로."

"모르겠어." 여자는 오른손으로 이마를 누르고 어린아이처럼 고개를 흔들기 시작했다. "아무것도 모르겠어. 전혀 기억나지 않

아. 게다가 머리가 아파. 무지 아파.”

느닷없이 눈물이 주룩주룩 흘러넘쳐 볼 위를 미끄러져 간다.

“나, 미친 거야? 어떻게 된 거야? 어째서 이렇게 됐지?”

그녀가 흐느껴 울면서 입에 올린 의문들은 이제부터 두 사람이 몇 번이고 되풀이해 자문할 말이었다.

지금은 단 둘이 차가운 바닥에 마주 보고 서서 어쩔 바를 모른 채, 그녀는 울고 그는 우는 얼굴을 바라보며 생각하고 있다. 이 상황에서 껴안고 위로해 주어도 좋을 정도로 우리는 가까운 사이가 아니었을까…….

그 대답도 역시 나오지 않았다. 기억이 없다.

그러나 감정은 있다. 그는 그것을 우선하기로 하고 그녀의 어깨에 손을 둘러 끌어당겨 안았다. 여자는 순간 몸이 막대기처럼 굳었지만 곧 필사적으로 매달렸다. 아플 정도였다.

3

패닉 상태가 가라앉고 눈물이 멈추었지만 두통만은 가시지 않은 모양이다.

"언제부터 아파? 깼을 때부터?"

그의 물음에 그녀는 양손으로 머리를 누르고 고개를 움츠린 채 대답했다.

"일어났을 때는 어쩐지 멍하기만 했는데 아까 당신과 이야기하다가 점점 아파졌어."

머리를 움직이지 않으려 노력한다. 마치 폭탄이라도 껴안고 있듯이.

"어쨌든 다시 눕는 편이 좋겠군. 약이라도 있나 찾아볼게."

그녀의 팔을 가만히 잡고 침대가 있는 방 쪽으로 데려갔다.

"괜찮아. 걸을 수 있으니까"라기에 손을 놓고 그는 주방으로 되돌아왔다. 붙박이 선반 위나 싱크대 서랍 등 생각이 미치는 곳은 전부 구석구석 찾아본다.

흔해 빠진 주방용품—세제, 스펀지, 배관용 세정제, 자루 달린 솔, 클렌저, 쓰레기봉투 등이 커다란 서랍 안에 어수선하게 들어가 있다. 선반 위에는 편수 냄비와 양수 냄비가 각각 하나씩.

서랍이나 여닫이문을 열고 닫는 사이에 머리가 원활하게 회전하기 시작했다. 이미 일일이 멈추어 서서 물건 이름을 확인할 필요는 없어졌다. 뭔가를 보면 동시에 명사가 떠올랐다.

어쩌면 기억도? 그러나 기억은 아직 공백이었다. 이름도 나오지 않는다. 이곳이 어디인지, 저 여자가 누구인지, 어째서 이렇게 된 건지 모르는 채다.

기억은 어떤 식으로 돌아오게 될까. 한꺼번에 빠짐없이 돌아올까. 아니면 찔끔찔끔 하나씩 생각나게 될까.

콤팩트하고 편리해 보이는 시스템키친이었지만 수납 장소는 별로 없었다. 약 같은 것은 하나도 보이지 않는다. 마지막으로 남은 싱크대 밑의 폭 좁은 여닫이를 열어 보니 그곳도 텅 비었다. 배수 파이프가 비뚤어진 U자 모양을 그리며 바닥 쪽으로 뻗어 있을 뿐이다.

문을 닫으려다가 안쪽에서 뭔가를 발견했다.

그리 특별한 것은 아니다. 작은 플라스틱제 붙박이 수납대다. 위험하지 않도록. 꺼내기 쉽도록 꽂아 세울 수 있다.

수납대는 알겠다. 그런데 무엇을 꽂는 수납대지?

수납하는 '무엇'은 실제로 눈앞에 있었다. 목제 손잡이가 이쪽을 향한 채 세워져 있다. 손에 쥐기 쉽도록.

손을 뻗어 잡아 보려고 했다. 정말 해 보려고 했는데…….

할 수 없다.

이 물건의 이름도 떠오르지 않는다.

이건 뭐였지? 알 것 같은 느낌이 든다. 금방이라도 떠올릴 수 있을 것 같은. 다만,

─날카롭다. 아주 날카로운 날이 이쪽을 향하고 있다. 주위에는 피 웅덩이가 생겨 있고.

뭔가 걸리긴 하는데 생각해 내면 무척 고통스러워질 듯한 예감이 들었다. 예를 들면─그래, 꽂힌 화살을 뽑아 낼 때처럼. 그대로 두는 편이 상처가 더 작다.

─손을 대면 안 돼, 그대로 둬. 경찰이 지문을 채취하니까.

그는 깜짝 놀라 제정신으로 돌아왔다. 여닫이문에 손을 댄 채 이삼 초쯤 멍하니 있었던 것 같다.

토템.

갑자기 단어가 떠올랐다. 토템? 그게 수납대에 세워져 있는 물건의 이름인가.

한동안 가만히 쳐다보고 나서 그는 여닫이문을 닫았다. 약을 찾는 중이었다.

그는 반대편 벽 쪽에 설치된 식기 선반으로 덤벼들었다. 상하로 나뉜 키가 큰 식기 선반으로, 색깔은 하얀색. 상단은 유리문, 하단은 서랍과 미닫이로 되어 있다.

유리문 부분은 안쪽도 선반 몇 개로 나누어져 식기가 늘어서 있다. 그렇게 많지는 않다. 접시가 대여섯 장, 커피잔이 두 개. 유리잔이 여섯 개. 문을 열자 약품 냄새가 확 하고 코를 찔렀다. 신품이다.

하단 서랍이나 미닫이 안에도 약은 보이지 않는다. 통조림, 병조림, 봉투에 든 건조 식품, 인스턴트 식품이 몇 개쯤. 그뿐이다.

"안 되겠다, 진통제는 못 찾겠어."

칸막이 문에서 목만 내밀고 침대의 그녀에게 말을 걸었다. 여자는 똑바로 위를 보고 누워서 아이처럼 양손으로 담요 끝자락을 쥐고 있다.

"아직 아파?"

그녀는 아주 조금 턱을 움직여 끄덕였다. "가만히 있으니까 조금 편하긴 한데."

커튼은 여전히 닫혀 있었지만 창문을 열어 놓았기 때문에 방 온도는 상당히 올랐다. 찌는 듯 더운 느낌마저 들었다.

"덥지 않아?" 하고 물으니, 그녀는 베개 위에서 희미하게 머리를 가로로 움직였다.

"추워" 하고 대답한다. "한기가 들어."

문 쪽에서 보아도 여자의 안색이 한층 더 나빠진 게 보인다. 통증 탓인지 다른 원인 때문인지는 알 수 없지만 느긋하게 약을 찾는다고 나을 상태는 아닌 것 같았다.

"의사를 부르자. 응?"

그러나 여자는 재빨리 말했다. "싫어."

"왜?"

"꼴불견이야."

그는 깜짝 놀랐다. "꼴불견?"

"응. 취해서 모르는 사람과 모르는 집에서 자고 일어났더니 아무것도 기억나지 않는다는 소리를 다른 사람에게 어떻게 해. 비웃음 살 게 뻔한걸.”

그는 심호흡을 한 번 해서 기분을 진정시켰다. “당신은 취했다
는 기억이 있어?”

만일 그렇다면 이해할 수 없는 지금 상황에서 빠져나갈 창문
이 하나 열린다. 그녀에게 취한 기억이 뚜렷하게 남아 있다면 이
상태를 우스운 이야기로 돌려 버릴 가능성이 존재한다는 말이 된
다.

그러나 여자는 말했다. “아무것도 기억이 안 나.”

“그러면 왜 취했다는 말을 했어?”

“취하지라도 않았으면 있을 수 없는 일이잖아.”

그 후 다시 울음을 터뜨릴 것 같은 목소리로 덧붙였다. “부끄러
워…….”

열린 문에 기대어 그는 창문 쪽으로 시선을 주었다.

부끄럽다. 이 얼마나 상식의 틀에 얽매인 감상일까. 조금쯤 화
가 나기까지 한다. 아침에 일어나 모르는 남자와 한 침대에서 자
고 있었고 둘 다 나란히 자신의 이름조차 기억해 낼 수 없어진데
다 팔에는 묘한 번호가 적혀 있고 한 사람은 죽을 것같이 머리가
아프다고 하는데, 그것을 그녀는 ‘부끄럽다’고 한다.

여자에게 시선을 되돌려 가능한 한 온화하게 말했다.

“저기, 우리는 기억상실에 걸린 듯해.”

“기억상실?”

“그래. 이건 숙취 후유증 따위가 아니야. 게다가 팔에 이상한

번호도 있잖아. 그건 뭐라고 생각해? 단순히 부끄럽다고 아무 데도 도움을 요청하지 않을 상태가 아니야, 지금은.”

그렇게 말하면서도 자신은 조금 더 상태를 지켜보면 전부 기억이 나지 않을까—하는 낙관론에 매달리는 중이다. 그래서 소리도 지르지 않고 밖으로 튀어나가지도 않고 진통제를 찾고 있었던 것이다.

거기에는 ‘깜짝 놀라서 함부로 도움을 요청하다가 엄청난 꼴불견이 되기는 싫다’는 의식이 숨어 있었다. 즉, 그녀와 똑같다. 여자가 말을 해 줘서 비로소 알았다.

“미안해.” 그는 말했다. “나도 부끄러워. 마찬가지야. 그렇지만 당신은 정말 상태가 안 좋은 것 같고, 내버려두면 더 나빠질지도 몰라. 이참에 도움을 요청하자. 구급차를 불러도 되고.”

정처 없이 의사를 찾아 돌아다니기보다 그 편이 빠르다.

텔레비전 받침대 쪽 벽에 전화가 있다. 그가 전화기 쪽으로 다가가려고 하자 그녀가 작게 말했다.

“여기 주소 알아? 모르면 구급차도 못 불러.”

그는 탁 하고 이마에 손을 댔다. “맞다.”

“게다가 그 전화 안 돼.”

불쑥 중얼거리듯 그렇게 말한다. 그는 침대 위의 그녀를 말끄러미 쳐다보았다.

“해 봤어?”

고개를 흔들고 바늘에 찔린 사람처럼 얼굴을 찡그린다.

“그러면 어떻게 안 되는 줄 알아?”

“그냥 나도 모르게…….”

그는 수화기를 들어 귀에 대 보았다. 발신음이 들린다.

“제대로…….”

연결되는데, 라고 말하려 했을 때, 돌연 현기증이 나는 듯한 감각과 함께 다시 하나의 광경이 비집고 들어왔다. 수화기가 바닥에 떨어져 있다. 누군가가 주워 올리며 말한다.

―전화선이 잘려 있어.

“전화, 끊어져 있어.”

그녀가 말했다. 눈은 그를 향하고 있지만 초점은 맞지 않는다.

그는 수화기를 놓았다. “괜찮아?”

여자는 아직 멍하게 이쪽을 보고 있다. 그는 다가가 담요 끄트머리에 손을 놓고 들여다보았다.

“괜찮아?”

말을 걸자 그녀의 눈이 밝아졌다. 깜짝 놀라 몸을 빼려다가 아픈 듯 얼굴을 일그러뜨렸다.

“지금, 뭐라고 했는지 기억해?”

“내가? 무슨 말 했어?”

바로 옆에서 봐도 아름다운 눈이다. 흐려지지도 않았다. 크게 반짝 떠서 또렷이 그를 쳐다보고 있다.

“아무래도 이상해. 이상한 것투성이야. 역시 의사가 필요해.”

그가 침대에서 멀어지자 그녀는 말했다. “오 분도 못 참을 정도로 상태가 나쁘지는 않으니까.”

“그래서?”

“일단 당신이 밟아서 큰일 나기 전에 저 꽃병을 치우는 게 좋겠어.”

어깨 너머로 파편을 흘끗 보고 그는 끄덕였다.

“알았어. 세면장에 걸레가 있었던 것 같으니까 하는 김에 바닥도 닦을게. 그뿐이야?”

“사람을 부르러 밖에 나갈 거면 옷 갈아입고 가.”

듣고 보니 아직 파자마 차림이었다.

“알았어.”

여자란 정말 열이 받을 정도로 양식이 풍부하다―라고 생각하면서 그는 꽃병 파편을 주워 모으기 시작했다.

4

십 분 후 그는 티셔츠와 면바지로 갈아입고 밖으로 나가기 위해 구두를 찾았다.

옷은 옷장 안에 있었다. 많지는 않았고 바지와 셔츠 조합뿐, 정장 같은 것은 보이지 않는다. 왼쪽에는 남자 옷, 오른쪽에는 여자 옷이 단정하게 나뉘어 걸려 있다. 여자 쪽도 잠깐 보았지만 역시 셔츠와 스커트밖에 없다. 다만 옷장 바닥에 얇은 방충 박스가 두 개 나란히 놓여 있어서 열어 보니 속옷과 양말이 들어 있었다.

의류가 전부 새 상품이라는 점이 단 하나의 공통점이었다.

지금은 아무 생각도 하지 말자고 마음먹고 그는 적당한 옷을 골라 안 보이는 곳에서 갈아입었다. 벗은 파자마는 개켜서 옷장 안에 넣었다.

신발장은 현관에 있는 소형 붙박이로, 문을 여니 역시 새 스니커 한 켤레와 부드러워 보이는 하얀 가죽 로우힐 한 켤레가 늘어서 있다. 그는 스니커를 꺼냈다. 새 고무 냄새가 났다.

다시 방으로 돌아가니 그녀는 담요 밑에 몸을 웅크리고 있다.

"아직 추워?"

"너무."

그는 땀을 흘리기 시작했는데 여자는 부들부들 떨고 있다.

"더 덮을 게 없나."

둘러보니 옷장 위에 다른 여닫이가 있다. 수납장이리라. 발돋움을 하면 닿을 높이였다.

가늘고 긴 문을 여니 바로 왼쪽에 아직 비닐도 뜯지 않은 담요가 있었다. 지금 그녀가 덮고 있는 담요와 다른 색이다.

오른쪽에는 파란 여행용 가방이 보인다. 납작하게 누운 채 손잡이가 이쪽을 향하고 있다.

그는 먼저 담요를 끌어내려 비닐봉지를 뜯었다. 침대 위에 펼쳐 덮어 주니 여자가 "고마워" 하고 중얼거렸다.

"오한에는 효과가 없을지도 모르지만 조금만 더 참아."

비닐봉지를 둥글게 뭉쳐 침대 밑에 버리고 고개를 들어 다시 한번 수납장을 본다.

저 여행용 가방.

뭘까.

"잠깐 괜찮아? 너무 힘들어?"

담요 밑에서 그녀가 대답한다. "조금 따뜻해졌어."

"당신, 파란 여행용 가방에 대한 기억 있어?"

"어떤 거?"

"보여 줄게."

손잡이를 잡아 바로 앞으로 끈다. 의외로 무겁다. 어라, 하는 생각에 조심했지만 결국 반쯤 떨어뜨리듯이 발밑에 놓았다.

"엄청 무거워. 뭐지?"

누워 있는 여자에게도 보일 만한 곳까지 들어 나른다.

이렇다 할 특징이 없는 매끈한 여행용 가방이었다. 스티커도 이름표도 없다. 간신히 '샘소나이트'라는 메이커 이름을 읽어냈을 뿐이다.

"기억 나?"

그녀는 말없이 '아니'라는 얼굴로 올려다보았다.

"열어 볼까."

"열릴까."

잠겨 있지 않았다. 손잡이 양옆에 있는 쇠장식을 만지작거리자 짤깍 하는 소리가 나고 뚜껑이 들렸다.

여는 순간 그는 시선을 고정했다.

"뭐야? 뭐가 들어 있어?"

그녀가 몸을 일으키려 하다가 "아얏!" 하고 소리 지르더니 질끈 눈을 감았다. 옆에서 보고 있을 뿐인 그에게도 고통이 얼마나 심한지 느껴졌다. 마치 쇳조각을 가득 채운 양말로 한방 맞은 것 같다. 그는 여자의 어깨를 받쳐 주었다.

"움직이지 않는 편이 좋아."

그녀는 슬슬 눈을 떴다. "괜찮아. 움직이면 아픈 것 같아. 일어나면 괜찮아, 이젠 아무렇지도 않아."

그러더니 여자도 여행용 가방 안을 보았다.

둘 다 한동안 아무 말도 하지 않았다.

"이거—뭐지."

겨우 그렇게 말하는 그녀의 목소리는 뒤집어져 있었다.

“뭐라고 부르는지 잊어버렸어?”

“농담하지 마. 그런 말이 아니잖아.”

“알고 있어.”

그도 농담할 기분은 아니었다. 여행용 가방을 가득 채우고 있는 것은 현금이었다.

“어떻게 된 일일까?”

그녀는 여행용 가방에 눈을 고정한 채 손을 더듬어 그의 팔을 찾아 잡았다. 손톱이 파고들 정도로 거세다. 그러나 어안이 벙벙한 그는 아무것도 느낄 수 없었다.

“몰라.”

대답하고 나서 아까부터 몇 번이나 이 말만 하고 있군, 하고 생각했다.

채워져 있는 돈은 전부 일만 엔짜리 지폐였다. 세로로 세 줄, 가로로 다섯 줄. 다발이지만 돈띠는 없고 고무밴드로 묶여 있다.

“얼마나 있어?”

“세어 볼까?” 그는 그녀를 흘긋 보았다. “흥미 있어?”

“흥미…… 같은 게 아니야.”

“그래.”

여행용 가방의 뚜껑을 덮고 그는 일어섰다. 손잡이를 잡아 들어올린다.

“어떻게 할 거야?”

“갖고 갈 생각은 없어. 옷장 속에 넣어 둘 거야.”

그 말대로 하고 문을 꼭 닫았다.

"어쨌든 병원이 먼저야. 우리 둘 다 조금이라도 빨리 진찰받는 편이 좋아."

여자는 담요 끄트머리를 꼭 쥐고 그를 바라보았다.

"위험하지 않을까."

"위험하다니?"

"저 돈……."

아랫입술을 깨물며 그는 잠시 생각했다. 그런 뒤 여자 옆으로 돌아가서 쪼그리고 앉아 눈과 눈을 맞췄다.

"당신 말은, 즉, 저 돈에 범죄가 얽혀 있지 않을까 하는 거지? 강도라든지, 유괴라든지."

그녀는 대답하지 않았지만 눈을 돌렸다.

"밖에 나가면, 더구나 병원 같은 곳에 가면 붙잡힐지도 모른다고 생각해?"

여자는 자신 없는 얼굴로 그를 올려다보았다.

"왠지 그런 기분 들지 않아?"

조금 전까지는 극히 일반적인 세간의 이목에 얽매여 있었는데 이번에는 자신이 범죄자일지도 몰라서 두려워하고 있다. 산 넘어 산이군. 그는 쓴웃음을 지었다.

"이봐, 여행용 가방에 든 돈을 봤을 뿐인데, 너무 앞질러 가지 마."

"그렇지만 성실한 사람이 저런 식으로 돈을 갖고 있을 리가 없어. 은행에 넣겠지."

과연. 그러고 보니 이 역시 양식 있는 사람의 발상이다. 성실한 사람이라면 현금을 방에 감추어 두지 않는다는 말인가.

"복권에 당첨되었을 뿐일지도 모르잖아." 그는 웃어 보였다. "그래서 축배를 들었다가 좀 지나치게 마셨을 가능성도 있지."

아까 자기 입으로 한 말과 모순되는 설이다. 여자를 설득할 수 있다고도 생각하지 않는다. 그러나 여기서 우물쭈물하고 있어 봐야 아무 소용 없고, 그녀에게는 의사가 필요하다. 아니, 자신도 필요하게 될지 모른다.

입을 다물고 있는 여자의 어깨를 담요 위에서 통통 두드리고 그는 일어났다.

"누워서 쉬고 있어. 아무 걱정할 필요 없으니까. 바로 돌아올게."

그녀는 살짝 고개를 들었다.

"있잖아, 나, 무서워."

"무서워?"

"저 돈과 나만 여기에 남는 거잖아."

그런 의미로 무섭다는 소리인가. 납득했다.

"문을 잠가 놓는 편이 좋을까?"

"그러는 게 잠이 잘 들 수 있을 것 같아."

그는 다시 담요를 통 하고 두드렸다. "좋아. 어딘가 열쇠가 있을 테니까, 찾아보자."

찾는다고 해도 장소는 한정되어 있다. 주방은 아까 구석구석 보았고 열쇠를 욕실이나 화장실에 둘 리가 없으니까, 있다면 이 방이다. 테이블 위에는 꽃병밖에 없었고 그 외에 눈에 띄는 수납 장소라면 텔레비전 받침대 밑에 달린 작은 서랍뿐이었다.

그때 알아차렸다. 그녀나 나나 짐은 전혀 갖고 있지 않았다고. 핸드백 따위가 있으면 바로 알았을 것이다.

텔레비전 받침대는 조악한 구조였지만 비디오용 선반도 있고 테이프 수납장도 있다. 그러나 전부 텅 비었고 자잘한 나무 부스러기가 떨어져 있었다.

그는 쪼그리고 앉아 작은 서랍을 열었다.

세 개의 물건이 눈에 들어왔다. 무엇부터 인식했는지 알 수 없다. 그저 본 것은 틀림없었다.

그는 쾅 하고 서랍을 닫았다. 반동으로 텔레비전 받침대가 약간 움직였다.

슬쩍 뒤를 살핀다. 그녀는 알아채지 못했다. 말도 걸지 않는다.

그는 바닥에 주저앉았다. 다시 심장이 격렬하게 두근거리고 손바닥에 땀이 찼다. 눈을 깜빡이고 손등으로 이마를 훔치며 크게 호흡을 하고 나서 다시 한번 서랍을 연다.

제일 앞에 열쇠가 들어 있었다. 아주 작아서 공간은 차지하지 않는다. 공간을 차지한 물건은 따로 있었다.

권총이다.

검고 금속성 광택이 있는 총이 약간 비스듬히 기울어져, 기역자 모양으로 놓여 있다.

모형인가. 모형이라면 총구가 막혀 있지 않을까. 어째서 이런 사실을 알고 있을까. 내게 그런 취미가 있었던가.

총을 집어들 기분은 들지 않았다. 손끝을 방아쇠 부분에 걸려다가 그랬다가는 폭발할지도 모른다고 생각했다. 안전—그래, 안전장치가 걸려 있다면 괜찮을지도 모르지만 권총 어디에 안전장치가 있는지, 어떤 모양이 안전장치가 걸린 형태인지도 전혀 알 수 없었다.

서랍을 완전히 뽑아 무릎 위에 놓았다. 머리 쪽을 움직여 총구를 들여다보았다.

막혀 있지 않았다.

진짜 총일까.

심장이 귀 바로 안쪽에서 고동치고 있다. 방 안의 더위를 참기 힘들어 숨쉬기 어려워진 주제에 등이 오싹오싹했다. 등뼈 아래에 얼음처럼 차가운 손이 딱 붙어 있다. 그 손은 점점 커져서 체온을 빼앗아 간다.

열쇠와 권총.

세 번째는 얇은 수건 한 장이었다. 두 물건 밑에 깔려 있다. 그저 그뿐이라고도 생각할 수 있다.

그러나 잘못 보지 않았다면 수건은 더러워져 있었다. 극히 희미하기는 하지만 뭔가를 문질러 닦아 낸 듯한 갈색 얼룩이.

마치 마른 혈액 같은.

그는 오른손을 허벅다리 위 면바지에 문질러 땀을 닦아 냈다. 손이 미끄러지면 끝이다. 몇 번이고 땀을 닦아도 충분하지 않다는 느낌이 들었다.

총에 닿으니 차가운 감촉이 느껴진다. 입 속에 기름 냄새가 퍼지는 것 같았다.

무슨 일이 있어도 방아쇠를 건드리지 않으려면 오히려 직접 총신을 드는 편이 낫다고 생각했다. 신중하게 총구를 자기 쪽으로도 침대 쪽으로도 향하지 않도록 곡예를 하는 수준으로 팔꿈치를 굽혀 가까스로 서랍에서 끄집어낸다. 바닥에 놓을 때까지 무의식 중에 호흡을 멈추고 있었다.

그러다 지금까지의 신중한 행동에 대한 반동처럼 수건을 거칠게 틀어쥐었다.

펼쳐 본다. 물감을 아껴서 그린 추상화처럼 부분 부분에 모양이 분명하지 않은 얼룩이 있다. 수건을 얼굴에 가까이 대자 좋지 않은 냄새가 났다.

"그거, 피지. 그렇지?"

그는 말 그대로 펄쩍 뛰었다. 그녀가 침대 위에서 몸을 일으켜 창백한 얼굴로 이쪽을 보고 있다.

정말 본능적으로 그는 무릎을 움직여 바닥 위의 권총을 감추었다. 여자는 수건을 보느라 다른 물건은 눈치 채지 못한 것 같았다.

"서랍에 들어 있었어?"

그는 끄덕거렸다. 그녀는 얼굴을 찌푸리고 머리를 짚으면서 몸을 약간 앞으로 내밀었다.

"보여 줘."

수건을 건네자 그녀는 꼼꼼히 관찰했다. 살짝 코를 대어 보더니 얼굴을 찡그린다.

"이 냄새, 역시 피야."

"알겠어?"

"여자라면 누구나 알 거야."

그녀는 그에게 수건을 돌려주고 무척이나 힘들게 고쳐 앉았다. 움직이면 머리가 울리는 상태가 편두통과 매우 비슷하다.

"이래도 우리가 위험에 빠진 게 아니라고 생각해?"

그녀는 괴로운 얼굴로 말했다. 눈이 충혈되기 시작했고 아주 약간 눈물이 고여 있었다.

그는 묵묵히 있었다. 손에 든 패를 전부 보여 주는 편이 좋을지 어떨지 고민했다.

"병원에는 가지 마. 나 괜찮으니까."

"도저히 그렇게는 보이지 않는데."

"그럼 지금은 가지 말아 줘. 조금 더 안정될 때까지. 저녁까지. 뭔가 떠오를지도 모르잖아. 그렇지?"

그는 침대 손잡이에 팔을 올리고 그녀의 얼굴을 바라보았다. 지금은 혼자 남겨놓고 가지 않는 편이 좋을지도 모른다.

아니, 솔직해지자. 나도 밖에 나가기가 두렵다. 무엇이 기다릴지 모르니까.

"그렇게 할게." 그가 말했다.

침대에 눕는 그녀를 확인하고 바닥에서 총을 집어 올렸다. 수건으로 싸서 잠시 생각한 끝에 침대 스프링과 이불 사이에 억지로 밀어 넣었다. 다시 서랍에 넣어 놓으면 누군가의 눈에 띄지 않는다고 장담할 수 없다.

열쇠는 면바지의 주머니에 넣었다.

주방에 가서 우선 잠긴 문을 확인했다. 세면장에 들어가서 수도꼭지 밑에 머리를 대고 차가운 물을 틀었다. 티셔츠 등까지 젖었지만 머리는 개운해졌다.

수건으로 얼굴을 닦고 있을 때 팔뚝에 있는 불가사의한 글자가 다시 한 번 눈에 들어왔다. 물에 담가도 희미해지지 않는다.

침착해, 침착해—자신을 그렇게 타이른다. 그녀의 말대로 잠시 상태를 보면, 시간이 지나면 모두 해결할 수 있을지도 모른다.

수건을 다시 걸고 거울을 보았다. 거울 속 남자는 그의 희망적 관측 따위는 아예 믿지 않는다는 얼굴을 하고 있었다.

아무래도 병원에도 경찰에도 갈 수 없을 것 같다.

시각은 오후 두 시 이십칠 분. 모든 것이 지금 막 시작된 참이었다.

5

손님은 약속한 세 시 정각에 왔다.

초인종이 두 번 울리자 신교지 에쓰코는 주방 의자에서 일어났다. 옆 의자 위에서 정좌하고 있던 유카리가 색연필을 손에 들고 불만인 듯이 볼을 부풀린다.

"손님?"

"그런 것 같아."

"흥."

어린아이의 특권이라는 듯이 일단 뽀로통해 보이지만, 유카리는 색연필을 척척 케이스에 넣고 색칠 공부 책을 덮은 뒤에 의자에서 내려왔다. 에쓰코는 유카리의 머리를 가볍게 쓰다듬었다.

"미안해. 모처럼 일요일인데. 오래는 걸리지 않을 거야."

"저녁 약속은?"

에쓰코는 방긋 웃었다. "괜찮아. 걱정 마. 뭘 먹을지 생각해 놔."

"와아!"

신이 나서 계단을 올라가는 유카리를 향해 에쓰코가 말했다.

"아니면 먼저 할아버지 댁에 가 있어도 돼. 같이 색칠 공부를 완성하는 게 어때?"

유카리는 층계 참에서 돌아보았다. "그것도 좋지만……. 할아버지는 웨딩드레스를 녹갈색으로 칠하고 그래."

"차분한 색이 좋으신 거겠지."

유카리가 자기 방문을 닫는 소리를 확인하고 나서 에쓰코는 현관문을 열러 갔다.

가이바라 요시코는 짜증을 감추려고도 하지 않고 서 있었다. 검정과 하얀색 콤비 하이힐에 둘러싸인 발끝을 부자연스럽게 딱딱 울리고 있다.

"어지간히 기다리게 하시네요"라고 말하더니 짙은 립스틱을 바른 입술을 꽉 다문다. 에쓰코는 신경 쓰지 않기로 했다.

"아이가 있어서요. 올라오세요."

슬리퍼를 권하고 앞장서서 거실로 돌아간다. 요시코는 문을 난폭하게 닫고 뒤를 따랐다.

거실에 들어온 요시코가 주위를 유심히 둘러보았다. 시어머니 같군. 에쓰코는 그런 생각을 하다가 문득 자신의 모습에서 위화감을 느꼈다. 오늘 아침, 요시코의 방문을 의식해서 평소보다 공들여 청소했던 것이다.

가이바라 요시코는 모든 여자들에게 심술궂은 시어머니처럼 행동했다. 무의식중에 나오는 행동이라 해도 주변 사람에게는 마음고생이 된다.

"미사오는 정말 댁에 없는 거죠?"

우뚝 선 채로 요시코가 말한다. 이번 건으로 그녀에게 처음 전화를 받은 사흘 전부터 세어 보면 이미 열 번 넘게 같은 질문을 받았다.

에쓰코의 대답도 언제나 똑같았다.

"미사오는 여기 오지 않습니다. 저는 다른 장소에서 미사오와 만나지 않아요. 앉으시죠."

여름용 마 커버를 씌운 소파를 힐끗 보고 나서 요시코는 앉았다. 검은 악어가죽 캘리백을—아마 무늬가 아니라 진짜 가죽일 것이다. 미사오는 언제나 우리 어머니는 몸에 걸치는 것에 돈을 아끼지 않으니까, 라고 말했다—바로 옆에 놓고, 그 안에서 은색 담배 케이스와 라이터를 꺼냈다.

에쓰코는 기다란 손님용 유리잔에 차가운 보리차를 담아 들고 요시코의 대각선 맞은편에 앉았다. 요시코가 담배를 한 모금 피우고는 테이블 위의 유리 재떨이 테두리에 톡톡 두드린다. 그때마다 테이블보에도 가느다란 재가 흩어졌다. 재떨이를 깨끗하게 쓰지 않는 흡연자가 에쓰코는 정말 싫었다.

보리차 유리잔을 테이블에 놓고 에쓰코가 무릎 위에 양손을 가지런히 놓아도 요시코는 담배만 피울 뿐 아무 말도 없다. 말을 꺼내는 건 당신 역할이다, 라는 태도였다.

"전화로는 몇 번쯤 이야기를 할 기회가 있었습니다만, 이렇게 뵙기는 처음이네요. 제가 신교지 에쓰코입니다." 에쓰코는 인사를 했다. "미사오와는……."

요시코가 말을 딱 자른다.

"당신과 미사오가 어떻게 아는 사이인지는 그 아이에게 들어서 잘 알고 있습니다. 지금은 그런 건 상관없어요. 저는 미사오가 있는 곳을 알고 싶네요.”

에쓰코는 자신도 지금 미사오가 어디에 있는지 짐작이 가지 않는다는 말을 되풀이했다.

“미사오는 전혀 연락이 없나요?”

요시코는 홱 째려보았다.

“있었으면 이런 데 오지도 않았겠죠.”

이런 데라니, 무례하다고 생각했지만 에쓰코는 불쾌감을 얼굴에 드러내지 않도록 노력했다. 언젠가 미사오가 했던 ‘어머니와 이야기할 때는 일일이 화를 내면 안 돼. 화를 내면 다른 얘기를 할 시간이 없어져 버리니까’라는 말을 떠올렸다.

“미사오가 없어졌다는 전화를 받은 날은 9일 목요일 밤이었지요. 오늘로 딱 사흘이네요.”

에쓰코는 벽에 걸린 달력을 올려다보았다. 고산 식물 사진집을 편집한 그림이라 도시유키가 좋아했다. 그가 죽고 나서도 다른 달력을 걸 마음이 생기지 않아 일부러 시내 문구점까지 외출해서 사왔다.

“이렇게 오래, 그것도 전화 한 통 걸지 않고 집을 비운 일은 지금까지 없었죠?”

요시코는 담배를 쓱쓱 문질러 끄고 성급하게 다음 개비에 불을 붙였다.

“없어요. 외박했다고 해도 언제나 하룻밤 지나면 돌아왔다구요.”

요시코가 말하는 ‘외박’을 미사오는 ‘가스빼기’라고 불렀다.

―가끔씩 가스빼기를 하지 않으면 난 정말 폭발해 버릴 것 같아.

“쪽지는 없었어요?”

“그런 거 없어요.”

“미사오가 집을 나갈 때 짐을 챙겨 갔던 것 같습니까? 여행용 가방 같은 거라도.”

요시코는 시선을 돌리고 부아가 난 듯이 코로 숨을 내뱉었다.

“저는 보지 못했어요.” 그렇게 말하더니 싸움이라도 걸 듯한 기세로 에쓰코를 쏘아본다. “그 애는 집에 있어도 나한테 제대로 말을 하지 않아요. 집에 있는지 없는지도 식사 때 아래층에 내려오나 보고 분간할 정도니까. 갑자기 밖에 나갔다고 해도 알 수 없죠.”

새삼스럽게 말투가 엄한 이유는 변명이 섞여 있기 때문이다.

“그럼 9일이 아니라, 그보다 더 전부터 보이지 않았군요?”

“마지막으로 얼굴을 본 게 8일 저녁 식사 때였어요. 그 후 열한 시쯤이었을까, 목욕을 하라고 해도 대답이 없어서 방을 들여다봤더니 없더군요.”

지금까지의 ‘실적’으로 생각해 볼 때 8일 밤 외박했다면 9일에는 돌아왔어야 한다. 요시코도 그렇게 생각해서 그냥 놔둔 모양이다.

그런데 9일 밤이 되어도 미사오는 돌아오지 않았다. 그래서 요시코는 에쓰코에게 전화를 걸었다. 자정이 다 되었던 때라 에쓰코는 그 전화 때문에 억지로 일어났다.

‘미사오를 바꿔 주세요!’ 하고 처음부터 히스테리를 일으켰다.

“그렇다면 오늘까지 나흘이네요. 어디에 있는 걸까…….”

에쓰코는 가이바라 미사오의 반듯한 얼굴을 떠올렸다. 한 달쯤 전 처음으로 본인과 만났을 때 전화 목소리로 상상했던 것보다 훨씬 아름다운 아가씨구나, 하고 생각했다. 미사오는 열일곱 살이라는 어린 나이에 바로 ‘어른이 되면 미인이 될 것 같다’는 단계를 넘어 버렸다. 이미 완성품이었다.

“짐작 가는 곳에는 물어보셨어요? 집 말고 같은 반 친구나 남자 친구 말이죠.”

“그 아이에게는 학교 친구 따위 있지도 않아요. 학교 같은 덴 거의 가지 않으니까.”

“남자 친구는요?”

“어차피 불량한 애들뿐이에요.”

말도 안 되는 대답을 내뱉고 요시코는 다시 담배로 손을 뻗었다.

“여쭙기 뭐합니다만, 경찰 쪽은?”

입술 사이에 담배를 끼우고 라이터를 손에 든 요시코는 시선을 보냈다.

“어째서 경찰 따위에?”

"수색원을 내셨을 것 같아서요."

"수색원 같은 걸 낼 필요가 있어요? 미사오는 돌아올 텐데."

경찰에 신고하면 그 아이가 돌아왔을 때 꼴불견이잖아요, 라는 말투였다.

기가 막히는 한편으로 이해할 수 있다는 마음도 들었다.

이 사람은 딸의 신상에 뭔가 변고가 일어나지 않았나 염려하는 게 아니라 미사오가 마음대로 집을 나가 엄마가 모르는 곳에서 생활하는 게 참을 수 없을 뿐이다. 하룻밤이라면 그래도 눈을 감아 주겠지만 며칠이나 지났기 때문에 화가 난 것이다.

가이바라 요시코는 독점욕과 애정을 잘못 이해하고 있다. 미사오가 어머니보다 마음을 터놓고 이야기할 수 있는 친구가 어딘가에 있다는 사실을 용서할 수 없다. 화가 나는 것이다. 제일 먼저 분노의 표적으로 선택된 사람이 신교지 에쓰코였다. 그렇게 된 연유다.

"실례지만 어째서 미사오가 저희 집에 있다고 생각하셨습니까."

요시코는 뚱하게 입을 다물고 있다.

"미사오가 댁에서 자주 저에 대해 이야기하나요?"

그러자 같잖다는 표정으로 요시코가 말했다.

"해요. 네버랜드의 신교지 씨라면 당신보다 훨씬 나를 잘 알아줘, 같은 소리를 합디다. 엄마인 저를 당신이라고 부른다고요."

"그래서 저희 집에 와 있다고 생각하셨군요?"

대답은 하지 않았지만, 침묵이 대답이 되었다. 에쓰코의 입에서 한숨이 새어나왔다.

"저도 미사오에게는 그저 친구에 지나지 않습니다."

요시코는 당연하지, 라는 얼굴로 날카롭게 물었다. "미사오가 여기에 온 적이 있죠?"

에쓰코는 끄덕였다. "딱 한 번요."

"미사오는 당신을 무척 신용하고 있었던 것 같네요."

"그래도 남은 남입니다." 에쓰코는 똑똑히 말했다. "미사오에게는 제가 발을 들여놓을 수 없는 부분이 있었어요. 저뿐만 아니라 누구도 들여놓을 수 없는 부분입니다. 보통 사람이라면 누구든지 그런 부분을 갖고 있지 않을까요. 거기까지 흙투성이 발로 들어가는 게 친밀함의 증거라고는 생각하지 않습니다."

요시코는 머쓱해했다. "당신 말이야, 무슨 소리가 하고 싶은 거야?"

"제가 말씀드리고 싶은 것은 미사오에게는 미사오의 의지와 판단으로 하는 일이 있다는 겁니다. 그 아이에게는 그 아이의 세계가 있다는 말이죠."

"어린애 주제에."

"어린애라도, 입니다." 에쓰코는 몸을 앞으로 내밀었다. "중요한 것은 서로의 세계에 바람이 잘 통하게 만들어 두는 일 아닐까요. 그것만 된다면 걱정은 없을 겁니다. 미사오는 똑똑하니까."

"실제로 사흘이고 나흘이고 돌아오지 않는데? 당신 말이야, 남의 집 딸 일이라고 그런 무책임한 말을 하면 안 되지.”

“그러니까.” 에쓰코는 참을성 있게 말했다. “지금 걱정해야 할 것은 미사오의 태도가 어떻고 사고방식이 어떻고 하는 게 아니라는 말씀이에요. 실제로 지금까지 그런 적이 없었는데 이렇게 오래 집을 비우고 있잖아요? 뭔가 문제에 휘말렸을지도 모릅니다. 가이바라 씨, 경찰에 가셔야 해요. 저희 집에는 없다는 게 확실해졌으니까 저 말고 미사오의 친구, 아는 사람들 집도 찾아보셔야 합니다. 결과적으로 미사오를 찾아내어 꾸짖게 되더라도 전혀 찾지 않는 것보다는 훨씬 낫지 않을까요.”

사실 에쓰코는 요시코가 지금까지 경찰에 가지 않았고, 그럴 생각도 하지 않는다는 사실이 놀라웠다.

요시코는 남의 나라 말을 듣는 얼굴이었다. 미사오 자신이 아무 짓 하지 않더라도 바깥에서 재난이나 사건이 일어날 수 있는 가능성에는 생각이 미치지 않은 듯했다.

잠시 후 요시코는 갑자기 핸드백을 열어 그곳에서 큰 수첩 같은 것을 하나 꺼냈다. 테이블 위에 툭 하고 던지듯이 놓는다.

“그 애 일기입니다.”

에쓰코는 눈썹을 찡그렸다. “방에 있었어요?”

“행선지를 알 수 있을까 해서 주소장을 찾다가 발견했습니다.”

확실히 그걸 찾지 않았으면 에쓰코의 집에 전화를 걸 수도 없었겠지만, 그 사실에 관해 조금도 미안해하는 표정을 보이지 않는 요시코에게 에쓰코는 진절머리가 났다.

"뭔지 영문을 알 수 없는 말이 적혀 있어요."

"보셨군요?"

미사오의 일기장은 장난감 같은 자물쇠가 걸린 종류였다. 꽃무늬 표지에 금색으로 '다이어리'라는 글자가 적혀 있다. 자물쇠는 부서져 있었다.

"드라이버로 열었어요." 요시코는 솔직하게 말했다. "봐 주세요. 당신이라면 뭔가 알 수 있을지 모르니까."

에쓰코는 곧바로 손을 내밀 수가 없었다. 멋대로 내용을 읽으면 미사오의 신뢰를 배반하는 것 같아서였다.

"읽어 주세요." 요시코는 다그쳤다. "어머니인 제가 허락합니다. 급한 경우일지도 모르니까. 그렇게 말한 것은 당신이잖아요."

요시코에게 '허락받을' 필요는 없다. 미사오를 만났을 때 사과하기로 하고 에쓰코는 일기장을 펼쳤다.

미사오가 직접 쓴 글씨는 처음 보았다. 유행하는 동그스름한 글씨가 아니고 약간 오른쪽으로 기울었지만 또박또박 쓴 좋은 글씨체였다.

한 페이지에 하루씩 기록할 수 있는 형식이지만 공백이 많다. 미사오는 일기라기보다 메모장으로 쓰고 있었던 듯, 'PM. 8 로프트'라든지 '마이시티 쇼핑' 등 메모 같은 기록이 태반을 차지하고 있다.

페이지를 넘겨보니 8월 7일까지 기록이 있고 그다음은 공백이었다.

7일은 딱 한 줄.

‘내일 레벨7까지 가 본다. 돌아올 수 없을까?’

‘돌아올 수 없을까?’라는 글자를 몇 번쯤 되풀이해 묵독했다. 실제로 미사오는 돌아오지 않았고 일기는 여기서 끊어졌다.

이 글로 미루어 보면 미사오는 집에 돌아가지 못할 줄 짐작하고 나간 것일까?

에쓰코는 시선을 들어 요시코를 보았다. 담배를 피우며 가만히 이쪽을 바라보고 있다.

“7일에 쓴 이거, 뭘까요?”

“모릅니다, 저는.”

앞 페이지로 돌아가 본다. 7월 20일 란에도 ‘레벨’이라는 글자가 있었다.

‘레벨3 도중에서 단념. 분하다.’

더 앞으로 간다. 집중해서 보았지만, 아무래도 ‘레벨’이라는 단어가 처음으로 등장한 날짜는 7월 14일인 모양이다.

‘처음으로 레벨1을 보았다 신교지 씨 ♡’

에쓰코는 그 문장을 두 번 되풀이해 읽었다.

‘레벨’이라는 단어도 이상하고, 그 뒤의 ‘신교지 씨 ♡’라는 문장은 더더욱 알 수 없다.

“잠깐 실례하겠습니다.” 에쓰코는 요시코에게 양해를 구하고 자리를 떠나 주방 서랍에 든 가계부를 꺼내어 왔다. 가계부로도 일기 대신으로도 쓰는 노트였다.

확인해 보자 에쓰코가 처음으로 미사오와 만나 이 집에 초청한 날은 7월 10일이었다.

다시 미사오의 일기로 돌아간다. 7월 10일 란에 '신교지 씨와 대면!'이라고 적혀 있다.

다시 한번 8월 7일 부분을 보고 나서, 에쓰코는 미사오의 일기를 덮었다.

"집을 나가기 직전에 쓴 '레벨7'이라는 말이 마음에 걸리네요. 뭘 말하는 걸까."

요시코는 쌀쌀맞게 어깨를 웅크렸다. "당신이 모르는 걸 제가 알 리 없잖아요."

에쓰코는 분노를 억제하기 힘들어졌다. "가이바라 씨 따님의 일로 완전히 남인 저와 다투어도 의미가 없어요. 미사오의 어머님은 가이바라 씨 한 사람뿐이니까요."

그런 식으로 언제나 미사오의 주위에 눈을 번뜩여 그 아이의 인생을 제어하고 싶어 한다, 그러지 않으면 성에 차지 않는다, 그렇게 모친의 권리를 내세우는 강압적인 태도가 부모자식간 충돌의 가장 큰 원인이었다.

일기를 요시코에게 돌려주고 에쓰코는 단호히 말했다. "이걸 가지고 우선 경찰에 가시는 겁니다. 어린 딸이 나흘이나 없어진 사건은 결코 간단한 이야기가 아니니까, 분명 도움을 받을 수 있을 거예요. 그리고 친구 관계를 하나하나 조사해 보면 어떨까요."

요시코는 불만인 모양이다. 에쓰코의 권유에 따르고 싶지 않은 게 아니라 그저 타인의 지시를 받기가 싫은 것이다.

　"저도 가능한 한 주의를 기울여 아는 범위 내에서 찾아보도록 하겠습니다. 친구로서 걱정되니까요."

　에쓰코는 그렇게 말하고 이야기가 끝났음을 알리기 위해 자리에서 일어났다.

6

가이바라 요시코가 돌아가자 지쳐서 축 늘어져 있던 에쓰코가 진한 커피를 타서 주방 의자에 걸터앉았다.

'네버랜드'에서 일하기 시작한 지 슬슬 반년이 된다. 하지만 이런 종류의 문제는 처음이다. 어떤 대응이 가장 적절할지 생각하다 보니 심히 불안해졌다.

원래 지금 하는 일은 스스로 희망해서 시작하지는 않았다. 남편인 도시유키가 급사한 후 매일매일 죽은 사람처럼 살아온 에쓰코를 회복시키기 위해 옛날 동료가 제의한 일이었다.

이데 도시유키와 알게 되었을 무렵 신교지 에쓰코는 중학교 영어 교사였다. 그와 결혼해서 이데 에쓰코가 되어 유카리가 태어나고 나서도 당분간은 교직 생활을 계속했지만, 어린 유카리가 연달아 병에 걸린 데다가 일요일 공휴일도 쉬지 못할 정도로 격무에 쫓기는 도시유키를 내조하기 위해 자기가 집에 있는 편이 좋겠다는 생각도 들어서 결혼 이 년째부터 전업주부가 되었다.

도시유키는 작년 8월 10일 새벽에 죽었다. 이제 막 일주기가 지난 참이다. 에쓰코는 그의 임종을 보지 못했다. 회사 사무실에서 쓰러져 병원에 옮겨지자마자 사망했기 때문이다. 사인은 급성심부전—서른일곱 젊은 나이였다.

회사 조합에서 나오는 사내보는 도시유키의 죽음을 '전형적인

과로사'라며 경영진을 과격하게 규탄하는 기사를 써 주었다. 효과가 있었는지, 에쓰코가 재판이라도 걸면 견딜 수 없다고 생각했기 때문인지, 상당히 큰 액수의 퇴직금과 조의금이 지급되었다. 산 지 일 년 된 주택 대출금은 보험을 들었던 덕분에 깨끗해졌다. 회사 후생기금에서 유족 연금도 받는다. 당장 일상생활에도 걱정이 없고 저축도 도시유키가 건강하게 일하고 있었을 때에 비해 조금쯤 늘었다.

오히려 그렇기 때문에 모든 것이 허무해서 견딜 수 없었다.

도시유키는 대체 무엇을 위해 일했던 걸까. 생각해 보면 가족 셋이 여행을 간 적도 한 번밖에 없다. 유카리를 데리고 가볍게 동물원이나 유원지에 놀러 간 적도 손에 꼽을 정도다. 매일이 잔업이고 철야 작업도 드물지 않았다. 그렇게까지 일을 했는데 경제적으로는 빨리 죽은 편이 이득이라니.

'이만큼 건축 붐이 일지 않았으면 바깥분도 무리를 하지 않았을 겁니다'라는 말을 들었다. '회사가 말이죠, 무리하게 도쿄재개발 프로젝트 따위에 손을 대지 않았으면 좋았을 텐데'라는 말도 들었다. '일개미는 불쌍합니다. 일회용이니까'라고 말하는 사람도 있었다.

전부 아무래도 좋았다. 에쓰코는 그런 말을 듣고 싶은 게 아니었다. 설명이 필요했다. 대답을 원했다.

도시유키는 정확히 말하면 '쓰러진' 것이 아니다. 일하는 도중 제도대 앞에서 일어나려고 하다가 주저앉은 뒤 그대로 일어날 수 없게 되었다.

에쓰코는 생각했다. 대체 한 인간이 일어설 수 없게 될 때까지 지치도록 일해야 하는 법 따위가 이 세상에 존재하고 있는가. 한 인간을 그렇게까지 부려먹을 권리가 누구에게 있다는 말인가.

죽은 날 밤, 도시유키가 철야로 일한 이유는 다음다음 날인 12일부터 회사 전체가 열흘간 여름휴가에 들어가기 때문이었다. 휴가를 받지 않으면 안 된다. 그것이 규칙이다. 그러나 휴가 동안 밀리는 일을 누군가 대신 떠맡아 줄 리 없다. 사실을 말하자면 도시유키는 여름휴가를 받아야 했기 때문에 죽었다.

이런 어처구니없는 일이 있을까—. 그런 상황에 놓인 도시유키에게 과연 자신은 무엇을 해 주었나 생각하니, 에쓰코는 시커먼 벽에 부딪친 기분이 들었다.

—너와 결혼만 하지 않았으면 도시유키는 죽지 않았을 텐데. 네가 그 아이를 죽을 만큼 일하게 만들었겠지.

시어머니의 말에 반론할 수가 없었다. 틀린 말이다. 그러나 원인을 따지면 마찬가지라고 에쓰코는 생각했다.

'안색이 좋지 않고 요즘 식사도 제대로 못하잖아요. 한번 휴가를 받아 느긋하게 쉬는 게 어때요?'라는 말을 했을 뿐, 실제로는 아무것도 하지 않았다. 언제나 웃으며 '회사원은 다들 이래. 더 힘든 직장에 다니는 사람도 있어'라고 도시유키가 말하면, '그런 건가' 하고 납득했다.

납득이 돌고 돌아 남편을 죽였다.

다른 누구보다도 책임은 자신에게 있다. 에쓰코는 골똘히 생각했다. 남편의 친척이 요구해서 유산 중 상당한 금액을 건넸다. 호적에서 빠지라는 말을 들어서 그렇게 했다. 원래 반대를 무릅쓴 결혼이었고(도시유키의 어머니는 그가 누구와 결혼한다고 말해도 반대했을 게 틀림없지만), 자신은 이데 도시유키와 결혼했지 이데 집안으로 시집간 것은 아니라 결론을 내리고 '신교지'라는 성으로 돌아오기로 했다. 유카리와 도시유키의 추억으로 가득 찬 이 집만 있으면 살아갈 수 있다고 생각했다.

그래도 도시유키가 없는 생활은 온 세상이 색채를 잃은 듯이 따분했다. 그 무렵의 에쓰코는 껍데기만 남아 있었다.

그런 그녀를 '어떻게든 하지 않으면 에쓰코도 죽어. 그러면 유카리짱은 어떻게 되니'라며 질타해 준 친구가 밖에 나가 일하라고 권했다.

—세상을 봐. 조금이라도 좋으니까 말이야. 기분전환이라도 괜찮아. 유카리짱을 위해서라 생각하고.

유카리를 위해, 라는 한마디는 효과가 있었다.

처음에는 교직으로 돌아갈까 했다. 가장 자연스럽고 좋아하는 일이기도 했기 때문이다. 그러나 막상 직장을 찾다 보니 교직에 서기는 도저히 불가능했다.

아이들. 매일 대량의 교과 과정을 해치워야 하는 학생들. 무엇을 위해 그렇게 공부해야 하는가 하면, 좋은 고등학교, 좋은 대학, 좋은 기업에 들어가기 위해서다. 그리고 어떻게 되지? 일하고, 일하고, 계속 일하다가 결국은 도시유키처럼 죽어 가는 것인가. 그런 곳에 들어가는 데 도움을 주는 일을 에쓰코는 더 이상 못 할 것 같았다.

그럴 때 '네버랜드' 이야기가 나왔다.

소개해 주러 온 옛 동료는, "대충 카운슬러 같은 일이야"라고 말했다. 면접을 하러 가서 만난 책임자인 잇시키 마쓰지로는 "일종의 폰팅 클럽입니다"라고 말해 에쓰코를 놀라게 했다.

실제로 전화번호부 같은 데서 네버랜드를 찾으려면 생명보험 회사 페이지를 펼쳐야 한다. 네버랜드란 어떤 대규모 생명보험 본사 안에 있는 한 부서의 애칭이었다. 마루노우치의 노른자위 땅에 있는 이십삼 층짜리 빌딩 십칠 층에 아담한 사무실을 차리고 있다.

정규 직원은 여섯 명. 남녀 반반이고 아래로는 이십대 초반부터 위로는 예순 살 이상까지, 연령층도 두텁다. 이 여섯 사람이 삼교대로 일하고, 당직이 스물네 시간 대응 태세로 근무한다. 업무는 걸려 오는 전화를 받는 일이다.

'어쩐지 외로울 때, 이야기 상대를 원할 때, 뭔가 곤란한 일이 있을 때 네버랜드에 전화 주세요. 언제든지 우리 직원이 당신을 맞아 드립니다.'

선전용 팸플릿에는 그렇게 소개되어 있다.

네버랜드는 일종의 '전화 피난소'이다. 피난해 오는 이유는 뭐든 상관없다. 그저 외로워서, 누군가에게 이야기를 들려주고 싶어서 전화하더라도 상관없다. 그러나 실제로는 그러한 '왠지 모르게' 하는 전화가 압도적으로 많았다. 가끔 심각한 인생 상담이나 법률 복지와 관련한 상담도 있지만, 그 경우에는 좀더 전문적인 상담소를 소개한다.

"그러니까 '생명의 전화' 같은 건가요?"

에쓰코가 묻자, 잇시키는 "아니 아니" 하고 웃었다.

"그렇게 본격적이지는 않습니다. 좀더 가벼운 겁니다. 특별히 고민이 있지는 않지만 심심하다, 누군가와 이야기하고 싶다, 그런 사람의 전화를 가볍게 받으면 됩니다."

"그런 정도라면 친구에게 전화하면 되잖아요?"

"그런 '친구'가 없는 사람이 도쿄에는 많이 있습니다."

근무할지 말지 결정하기 전에 며칠간 모니터를 해 보시지 않겠습니까, 라고 권유받아 일 자체는 별로 내키지 않았지만 보험 회사가 어째서 일부러 예산을 들여 이런 부서를 설치하는지 흥미가 생겨 에쓰코는 승낙했다. 그리고 걸려 오는 전화의 양에 첫날부터 놀랐다.

전화를 거는 사람은 십대도 있고 독거노인도 있었다. 남편이 단신 부임한 주부도 있다. 부모 곁을 떠나 혼자 상경한 학생도 있고, 맞벌이 부모를 가진 열쇠 아동인 외동아이도 있다.

오늘 학교에서 이런 일이 있었는데, 하고 즐겁게 이야기하는 아이가 있다. 연인이 생길 것 같다고 들뜬 혼자 사는 여자 직장인이 있다. 내일 건강 검진에 들어가는데 불안해서 견딜 수 없다고 호소하는 중년 샐러리맨이 있다. 직장에 대한 푸념을 오랫동안 늘어놓는 관리직이 있다. 자금 융통이 불안하다고 걱정하는 경영자가 있다.

"어떠십니까? 우리는 전화 너머에밖에 존재하지 않는 유사 친구지만, 그래도 없는 것보다는 있는 편이 좋습니다."

잇시키는 말한 후 진지한 얼굴이 되었다.

"직업상 저는 여태껏 상당히 많은 인간을 봐 왔습니다. 그런데 신교지 씨 당신처럼 젊을 때 힘든 체험을 한 분은 모두 예외 없이 들어주기를 잘하시더군요. 어떻습니까, 저희들을 도와주시지 않겠습니까."

그 시점에서 마음이 움직였다. 보험업계에 몸을 담고 그대로 쭉 나아가면 간부가 될 수 있는데 구태여 네버랜드라는 기획을 제안해 전념하는 잇시키의 사람됨에도 끌렸다.

다만 문제는 있었다. 유카리다.

"제가 여기서 모르는 열쇠 아동을 상대하기 위해 유카리가 집에서 혼자 저녁밥을 먹게 된다면 의미가 없어요."

잇시키는 다른 직원과 상담해서 근무 형태를 조정하면 되는 일이라고 말했다. 문제 없다고.

그래도 에쓰코의 고민은 남았다.

고민을 끝내준 사람이 바로 유카리였다. 유카리는 열 살이지만 외동딸이라 그런지, 일찍부터 논리를 앞세워 세상일을 가르치던 도시유키의 영향인지 총명한 아이로 자라 있었다. 에쓰코가 사정을 이야기하고 의견을 묻자 이렇게 말했다.

"엄마, 좋잖아, 해 봐?"

"엄마가 일하러 가도 괜찮아?"

"응. 일요일이 없는 것도 아니잖아? 수업 참관일이나 운동회에 못 오는 것도 아니잖아."

"물론이지."

"그러면 괜찮아. 나, 엄마가 멋지게 꾸미고 회사에 가면 좋아."

그 말을 듣고 나서야 비로소 도시유키가 죽은 뒤 밖에 나가지 않으면 하루 종일 머리도 빗지 않을 정도로 주위를 신경 쓰지 않게 된 스스로를 생각하며 에쓰코는 얼굴이 붉어졌다.

게다가—집에서 유카리도 언제나 길게 통화를 하고 있다. 아이에게조차 전화는 아주 즐거운 커뮤니케이션 방법이다. 그것을 바라고 있는 사람들에게 가짜든 일시적이든 즐거운 수다 시간을 줄 수 있다면 제법 좋은 일일지도 모른다.

이렇게 에쓰코는 네버랜드에서 일하기 시작했다. 가이바라 미사오는 에쓰코가 네버랜드에서 얻은 단 한 사람의 '승격 친구'였다. '유사' 친구에서 시작해 '진짜' 친구로 바뀌었다.

미사오가 네버랜드에 처음으로 전화를 건 것은 올해 초봄이었다. 학교를 그만두고 일하고 싶다는 이야기로, 그 계절 그 나이대 아이에게 드문 일은 아니다.

그때 에쓰코는 미사오의 직성이 풀릴 때까지 떠들게 놔 둔 뒤 말했다.

"학교를 그만두고 취직하면 그것도 좋잖아? 하지만 아까워. 왜냐하면 일은 평생 하니까."

미사오는 그 대답이 마음에 들었다고 했다.

그 후 5월 연휴 직후에 다시 전화를 걸어 학교를 그만둘 생각을 그만두었다고 보고했다. 그리고 때때로 전화를 하게 되었다.

미사오의 이야기는 네버랜드에 전화를 걸어 오는 상담자의 태반이 그렇듯 별것 아닌 잡담인 경우가 많았다. 학교나 집에 대한 불만을 말한 적이 있었지만, 그보다는 장래에 이렇게 하고 싶다, 저렇게 하고 싶다며 꿈을 이야기하는 쪽이 그래도 많았던 것 같다.

미사오가 '신교지 씨와 한번 만나고 싶다'며 말을 꺼냈을 때, 에쓰코는 별로 의외라고는 생각하지 않았다.

—어떤 사람일까, 내 눈으로 보고 싶어. 상상대로의 사람일지 어떨지 확인하고 싶어. 안 될까?

상담자가 이러한 신청을 하는 일은 별로 없다. 에쓰코는 고민한 끝에 잇시키의 허가를 받아 네버랜드가 있는 빌딩의 찻집에서 미사오와 만났다.

'생각보다 훨씬 미인이다!'라고 미사오는 말했다. '어머어머, 정말 서른네 살? 거짓말 같아.'

미사오는 활발하고 총명하고 활력이 넘치는 열일곱 살 미소녀였다. 네버랜드를 필요로 하는 인간으로는 보이지 않았다. 그 차이에 에쓰코는 흥미가 생겼고 어린 여동생을 얻은 듯한 즐거움도 있었다.

　찻집에서 이야기하는 동안 미사오는 정말 밝았다. 다만 때때로 묘하게 안절부절못했다. 에쓰코가 찬물을 더 달라고 손을 들어 점원에게 신호를 했을 때는 옆에서 봐도 바로 알 수 있을 정도로 흠칫했다.

　‘무슨 일 있어?’라고 묻자 잠시 주저한 뒤 그녀는 작은 목소리로 말했다.

　‘너무 오래 이야기할 수는 없죠? 이제 돌아가시는 거예요?’

　미사오는 에쓰코가 ‘그럼, 이만’ 하고 말하지는 않을지 계속 조마조마해하고 있었던 것 같다.

　‘나는 사람들이 별로 좋아하는 타입이 아니에요. 특히 여자들이.’

　미사오는 눈을 깔고 그렇게 말했다.

　‘신교지 씨와 만나고 싶다고 말하고 나서도 나를 싫어하게 될지도 모른다는 생각이 들어서 정말 무서웠어요. 만나고 나면 두 번 다시 못 만나는 게 아닐까 하고. 난 정말 서툴러요.’

　‘뭐가?’

　‘친구…… 만드는 거.’

　그 말은 에쓰코의 마음에 소박한 악기의 음색처럼 울렸다. 정신이 들고 보니 자신은 이렇게 말하고 있었다.

　‘괜찮으면 오늘 밤 우리 집에 밥 먹으러 오지 않을래? 집에는 연락하고 돌아갈 때 내가 바래다줄 테니까.’

'정말?' 하고 미사오는 얼굴을 빛냈다. '정말 괜찮아요? 너무 좋아! 집이라면 걱정 없어요. 어차피 아무도 없으니까.'

네버랜드 직원으로서 거기까지 하는 것은 지나쳤을지도 모른다. 그러나 에쓰코는 후회하지 않았다. 그날 밤 미사오는 참 즐거워 보였다. 같이 식사를 하고 유카리도 함께 게임을 하고, 음악을 듣고—.

그러고 보니 사진도 찍었다. 그전 주 주말에 유카리와 디즈니랜드에 갔을 때 필름이 카메라에 아직 몇 장 남아 있어서 스냅 사진을 찍었다.

에쓰코가 일어나 거실 창가에 고정시켜 놓은 장식 선반 쪽으로 걸어갔다. 스냅 사진들을 액자에 끼워 진열한 곳이다.

미사오가 유카리와 껴안고 웃는 사진이 그날 밤 찍은 것이다.

당시 미사오는 머리를 막 잘랐다고 했다. '신교지 씨와 만나니까 미용실에 갔어요'라고 수줍게 말했다. 그럼 지금은 약간 머리가 자랐을지도 모른다.

쇼킹 핑크 티셔츠에 다리 선이 뚜렷이 드러나는 스톤 워시 진. 왼쪽 손목에 남자용 손목시계를 차고 귀에는 피어스가 빛나고 있다.

그날 밤은 아홉 시 반 정도에 집을 나와 차로 미사오를 데려다주었다. 그녀의 집은 히가시나카노의 주택가로, 이곳 기치조지에서 그렇게 멀지 않고 길도 알기 쉬웠다.

미사오의 집은 컴컴했고 문등조차 달려 있지 않았다.

‘거봐, 아버지도 어머니도 외출중이에요’라고 무뚝뚝하게 말하고 미사오는 차에서 내렸다. 현관 앞에 서서 에쓰코의 차가 방향을 바꾸어 오던 길을 달리기 시작할 때까지 계속 지켜보았다.

미사오를 직접 마주한 것은 그때 한 번뿐이다. 그리고 지금 그녀는 집에서도 자취를 감추어 버렸다고 한다.

‘어디로 가 버렸어?’

액자 속의 웃는 얼굴을 향해 에쓰코는 물어보았다.

요즘에는 한동안 전화도 오지 않았다. 네버랜드에는 물론 에쓰코의 집에도. 일주일 정도 되었나. 아니, 좀더 지났을지도 모른다. 요전에 전화로 이야기했을 때가 7월 말경이었던 것 같다. 아르바이트하는 곳에서 월급을 받아 이제부터 친구와 마시러 간다고 했다.

그때의 미사오 목소리를 떠올려 보아도 밝았다는 기억밖에 없다.

―레벨7까지 가 본다. 돌아올 수 없을까?

그 일기가 마음에 걸렸다. 미사오는 어디에서 돌아올 수 없다고 쓴 것일까.

갑자기 자신이 있는 위치를 확인하고 싶은 기분이 들어 에쓰코는 시계를 보았다. 오후 네 시 삼십오 분이었다.

7

　주방에는 얼음베개나 얼음주머니 같은 물건이 보이지 않았다.

　그는 먼저 욕실에 있던 수건을 적셔 그녀의 머리에 올려 주었지만, 물이 미지근해서 별로 소용이 없었다. 베개만 축축해졌을 뿐이다.

　냉장고는 3도어로, 가장 위가 냉동고다. 문을 열어 살펴보니 제빙기 안에 하얗게 흐려진 얼음이 있었다. 식기 선반의 서랍에서 발견한 비닐봉지에 넣어 즉석 얼음주머니를 만들었다. 욕실에서 마른 수건을 가져와 그녀의 이마에 놓고 그 위에 얼음주머니를 놓는다. 이번에는 상태가 괜찮은 것 같았다.

　"기분 정말 좋네. 고마워."

　그녀는 그대로 잠들어 버렸다. 그는 침실 문을 닫고 주방으로 돌아와 의자에 걸터앉았다.

　먼저 해야 할 일은 뭘까?

　그녀가 말한 대로 가만히 있으면 뭔가 생각날 가능성은 아무래도 희박했다. 지금 자신은 지극히 평범하게 움직이고 있다. 눈을 막 떴을 때처럼 사물과 단어가 연결되지 않는 일도 없어졌다. 전체적으로 기분은 안정되었다.

　그러나 기억은 전혀 돌아오지 않는다. 어젯밤 무슨 일이 있었는지 기억하려고 해도, 거주지가 어디인지 기억해 내려고 해도,

텅 빈 상자 안을 들여다보고 있는 듯 아무것도 보이지 않는다.

보이지 않는다. 그래, 이 경우 기억이란 머릿속에 떠오르는 영상이라고 문득 생각했다. 소리도 냄새도 감촉도 있는 영상.

숫자는 어떨까? 그냥 데이터라면 기억할 수 있을지도 모른다.

예를 들어—역사적 사실은?

그렇게 생각했을 때, 거의 동시에 '총포전래'라는 단어가 떠올랐다. '일오사삼 총포전래.'

1543년, 총포전래銃砲傳來.

어처구니없고, 스스로도 기가 막혔다.

그러나 비슷한 연대 암기법을 몇 개쯤 기억해 내는 것은 가능하다. 좋은 나라 만들자 가마쿠라 막부. 무사고의 날 없음 다이카 개신…….

어떻게 생각해도 자신은 이런 연대 암기법이 필요한 어린애 같지는 않다. 옛날에 쌓아 둔 지식의 단편이리라.

교사였을까? 아니면 학원 강사라든지 가정교사로 아이를 가르치고 있었을지도 모른다.

그런 모습을 한 자신을 떠올려 보려 했지만 아무것도 실감이 나지 않았다.

영어 단어 철자는 어떨까? 원주율은 기억하고 있을까? 구구단은 욀 수 있을까?

영어 단어는 아무래도 애매한 느낌이 들었다. 그러나 기억이 없다기보다, 기억을 잃기 전의 자신이 영어를 필요로 하지 않아서 굳이 익히지 않았던 것 같다. 구구단은 욀 수 있었고 원주율은 3.14다. 옆에 있던 신문에서 되는대로 숫자를 골라 사칙연산도 해 보았지만 능숙하게 해치울 수 있었다.

즉, 이런 종류의 지식은 누락되지 않았다. 우선은 안심해도 좋을 것 같다.

그러나 이 정도가 확인되었다고 덮어 놓고 기뻐할 수는 없었다. 지금 자신은 토대밖에 없는 집과 마찬가지다. 지붕도 벽도 어딘가로 날라가 버린 것 같다.

그리고 권총과 여행용 가방 가득한 현금.

한숨이 나왔다. 무심코 주위를 둘러보았다. 잠시 허둥대며 시선을 고정하지 못하고 있는 동안, 자신이 뭔가 찾고 있다는 걸 깨달았다.

무엇을? 테이블이나 선반 위를 바라보고 무엇을 찾으려—.

담배다.

무의식중에 자신의 이마에 손을 댔다. 그렇구나. 나는 흡연자였구나. 상표는? 무엇을 피웠을까.

담배의 이름은 척척 댈 수 있었다. 마일드세븐, 캐스터, 켄트, 라크, 캐빈—하지만, 무엇이 취향이었는지는 생각나지 않는다. 힘껏 생각해 보아도 떠오르지 않는다. 그러면서도 담배를 원한다는 요구만은 절실할 정도로 강해졌다. 그리고 이 집에는 담배가 없다는 사실은 알고 있다.

이렇게 되면 밖에 나갈 수밖에 없다.

언젠가는 닥칠 일이다.

자신을 그렇게 타이르고 나서 십오 분쯤 주방 안을 왔다갔다했다.

어차피 영원히 이 집에 틀어박혀 있을 수는 없다. 먹을 것도 필요하고 그녀의 상태를 보면 약도 필요할 것 같다. 늦든 빠르든 반드시 나가야 한다.

나간 순간에 잡힌다면―.

눈을 감고 그러한 사태를 떠올려 보았다. 잡힌다, 라는 단어에 자신의 마음은 어떠한 반응을 보일까. 기억을 잃기 전에 잡히는 상황을 두려워할 만한 짓을 했다면, 지금이라도 마음속 어딘가에서 경고를 해 주지 않을까.

경찰.

그 단어에는 이렇다 할 영상이 떠오르지 않았다. 다만 머릿속의 영상에 딱 한순간 번뜩이듯 회전하는 빨간불이 비쳤다. 많은 인간의 발소리가 뒤섞인 소리를 들은 느낌이다. 영화나 드라마에서 노상 보이는 광경이니 별로 믿을 만한 것은 아니다.

쫓기고 있다면 이런 곳에서 느긋하게 자고 있을 리도 없다. 자신이 그 정도로 얼빠진 인간은 아니었다고 생각하고 싶다.

좋아, 하고 끄덕이고 테이블 옆을 떠난다. 그 순간 가장자리에 놓아두었던 신문이 바닥에 툭 떨어졌다. 한 박자 쉬고 그는 허둥지둥 신문을 주워 올렸다.

만일 뭔가 사건이 일어났다면 당연히 신문에 나왔으리라. 아까 그녀가 여행용 가방에 가득 든 돈을 보고 바로 말한 것처럼, 강도라든지 유괴라든지 큰돈이 얽힌 흉악한 사건이 일어났다면.

사회면을 펼친다. 바로 눈에 들어온 헤드라인은 '물가 사고 잇따라. 초등학생 두 명 사망'이었다. 어느 해수욕장에서 아이가 익사했다.

다음. '유산상속 싸움에 장남이 집에 방화'.

다음. '스기나미의 변사는 자살로 판명'.

다음. '여름 방학 등산 중 학생 한 명 추락사'.

샅샅이 찾아보았지만 강도도 유괴도 없었다. 젊은 남녀 용의자를 쫓고 있다는 취지의 기사도 없었다.

한숨 놓았지만 동시에, 하지만 신문뿐이 아니야, 라고 생각했다. 텔레비전. 텔레비전도 보자. 좀더 빨리 그랬어야 했다. 주방 벽에 걸려 있는 시계를 올려다보니, 마침 네 시가 되는 참이었다. NHK라면 뉴스를 할 시간이다.

침대가 있는 방에 돌아가 텔레비전 스위치를 켰다. 팟 하고 화면이 나오며 깜짝 놀랄 정도로 커다란 음량의 음악이 흘러나왔다. 수영복 차림의 아이돌 가수가 수영장에서 노래하고 있다.

채널을 바꾸려고 했지만 텔레비전의 표면에는 손잡이도 스위치도 보이지 않는다. 겨우 본체 아래에 내장된 리모콘을 알아차렸을 때에는 그녀가 잠을 깨 버렸다.

"뭐 해?" 나른한 목소리로 말한다.

"미안해." 그는 텔레비전 쪽으로 몸을 수그린 채 말했다. "뉴스를 보려고. 뭔가 알 수 있을지도 몰라.”

음량을 줄이고 채널을 NHK에 맞추자 딱 맞게 뉴스가 시작했다. 그는 텔레비전 옆으로 비켜서, 침대에 있는 그녀에게도 화면이 보이게 해 주었다.

안경을 걸친 아나운서는 귀성 전쟁의 절정은 아직 오지 않은 것 같다는 화제부터 시작했다. 이어서 신문에도 나온 초등학생의 사고에 관한 이야기와, 현재 규슈 지방을 덮친 낙뢰 사고로 사망자가 한 사람 나왔다는 뉴스를 소리 내어 읽었다.

“뉴스를 전해 드렸습니다.”

머리를 가볍게 숙이고 사라져 간다. 이 분 동안의 짧은 정시 뉴스다. 큰 사건은 아무것도 일어나지 않았다는 증거다. 그는 전원을 껐다.

“어때?” 하고 그녀를 돌아본다. “강도도 유괴도 없어.”

그녀는 잠시 텔레비전 쪽을 보고 있다가 곧 말했다. “들키지 않았을 뿐일지도 몰라.”

“언제까지 우리를 범죄자로 만들고 싶은 거야.” 그는 불끈 화가 치밀었다. “조금은 기운이 날 만한 말을 해도 되잖아? 나는 이제부터 밖에 나가려고 하는데.”

그녀는 팔을 짚어 몸을 일으켰다. “밖에 나가?”

“그래. 계속 여기에 틀어 박혀 있을 수는 없어.”

“밖에 나가서 어떻게 할 건데?”

“일단, 필요한 물건을 사 올 거야.”

그녀는 여행용 가방을 넣어 놓은 옷장 쪽으로 시선을 향했다.

"저 돈으로?"

그는 끄덕였다. "그것 말고는 방법이 없잖아? 아니면 당신, 지갑이라도 있어? 있으면 줘. 나도 양심의 가책이 없어서 좋고. 만만세지."

그녀는 묵묵히 다시 누웠다. 그는 침대 머리맡으로 돌아서 갔다.

"미안" 하고, 작게 말했다. "심술궂은 말투였지, 방금."

뜻밖에도 그녀는 미소지었다. "괜찮아. 내가 나빴어."

"기분은?"

"별로 좋지 않지만—아까보다는 조금 편해진 것 같아."

"두통이 괜찮아졌어?"

"으응. 하지만……." 그녀는 불안한 듯이 눈을 깜빡였다. "눈이 따끔따끔해."

"눈이 잘 안 보여?"

"아니, 그게 아니라, 눈을 감을 때 눈꺼풀 안쪽에서 뭔가 빛나는 것처럼 보여. 게다가 어쩐지 흔들흔들하는 게."

"자는 편이 좋아."

그 말밖에 할 수 없는 자신이 정말 한심했다.

"문은 잠가놓고 갈 테니까 걱정하지 않아도 돼. 바로 돌아올게."

그렇게 말하고 문 쪽으로 걸어가는데 그녀가 담요 밑에서 손을 내밀어 그의 팔을 가볍게 잡았다.

"미안해, 끈질기다고 생각하지만."

"응?"

"만일을 위해, 나가기 전에 냉장고 안을 확인해 봐. 만일 부자연스러울 정도로 식료품이 꽉 차 있다면 우리가 이렇게 되기 전에 당분간 밖에 나가지 않아도 되도록 준비했다는 말이겠지?"

그는 그녀의 손을 가볍게 두드렸다. "알았어."

냉장고 안은 거의 텅 비어 있었다. 한가운데 가장 커다란 문 안쪽으로 생수 페트병이 오도카니 들어 있을 뿐. 그 아래 서랍식은 야채칸인 듯한데 사과가 두 알 굴러다니고 있다.

그는 사과를 손에 들어 보았다. 옅은 핑크색에 껍질은 팽팽하게 부풀어 신선해 보였고 달콤한 향기가 난다.

그때―.

갑자기 기억이 보였다. 사과와 몇 종류쯤의 과일이 어딘가 위쪽에서 비처럼 내린다. 아이들의 옛날이야기에라도 나올 듯한 꿈속 비.

그 이미지는 바로 사라졌다. 어느 쪽이든 도움이 되지는 않겠다고 생각했다. 그는 살짝 머리를 흔들고 나서 사과를 원래 장소에 되돌려놓고 야채실을 발로 밀어 닫았다. 안에서 데굴데굴 하는 소리가 났다.

칸막이 문을 열어 그녀에게 보고했다.

"우리가 틀어박히기로 한 건 아닌 것 같아."

“다행이네, 그렇게 생각해도 되지?”

“그렇게 생각해.” 마음속 깊이.

옷장을 열어 다른 사람 물건에 손을 대고 있다는 죄책감을 억누르면서, 여행용 가방에서 만 엔 지폐를 두 장 끄집어냈다. 바지 뒷주머니에 쑤셔 넣는다.

“그러면 다녀올 테니까.”

잠시 가만히 있다가 그녀가 말했다. “꼭 돌아와.”

돌아오지 않는다는 생각은 지금까지 해 보지 않았다. 말을 듣고서야 비로소 그녀를 이곳에 내버려둘 수도 있다는 사실을 깨달았다.

얼음주머니를 머리에서 뗀 그녀가 일어나 이쪽을 보고 있다. 아까 주방에서 매달렸을 때와 같은 표정이다.

“반드시 돌아올게. 어디로 사라지지 않아.”

그녀의 하얀 볼이 안도감에 누그러졌다.

“이곳을 나가면 건물 이름을 확인해. 돌아오고 싶어도 돌아오지 못하면 안 되니까.”

“걱정하지 마. 기억이 지워진 걸 빼면 화가 날 정도로 정상이야, 나는.”

입으로는 그렇게 말했지만 내심 그녀의 권유에는 따르기로 결심했다. 자신이 더없이 불확실한 이상, 방향감각도 믿을 수 있을지 의심스럽다. 어떤 일이든 신중하게 하는 편이 좋다.

“부탁이 하나 있는데.”

“뭐야?”

“아무래도 당신이 나보다 이것저것 세세한 사항을 잘 알아차리는 것 같아. 분명 머리가 좋은 거겠지. 그러니까 뭔가 생각이 나면 공유해 주지 않겠어? 이제부터 어떻게 행동할지에 관해.”

그녀는 살짝 미소 지었다. “응. 약속할게.”

현관에서 스니커를 신고 있으니, 조심해, 라는 목소리가 들려왔다. 그는 대답 대신에 한번 흘끗 돌아보고 나서 문을 열었다.

8

밖이다.

잠시 멍하니 그것만을 생각했다. 문에 등을 대고 정면에서 비추는 태양빛을 쬐었다. 눈을 감자 눈꺼풀 너머 안쪽까지 태양빛이 밝게 비춘다.

문을 열고 긴 콘크리트 복도에 발을 내디뎠다. 일 미터 정도 떨어진 앞에는 그의 가슴 아래까지 오는 높이의 담이 있다. 역시 콘크리트로 무뚝뚝한 색깔이다.

담에 팔꿈치를 올리고 아래쪽 경치를 내려다보았다.

방 창문에서 본 전망과 별로 다른 점은 없다. 길게 이어지는 집 사이로 가는 골목 등이 보인다. 오른쪽 방향으로 여기보다 키가 작은 맨션이 한 동 있고, 창문마다 빨래로 가득하다.

시선을 멀리 옮기자, 아득한 저편에 철탑 같은 것이 흐릿하게 보였다.

도쿄 타워다.

틀림없다. 아, 저건 알아, 라는 느낌이다. 하늘은 새파란데, 눈에 들어오는 범위 내의 지평선은 회색의 옅은 구름 같은 것에 덮여 있다. 스모그와 인연을 끊을 수 없는 거리.

이곳은 도쿄다.

바람이 지나가듯 인식이 몸 전체를 달려 빠져 나갔다. 도쿄다.

알고 있다. 안다. 안다고.

이렇게 몸을 내밀고 있으니 아플 정도로 눈이 부시다. 태양을 마주하고 있기 때문이다. 오후 네 시를 지나 태양이 이쪽으로 돌고 있다.

그렇다는 것은 이 복도—즉, 자신들이 있는 이 건물의 문은 서쪽, 창문은 동쪽을 향하고 있다. 그리고 도쿄 타워가 서쪽에 보인다는 것은 이 동네는 도쿄의 동부에 위치했다는 말이다. 낮에도 육안으로 도쿄 타워를 볼 수 있으니까 도심에서 그렇게 멀리 떨어져 있지는 않을 것이다.

머릿속에 지도가 그려졌다. 그곳에 겨우 컴퍼스의 한쪽 다리를 찍을 수 있었다. 게다가 전혀 모르는 지도도 아니다. 나는—도쿄를 알고 있다. 생판 모르는 땅에 있는 게 아니다. 그는 커다랗게 한숨을 토하고 담에서 몸을 뗐다.

아까 문을 열어 보았을 때는 깨닫지 못했지만 이곳은 제일 끝집이었다. 북쪽 모퉁이다. 목을 쑥 내밀어 보니 왼쪽으로 뻗어 있는 복도를 따라 문이 다섯 개 있었다. 지금 나온 문을 포함하면 여섯 개. 딱 그 중간에 조금 움푹 들어간 부분이 보인다. 엘리베이터가 있는 장소일 것이다. 복도 반대쪽의 막다른 곳, 즉 남쪽 모퉁이에는 비상용 외부 계단이 있었다.

그는 걸어 나가기 전에 다시 한번 지금 나온 집 문을 돌아보았다. 문을 마주 보고 오른쪽에 달려 있는 문패를 올려다보았다.

〈706 사에구사〉

우뚝 섰다.

그렇다. 혼란한 나머지 잊고 있었다. 눈을 뜨고 똑바로 이 문패를 보고 있다. 사라진 기억을 더듬기 위한 커다란 단서가 이곳에 이렇게 있지 않은가.

그는 빠른 걸음으로 엘리베이터 쪽으로 걸어가 버튼을 눌렀다. 일 층에 멈추어 있던 엘리베이터가 칠 층으로 올라오기까지 무척 오래 걸리는 느낌이 들어 초조했다.

관리실이다. 우선 거기에 물어보자. 구실은 뭐든지 붙일 수 있다. 706호 사에구사 씨를 찾아온 사람입니다만, 아무도 안 계신 것 같아서……. 어디 계신지 아십니까?

일 층에 도착해 느릿느릿 열리는 엘리베이터 문 사이를 빠져나가듯 홀로 나갔다. 홀은 매우 아담했다. 오른쪽은 벽, 왼쪽에 통로가 뻗어 있고 그곳을 걸어가다가 모퉁이를 꺾으면 정면 현관이 있다.

입구는 양쪽으로 열리는 큰 유리문으로, 오른쪽에 명색뿐인 로비가 있다. 테이블과 의자가 둘. 다리가 긴 재떨이. 게다가 바로 앞에 자물쇠가 달린 우편함이 늘어서 있었다.

유리문을 통해 밖에 지나가는 차가 보인다. 도로일 것이다.

관리실은 바로 알 수 있었다. 왼쪽에 문이 있고 옆쪽 벽에 작은 창문이 뚫려 있다. 배치상 엘리베이터 뒤쪽에 해당할 것이다. 그는 그 문으로 다가갔다.

〈관리실 출입 금지〉

노크하기 전에 몸을 굽혀 작은 창문으로 들여다보았다. 바로 건너편 카운터에 놓인 전화기와 나란히 팻말이 하나.

〈당 맨션은 순회 관리 체제입니다. 순회일은 월, 수, 금요일입니다만, 관리인 부재시, 긴급 용무가 있는 분은 아래로 연락 주십시오.〉

03으로 시작하는 전화번호가 적혀 있다. 관리회사의 이름은 '도와 부동산 관리센터'.

작은 창문 건너편에는 사람의 기척도 없다. 문에는 자물쇠가 걸려 있다.

맥이 빠졌다.

어쩔 수 없다. 나중에 관리센터로 직접 전화를 걸어도 된다. 부동산 회사라면 일요일도 영업할 테니까.

유리문은 무거웠다. 밀고 나가 반원형의 낮은 계단을 두 단 내려가니 인도였다. 계단 양쪽에는 뾰족한 잎이 빽빽하게 자라 있는 관목으로 변변찮은 수풀이 꾸며져 있었다.

마침 자전거가 한 대 지나가다가 그를 비껴 달려간다. 뒷자리에 작은 아이를 태운 젊은 여성이다. 불과 한순간 아이의 졸린 눈과 시선이 마주쳤다.

이차선 도로가 좌우로 똑바로 뻗어 있다. 바로 옆에 횡단보도와 신호등이 있고 그 앞에는 공원. 가만히 서서 지켜보고 있으니 짙은 녹색 나무 사이로 새빨간 비치볼이 퉁 하고 하늘로 올라갔다가 호를 그리며 떨어짐과 동시에 환성이 들렸다. 아이들이 놀고 있는 것 같다.

이렇다 할 정도로 새로운 광경은 아니다. 기억도 자극하지 않는다. 흔해 빠진 주택가의 지쳐 가는 한여름 오후. 그림자는 짙고 공기는 숨이 막힐 정도로 무덥다. 사람 그림자도 보이지 않는다.

그러나 콧노래가 들린다.

오른쪽이다. 눈길을 돌리자, 좁은 골목길을 사이에 두고 맨션과 나란히 선 하얀 벽의 세련된 집이 한 채 있다. 음정이 맞지 않는 노랫소리는 아무래도 그 골목 쪽에서 들려오는 것 같았다.

다가가니 시원하게 물이 흐르는 소리도 났다. 골목 끝에 서서 가느다란 물줄기가 발치로 흘러 하수구로 들어가는 모습을 보았다.

남자가 한 사람, 길가에서 세차를 하고 있다.

하얀 승용차였다. 새 차는 아니다. 전체적으로 땅딸막한 모양으로 범퍼가 조금 움푹 들어가 있다.

파란 비닐 호스를 손에 들고 콧노래를 부르면서 세차에 여념이 없는 남자는 그에게 등을 향한 채 지금 트렁크 쪽을 씻고 있다. 키가 크고 날씬하고 다리가 길다. 빛 바랜 바지의 옷자락을 걷어 올리고 있는데 별로 깨끗하지는 않은 정강이가 보인다. 납작한 샌들을 신고 있지만 그것도 완전히 젖었다.

영차 하고 소리를 내면서 남자가 돌아보았다. 담배를 물고 눈을 찌푸리고 있다.

이 미터 정도의 거리를 사이에 두고 두 사람은 정면으로 얼굴을 마주하게 되었다. 이상한 대면이었다. 그는 양팔을 옆구리에 늘어뜨리고 무료한 표정을 지었다. 세차하는 남자는 걸레처럼 더럽혀진 수건을 목에 걸고 왼손에는 물이 기세 좋게 뿜어 나오는 호스를, 오른손에는 커다란 핑크색 스펀지를 쥐고 있다. 물이 똑똑 떨어지고 있다.

잠시 후에 남자가 말했다.

"여어."

그 소리를 들었을 때 갑자기 떠오른 듯 심장이 세차게 고동을 치기 시작했다. 거칠기는 하지만 인사말이다. 아는 사람인가?

'이제 깼나?'라든지, '아직 졸린 것 같군'이라는 말이 이어지지 않을까 했다. 희망으로 머리가 화르르 뜨거워졌을 정도였다.

그러나 상대는 이렇게 말했다.

"여기 주차장에는 차를 못 세워."

그는 대답을 할 수 없었다. 남자는 스펀지에서 거품이 섞인 물을 마구 짜내고 말을 계속했다.

"저쪽 길가에는 세워도 괜찮아. 노상주차가 너무 많아서 경찰도 하나하나 못 잡으니까. 다른 집 출입구를 막지 않게 조심만 하면 괜찮지."

이 남자는 그가 차 세울 장소를 찾는 운전자라고 짐작한 모양이다. 아까의 "여어"라는 말에 의미 따위 없었던 것이다.

이게 몇 번째 허탕일까. 상대에게 알았다는 표시를 하기 위해 가볍게 끄덕여 보였다.

"주차장이라뇨?"

"여기야." 남자는 골목의 안쪽을 대충 가리켰다. 그는 한걸음 옆으로 움직여 들여다보았다.

방금 나온 맨션 뒤편에 해당하는 장소다. 낮은 철망 울타리에 둘러싸인 좁은 공간으로 〈팰리스 신카이바시 전용 주차장〉이라는 간판이 나와 있다.

'팰리스 신카이바시'. 그는 맨션의 정면 현관 쪽으로 돌아가 보았다. 유리문 옆에 로마자로 같은 이름이 적힌 플레이트가 달려 있었다.

그렇다면 그 남자는 이 맨션의 주민일 것이다. 서둘러 차가 있는 곳으로 돌아가 보니, 남자는 차 뒤로 가 있었다. 길에 던져둔 호스에서 깨끗한 물이 흘러나오다가 바로 멈추었다. 남자가 걸레 같은 수건으로 손을 닦으면서 일어섰다. 물고 있던 담배도 없어졌다.

다시 시선이 마주치자 역시 의심스럽다는 듯한 표정을 지었다. 그는 허둥지둥 말했다.

"저, 이곳에 사십니까."

"그런데."

"706호실의 사에구사라는 분을 아십니까?"

남자는 물끄러미 그를 쳐다보았다.

나이는—사십대 중반쯤일까. 외견만으로 나이가 짐작이 가는 남자는 아니었다. 서른다섯이라고 해도 이상하지 않고, 내년에 오십이 된다고 말해도 그다지 놀라지 않을 것 같다. 그러나 어느 쪽도 다 거짓말로 들린다. 그런 얼굴이다.

"사에구사라면, 난데." 남자가 말했다. "당신이 말하는 사람이 사에구사 다카오라면, 706호에 살아."

남자는 눈을 휘둥그레 떴다. "정말입니까?"

"정말이지."

남자는 눈썹을 찡그렸다. 그러자 지독히 깐깐한 얼굴이 되었다.

"당신 누구야?"

이것저것 생각할 여유도 없이 그는 말했다. "지금, 그 706호실에서 나왔습니다. 댁이십니까?"

남자는 다시 수건을 어깨에 걸치고 양쪽 끝을 손으로 잡고 있다. 맨션 쪽을 턱으로 가리키며 물었다.

"여기?"

"네에, 그렇습니다. 팰리스 신카이바시지요?"

상대는 끄덕였다. "어디를 봐서 팰리스인지 수상쩍긴 하지만, 이름은 그렇지."

그도 또한 팰리스 신카이바시를 올려다보았다. 하얀 타일의 외벽이 빛나고 있다.

"706호라니, 나는 당신 같은 사람 재워 준 기억이 없어."

그렇게 말하면서 남자는 살짝 웃었다.

그도 어리둥절해서 말을 잃었다. 면바지 주머니에 양손을 찔러 넣고 어깨를 움츠려 보였다.

"그렇지만……."

"아아, 아아, 그렇군." 목소리를 높이더니 남자가 크게 끄덕인다. 웃는 얼굴이 되어 의외일 정도로 하얀 이가 엿보였다. 이번에는 정말로 우스워서 웃고 있는 얼굴이었다.

"댁이 말하는 집은, 끝 방이지? 북쪽."

"네, 그렇습니다."

"그건 707호야."

"네?"

"707. 댁, 문에서 오른쪽에 있는 문패를 봤지? 아니야?"

"네에, 그렇습니다. 그곳에 '706 사에구사'라고 적혀 있어서……."

"그래그래. 그런데 그건 우리 집 문패야. 댁이 말하는 707호 문패는 그 문 왼쪽에 달려 있어."

머릿속에서 문을 떠올려 보았다. 그러고 보니 왼쪽은 전혀 보지 않았다. 문패는 보통 문의 오른쪽에 달려 있기 마련이니까.

"위치가 이상하지 않습니까?"

"이상하지." 상대는 선선히 수긍했다. "이상하니까 원래 고쳐야 하는데 귀찮으니까 놔두는 거야. 전기 미터기 설치 때문에 그런 식으로 문패가 문 왼쪽에 붙어 있는 집이 몇 군데 있어, 이 맨션에는."

"그렇지만, 한 층에 방은 여섯 개밖에 없죠? 어째서 7호실이 있습니까.”

“그건 말이지.” 남자는 왼손으로 목덜미를 긁으면서 오른손으로 셔츠와 바지 주머니를 두드리기 시작했다. 그 의미를 그도 알 수 있다. 담배를 찾고 있는 것이다.

“담배라면 저기 있는데요.” 타이어 뒤에 괴는 벽돌을 가리켜서 알려 주었다. 그 위에 납작한 마일드세븐 갑과 싸구려 라이터가 겹쳐져 있다.

“아, 그렇군.”

남자는 허리를 숙여 담배를 집어 들었다. 이미 거의 비어서 남자가 흔들어 보니 두 개비밖에 없다. 한 개비를 입술 사이에 끼고는 그를 보더니 살짝 갑을 기울인다. 피우겠나? 라고 묻는 것이다.

“감사합니다.” 남자는 손을 뻗었다. 담배를 기대하고 보고 있었던 것은 아니지만 다소 겸연쩍은 느낌이 들었다.

불을 붙이고 담배를 빨아들이자 약간 어지러웠다. 그러나 그리운 감각이다. 결코 처음 피우는 게 아니라는 사실을 몸으로 느꼈다.

기분도 안정되었다. 고마웠다.

“집이 여섯 개밖에 없는데 7호실이 있는 것은 말이지.” 남자는 입 끝으로 담배를 늘어뜨리고 말했다. “4호실이 없기 때문이야. 부정 탄다고 생각했겠지. 104호도, 304호도, 504호도, 전부 없어. 또 사 층이 없어. 301의 위는 501이라는 말이야.”

"그러면 700번대의 집이 있는 층은……."

"사실은 육 층이지. 걱정도 어지간하지?"

남자는 담배를 문 채 목에 건 수건을 들어 젖은 발을 닦기 시작
했다.

"그렇다면 당신이 사에구사 씨군요."

"그래. 뭐 불만 있나?"

발을 닦은 수건을 어깨에 걸치고 관찰하듯이 그를 본다. 조금
재미있어하는 얼굴을 하고 있다.

"707호에는 어떤 사람이 있습니까?"

그 질문에 상대의 입 끝에 떠올라 있던 옅은 웃음이 사라졌다.
물고 있던 담배를 발끝의 물웅덩이에 훅 하고 불어 떨어뜨리고는
이쪽을 본다.

"어떤 사람이냐니, 당신 707호에 있었다며?"

"네에." 그는 꿀꺽 하고 침을 삼켰다.

"그러면 알겠구만. 응?"

서둘러 생각했다. 이 사에구사라는 남자는 그렇게 쉽사리 구워
삶을 수 없는 사람 같다.

"실은 말입니다." 양손을 조금 펼쳐 보였다. "모릅니다."

사에구사는 묵묵히 있다. 팔짱을 끼고, 체중을 왼쪽에 실은 채.

"어젯밤, 취해서 이곳에서 잔 것 같은데 눈을 떠 보니 전혀 생
각이 안 나서. 아무래도 술집에서 즉흥적으로 사귄 친구의 집 같
습니다."

어설프게 만든 이야기기는 하지만, 순간적으로는 이것밖에 나오지 않았다.

"게다가 그 친구도 없어져서요. 쇼핑이라도 간 건지. 그래서 저는 어찌할 바를 모르겠다는 말씀입니다."

사에구사는 그에게서 눈길을 거두고 아무도 없는 쪽을 향해 얼굴을 찡그렸다.

"모르시겠습니까?"

"아니, 알아. 알지만……."

"바보 같은 이야기이기는 하지만요."

다시 심장이 두근두근하기 시작했다. 웃는 얼굴을 지어 보았지만 제대로 웃는 얼굴로 보이고 있을지 자신이 없다.

사에구사는 이쪽으로 시선을 보내며 "한심한 이야기군" 하고 진지한 얼굴로 말한다. 위로 아래로 그를 지그시 훑어보더니 "정말 한심한 이야기야"라고 결론을 냈다.

"어쩔 수 없군. 그 친구라는 사람이 돌아올 때까지 기다릴 수밖에."

"그런 것 같군요. 다만 그―그 녀석에 대해 뭔가 아시나 해서."

"내가? 아아, 옆집이니까 그런가."

사에구사는 무뚝뚝하게 고개를 흔들고, 바지 주머니에 손을 쑤셔 넣었다. 열쇠가 나왔다.

"자자. 솔직히 말해 옆집에 사람이 살고 있는지 어떤지도 모를 정도야. 이런 맨션이니까 혼자 지내는 사람이 많아. 아직 신축이라 빈집도 있고."

"그렇습니까."

그는 물웅덩이에 꽁초를 버리고 되도록 아무렇지도 않은 듯한 표정을 유지했다. 그러고는 차를 주차장 안으로 넣으려는지 문을 열고 타서 시동을 건다.

어중간한 느낌은 들었지만 인사를 할 필요는 없는 상대다. 그는 입 속으로 우물우물 "그럼"과 비슷한 소리를 하고, 어쨌든 여기서 나가기 위해 걷기 시작했다. 그러자 그 남자가 불러 세웠다.

"어디로 갈 생각인가?"

"잠시 이 근처에." 그는 아무 생각 없이 앞의 방향을 가리켰다. "재워 줬으니까 녀석이 돌아오기 전에 캔맥주라도 사 둘까 해서."

사에구사는 창에서 몸을 내밀었다. "상점가는 반대 방향이야. 그쪽으로 가 봐야 학교가 있을 뿐이지."

"아, 그렇군요." 그는 웃어 보였다. "감사합니다."

그는 어색하게 방향을 바꿔 걸어갔다. 차창에서 팔꿈치를 쑥 내밀고 가만히 이쪽을 지켜보는 사에구사의 시선을 느낄 수 있다. 그의 시야에서 벗어나기 전까지 뛰지 않으려고 노력했다. 등에서 땀이 솟았다.

어쨌든 장을 봐야 한다.

남자가 가르쳐 준 방향으로 잠시 나아가니 바로 왼쪽에 작은 만국기가 무수하게 장식된 상점가의 입구가 보였다. 〈차량 진입 금지〉 팻말이 세워져 있다. 무척 가느다란 길에 정면 폭이 좁은 점포가 빽빽이 늘어서서 부분부분 깃발이 흔들린다. '선데이 빅세일'이라는 커다란 문자가 적혀 있지만 외로울 정도로 인기척이 없다. 장식은 화려하지만 셔터를 내린 가게도 많이 눈에 띄었다.

술집, 건어물집, 야채가게, 그리고 초등학생이 주르르 서서 만화를 읽고 있는 책방..그 앞을 걸어 지나가면서 어떻게 할지 고민했다. 가게에 들어가 말을 걸고 필요한 물건을 하나하나 살 용기가 아무래도 솟지 않는다. 애당초 돈을 계산하는 법도 잊어버렸을지 모른다는 생각이 든다. 아니, 아까까지의 경험으로 보아 머리로는 그럴 리 없다는 걸 안다. 그럼에도 혹시나 하는 생각을 떨칠 수 없었다.

상점가의 밀집한 분위기 속에는 어딘가 배타적인 느낌이 감돌았다. 지나친 생각은 아니다. 빵집 앞을 지날 때 몹시 덥다는 표정으로 서서 이야기하던 두 중년 주부가 그를 보고 약간 수상하다는 듯한 눈을 했다. '어머, 본 적이 없는 얼굴이네'라는 속삭임이라도 들려올 것 같다.

그런 식으로 걷는 동안에 상점가 끝까지 와 버렸다. 만국기도 이미 끝이다. 다시 녹슨 〈차량 진입 금지〉 팻말을 맞닥뜨렸다.

맨션 앞과 비슷한 폭의 길로 나간다. 인도에 빈틈없이 차가 세워져 있다. 길을 사이에 둔 건너편에는 공단인지 주택단지인지, 아무튼 창문이 잔뜩 모여 있는 건물이 높이 솟아 있었다. 맞은편에는 쨍쨍 비추는 태양과 새하얀 적란운.

이마의 땀을 닦고 멍하니 서 있으니, 오른쪽에서 묘하게 사람이 많이 온다. 가족 일행이나, 부부. 아기를 태운 유모차를 밀고 있는 남성도 있고 자전거로 함께 달려오는 모녀 같은 일행도.

모두 커다랗고 하얀 비닐봉투를 들고 있다. 짐칸에 싣고 있다. 다섯 개입 패키지 티슈 상자를 흔들흔들거리는 여성도 있다.

아무래도 근처에 대형 슈퍼마켓이 있는 것 같다. 자세히 보니 길가는 사람이 손에 들고 있는 비닐봉투에는 모두 똑같은 가게 이름이 있었다.

가로로 ROLEL. 로렐이다.

알고 있는 이름이다. 분명히 기억에 있다. 어쨌든 사람이 많은 쪽으로 가면 되니까 틀릴 수가 없었다. 곧 커다란 사각형 건물과 그 앞에 빽빽이 세워져 있는 무수한 자전거가 보였다.

이상하게도 몹시 붐비는 가게 안에 발을 들여놓아도 저항감이 전혀 들지 않았다. 이곳이라면 안심하고 행동할 수 있다는 느낌이 들었다. 분명 이런 장소에서 장을 본 적이 있다는 확신이 생겼다.

무엇이 필요한지 생각해두지 않아서, 선반에 넘쳐나는 상품을 보고 있으니 어떻게 해야 좋을지 알 수 없어졌다. 그녀의 의견을 물어보고 오면 좋았을 텐데. 적어도 뭔가 먹고 싶은 음식이 있는지만이라도.

인파에 밀리고 세일 품목을 파는 점원의 목소리에 뒤쫓기면서 포장된 샐러드나 샌드위치, 우유 등 어쨌든 눈에 뜨인 순서대로 바구니 안에 던져 넣었다. 긴장한 탓인지 눈앞에 먹을 것이 늘어서 있어도 전혀 배가 고프지 않았다. 다만 괜히 목이 말랐다.

일용품 코너에서 잊지 않고 볼펜을 샀다. 방에는 필기도구가 아무것도 없었기 때문이다.

계산대 근처에는 담배 열갑들이 상자가 놓여 있어서, 그것도 넣었다. 일회용 라이터도 두세 개 던져 넣고 전쟁터 같은 계산대 줄 뒤에 따라 섰다. 머리가 지끈지끈해졌다.

맞다, 약. 약을 사지 않으면.

앞에는 다섯 명 정도 서 있다. 계산대에 바구니를 놓고 점원이 상품을 꺼내어 기계 위를 통과시킨다. 그렇다, 바코드다. 바로 앞의 바구니에서 뒤의 바구니로. 손님이 산 상품을 이동시켜 금액을 말하고 돈을 받고 거스름돈을 건넨다. 한눈도 팔지 않고 멈추지도 않는다.

괜찮다, 계산은 몇 번이나 한 기억이 있다. 어린아이가 아니니까 할 수 있을 것이다. 그렇게 생각하면서 손바닥에 밴 땀을 꽉 움켜쥐었다.

자신의 차례가 되어 점원이 바구니 안에 손을 넣는 모습을 멍하니 쳐다보았다.

"만 이백오십삼 엔입니다."

시원시원한 목소리가 날아왔다. 흠칫했다.

점원이 이쪽을 보고 있다. 허둥지둥 주머니에서 지폐를 꺼내 접은 채로 건넸다.

"삼 엔 없으십니까?"

지폐를 펼쳐, 계산대의 기계에 넣고, 다시 빠른 말투로 말한다. "아, 없어요"라는 목소리를 내자 점원은 재빨리 천 엔 지폐 다발을 꺼내 세고는 내밀었다.

"먼저 구천 엔입니다. 확인해 주십시오."

확인할 짬도 없이 "나머지 칠백사십칠 엔 거슬러 드렸습니다. 감사합니다" 하고 내미는 잔돈을 받았다. 쫓겨나듯이 그곳을 떠났다.

바보 같군. 그래도 이번에는 웃을 수 있을 만큼 괜찮아졌다.

일단 밖으로 나와 슈퍼 전용 주차장 앞에 있던 주차안내원에게 가까이에 약국이 없는지 물어보았다. 자세히 가르쳐 준 덕에 헤매지 않았다.

일단 두통약을 집고 문득 뒤늦게 떠올라 얼음베개를 샀다. 흰옷을 입은 여성 점원이 들기 쉽도록 포장해 건네면서 "몸조리 잘하세요"라고 말했다.

그 한마디가 예상외로 마음에 사무쳤다.

무심코 걸음을 멈추고 상대의 얼굴을 바라보았다. "뭔가요?" 하는 물음에 서둘러 밖으로 나간다. 한순간 방치된 아이와 같은 불안함을 느꼈다.

모처럼 얼음베개를 샀는데 얼음이 없으면 소용이 없다. 근처에 술집이 있었다. 그곳에서 돌얼음을 두 봉지. 사는 김에 산더미처럼 쌓여 있는 버드와이저 여섯 개들이 팩도 샀다. 상당한 짐이 생겠다. 나는 어떻게 보일까. 혼자 사는 학생일까, 새신랑일까.

그러나 주위에 있는 수많은 사람들 중 누구 한 사람도 그를 평가하지 않는다. 그가 자신에 관한 모든 기억을 잃고 있고 비슷한 상태의 이름도 모르는 여성이 기다리고 있는, 누구 집인지도 모르는 곳으로 돌아가는 참이라는 사실을 알아차리는 사람이 있을 리도 없다.

방향감각은 그를 버리지 않았다. 돌아오는 길은 제대로 찾을 수 있었다.

걷고 있는데 하늘이 갑자기 어두워지더니 눅눅한 바람이 지나갔다. 소나기일 것이다. 아까의 적란운이다.

팰리스 신카이바시 앞까지 돌아왔을 때, 그럴 일은 없겠지만 아직 사에구사가 그곳에 있을 것 같아 뒤쪽 주차장을 살펴보았다. 그의 모습은 없고 범퍼가 움푹 들어간 차는 안쪽 벽에 바싹 붙여 깔끔한 상태로 세워져 있었다. 파란 호스는 둘둘 감아 출입구 옆에 있는 수도꼭지에 걸어 놓았다.

육 층에 올라가 문 앞에 서서 왼쪽 벽을 본다. '707'이라는 번호가 있을 뿐, 이름칸은 공백이다.

문을 열자 안쪽 방에서 그녀가 달려 나왔다. 파자마 위에 또 한 장, 커다란 셔츠를 걸치듯이 입고 있었다.

"늦었잖아." 대들듯이 말한다. 비난하는 게 아니라 반쯤 울고 있다.

그는 등을 문에 대고 커다랗게 숨을 내뱉었다. 다녀왔어, 하고 말했을 때 창밖이 번쩍 빛나면서 무거운 물체가 바닥에 쓰러질 때 같은 소리가 낮게 들려왔다.

"한바탕 비가 올 것 같군." 그렇게 말하면서 그녀의 손을 잡았다. 작고 차가운 손이었다.

9

혼자서 집을 지키는 사이에 그녀는 중요한 발견을 했다. 지도를 찾은 것이다.

"어디에 있었어?"

"옷장 안 재킷 주머니에 접혀서 들어 있었어. 걸칠 만한 게 없나 찾으려고 안을 들춰 봤더니 있던데."

주방 테이블 위에서 펼쳐 보였다.

지도라고 해도 겨우 한 장짜리 복사본이었다. A4 크기로 세세하게 표시된 지도는 작게 접혔던 탓에 줄이 가 있다.

도로나 역 이름뿐 아니라 개인 주택 소유주나 맨션 이름까지 들어가 있다.

"이 동네야."

"어떻게 알아?"

'팰리스 신카이바시'는 지도 왼쪽 아래에 있었다. 그가 지나간 상점가도 장을 본 슈퍼마켓 로렐도. 이 지도에 따르면 앞 도로는 '신카이바시도리 길'로, 남쪽으로 신오하시도리 길과 교차하며 그 교차점의 동쪽에 도영 지하철선인 '신카이바시 역'이 있다. 북상하면 게이요 도로와 합쳐져 수도 고속도로 고마쓰가와 램프가 바로 옆이다.

이곳이 도쿄의 동부라는 판단은 틀리지 않았다. 거의 도쿄의 극동이다. 다리 하나 건너면 지바 현 이치카와 시가 나온다.

"어때? 뭔가 떠올랐어?"

그녀는 천천히 고개를 흔들었다.

"역도 도로도 전혀 기억에 없어. 하지만 기억상실이란 정말 이런 걸까? 여기부터 저기까지 깨끗이 잊어버려서 자신과 관계가 있는 것을 보아도, 아, 이것은 알고 있어 하고 마음에 걸리는 것조차 없는 걸까. 음, 그뿐만이 아니야, 좀더 지독해서 갓 태어난 아기처럼 머릿속이 백지가 되어 버리는 일은……."

그는 천장을 올려다보았다. "글쎄……. 아까 시험해 보았지만 말이지. 숫자는 셀 수 있고 물건의 이름도 떠올릴 수 있어. 장도 볼 수 있었고 남에게 길을 물을 수도 있었어. 가르쳐 준 길을 더듬어 찾는 일도 가능했어."

"여기에도 돌아올 수 있었고."

"그래. 게다가 당신도 방금 전에 비유를 썼잖아."

"비유?"

"그래. '갓 태어난 아기처럼'이라고. 정말로 갓 태어났다면 말을 할 수는 있어도 그런 표현은 쓸 수 없어. 진짜 아무것도 모르니까."

"아, 그렇구나……."

"그렇지. 그러니까 지능이나 지식이 완전히 없어진 게 아니야. 다만 자신과 밀접하게 관계가 있어서 기억과 개인적인 영상이 붙어 있으면 새하얀 공백이 되어 버리지. 약간의 계기만 있으면 바로 떠올릴 수 있을 것 같은 느낌도 드는 거야……."

그녀는 입가에 양손을 대고 자신의 내면을 들여다보듯 지그시 눈을 깔았다.

"어떻게?"

"몰라……."

"여기가 도쿄라는 건 느낌이 왔어?"

"도쿄." 그녀는 되풀이했다. "도쿄, 말이지."

그는 중요한 질문을 잊고 있었다.

"머리 아픈 건 나았어?"

그녀는 관자놀이에 손을 대고 "아직 아파. 하지만 욱신거리는 정도야. 조금 전처럼 쪼개질 것 같지는 않아. 신기해."

"뭐, 그래도 가라앉아서 다행이다."

그러나 여전히 안색이 나쁘다. 눈 주위는 주먹으로 맞은 듯 거무스름하다.

"도쿄, 도쿄" 하고 노래하듯이 반복한다. "도쿄는 알고 있어, 그렇지만 일본인 중에 수도를 모르는 사람은 없으니까."

처음으로 치열이 흘끗 보일 정도로 웃었다. 그는 마음이 놓였다.

"도쿄 타워 알아? 바깥 복도로 나가면 잘 보여."

그녀는 가만히 그를 보았다. "간 적 있어."

"확실히 기억 나?"

"으응. 가족과 함께 갔었던 것 같아. 아주 어릴 적에. 누군가와 손을 잡고. 계단을 올랐어. 틈 사이로 바로 아래가 보여서 정말 무서웠어. 기억 나.”

가족. 어릴 적. 눈앞의 일에 얽매이고 있어서 그 두 가지를 생각해 보지 못했다. 둘 다 부모형제도 있고 어릴 적 추억이 있을 텐데.

그러나―.

“이상해.”

“응?”

“가족 얼굴, 기억 나?”

그는 고개를 흔들었다.

“나도야……. 그뿐이 아니야. 그런 사람들이 있었을 거라는 느낌이 들지 않아. 그곳이 비어 있는 듯한……. 아무것도 보이지 않아.”

그녀도, ‘보이지 않아’라는 표현을 썼다.

“장본 거 정리하자.”

화제를 바꾸듯이 그녀가 말했다. “나 이제 괜찮으니까 요리할게. 배고프지 않아?”

그녀가 살짝 일어섰을 때, 지직거리는 듯한 천둥소리가 갑자기 커졌다. 유리창에 돌팔매질하는 소리가 나더니 비가 내리기 시작한다.

“싫어……. 천둥, 싫어. 이러다가 정전이라도 되면 정신이 이상해질 거야. 여기 괜찮을까. 전기가 나가면 수리할 사람은 있을까.”

그 말에 기억이 났다. 관리실이다.

“잠깐 기다려.” 그는 주변에 있는 종이봉투와 막 사온 볼펜을 들고 아래층으로 내려갔다. ‘아래로 연락 주십시오’ 옆에 적힌 전화번호를 메모하고 뛰어 돌아왔다.

깜짝 놀란 그녀에게 재빨리 설명한다. 시계는 다섯 시를 조금 넘기고 있다.

“아직 영업시간이야. 이곳의 소유주가 누군지 알 수 있을지도 몰라.”

그녀도 전화 옆까지 따라와서 양팔로 몸을 껴안듯 서 있었다. 초조한 몇 초가 지나고 호출음이 울리기 시작한다.

찰칵 하는 전화 받는 소리가 났다. “여보세요?”

부드러운 클래식 음악이 흐르며 테이프에 녹음된 목소리가 들려왔다.

“왜 그래?”

그는 수화기를 그녀 쪽으로 내밀었다.

“8월 11일부터 17일까지 여름휴가입니다, 라는군.”

그녀는 오믈렛을 만들고 커피를 끓이고 야채실 안에 있던 사과를 깎았다. 그 익숙한 손놀림을 보면서 그는 물어보았다.

“그거 뭔지 알아?”

그녀는 손을 멈추고 고개를 갸우뚱한다. “사과?”

"아니, 그쪽이 아니라, 오른손에 들고 있는 거."

그를 바라보다가 오른손에 시선을 옮긴다. "식칼이지?"

식칼. 그렇다. 그랬다.

"생각이 안 났어. 아까."

"남자는 잘 안 쓰잖아."

그는 쓴웃음을 지었다. "그래도 어떻게 이름까지 잊어버리냐고. 가정 시간에 쓰는 법을 배우잖아. 게다가 다른 이름이 떠올랐어."

"다른 이름? 나이프?"

"아니. 토템."

"토템?" 그녀는 웃음을 터뜨렸다. "인디언 같아."

그렇다. 정말 이상하지 않은가. 식칼이 어째서 토템인가?

둘 다 그다지 식욕이 없었다. 그는 연료라고 생각하며 우겨넣었지만, 그녀는 먹는 성의만 보이는 정도로 젓가락을 댄 뒤로는 커피만 마셨다.

먹으면서 밖에 나갔을 때 생긴 자초지종을 들려주었다.

"그러면, 사에구사라는 남자가 옆집에 살고 있구나."

"응. 집주인에 대해선 아무것도 모른다고 했어. 사람이 살고 있는지 어떤지조차 몰랐대."

"단서가 아무것도 없네."

그녀의 어깨가 다시 움츠러든 듯하다. 말하지 않는 편이 좋았던가 잠시 후회했다.

"나머지는 내가 정리할 테니까 자는 편이 좋겠어. 녹아웃된 얼굴이야."

그녀가 불쑥 말했다. "정말로 녹아웃되었을지도 몰라."

"뭐에?"

"아주 재수 없게 말하면," 그녀는 미소를 짓는다. "과거에."

그녀에게 누우라고 한 뒤 그는 설거지와 뒷정리를 하고 잠깐 생각하다가 샤워를 하기로 했다. 욕실장 안에 목욕 수건이 두 장, 분홍색과 파란색 목욕 가운이 개켜져 들어 있다. 준비성이 철저하다. 누가 했는지는 몰라도.

주방에 급탕 조절기가 있다. 조금만 봐도 조작법을 알 수 있었다. 초등학생이라도 쓸 수 있는 물건이니까 당연한데 하나하나 확인하지 않으면 안 되는 게 답답하다.

살아 돌아온 기분으로 목욕 가운을 걸치고 수건을 쓴 채로 주방에 나오자 그녀가 말을 걸었다.

"샤워?"

"응."

"돼?"

"물론."

그녀는 침대에서 내려왔다. "나도."

"그럼 잠깐 기다려. 옷 갈아입고 잠깐 밖에 나가 있을 테니."

"밖에?"

"복도에. 비도 그친 것 같고. 안쪽에서 문 잠가. 끝나면 말해 주고."

거기까지 신경을 쓸 필요는 없을지 모르지만, 이런 상태에서는 둘이 서로 힘을 합쳐야 할 특별한 때를 빼고는 선을 그어 두는 편이 좋다고 생각했다. 극단적인 말로, 기억이 돌아와 보니 그는 흉악한 강도살인범이고 그녀를 인질로 잡아 도망치는 중이었다는 가능성도 없지 않기 때문이다.

팔에 적혀 있는 알 수 없는 번호와 기호는 샤워를 하는 정도로는 지워지지 않았다. 무척 기분이 나빴지만 어쩔 수 없다. 그는 옷을 갈아입고 복도로 나갔다.

밤은 동네의 경관을 바꾸어 놓았다.

멋없는 콘크리트 담도 거슬리지 않는다. 소나기는 공기를 씻어 내리고 시원한 바람을 남겼다. 그는 담 위에 양 팔꿈치를 올리고 담배를 태우면서 잠시 동안 넋을 잃고 야경을 바라보았다.

어째서 이렇게 많은 빛이 있는 것일까. 하나하나는 전자 제품점이나 백화점 가전 매장에서 파는 별반 아름답지도 않은 조명일 텐데. 먼지를 뒤집어쓰고 안쪽에 죽은 날벌레를 가둔 채 페인트마저 벗겨져 가는 가로등에 지나지 않을 텐데.

멀리, 한층 더 밝은 도쿄 타워가 보인다. 빨강과 오렌지색 조명을 가득 몸에 둘러, 비현실적일 정도로 아름답다. 손을 뻗으면 잡을 수 있을 정도로 가깝게 보이는 것도 그 조명 때문이겠지.

지상의 빛과는 달리 주위에 늘어서 있는 맨션 창문의 불빛은 조금씩 색조가 달랐다. 커튼 때문이다. 수많은 가정에 색색의 커튼. 그 안에 인간들이 있다.

자신에게도 그녀에게도 돌아가야만 할 커튼의 안쪽이 있을 것이다. 어디인지, 정말 자신들이 그곳에 돌아가고 싶어 하는지 어떤지조차 지금은 알 수 없다. 알 방법도 없다는 생각이 들었다.

복도에는 사람 그림자도 없고 엘리베이터가 오르내리는 소리마저 들려오지 않는다. 늘어서 있는 문들도 모두 침묵하고 있다. 706호실을 돌아봤지만 사에구사라는 남자의 기척조차 느낄 수 없었다.

'옆집에 사람이 살고 있는지 어떤지조차 몰라'라는 말이 실감나게 이해되었다.

등 뒤에서 찰칵 하는 소리가 나고 707호의 문이 열렸다. 그녀가 나와서, "와아, 상쾌해" 하고 큰 소리로 말했다.

땀과 먼지로 만들어진 얇은 피부를 한 장 벗어 버린 듯 깔끔한 얼굴이다. 볼에도 약간 생기가 돌아온 것 같다. 말쑥하게 파자마를 입은 몸에 셔츠를 입고 목욕 수건을 어깨에 걸치고 있다. 깨끗이 빗어 넘긴 젖은 머리카락은 복도 조명을 받아 거울처럼 빛나 보였다.

"경치 좋네."

옆에 나란히 서자 달콤한 샴푸 향기가 감돌았다.

"맥주 마실래?"

"응."

"짠!" 웃으면서 등 뒤에 감추고 있던 버드와이저를 두 캔, 앞으로 쑥 내밀었다.

"아주 차가워."

그는 캔을 받아들어 관자놀이를 손가락으로 가볍게 두드리는 시늉을 했다.

"괜찮아?"

"응?"

"목욕이나 맥주 마시는 거 말이야."

"괜찮아." 그녀는 캔 뚜껑을 당겼다. "괜찮다고 생각하고 싶어. 게다가 이 이상 나빠질 수가 있을지."

그는 묵묵히 맥주를 마셨다. 뜨거운 물 샤워는 그녀의 기운을 북돋우었다기보다 태도를 바꾸어놓은 것 같다.

"맥주는 맥주인 걸 알겠군. 내 이름은 기억이 안 나지만."

그녀는 말하고 차가운 캔을 뺨에 댔다.

"도쿄는 아름다운 도시야."

"밤에만."

"이런 야경, 기억 나?"

확실하게는 말할 수 없다. 그러나 낯익은 광경이다.

"나는 것 같기도 하고 아닌 것 같기도 하고."

"나도."

어딘가에서 아기가 울기 시작했다. 아주 작게 들린다. 눈 아래 펼쳐진 집 가운데 어딘가의 지붕 아래일 것이다.

"아까 안 건데 이 집엔 베란다가 없어."

"그러게."

"옆집에는 있어. 그 옆집에도. 이곳은 맨 끝 방이라서 그런가?"

방의 배치가 다를지도 모른다.

"그 대신 빨래를 말릴 수 있도록 욕실에 건조 설비가 달려 있어. 알고 있어?"

"아니. 그런 좋은 기능이 있어?"

"있어. 아주 비싼 설비일걸."

그녀는 이마에 내려온 머리를 쓸어 올렸다.

"세탁용 세제도 유연제도 있어. 욕조용 클리너도 파이프 세정제도 전부 있어. 하지만……."

그는 앞질러 말했다. "모두 새거다."

"으응, 그래. 포장된 그대로. 샴푸도 우리가 쓰기 전까지는 그랬어. 아까 주방에서도 생각했어. 설거지용 스펀지는 포장된 채로 서랍에 들어 있었잖아? 식칼도 놀라울 정도로 잘 들었어. 날이 예리하게 서서. 전부 새로 산 거야."

"그렇다면, 무슨 뜻이지?"

그는 맥주 캔을 옆에 놓고 그녀 쪽으로 몸을 돌렸다. 그녀는 이마에 주름을 잡고 찡그린 얼굴이 되었다. 기분 상한 초등학생처럼 보였다.

"이 집이, 우리의—나나 당신 중에 한 사람이라는 의미도 포함해서 우리야—소유든 다른 사람 소유든, 자리 잡고 산 지 며칠 지나지 않았을 거야. 기껏해야 하루나 이틀.”

“응. 그건 처음부터 느꼈어.”

“그렇지? 게다가 우리가 오기 전에는 계속 빈집이었다는 데 돈을 걸 수도 있어.”

“신축이니까?”

그는 사에구사가 ‘이곳에는 아직 빈집도 있다’고 한 말을 떠올렸다.

“아니. 수돗물이 맛이 없어서 그래.”

그녀도 그를 바라보았다. “아까 약 먹을 때 알았어. 쇳내가 나고 너무 맛이 없었어. 계속 파이프 안에 고여 있었을 거야. 단기간에 그렇게 되지는 않는걸.”

그는 천천히 끄덕였다.

“그렇지만 전화도 가스도 통해. 수도도 개폐 장치가 열려 있었고…….”

닫혀 있던 창문이 열리는 듯한 느낌이 들었다.

“그렇군. 바보같이, 좀더 빨리 깨달았으면 좋았을걸.”

“뭐가?”

“전기는 그렇다 치고 전화나 가스는 마음대로 사용할 수 없잖아? 반드시 영업소에 연락해서 직원이 와야 해. 그리고 요금을 청구해야 하니까 팰리스 신카이바시 707호라는 주소만으로는 접수해 주지 않아.”

이 집의 소유주를 찾기 위해서 부동산 회사만 의지할 수 있는 것은 아니다.

"내일 바로 전화해 보자. 분명 여기 주인 이름을 알 수 있을 거야."

방에 돌아가니 맥주 빈 캔을 손에 든 그녀는 허둥지둥 물건을 찾기 시작했다.

"왜 그래?"

"쓰레기통이 없어."

그녀는 양손을 허리에 대고 화가 난 듯이 말했다.

"만에 하나 이 집이 내 집이라고 해도 가구나 일용품을 산 사람이 내가 아닌 건 분명해. 난 쓰레기통을 절대 잊지 않으니까."

그날 밤은 그녀가 침대를 쓰고, 그는 담요 한 장과 베개를 들고 바닥에서 잤다. 미안하다는 사과를 들었지만 달리 방법은 없었고 한여름이라서 걱정도 없었다.

눕자마자 바로 피로가 몰려왔다. 딱히 운동을 한 것도 아닌데 관절이 아프다. 푹 자고 싶다. 모든 것은 내일 일이다.

그러나 이 기묘한 하루는 그를 간단히 해방시켜 줄 생각은 없는 듯했다.

10

천둥을 동반한 비구름은 도쿄를 동에서 서로 천천히 가로질렀다. 신교지 에쓰코의 머리 위에는 밤이 된 후에야 비가 찾아왔다.

"내리기 시작했군."

기치조지 역 근처 레스토랑 '볼레로'의 유리창 너머로 하늘을 올려다보며 아버지 요시오가 말했다.

"계속 내릴까."

"아니, 지나가는 비일 게다. 돌아갈 무렵에는 그치겠지."

낮은 천둥소리를 들으며 에쓰코는 끄덕였다.

에쓰코와 유카리, 요시오 세 사람은 한 달에 한 번 저녁 식사를 함께하기로 정해 놓았다. 에쓰코가 손수 요리를 만들기도 하고 이렇게 외식하기도 한다. 유카리는 레스토랑 식사를 좋아해서 오늘도 들떠서 떠들고 있었다.

'볼레로'의 자랑은 호주 직영 목장에서 들여온 쇠고기 스테이크로, 메뉴는 별로 다양하지 않다. 일본 음식파인 요시오에게는 약간 부담스러운 요리겠지만 유카리가 디저트로 나오는 호화로운 아이스크림 케이크를 좋아해서 외식이라면, "볼레로!" 하고 외치는 것이다.

식사가 끝나면 커피와 디저트는 라운지 쪽에서 먹는다. 인테리어 조명과 우아한 실내장식으로 꾸며진 곳에서 아이스크림을 먹을 수 있다는 것도 유카리가 볼레로를 편애하는 이유였다. 그녀는 지금 넓은 테이블 건너편에서 초콜릿으로 된 작은 마터호른_{사천}_{미터가 넘는 알프스 산맥의 고봉}을 무너뜨리는 데 정신이 없다.

뜨거운 커피에 넣은 우유가 원을 그리면서 녹는 모습을 응시하며 에쓰코는 말을 꺼냈다.

"아버지, 저, 어떻게 하면 좋을까 좀 난처한 일이 있는데."

요시오는 커피를 휘젓던 스푼을 놓고 시선을 들었다.

에쓰코는 되도록 정확한 순서대로 가이바라 미사오의 실종과 그녀의 모친과 나눈 대화에 관해 말했다. 요시오는 조용히 커피를 홀짝이면서 귀를 기울이고 있었다.

에쓰코에게 아버지는 어떤 의미에서 '전능'한 존재였다. 고민할 때, 곤란할 때, 슬플 때, 언제나 아버지에게 털어놓은 것 같다.

물론 딸로서의 비밀은 몇 가지 있다. 첫키스 상대. 그 시기. 처음으로 입을 열어 키스한 상대도. 비밀을 밝히지 않는 것은 오히려 예의라고도 생각할 수 있다.

아무 말도 하지 않았지만 요시오는 언제나 짐작하고 있었을 거라는 느낌도 들었다.

학창시절, 친구가 자주 말했다.

—에쓰코는 파더 콤플렉스니까, 분명 스무 살이 되기 전에 나이 차이 나는 남자와 결혼할 거야.

스스로도 상당히 진지하게 받아들였다. 아버지 같은 사람이 아니면 마음에 차지 않을 거라고. 그러나 실제로는 이른바 일반적인 '적령기'인 스물세 살 때, 네 살 차이의 도시유키와 결혼했으니까 인연이란 신기하다.

다만 도시유키와 에쓰코의 관계는 부부라기보다 사이가 좋은 남매와 비슷했다. 지극히 원만해서 어디를 가든 둘이 함께 외출하니까, '쌍봉 낙타'라는 말을 들은 적도 있었을 정도지만 에쓰코는 그에게 '집착'한 기억이 없다. 연애 시절 역시 도시유키가 아주 바빴다는 점을 감안해도 열렬하다고 표현할 만한 관계였던 적은 없다. 친구의 연장선으로 담담하게 결혼했다는 느낌이었다. 신혼 때조차 유리를 사이에 두고 마주하듯이 보이기는 해도 손이 닿지 않는 부분이 그에게는 있었고 에쓰코는 굳이 손을 뻗으려고 하지 않았다.

그를 잃고 나서야 비로소 그런 사랑은 오빠에 대한 애정과 비슷하다는 생각이 들었다. 에쓰코는 친오빠가 없기 때문에 상상할 수밖에 없지만 그와는 정말로 잘 공명했다. 그러한 공명은 일반적으로는 혈연 관계에 마음이 맞는 남매 사이에만 존재하는 것은 아닌가, 하고.

그런 생각을 하면 한층 더 도시유키의 요절이 괴로웠다. 자신의 일부가 함께 죽었다, 핏줄이 끊어졌다는 느낌이 들었기 때문에.

─에쓰코, 도시유키 군과 진짜 연애를 하기 전에 보내 버렸구나.

요시오가 이렇게 말한 적이 있다. 그때도 에쓰코는 아, 역시 아버지는 알고 있었구나, 라고 생각했다.

요시오는 올해 4월까지 「도쿄일보」라는 대규모 신문사에서 자동차부원으로 일했다. 사건이 발생하면 기자들을 태우고 현장까지 곧장 달려가는 일이다. 자연히 근무 시간도 불규칙한 힘든 일이라 어릴 적 에쓰코에게는 아버지가 어딘가 데려가 준 기억이 별로 없다. 아버지를 따랐던 아이였던 데에 비하면 연휴니 여름방학이니 해도 어머니와 집을 지켰던 기억만 남아 있다.

어머니가 남편을 향한 사랑을 노골적으로 표현하는 사람이었기 때문에 에쓰코에게 영향을 주었다.

어머니인 오리에는 자주 말했다.

—엣짱, 엣짱의 아버지는 훌륭한 사람이야. 엄마는 아버지의 아내가 되어서 정말 다행이라고 생각해.

어머니는 올해 겨울 자궁암으로 죽었다. 도시유키의 죽음과 몇 개월 차이밖에 나지 않았다. 발견이 늦어서 손을 쓸 도리는 없었지만 다행히도 고통은 별로 없었던 것 같다. 자는 듯이 편안한 최후였다.

오히려 에쓰코가 죽고 싶을 정도로 고통스러웠다. 남편이 앞서가고 그 상처도 채 아물지 않았는데 어머니가 돌아가셨다. 하느님은 몹시 잔혹한 짓을 한다고 원망을 해도 해도 모자랐다.

오리에도 그 부분만은 몹시 걱정했다.

총명한 사람이어서 자신이 죽을 때를 알고 있었다. 간병하고 있는 에쓰코의 손을 잡고 몇 번쯤 말한 적이 있다.

─엣짱 미안해. 네가 가장 힘들 때 엄마가 죽게 될 거 같네.

오리에는 에쓰코가 성인이 되어 결혼을 하고 유카리를 낳은 뒤에도 계속 '엣짱'이라 불렀다.

─그렇지 않아. 곧 좋아질 거야.

오리에는 단호하게 고개를 흔들었다.

─아무래도 그렇게는 되지 않을 거야. 하지만 엄마 약속할게. 저쪽에 가면 도시유키를 찾아서 되도록 빨리 이쪽으로 돌아가라고 말해 줄 테니까.

─그 사람, 돌아올 수 있을까.

─뭐, 돌아와서 다시 너와 결혼할 수는 없겠지만……. 남자 아이로 태어나서 유카리를 아내로 맞아 주면 돼. 도시유키라면 다시 태어나도 미남이고 머리도 나쁘지 않을 테니까 좋잖아.

에쓰코는 웃으며 동의했다.

─그러게, 그렇다면 좋아. 하지만 엄마는 어떻게 할 거야?

─나는 저쪽에서 느긋하게 아버지가 오기를 기다릴 거야.

숨을 거두기 직전 의식이 있을 때 오리에가 마지막으로 남긴 말은,

"여보, 에쓰코를 부탁합니다"였다. 딸에게 환갑을 맞는 남편을 부탁하는 게 아니라 남편에게 딸을 부탁하고 갔다.

지금도 에쓰코는 부모가 중매를 통해 거의 사진만 보고 결혼하기로 결정한 부부라고는 믿을 수 없었다. 그만큼 오리에는 남편을 사랑했다.

두 사람의 세대를 생각하면 경이에 가까운 일이었다.

요시오는 머리카락도 상당히 빠졌고 직업병인 요통을 앓아 요즘은 완전히 새우등이 되었다. 현역으로 일할 때는 두 눈에 특유의 예리한 빛이 있었지만 은퇴하고 나서는 그것도 사라졌다. 손녀와 함께 팬케이크를 굽거나 유료 낚시터에서 붕어를 잡는 평온한 초로의 연금생활자다.

에쓰코가 말을 끝내자 요시오는 잠시 생각하고 나서 숱이 얼마 없는 머리에 손을 댔다.

"아무래도 아버지가 생각하기로는," 그는 가볍게 이마를 두드리고 말을 이었다. "그 건에서 네가 할 수 있는 일은 별로 없을 것 같은데 말이다."

"역시 그렇게 생각해요? 저도 그렇긴 하지만……."

에쓰코는 말을 흐렸지만 요시오는 무슨 뜻인지 제대로 이해했다.

"너, 네버랜드의 직원으로서 이런 일에 어느 정도 깊게 관여해도 될지 고민하고 있는 거 아니냐?"

에쓰코는 끄덕였다. "이번만이 아니라 앞으로 비슷한 일이 또 생길지도 모르잖아요? 그럴 때 어떤 자세로 대처하면 좋을지 알 수 없어서."

"잇시키 씨는 뭐라고 할까."

"내일 상담해 볼 거예요. 그렇지만 전에 미사오가 나하고 만나고 싶다는 말을 꺼냈을 때에는, 상담자와 만나면 그다음부터는 이미 개인의 영역이 된다고 그랬어요."

"그렇게 되면," 요시오는 억센 양손을 테이블 위에 가지런히 놓았다. "그다음은 네가 가이바라 씨댁 따님의 친구로서 어떻게 행동할지만 생각하면 되는 게 아닐까? 그런 거라면 아버지도 가능한 범위 내에서 협력하마. 걱정되는 일이니까."

"고마워요."

에쓰코는 미소 지었다. 아버지에게 이야기했을 뿐인데 기분이 상당히 가벼워졌다.

"아버지, '레벨7'이라는 말 아세요?"

직업 관계상 요시오는 시야가 넓고 기억력도 좋다. 은퇴하고 나서도 시들지 않아서 에쓰코가 뭔가 물으면 어떤 식으로든 반응이 있었다.

"미사오의 일기에 적혀 있던 글이지?"

요시오는 고개를 갸우뚱했다.

"도서관에서……," 기억을 떠올릴 때의 버릇인 사각형 턱에 손을 댄다. "비슷한 글을 본 적이 있어."

"그거, '레벨3' 아니에요?" 에쓰코는 웃었다. "저도 그 생각은 했어요. 잭 피니라는 사람이 쓴 소설."

"도서관에서 봤으니까 그거겠지. 그거랑 다른 거냐?"

에쓰코는 미사오의 일기에 적힌 '레벨3 도중에서 단념. 분하다'라는 기록을 이야기했다.

"그런데 내가 아는 한 미사오는 별로 독서를 좋아하지 않았어

요. 더구나 번역 소설까지 볼 것 같지는 않고……. 만일 조금 흥
미를 가졌다고 한들 갑자기 잭 피니를 보겠어요? 동네 책방에서
쉽게 구할 만한 책이 아닌걸. 시드니 셸던이라든지, 할리퀸 로맨
스라면 몰라도."

"다 모르겠는데."

"그러니까 책 제목은 아닐 것 같아요. '레벨7까지 가 본다'라고
도 적혀 있었으니까 가게가 아닐까 하는데. 그런 비슷한 이름, 들
은 적 없어요?"

요시오는 고개를 흔들었다. "네 말에 따르면 그 '레벨' 뒤에 이
어지는 숫자는 변하는 모양이구나."

"네, 맞아요."

"그렇다면 가게 이름은 아닐 것 같은데."

"체인점이라면 어떨까요. 1호점, 2호점처럼."

요시오는 석연치 않은 얼굴이었다.

"이름이 그렇게 까다로운 가게가 있나……. 게다가 에쓰코, 문
제는 미사오가 그곳에서 '돌아올 수 없을까?'라고 썼잖아. 어떤 가
게든지 들어갔다가 돌아올 수 없는 곳은 없을 것 같구나."

"그러네요……."

에쓰코는 생각에 잠겼다. 가이바라 요시코가 일기를 보여 준
뒤로 계속 같은 부분에서 사고가 멈춰 있다.

그러자 아이스크림 그릇에서 얼굴을 들고 유카리가 말했다.

"패미컴 게임 아냐?"

그 순간 유카리는 크게 트림을 하고는 당황해서 입가를 눌렀다. 에쓰코는 말했다.

"그런 게임이 있어?"

"몰라. 있을지도 모르지만, 나는 한 적 없어. 하지만 레벨 뭔가라면 패미컴 게임 이름 같아."

"시작하면 돌아올 수 없는 게임이 있니?"

유카리는 웃었다. "그런 건 무섭잖아. 게임하고 있는 사람이 게임 안에서 갇혀서 나올 수 없을 것 같고."

"아니지?"

"응, 그렇지만 게임을 제대로 종료하지 않으면 캐릭터가 있던 장소에서 나올 수 없어지는 일은 있을 거야. 도중에 죽기도 하고."

에쓰코는 부친과 얼굴을 마주 보았다.

"그럴까."

"미사오는 패미컴 게임이라는 걸 좋아했어?"

"들은 적은 없어요."

그 아이가 게임에 열중하기 시작했다면 네버랜드에 전화를 걸었을 때 화제로 나올 만하다. 파마를 하고 새 구두를 샀다는 소소한 일상까지 수다를 떠는 아이였기 때문에.

"어쨌든 가이바라 씨 어머니가 경찰에 신고해서 조사를 하지 않으면 결말이 나지 않잖아."

요시오가 말하고 전표에 손을 뻗었다. "유카리, 이제 아이스크림은 그 정도만 먹어. 배탈이 나면 수영 교실을 쉬어야 돼."

"이제 배가 꽁꽁 얼어 버렸어." 유카리는 스푼을 놓았다. "여기에 못도 박을 수 있을 정도야, 엄마."

"바보."

요시오가 차로 집까지 데려다 주었는데 시계를 보니 아홉 시가 넘었다. 유카리를 재촉해 목욕탕에 들어갔다.

"할아버지도 우리 집에서 목욕하고 가면 좋은데."

"대중탕에 가서 안마 씨한테 해 달라고 한대."

"그 십 엔 넣고 하는 기계?"

요시오는 아내를 잃고 혼자 살며 에쓰코와 유카리도 집안의 기둥이 빠진 모녀뿐인 생활이다. "같이 살면 좋을 텐데"라고 말하는 사람이 많았다. 에쓰코도 그 생각은 했다.

하지만 요시오는 반대였다.

"다행히 우리 집과 너희 집은 가깝고 만나려고 하면 언제든지 만날 수 있어. 너도 도시유키와의 추억에서 깨어나지 못하는데 다른 생활을 하면 힘들 거다. 당분간은 이대로 따로따로 사는 편이 좋아. 아버지도 뭐, 외롭지는 않단다. 어머니가 아직 있는 것 같으니까."

정말 요시오다운 의견이고 배려였다. 실제로 곧장 요시오를 불러들이거나 유카리와 둘이 친정에 돌아간다고 해도 에쓰코는 얼마간 패배감을 느꼈을 거라고 생각한다. 도시유키를 잃은 슬픔에

다가 '졌다'는 감정을 짊어지기는 에쓰코에게 벅찼다.

서둘러 유카리의 머리를 말려서 재운 다음 잡다한 일 몇 개쯤을 정리하고 에쓰코는 느긋이 목욕을 했다. 내일부터 시작되는 새로운 주에는 네버랜드의 직원도 교대로 여름휴가를 받기로 되어 있다. 휴가 때 유카리와 어디에 놀러갈지 계획을 가다듬고 있으니 기분이 좋아졌다.

목욕 가운을 입은 채 주방에서 오렌지 주스를 마시고 있을 때 전화벨이 울렸다. 전화기에 달려 있는 액정 표시판이 오후 열한 시 오십오 분을 표시하고 있다.

에쓰코는 바로 수화기를 들었다. 유카리는 잠이 얕아서 작은 소리에도 바로 눈을 뜨기 때문이다.

"여보세요?"

여자만 사는 집이라서 이름은 대지 않기로 정해 두었다. 밤에 걸려 온 전화는 상대가 누구인지 알기 전까지는 목소리도 한층 낮추어 받는다.

멀리, 혼선된 듯 희미한 잡음이 들려온다.

"여보세요?"

다시 한 번, 이번에는 좀더 목소리를 낮추어 말해 보았다.

지직……. 지직……. 들불이 타서 퍼지는 듯한 귀에 거슬리는 소리가 들린다.

머지않아 잡음에 묻혀 버려 작아진 목소리가 이렇게 말했다.

"……신교지……씨."

수화기를 손에 든 에쓰코는 숨을 삼켰다. 귀를 꽉 붙인다.

"여보세요? 신교지입니다만?"

아까보다 한층 더 작은 목소리가—.

"신교지 씨."

미사오다. 바로 알았다. 전화 저편에 그녀가 있다.

"미사오? 미사오지? 에쓰코야. 어디서 걸고 있어? 어디에 있어?"

수화기가 다시 잡음으로 가득 찬다.

"나……." 희미하게 들린다. "신교지 씨, 나……."

"미사오? 좀더 큰 소리로 말해 줘. 목소리가 너무 멀어."

아이가 술에 취했을지도 모르겠다고 생각했다. 목소리가 또렷하지 않다. 마치 잠이 덜 깼을 때의 유카리 같다.

"신교지 씨."

주문처럼 에쓰코를 부르며 전화의 목소리는 말했다.

"……구해,"

거기서 끊어졌다.

"여보세요? 미사오? 여보세요?"

에쓰코는 수화기를 꽉 쥐고 지그시 바라보았다. 선이 끊어지면 그저 차가운 기계에 지나지 않는다. 뚜뚜 하는 소리가 마치 에쓰코를 놀리는 것 같다.

수화기를 놓고 옆에 있는 의자에 앉았다.

미사오다. 미사오의 목소리다. 이제껏 몇 번이나 들었기 때문에 틀림없다.

─신교지 씨.

그 멍한 목소리는 어떻게 된 걸까. 미사오는 어디에 있는 걸까? 무엇을 말하고 싶어서 전화한 걸까.

한기를 느낀 에쓰코는 두 팔로 몸을 감쌌다.

─……구해,

통화는 거기서 끊어졌다. 말하려다가 도중에 끊긴 것이다.

그 목소리는 미사오의 목소리다. 분명히. 그리고 에쓰코는 강하게 확신했다.

─신교지 씨……구해,

신교지 씨, 구해줘요.

미사오는 그렇게 말하려 했다.

11

비명을 들었을 때 다시 꿈을 꾸고 있나 했다.

멀어지다가 가까워지다가를 반복하며 들려온다. 여전히 비몽사몽 상태이던 그는 쿵 하고 뭔가가 바닥에 떨어지는 소리와 전해져 온 진동에 깨어났다.

일어나니 순간적으로 방향감각을 잃어버려 어디에 있는지 알 수 없었다. 그러자 비명이 다시 한번 주방 쪽에서 들려온다. 말이 아니다. 방 안은 깜깜했지만 침대 위에서 사라진 그녀의 모습은 바로 알아챘다. 담요가 젖혀져 있고 반은 바닥에 떨어져 있다. 침대 자체가 크게 이쪽으로 이동한 상태였다.

문은 열려 있었다. 그는 더듬더듬 주방의 불을 켰다.

그녀가 바닥에 털썩 주저앉아 있다. 바로 옆에 포트가 떨어져 가로로 쓰러졌다. 싱크대 아래 수납장이 반쯤 열려 있고, 그녀는 그 손잡이에 매달리듯 오른손을 걸치고 있었다.

"뭐하는 거야?"

순간적으로 그 말밖에 나오지 않았다.

그녀는 그를 찾듯이 격렬하게 고개를 흔들며 주위를 둘러보았다. 그 시선은 옆에 서 있는 그를 그대로 지나쳐 테이블의 발밑에서 멈추었다.

"어디야?"라고 그녀는 말했다.

몇 초 늦게 그 말의 의미를 파악했다.

"안 보여?"

그녀는 느릿느릿 목을 움직였다. 그러나 목적이 없는 움직임이었다. 스스로도 어떻게 하면 좋을지 알 수 없는 동작이다.

곧장 옆으로 다가갈 수는 없었다. 차에 치어 죽어 가는 들개를 보는 기분이었다. 정말 지겹다, 빨리 지나가자, 하고 가슴 안쪽의 가장 냉혹하고 이기적인 부분이 속삭이고 있다.

침을 삼키고 그는 다시 한번 물었다.

"정말로 보이지 않는 거야?"

그녀는 반쯤 멍해져서 어깨를 축 늘어뜨리고 있다. 아래턱이 부들부들 떨리고 말하려고 해도 말이 나오지 않는 것 같았다.

드디어 그는 그녀 옆에 털썩 주저앉아 어깨에 손을 얹었다.

"전혀 보이지 않아?"

그의 정체를 확인하려는 듯 그녀는 손바닥으로 일단 그의 손을 만지고 팔을 계속 위로 더듬어 어깨와 얼굴에 대었다. 정말 시각을 잃은 사람의 동작이었다. 크게 뜬 눈은 계속 그의 어깨 너머 엉뚱한 방향을 바라보고 있다. 맑은 눈이다. 잠이 들기 전과 겉으로 보기에는 아무런 차이도 없다.

"또, 머리가 아파져서……."

그녀가 말을 시작했을 때 밖으로 통하는 문이 돌연 똑똑 하고 울렸다. 그녀가 움찔해서 그에게 다가갔다.

밖에서 누군가가 문을 두드리고 있다.

"실례합니다, 실례합니다." 목소리가 들린다.

그는 그녀의 얼굴을 보았다. 시각을 잃은 충격으로 표정도 사라졌다. 그 대신 가냘픈 두 손이 그의 셔츠 소매를 꼭 잡았다.

"옆집의 사에구사라고 하는데," 밖의 목소리는 말하고 다시 문을 두드린다. "무슨 일 있습니까?"

"열지 마."

그녀가 빠르게 속삭이고 몸을 바짝 댔다.

"여보세요? 무슨 일 있습니까? 110번에 신고할까요?"

선택지 사이에 놓인 그는 주저했다.

다시 문을 두드린다. 점점 강해진다. 말이 터져 나왔다.

"아니, 아무 일도 아닙니다. 죄송합니다."

그 자리에서 움직이지 않고 소리를 질렀다.

문 저편은 잠시 침묵했다. 그는 심장이 귓가에서 울리는 소리를 들었다. 떨고 있는 그녀의 목덜미에 소름이 돋아 있었다.

"당신, 낮에 본 사람이지?"

문 저편에서 사에구사가 말한다. 생각 탓인지 경계하는 어조가 되었다.

"아무래도 수상한데……. 거기서 뭐하는 거야?"

어떻게 대답할까. 필사적으로 생각하는 동안에 사에구사는 다시 말했다.

"어이, 대답을 해. 당신 정말로 그 집 주인인가?"

이쪽이야말로 알고 싶다.

"잠시 열어 주지 않겠나. 예감이 안 좋은데."

그녀가 바짝 몸을 기댄다. "어떻게 하지……."

"열지 않으면 경찰을 부를 거야. 여자 비명이 들렸어. 뭐하는 거야?"

사에구사의 목소리는 타협을 허락지 않는 어조를 띠고 있었다. 낮에 만났을 때의 인상으로는 이웃 일에 신경 쓰는 사람으로 보이지 않았는데. 그의 머리에 차창에서 지그시 이쪽을 살피던 때의 의심스러운 얼굴이 떠올랐다.

"잠시 기다려 주십시오. 지금 열 테니까요."

큰 소리로 대답을 하자 그녀가 눈을 휘둥그레 떴다.

"안 돼!"

그는 "쉿" 하고 입술에 손가락을 대며 제지했다. "어쩔 수 없어. 괜찮으니까 말한 대로 해 줘. 일어설 수 있어?"

껴안듯이 부축해서 일으켜 세우고 그녀를 주방 의자에 앉혔다. 손을 떼려고 하자 그녀의 손이 따라왔다.

"괜찮아, 여기에 앉아 있으면 돼."

그녀는 포기한 듯 손을 거두어 무릎 위에 놓았다. 그는 문 앞으로 가려고 하다가 생각을 고쳐서 침대 쪽으로 되돌아갔다. 그러고는 담요를 주워 올려 둥글게 뭉쳐서 주방으로 가져왔다. 그녀의 어깨부터 몸을 덮듯이 푹 걸쳐준 다음 문을 열러 갔다.

찰칵, 하는 소리가 나고 문이 열렸을 때 등에 떨어지는 땀 한 줄기를 느꼈다.

문을 천천히 밀어 열자 복도 형광등 빛에 비친 사에구사의 얼굴이 보였다. 낮에 본 남자가 틀림없다. 그러나 지금은 소탈한 느낌이 사라졌다. 미간에 깊은 주름이 잡혀 치통에 습격당한 사람처럼 얼굴을 일그러뜨리고 있다.

그가 한 걸음 뒤로 물러서자 사에구사는 고개를 기울여 집 안으로 눈길을 주었다. 주방에 있는 그녀의 모습이 보였을 것이다.

사에구사는 그에게 시선을 돌리고 다시 한번 그녀를 바라보며 말했다.

"아가씨."

그녀가 움찔하고 담요를 여민다.

"괜찮아?"

대답하기 전에 그의 얼굴을 보고 싶었을 것이다. 그녀는 도움을 구하려는 듯 얼굴을 들어 눈을 두리번거렸다. 몹시 두려워하며 매달리듯이 담요를 움켜쥐고 있다. 유괴된 아이 같다. 사에구사가 그런 생각을 하기 전에 그가 먼저 입을 열었다.

"겁내지 않아도 돼. 나는 여기 있으니까."

그 목소리로 그가 있는 장소를 짐작했을 것이다. 그녀는 그가 서 있는 위치에서 십 센티미터쯤 오른쪽에 시선을 고정하고 몇 번이고 끄덕였다.

사에구사가 벽에 손을 짚고 몸을 앞으로 내밀었다.

"눈이 보이지 않나?"

그는 끄덕였다.

“아까의 비명은?”

“넘어졌습니다.”

사에구사는 주방 안을 한 바퀴 둘러보고는 바닥을 구르고 있는 포트에 시선을 멈추었다.

“다친 데는 없나?” 그녀에게 묻는다.

“괜찮아요.” 그녀는 억양이 없는 목소리로 대답하고, 자기들이 위험한 인간이 아니라는 것을 알아 달라는 뜻인지 조그맣게 덧붙였다. “고맙습니다.”

사에구사는 벽에 기대어 두 사람을 번갈아 보기도 하고 어두운 침실에 눈길을 주기도 했지만, 곧 흠 하고 콧소리를 내며 그를 올려다보았다.

“아무래도 납득이 가지 않아.”

“무슨 말씀입니까?”

그는 애써 냉정하게 말했다. 사에구사와 정면으로 시선이 마주친다. 돌리지 않으려고 무척이나 노력했다.

“당신들, 이름은?”

느닷없이 핵심을 찔려 거짓말을 할 여유도 없었다. 그의 겁먹은 모습을 본 사에구사는 이름 대기를 곤란해한다고 받아들인 것 같았다.

“낮에 아래층에 살고 있는 부인과 이야기했는데.” 사에구사가 말을 이었다. “그 부인은 이 집에 드나드는 사람을 한 번 본 적이 있다고 했어. 나보다 나이가 많은 몸집이 작은 남자였다는데, 그 남자가 낮에 당신이 말했던 술집에서 사귄 즉석 친구인가?”

빈정거리는 말투보다도 ‘나이가 많은 몸집이 작은 남자’라는 사실에 마음을 빼앗겨 그는 순간적으로 집중력을 잃었다. 이 집에 드나드는 인간이 있었다는 말은…….

“대답이 없군.”

깜짝 놀라 사에구사를 보니 미간의 주름이 깊어져 있다.

“설마, 안쪽 방에 그 사람의 시체가 뒹굴고 있다는 극적인 상황은 아니겠지?”

입가에 희미하게 웃음을 짓고 있지만, 그것은 일종의 경계심 같은 것이었다. 사에구사의 시선은 진지했고 극심한 긴장을 품고 있었다.

“그런 말도 안 되는 일이 있을 리 없잖습니까.”

“그런 말도 안 되는 일이 대체로 현실에서 일어나는 일이란 말이지.”

사에구사는 가벼운 말투로 이야기하면서 어깨를 약간 뒤로 뺐다. 자세를 바로 잡은 것이다.

이렇게 되면 퇴로는 하나밖에 없다. 그는 말했다.

“확인해 보시겠습니까?”

사에구사는 능숙하게 눈썹을 치켜 올리고 벽에서 떨어졌다. 낮에 봤을 때와 똑같은 차림새에 똑같은 샌들을 신고 있다.

“말해 두지만, 이상한 생각은 하지 마.”

“물론입니다.”

그는 정말로 그렇게 생각하고 있었다. 집 안에 그가 보아서 곤란할 것은 하나도 없다. 그보다 여기서 의혹을 사는 바람에 자기 집으로 돌아간 남자가 110번에 신고하는 사태를 초래하지 않는 편이 이득이다. 조금이라도 시간을 벌면 이 녀석이 가고 나서 그녀를 데리고 여기를 나갈 수도 있다.

쫓기지만 않는다면.

사에구사는 천천히 주방을 가로질렀다. 그는 그때 처음으로 아주 조금이기는 하지만 사에구사가 오른쪽 다리를 절고 있다는 사실을 알아차렸다. 가볍게 삐기라도 한 모습이다.

주의 깊게 주위를 관찰하고 그녀 옆에서 걸음을 멈추고 찬찬히 쳐다본다. 그는 우선 그녀에게 담요를 걸쳐 줘서 다행이라고 생각했다. 사에구사가 뭔가 외설스러운 말이라도 하는 게 아닐까, 라고도 생각했다.

그러나 이웃 사람은 이렇게 말했다. "아가씨, 몸 상태가 좋지 않아?"

그녀는 몇 번쯤 눈을 깜빡이고 나서, 들여다보는 사에구사의 얼굴 쪽으로 시선을 들었다.

"네……. 괜찮아요."

"눈은 옛날부터 안 보여?"

그녀는 주저하며 재빨리 입을 적셨다. 사에구사는 미안한 듯이 말했다.

"아, 이상한 소리를 했군."

옆얼굴을 살펴보니 본심에서 나온 말인 듯했다.

그녀는 시선을 깔았다. 뺨 주위에 희미하게 동요가 스쳤다. 그는 낮에 약국에서 ‘몸조리 잘하세요’라는 말을 들었을 때의 기분을 떠올렸다. 그때 자신도 지금의 그녀 같은 얼굴을 하고 있었을 것 같았다.

사에구사는 그녀 옆을 지나 침실 문에 손을 댔다. 잠시 들여다보고 벽을 더듬어 불을 켠다.

그는 그녀의 옆으로 가서 어깨에 손을 올렸다. 그녀가 그 손을 쥐었다.

사에구사는 침실 안을 보고 있다.

반걸음 들여놓는다.

그는 기다리고 있었다. 사에구사가 돌아가기를. 이 상황에서 불리한 점 따위는 아무것도 없다. 시체 따위도 없고 그 ‘몸집이 작은 남자’를 묶어서 쓰러뜨리지도 않았다.

사에구사의 마른 어깨가 쑥 올라갔다.

몸을 수그린다. 모습이 문에서 비껴나 보이지 않게 되었다. 흥미를 끌 만한 것은 아무것도 없을 텐데…….

침대의 발치 쪽에 웅크리고 있다.

그녀는 잠에서 깨어나니 눈이 보이지 않게 되었다. 패닉을 일으켜 여기저기 부딪치면서 걸었다. 그래서 침대가 움직였고—침대가—.

그가 그녀의 손을 놓고 한 걸음 내딛음과 동시에 사에구사가 문 옆에 나타났다. 한발 늦었다.

사에구사의 손에는 침대의 매트리스와 시트 사이에 넣어 감춰 둔 권총이 들려 있었다.

"권총이군." 사에구사가 말했다.

"권총?"

"이 녀석 말이야." 사에구사는 총구를 그의 이마를 향해—.

"어떻게 된 일이지, 이건?"

그의 눈에 사에구사는 총을 다루는 데 익숙해 보였다. 적어도 뭐가 안전장치인지는 아는 것 같았다.

오른손으로 총을 들고 검지를 방아쇠에 건 사에구사는 총신으로 주방 의자를 가리켰다.

"당신도 거기 여자와 나란히 앉아. 알겠나?"

거기까지 지시받지는 않았지만, 그는 양손을 어깨 높이로 올리고 사에구사의 말대로 앉았다.

"권총이라니, 무슨 소리야?"

그녀가 그를 찾으면서 물었다. 눈이 충혈되어 있다.

"권총? 왜 그런 게 여기에 있어?"

그는 사에구사의 수상해하는 얼굴을 무시하고 그녀에게 설명을 했다.

"미안해. 아까는 이야기할 수 없었어."

"권총……." 그녀가 망연하게 중얼거린다. "역시…… 그

돈……."

"돈?" 사에구사가 따져 물었다. 정말로 재빠르다. 그가 무심코 일어나려하자 총구는 순식간에 이쪽을 향했다.

사에구사는 시선도 총구도 두 사람에게서 떼지 않고 천천히 이동해 현관문을 잠갔다. 그리고 침실로 돌아온다.

이렇게 되면 여행용 가방을 발견하기란 시간문제다. 그는 눈을 감았다. 그녀의 불규칙한 호흡이 또렷이 들린다.

옷장이 열렸다 닫히는 소리가 난다.

사에구사는 시간도 그다지 필요로 하지 않았다. 주방에 돌아와 사근사근한 목소리로 말했다.

"대충 봤을 뿐인데도 오륙천만 엔은 되는 것 같던데."

한숨을 한 번 쉬고 그는 말했다.

"세어 보지 않았어."

"역시. 게다가 피가 묻은 수건. 무슨 수수께끼지, 이건?"

작은 딸꾹질 소리를 내며 그녀가 울기 시작했다. 그는 묵묵히 그 어깨를 안고, 잘 우는 아이구나 하고 생각했다. 이쪽도 울고 싶기는 마찬가지지만.

"어때, 사정을 말해 보지 않겠나?"

문에 기대어 흐트러짐 없이 권총을 이쪽으로 겨눈 사에구사가 말했다.

"경우에 따라서는 내가 힘이 될 수 있을지도 몰라."

희미하게 웃음을 머금고 사에구사는 계속했다. 그 탓에 목소리가 흐려졌다. 흙탕물을 뒤집어쓴 느낌이 들었다.

"아니면 전화해서 경찰에 갈까?"

묵묵히 쏘아보자 사에구사는 '설마 그렇게는 할 수 없겠지?'라는 듯이 가볍게 고개를 흔들었다.

구조대인가. 그는 얄궂은 기분으로 생각했다. 현금과 권총 덕분이다. 그렇지만 겨우 도와주러 왔나 했더니 해적선이다.

"거짓말이라든지 믿을 수 없다든지, 귀찮은 말참견을 하지 않고 듣는다고 약속한다면." 그가 말했다.

사에구사는 약속했다. 그래서 그는 이야기했다. 달리 선택의 여지가 없을 때에는 일단 내민 손은 붙잡고 보는 거라고 자신을 타이르면서.

12

“당신은, 그, 기억이 사라진 것 외에 이상은 없나?”

이야기를 다 들은 사에구사가 질문했다.

약간 의외라고 생각했다. 몸 상태에 관해 염려해 줄 만한 입장은 아니라고 여겼기 때문이다.

“어때?” 사에구사는 진지했다.

“특별히 이상은 없는 것 같습니다. 물건 이름을 좀 기억해 내기 힘든 적은 있었지만.”

“두통은?”

“없습니다, 저는.”

사에구사는 재빨리 그녀를 보았다.

“이쪽 아가씨는 두통이 심했나?”

그녀는 입을 다물고 있다. 그가 대신 대답했다.

“상당히 괴로워합니다.”

사에구사는 문에 기대어 팔짱을 꼈다.

그가 말하는 사이에 사에구사는 약속대로, ‘믿을 수 없다’는 말은 하지 않았다. 대신 때때로 질문을 했다. 눈을 떴을 때 그가 침대의 어느 쪽에 있고 그녀가 어느 쪽을 보고 있었는가, 물건의 이름을 떠올릴 수 없는 상태는 어느 정도 이어졌는가, 세세한 부분까지 파고들었다.

우리 두 사람이 정말로 기억상실이 되었는지 시험하고 있구나. 그는 생각했다. 그래서 되도록 상세히 설명했다.

사에구사는 그녀에게 물었다. "지금은 어때? 머리, 아파?"

그녀는 고개를 흔들었다.

그는 되물었다. "어째서 두통에 대해서 묻는 겁니까?"

사에구사는 진한 눈썹을 약간 움직였다. 이 남자의 얼굴에서 제일 정직하게 감정을 드러내는 부위는 눈썹인 것 같았다.

"왜 그런 걸 묻지?"

"당신이 바로 '두통'이라고 했으니까."

"기억상실이 되면 대체로 두통이 오는 것 같으니까." 사에구사는 말하고 무심코 머리 뒤를 쓰다듬었다. "뭐, 나도 기억상실 따위는 영화나 소설에서밖에 본 적이 없지만."

영화. 소설. 그 개념은 그의 머리에 확실히 남아 있다. 그런 지식에 관한 기억은 사라지지 않았다. 그런데 이 사에구사라는 남자는 어떤 소설을 읽고 어떤 영화를 보는 것일까. 처음으로 자신들 두 사람 이외의 인간과 관련되어서 생생한 흥미를 느꼈다.

"그런데 이 아가씨의 눈이 보이지 않게 된 것은……."

"조금 전입니다." 그녀가 작게 대답했다. "목이 말라서 잠에서 깨어나 일어났더니 깜깜했어요. 처음에는 잘 모르는 곳이라서 눈이 어둠에 익숙해지지 않았다고 생각했지만요."

"전혀 보이지 않나? 물체가 움직이고 있는 실루엣은 어렴풋이 알 수 있다거나?"

그녀는 고개를 숙이고 머리를 흔들었다.

가볍게 무릎을 굽혀 사에구사는 그녀의 얼굴을 들여다보았다. 그녀의 눈은 멍하게 허공을 향했다. 사에구사는 그 자세로 그쪽을 보았다. 어떤 의도로 바라보는지 알 수 없어서 그도 가만히 시선을 맞추었다. 그러자 사에구사는 가슴에 있는 셔츠 주머니에 손을 넣어 담배와 라이터를 꺼냈다.

그 싸구려 라이터다. 그러나 담배는 쇼트호프였다. 지켜보고 있으니 사에구사는 담배를 툭 하고 테이블에 내던지고 라이터를 문지른다. 불을 켠다. 그리고 불꽃을 갑자기 그녀의 얼굴 가까이에 댔다.

그가 몸을 일으켜, 뭐하는 겁니까! 하고 소리를 지르기 전에 불꽃은 그녀의 얼굴을 스치듯이 지나갔고 사에구사는 라이터를 껐다. 그녀의 시선은 꼼짝도 하지 않았고 눈도 깜빡이지 않았다.

사에구사는 나직이 말했다. "정말로 보이지 않는군."

"위험한 짓을 하는군요." 그는 휴 하고 한숨을 쉬었다. 뒤늦게 그녀가 보이지 않는 눈으로 그를 올려다본다. 그는 그녀의 손을 가볍게 두드렸다.

"그래서? 이제부터 어떻게 할 거야?"

사에구사가 태평한 말투로 물었다.

쓴웃음이 나오려고 했다. 그 질문에 대답하면 잡힌 도둑이 경찰관에게 향후의 예정을 설명하는 거나 마찬가지다.

"어떻게 할 생각이야?" 사에구사가 거듭 묻는다.

그는 퉁명스럽게 대답했다. "당신은 어떻게 할 생각이십니까?"

입을 열기 전에 사에구사는 주방 안을 둘러보았다. 시선은 전자레인지의 액정에 달린 시계 부분에 정지했다.

"오전 한 시 이십 분이 지났군."

흘끗 이를 보이고 말을 이었다. "나는 카페인 중독이라서 말이야. 밤중에 커피를 마셔도 끄떡없이 잘 수 있어. 당신들은 어때."

"네?" 그녀가 고개를 갸우뚱한다. 그가 일어났다.

"어떨지 모르겠지만, 저는 커피를 마시고 싶습니다."

"고마워"라고 말하고 사에구사는 담배에 불을 붙였다. 그는 재떨이 대신에 빈 맥주 캔을 테이블에 놓았다.

주전자에 물을 채워 가스레인지에 올린다. 이런 동작도 한 적이 있다는 느낌이 들었다. 컵을 나란히 놓고 인스턴트 커피를 꺼내고 설탕 통을 꺼낸다―그 사이 주방에는 침묵이 감돌고 있었다.

갑자기 그녀가 중얼거렸다. "쇼트호프야."

그는 돌아서 그녀를 보았다. 사에구사도 긴 재가 된 담배를 든 채 그녀의 얼굴을 보고 있다.

"담배, 쇼트호프죠?" 그녀가 다시 한번 말했다.

"알아?"

그가 묻자 끄덕였다. 사에구사는 말했다.

"아가씨의 과거 속에 쇼트호프를 피우는 사람이 옆에 있었군."

그는 반신반의했다. "그런데 어떻게 알았어?"

"냄새로. 이름도 바로 떠올랐어."

"피스라든지 쇼트호프는 지금 유행하는 라이트나 마일드와는 다른 냄새가 나니까. 나도 술집에서 근처에 앉은 인간이 피스를 피우면 알 것 같은 느낌이 들어."

"낮에는 마일드세븐을 피우고 있었죠?"

"자동판매기에 쇼트호프가 떨어졌더군."

두 사람에게 등을 돌리고 커피를 타고 있으니 사에구사가 물었다.

"당신, 담배는? 낮에 피웠지?"

"흡연자였던 것 같습니다."

"상표는?"

"낮에 사러 갔을 때는 딱히 아무 생각도 없이 자연스레 마일드세븐을 골랐습니다."

좋아서 피우는 상표는 아무래도 그것이었다는 느낌도 든다. 슈퍼에는 상자에 포장된 담배가 몇 종류쯤 있었지만 감이 오는 브랜드는 없었다. 이것저것 생각하지 않고 자연히 마일드세븐에 손을 뻗었다.

"확률로 보면 마일드가 가장 높지. 일반적이니까." 사에구사가 말한다.

그러나 그녀 옆에—좋아하는 담배의 냄새를 맡아서 구분할 정도로 그녀 가까이에—있던 인간은 쇼트호프 애호가였다. 그렇다면 자신은 아니라는 말이다. 그렇게 생각하니 이상하게도 잠깐 질투심이 났다.

커피잔을 테이블에 올린다. 그녀는 두 손을 무릎 위에 얹고 있다. 그가 말하기 전에 사에구사가 말을 걸었다.

"아가씨, 설탕과 크림은?"

잠시 생각하고 나서 그녀는 필요 없다고 대답했다.

"블랙이라. 다이어트 중인가. 그럴 필요는 없을 것 같은데."

그는 그녀의 오른손을 잡고 컵의 위치를 가르쳐 주었다. 사에구사가 덧붙인다.

"조심해. 화상 입지 않도록."

묵묵히 커피를 마시는 사이, 그는 사에구사라는 인간에 관해 조금 음미했다. 그녀를 향한 배려에 거짓은 없어 보이지만 그 외에는 무엇을 생각하는지 통 알 수 없었다. 표정이나 이곳에 발을 들여놓았을 때의 태도로 보아서는 지극히 당연한 상식을 갖춘 보통 남자 같다. 그러나 권총을 익숙하게 다루는 모습, 총을 손에 들었을 때의 행동을 보면 위험한—적어도 위험을 무릅쓰는 데 거부감이 없는 인간이라는 느낌이 든다.

"당신들이 털어놓았으니 나도 솔직하게 말하지."

사에구사는 컵을 놓고 새 담배에 불을 붙였다.

"나는 전과가 있어."

갑자기 그런 말을 들으니 대꾸할 말이 없었다. 그는 가만히 상대를 바라보았고, 그녀는 아주 약간 사에구사의 목소리가 들려오는 방향에서 멀어지려는 듯이 어깨를 뒤로 뺐다.

“상해죄로 말이야. 술집에서 싸움에 휘말렸어. 변명은 하지 않아. 그쪽 정산은 다 끝났어. 몇 년 전 이야기지. 위험한 인간이 아니야.”

그는 할 말을 생각했지만 결국 이렇게밖에 말할 수 없었다.

“그래서?”

“그래서,” 사에구사는 가볍게 웃었다. “나로서는 당신들 두 사람이 권총과 피가 묻은 수건과 여행용 가방에 담긴 현금을 가진 수상한 인간입니다, 라고 경찰에 신고할 생각은 없다는 거지.”

그는 방심하지 않았다. “왜요?”

“왜냐면 말이야, 그렇게 하면 경찰은 나도 당신들과 한패이고 틀림없이 위험한 일에 한몫 끼어 있다고 멋대로 생각할 테니까. 아니, 오히려 내가 주범이라고 단정할 거야.”

“주범…….”

“아니, 실례. 이것은 어디까지나 당신들이 기억을 잃기 전에 뭔가 위험한 일을 했던 경우에 한해서 그렇다는 말이야.”

그녀가 한숨을 내쉬고 잔을 놓았다. 사에구사는 계속했다.

“어째서 경찰이 그런 태도를 취하는가 하면 내가 전과자이기 때문이야. 무슨 말을 해도 신용 받지 못하겠지. 당신들도 아까 내가 전과가 있다고 말하니 마치 다이너마이트를 안은 남자를 보는 표정을 지었어. 부정하지 마. 기분이 상한 건 아니니까. 익숙해졌거든.”

안도감과 불신감이 뒤섞여서 밀려온다. 정말 이 사에구사라는 남자는 허투루 볼 수 없는 상대다. 허투루 봤다가는 대가가 클 것 같았다.

"그래서, 말이지." 사에구사가 다짐하듯이 되풀이했다. "한 가지 제안이 있어."

"제안?"

끄덕이고, 사에구사는 느닷없이 물었다. "당신 오른손잡이인가?"

반사적으로 그는 오른손을 보았다. "그런 것 같습니다."

"아까부터 계속 뭘 하든지 오른손으로 했으니까. 기억을 잃어버려도 쓰는 손이 어느 쪽인지 잊지는 않았군. 그렇다면 한 가지 확실한 게 있어. 당신들은 스스로의 의지로 저 방에서 자지는 않은 모양이야."

사에구사는 침대 쪽으로 손을 흔들었다.

"당신은 그녀의 왼쪽에 누워 있었지. 위를 보고 누운 상태로 있을 때 당신이 쓰는 팔이 그녀의 왼팔에 닿는 위치에 있었어. 그렇지?"

잠을 깼을 때를 떠올려보니 분명히 그랬다.

"오른손잡이 남자가 여자와 자려고 할 때 여자를 자기 오른쪽에 재울 리가 없어. 확실해. 그러니까 당신들은 마음이 맞아서 침대에 올라간 게 아니야. 그런 것 따위를 생각할 수 없는 상태로—자고 있었는지 기절했는지—거기까지 세세한 일에는 개의치 않는 멍청이의 손에 의해 나란히 눕혀졌을 뿐일 거야."

잠시 후 그녀가 깊은 한숨을 내쉬었다. 어떤 의미의 한숨일까.

사에구사는 히죽 웃고 덧붙였다. "뭐, 백 퍼센트 그렇다고 단언은 할 수 없지만. 당신들 둘이 어지간히 기발한 짓이라도 했을지 모르는 일이고."

그는 콧소리를 냈다. 그녀의 얼굴이 빨개졌다.

"뭐, 농담은 이쯤하고," 사에구사는 진지한 얼굴로 돌아왔다. "내 두뇌 회전을 조금 공개한 마당에 제안이 있어. 어때, 당신들, 나를 고용하지 않겠나?"

의표를 찔렸다.

"고용?"

"그래. 당신들이 어째서 이런 지경에 빠졌을까. 도대체 당신들은 어떤 사람인가? 그것을 조사하기 위해 나와 계약하지 않겠냐는 의미야. 나쁜 거래가 아니야. 소개가 늦었지만 이래 봬도 나는 저널리스트 나부랭이거든. 나부랭이 저널리스트라고 하는 편이 정답일지도 모르겠지만."

그는 처음으로 값을 매기듯이 상대를 훑어보았다.

저널리스트라는 직업은 명함에 그렇게 찍어 넣고 간단히 자칭할 수 있는 대표적인 직업 같다는 생각이 들었다. 밑천도 필요 없다. 어떤 직업이라도 종사자는 최상급부터 최하급까지 나눌 수 있지만, 밑천이 필요 없는 직업은 급 사이의 폭이 무척 넓다. 그리고 최상급과 최하급은 대개 일의 목적이 다르다.

이 경우 사에구사가 어떤 자인지에 구애받을 여지는 없다고 생각했다. 아무래도 좋다. 제안은 말뿐이고 선택의 여지 따위 원래부터 없다.

그는 현실적인 문제로 사고를 전환했다.

"보수는 어떻게 합니까?"

"저 여행용 가방의 돈이 담보다." 사에구사는 재빨리 말했다. "만사가 해결되어 당신들이 이 상황에서 빠져나왔을 때, 저것이 당신들 거라면 내게 반을 지불한다. 당신들 게 아니라면……."

사에구사는 말하고 나서 가볍게 양손을 펼쳤다. "할부라도 좋다고 말하고 싶지만 당신들도 예금 정도는 있지 않을까?"

그녀는 입가에 손을 가져가서 새끼손가락의 손톱을 깨물기 시작했다. 기억은 사라져도 버릇은 없어지지 않는다더니, 앞으로 그녀가 생각에 잠길 때에는 언제나 이런 모습을 보여 줄 것 같다.

"다만 문제는 이 아가씨의 눈이야. 병원은 어떻게 할 거지?"

그 물음에 그는 대답할 자격이 없다. 입을 다물고 있을 수밖에 없었다.

그녀는 손톱 깨물기를 중단하고 얼굴을 들었다. 사에구사가 있는 쪽을 향해 작지만 단호하게 말했다.

"제가 하루라도 빨리 당당하게 병원에 갈 수 있도록 당신이 노력해 주세요."

이것으로 결정되었다.

그녀는 손을 더듬어 그의 손을 찾아 꽉 움켜쥐었다.

"좋습니다. 당신과 계약하겠습니다." 그는 대답했다.

“좋아.” 사에구사는 그때까지 무릎 위에 놓아두었던 권총을 훌쩍 집어 들고 말했다.

“이 위험한 건 내가 맡겠어. 어차피 지금 당신들로서는 이런 것을 쓰려고 해도 자기 손가락을 날려 버리게 될 테니.”

“상관없습니다. 그렇게 하시죠. 다만…….”

“다만?”

“총알은 빼서 저에게 주십시오.”

사에구사는 웃었다. “빈틈없군.”

그는 대답했다. “당연합니다.”

그는 생각했다. 담보는 여행용 가방에 든 돈이 아니라, 우리 자신이라고.

“바로 부탁이 있습니다만.”

“뭔가?”

“저를 댁에서 재워 주셨으면 좋겠습니다.”

사에구사는 흘끗 그녀를 보았다. “아가씨, 혼자서 괜찮은가?”

그녀는 당차게 끄덕였다. 그는 서둘러 말했다.

“침대를 사에구사 씨의 집 벽에 딱 붙여 둘 테니까, 무슨 일 있으면 벽을 두드리면 돼. 아침에 깨우러 올 테니까, 혼자서 돌아다니면 안 돼. 알겠어?”

“알았어.”

사에구사는 히죽히죽거렸다. “순수하시군.”

사에구사를 먼저 자신의 집으로 돌려보내고 그녀를 침대까지 데리고 갔을 때 그는 작은 목소리로 사과했다.

"불안하겠지만 참아."

그녀는 미소 지었다. "괜찮아. 알고 있어. 저 사람에게서 가능한 한 눈을 떼지 않는 편이 좋겠어."

처음으로 그녀의 볼을 가볍게 만지고 그는 말했다. "당신은 정말로 감이 좋아."

"조심해."

8월 13일
월요일
제 2 일

13

미사오로부터 온 전화가 끊어진 다음 에쓰코는 곧바로 가이바라 씨 댁에 전화를 걸었다. 그러나 호출음이 울려도 아무도 받지 않는다. 재발신으로 몇 번이고 다시 걸면서 에쓰코는 초조하게 제자리걸음을 했다.

집에 없나. 이런 시간에.

새벽녘까지 끈기 있게 계속 걸어도 결과는 마찬가지였다. 정말 결말이 나지 않는다. 오전 다섯 시 반을 지날 무렵 에쓰코는 직접 찾아가 보려고 몸을 일으켰다.

채비를 시작했을 때 유카리가 일어났다.

"엄마, 잘 잤어? 무슨 일이야?"

곰 인형을 옆구리에 끼고 눈을 비비는 작은 딸을 에쓰코는 황급히 재촉했다.

"착한 유카리, 빨리 옷 갈아입어. 할아버지 집에 데려다 줄게."

"왜? 아직 아침 일찍인데."

지금은 여름방학이라서 유카리는 에쓰코가 없는 낮 시간은 요시오의 집에서 지내고 있다.

"잠시 볼일이 생겨서 엄마는 바로 외출해. 그러니까, 응?"

"라디오 체조는?"

"오늘은 쉬어."

“매일 꼬박꼬박 가지 않으면 상으로 주는 과자 못 받아.”

“괜찮아. 엄마가 꼭 받아 줄게.”

졸음도 가시고 엄마의 예사롭지 않은 기색을 알아차렸는지 유카리는 재빨리 화장실로 뛰어갔다.

유카리가 채비를 끝내기 전까지도 에쓰코는 몇 번쯤 가이바라 씨에게 전화를 걸었다. 여전히 응답은 없다.

그때 문득 깨달았다. 비슷한 SOS 전화가 미사오의 부모에게도 걸려와서 둘 다 집을 비웠을지 모른다. 그 경우 요시코의 성격상 에쓰코에게 친절히 알려 줄 리가 없다.

그래도 미사오가 보호받고 있다면 어디 있는지 모르는 것보다 훨씬 낫다. 불안한 얼굴을 한 유카리를 조수석에 앉히고 에쓰코는 기도하는 듯한 기분으로 차를 몰기 시작했다.

“엄마?”

“응? 왜.”

“아빠가 죽었을 때 같은 얼굴을 하고 있어.”

에쓰코는 기어에 손을 댄 채 작은 얼굴을 내려다보았다. 유카리는 여름방학 숙제장이 들어간 가방을 무릎에 놓고 살짝 입을 오므리고 있다.

에쓰코는 어깨에 힘을 뺐다.

“미안해. 엄마가 좀 걱정이 있어서. 두근두근하고 있어. 유카리도 아는 엄마 친구 일로.”

“미사오 언니?”

딱 집어 이야기하지는 않았지만 유카리도 어렴풋이 알아차리고 있었나 보다.

"그래. 미사오 언니가 집에서 사라졌어. 빨리 찾아내야 해."

"그래서 엄마가 가는 거야? 유카리도 데리고 가면 안 돼?"

에쓰코는 고개를 흔들었다. 유카리는 열심이었다.

"방해 안 해. 얌전히 있을게. 유카리는 미사오 언니 좋아해."

손을 뻗어 딸의 머리를 뒤죽박죽 헝클어뜨리고 에쓰코는 미소 지었다.

"엄마도야. 하지만 오늘은 유카리는 집을 봐 줘. 뭔가 알아내면 꼭 가르쳐 줄 테니까. 응?"

유카리는 납득했다. 요시오의 집에 도착해서 사정은 나중에 설명한다고 말하고 유카리를 맡긴 뒤 에쓰코는 바로 출발했다.

"엄마, 파이팅!" 유카리가 손을 흔들었다.

길을 기억하고 있어서 가이바라 씨 댁에는 헤매지 않고 도착할 수 있었다. 하지만 현관의 인터폰을 눌러도 대답이 없다.

역시 외출한 건가. 에쓰코는 집 주위를 둘러보았다. T자형의 카포트_{지붕을 없은 간이 차고} 오른쪽에는 회색 세단이, 왼쪽에는 새빨간 경승용차가 세워져 있다. 미사오의 이야기와 에쓰코의 기억이 틀림없다면 둘 다 미사오 부모의 차일 것이다.

그렇다면 집에 있다는 소리 아닌가. 에쓰코는 현관으로 돌아가 다시 인터폰을 눌렀다. 몇 번이나 눌렀다. 마지막에는 주먹으로 버튼을 두들겼다.

그러자 부스럭부스럭 잡음이 들리고, 정말 느릿하게 "네에" 하는 대답이 돌아왔다.

에쓰코는 달려들었다. "여보세요? 가이바라 씨입니까? 접니다! 신교지입니다!"

인터폰은 침묵했다. 잠시 후 목소리가 흘러나왔다.

"무슨 일입니까?"

분명히 요시코 씨였다. 아무래도 방금 막 일어난 모양이다.

"어제 한밤중에 미사오에게 전화가 왔습니다. 그래서 이쪽에도 전화했습니다만, 안 계신 것 같아서."

"어머."

에쓰코는 몸이 달았다. "어쨌든 열어 주시지 않겠습니까."

일 분쯤 기다렸을까. 하지만 에쓰코에게는 한 시간처럼 느껴졌다. 드디어 문이 열리고 문 안으로 네글리제 위에 얇은 가운을 걸치고 서 있는 요시코가 보였다. 자다가 흐트러진 머리카락을 보니 울컥 화가 치솟았다.

"아침 일찍부터 시끄럽게 하지 말아 주세요. 이웃에 꼴불견이잖아요."

요시코는 노골적으로 불쾌한 얼굴을 하고 있다. '상식이 없는 사람이야'라면서 주정뱅이라도 보는 눈으로 에쓰코를 내려다보았다.

그러나 지금은 말다툼을 하고 있을 때가 아니다. 에쓰코는 분노를 억누르고 재빨리 일의 경과를 설명했다. 현관 앞에 선 채로.

이야기를 다 들은 요시코는 간단히 일축했다.

"장난 전화가 아닐까요?"

에쓰코는 귀를 의심했다.

"분명 미사오 목소리였습니다! 신교지 씨라고, 저를 불렀습니다."

"그런 장난도 있잖아요. 아는 사람이 걸 수도 있고." 요시코는 에쓰코를 흘겨보았다. "댁은 젊은 과부이기도 하고."

귓불이 뜨거워진 에쓰코는 소리도 없이 우뚝 서 있었다. 상대가 같은 인간이라고는, 같은 딸을 가진 인간이라고는 믿을 수 없다.

가까스로 목소리를 짜 냈다. "저야 어쨌든 괜찮습니다. 미사오가 걱정되지 않습니까? '구해줘'라고 말했어요!"

"그럴까요. '구해'라고 말하고 끊어졌다면서요? 당신이 멋대로 상상하고 있을 뿐이잖아."

"하지만……."

사실 요시코의 말도 맞지만, 인간의 육성, 입에서 새어 나오는 말은 그렇게 액면 그대로 해석할 게 아니다. 미사오는 '구해줘'라고 말했다. 틀림없다. 말을 하다가 전화가 끊어졌든지, 누군가가 끊어 버렸을 것이다.

에쓰코는 방향을 돌렸다.

"가이바라 씨, 어제 경찰에는 가셨습니까?"

“안 갔어요. 안 간 게 다행이지.”

“네? 무슨 말씀이죠?”

요시코는 문에 손을 대고 닫는 시늉을 했다. “돌아가 주세요. 저 아직 이런 차림이니까요.”

“가이바라 씨!”

“시끄러운 사람이네.”

“왜 전화를 받지 않았어요? 어디에 계셨어요. 미사오가 걱정되지 않습니까?”

요시코는 정색하고 눈썹을 치켜 올렸다. “언제 걱정 안 된다고 했어요?”

“아니…….”

“우리 집에서는 밤이 되면 전화선을 빼놔요. 장난 전화가 많으니까.”

에쓰코는 숨을 삼켰다. “미사오가 전화할지도 모르는데? 잘도 그렇게 할 수 있군요?”

요시코는 슬리퍼를 신은 채 현관 바닥으로 한 걸음 내려왔다. 몸을 내밀고 에쓰코를 노려본다.

“미사오가 가출하고부터는 밤중에도 연결해 놓았어요. 저도 그 아이가 걸지도 모른다고 생각했으니까요. 하지만 어젯밤에 더 이상 그럴 필요가 없어졌기 때문에 다시 원래 습관대로 돌아간 거예요. 정말 실례도 정도껏이지, 당신이란 사람은.”

어젯밤에 더 이상 그럴 필요가 없어졌다? 에쓰코는 다시 할 말을 잃었다.

요시코는 의기양양한 웃음을 짓고 말한다. "미사오가 어젯밤 전화를 했어요. 열 시경이었죠. 요코하마에 살고 있는 친구 집에 묵고 있다고. 둘이 함께 아르바이트를 하고 있다더군요. 여름방학이 끝날 때까지는 그곳에 있겠다, 건강하게 일하고 있다, 그렇게 말했습니다. 이제부터 돈을 저축해서 겨울방학에 친구와 함께 해외여행을 하고 싶다더군요. 자기 돈으로 가고 싶다고. 말없이 나가서 잘못했지만 어머니에게 말하면 분명 반대할 거라 생각했다고."

"그 친구의 이름, 물어봤습니까?"

"말해도 제가 모른다고 했어요."

무심코, 에쓰코는 중얼거렸다. "거짓말이네……."

요시코는 덤벼들었다. "어째서 그 애가 그런 거짓말을 하죠? 미사오는 그런 복잡한 계획을 세울 수 있는 애가 아니에요."

"저는 분명 그 애의 목소리를 들었단 말입니다!"

"그러니까 그쪽은 장난 전화라고 하잖아요. 당신이 멋대로 미사오가 건 전화라고 생각하고 있을 뿐이지. 애당초 엄마인 내가 미사오의 목소리를 잘못 들을 리가 없어. 어이없는 사람이네!"

요시코는 에쓰코의 눈에 침이라도 뱉을 기세였다.

"게다가 나는 그 친구의 가족과도 이야기를 했어요. 어머니가 전화를 바꿔 인사를 했는데 그냥 보통사람이었습니다. 당신보다 훨씬 느낌이 좋아. 미사오를 부탁한다고 했더니, 잘 돌볼 테니까 걱정 마시라며 웃었습니다. '저희는 미사오짱이 어머니에게 말도 않고 왔다는 걸 생각도 못해서. 연락이 늦어 죄송합니다'라고 당황해하더군요. 둘이서 바샤미치에 있는 레스토랑에서 일한다고 해요. 멋진 가게고 이렇게 친구와 생활하니까 자매가 된 것 같다며 미사오는 즐거워했어요."

요시코의 목소리를 들으면서 무의식중에 에쓰코는 고개를 흔들었다.

아니야. 아니야. 그런 일은 있을 수 없어. 해외여행? 레스토랑에서 아르바이트? 친구하고 자매처럼 생활하고 있어? 아니야. 정말로 그런 계획을 세웠다면 미사오는 분명 자신에게 말해 주었을 것이다.

"가이바라 씨……."

"작작 좀 하세요!"

요시코의 고함에 집 밖을 빗자루로 청소하던 이웃집 주부가 깜짝 놀라 이쪽을 보았다. 눈을 크게 뜨고 있다.

에쓰코는 애써 기분을 진정시키고 목소리를 낮추었다.

"그 전화 목소리, 정말로 미사오의 목소리가 틀림없었나요."

요시코는 입을 굳게 다문 채 끄덕였다.

"전화가 걸려 온 시간이 열 시경입니까?"

"아까 그렇게 말했잖아요? 당신, 우리말 못 알아들어?"

"열 시경입니까?"

요시코는 코에서 홍 하고 숨을 토했다. "그래요."

에쓰코에게 전화가 걸려 온 시간은 자정쯤이었다. 단 두 시간 사이에 미사오가 놓인 상황이 그렇게 극적으로 변했다고는 생각할 수 없다.

─신교지 씨……구해

그 공허한 목소리. 텅 빈 목구멍에서 울리는 듯한 목소리.

"가이바라 씨."

에쓰코는 고개를 들어 날카롭게 요시코를 올려다보았다. 더 이상 이 사람 가지고는 해결이 안 되겠다고 생각했다.

"바깥 분은 어디에 계시죠?"

요시코는 얼굴을 찌푸렸다. "뭘 하게요?"

분노로 홍조를 띤 요시코의 볼에 언짢은 빛이 스쳤다. 조금 후에 우울해진 목소리로 대답한다.

"남편이라면 지금은 해외에 있어요. 계속 출장이라 당분간 안 돌아와요. 바쁘니까."

에쓰코는 힘이 빠졌다. 모친이 안 된다면, 부친과 만나서 직접 담판하려고 했는데…….

"연락은 안 될까요?"

"당신에게 가르쳐 줄 이유는 없지요."

요시코는 잘라 말하고 이번에야말로 문을 닫겠다는 몸짓을 했다.

"당신은 미사오의 친구일지 모르겠지만, 그렇다고 해서 우리 집안일까지 관여할 권리는 없죠? 두 번 다시 이 일로 성가시게 하지 말아 주세요."

흥분으로 지껄여 대면서 점점 말이 빨라져 간다.

"덕분에 미사오는 찾았습니다. 무사하고, 건강합니다. 제멋대로 구는 딸은 어머니인 제가 직접 보살피겠습니다. 돌아가 주세요. 다음에 또 찾아오면, 경찰을 부를 거야! 우리 친척 중에는 경찰청에 다니는 사람이 있다고!"

에쓰코의 코앞에서 문이 기세 좋게 닫혔다.

14

일단은 네버랜드로 출근할 수밖에 없었다. 십오 분 지각이었다.

문을 열자 직원들이 아침 인사를 던진다. 에쓰코는 대답할 기력도 없어 책상에 주저앉았다.

"무슨 일 있습니까?"

잇시키가 팀장 자리에서 다가왔다. 에쓰코가 지각하는 일은 극히 드문 데다가 안색이 나빴기 때문이다.

"잠시 상담할 게 있습니다."

"알겠습니다. 회의실을 쓰지요."

잇시키는 앞장서서 복도로 나간다. 에쓰코는 힘없이 일어나 직원들에게 양해를 구하고 나서 뒤를 따랐다.

"기운이 없네요. 신교지 씨, 아버지나 유카리짱에게 무슨 일 있습니까?"

잇시키가 묻는다. 에쓰코는 고개를 흔들었다.

"그렇다면 다행이네요. 일 때문이구나."

잇시키에 대해 직원 중 한 젊은 여성은 '걸어 다니는 존댓말'이라고 불렀다. 그는 언제나 어느 부하에게건 보험 고객을 대할 때처럼 이야기한다. 가이바라 요시코와 싸움에 가까운 대화를 한 후라서 에쓰코의 귀에 잇시키의 목소리는 무척 자비롭게 들렸다.

“제가 힘이 될 수 있을까요?”

에쓰코는 설명했다. 잇시키 팀장은 때때로 맞장구를 치면서 들어주었다.

“난처하게 되었군요.”

이야기를 듣고 난 잇시키 팀장은 전혀 난처하지 않아 보이는 온화한 얼굴로 그렇게 말했다.

“제 걱정이 지나치다고 생각하세요?”

에쓰코의 질문에 잠시 고개를 갸웃하며 생각하고 나서 잇시키는 대답했다.

“그렇지 않습니다. 말씀대로 인간의 말에는 ‘의외의 의미’라는 게 있으니까요. 분위기도 있습니다. 어조의 미묘한 차이도 이야기의 내용을 좌우하지요. ‘구해’라고 하는 말을 신교지 씨가 ‘구해 줘’라고 들었다면 분명 그럴 겁니다.”

잇시키의 분석을 듣고 있으니 에쓰코의 마음에서 절박함이 사라져갔다. 초조해해서는 될 일도 안 된다고 생각할 수 있는 판단력이 돌아왔다.

“그래서 신교지 씨는 이제부터 어떻게 하실 작정입니까?”

“어떻게라니······.”

“일단 확인을 해 두겠습니다만, 방금 질문은 네버랜드의 직원으로서 어떻게 하겠냐는 의미입니다. 개인적으로가 아니라.”

에쓰코는 눈을 휘둥그레 뜨고 잇시키의 얼굴을 쳐다보았다.

“그 말씀은 네버랜드의 직원으로서는 이 일에 더 이상 관여해서는 안 된다는 뜻인가요?”

잇시키는 끄덕였다. 여자처럼 예쁜 손을 가지런히 테이블에 놓고 살짝 몸을 내민다.

“아시겠습니까, 신교지 씨. 네버랜드에 있는 우리는 어디까지나 유사 친구입니다. 여기로 전화하는 사람들은 아주 외로움을 잘 타는 사람이기는 하지만, 반면 방어기제도 무척 견고합니다. 외롭지만 친구를 만들어서 생기는 번거로움이 싫으니까, 타인과 직접 접촉해서 생기는 문제들이 싫으니까, 전화로 목소리밖에 들을 수 없는 우리를 원하는 거지요. ‘전화로 목소리밖에 들을 수 없다’는 말은 바꿔 말하면 ‘전화 속에 한정된 교제로 끝난다’는 뜻이기도 합니다. 아시겠습니까?”

에쓰코는 끄덕였다.

“목소리뿐인 친구는 실로 편리합니다. 원할 때 전화를 하면 받는다. 마법의 램프와 같다. 필요 없을 때는 호출하지 않고 그냥 두어도 된다. 아무 불평도 하지 않는다. 언제나 전화를 거는 쪽이 주인이란 말입니다. 우리들은 수동적인 존재입니다. 네버랜드와 같은 형태의 전화 피난소가 존재하는 이상, 지켜야 할 조건은 ‘이쪽에서는 결코 파고들지 않는다’는 것입니다.”

잇시키는 빙긋 웃었다.

“그러니까 네버랜드의 단골손님이란 고독하고 소극적인 동시에 아주 제멋대로인 사람들이라 생각해도 됩니다. 물론 모두가 그렇지는 않습니다. 혼자 사는 노인의 경우는 전혀 다릅니다. 그러나 다른 경우, 특히 젊은 사람 중에는 그런 사람이 많을 뿐입니다. 그게 사실입니다.”

“팀장님…….”

“제가 전에 가이바라 미사오라는 여성이 당신과 만나고 싶어 한다는 말을 들었을 때, 만남을 허가한 이유는 어차피 한 번은 이렇게 될 것이고, 경험해 보지 않으면 신교지 씨도 네버랜드의 진정한 의미를 알지 못하리라 생각했기 때문입니다. 그래서 말씀드렸지요? ‘직접 얼굴을 마주하고 나면 그때부터는 개인 영역이 된다’고. 네버랜드로서는 전화를 건 사람과 얼굴을 마주하면, 거기서 바로 존재 의의가 없어집니다. 만나러 가는 행위를 통해 상대에게 파고들게 되니까요.”

에쓰코는 묵묵히 아래를 보았다.

“그리고 아까도 말씀드렸다시피 외로울 때만 이곳에 의지하는 사람들은 자기에게 개입하는 걸 싫어합니다. 정말로요. 그래서 이쪽에서 파고들려 하면 그 순간에 우리는 상대에게 필요 없는 존재가 되어 버립니다. 시간차는 있겠지만 늦든 빠르든 상대는 우리를 멀리하고 싶어 하겠지요. 그렇지 않습니까? 직접 커뮤니케이션을 해야 하는 상대라면 딱히 우리를 불러 내지 않아도 주위에 얼마든지 있으니까요. 그리고 그들은 그런 상대와―언제나 뭔가를 받을 뿐만 아니라 해 주어야만 유지되는―관계를 갖는 게 귀찮으니까, 우리 같은 유사 친구를 고른 사람들입니다.”

“말씀하시고자 하는 뜻을 잘 모르겠습니다…….”

"들어 보십시오, 신교지 씨. 그러니까 저는 네버랜드를 좋아하는 사람들에게는 개입하면 안 되며, 개입하는 동시에 상처받는 사람은 당신이라고 말씀드리는 겁니다. 그들은 냉혹하고 자기 멋대로입니다. 당신이라는 존재가 필요 없어지거나 자기 인생에 끼어들어 귀찮아지거나 흥미가 다른 곳으로 옮겨가면 아주 간단히 당신을 버립니다. 원래 전화라는 기계는 제멋대로입니다. 이쪽 편의대로 상대의 생활에 끼어드니까요."

"저는 그렇게 생각하지는 않습니다."

"아니, 저도 물론 모든 경우가 다 그렇다는 말은 아닙니다. 오해하지 말아 주세요. 사이가 좋은 친구 사이나 연인 사이의 전화는 다릅니다. 지극히 평범하게 직접 커뮤니케이션도 할 수 있는 상대와의 전화는 다른 겁니다. 일 분 일 초라도 떨어져 있고 싶지 않다, 혹은 함께 있고 싶다는 마음을 대리하는 행위입니다. 그것이야말로 정상적인 형태라고 저는 생각합니다. 제가 '제멋대로'라고 표현하는 것은, 이런 곳에 마음이 내킬 때만 걸 수 있는 일방통행식 전화를 말하는 겁니다."

에쓰코는 입가에 손을 댔다. 손끝이 떨리고 있다. 설마, 잇시키에게 이런 이야기를 들으리라고는 예상하지 못했다.

"서론이 길어졌습니다만, 제가 무슨 말씀을 드리려는지 아셨겠지요? 신교지 씨, 결론부터 말하면, 저는 당신이 이 이상 가이바라 미사오 씨에게 깊이 관여하는 데 반대합니다. 그녀는 친구 집에 있겠지요. 아르바이트를 하고 있을지도 모릅니다. 당신에게 알리지 않은 이유는 그냥 잊어버렸기 때문이라고 생각합니다.”

“그렇지만 저희들은 유사 친구가 아니었습니다. 정말로 친구가 됐어요.”

“집에 한 번 초대한 정도로 그렇게 단언할 수 있습니까? 당신은 그렇게 생각해도 미사오 씨는 어떨지 모릅니다. 당신에게 초대받아 그때는 즐겁게 놀러 갔지만 역시 그런 친구 관계를 유지해 나가기는 귀찮구나―하고 생각했을지도 모릅니다.”

그러나 미사오는 정말로 즐거운 것 같았다고 에쓰코는 마음속으로 반론했다.

“귀찮다고 생각하면 싹둑 자를 뿐입니다. 미사오 씨는 당신이 지금 여기서 이렇게 안달복달하고 있는 줄은 상상조차 못 하겠지요. 그런 겁니다. 목소리만 있는, 마법의 램프 같은 유사 친구는 잊히는 속도도 빠릅니다.”

이야기를 계속하는 잇시키의 표정 뒤에서 에쓰코는 지금까지 알아차리지 못한 마음을 보았다.

어떻게 표현하면 좋을까. 확신? 포기?

아니, 아니다. 계산이다.

보험 회사가 어째서 네버랜드 같은 서비스를 하고 있는지 비로소 이해할 수 있었다. 이것은 자선사업도, 기업의 넓은 포용력을 나타내는 행위도 아니다.

이른바 일종의 시장조사다. 많은 사람, 많은 고독한 사람의 생생한 목소리를 모으는 것. 이 빌딩 어딘가에서는 네버랜드로 전화한 사람들의 목소리를 모아 통계를 내고 자료로 정리하고 있을지도 모른다.

보험에 생명보험만 있지는 않다. 입원급부금이나 소득보장, 간호비용부담이나 개인연금 등등 다양한 종류가 있다. 여차할 때 의지할 상대가 없는 고독한 사람들에게 이렇게 적절한 것이 있을까.

물론 네버랜드에서는 노골적인 선전은 하지 않는다. 그러나 그곳에 있다는 것만으로도 홍보가 된다. 아무 일도 아닌 듯이 자연스레 눈에 들어온다. 단지 프로야구 중계를 보는 내내 야구장 백네트 밑에 그려진 광고가 그렇듯이.

"팀장님은 미사오가 제게 싫증나서 신경 쓰지 않을 뿐이라는 말씀이군요?"

잇시키는 살짝 웃었다. "깜빡 잊고 있을 뿐일지도 모릅니다. 요컨대 당신이 그녀를 일 이외의 사적인 생활에서 얻은 다른 친구들과 똑같다고 생각하면 무척 실망하게 될 거라는 의미죠."

"저희 집에 걸려 온 전화는요? 그건 어때요?"

"역시 장난 전화가 아닐까 합니다. 그게 미사오 씨로부터 온 전화라면 좀 지나친 거지요, 신교지 씨."

잠시 고개를 숙이고 눈을 감은 에쓰코는 마음을 진정시켰다.

그리고 잇시키의 눈을 똑바로 쳐다보며 말했다.

"휴가를 받을 수 있을까요? 여름휴가요. 원래 예정이라면 이번 주 수요일부터지만 앞당겨서 받을 수 없겠습니까?"

잇시키는 시선을 돌려 아무 말도 없이 에어컨 쪽을 올려다보았다.

"부탁드립니다." 에쓰코는 거듭 말했다.

한숨을 한 번 쉬고 잇시키는 에쓰코에게 다시 얼굴을 돌렸다. "개인적으로 그녀를 찾겠다는 겁니까?"

"네."

"힘들 겁니다. 우선 어떻게 하실 거죠."

"경찰에게 사정을 이야기해 보려구요. 다음 일은 그 후에 생각할래요."

잇시키는 쓴웃음을 지었다. "완고하시네요. 좋습니다. 휴가를 드리죠. 이후의 일은 남은 직원과 상담할 테니 염려하지 않아도 됩니다."

"감사합니다!"

에쓰코는 기세 좋게 의자에서 일어났다. 그러나 잇시키가 검지 손가락을 세워 "잠깐" 하고 불러 세운다.

"신교지 씨, 저는 당신의 상사입니다만 친구이기도 합니다. 그렇지 않습니까?"

에쓰코는 애매하게 끄덕였다.

"친구로서 해 드릴 수 있는 일이 있습니다. 십 분만 기다려 주세요. 저는 여기저기에 지인이 있습니다. 그중에는 도쿄 도내 경찰서에서 소년과 과장을 하는 사람도 있고요."

잇시키는 회의실에서 지인에게 전화를 걸었다. 재빨리 사정을 설명하고 일반적으로 이러한 케이스에서 과연 경찰이 가출청소년 수색을 접수해 줄지 어떨지를 물었다.

힘들다는 것이 그쪽의 대답이었다.

"본인으로부터 온 전화를 모친이 확인했다지요? 수색할 필요가 없겠네요."

그 지인은 친절하게도 "뜨내기인 당신이 무턱대고 찾아가기보다는 응대가 나을 테니까" 하더니 가이바라 미사오의 주소지를 관할하는 경찰서에도 문의해 주었다. 그러자 가출인 수색 담당자가 받아서 비슷한 내용의 대답을 내놓았다고 한다.

전화를 끊은 잇시키는 좀 난처한 표정을 짓고 있었다.

"저를 심술궂다고 생각하지 말아 주십시오."

"전혀 그렇지 않아요. 경찰에 헛걸음을 하지 않아도 되겠네요. 감사합니다."

정말로 그런 기분이었다. 잇시키를, 네버랜드를 다시 보게 되었다. 네버랜드 쪽의 주가는 상당히 내려갔지만, 잇시키라는 주식은 일단 판 다음 다시 같은 가격으로 되샀다. 전과 후의 분류 방법이 다를 뿐이다.

그러나 에쓰코는 완전히 고립무원으로 미사오를 찾아야 한다는 점이 확실해졌다.

그래도 좋다. 혼자서 끝까지 해 내겠다.

가이바라 요시코는 미사오가 전화 한 통에 제멋대로 가출을 하는 딸이라 생각하고 있다. 잇시키는 네버랜드에 전화를 거는 인간이 변덕스럽고 제멋대로라 믿고 있다. 전부 납득해 버리고 있다.

에쓰코는 다르다. 알지도 못하는 것을 안다는 얼굴로 납득해 버리고, 그 때문에 소중한 사람을 잃는 경험은 한 번으로 족하다. 에쓰코는 결코 납득하지 않았다.

―유카리는 미사오 언니 좋아해. 엄마, 파이팅!

의지할 수 있는 것은 유카리의 격려뿐이다.

15

"당신들에게 이름을 붙이지 않으면 안 되겠군."

모닝커피를 끓이면서 사에구사가 말했다.

"이름?"

그는 멍하게 앵무새처럼 되뇌었다. 아직 잠에서 완전히 깨어나지 않은 머릿속에 가벼운 두통이 느껴진다.

아침이 찾아왔지만 상황은 무엇 하나 호전되지 않았다. 기억은 공백인 채 피로감만 더해졌다. 수면도 기상도 최악으로, 마치 컴컴한 구덩이에 밀려 떨어졌다가 다시 기어 올라온 기분이다.

"계속 이름이 없으면 불편하지? 나도 좀 그렇고."

"그래도……."

그는 말문이 막혔다. 사에구사가 몸을 굽혀 커피포트를 올린 가스레인지의 불을 콩알만큼 작게 줄이고 나서 홀쩍 돌아보았다.

"이름이 필요 없나?"

그는 망설이면서도 고개를 세로로 흔들었다.

"왜?"

"진짜 이름이 기억나게 되면 임시로 붙인 이름에게 미안할 것 같으니까."

"뭐야, 그게."

"그러니까 원래의 우리도 지금의 우리도 같은 인간인 것은 변함없으니까, 이름은 하나로 족합니다. 새로운 이름을 붙이면—비록 그것이 임시라 해도—그 순간에 다른 인간이 탄생하는 셈입니다. 그리고 우리가 원래 이름의 존재로 돌아갔을 때는 임시 이름을 붙였던 존재는 죽는 게 됩니다. 그게 싫습니다.”

알아들었는지 어떤지 미덥지 않아서 그는 사에구사를 쳐다보았다. 막 일어난 사에구사의 볼과 턱은 짙은 수염으로 덮여 있다.

“엄청나게 깐깐한 소리를 하는구만.”

사에구사는 불만스러운 얼굴을 했지만 눈은 웃고 있는 것처럼 보였다.

“뭐, 됐어. 마음대로 해. 어찌됐든 나는 당신들에게 고용된 남자니까.”

“그렇게 해 주십시오. 그런데 어째서 아까부터 그렇게 커피 불에 신경을 쓰는 겁니까?”

“내 커피는 특제니까. 절대로 펄펄 끓이면 안 되거든.”

사에구사가 말하고 즉시 가스 불을 껐다.

“마실 때는 싱크대 옆에 서서 마신다.”

“왜요?”

“필터를 쓰지 않고 직접 끓이니까. 간 커피콩을 물속에 직접 넣는다는 말이야. 그러니까 마시면서 싱크대에 찌꺼기를 뱉어내야 해.”

그는 기가 막혔다. “깨우고 오겠습니다.”

　707호실에 가 보니 그녀는 일어나 침대에서 내려와 있었다. 그뿐 아니라 창가에 맨발로 서 있다. 가늘고 하얀 복사뼈가 바로 그의 눈길을 끌었다.

　그녀는 그의 발소리를 깨달았는지 훌쩍 돌아보고 미소 지었다.

　"안녕."

　"안녕……. 어떻게 거기까지 갔어?"

　"걸어서. 괜찮아, 손으로 더듬어 조심하면서 움직이면 제대로 걸을 수 있어."

　커튼을 손으로 밀어내면서 창문 쪽으로 얼굴을 돌린다.

　"오늘도 날씨는 좋은 것 같네."

　그는 조심조심 그녀에게 다가가 나란히 서 보았다. 그녀가 말한 대로 오늘도 햇빛은 강하고 파란 하늘은 얼룩 없이 염색된 한 장의 천과 같이 머리 위를 덮고 있었다.

　"빛은 느껴져?"

　그녀는 태양으로 얼굴을 향한 채 끄덕였다. 볼의 솜털이 금색으로 빛나 보인다.

　"아까, 들어온 게 나라는 건 어떻게 알았어?"

　"자기 전에 아침에 깨우러 온다고 했잖아."

　"그야 그렇지만."

　장난처럼 미소 지으며 아주 투명한 눈을 그에게 돌려—그 눈이 시력을 잃었다니 도저히 믿을 수 없다—그녀는 작은 목소리를 냈다.

"사에구사 씨라는 사람 다리가 좀 안 좋지 않아?"

그는 놀랐다. "당신, 정말로 눈이 안 보이는 거 맞아?"

"그런 걸로 거짓말을 할 리 없잖아."

"그럼 어떻게 그 남자 다리가 안 좋다는 걸 알지?"

그녀는 무심코 그의 다리가 있는 방향으로 눈길을 주었다.

"소리로 알아. 걸음이 아주 약간 불규칙하거든. 불편한 게 어느 쪽인지는 알 수 없지만."

잠시 그녀의 얼굴을 지켜보고 나서 그는 말했다. "오른쪽 다리가 불편해. 약간이지만. 삔 것 같아. 겉보기로는 알 수 없어. 본인도 거의 의식하지 않는 것 같던데."

그녀는 고개를 흔들었다. "그렇지 않을 거야."

그는 가만히 있었다. 그녀의 좋은 귀와 감각에 감탄했다.

"하룻밤 자고 일어나 보니 뭔가 떠올랐어?"

그녀의 질문에 그는 한숨으로 대답했다.

"아무것도 없나 보네. 나도."

"사에구사가―사에구사 씨지, 일단."

"응."

"그 사람이 우리에게 이름을 붙여 준다고 했어. 거절했지만."

그녀는 양손의 손가락으로 머리를 쓸어 올려 두 귀를 드러내고 그대로 손을 움직여 목덜미에서 등으로 긴 머리카락을 스르륵 밀어 넘겼다.

"고마워. 난 임시로 붙이는 이름 따위 갖고 싶지 않아."

"같은 의견이라서 한시름 놨네."

그녀는 살짝 이를 보이고 햇빛을 향해 눈을 가늘게 떴다. 눈부신 듯이 보인다.

"그럼, 나 옷 갈아입어야겠어. 어제 아직 눈이 괜찮을 때 봤는데 옷장에는 여자 옷도 있었지?"

그는 그녀의 손을 잡아 옷장 옆까지 데려다 주고, 카키색 스커트와 같은 색조의 셔츠를 골라 주었다. 속옷을 골라 주기는 내키지 않아 수납 상자 위치를 가르쳐 주었다.

"괜찮아, 혼자서 갈아입을 수 있어."

"끝나면 불러. 문 밖에 있을 테니까."

"수고스럽겠지만 세면장까지 가는 동안 발에 걸릴 만한 거치적거리는 게 있으면 치워 주겠어? 그러면 벽을 따라서 세수하러 갈 수 있어."

"괜찮을까?"

"응, 할 수 있을 거 같아."

전체적으로 그녀는 지극히 냉정하고 능률적으로 행동하고 있었다. 지난밤에 별안간 시력을 잃은 인간치고는 경이롭기까지 하다. 그는 문득 그녀가 이전에도, 즉 사라져 버린 과거의 어느 시점에서 '눈이 보이지 않는다'는 상태를 경험한 적이 있었던 게 아닐까, 하고 생각했다.

그녀는 셔츠를 왼손에 걸치고 오른손으로 단추의 위치를 더듬어 찾고 있다. 가만히 보고 있으니 그 손이 멈추고 고개가 움직여 정확히 그가 서 있는 위치로 얼굴을 향하고는 입술을 살짝 뾰족이 내밀었다.

"저쪽에 가 있어."

그는 웃었다. "들켰나."

"옆에 있으면 기척으로 딱 아니까."

"냄새라도 나?"

그녀는 그를 향해 가냘픈 주먹을 휘두르고 웃었다. "이상한 소리 하기는!"

그의 기분도 충분히 괜찮아졌다. 적어도 코너에서 일어나 링 가운데로 나올 수 있을 만큼은. 풋워크가 가벼운지 펀치를 칠 수 있을지 어떤지는 별개의 문제지만.

사에구사는 우선 집 안을 철저하게 수색하자고 제안했다.

"당신들이 발견한 지도 복사본 말고도 아직 뭔가 있을지 몰라. 특히 제삼자의 신선한 눈으로 본다면 말이야."

사에구사가 탐색에 몰두하고 있는 사이, 그는 707호실의 전화로 가스 회사와 NTT일본 전신전화 주식회사에 연락해 보았다.

그녀도 그의 옆에서 귀를 기울였다.

가스 회사에서는 '고객 번호'를 아느냐고 물었다. 젊은 여성의 밝은 목소리로 시원시원했다. 그는 모른다고 대답했다. 약간 부끄럽다는 기분도 들었다.

"그러면 주소는요?"

그는 주소를 말했다. 이 분 정도 기다리자 전화의 저편에서 밝은 목소리가 돌아왔다.

"오래 기다리셨습니다. 펠리스 신카이바시 707호실이시지요. 명의는 '사토 이치로' 님으로 되어 있습니다."

사토 이치로. 그는 무심코 물었다. "본명입니까?"

"네?"

"아니, 본명일까요?"

전화 아가씨는 잠시 침묵한 후 말했다. "고객님이 그렇게 말씀하셨으면 그럴 거라고 생각합니다."

"그쪽에서는 고객이 댄 이름을 그대로 등록하나요?"

"네, 그렇습니다."

"그러면 가명을 사용하는 것도 가능하다는 말이군요?"

"뭐, 그렇게 되네요."

그는 재빨리 생각했다. 방을 빌린다. 또는 집을 산다. 이사해서 처음으로 가스나 전화를 쓸 때 어떠한 절차를 밟았던가…….

"요금 지불은 어떻게 되어 있습니까?"

"저희 쪽에서 납부용지를 보내게 되어 있습니다."

"지불은? 하고 있습니까?"

"아니요, 개통이 8월 10일이니까 아직입니다."

8월 10일? 그러면 고작 사흘 전 아닌가.

수화기를 쥔 채 그가 더 물어야 할 질문을 떠올리고 있자니 그녀가 옆에서 재빨리 속삭였다.

“입회인. 입회인은 누구였는지 물어.”

“뭐?”

“가스를 개통할 때는 입회인이 없으면 안 된다고 했잖아. 잠깐 바꿔 봐.”

몸이 달았는지 그녀가 그의 손에서 수화기를 집어 들었다.

“여보세요? 죄송한데, 하나만 더 가르쳐 주세요. 가스를 개통할 때 누가 입회했는지 알 수 있습니까? 본인? 본인이라는 것은, 사토 이치로라는 사람이지요? 그 사람이 어떤 사람이었는지 기억하는 분 계신가요? 부탁드립니다. 사정이 있어서 꼭 알고 싶습니다.”

그녀는 양손으로 수화기를 받쳐 들고 대답을 기다리고 있다. 머지않아 덤벼들 듯이 말했다.

“알아요? 아신다구요? 아, 담당자분이? 그렇군요. 오후에는 돌아오신다구요. 부탁드립니다. 전화해 주시면.”

그는 그녀를 쿡쿡 찔렀다. 그녀는 당황해서 말을 바꾸었다.

“저희가 전화하겠습니다. 오후에. 네. 부탁합니다. 감사합니다.”

전화를 끊자 쓴웃음을 짓는다. “그렇지. 이 집 전화번호, 모르지.”

“먼저 전화국에 걸어 볼걸 그랬어. 지금 어떻게 된 거야?”

“여기서 가스를 개통한 작업원이라면 입회한 ‘본인’의 얼굴을 기억하고 있을지도 모른대. 오후에는 영업소에 돌아온다고 하니까 알 수 있을 거야.”

그때 주방 쪽을 뒤지던 사에구사가 돌아왔다.

“단서가 될 만한 물건은 아무것도 없어. 가구에는 대체로 가구점 마크나 스티커가 남아 있기 마련인데 그것조차 없고.”

“그렇죠? 세심하게 주의를 기울였어요.”

“가스 회사는 어땠나?”

“명의는 ‘사토 이치로’라고 합니다.”

사에구사는 얼굴을 찌푸렸다. “그건 니혼타로_{한국에서 흔히 예시로 드는 ‘홍길동’처럼 쓰이는 이름}나 마찬가지군.”

그리고 NTT 영업소의 요금과에서도 같은 이름을 말했다. 그곳 역시 공사를 한 날짜가 8월 10일 오후였다고 한다. 이쪽도 입회인 없이는 불가능하다고 해서 어떤 사람이 있었는지 물어봤지만 알 수 없다는 대답이었다.

“공사를 담당한 사람을 찾을 수 없을까요. 기록이 있지요?”

마지못해 알아 보겠다는 대답을 듣고서 그는 전화를 끊었다. 수확이라면 지금 쓰고 있는 전화의 번호를 알았다는 것뿐이다.

사에구사는 바닥을 기고 수납장에 얼굴을 들이밀기도 하면서 오전을 보냈다. 그는 도와줄까 제의했지만 그냥 있으라며 거절당했다.

무료하게 오전을 보내고 열두 시가 되기를 기다려 그는 가스 회사에 전화를 걸었다. 아까의 여성을 바꿔 달라고 하니 다시 밝은 목소리가 들렸다.

“지금 돌아오셨는데 바꿔 드리겠습니다.”

“다나카 씨! 아까 말했던 고객님! 전화입니다!”라며 부르는 소리가 난다. 작업원은 전화에서 떨어진 장소에 있는 모양이다.

잡음과 수런거리는 목소리가 흘러나오는 수화기를 손에 들고 있자니 갑자기 가슴이 아파 왔다.

점심시간, 식사하러 가는 동료를 직원이 불러 세우는 장면. 어디에서나 있는 광경이리라.

“다나카 씨!” 즐거운 듯 부르는 목소리가 귀 안쪽에서 울렸다. 자신도 분명 어딘가 원래 있던 곳으로 돌아가면 “아무개 씨!” 하고 불러 세워 주는 동료가 있을 것이다. 그 동료는 지금 뭘 하고 있을까. 어디에 있을까. 그를 염려해 주고 있을까. 전화의 저편과 이쪽의 세계가 뚜렷하게 분리되어 있다는 사실을 새삼 깨달았다.

“여보세요! 전화 바꿨습니다!”

기운 찬 목소리가 들려서 그는 깜짝 놀라 수화기를 뗐다.

“여보세요!”

명랑하게 부르는 목소리가 들려온다. 막연히 나이 든 작업자를 상상했던 그에게는 의외였다. 기껏해야 스무 살 정도가 아닌가 싶은 젊디젊은 목소리다.

그 작업자에 따르면 개통할 때 입회한 사람은 마흔 정도의 중년 남자였다고 말했다.

그는 철렁했다. “몸집이 작은 느낌이었나요?”

“아니요, 그렇지 않습니다. 말쑥한 사람이었습니다.”

그렇다면 사에구사가 말했던, '복도에 나온 주부가 이 방에 출입하는 모습을 보았다'는 남자와는 다른 사람이다.

"어떤 얼굴이었을까."

"글쎄……. 죄송합니다, 잘 기억이 안 납니다."

"뭔가 특징은 없었나요?"

상대는 생각하는 중인지 입을 다물어 버렸다. 등 뒤에서 작게 웃음소리가 들린다.

"특징이라면, 개통하러 간 시간이 밤 일곱 시쯤이었습니다. 낮에는 일 때문에 도저히 입회할 수 없으니까 밤으로 해 주지 않겠냐고. 관리인이 입회해도 괜찮다고 했지만 직접 하고 싶다면서. 그런 점에서는 재미있는 사람이었네요. 거기 팰리스 신카이바시죠?"

"예."

"다른 집은 관리인 입회로 개통한 적도 있습니다. 아웃미터 방식이기도 하고. 고객님, 죄송합니다, 저희가 뭔가 실수라도 했습니까?"

"아니, 그런 게 아니에요. 그냥 좀 사정이 있어서. 아무 문제 없어요."

젊은 목소리는 안심한 듯이 웃었다.

"그렇습니까. 하지만 이상하네요. 저희 쪽에서 건넨 전표 사본 같은 건 없습니까? 거기에 사용자 성함 같은 걸 쓰는데요."

그러한 종류의 서류는 일절 보이지 않았다. 발견한 것은 지도 사본뿐이다. 그 외에는 이곳의 소유주―적어도 가스나 전화를 개통한 '사토 이치로'―가 가져갔을 것이다.

꼬리가 잡히는 게 두려워서―인가?

"잃어버린 것 같네요. 이사하다가."

"그렇습니까. 자주 있는 일이지요―음, 팰리스 신카이바시의 707호시죠."

중얼중얼하고 있다. 그는 귀를 기울였다.

"맞아, 맞아……. 멀끔한 느낌의 사람이긴 했습니다. 비싸 보이는 정장을 입었는데 단정하고 잘 어울렸습니다. 그런 정도였나. 별로 잘 기억하지 못해서 죄송합니다."

감사의 말을 하고 전화를 끊은 후 그는 그녀에게 말했다.

"사토 이치로 씨는 제법 느낌이 좋은 남자인 모양이야."

대충 보고를 하자 집 안 수색을 끝내고 이마에 땀이 나 있는 사에구사가 쓴웃음을 지으며 말했다.

"단정한 중년 남자인가. 대단한 수확이군."

"그쪽은 어떻습니까?"

"식기 선반 뒤에서 영수증을 한 장 발견했어."

그와 그녀가 몸을 앞으로 내밀자, 사에구사는 손을 흔들었다.

"기대하지 말아. '로렐'이야. 주방용품을 샀을 때 받았겠지. 날짜는 8월 11일."

"우리가 이곳에서 일어나기 전날이네."

그는 끄덕였다. 장을 본 날짜는 11일. 전화나 가스 설치는 10

일. 아무래도, 이 집은 그들이 오기 전까지 빈집이었던 게 아닐까—라는 그녀의 추측은 맞는 듯하다.

"그 외에는?"

"그뿐이야." 사에구사는 가볍게 손을 펼쳤다. "이렇게 되면 남은 선택지는 하나."

"뭡니까?"

히죽 웃고 소리를 내어 손가락을 올린 뒤 사에구사는 옷장을 가리켰다.

"여행용 가방이다."

16

총액 오천만 엔. 어제 그가 장보기에 쓴 이만 엔을 포함해서. 이 돈이 여행용 가방의 내용물이었다.

신권, 써서 낡은 지폐, 더러운 지폐, 셀로판테이프로 보수한 지폐. 제각각이지만 전부 일만 엔권으로, 백만 엔씩 다발로 만들어 고무 밴드로 묶어 놓았다.

다 세려니 큰일이었다. 적어도 사에구사에게는.

사에구사가 말했다. "아무래도 당신은 돈 계산이 직업이었던 것 같군."

그 말대로다. 그에게는 쉬운 일이었다.

지폐를 세는 동작을 손이 기억하고 있었다. 백만 엔 다발을 손에 들자마자, 손가락이 부드럽게 움직이기 시작했다. 일 센티미터 이상의 두께가 있는 다발을 세로로 들고 두세 번 펄럭여 깨끗한 부채 모양으로 펼칠 수 있었다.

"그런 느낌이 들어." 그가 동의했다. "몇 번이나 한 적이 있는 것 같은데. 감이 옵니다."

도울 수 없는 그녀는 두 사람 뒤에 조용히 앉아 있다 불쑥 말했다.

"그거, 진짜 돈일까."

그와 사에구사는 튕겨나듯이 그녀를 돌아보고 나서 얼굴을 마주 보았다.

지폐의 숨겨진 그림을 확인하거나 종이의 감촉을 시험해 보거나 번호를 본다. 그와 사에구사가 아는 범위 내에서는 진짜 지폐임을 의심할 만한 증거를 발견할 수 없었다.

"뭐, 아마 진짜일 거야." 사에구사는 그녀에게 말했다. "잘도 그런 쪽으로 머리가 돌아가는데."

"문득 떠올라서 말해 보았을 뿐이에요. 죄송해요."

"사과할 건 없어." 그는 말했다. "어떤 일이든 있을 수 있으니까."

지폐 다발을 바닥 위에 늘어놓고 텅 빈 여행용 가방도 조사해 보았지만 그곳에서도 수확은 없었다. 이름도 기호도 흠집도 무엇 하나 없다. 이 여행용 가방은 새로 산 물건이 아닌 듯하다는 것 외에 특별한 발견은 없다.

자신에 관해서는 하나 알게 되었다. 아무래도 금융 관련 업종에서 일을 했던 것 같다. 그 사실은 암벽에 박힌 최초의 하켄_{등반할 때 바위틈에 박는 쇠못}과 같이 믿음직스러웠다.

사에구사와 두 사람은 지폐를 원래대로 정리해 넣었다. 그는 양손을 들어 기지개를 켠 다음 무심코 머리를 두드렸다. 사에구사가 날카롭게 물었다.

"왜 그래? 두통이 나나?"

그는 눈을 크게 떴다. "네?"

"머리. 아픈 거야?"

그는 주저하면서 손을 내렸다. 그때 다시 그 영문을 알 수 없는 숫자와 기호가 눈에 들어왔다.

"아무것도 아닙니다."

"놀라게 하지 마. 당신도 저 여자처럼 되는 게 아닐까 해서 철렁했잖아."

그는 그녀의 얼굴을 보았다. 그녀는 여행용 가방 쪽으로 얼굴을 향하고 있었지만, 그의 시선을 느꼈는지 눈을 들었다.

그러고는 작은 목소리로 물었다. "사에구사 씨. 제 눈과 기억상실과 두통. 뭔가 관계가 있다고 생각하세요?"

사에구사는 어깨를 으쓱했지만 그래 봤자 그녀에게 통하지 않는다는 사실을 깨닫고 입을 열어 대답했다.

"몰라. 하지만 연관이 있다는 느낌은 들어. 게다가 나로서는 되도록 당신들이 건강한 상태로 있기를 바라니까."

"고마워요."

"천만에."

사에구사는 웃으며 정중하게 머리를 숙였다. 머리를 들었을 때에는 진지한 표정으로 돌아와 있었다.

"어이, 아가씨, 당신 정말 병원에 가지 않아도 될까?"

그녀는 입을 다물고 있다. 사에구사는 거듭 말했다.

"방법이 있어. 내가 시치미를 떼고 길가에 쓰러져 있던 당신을 발견했다고 하면서 데리고 가면 돼. 돈이라면 있잖아, 어때?"

그녀는 묵묵부답이다. 그는 그녀의 어깨를 가볍게 두드렸다.

"나도 그 편이 좋다고 생각해. 일이 해결되면 반드시 데리러 갈게."

잠시 후 그녀는 단호히 고개를 가로로 흔들었다.

"나는 괜찮으니까," 안 보이는 눈으로 사에구사를 찾으면서 말했다. "어젯밤의 약속을 지켜 주세요. 제가 당당하게 병원에 갈 수 있도록 빨리 우리 두 사람의 정체를 찾아 주세요. 그 편이……."

말을 꺼내다가 퍼뜩 삼킨다. 그와 사에구사는 잠깐 시선을 마주하고 그녀를 지켜보았다.

"저…… 제가 있으면 방해가 되나요?"

그는 다시 사에구사를 보았다. 그러다가 이상한 점을 발견했다.

사에구사의 눈가가 누그러져 있다. 웃는 것 같기도 우는 것 같기도 한—어쨌든, 밖으로 나오려는 솔직한 감정을 억누르고 있다는 것을 잘 알 수 있었다.

"당찬 아가씨군." 사에구사가 말했다. "그러면 처음 계약대로 하자고. 이제 어떻게 할까?"

"다음 말입니까?"

"아니, 그건 좀 쉬고 나서 생각하자. 일단 점심부터 먹자. 배달이라도 시키지. 내 방에 식당 광고지가 산더미처럼 있어. 이사 왔을 때 우편함에 들어 있더군. 혼자 살면 배달 따위 시키지 않으니까 추천할 만한 가게는 모르지만 종류는 다양해. 일식 양식 중식 뭐든 다.”

그녀가 쿡쿡 웃었다. “맡길게요.”

사에구사는 말한 대로 스무 장 정도의 광고지를 가져왔다. 메뉴를 트럼프처럼 늘어놓고 그녀에게 한 장 뽑게 했다. 메밀국수 집이었다.

“딱 좋군. 당신들 이사 기념 메밀국수다일본에서는 새로 이사하면 메밀국수를 이웃에 인사로 돌림.”

웃는 사에구사에게 그는 말했다.

“이 건이 해결되어 여기서 나갈 때 다시 먹을 수 있으면 좋겠는데.”

“그래.” 사에구사는 고개를 끄덕였다. “노력하자고.”

사에구사가 가게에 전화했다. 대화를 듣고 있자니 아무래도 가게를 막 개업했는지 지리에 어두운 모양이다. “어쩔 수 없군.” 사에구사는 이렇게 말하면서 길을 설명하고 있다.

“흠, 댁의 가게는 어딘가? 신오하시도리 길에 있나. 그렇다면 우리는 북쪽이야. 동네 이름은……..”

번지를 말해도 감을 못 잡는다.

“길 이름? 잠시 기다려.”

사에구사는 그에게 말했다. “어이, 당신들이 찾아낸 지도 복사본, 보여 주지 않겠어? 나도 아직은 이 주변을 잘 몰라.”

지도는 주방 테이블 위에 있었다. 그는 그걸 들고 와서 사에구사에게 건넸다.

“길 이름은 신카이바시도리다. 대각선 건너편이 공원이야. 그
래, 그래…….”

가까스로 설명을 끝내고 수화기를 놓는다.

“아휴, 이 녀석이 있어서 다행이군…….”

그때 사에구사의 얼굴에서 웃음이 사라졌다. 지도를 손에 든
채 멈춰 있다.

“무슨 일입니까?”

그의 질문에 사에구사는 입을 반쯤 벌린 얼굴을 들었다. 그리
고 지도를 가리켰다.

“그게 왜요?”

“몰랐나?”

“뭘요?”

“나도 몰랐어. 방금 전까지.”

그가 진지한 얼굴로 사에구사에게 다가갔다.

“이 녀석은 복사본이다.”

“네, 그렇습니다.”

“그런데 어디서 복사한 걸까.”

“주거지 지도죠?”

“그래. 그렇지만 지도에서 직접 복사한 게 아니야.”

“무슨 말입니까?”

사에구사는 복사본을 좀더 그의 얼굴에 가까이 댔다.

“잘 봐. 지도 제일 밑에 희미하게 숫자가 찍혀 있어.”

사에구사가 말한 대로 아래를 보고—그는 찾아냈다. 복잡한 지도 속 동네들에 뒤엉켜 버릴 듯한 작은 숫자다. 전부—다섯 개.

366-12

12 부분에서 복사 화면이 끊겨 있다. 잘 보니 왼쪽 아래에도 희미하게 'AM9'라는 문자가 찍혀 있다.

"팩시밀리야." 사에구사가 말했다. "이 종이는 누군가가 팩시밀리로 송신한 지도를 복사한 거야. 그래서 통신 기록이 함께 인쇄되어 찍혔군. 어이, 괜찮나? 알겠어? 팩시밀리."

"알 것 같……습니다."

사에구사는 지도를 탁 하고 손가락으로 튕겼다.

"이건 팩시밀리 번호야. 아마 발신자 쪽의."

17

　'네버랜드'에서는 걸려 오는 전화에 전부 통신 기록을 하고 있다. 통화시간과 걸려 온 상대에 관한 간단한 정보—연령, 직업, 상대가 만일 이름을 밝히면 이름도—에는 소정의 기입란이 있어 나머지는 각 상담원이 필요에 따라 기록해 둔다. 에쓰코는 기록장을 뒤져 6, 7, 8월분 중에서 미사오의 기록만 꺼내어 복사를 하고 네버랜드를 나왔다. 8월의 강한 햇빛에 거리는 모조리 시트처럼 바래 희부옇게 보인다.

　에쓰코는 우선 근처 찻집에서 요시오에게 전화를 걸었다. 사정을 설명하자 부친은 바로 말했다.

　"너 혼자 괜찮니? 내가 도와줄까?"

　매력적인 제안이기는 했지만 에쓰코는 "괜찮아, 혼자서 해 볼게요"라고 대답했다. 요시오를 끌어내면 유카리를 봐 줄 사람이 없어진다.

　"그보다 유카리를 부탁해요. 휴가 때 같이 여행이라도 할 생각이었지만 잠시 참아 줘야겠어."

　"할아버지랑 놀고 있으니까 괜찮지, 응?"

　"유카리 옆에 있어?"

　"있어. 듣고 있는데. 바꿔 줄까?"

　전화를 받은 유카리는 뾰로통해져 있었다.

“엄마, 나도 같이 갈래.”

“안 돼. 착한 아이는 집 지키고 있는 거야.”

“나를 두고 가지 않으면 안 되는 위험한 일을 하는 거야?”

“그런 거 아니야. 안심해.”

“있잖아, 지금 말이야, 엄마 말 듣고 생각한 건데.”

“뭘?”

“미사오 언니의 엄마에게 일기를 돌려준 건 실수였어.”

에쓰코는 기가 막혔다. “너, 엿들었어?”

“아니. 계단 위에 앉아서 들었어.”

“바보. 엄마 화낼 거야.”

“나도 엄마가 혼자서 위험한 일 하면 화낼 거야.”

“안 해. 약속할게. 곤란할 때에는 할아버지와 유카리에게 상담할게. 엄마는 미사오를 찾을 뿐이니까. 그렇게 큰일은 아니야. 알겠지?”

유카리는 “흐음” 하고 대답했다.

“엄마가 일하러 갔을 때하고 똑같아. 저녁때는 집에 돌아갈 테니까. 걱정할 것 없어.”

알았어, 하고 툭 내뱉은 유카리는 한층 더 진지한 목소리를 냈다.

“엄마, 잘 들어.”

“뭐야?”

“무슨 일이 있으면 휘파람을 불어. 어디에 있든지 유카리가 날

아가 줄게."

에쓰코는 웃으면서 전화를 끊었다. 살짝 뭉클했다.

'볼일이 있으면 휘파람을 불어'는 도시유키의 말버릇이었다. 옛날 영화의 대사를 흉내 낸 것 같다. 모처럼—정말로 모처럼의 휴가 때, 좋아하는 책을 들고 아무에게도 방해받지 않는 조용한 방에 틀어박혀 버리기 전에 에쓰코와 유카리에게 말했던 대사였다.

다음 전화는 일단 104에서 전화번호를 물어본 뒤에 걸어야 했다.

미사오가 다니던 사립 고등학교다. 야마노테 선 다바타 역 가까이에 있는 비교적 역사가 짧은 여학교였다.

—시시해. 쓰레기 집합소 같은 곳이야.

미사오는 그렇게 말했다. '쓰레기장'과 '낙오자 집합소'를 뒤섞은 듯한 그 말에는 웃으면 안 되겠다는 생각이 들 정도로 어두운 빛이 담겨 있었다.

유괴 등 다양한 사건을 목격해 온 요시오는 "학교처럼 방어가 튼튼한 곳은 없지"라고 한다. 에쓰코도 열 살 여자 아이의 어머니로서는 아무리 튼튼히 지켜 주어도 부족할 정도라고 생각한다. 그러나 이번은 달랐다. 조금 더 융통성 있게 대응해 주어도 좋을 것 같았다.

전화를 받은 사무국 여성은 처음부터 퉁명스러운데다, 덮어 놓고 이쪽을 의심했다. 아무리 저자세로 온화한 목소리를 내도 바위처럼 움직이지 않는다. 이쪽의 이름을 대고 미사오와의 관계를 설명하고 담임 선생과 이야기를 하고 싶다, 가능하면 만나고 싶다―는 용건을 전부 말할 때까지 두 번이나 끊길 뻔했다.

담임 선생과 미사오의 반 친구들이라면 그녀의 최근 생활 모습, 친구 관계에 관해서 뭔가 알 수 있을지도 모른다. 에쓰코는 간절히 부탁했다. 그러나 상대는 정말 쌀쌀맞았다.

"아무래도 여름방학이니까요. 선생님들도 휴가중이라 오신다고 해도 못 만납니다. 부재중이니까요."

맞다. 에쓰코는 자신의 머리를 걷어차고 싶어졌다. 미사오의 친구들도 지금은 여름방학이다. 클럽 활동이나 보충 수업으로 등교하는 학생이 있다고 해도 그중에 미사오의 친구가 있을지 어떨지 확실한 것은 없다.

어느 쪽이든 미사오의 학교 친구로부터 큰 수확을 얻을 가능성은 적다. 그 아이는 학교를 싫어했다―그렇게 생각한 에쓰코는 자신을 달래면서 이쪽은 포기하기로 했다. 전화를 끊고 자리로 돌아와 커피를 마신다.

자, 다음은 무엇부터 시작하면 될까.

유카리가 말한 대로 미사오의 일기가 없어서는 곤란하다. 단서다운 단서라면 그것밖에 없다. 그 외에는 에쓰코가 지금까지 미사오와 나눈 대화의 내용에 의지할 수밖에 없다.

그러나 미사오는 네버랜드에서는 별다른 말을 하지 않았다. 아니, 사적인 이야기는 하지만 구체적인 지명이나 인명이 나오지 않아서 종잡을 수 없다.

그녀는 언제나 '친구와 바다에 드라이브 갔을 때 말이야'라든지 '좀 아는 애가 있는데'라는 식으로 이야기를 시작했다. 에쓰코와 직접 만났을 때도 마찬가지였다. 사람 이름을 말하지 않음으로써 미사오는 미사오대로 에쓰코에게 방어를 단단히 했을지도 모른다. 잇시키가 말한 대로 그 아이에게도 자기 나름의 방어가 분명 있었다.

기록을 되풀이해 읽으면서 에쓰코는 머리를 싸쥐고 싶어졌다. 이제 와서 이런 큰일을 알아차리다니 정말 어처구니가 없다.

정말 가까워졌다고 생각했건만, 나는 그 아이의 친구 이름조차 모른다. 한 번이라도 그 아이가 '어제 교코와 쇼핑을 갔는데'라든지 '아키라와 영화를 보러 갔어, 그런데' 같은 소리를 한 적은 없었다. 그 아이가 말하는 '사람 이름'은 연예인이나 스포츠 선수뿐이지 않았는가.

문득 생각이 들었다.

어쩌면 미사오에게는 구체적인 이름을 들 만한 친구가 없었던 게 아닐까? 전화로 이야기할 때, 에쓰코가 '그 친구, 이름은 뭐라고 해?'라고 물었으면 대답을 못 했을지도 모른다.

에쓰코의 가슴 안쪽에 묵직한 것이 얹혔다. 처음부터 이런데 어떻게 그 아이를 찾을 수 있단 말인가.

그렇다고 이제 와서 요시코에게 부탁해 봐야 일기를 빌려 줄 리 없다. 어떤 종류의 협력도 바랄 수 없다. 자칫 잘못하면 네버랜드에 폐를 끼치는 일이 생길지도 모른다.

에쓰코는 백에서 수첩을 꺼내 미사오의 일기에 적힌 내용을 떠올리며 써 보았다.

확실한 것은 8월 7일에 '레벨7까지 가 본다. 돌아올 수 없을까?'라는 메모. 그리고 처음으로 '레벨'이라는 단어가 나온 7월 14일. '레벨1을 보았다'인지 뭔지가 적혀 있었던가…….

그래, 같은 14일에 '신교지 씨 ♡'라고도 적혀 있었다. 그 문장도 의미 불명이다.

미사오와 처음 만난 날은 7월 10일. 수첩에서 확인해 보니 화요일이다. 그렇다면 14일은 토요일.

그날은 미사오와 만날 약속 따위 없었다. 기록을 보면 네버랜드에도 전화를 걸지 않았다. 미사오가 우리 집에 연락한 기억도 없다.

그런데 이날 미사오는 에쓰코의 이름을 썼다. 게다가 하트까지 붙어 있다. 무슨 뜻일까? 이 기록과 '레벨1을 보았다'는 말에 뭔가 관계가 있을까.

점원에게 양해를 구하고 나서 가게 안 전화박스에 비치되어 있는 도쿄 23구내 가나다순 기업명 전화번호부를 가져와서 일단 '레벨'이라는 이름의 점포나 회사가 있는지 찾아보았다.

'레벨'이라는 가게 이름을 두 개 발견했다. 전화를 걸어 보니 한 곳은 기타신주쿠의 커피숍이고, 다른 곳은 다카나와다이에 있는 비디오대여점이었다. 비디오뿐 아니라 패미컴 게임 소프트도 갖추고 있단다. 어느 가게도, '레벨' 뒤에 번호를 매기는 일은 없고 지점도 자매점도 없다고 한다.

'레벨7' '레벨3' '레벨1'이라는 이름에는 전혀 해당 사항이 없었다.

냉방 탓에 추워져서 에쓰코는 커피를 한 잔 더 주문했다.

'레벨'은 장소의 명칭이 아닌 걸까. 그러나 미사오는 분명히 '가본다'라고 썼다…….

요시코에게 걸려온 전화에서는 '바샤미치의 레스토랑에서 아르바이트를 하고 있다'고 했다. 요코하마의 친구 집에 있다고.

같은 작업을 되풀이했다. 다시 한번 번호 안내에 걸어 이번에는 요코하마 시내에 '레벨'이라는 가게가 없는지 물어본다.

완전히 빗나갔다. '레벨'은커녕 비슷한 이름도 등록되어 있지 않다.

생각을 바꾸어 이번에는 헬로 다이얼에 건다. 바샤미치 주변에 등록되어 있는 레스토랑을 몽땅 가르쳐 달라고 부탁하자,

"아주 많습니다."

"괜찮아요. 가게 이름과 전화번호를 전부 가르쳐 주세요."

메모를 끝내고 수화기를 놓으니 가게 안쪽에서 점원이 말을 걸어 왔다.

"손님, 죄송하지만, 긴 전화는 삼가 주십시오."

"어머나, 죄송합니다."

레스토랑 목록에는 스물 몇 건의 이름이 올라 있다. 하나씩 전

화를 걸어 가이바라 미사오 같은 젊은 아르바이트생이 있는지 확인하는 작업은 오후부터 하자. 아직 오전 열한 시도 되지 않았다. 레스토랑 중에는 아직 열지 않은 가게도 있을 테니.

자리에 돌아가서 에쓰코는 차게 식어 버린 두 잔째 커피에 설탕을 수북이 넣었다. 문득 생각이 나 웨이트리스를 불러 클럽 샌드위치를 주문했다. 배고프지는 않지만 오늘 아침에 아무것도 먹지 않았고, 오래 전화기를 차지해서 폐를 끼치기도 했기 때문이다.

통신 기록을 들춰 수첩 날짜와 대조해 기억을 더듬는다. 그러는 동안에 발견한 사실이 있다.

미사오가 네버랜드에 전화를 걸게 된 시기는 초봄부터다. 매우 변덕스럽게 전화를 걸었는데, 사흘이나 연속으로 거는가 하면 열흘이나 소식이 없었던 적도 있다. 그런 일은 에쓰코도 익숙했다. 그래서 7월 말을 마지막으로 당분간 연락이 없어도 그다지 마음에 걸리지 않았으니까.

그러나 일단 걸면 언제나 최소 한 시간은 떠들었다. 평일 낮에 걸었을 때는 에쓰코가 '학교는 괜찮아?'라고 염려할 정도였다.

그러다가 7월 16일 월요일 전화부터 통화 시간이 갑자기 짧아졌다.

16일, 이십 분. 25일, 십오 분. 그전까지의 반도 안 된다.

마지막이 7월 30일, 오후 일곱 시. "지금부터 아르바이트 같이 하는 친구랑 마시러 간다"고 했던 말이 에쓰코의 기억에 분명히 남아 있었다. 기록에도 분명히 나와 있다. 그렇기 때문일지도 모르지만 이때의 통화 시간은 고작 오 분이다.

미사오에게 어떤 심경의 변화라도 있었을까.

7월 10일에는 에쓰코와 직접 얼굴을 마주했다. 그래서 더 이상 지금까지처럼 전화로 길게 떠들지 않아도 만족했을지 모른다.

정말 그럴까? 친해지면 그런 대로 화제는 늘어난다. 적어도 나는 그렇게 된다고 에쓰코는 생각했다. 새로운 친구가 생겼다면.

에쓰코는 다시 한번 기록을 확인했다.

처음으로 일기에 '레벨'이라는 단어가 등장한 시점은 7월 14일. 그리고 이틀 후인 16일부터 미사오의 전화는 갑자기 짧아지기 시작한다…….

14일에는 '레벨1을 보았다'고 분명히 적혀 있었다. 그런데다 '신교지 씨 ♡'라는 수수께끼 같은 메모도 덧붙여져 있었다.

7월 14일에 미사오는 뭔가를 보았다. 어쩌면 에쓰코와도 관련이 있는 무엇을. 그 이후 미사오는 뭔가에 정신이 팔려, 혹은 시간을 빼앗겨 네버랜드에 길게 전화를 할 수 없게 되었다?

지나친 생각일까.

에쓰코는 수첩을 옆에 놓고 통화 기록 사본을 끌어당겼다. 7월 14일 이전과 이후, 미사오와의 대화 내용에 변화는 없는지 살폈다.

사본은 고작 열대여섯 장 정도밖에 없다. 에쓰코는 몇 번이고 되풀이해 읽었다. 그러는 동안 샌드위치가 왔지만, 그 접시도 테이블 가에 밀어놓고 오로지 사본에만 집중했다.

'좀더 자세히 메모해 두었어야 했어.'

에쓰코는 후회했다.

미사오가 '부모와 잘 지내지 못한다'라든지 '학교가 재미없다'라는 말을 꺼냈을 때 나눈 이야기에 대해서는 보고문 조로 잔뜩 적혀 있다. 그때는 그런 얘기가 중요하다고 생각했다. 그러나 그 외에 미사오의 일상 행동에 관해서 떠든 내용은 거의 쓰지 않았다. 잡담이니까 쓸 필요도 없다고 멋대로 생각했다.

그녀가 아르바이트 하는 곳의 이름조차 묻지 않았다.

—오호, 어떤 일을 하고 있어?

—간단해. 판매원 같은 거야.

—즐거워?

—응. 하지만 교칙상 아르바이트는 금지야. 그래서 집에도 비밀로 하니까, 좀 힘들어.

그뿐이었다. 정말 어째서 좀더 자세히 물어보지 않았을까.

한숨이 나왔다. 화가 나서 퍼석퍼석해진 샌드위치를 씹고 있으니, 좁은 통로를 사이에 두고 옆자리에 젊은 여성 두 사람이 왁자지껄하게 떠들면서 앉았다. 대화의 자투리가 에쓰코의 귀에 들어왔다.

"정말 짜증나. 그럭저럭 마음에 드는 미용실을 왜 이리 찾기 힘들죠? 겨우 궁합이 맞는 가게가 생겼나 했더니 망해 버리고."

"그렇지만 부끄럽지 않아? 문 닫을 정도로 솜씨 나쁜 미용실에서 머리를 했다니.”

미용실.

그 한마디가 에쓰코의 마음에 걸렸다. 미용실.

미사오는 헤어스타일에 상당히 까다로운 편이었다. 원래 ‘정상이 아닐 정도로 세세하게 정해져 있어서 아무도 안 지킨다’는 교칙으로 파마는 금지였겠지만 전혀 개의치 않고 에쓰코가 아는 범위 내에서도 두 번 파마를 했다.

가게 이름, 뭐더라. 미용실에 대해서는 미사오와 이야기한 기억이 있다…….

―내 머리 말이야, 다나카 미나코 마음에 들었다는 미용실에서 했어. 잡지에서 찾으니까 나오더라. 나 그 사람이랑 닮았다는 말을 들은 적이 있거든.

에쓰코는 벌떡 일어나다가 나무 의자를 넘어뜨렸다.

전화를 건다. 신문사도 잡지사도 아닌 유카리에게.

“엄마, 무슨 일이야?”

“있지, 유카리 친구 중에 다나카 미나코의 왕팬이라는 오빠가 있던 아이, 누구였지?”

“아키짱. 제일 큰 오빠가 왕팬이야.”

“그 아이에게 물어보면 다나카 미나코가 좋아하는 미용실 알 수 있을까?”

유카리는 잠시 생각하고 나서 기세 좋게 말했다.

“엄마, 거기 전화번호 가르쳐 줘. 유카리가 물어보고 다시 걸게.”

오 분 후, 전화가 왔다. 에쓰코는 수화기에 달려들었다.

“있잖아, 엄마, 두 군데래. 잡지 두 개에 한 집씩 나왔어.”

유카리는 두 가게의 위치와 이름을 소리 내어 읽었고, 에쓰코는 메모를 했다.

“유카리, 고마워. 점심은 먹었어?”

“할아버지하고 팬케이크 굽고 있어.”

“많이 먹어.”

찻집을 뛰쳐나온 에쓰코는 도쿄 역으로 향했다. 하나는 하라주쿠, 하나는 시부야다. 일단 집에 돌아가 미사오의 사진을 갖고 나가자.

18

“여기 손님 중에 가이바라 미사오 씨라는 분의 소개로 와 봤는데요.”

오후 두 시 반을 조금 지나 에쓰코는 시부야에 있는 미용실 로즈 살롱의 반들반들한 바닥 위에 서서 그렇게 말했다.

하라주쿠 쪽은 허탕이었다. 여기서 반응이 없으면 미용사 쪽도 단서는 되지 않는다. 되도록 아무 일도 아닌 듯한 표정을 짓고 있었지만 에쓰코의 가슴은 두근거렸다.

접수하는 여자는 위로 누군가가 뛰어내려도 흐트러지지 않을 정도로 야무지게 로션으로 붙인 머리에 파우더 같은 것을 뿌렸다. 고객 카드를 조사하느라 고개를 숙이자 파우더가 라메_{금은사처럼 금속 광택이 나는 실}처럼 빛났다.

“가이바라 미사오 님─아아, 네, 몇 번 오셨네요. 고등학생 아가씨죠?”

접수 아가씨는 미소를 지으며 대답했다. 순간 에쓰코에게 그녀의 머리에서 반짝이는 파우더가 후광처럼 보였다.

“담당 미용사 분이 누군지 아세요?”

미용사의 이름은 아미노 기리코. 흘끗 봐서는 무척 젊다. 스무 살 정도로 보인다. 그러나 이런 미용실에서 지명하는 손님이 있는 걸 보면 좀더 나이가 들었는지도 모른다.

"지명해 주셔서 감사합니다." 머리를 꾸벅 숙인다. 광택이 있는 검은 머리카락을 짧게 커트해 모양 좋은 귀를 드러내고 있다. 하얀 셔츠에 검은 베스트 조끼, 검은 바지. 베스트 가슴 포켓에 은색 핀 같은 것을 고정시켜 악센트를 주고 있다. 소년 같은 가느다란 체형으로 발랄하게 보였다.

"가이바라 미사오 씨로부터 이야기를 듣고 왔습니다만."

그러자 기리코의 얼굴에 화색이 돌았다. "미사오짱이요? 기뻐라. 바로 요전에 왔었죠."

에쓰코는 하마터면 펄쩍 뛰어오를 뻔했다. 이 사람은 미사오를 알고 있을 뿐 아니라, '미사오짱'이라고 불렀다!

에쓰코는 샴푸와 드라이를 부탁했다. 그러자 샴푸에는 담당 미용사가 있다며 기리코는 다른 손님 쪽으로 가 버렸다. 에쓰코는 어쩔 수 없이 젊은 남자 미용사가 머리를 감겨 주는 동안 어떻게 말을 꺼낼지 궁리했다.

가게 안에 흐르는 클래식 음악을 타고 미용사들과 손님의 대화가 들려온다. 기리코의 목소리도 잘 들린다. 때로는 손님과 소리를 맞춰 웃는다. 싹싹한 사람이라고 에쓰코는 생각했다.

머리에 수건을 두르고 쑥스러워질 정도로 커다란 거울 앞에 앉혀진 에쓰코는 잠시 기다려야 했다. 잡지를 팔랑팔랑 넘기면서도 신경은 기리코 쪽에 가 있었다.

"오래 기다리셨습니다."

경쾌하게 에쓰코의 뒤로 다가와 재빨리 수건을 제거하고 기리코는 말했다. 어깨에 닿을 정도의 길이인 에쓰코의 머리를 대충 확인하고,

"커트는 안 하시겠어요? 드라이 세팅이라면 조금 다듬는 편이 예쁘게 되거든요."

에쓰코는 잠시 머뭇머뭇했다. 영화나 텔레비전에서 보면 형사나 탐정은—평범한 여대생이 탐정 놀이를 하는 것마저도—능숙하게 탐문을 한다. 본론에 들어가기 전에 '커트하시겠어요?' 같은 질문에 대답하는 장면은 본 적이 없다. 직접 해 보니 쉬운 게 없다.

"저어……. 그러네요, 부탁할까요."

에쓰코는 애매하게 웃었다. 기리코는 웃는 얼굴로 거울 속 에쓰코의 얼굴을 들여다보고 있다.

"—미사오는 어떤 식으로 했나요."

"요전에 스트레이트파마를 했어요. 곱슬머리라서. 요즘은 만나지 않으셨나 봐요?"

에쓰코는 큰맘 먹고 말했다. "미사오, 가출했어요."

에쓰코의 머리를 매만지던 기리코의 손이 멈추었다. 그대로 거울에 비친 에쓰코를 쳐다보고 있다. 묻고 있는 표정이다. 그 얼굴에 에쓰코가 끄덕여 보였다.

작은 혀로 재빨리 입술을 핥고 기리코는 물었다. "정말이요? 언제죠?"

“사라진 지 오늘로 닷새째. 8월 8일 밤에 집을 나간 이후로.”

“어머.” 기리코는 손끝으로 자신의 앞머리를 쓸어 올렸다. “정말로 해 버렸구나.”

“미사오가 가출을 암시하는 말을 한 적이 있었나요.”

“네에……. 몇 번쯤. 집에 있어도 재미없다면서…….”

“미사오가 어딜 갔는지 짚이는 데가 없으신지. 찾고 싶은데.”

기리코는 에쓰코의 양쪽 어깨에 손을 내려놓고 목소리를 낮추었다. “고객님―신교지 씨였나요? 그 일로 저를 만나러 오셨어요?”

에쓰코는 끄덕였다.

기리코는 베스트의 가슴 주머니에 손을 넣고 거기서 시계를 꺼냈다. 좀 전에 핀처럼 보였던 은색의 물체는 시계의 일부였다.

“신교지 씨, 우선 드라이를 끝내죠. 커트는 빼고. 괜찮으세요?”

“네에. 하지만…….”

“십 분 있으면 휴식 시간이에요. 그럼 천천히 이야기할 수 있을 거예요.”

기리코가 안내해 준 장소는 로즈 살롱 바로 뒤쪽에 있는 케이크 가게였다. 가게 안에는 달콤한 바닐라 향기가 그득했다.

“미사오짱과도 이곳에 온 적이 있어요. 휴식 시간에.”

“아미노 씨, 미사오와 친했군요.”

기리코는 버지니아 슬림에 불을 붙이고 가볍게 웃었다.

"전 비교적 손님과 쉽게 친해지는 편이에요. 함께 놀러 가기도 하거든요. 점장은 좋아하지 않지만요. 장래에는 제 가게를 갖고 싶어서 지금부터 단골 확보를 한다고 할까. 독립 자금만 모아 봐야 사람이 따라오지 않으면 안 되니까요."

"갑자기 죄송한데. 나이는?"

"올해 스물넷이 됩니다."

야무지다는 생각이 들었다. 기리코가 드라이해 준 머리는 에쓰코의 얼굴을 돋보이게 해 주었다. 실력이 상당하다.

'신교지'라는 이름에도 이렇다 할 반응이 없는 것으로 보아 미사오는 기리코에게 네버랜드에 대해서 이야기하지 않은 모양이다. 말했다고 해도 에쓰코의 이름까지는 듣지 않았거나. 그래서 에쓰코는 자신을 미사오의 친척이라고 설명했다. 거짓말은 내키지 않았지만 그 편이 지름길이다.

"닷새나 돌아오지 않다니 집에서는 정말 걱정이시겠네요."

미사오가 처음 로즈 살롱에 온 시기는, 올해 봄쯤이었다는 것. 왔을 때부터 기리코가 담당해서 계속 지명받았던 것. 가장 최근에 온 날짜는 8월 4일로, 그녀는 아주 밝게 행동했다는 것—기리코는 시원시원하게 말했다.

"가출 이야기를 한 건 언제쯤이었죠?"

"처음 왔을 때부터 그랬어요. 그 나이에는 누구나 한번쯤 생각하잖아요? 저도 그런 경험이 있으니까, 잘 알아요."

주문한 홍차와 레몬 머랭 파이가 왔다.

"미사오짱, 이걸 무척 좋아해요." 기리코가 말했다.

"8월 4일에 왔을 때는 어떤 이야기를 했습니까? 아무래도 미사오는 아르바이트를 했던 것 같은데."

"네에, 그건 들었어요. 어디였더라⋯⋯. 신주쿠였던가. 아이스크림 가게에서 판매원을 한다고 했어요."

"가게 이름 기억나지 않아요?"

기리코는 미안한 듯이 어깨를 움츠렸다. "죄송해요."

"괜찮아요. 하루에 몇 명이나 사람들 이야기를 들을 테니까."

"미사오짱, 미인이죠? 저도 처음에 봤을 때 오랜만에 이런 미소녀를 봤다고 생각한걸요. 그러니까 그 아이스크림 가게의 간판 점원이 된 것 같아요."

눈에 선하다.

"요코하마에 간다는 말은 하지 않았나요? 바샤미치의 레스토랑에서 아르바이트를 한다는 정보가 있어서."

기리코는 눈을 휘둥그레 떴다. "아니요, 처음 들어요. 정말로 그런가요?"

"아직 확인하지 않았어요. 해외여행 자금을 모으려고, 친구와 함께 아르바이트하고 있다던데."

"4일에 왔을 때 그런 말은 하지 않았어요. '아이스크림 가게, 어때?'라고 물었더니 '엄청 바쁜데 재미있어'라고 했죠. 아르바이트를 바꾼다는 말은 한마디도 없었는데." 기리코는 말하고, 기계적으로 머랭 파이를 입으로 가져갔다. "뭐, 가출이니까요. 행선지는 아무에게도 흘리지 않는 게 당연할지도 모르지만.”

“그래도 ‘해외여행을 갈 생각이다’ 쯤은 말할 수도 있잖아요?”

기리코는 끄덕인다. “네에. 저와도 자주 그런 이야기는 했으니까. 저한테 처음으로 간 외국은 어디였냐고 묻기도 하고. 미사오짱은 스페인에 가고 싶어 했어요. 사실은 올림픽 하기 전에 가고 싶은데 고등학생이니까 무리라고.”

에쓰코는 질문의 방향을 바꾸었다. “미사오는 당신에게 친구 이야기를 한 적 있어요? 학교 친구나 남자친구 같은.”

기리코는 고개를 저었다. “학교에 대해서는 거의 못 들었어요. 시시하다고 할 뿐이었으니까. 남자친구도—아까 말한 아이스크림가게에 멋진 남자 아이가 있다는 이야기는 했지만요, 이름까지는.”

그리고 몇 시간 전에 에쓰코가 떠올렸던 것과 같은 점을 지적했다.

“미사오짱의 이야기는 언제나 추상적이에요. 아니, 이야기의 내용은 구체적이지만 뭐랄까…….”

“이름이 나오지 않는다.”

“네에, 맞아요! 자기가 직접 체험한 게 아니라, 텔레비전이나 라디오에서 얻은 정보를 그대로 말하는 느낌이에요. 의외로 콕 틀어박혀 생활하고 있는 게 아닐까 싶기도 하고. 저렇게 미인인데 의외지만 그럴 수도 있죠. 우리 가게에 오는 고객을 보면서도 생각하지만 겉모습이 화려하고 아름답다고 해서, 시티 걸 같은 생활을 꼭 하는 건 아니거든요."

"더구나 미사오는 아직 고교생이니까."

에쓰코가 말하자 기리코는 아하하 하고 웃었다. "학생이냐 사회인이냐는 상관없어요. 지금은 모두 자유롭고 돈을 가진 시대니까요. 젊은 여자애에게는 황금시대죠. 뭐든 할 수 있고 원하기만 하면 대부분 이루어지고."

그런 건가—하고 에쓰코는 생각했다. 유카리도 그렇게 될까. 시대가 시대이다 보니 물들어 가는 걸까.

"미사오짱, 어떤 이야기를 했는지."

생각해 내려는지 기리코는 턱을 괴었다. 에쓰코는 말해 보았다.

"나와 이야기할 때는 장래에 스튜어디스가 되고 싶다고 했는데."

"미사오짱은 이것저것 해 보고 싶어 했어요. 미용사도 좋네, 같은 소리도 하고."

거기서 기리코는 눈이 맑아졌다.

"맞다, 4일에 왔을 때 이 시계를 살 거라고 했어요."

베스트의 주머니에서 아까 그 시계를 꺼내 보인다. 가슴 주머니에 장착해서 짧은 사슬로 늘어뜨리게 되어 있고 잘 보면 숫자판이 거꾸로다.

"재미있죠. 가슴에 늘어뜨린 채로 시간을 확인할 수 있도록 인쇄가 거꾸로 되어 있어요. 원래는 간호사들이 쓰는 시계 같지만 액세서리로 하기도 재미있고 편리하니까, 제가 가게에 있을 때는 언제나 달고 있거든요. 미사오짱이 마음에 들어 하면서 어디서 샀는지 물어봤어요. 그래서 가게를 가르쳐 주었죠. 아르바이트 월급이 막 들어왔으니까 살 수 있다고 했는데."

젊은 여자 아이답다. 그러나 그것만으로는 단서가 되지 못한다.

"로즈 살롱에서 미사오와 친한 사람이 있을까요. 미용사 분이나 고객이나."

기리코는 생각에 잠겼다. "글쎄……. 미사오짱은 얌전한 편이라서 다른 사람에게 가볍게 말을 걸지도 않았고. 이쪽에서 적극적이지 않으면요."

"그건 그렇지. 어딘가 겁이 많아서."

"네. 저는 성격이 이러니까 한번 함께 놀러 가자고 권한 적이 있지만요. 안 됐죠. 꽤 사이가 좋아졌다고 생각했는데 뭔가 이런, 벽이 있었어요."

에쓰코도 새삼 느끼는 참이었다.

"다만 나이가 나이라서 그런 것뿐 아니라 뭔가 심각한 고민이 있을지도 모르죠."

"구체적으로 고민하는 게 있다고 이야기한 적이 있어요?"

기리코가 고개를 흔든다. "전혀."

미사오는 에쓰코와 얼굴을 마주했을 때, '친구를 만드는 게 정말 서툴러'라고 털어놓았다. 그때가 유일하게 미사오가 본심을 내뱉은 순간이었는지도 모른다. 신뢰 관계를 차근차근 구축해 가면 좀더 깊은 부분까지 털어놓게 되었을 수도 있다.

그러나 현실은 반대였다. 네버랜드에서 미사오의 통화 시간은 짧아졌다. 그리고 그 시점은 일기에 있던 '레벨'이라는 단어가 나타나기 시작하고부터…….

"아미노 씨, 미사오가 '레벨'이라고 하는 말을 들은 적 없어요? '레벨' 뒤에 숫자가 붙거나 하는데. '레벨7'이라든지. 아무래도 장소를 가리키는 단어 같아."

기리코는 "기억에 없다"고 대답했다.

"디스코 클럽 이름인가. 미사오짱이 그런 곳에 다닐 것 같진 않지만요."

헤어질 때 기리코는 집 전화번호를 가르쳐 주었다.

"도움이 될 일이 있으면 말해 주세요. 미사오짱, 빨리 찾으면 좋겠어요. 저도 신경 쓰고 있을게요."

고마워요, 하고 에쓰코는 말했다. 조금, 마음이 든든해졌다.

19

366-12.

남은 두 개의 번호는 각각 0에서 9까지 열 개씩 끼워 맞출 수 있다. 모두 합해서 백 가지 조합이다.

그와 사에구사는 번호를 분담해서 각자의 집 전화로 일일이 걸어 보았다.

"팩시밀리용 번호라면 호출음이 나고 연결된 다음, 삐 하는 소리가 나. 그렇다면 틀림없어. 체크해 줘. 전화로 연결이 되어서 누군가 사람이 나왔을 때도, 그게 팩시밀리 번호가 아닌지 일단 물어보는 거야. 자주 있는 경우는 아니지만 한 전화 회선을 교대로 사용하는 일도 있으니까."

끈기를 요하는 작업이지만 그에게는 힘들지 않았다. 구체적으로 어떤 말을 할지는 만일을 위해서 사에구사가 종이에 적어 주었기 때문에 걱정할 필요 없었고 집중해야 하는 일이 생겨서 고마웠다. 게다가 커다란 단서를 찾을지도 모른다.

전화를 건다. 상대가 나온다. 이야기를 한다.

"죄송합니다. 거래처 팩시밀리 번호와 착각한 것 같습니다. 이 번호는 팩스가 아니지요?"

그런 대화의 반복이었다. 그가 맡은 번호 오십 개 중에 반 이상을 거는 동안 사에구사가 말한 '삐' 하는 소리는 들려오지 않았다.

그녀는 그의 옆에서 계속 귀를 기울이고 있었다. 그가 스물일곱 번째 번호의 체크를 마치고 전화를 끊은 뒤 작게 말했다.

"정말 팩스일까."

그는 다음 번호를 누르면서 대답했다. "해 볼 가치는 있어."

"그건 그렇지만……."

전화가 이어졌다. 이번에는 '이 번호는 현재 사용되고 있지 않습니다'라는 녹음이 들려온다. 그는 번호에 가위표를 하고 다음으로 넘어갔다.

"팩시밀리라는 단어의 뜻은 바로 알아들었어. 당신도 그랬어?"

"응. 그런 것까지 기억에서 사라진 건 아니야. 어젯밤에도 이야기했지만, 일반적인 지식은 제대로 남아 있어."

다시 전화가 연결되었다. 이번에는 사람 목소리가 나왔다. 이것도 가위표다.

결국 오십 군데에 다 걸어서 그가 맡은 번호 중에는 팩시밀리 번호가 없다는 사실을 알았다. 주르르 늘어선 가위표를 보고 있으니 문에서 노크 소리가 나고 사에구사가 얼굴을 내민다.

"어때?"

"이쪽은 전부 아니었습니다."

그러자 사에구사는 손바닥으로 통 하고 바지의 허벅지 쪽을 두드렸다.

"나한테는 딱 하나 있었어. 이거야. 와 봐. 확인해 보지."

희미하게 오른쪽 다리를 끌면서도 사에구사는 재빨리 706호실에 돌아간다. 그도 그녀의 손을 잡고 일어섰다.

"한 개뿐이었구나."

"그래. 하지만 찾았네."

힘이 난 그와 대조적으로 그녀는 가볍게 고개를 갸웃하고 있다.

706호실에 들어가니 사에구사가 벽에 바싹 붙여놓은 책상 위에서 먼지 방지용 커버를 벗기고 있었다.

"뭔지 알겠나?" 그에게 묻는다.

"압니다."

워드프로세서와 팩시밀리다. 접속 코드는 어지러져 있고 가끔 사용할 뿐인 느낌이지만, 기계 자체는 비교적 새것이다.

"이걸로 그 번호에 보내 보는 거야."

"뭘 보냅니까?"

"그냥 보고 있어."

사에구사는 웃으며 그렇게 말하고, 책상 서랍 안을 휘저었다. 머지않아, "있다" 하고 중얼거리며 한 장의 하얀 복사지 같은 종이를 꺼내어 그 위에 뭔가 적었다. 그 후 팩스의 전원을 넣고 송신 작업을 시작했다.

"잠시 기다려 봐." 그대로 팔짱을 끼고, 작은 소리를 내며 기계 속으로 빨려 들어가는 종이를 바라보았다.

하나밖에 없는 소파에 그녀를 앉히고 그는 벽에 기댔다. 머지않아 송신이 끝나자 사에구사는 종이를 거두고, 다시 한번 "잠시 기다려. 바로 효과가 있을 거야”라고 말했다. 그러더니 담배에 불을 붙이고 창가에 서서 피우기 시작했다.

사에구사가 무엇을 했는지 몰라서, 그도 사에구사의 말대로 기다리고 있을 수밖에 없었다. 멍하게 방 안을 둘러보았다.

706호실은 707호보다 약간 좁았다. 가로 폭이 좁아서였다. 방의 배치는 똑같았고 식당 겸 주방과 그 안쪽에 방이 있어 침실 겸 거실로 쓸 수 있게 되어 있다. 베란다가 붙어 있지만 창문이 정면에만 있어서 채광은 별로 좋지 않다. 아침나절밖에 해가 들지 않는다.

어젯밤 이 집에서 잤을 때 그는 소파 베드를 사용했다. 매우 지친 데다가 아침은 아침대로 멍하게 있었기 때문에 찬찬히 집의 내부를 관찰하는 건 지금이 처음이나 마찬가지였다.

707호 못지않게 살풍경한 방이다. 주방에 놓인 가전 제품의 종류나 숫자도 비슷했다. 안쪽 방에는 침대, 자그마한 책장, 콤팩트한 오디오용 수납선반에는 휴대용 텔레비전과 테이프 덱. 방 가운데에 유리 테이블 하나와 소파 베드. 그 외에는 책상뿐.

“사에구사 씨, 언제쯤 여기로 이사 오셨습니까?”

물어보니 사에구사는 이쪽에 등을 돌린 채 대답했다. “한 달쯤 전에.”

그렇다면 이사한 지 아직 얼마 되지 않아서 가구가 적은 것도 아닌 모양이다. 그저 심플한 방을 좋아하는 걸까.

이 집 안에서 ‘저널리스트’라는 직업에 어울리는 느낌이 드는 물건은 워드프로세서와 팩시밀리뿐인 것 같다. 책장도 많이 비어 있다. 신문 축쇄판 몇 개쯤과 사전과 소설이 몇 권. 논픽션도 몇 개쯤 늘어서 있다. 야나기다 구니오, 사와키 고타로, 도우스 마사요……. 그런 저자 이름이 기억에 있다는 사실을 깨닫고 그는 현실이 한 걸음씩 아주 느릿하기는 하지만 자기 쪽으로 돌아오는 기분을 느꼈다.

책장 안의 책은 이 집 주인의 취향이나 성격을 말해 줄 정도로 특색이 있는 구성은 아니었다. 딱 한 가지 약간 이상한 책은 대형판 사진집 같은 책인데 'SFX 특수촬영의 기술과 실천'이라는 제목이 붙어 있다. 표지에는 우주공간에 떠 있는 정교하게 만들어진 매우 가벼워 보이는 로켓의—아니 일종의 전투기일까—사진이 나와 있다. 영화의 한 장면이라는 기억이 났다.

그런데 사에구사 다카오가 저자인 책은 보이지 않는다. 역시 '자칭' 저널리스트인가—라고 생각하면서 그는 책장을 떠났다.

에어컨을 틀어 놓았지만 집 안 공기는 답답하다. 사에구사도 느꼈는지 담배를 손에 든 채 창문을 열고 베란다로 나갔다. 알루미늄 새시의 문턱을 넘을 때 불편한 쪽의 다리가 약간 걸린다.

"우아, 오늘도 짱짱하게 비치는군."

그렇게 말하면서 사에구사가 베란다를 걷기 시작했을 때—

"위험해!"

그는 무의식중에 소리쳤다.

사에구사가 깜짝 놀라 멈춰 서서 이쪽을 돌아보고 그녀가 놀라서 반쯤 일어나려 했다.

"뭐야?"

"무슨 일이야?"

쏘아붙이듯이 질문이 터져 나왔지만 그는 대답을 할 수 없었다.

머릿속에 다시 꿈속 비가 가로지른다. 과일이 머리 위에서 내려오는 환영 같은 광경. 냉장고 안에서 사과를 발견했을 때, 느닷없이 찾아왔던 경치가 머리의 안쪽에서 천이 뒤집히듯이 한 순간만 보인 뒤 다시 사라졌다.

"왜 그래?"

사에구사는 '위험해!'라는 말을 들었을 때 누구나 그렇게 하듯이 영문도 모르고 움직이지 않은 채 그 자리에 우뚝 서 있다.

"죄송합니다……. 왜 그랬는지―저도 모르겠어요."

베란다에서 사에구사가 지그시 그를 지켜보고 있다. 그는 이마에 손을 대고 몇 번이고 눈을 깜빡여 보았다.

사에구사는 움직이지 않고 서 있다. 베란다에―아니, 베란다 끝에 설치된 소형 테이블 정도 크기의 사각형 위에.

그는 베란다로 다가갔다. 잘 보니 그 사각형은 두께 오 센티미터 정도의 금속제 뚜껑 모양으로, 위쪽에는 글자가 잔뜩 적혀 있었다.

'피난 사다리'라고 커다란 글자로 써 있고 그 아래에,

'이것은 긴급피난용 해치입니다. 화재 등의 경우 이곳에서 아

래층으로 내려갈 수 있습니다. 이 뚜껑의 상부를 세게 아래로 차면 뚜껑이 떨어지고 동시에 사다리가 하강합니다. 비상시 이외에는 사용하지 말아 주십시오. 이 위에 물건을 놓지 말아 주십시오' 라고 작은 글씨로 적혀 있다. 설명문에서 '세게 차다' 부분은 빨간 글씨로 강조해 놓았다.

뚜렷한 염려를 얼굴에 드러낸 사에구사는 "왜 그래?" 하고 다시 한번 물었다.

그는 고개를 흔들고 방금 전 지나간 '꿈속 비'에 대해 설명했다. 사에구사는 진지한 얼굴로 듣다가는 "메르헨이군" 하고 웃으며 말했다.

그때 오디오 선반 위에 놓인 전화가 울리기 시작했다. 사에구사는 그의 옆을 지나 방으로 돌아가 서둘러 수화기를 들었다.

"네, 도쿄 통신시스템 서비스입니다"라고 또렷또렷한 목소리로 말한다. 무슨 일일까. 그는 무심코 그녀의 얼굴을 바라보았다. 그녀의 시력이 멀쩡했다면 둘이서 의심스러워하는 얼굴로 마주 보았을 텐데.

"네? 정말입니까?" 사에구사는 놀란 얼굴을 하고 있다. "정말 죄송합니다. 그쪽 팩스 번호는? 네……. 네……. 어라, 번호는 맞는데요. 이 번호가 미요시 제작소 번호 아닙니까? 병원? 네? '사카키 클리닉'이라고요. 장소는 신주쿠지요, 국번으로 봐서—아하, 그렇습니까, 아니, 정말 죄송합니다. 다시 한번 잘 확인해 보겠습니다."

전화를 끊고 이쪽을 향해 싱긋 웃었다.

“알아냈어. 그 지도를 팩스로 보낸 곳은 사카키 클리닉이래.”

“병원이군요?”

“어떤 병원일까.”

“뭐, 잠깐 기다려봐. 이제부터 조사할 거니까. 우선은 104에 전화해서, 신주쿠에 있는 사카키 클리닉의 번호를 물어본다. 그리고 그곳에 당신이 전화를 걸어.” 사에구사는 그를 손가락으로 가리켰다.

“내가 걸면 목소리가 똑같으니까 곤란해. 그쪽에 방문하고 싶은데 어떻게 가면 되냐고 묻는 거야. 신주쿠라고, 알겠나?”

그는 지명을 머릿속에서 되새겼다. “알 것 같습니다.”

사에구사는 책장에서 지도를 빼내어 도쿄 도都 전역의 도면에 전철 노선도가 겹쳐 있는 페이지를 펼쳐 보여 주었다.

“어디 근처야? 찾아서 가리켜 봐.”

거의 바로, 그는 야마노테 선 원 위에 있는 JR 신주쿠 역의 위치를 가리킬 수 있었다. 비스듬하게 누운 물고기 같은 모양을 하고 있는 도쿄의 딱 배 부분이다.

“지금 우리가 있는 곳은 이쪽. 야마노테 선의 원 밖, 신주쿠와는 반대쪽이군.”

사에구사가 손을 움직여 하나하나 짚어 간다.

“네에, 압니다.”

“도쿄의 지리를 알고 있는 느낌은 드나?”

그는 천천히 생각했다. "복도에 나가서 도쿄 타워를 봤을 때는 바로 알았습니다. 하지만……."

그때 문득 '다카다노바바'라는 단어가 떠올랐다. 입으로 중얼거리자 사에구사가 놀란 얼굴로 말했다.

"다카다노바바라면 신주쿠 바로 옆이다. 가 본 적 있어?"

"……있을지도 모릅니다."

계속 가만히 있던 그녀가 말참견을 했다.

"사에구사 씨, 우리는 왠지 모르겠지만 도쿄 사람이 아니라는 느낌이 들어요. 그렇지 않아?"

첫 질문은 그를 향한 것이었다. 그는 사에구사에게 끄덕여 보였다.

"맞아요. 아까도 그녀와 이야기했지만, 일반적인 지식은 제대로 머릿속에 들어 있습니다. 그래서 가스 회사 사람과 이야기하거나 전화 거는 일도 할 수 있었어요. 팩시밀리가 뭔지도 알고 있고. '클리닉'이라는 단어를 들으면 그게 병원 같은 의료기관이라는 것도 압니다. 그런데, 도쿄의 지리에 관해서는 희미한 지식밖에 없는 걸 보면 기억을 잃기 전에도 그 정도밖에 몰랐던 게 아닐까 하는 생각이 드네요."

사에구사는 가볍게 양손을 펼쳐 보였다. "가능해. 타당한 해석이야. 지방에 살아도 도쿄 타워나 신주쿠, 하라주쿠 정도는 알고 있고. 그렇다면 말이야, 거꾸로 당신들의 머릿속에 선명하게 남아 있는 지명을 되짚어 가면 당신들이 살던 곳으로 이어진다는 말이군.”

사에구사는 만족한 듯이 웃있다. “우선 지금은 시카키 클리닉으로 돌아가자. 전화를 걸 수 있겠나?”

“오케이. 하지만 가르쳐 주세요. 방금 어떻게 상대방이 전화를 걸게 만들었습니까?”

“이거야.” 사에구사는 아까 송신한 종이를 보여 주었다. 크기가 제각각인 문자나 기호, 굵기나 농도가 가지각색인 줄이 지면을 빽빽이 채우고 있다.

“이 팩스를 달았을 때 업자가 사용한 테스트 패턴이다.”

그리고 칸 밖에는 조금 커다란 문자로…….

‘수리점검 후의 테스트 송신입니다. 수신되었으면 즉시 전화 주십시오. 도쿄 통신시스템 서비스 리스 업무부’

그 아래에 이 집 전화번호가 적혀 있다.

“과연.”

“대개의 인간은.” 사에구사는 웃었다. “틀렸다는 걸 알면 제대로 가르쳐 줄 정도의 책임감은 있거든.”

104를 통해 사카키 클리닉의 전화번호는 바로 알 수 있었다. 대표 번호라고 하는 걸 보면 동네 병원처럼 작은 곳은 아닌 것 같다.

이번 전화는 여태까지와는 차원이 다르다. 그는 긴장해서 목이 칼칼해졌다. 어떤 상대가 받고, 어떤 사실이 튀어나올까 생각하니, 등에 땀이 날 정도로 긴장이 되었다. 물이라도 마시면 조금은 진정될까 싶었지만 주방 수도꼭지에서 따른 물은 미지근한데다 지독한 쇳내가 나서 오히려 속이 안 좋아질 것 같았다.

"기운 내." 사에구사가 어깨를 두드렸다.

"깜짝 상자를 열 때 같은 기분입니다."

걸어 보니 호출음이 미처 울리기 전에 여자 목소리가 받았다. 가는 길을 물어보니 상세하게 가르쳐 준다. 사에구사는 스피커폰 버튼을 눌러 목소리를 밖으로 들리게 한 뒤 옆에서 메모를 하고 있다.

어떤 병원인지 묻고 싶지만 물으면 이상하게 여길지 몰라 단념했다. 감사 인사를 하고 전화를 끊으려는데 상대가 질문했다.

"혹시 소개장은 있으신가요?"

그는 거짓말을 들은 듯한 기분이었다. "네?"

"외래환자분은 소개장이 없으면 진찰하지 않습니다. 댁의 환자분은 급환이십니까? 본인이세요?"

"아니—제가 아니고 가족입니다."

그는 대답하고, 사에구사의 얼굴을 살폈다. 그대로 대충 말을 맞추라는 눈빛으로 끄덕이고 있다.

전화 속 여자가 말을 잇는다. "혹시, 알코올 중독이십니까? 그렇다면 저희 쪽에서 다른 병원을 소개해 드릴 수도 있는데."

알코올 중독?

"여보세요? 듣고 계십니까?"

“아, 네, 죄송합니다.”

“저, 알코올 중독이 아니고 소개장이 없으면 오셔도 헛걸음이 됩니다. 어떤 환자분이신가요.”

그가 어쩔 줄 몰라 꼼짝 못하고 있자, 사에구사가 전화를 바꾸려고 앞으로 나왔다. 그는 고개를 흔들어 거절하고는 입술을 적시고 나서 말했다.

“저어—저희도 잘 모릅니다.”

“밤에 잠을 못 잔다든지, 회사나 학교에 못 가게 되었다든지?”

사에구사가 끄덕인다.

“아, 못 자는 것 같습니다.”

상대방의 말에 맞추면서도 가슴이 두근두근하기 시작했다.

“아, 그렇구나. 불면이요. 다른 건? 구체적으로 무슨 말을 합니까? 사리에 맞지 않는 소리를 하나요?”

사에구사가 눈썹을 치켜 올리고 천천히 입술을 움직여 ‘매일 불안해서 견딜 수 없다, 스트레스에서 오는 노이로제가 아닐까 생각한다’라고 지시했다. 그는 사에구사에게 끄덕여 보이고 전화를 향해 그대로 말했다.

“매일 불안해서 견딜 수 없다고……. 스트레스로 인한 노이로제가 아닐까 합니다.”

사에구사가 크게 끄덕인다.

스트레스. 노이로제. 점점 렌즈 초점을 맞추듯 말의 의미가 떠올랐다. 당연한 결과로서 사카키 클리닉이 어떤 병원인지 대충 짐작이 갔다. 목이 완전히 말라붙었다.

전화를 받은 여자는 안됐다는 듯이 말했다. "죄송합니다만, 저희 쪽에서는 봐 드릴 수 없습니다. 아는 병원이 전혀 없으세요?"

"네. 거기가 좋은 병원이라는 소문을 들어서 걸어 보았습니다."

"사는 곳은 어디죠? 도쿄 도내입니까?"

"그렇습니다. 신주쿠와는 반대쪽입니다만."

"그렇군. 고토 구라든지 에도가와 구라면 보쿠토 병원이 좋습니다. 그곳에는 정신과 구급 외래가 있으니까요. 문의해 보시는 게 어떻겠습니까?"

정중하게 감사의 말을 하고 수화기를 놓는다. 너무나 의외라서 손에 땀이 났다.

사에구사는 턱을 당겼다. "정신과인가."

"우리 진찰받으러 가는 편이 좋을지도 모르겠어." 그녀가 중얼거렸다.

20

　범퍼가 찌그러진 사에구사의 차에 올라타고 전화 속 여자가 가르쳐 준 길을 더듬어 사카키 클리닉으로 향하는 동안에도 그는 차창 밖으로 보이는 경치에 주의를 기울이며 혹시 기억을 자극하는 것이 나타나지는 않을까 신경 쓰고 있었다.

　고마쓰가와 램프에서 수도 고속도로로 들어가 곧장 서쪽으로 달린다. 사에구사는 버스 가이드처럼 군데군데 보충설명을 넣었다.

　"이 악명 높고 요금도 비싼 수도 고속도로에 관한 기억은 없나?"

　"복사된 지도를 봤을 때는 바로 고마쓰가와 램프를 알았고, 수도 고속도로 출입구 중 하나라는 사실도 바로 머리에 떠올랐습니다."

　"당신, 차 운전은. 지금 나를 보니 어때? 해 본 기억은 있나?"

　핸들. 클러치. 액셀. 브레이크. 백미러에 비치는 뒤 차. 추월차선. 창밖을 스쳐지나가는 다양한 표식.

　"운전은 할 수 있었을 겁니다. 아니, 한 적이 있습니다. 제 차를 갖고 있었던 느낌이 듭니다."

　확신에 가까웠다. 차에 탄다는 상황이, 이 기분 좋은 진동이 잠들어 있는 무언가를 흔들어 깨우기 시작한 것이다.

"노클러치다."

그가 느닷없이 말해 사에구사는 놀랐다.

"뭐?"

"제 차 말입니다. 노클러치였어요. 당신이 맹렬히 클러치를 바꾸는 모습을 보고 생각이 났습니다."

"오토인가. 그런 건 여자나 타는 거야. 차종이나 차 색깔은 떠오르지 않나? 번호라면 더 좋고. 그것만 알면 바로 당신 신원을 파악할 수 있는데."

그는 머리에 손을 대고 의식을 집중했다. 그러나 자꾸 팔랑거려서 잡을 데가 없는 커튼의 바다를 헤엄치는 듯, 떨쳐도 떨쳐도 지독한 안개가 껴 있다.

떠올리려고 의식하면 안 되고 멋대로 떠오르는 채로 맡겨두는 편이 나은가. 가구 틈으로 작은 핀을 떨어뜨려 버렸을 때와 같다. 손가락을 집어넣어 잡으려고 할수록 핀은 안으로 들어가 버린다.

"강이네." 갑자기 그녀가 말했다. 그는 창밖으로 눈길을 돌렸다.

그 말대로 차는 지금 폭이 좁은 강을 건너고 있다. 빈틈없이 콘크리트로 발라진 제방의 가장자리까지 빌딩이 늘어서 있어서 물은 회색 일색. 온통 칠이라도 한 듯이.

"어떻게 알았어?" 사에구사가 그녀에게 물었다.

"소리. 넓은 곳에 나간 듯한 느낌이 들었고, 게다가 바람이 습한 걸."

"감이 좋군."

그는 다시 그녀의 과거를 생각했다. 예전에도 눈이 보이지 않았던 적이 있었는지 모른다.

아니면 단지 적응이 빠를 뿐일까?

"지금 건넌 강은 스미다가와 강이다. 기억이 나나?"

'스미다가와'라는 인식은 없다. 그러나 비슷한 광경을 본 적이 있다. 자꾸만 그런 느낌이 들었다.

"차 말고 다른 것을 타도 이 강을 건널 수 있죠?"

"물론이지. JR 소부 선에 타도 보여. 버스도 다니고. 다리가 많이 있으니까."

조금 더 가니 길은 심하게 정체됐다. 달리다 서고, 달리다 선다.

"봤지, 이러니까 악명 높다는 거야. 전혀 고속이 아니잖아? 하코자키에서 밑으로 내려가자. 되도록 여러 군데를 달리는 편이 자극이 될지도 모르고."

사에구사는 그렇게 말하고 시내를 달렸다. 신호 때마다 정차한다고는 해도 그 편이 더 쾌적하다. 그는 가만히 지나쳐 가는 길을 바라보았다.

"너무 막연하기는 하지만……."

"응?"

"좀더 녹음이 우거진 곳에 있었던 기억이 납니다."

"시골인가?"

“아니, 도시입니다. 다만 이런 식으로 아스팔트와 빌딩만 있는 경치가 아니라, 녹지나 가로수가 많았고. 게다가…….”

머릿속에서 비치는 색조가 옅은 광경에 그는 힘껏 초점을 맞췄다.

“게다가, 뭐지?”

“길 건너편에 산이 보이는 듯한 느낌도 듭니다.”

핸들에 손을 댄 채 사에구사는 불쑥 시선을 들어 룸미러에 비친 그의 얼굴을 보았다.

“정말인가?”

“네. 당신은 어때?”

그녀는 멍하니 창밖을 바라보고 있었지만 이쪽으로 눈을 돌려, 가볍게 고개를 흔들었다.

“잘 모르겠어……. 나한테도 경치가 보인다면 몰라도.”

사에구사는 앞으로 주의를 돌리고 신중하게 말했다. “요즘에는 지방이라고 해도 대도시 풍경은 도쿄와 비슷하니까. 자연이 남아 있는 만큼, 여기보다 살기 괜찮은 정도야. 삿포로라든지, 모리오카, 니가타, 센다이…….”

갑자기 한방 맞은 듯이 그는 펄쩍 뛰었다.

“센다이!”

“들은 기억이 나?”

사에구사가 돌아보다가 차가 덜커덩 흔들려 옆을 달리던 트럭과 부딪칠 뻔했다. 허둥지둥 핸들을 꺾는 바람에 그녀가 균형을 잃고 그에게 매달리는 모양새가 되었다.

"센다이?" 그녀가 반쯤 그에게 달라붙는 자세로 큰 소리를 지른다. "나도 기억해. 알겠어!"

속도를 줄이고 자세를 바로 하면서 사에구사는 커다랗게 숨을 내뱉었다.

"대히트군. 어쩌면 내일이라도 당신들을 신칸센에 태우고 배웅할지도 모르겠네."

애써 흥분을 식히고 그가 말했다. "그렇지만 그저 '센다이'만 떠올랐다면 '도쿄'를 아는 것과 별 차이가 없습니다."

전방에 고층 빌딩이 몇 개쯤 보였다. 스모그에 둘러싸인 하늘을 향해 거인이 어깨를 서로 맞대듯이 우뚝 서 있다. 사에구사가 한 손을 그쪽으로 흔들어 보였다.

"신주쿠 부도심副都心의 고층 빌딩이야. 스미토모의 삼각 빌딩이라든지, 센터빌이라든지. 뒤쪽에 보이는 약간 땅딸막한 게 호텔 센추리 하얏트. 어때?"

"잘 모르겠습니다. 그렇지만 처음 보는 건 아닙니다. 기억에 있습니다."

"뭐, 다들 관광지 같은 거니까."

사에구사는 대시보드에 놓인 도로 지도에 눈길을 주었다.

"전화로는 오타키바시도리 길로 들어가라고 했지. 거기도 언제나 붐비는 길이지만 시간은 그렇게 많이 걸리지 않아. 금방이야."

사카키 클리닉은 기타신주쿠 1초메, 오타키바시도리 길과 오쿠보도리 길의 교차로 바로 앞에서 왼쪽으로 꺾어 고불고불하고 가느다란 길을 두 블록 정도 달린 곳에 있었다.

하얀 타일을 바른 사 층짜리 빌딩이다. 주사위를 두 개 놓고 그 위에 또 하나 얹은 듯한 모습이다. 위쪽 주사위의 한가운데에 시계가 붙어 있었고 그 때문에 작은 학교같이 보이기도 한다.

건물은 도로에서 조금 들어간 곳에 서 있고 앞뜰 부분이 전용 주차장이다.

'당 병원에 내방하신 분 이외에는 차를 세우지 말아 주십시오'라는 커다란 팻말이 도로에서 잘 보이는 곳에 걸려 있다. 그리고 지금 주차장은 만차였다. 진료 시간이기 때문이리라.

주위를 펜스 같은 것으로 두르지는 않았다. 양 옆에 있는 가정집 처마 끝이 클리닉과의 경계선 부분까지 튀어나와 있었다.

길에 잠시 차를 세우고 있었더니 바로 뒤에서 요란한 경적 소리가 들려왔다. 좁은데다 노상 주차가 많고 사람의 왕래도 적지 않은 길이다. 길을 막아 버린 셈이다.

사에구사는 혀를 찼다. "일단 차를 세울 수 있는 곳을 찾지."

주위를 빙글빙글 돌다가 근처 가정집 옆에 사람 눈을 피하듯이 차를 댔다. 엔진을 끄고 사에구사는 그녀에게 물었다.

"어떻게 할 거야? 같이 가?"

그는 재빨리 그녀의 얼굴을 보았다.

"데려가면 곤란한 일이라도?"

사에구사는 얼굴을 찌푸렸다. "병원 앞의 저 길 봤지? 가뜩이나 좁은데 차는 빠르게 달리고 자전거도 가끔 튀어나와. 우리도 조심해서 걷지 않으면 사고가 날지 모르는데 이 아가씨가 걸어다니는 건 위험이 너무 커."

그가 입을 열기 전에 그녀가 말했다. "여기서 기다릴게요."

"차 안에서?"

"네에. 두 분이 갔다 오세요."

문을 꼭 잠그고 그와 사에구사는 차에서 멀어졌다.

"주의해. 그리고 말을 하지 마. 뭔가 떠올라도, 그 클리닉이 당신이 잘 알고 있는 곳이라도 내가 묻기 전까지는 말하지 마."

"클리닉 의사 선생이나 간호사가 제 얼굴을 보고 '어라, 신기한 일이네, 잘 돌아 왔어' 같은 소리를 해도 말입니까?"

사에구사는 시시하다는 듯 콧소리를 냈다. "그런 목가적인 결말이 기다려 주면 최고겠지만."

"그냥 말해 봤을 뿐입니다." 그는 웃었다. 속편한 표정을 하면 죽을 만큼 벌벌 떠는 속마음을 들키지 않을 수 있을까, 라고 생각하면서.

21

사카키 클리닉의 앞뜰은 깨끗하게 포장되어 있다. 차가 다섯 대 세워져 있는데 외제 차가 그중 세 대나 있었다.

"부자 전용 클리닉인가." 사에구사가 말한다.

정면 현관은 한쪽이 열리는 자동문으로, 그와 사에구사가 다가가자 소리도 내지 않고 스르륵 안쪽으로 열렸다. 들어가니 좁은 로비에 심플한 응접세트 하나와 왼쪽에 작은 접수 창이 있다. 정면에 문이 보였다. 아마도 환자는 그곳을 통해 들어가는 모양이다.

사에구사는 로비를 한차례 둘러보고 나서, 작은 접수 창을 살짝 노크했다. 불투명유리 건너편에서 하얀 사람 그림자가 어른거리나 했더니 여성의 얼굴이 나온다.

"누구시죠?"

"죄송합니다, 아까 전화로 이쪽으로 오는 길을 물어본 사람인데."

사에구사가 의외일 정도로 정중한 목소리를 냈다. 이런 때를 위해 마음속 어딘가 깊은 곳에 넣어 둔 목소리일지도 모른다.

"전화로?" 접수대 여성은 고개를 갸웃했다. 백의의 가슴께에 '안자이'라는 명찰이 보인다.

"네. 친절하게 가르쳐 주셨는데."

순간 '안자이'의 얼굴이 불쾌한 듯이 일그러졌다.

"어머, 어째⋯⋯. 그러니까 환자분을 데리고 오셨군요?"

"아니, 환자는 일단 집에 두고 왔습니다. 잠시 상담만이라도 할 수 없을까 해서⋯⋯."

'안자이'는 관자놀이 주변을 새끼손가락으로 긁으면서 사에구사와 그의 얼굴을 올려다보았다.

"저희는 원칙적으로 소개장이 없는 분은 봐 드리지 않고 있습니다. 선생님이 한 분밖에 안 계셔서요. 대학병원 쪽에서도 환자가 들어오고. 전화를 받은 분은 그런 이야기를 설명하지 않았습니까?"

"네에, 들었습니다." 그가 불쑥 끼어들었다. 바보같이 우뚝 서 있어 봤자 쓸모가 없다고 생각해서였다. 사에구사의 눈에 분개한 듯한 빛이 재빨리 스쳤지만 신경 쓰지 않기로 했다.

"그렇지만 와 보면 어떻게 되지 않을까 해서요. 길도 자세히 가르쳐 주셨고."

"곤란하네."

'안자이'가 휙 뒤를 돌아본다. 회전의자에 앉아 있는 사람 같다.

"오타 씨, 아까 전화로 문의를 받은 거 당신이야?"

"네? 전화요?" 거친 어투의 대답이 돌아온다. '안자이'가 의자에서 일어나 안으로 가니 그만큼 시야가 열렸다.

접수 창은 허리를 약간 굽히지 않으면 들여다볼 수 없는 높이에 붙어 있다. 사에구사도 그도 비교적 장신이라서 얼굴을 가까이 들이밀듯 안의 상황을 살펴야 했다.

사무실은 밖에서 보기보다 훨씬 넓고 안쪽이 깊은 듯했다. 중앙에 책상이 네 개. 전화가 두 대. 벽에는 캐비닛이 주르르 설치되어 있다. 방 반대쪽에는 빨강 파랑 노랑의 삼색 파일이 외부인은 모르는 규칙을 따라 벽을 빽빽이 채우고 있었다.

파일 선반 옆에 오프화이트 색 팩시밀리가 설치되어 있다.

사람은 셋인 것 같다. '안자이'와 '오타'와 정장 차림의 젊은 남성이 한 사람. 남성은 책상을 보는 방향이어서 이쪽에 등을 돌리고 있다. '오타' 씨는 백의를 입은 여성이다. '안자이'의 뒤에 가려 얼굴이 보이지 않는다. 두 사람이 소곤소곤하고 빠른 말투로 대화를 나누었다.

그러자 정장을 입은 남자가 일어나 이쪽을 신경 쓰면서 백의의 여성들에게 말했다.

"그러면, 저는 실례하겠습니다. 사카키 선생님께 잘 전해 주십시오. 입하되면 바로 팬비탄을 가져오겠습니다."

'안자이'가 잠시 어깨 너머로 돌아보고 젊은 남자에게 끄덕인다. "수고했어."

"제약 회사 프로퍼군." 사에구사가 목소리를 낮춰 말했다.

"프로퍼?"

"판촉원이야. 영업 말이지."

정장 남자는 일단 두 사람의 시야에서 사라져 바로 로비 문으로 나갔다. 커다란 서류가방을 늘어뜨리고 이쪽에는 눈길도 주지 않고 자동문을 지나 앞뜰로 나가, 두 대의 외제 차에 끼인 듯이 세워 놓은 하얀 국산 차에 올라 한 번에 시동을 걸고는 조급하게 달려간다. 차체 옆에 적혀 있는 회사명이 흘끗 보였다. ‘야베 제약 도쿄서 영업소’.

드디어 ‘안자이’가 돌아왔다. 순간 그녀의 뒤에 있던 ‘오타’라는 여성의 얼굴이 보였다. 동그란 얼굴에 안경, 그러나 ‘안자이’보다는 젊은 여성이다. 불룩하게 볼을 부풀리고 있다.

‘안자이’도 눈은 화나 있지만 얼굴만은 어떻게든 웃음을 지으려 노력하고 있었다.

“죄송합니다.”

“안 되겠습니까. 사카키 선생에게 진료받을 수 없을까요.”

사에구사가 실망한 목소리를 낸다. 실수 없이 의사의 이름을 대고 있다.

“네, 그렇습니다. 죄송합니다. 선생님은 어디서?”

“지인이 예전에 진료받은 적이 있습니다.”

“여기서?”

“아니, 대학병원 쪽이었습니다.”

“그렇군요……. 그쪽으로 가 보시는 편이 빠를 것 같네요.”

“그렇습니까. 안타깝지만 어쩔 수 없군.”

죄송하다고 다시 한번 말하고 ‘안자이’는 접수 창문을 닫았다. 쾅 하는 느낌이었다.

둘이서 앞뜰에 나오자, 사에구사가 입술을 한쪽만 움직여서 재빨리 말했다.

"멈춰 서서 이제부터 어떻게 할지 모르겠다는 연기를 해 줘."

그는 끄덕였다. "뭘 하려고요?"

"여기에 세워져 있는 차 번호를 적는 거지."

사에구사가 그러는 동안 그는 클리닉의 입구에 등을 돌리고, 양손을 바지 주머니에 쑤셔 넣은 채 어깨를 축 늘어뜨리고 있었다.

"문전박대를 당했네. 다른 데도 이럴까."

"꼭 그렇다고는 할 수 없어. 좋아, 끝났다."

사에구사는 써 넣은 메모를 가슴께의 재킷 주머니에 넣고, 매우 안타깝다는 동작으로 사카키 클리닉의 건물을 돌아보았다.

"접수대에 있는 두 사람은 당신의 지인은 아닌 듯하군."

"저도 기억이 안 납니다."

"그렇게 간단히 해결될 거라고는 생각하지 않았지만. 분명 방법이 있을 거야."

"어떻게 하려구요."

"일단 교통운수국에 가서 적당한 창구에서 상세 등록사항 증명서 신청 용지에 이 차 번호를 기입하고, 건당 칠백 엔의 수수료를 지불하면 소유자의 주소 성명을 알 수 있어. 가만, 교통운수국이 뭔지 알아?"

"압니다. 이제부터는 우리가 특별히 질문하지 않은 한 알고 있다고 생각해 주시면 될 겁니다."

"그거 잘됐네. 이 다섯 대 중에는 '사카키'라는 선생 본인의 차가 섞여 있을 가능성도 높고, 그게 아니라도 클리닉에 근무하는 다른 인간의 차든 환자의 차든 알게 될 테니 상관없어. 어쨌든 정보가 되니까."

그는 여름 햇빛을 반사하는 차체에 눈길을 주었다.

"번거로운 것 같기도 한데요."

"그것 말고도 방법은 있어. 이웃에도 지금 물어보자. 뭔가 알수 있을지도 몰라."

"저 '오타'라는 여성은요?" 그는 클리닉 건물을 돌아보았다. "잘만 하면 내부 일을 이것저것 물어서 알아낼 수 있을지도 모르……."

그가 입을 다물어서 사에구사가 얼굴을 획 돌렸다.

"왜 그래?"

"사 층 창문에서 누군가가 이쪽을 보고 있었습니다."

그는 아직 그 창문에서 눈을 떼지 못하고 있었다. 사 층에 네개 있는 창 중 가장 왼쪽 끝이다. 셔터처럼 빈틈없는 블라인드가 내려져 있다. 그러나 방금 전 블라인드 중간이 브이 자로 약간 벌어지고 그 틈으로 사람 얼굴이 보였다.

"잘못 본 거 아닌가?"

"아뇨. 확실히 봤습니다. 이쪽이 알아차리자마자 동시에 획 사라져 버렸어요. 하지만 분명히 봤어요."

사에구사도 창문을 올려다보고 눈부신 듯이 눈을 가늘게 뜬다.

사 층의 창유리에 마침 햇빛이 비치고 있다.

"입원 환자일지도 몰라."

"낮부터 그렇게 블라인드를 내리고?"

"일광 공포증이 아닐까?"

"그런 말도 안 되는."

"농담이야. 이제 가지. 언제까지나 꾸물꾸물거리면 이상하게 생각할 거야."

사에구사에게 재촉받아 걸으면서 그는 다시 한번 사카키 클리닉의 하얀 건물을 올려다보았다.

—입원 환자일지도 몰라.

"왜 그래?"

퍼뜩 제정신으로 돌아오니 사에구사가 들여다보고 있다. 그는 이마의 땀을 훔쳤다.

"아니, 아무것도 아닙니다."

22

"거기 사카키 클리닉이지요? 오타 씨, 계십니까?"

수화기를 꼭 쥐고 그녀는 조금 긴장된 어조로 말했다. 보이지 않는 눈이 버튼 쪽을 쳐다보고 있다.

그와 그녀는 사카키 클리닉 근처에 있는 전화 부스 안에 있었다. 주유소 옆이라 주위가 시끄럽고 그가 문에 발을 걸고 있어서 잡음이 들어온다. 그녀는 수화기를 귀에 꼭 눌러 대고 있었다.

"상대가 나오면 적당한 곳에서 내가 받을 테니까."

그녀는 끄덕였다. "친절한 사람이었지? 속이는 것 같아서 미안하네."

"어쩔 수 없어. 우리 일이 우선이니까."

잠시 후 '오타'가 받은 모양이다. 그녀는 등을 굽히고 매우 죄송한 듯 말하기 시작했다.

"오타 씨 되시나요. 저는 하시구치라고 합니다."

'하시구치'는 도로 건너편에 있는 철물점 이름이었다. 하시구치 상점이다.

그는 '오타'라는 여성과 직접 이야기를 하고 싶었다. 그러려면 지금이 좋다. 기회가 있다.

그래서 우선 자기들이 교통운수국에 따라가도 별로 도움이 안 될 거라며 사에구사와 헤어졌다. 사에구사는 두 사람과 따로 행동하기를 꺼렸지만, 택시로 돌아가겠노라 약속하고, "그녀가 지쳐서요"라고 핑계를 대자 마지못해 혼자서 갔다.

그리고 단둘이 되고 나서 그녀에게 사정을 이야기해 함께 계획을 다듬었다. 전부 사에구사에게 맡기지 말고 이쪽에서 할 수 있는 것은 해 두어야 한다는 그의 주장에 그녀도 동의했다.

"전화한 용건은, 저어, 사과하고 싶어서……. 아까, 저희 오빠 둘이 그쪽을 찾아뵀었지요? 갑자기 가도 진찰받지 못하는 걸 아는데도 쳐들어가서……. 오빠들 말로는 오타 씨가 야단맞게 되었다고 해서요. 정말로 죄송했습니다."

사에구사와 그를 그녀의 오빠로 만들고, 가공의 아버지가 스트레스성 노이로제로 괴로워한다는 연극을 꾸며 어떻게든 '오타' 양에게 다가갈 수 없을까—라는 작전이었다.

"네, 네, 그렇습니다. 오빠들은 정말로 고집불통이어서요. 폐를 끼쳤습니다. 제가 계속 말렸지만—제 눈이 보이지 않아서 오빠들이 두고 가 버리는 바람에 혼자서는 쫓아갈 수 없었어요."

'오타' 양이 뭔가 말하고 그녀는 맞장구를 치고 있다.

"그렇습니다. 저희는 이럴 때 어떤 병원에 가면 좋을지 전혀 모르고……. 네? 네에, 아버지가 근무하는 회사가 계약한 병원이 있기는 하지만, 본인이 꺼려서—네에, 사람들의 이목을 염려하고 있습니다."

여기서 그가 전화를 바꾸었다.

"여보세요? 아, 아까는 실례했습니다. 폐를 끼칠 생각은 없었지만, 달리 방법도 없고, 어떻게 해서든 사카키 선생님께 진찰받고 싶어서……."

가는 길을 가르쳐 줄 때의 태도로 보아 근본적으로 친절한 사람일 것이다. 그래서 이야기를 잘하면 만나 줄지도 모른다고 생각했다.

그리고 그 감은 정확했다. '오타' 양은 일이 끝난 후 시간을 내준다고 했다. 장소도 정해주었다. 신주쿠 역 동쪽 출구 근처에 있는 숯불 로스팅 커피 전문점이라고 한다. 그럼 여섯 시에 봅시다, 라는 약속을 얻어내고 전화를 끊자, 그는 그녀의 어깨를 안고 가볍게 흔들었다.

"잘됐어. 고마워."

"꺼림칙한데."

"어째서 이런 일을 하는지 그 이유를 잊지 마."

지금 기분은 나쁘지 않았다. 자신의 발로 서서 걷는다는 실감이 솟아올랐다.

그러나 이제 겨우 네 시가 되었을 뿐이다. 앞으로 남는 시간을 때워야 한다.

"어떻게 하지? 어떻게 하고 싶어?"

그녀는 고심했다. 둘이서 전화 부스에 들어가 있으니 눈에 띄는 모양인지 주유소 직원 한 사람이 이쪽을 바라보고 있다. 주로 그녀 쪽을 쳐다보고 있다. '쳇, 놀고 있네' 하는 얼굴이다. 만일 그가 교대해 준다고 하면 기꺼이 뛰어 들어올 것이다.

"뭐든 상관없어. 돈은 있어?"라고 그녀가 물었다.

사에구사라는 남자는 저래 봬도 꽤 고지식한 듯, 여행용 가방의 돈에는 손을 대려 하지 않았다. 생활비나 행동 자금은 자신이 낸다고 했고 실제로도 그렇게 하고 있다. 그리고 아까 헤어질 때에는 일만 엔 지폐가 몇 장 들어간 얇은 카드 지갑을 받았다.

─도쿄에서는 돈이 없으면 아무것도 할 수 없으니까 말이야.

그래서 '오타' 양과 만나는 상황을 고려하더라도 군자금은 충분하다.

"나, 영화를 보고 싶어." 그녀가 말했다. "눈은 안 보여도 보고 싶어. 밝고 즐거운 게 좋아. 뭐든 상관없어. 골라 줄래?"

"알았어."

"하지만 일본 영화로 해 줘."

"왜?"

"등장인물 속에서 마음에 드는 이름을 찾는 거야. 오타 씨라는 사람을 만나는데 이름이 없으면 안 되잖아. 응, 오빠?"

'오타'는 시간을 엄수하는 사람이었다. 민소매 폴로셔츠에 체크 스커트. 천으로 된 커다란 백을 어깨에 늘어뜨리고 한 손에 든 손수건을 자꾸만 코끝에 대면서 다가왔다. 약간 뚱뚱해서 땀을 많이 흘리는 체질인 모양이다.

"오히려 제가 죄송해요."

두 사람 앞에 앉아서 입을 열자마자 오타는 그렇게 말했다.

"제가 힘이 될 수 있는 일이 많을 것 같지는 않지만, 아버님께 도움이 될 만한 병원은 두세 곳 알고 있어요. 이것도 무슨 인연인 듯하니까 가르쳐 드릴게요."

정말 심성이 좋은 여성이다. 잘 보니 그렇게 젊지도 않다. 삼십 대―중반일까. 쇼트커트 머리와 화장기 없는 볼에 윤기가 흘러 젊어 보이는 것이다.

"다시 인사 드릴게요. 저는 오타 아케미입니다."

그와 그녀는 하시구치 노리오, 히데미라는 이름을 댔다. 아까 본 영화에 등장한 커플의 이름이다.

그는 긴장된 나머지 아케미를 불러낸 일을 후회하기 시작했다. 부친이 노이로제라서―라고 말을 꺼냈기 때문에 그럴싸한 얼굴로 거짓말을 끝까지 밀고 나가야 한다. 그러나 그도 그녀도, 거짓말을 위해 사전 준비를 할 생각은 미처 못 했다.

다행히 아케미는 두 사람의 '부친'의 증상에 관해서는 거의 질문하지 않았다.

"저는 그냥 사무원이라 병에 대해서는 모르니까"라고 말하고 그 대신 이곳저곳 병원의 이름을 대면서 비용은 어느 정도 들고 병원에 따라 치료 방법이 다르다는 등 현실적인 설명을 해 주었다.

"아버님은 물론 건강보험에 가입되어 있으시죠?"

"네? 아, 네."

"그렇다면 입원했다고 해도 드는 돈은 다른 병원에 갈 때와 비슷한 정도입니다. 특실이 있는 병원 같은 데만 가지 않으면 그렇게 걱정할 일은 없어요. 하지만 아까 전화에서는 아버님이 회사에서 지정한 병원에서는 진찰받고 싶지 않다고 하신 것 같은데 다른 병원이라면 괜찮다는 생각이신가요?"

"그렇……다고 생각합니다."

가공의 부친을 일관성 있게 유지해 가기는 꽤 힘들었다.

"그렇군요……. 아니, 이른바 노이로제 환자분 중에는 옆에서 봐도 꽤 이상할 만큼, 가족이 의사에게 진찰받기를 권하지만 본인이 완고하게 '그럴 필요 없어!'라고 우기는 케이스도 있거든요. 그런 사람은 억지로 입원시키면 도리어 역효과가 나는 경우도 있어요. 가족이 곁에 있고 따뜻하게 지켜보는 가운데 통원 치료로 진행하는 편이 좋죠."

"그렇군요."

"네, 미국 같은 곳에서는 그렇지 않지만 일본에서는 아직 정신과 의사에게 진찰받는다는 사실만으로도 벌써 엄청나게 부끄러운 일처럼 여기는 사람들이 많아요. 사회에서 낙오되어 버렸다고 생각하는 건지. 그거야 뭐, 요즘 사회에 마음의 병을 앓은 후에 나은 사람을 제대로 받아들여 줄 수 있는 도량도 설비도 없다는 점이 나쁜 거지만요. 그러면 안 되죠. 아무리 건강한 사람이라도 일생에 한 번은 병에 걸리잖아요? 그와 마찬가지로 마음도 아플 수 있고, 그게 유난히 특별한 일은 아니니까요."

"네에."

거듭 개탄하는 아케미에게 그는 애매하게 동의했다.

"사카키 선생님은 좋은 선생님이시죠." 이번은 하시구치 히데미가 된 그녀가 말했다.

"네에, 그야 물론." 아케미는 몸을 앞으로 내밀었다. 어쩌다 테이블 위의 커피잔에 팔꿈치가 부딪혀 호박색 액체가 튀었다. 아케미는 커피에 손도 대지 않았다.

"가족처럼 친절하게 환자분을 진찰해 주는 정말로 훌륭한 선생님이시죠. 치료가 끝나고 나서도 취직 뒷바라지나 사는 곳 걱정까지 해 주시니까."

열심히 그렇게 말한 뒤 아케미는 쑥스러운 듯 눈을 깔았다.

"덕분에 너무 많은 환자분을 봐 드릴 여력이 없어서 오늘처럼 문전박대당하시기도 해요. 죄송합니다."

"아니, 괜찮습니다. 상관없습니다."

"그 대신, 예를 들어 다른 좋은 병원이 있는가, 그런 문의라면 얼마든지 대답해 드립니다. 그러니까 저도 이렇게 여기 나온 거죠. 사카키 선생님도 그런 쪽으로 할 수 있는 게 있다면 환자분의 힘이 되어 주라고 언제나 말씀하세요. 선생님을 냉정하다고 오해하지 말아 주세요."

"알고 있습니다."

연기를 하고 있다는 긴장감 속에서, 그는 문득 아케미에게서 따뜻한 무언가를 느꼈다. 이 사람, 사카키라는 의사를 연모하는 게 아닐까.

"젊은 선생님이십니까?" 그녀가 물었다. 아케미는 끄덕인다.

"아직 서른여덟이시니까요."

"대학 병원에서도 환자가 온다고 하셨죠?" 이번에는 그가 묻는다.

"네에. 일주일에 이틀은 그쪽에서도 환자를 보세요."

"클리닉도 있고 양쪽으로 힘드시겠군요."

"그렇죠. 하지만 자기 클리닉을 가지는 게 꿈이었다니 어쩔 수 없는 거고……."

아케미는 끝부분에서 어쩐지 말을 흐렸다. "어쩔 수 없다"는 말투에도 그는 뭔가 걸리는 느낌을 받았다.

"사카키 클리닉에 입원 환자는 없습니까?"

"원칙적으로는 모두 통원입니다. 그렇지만 가끔 예외적으로 환자분을 맡는 경우도 있어요."

"지금은요? 아니, 아까 낮에 찾아갔을 때 사 층 창문으로 누군가 보였거든요."

"사 층?" 아케미는 고개를 갸웃한다. "아, 맞아. 있어요. 젊은 여자애가. 지난주 주말에 급환으로 들어왔어요. 선생님 아는 분의 따님인 것 같은데. 이런 경우는 특례라서요."

변명하는 듯한 말투였다.

"그런 일도 있는 법이겠지요. 그러면 사카키 클리닉에는 간호사 분도 있습니까?"

이번에야말로 아케미는 조금 의심스럽다는 얼굴을 했다.

"왜 그런 걸 알고 싶어 하시죠?"

"아니, 오늘 보니까 간호사 분이 전혀 없는 것 같아서요. 정신과란 데는 간호사가 없고, 다른, 카운슬러 같은 사람이 있나 했습니다."

아케미는 웃음을 터뜨렸다. "그렇지 않아요. 간호사도 다 있습니다. 우리 병원에는 무서운 사람이 있어요. 사카키 선생님의 감시 역."

"감시 역?"

아케미는 살짝 혀를 내밀었다. "어머나, 말이 지나쳤네. 뭐, 베테랑 간호사님이라는 의미예요."

이야기를 돌리기 위해 아케미는 손을 뻗어 컵을 들어 올렸다. 끝낼 때인가, 라는 생각이 들었다.

"이것저것 감사합니다. 가르쳐 주신 병원으로 가 보겠습니다. 마지막으로 한 가지만. 오타 씨, 전화에서는 알코올 중독 환자라면 다른 병원을 소개해 줄 수도 있다고 말씀하셨죠? 그건 무슨 말입니까?"

"아, 그거. 말씀드린 대로예요."

"좋은 병원이 있습니까?"

"정말로 좋은지 어떤지 모르지만, 다른 병원에서는 별로 좋아하지 않는 중증 알코올 의존증 환자도 받아 주는 병원이에요. 함께 생활하는 가족에게도 힘든 병이니까, 일단 입원시키고 싶을 때에 받아주는 곳이 있으면 좋잖아요?"

아케미의 말에 지금까지는 없던 가시 같은 게 느껴져서 그는 입을 다물었다. 그러자 아케미는 조금 목소리를 낮추고 말을 이었다.

"다만, 뭐, 별로 추천하고 싶지는 않아요. 사카키 선생님은 그곳으로 환자분들을 보내는 걸 꺼리는 것 같아서요. 하지만 오늘처럼 새 환자에 관한 문의가 있을 때에는 일단 묻기로 되어 있거든요. 그렇지 않으면 제가 안자이 씨에게 야단맞아요."

'안자이'란 그 접수대에 있던 여성이다.

"어째서 오타 씨가 야단맞습니까?"

약간 주저한 뒤 아케미는 쓴웃음을 지으며 대답했다.

"안자이 씨도 아까 말한 간호사와 마찬가지로 감시 역이니까요. 큰선생님 쪽에서 온 사람이죠."

"큰선생님?"

"네에. 사카키 선생님의 장인어른이요. 큰선생님이 원장을 하는 병원이 알코올 중독 환자를 기꺼이 받아 주는 병원이에요."

계속 듣고 있던 그녀가 오랜만에 입을 열었다.

"오타 씨는 그 큰선생님을 좋아하지 않는 것 같네요."

아케미는 웃었다. "네에. 기분 나쁘거든요. 아니, 멋진 신사같이 보이긴 해요. 하지만 눈빛이. 여자를 좋아하는 것 같고 여러 가지 소문도 들었고. 뭐 저 같은 뚱보에게는 눈길도 주지 않으니까 안심이지만."

뭐야, 그런 거였어 하고 그는 마음속에서 쓴웃음을 지었다. 정

신과 클리닉이라고 해도 병원에서 일하는 인간에게는 단순한 직
장이다. 여러 가지 일이 있어도 이상하지는 않다.

그런데 아케미는 앞으로 몸을 조금 내밀고는 목소리를 낮추어
이야기를 계속했다.

"이름을 말하면 당신들도 알지 몰라요."

"그 큰선생님 말입니까?"

"네에. 벌써 작년 이야기지만, 대단한 사건에 휘말린 사람이니
까."

"어떤 사건?"

아케미는 생각에 잠긴 듯 넉넉히 시간을 두고 나서 말했다.

"살인 사건이요."

그는 거의 동요하지 않았지만 그녀는 움찔한 것 같았다.

"기억나지 않아요? '사이와이 산장 사건'. 그 범인이 큰선생님
아들이었어. 피가 이어진 아들은 아니지만."

네, 정말입니까? 라는 반응을 기대하고 있었을 것이다. 아케미
는 눈을 빛내고 있다. 그러나 그는 '사이와이 산장 사건'이 어떤
사건인지 몰랐고, 흘끗 곁눈으로 살펴보니 그녀도 마찬가지 같
다.

"그…… 그런 대사건이었습니까?"

그가 묻자 아케미는 눈에 띄게 실망했다.

"어머, 당신들 몰라? 대소동이 난 사건이야. 엄청났으니까. 그
런 대사건을 모르다니, 이상하네."

그는 당황했다. 꾀를 내는 사에구사가 없으니 혼자서라도 헤쳐 나가지 않으면 안 된다.

그러자 그녀가 말했다. "집에서는 제가 이런 상태니까 신문도 구독하지 않고 텔레비전 같은 것도 별로 보지 않아요. 저와 이야 기가 맞아야 하니까요. 그렇게 하지 않으면 오히려 가족끼리 화제가 엇갈린다고 해서."

이번은 아케미가 몹시 당황할 차례였다. 통통한 손을 끊임없이 얼굴 앞에서 흔들며,

"어머, 그랬구나. 그러네. 좋은 가족이야. 나는 이 나이까지 아직 혼자 살잖아요? 텔레비전만 계속 봐요."

그는 테이블 밑에서 가볍게 그녀의 손등을 두드려, 고맙다는 뜻을 전했다. 그러고는 물었다.

"그 '사이와이 산장 사건'에 대해 가르쳐 주시겠습니까."

아케미는 다시 힘을 내어 고쳐 앉으며 등을 쭉 폈다.

"살해당한 사람은, 우리 큰선생님이 아는 사람 두 분, 한쪽 분의 부인, 다른 한쪽 분의 따님. 이름은 잊어버렸는데……."

"네 사람?" 그는 놀랐다. "그렇게 많은 사람들이 한 번에?"

"네에. 범인―큰선생님 아들은 말이죠, 다카시라는 아이인데, 양아치처럼 자라 버렸거든요. 야쿠자와도 친해진 건지 권총을 들고 있었어. 총으로 쏴 죽인 거죠."

순간 그는 숨을 멈추었다. 권총?

그녀가 무릎걸음으로 다가가듯이 아케미 쪽으로 몸을 내민다.

"대체 왜? 왜 그런 짓을?"

아케미는 머리를 쓸어 올려 긁었다. "원래 난폭한 아이였던 것 같아요. 큰선생님도 애를 먹었다고 하고."

"그렇지만 그냥 난폭하다고 해서 부친의 아는 사람 가족을 네 명이나 쏴 죽이지는 않잖아요?"

아케미는 얼굴을 일그러뜨렸다.

"아무래도 다카시라는 애는 쏴 죽인 따님을 건드릴 심산이었던 것 같아요. 전혀 상대를 해 주지 않은 모양이지만. 그래서……."

"지독해." 그녀가 눈을 내리깐다.

"네에. 정말로 지독한 이야기죠. 아무리 혈연관계가 아닌 아들 일이라 해도, 큰선생님이 텔레비전 인터뷰에서 무릎을 꿇고 사죄를 했으니까. 뭐 그걸로 세간의 동정을 받아서 오히려 잘된 일일 수도 있겠지만. 원래 다카시라는 애는 선생님과 함께 산 것도 아니었어요. 집을 뛰쳐나가 어디로 갔는지도 모르던 아이였단 말이죠."

"그런 일이 있었어요?"

아케미는 천연덕스럽게 말했다. "큰선생님, 세 번 결혼했으니까. 다카시라는 애는 두 번째 부인이 데려온 아이예요. 부인 쪽은 큰선생과 결혼해서 일 년쯤 뒤에 돌아가셨고. 지금 부인이 들어왔다는 거지. 복잡해요, 어쨌든. 첩도 둔 것 같고."

아케미의 얼굴에서 시선을 돌린 그는 생각했다.

그 팩스를 발신한 사카키 클리닉의 관계자가 그런 참담한 사건과 관련이 있었다. 그것도 권총이 사용된 살인 사건이다.

우리 두 사람과도 관계가 있는 일이라면? 만일, 그렇다면…….

그는 날카롭게 얼굴을 들었다. "저어."

"네?"

"그 사건, 어디서 일어났습니까? 사이와이 산장은 어디에 있었습니까?"

아케미는 바로 대답했다. 현 이름을 말하고, "그곳에 있는 가타도라는 곳이에요. 큰선생님 병원도 같은 동네에 있어요. 사이와이 산장이 있는 곳은 병원보다도 훨씬 바다 쪽 별장지이지만."

"거기, 센다이에서 멉니까?"

"어디? 센다이?" 아케미는 눈을 휘둥그레 떴다. "어째서 센다이가 나와?"

그와 그녀의 기억 속에 간신히 남아 있는 지명이다. 그는 힘을 냈다.

"가르쳐 주시면 좋겠습니다. 부탁드립니다."

아케미는 그의 기세에 눌린 듯 테이블에서 약간 몸을 빼고 그들의 얼굴을 둘러보면서 대답했다.

"뭐, 차로 갈 수는 있겠지. 도로가 통하니까."

"딱 하나만 더요."

"뭐예요?"

"그 사건, 언제 일어났습니까?"

아케미는 이제 엉거주춤한 자세가 되어 있다. 눈을 깜빡거리면서 대답했다.

"작년 크리스마스이브."

그의 머릿속에, 첫날 아침 눈뜨기 직전에 꾸던 꿈속 기억이 되살아났다.

—오늘은 크리스마스이브니까.

23

팰리스 신카이바시에 돌아왔을 때는 이미 밤이 되어 있었다. 건물 앞에서 택시를 내리자 로비에 있던 사에구사가 뛰어 나왔다.

"대체 어떻게 된 거야? 뭘 했어? 무슨 일 있었나, 응?"

안색이 진짜 변해 있었기 때문에 그는 조금 의외라고 생각했다. 여행용 가방 안의 돈을 목적으로 권총을 앞세워 맺은 고용 계약인데, 사에구사가 낭패한 모습에서 다정한 염려가 느껴졌기 때문이다. 무심코 "죄송합니다"라고 말해 버렸다.

"사과할 건 없어. 그래도 걱정했잖아."

"걱정 끼친 만큼의 성과는 있었습니다."

그는 사에구사를 쳐다보며 물었다.

"사이와이 산장 사건이라는 것을 아십니까?"

몇 초 동안 사에구사는 우뚝 선 채 그를 응시하고 있었다. 입에서 말이 나오기 전에 울대뼈가 꿈틀 움직였다.

"어떻게 그 사건을 알고 있지? 혹시 기억이 돌아왔나?"

그는 두 번째 질문에는 고개를 흔들었다.

"이야기하면 길어집니다."

"안으로 들어가지." 사에구사는 문 쪽을 턱으로 가리켰다. "너무 놀라게 하지 말아 줘. 나도 사카키 클리닉에 세워져 있던 차를 조사해서 그중에 사건 관계자의 차가 있다는 사실을 알고 놀란 참이거든."

706호실 테이블 위에는 신문이나 잡지를 오려 낸 기사들이 잔뜩 어질러져 있었다. 전부 사이와이 산장 사건에 관한 내용뿐이다.

사에구사는 우선 그와 그녀의 보고를 듣고 싶어 했다. 그가 설명을 하는 사이에 연거푸 쇼트호프를 피웠다,

다 듣고 나자 "그런데 잘도 그런 짓을 할 기분이 들었군" 하고 나직이 말했다.

"오타 아케미라는 분이 친절한 사람 같아서."

"그리고 나한테만 맡겨 두면 어쩐지 불안하니까, 라는 이유인가."

속이 뜨끔해서 그는 대답을 할 수 없었다.

"뭐, 괜찮아. 대신 하나만 말해 줘. 당신들 둘 다 오타 아케미에게 이야기를 들었을 때 직관적으로 사이와이 산장 사건은 본인들과 관계가 있을지도 모른다고 생각했나?"

그녀가 눈을 휘둥그레 뜨고 그가 있는 쪽을 올려다보았다. 그는 끄덕였다.

"네에, 그렇게 생각했습니다. 권총이 좀처럼 손에 넣을 수 있는 물건은 아니니까. 아무데나 뒹굴고 있는 칼 따위와는 차원이 다르잖습니까."

사에구사는 두 사람을 지그시 바라보고는 불을 막 붙인 장초를 기세 좋게 눌러 껐다.

"알았어. 그러면 이번엔 내 차례군" 하고 의자를 당긴다.

"사카키 클리닉 앞뜰에 세워져 있는 차는 다섯 대, 그중 한 대는 야베 제약 거였으니 나머지 네 대를 조사했지. 이 목록이 그 소유주다."

사에구사는 그와 그녀에게 발급받은 상세 등록사항 증명서를 보이며 소유자의 주소 성명란을 손가락으로 가리켰다.

"네 대 중, 한 대 있던 국산 차는 안자이 유코가 소유주. 그 접수대에 있던 여자일 거야. 아무래도 자기 차로 통근하는 것 같아. 나머지 세 대는 전부 외제 차였지? 제일 안쪽에 있던 하얀 벤츠의 소유주가 무라시타 다케조. 가타도 우애병원이라는, 규모 면에서는 일본에서도 유수의 정신과 전문병원 원장이다."

깜짝 놀란 듯 얼굴을 들어 그녀가 말했다. "그 사람이 오타 씨가 말하던 '큰선생님'일까."

사에구사는 끄덕였다. "그렇게 봐도 틀림없을 거다. 사카키 클리닉 원장인 사카키 다쓰히코는 무라시타 다케조의 사위니까. 벤츠 옆에 있던 실버그레이 폰티악이 사카키의 차야. 그리고 세 번째가……."

사에구사는 세 번째 등록증을 가리켰다.

"포르셰야. 다케조의 장남인 무라시타 가즈키 차지. 아무래도 오늘 우리가 방문한 사카키 클리닉에서 무라시타 일가가 가족 회의라도 했던 모양이군."

사에구사는 어질러 놓여 있는 오래된 기사들 아래에서 메모를 꺼냈다.

"사이와이 산장 사건의 본론에 들어가기 전에 무라시타 집안의 가족 구성을 설명해 두지. 이것을 모르면 감이 잡히지 않을 테니."

메모에는 간단한 가계도가 그려져 있었다.

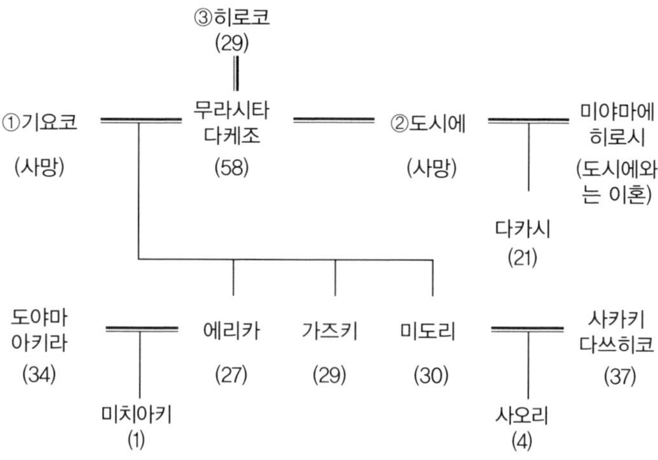

"괄호에 적은 숫자는 사건 당시의 나이. 부인 세 사람의 이름 앞에 있는 숫자는 다케조와 결혼한 순서야."

그림을 보니 그도 오타 아케미가 '큰선생님은 기분이 나빠서'라고 말한 이유를 납득할 수 있었다. 이혼과 재혼을 되풀이하고 심지어 지금은 자기 딸보다 어린 여자와 결혼한 남자다.

그녀에게도 무라시타 집안의 가족 관계를 되도록 알기 쉽게 들려주었다. 그녀는 몇 번쯤 되물었지만 이해한 것 같았다.

"무라시타 다케조는 아까도 말했듯이 가타도 우애병원이라는 큰 병원을 경영하고 있어. 본인도 정신과 의사여서 직접 환자 진찰도 하고 있다. 딸 둘은 의사가 아니지만 둘 다 정신과 의사와 결혼했지. 장녀 미도리의 남편이 사카키 클리닉의 사카키 다쓰히코, 차녀 에리카의 남편인 도야마 아키라는 가타도 우애병원의 부원장이다. 여기까지는 됐지?"

"네, 알겠습니다."

"다음으로 장남인 가즈키. 그도 의사는 되지 않았어. 도쿄에 살고 사건 때 보도된 내용을 보면 술집을 경영하는 듯해."

"미도리, 가즈키, 에리카 세 사람은 모두 첫 부인인 기요코에게서 태어난 자식이죠? 두 번째 부인인 도시에와 지금 부인인 히로코에게서는 아이를 얻지 못했고요."

"그렇지. 다음은 사이와이 산장 사건의 범인, 문제의 미야마에 다카시의 등장이다."

사에구사는 몇 장쯤 뭉쳐 스테이플러로 고정시킨 기사를 꺼냈다. 잡지 특집기사 같다. 페이지를 비스듬하게 가로질러 '〈사이와이 산장 사건〉 흉악범의 과거에 무엇이 있었나'라는 헤드라인이

크게 박혀 있다.

"원래 도시에와 다케조가 알게 된 계기부터가 다카시 때문이었어. 다카시는 열여섯 살 때—즉, 지금으로부터 육 년 전—다니던 고등학교에서 교사를 때려 정학 처분을 받았지. 그 후에도 폭력적인 행동이 그치지 않아서 생각다 못한 도시에가 당시 등교거부나 가정 폭력을 휘두르는 아이를 적극적으로 치료하기로 유명한 가타도 우애병원에 상담하러 갔어. 다카시는 입원했고 모친인 도시에가 문병이나 상담을 위해 드나들다가 원장인 다케조와 친밀해졌다—는 거지. 당시 다케조의 첫 아내인 기요코는 이미 죽은 상태였고. 미야마에 도시에도 남편과 잘 지내지 못했던 것 같아. 다카시 일이라든지 뭐 원인은 여러 가지 있었겠지. 그러니까 도시에가 남편과 헤어져서 다케조와 재혼하는 데에도 이렇다 할 장애는 없었어. 전처의 자식인 미도리, 가즈키, 에리카 세 사람은 이미 성인이었고.

가타도 우애병원은 육 년 전에 이미 일본에서도 손꼽히는 큰 병원이었어. 총 입원 환자 수가 팔백여 명이라고 하니까. 대단하지? 그런 원장의 결혼식이니까 재혼이기는 해도 도시에와 올린 결혼 피로연은 성대했어. 도쿄에 있는 호텔에서 식을 올렸는데 국회의원들이 줄줄이 출석했다고 해."

"아무리 그래도 병원 의사일 뿐이잖아요?" 그녀가 눈을 깜빡거린다.

"뭐. 그렇기는 하지만 무라시타 다케조라는 남자는 의사라기보다는 오히려 실업가야. 한때는 도쿄에서도 호텔 경영에 손을 댄 적이 있어. 표면에 드러난 사업은 아니었지만 말이지.

지금도 다케조는 도쿄에 집을 갖고 있어. 가타도에 터전을 굳히면서 도쿄 진출도 포기하지 않았지."

사에구사는 또 다른 오래된 기사를 집어 들었다.

"그의 출신지는……"이라고 말하더니, 두 사람을 휙 둘러보고는 말했다. "이건 나중에 나오는 이야기에 관련된 거니까 기억해 둬. 다케조의 출신지는 미야기 현 쇼토 군이라는 곳이야. 집은 농가였고 차남. 어릴 때부터 이른바 수재로 가족들의 기대를 한 몸에 받았겠지. 의대에도 단번에 붙었어. 물론 국가고시도.

면허 취득 후에는 사 년 정도 대학 의국에서 일했지만, 스물일곱 살 때에 첫 부인인 기요코와 맞선을 통해 결혼하고 이 년 후 그녀의 친정이 있는 가타도 읍으로 옮겨. 위치상 어디 근처에 있는가 하면……." 사에구사는 간토 지방 지도를 끄집어냈다.

"보소 반도 북동쪽이다. 이것 봐, 등고선이 바다 가까이까지 생긴 곳이 있지? 이곳에 '가타도'라는 역이 있어. 기후는 좋고 바다도 아름답고, 분명 매력적인 곳이야."

사에구사는 지도를 덮고 이야기를 계속했다.

"성은 바꾸지 않고 '무라시타'를 그대로 사용했지만 다케조에게는 실직적으로 데릴사위로 들어간 거나 마찬가지인 결혼이었던 것 같아. 기요코의 부친은 가타도 읍에서 작은 내과의원을 열고 있었지. 환자가 다섯 명만 와도 대기실이 가득 차는 동네 병원이야. 하지만 이 검소한 의원이 후일 가타도 우애병원의 모체가 되었지. 모두 무라시타 다케조의 능력 하나로.”

사에구사의 목소리를 들으면서 그는 근처에 있던 오려낸 기사를 손에 들어 보았다. 사진 잡지에서 스크랩한 듯, 커다란 흑백 사진이 실려 있었다.

몸집이 작고 날씬한, 어딘가 여성적인 몸매의 남자가 찍혀 있다. 머리카락 숱은 상당히 적었고 가는 목 주위는 피부가 꺼칠해 보인다. 호텔 같은 곳에서 나오는 모습을 찍은 사진이다. 뒤에 도어맨의 모습이 보인다. 훤칠한 도어맨과 비교하면 가운데에 있는 남자는 어쩔 수 없이 초라해 보였다.

가운데 남자가 바로 무라시타 다케조다.

머리 안쪽에서, 뭔가가—새까맣게 어두운 심상이 갑자기 떠올랐다가 사라졌다. 그는 느꼈다. 이 남자와 만난 적이 있다. 언젠가 만난 적이 있다.

사진에서 눈을 뗄 수가 없었다.

“그냥 보면 그렇게 거물로는 보이지 않지?” 사에구사가 말한다. “하지만 무라시타 다케조는 가타도 읍 사람들에게는 입지전적인 인물이야. 개인이 출세한 방법도 훌륭하지만 가타도에 대한 공헌도도 훌륭하다는 거지.

농업 이외에는 이렇다 할 산업이 없는 가타도 읍에 우애병원 같은 커다란 시설은 도깨비 방망이 같은 존재니까. 병원을 중심으로 식료품이나 일용품의 수요가 생기고, 입원 환자를 병문안하러 오는 사람들을 위해서 여관도 필요하고 택시도 사용하게 되지. 자가용으로 오는 사람들을 위해서는 주차장이나 주유소가 필요하고. 물론 우애병원 자체도 여러 형태로 일손이 필요하고, 고용을 기대한 사람들이 모이면 자연스레 오락시설이나 술집도 장사가 되지. 그렇게 읍 전체에 활기가 생기면 은행도 지점을 두게 돼. 도로 건설 유치도 되고 역도 지을 수 있지. 결과적으로 부동산도 움직이기 시작한다. 가치가 올라가. 좋은 일뿐이라는 말이야. 발전하지 않는다면 거짓말이고, 현실적으로도 발전해 왔다. 아까부터 '읍'이라고 하지만 실질적으로는 이미 가타도 시라고 해도 될 정도의 인구를 거느리고 있어. 이게 전부 무라시타 다케조의 덕이라는 말씀이지."

"그리고 읍이 풍요로워지면 무라시타 집안도 더더욱 번영한다?"

"그렇지. 제대로 알아듣고 있군. 현재 무라시타 일족은 병원 외에도 부동산 회사나 주차장, 호텔, 레스토랑 따위를 경영하고 있어. 작은 재벌이야. 읍의 의회 선거에서 보수파 · 혁신파가 격돌하지만 두 진영 모두 선거 자금은 다케조에게 받고 있고—그런 거지."

사에구사는 쓴웃음을 지었다.

"무라시타 저택과 가타도 우애병원의 웅대한 건물은 가타도 읍에서 가장 높은 곳에 세워져 있어. 읍 서쪽에서 하계를 내려다보고 있지. 해도 그곳에서 져. 실제로 가 본 적도 있는데 뭔가 상징적인 느낌이 들더라.”

“가타도 읍에 간 적이 있습니까?”

“있고말고. 나는 저널리스트 나부랭이라고 했잖아? 사이와이 산장 사건 때는 저널리스트라는 이름이 붙은 패거리는 전부 바닥까지 싹싹 긁어서 끌려 나갔어. 모두 뛰어다녔지.”

멍하게 벽 쪽에 눈길을 주고 있던 그녀가 사에구사의 목소리가 들려오는 쪽으로 얼굴을 돌렸다.

“무라시타 집안이 그런 유력한 가문이라면, 사이와이 산장 사건은 엄청난 스캔들이었겠네요? 혈연관계는 아니라고 해도, 무라시타 다케조의 자식이 일으킨 살인 사건이니까.”

“맞아.” 사에구사는 말했다. “그러나 다케조라는 남자는 실로 훌륭했어. 의붓아들이 일으킨 사건에 정면으로 부딪쳤지. 결코 달아나지 않았어. 기자회견도 했고 텔레비전에도 나가 ‘자식의 일이라고는 해도 책임은 자신에게 있다’고 확실히 말하고 꿇어앉아 고개까지 숙였어. 물론 피해자 유족에게는 그 이상 없을 정도로 깊이 사과했고 금전적으로도 지나칠 정도의 배상을 했지.”

사에구사가 무라시타 다케조라는 남자를 묘하게 편들고 있다는 느낌이 들었다. 누군가 특정 인물을 가리켜, ‘훌륭했다’라는 직설적인 단어를 쓰는 모습은 어쩐지 어울리지 않았다.

“의외로 연기였을지도 모르잖습니까”라고 말해 보자, 사에구사는 힘주어 고개를 가로저었다.

“다케조는 그런 약삭빠른 짓을 할 수 있는 남자가 아니야. 그는 정말로 다카시를 염려했어."

"혈연관계도 아닌데?"

"아니니까 더더욱 그랬지." 사에구사가 강조한다. "다케조의 태도가 단호했기 때문에 실제 무라시타 일가에 대한 비난은 의외일 정도로 약했어. 사건의 잔학함을 고려하면 믿을 수 없을 정도였지. 그러나 무엇보다도 다케조는 다카시를 사랑했을 거라고 생각해. 마음의 빚도 있었을지 모르고."

이번은 '사랑했을'이다. 사에구사의 말이라고는 생각할 수 없다.

"마음의 빚?"

"그래. 도시에는 다케조와 결혼한 지 일 년 뒤에 자동차 사고로 죽었어. 짧은 결혼생활이었지. 그때 다카시는 열일곱 살이었고 모친의 죽음과 동시에 집을 뛰쳐나갔어. 생모를 잃은 후, 의붓 가족과 계속 살아갈 자신이 없었을지도 몰라. 다카시를 그런 식으로 몰아넣은 일을 다케조는 계속 후회했던 것 같아. 그렇기 때문에 사이와이 산장 사건 후에도 곧바로 뚜렷한 태도를 취할 수 있었을 거야."

사에구사의 목소리를 들으면서 그는 기사 몇 개와 사진을 훑어 보았다. 다케조가 무릎 꿇고 절하는 장면도 있다. 정수리의 옅은 머리카락이 바닥에 붙어 있다.

"원래 다케조와 도시에의 재혼은 원만하지 않았어. 다카시가 날뛰고 있었거든. 일 년 사이에 두 번이나 상해 사건을 일으켰어.

두 번 다 다케조가 손을 써서 합의했지. 그렇지 않았으면 다카시는 훨씬 전에 소년원에 갔을 거야.”

그런 의붓아들을 진심으로 사랑할 수 있을까—하고 그는 생각했다.

“다케조는 다케조대로 어떻게든 다카시와 나름의 부자관계를 만들고 싶다고 생각했을 거야. 그러나 그것도 도시에가 죽는 바람에 불가능해졌어. 일단 뛰쳐나간 후에 다카시는 무라시타 집안 근처에 거의 오지 않았거든. 일 년에 한 번 모친의 기일에 가타도 읍에 있는 묘에 꽃을 들고 올 뿐, 의붓아버지도, 혈연관계가 아닌 형제자매들도 만나지 않고 또 어딘가로 가 버린다. 그렇게 살고 있었어. 그래도 다케조는 어떻게 할 수 있다는 희망을 버리지 않았던 듯 몇 번이나 다카시를 찾았지. 흥신소까지 고용하면서 말이야. 나로서는 다케조가 열심히 했다고 생각해. 다카시 건으로 다케조를 탓하는 건 불쌍해.”

그녀가 의견을 구하려는 듯이 그에게 얼굴을 향했다. 그는 무라시타 다케조의 사진에서 눈을 들고 사에구사를 보았다.

“왜 그래?” 사에구사가 묻는다.

“저는 무라시타 다케조라는 사람을 만난 적이 있어요.”

그녀가 작게 숨을 삼키고 손을 더듬어 그의 팔꿈치를 찾아 그곳에 손바닥을 얹는다. 따스한 온기가 전해져 왔다.

“확실해?”

“네, 아마도.”

사에구사는 쇼트호프 담배갑으로 손을 뻗어 서둘러 불을 붙였다. 두세 번 연기를 내뿜고 나서 말했다.

"실은 그럴 수도 있지 않을까, 나도 짐작하고 있었어. 그 사카키 클리닉이 사이와이 산장 사건의 무라시타 집안과 관계가 있다는 걸 알았을 때부터 말이야."

그녀의 손을 한 번 꼭 쥐고 나서 그는 말했다.

"사건 자체에 관해서 이야기해 주십시오."

사에구사는 또 다른 기사를 집어 들었다.

"사건이 일어난 때는 작년 크리스마스이브"라고 그전보다 낮은 목소리로 시작했다.

"사이와이 산장이란 재작년쯤부터 시작한, 가타도 읍 개발 사업 중 하나야. 가타도 읍은 면적이 넓은데다 동서로 가늘고 길어. 그래서 읍의 동쪽 끝은 바다를 마주하고 있지. 그렇다고는 해도 산에서 갑자기 바다로 떨어지듯 급한 경사지라서 해수욕은 무리야. 파도도 거칠고. 그래서 옛날부터 관광지로서의 이용가치는 없다고 여겼지.

그런데 요즘에는 해변에서 하는 레저가 꼭 해수욕만 있는 건 아니거든. 가타도 읍도 전체적으로 여력이 붙어서 드디어 그 주변까지 머리가 돌아가게 됐겠지. 도쿄에서 당일치기 가능한 거리에 있는, 아직 사람 손길이 닿지 않은 땅. 게다가 경치까지 좋아.

다만 이 재개발 사업에는 무라시타 다케조가 관여하지 않았어. 토지도 산림도 전부 개인 사유지였고, 지주가 도쿄의 업자와 계약해서 시작한 일이었지. 그들은 우선 지형을 그대로 이용한 골프장을 만들었어. 바닷바람에 강한 잔디를 심고, 외국의 권위 있는 설계자에게 맡긴 특별 코스로 클럽하우스에도 돈을 들였어. 그렇게 하고 다음은 산뜻한 리조트호텔, 야간 경기 설비를 겸비한 테니스 코트, 천장을 개폐할 수 있어서 일 년 내내 쾌적하게 쓸 수 있는 실내 풀처럼 판에 박은 시설을 갖추었지. 마지막 단계로 드디어 별장지를 잘라 팔기 시작했어. 사이와이 산장은 그렇게 팔려고 내놓은 초기 매물 중 하나였지."

사에구사는 그에게 얇은 팸플릿을 건네주었다. '기후가 온화하고 경치 좋은 땅 가타도에서 리조트를 해 보시지 않겠습니까'라고 찍혀 있다.

"제1기로 분양된 열두 채는 한 달 정도 사이에 다 팔렸어. 그게 작년 9월. 도쿄에서 가깝고 물건으로서는 좋은 매물이니까 당연하지. 문제의 사이와이 산장은 그 열두 채 중 하나로 바다와 가장 가까운 위치에 있었어. 뒤뜰에서 울타리 하나 넘어서 한동안 걸으면 눈앞이 아찔해지는 절벽이 기다리고 있지. 그런 의미에서 어린아이가 있으면 위험하지만 대신 경치는 제일 좋았으니까." 그는 팸플릿을 뒤적여 보았다. 사에구사의 말대로 바다와 산으로 둘러싸인 녹색 토지에 푸른 하늘이 보인다.

"사이와이 산장을 산 구매자는 미요시 가즈오와 오가타 히데미쓰라는 남자들이었어. 공동 구입이야. 어린 시절부터 친구이자 동급생으로 계속 친한 사이였대. 둘 다 미야기 현 쇼토 군 출신이었거든. 누구랑 똑같지?"

아까 사에구사가 기억해 두라고 말했던 내용이다.

"무라시타 다케조."

"그래. 미요시 씨도 오가타 씨도 다케조를 알고 있었지. 초·중등학교 시절에 책상을 나란히 하고 보냈을 테니까. 하지만 고등학교·대학교는 따로따로였고 어른이 되고부터는 별로 소식을 알 기회가 없었어. 어쨌든 다케조는 고향을 떠나 버렸으니까. 둘 다 사이와이 산장을 샀을 때, 향토의 유력자 중에 무라시타 다케조라는 인물이 있다는 사실을 알게 되었고 비로소 몇십 년 전의 오랜 친구와 재회할 기회가 왔지. 완전히 우연이었어."

그 우연이 결과적으로는 비극의 원인이 되었다.

"그들은 재회를 기뻐했어. 다케조는 가족을 데리고 별장에 올 때에는 꼭 자기 집에도 들르라고 두 사람에게 권했지. 그리고 미요시 가족과 오가타 가족이 작년 크리스마스에 처음으로 사이와이 산장을 이용하러 왔을 때 그들을 집에 초대한 거지. 두 가족 모두 초대를 받아들였고."

사에구사는 말하고 한숨을 내쉬었다.

"작년 12월 23일."

이야기에는 점점 마음이 무거워지는 내용이 담겨 있는 모양이다. 사에구사는 잠시 쉬듯 시간을 두고 나서 계속했다.

"미요시 씨는 딸을 하나 데리고 왔어. 그는 홀아비 몸으로 두 딸을 키웠거든. 함께 온 아이는 작은 딸이었는데 이름은 유키에,

스무 살이었지.

오가타 씨 쪽은 부인을 데리고 왔지. 이쿠코라는 이름으로 당시 쉰 살. 그들 사이에는 아들이 하나 있었지만 함께 오지는 않았고.

무라시타에게 초대받아 간 사람은 이 넷이었어. 마침 같은 때에 다카시도 가타도 읍에 돌아와 있었고. 처음에 이야기했지? 다카시는 모친의 기일에 성묘하러 온다고. 그게 12월 23일이었던 거야.”

그다음부터는 신문에서 읽은 내용을 고스란히 베꼈지만, 이라며 서론을 꺼내고 사에구사는 말을 이었다.

“무라시타 집안의 보리사菩提寺조상 대대로 위패를 안치하여 명복을 비는 절도 묘도 무라시타 저택에서 산을 조금 올라간 곳에 있어. 다카시는 그곳에 갔다가 내려올 때 의붓아버지 집에 도착한 낯선 방문객을 발견했지. 게다가 한 사람은 젊고 귀여운 여자 아이야. 실제로 미요시 유키에는 무심코 사람을 돌아보게 할 정도로 미인이었지.

다카시는 즉시 유키에를 점찍었어. 원래 부친과는 잘 지내지 못했으니까 그의 집에 온 손님 딸이라는 것 따위 상관하지 않았지. 어떻게 유키에에게 접근하지 못할까 하고 다카시는 그날 드물게 무라시타 집안에 얼굴을 내밀어서 가족을 놀라게 했던 모양이야.”

여기까지 들으면, 저녁때 오타 아케미가 이야기해 준 내용과 맞추어 보아 사이와이 산장 사건이 어떠한 경과로 발생했는지 그도 충분히 상상할 수 있었다.

"다카시는 유키에를 손에 넣으려고 결과적으로 부친의 얼굴에 먹칠을 하는 짓이라도 했습니까?"

그가 묻자 사에구사는 무뚝뚝하게 끄덕였다.

"사건 후 경찰 취조 때, 무라시타 다케조는 제일 먼저 그 건을 말했다고 해. 다카시는 집에 있는 사람들이 안 보는 틈을 타 유키에를 꾀어내려고 했다더군. 그녀가 무서워하면서 큰 소리를 지르는 바람에 실패로 끝났지만."

"그러면 다음 날 일어난 사이와이 산장 사건은 분풀이라는 겁니까?"

"크리스마스이브 심야 영시쯤의 일이었어." 사에구사는 귀퉁이가 약간 노래지기 시작한 신문 기사를 들어 올려 얼굴을 가렸다.

"경찰은 다카시가 든 총은 그저 협박용이었을 것이다—라고 했어. 처음에는 말이지. 그로서는 유키에만 몰래 끌어낼 수 있으면 되었을 테지. 하지만 미요시 씨나 오가타 부부에게 들켰고 예상 밖으로 심하게 저항해서 쏘는 지경이 되어 버렸다—고 해."

그는 재빨리 말했다. "하지만 다카시는 사이와이 산장의 전화선을 잘랐어요. 그렇지 않습니까?"

사에구사는 눈을 휘둥그레 떴다. "어떻게 알았어?"

"꿈에서 봤습니다."

—전화선이 잘려 있다.

"또 하나. 다카시가 사용한 권총은 우리 집에 감춰져 있던 총과 비슷하지 않습니까? 아니, 똑같을지도 몰라.”

사에구사가 훌쩍 일어나 안쪽 방으로 들어간다.

“어떻게 된 거야? 무슨 말을 하고 싶어?”

그에게 몸을 가까이 대듯이 해서 그녀가 속삭였다. 권총을 손에 든 사에구사가 되돌아왔다.

“이 녀석은 밀조된 거야.”

그렇게 말하면서 오른손으로 가볍게 두드리는 시늉을 하니 마치 상자 뚜껑이라도 열리듯 쉽게 탄창이 주르륵 밖으로 빠져나왔다.

총알은 들어 있지 않았다. 여섯 개의 구멍이 이빨 빠진 짐승의 입처럼 보였다.

“지금은 장전하지 않은 상태야. 하지만 처음 당신들이 맡았을 때는 분명 여섯 발이 채워져 있었지?”

“네, 그랬습니다.”

사에구사는 바지 뒷주머니에 손을 넣고 유쾌한 게임이라도 시작하듯 갑자기 웃는 얼굴이 되었다. 주머니에서 손을 꺼내자 총알이 들려 있었다.

그는 오싹했다. 언제 들고 나갔을까?

“총알은 내가 맡았을 텐데.”

“그런 딱딱한 소리 하지 마시고.”

한 발, 한 발, 확인하듯 장전해 간다. 가만히 지켜보는 그의 눈에 탄창의 구멍을 채워 가는 작업은 돌이킬 수 없는 파멸로 향하는 키워드를 찾는 낱말 맞히기 퍼즐처럼 보였다.

손가락을 움직이며 사에구사는 말했다.

"나도 이 총이 미야마에 다카시가 살인에 쓴 총인지 어떤지는 판단할 수 없어. 다카시가 사용한 총은 구경이 45구경에 탄도가 약간 왼쪽으로 쏠리는 경향이 있는 상당히 위험한 총이라는 것밖에 몰라. 아마 밀조 권총일 거야. 모델로서는 실제로 경찰관이 쓰고 있는—이랄까 휴대하고 있는 경찰 권총, '뉴난부'와 비슷한 타입이 아닐까 추정되는데."

사에구사는 탄창을 원래대로 되돌렸다. 덫이 다물릴 때와 같은 소리가 났다.

"추측밖에 할 수 없는 이유는 네 사람을 사살하는 데에 쓴 권총 자체가 행방불명되었기 때문이야. 다카시가 사귀던 패거리—주로 도쿄에서지만—중에는 분명 필리핀 쪽에서 만든 권총을 국내에 들여오는 일을 맡던 폭력단 조직원이 있었어. 하지만 그 선을 추궁해도 다카시가 어떤 총을 손에 넣었는지 확정할 수는 없었지."

"다카시는 어떻게 됐습니까? 체포되지 않았습니까?"

사에구사는 바로 대답하지는 않고 천천히 시선을 올려 그를 쳐다보았다. 그도 사에구사를 쳐다보았다.

일 초 일 초, 호흡하는 것조차 답답한 시간이 흘렀다. 바로 옆에 있는 그녀의 숨결이 아득한 저편에서 들려오는 듯 느껴졌다.

사에구사는 권총의 총구를 이쪽으로 돌려 양손으로 두르듯이 해서 떠받쳤다.

"여기 이 거리에서 당신을 쏘면,"

한쪽 눈을 감고 조준을 하면서 말한다.

"당신은 뒤쪽 벽으로 날라간다. 등에는 커피잔 정도의 커다란 구멍이 뚫리지."

"무슨 소리야?"

그녀의 목소리가 약간 허둥거렸다. 말끝이 갈라져 있었다.

자신의 팔꿈치 위에서 천천히 그녀의 손을 치우고 그는 말했다.

"다카시의 권총뿐만이 아니라 다카시 본인도 행방불명이 되지 않았습니까? 즉, 사이와이 산장 사건의 범인은 아직 체포되지 않은 거지요."

그녀는 두 손으로 입을 막았다.

"미야마에 다카시가 제 이름입니까?" 그가 말했다. "도망 도중 어떤 사고로 기억을 잃어버리고 의붓아버지인 무라시타 다케조나 그의 사위인 사카키 다쓰히코가 숨겨 주고 있는—그런 상황 아닐까요?"

사에구사는 천천히 입 끝을 일그러뜨리며 웃었다.

"그렇게 앞질러 가지 마."

사에구사는 갑자기 흥미를 잃은 듯이 팔을 내리고는 등을 휙하니 돌렸다.

그때 안쪽 방에서 전화가 울리기 시작했다. 호출음이 한 번, 두 번 울리고 멈춘다. 대신 뭔가 슈슈 하고 문지르는 소리가 희미하게 들려온다.

사에구사가 선언하듯이 확실히 말했다.

"미야마에 다카시는 죽었다."

"죽었다……."

"사이와이 산장에서 달아나는 도중 절벽에서 떨어졌어. 한밤중이라서 길을 잘못 들었겠지. 새벽녘이 되어 산속을 뒤지던 무리가 절벽 위에서 시체를 발견했지만, 깎아지른 절벽의 아래였던데다 반쯤 바닷속에 잠겨 있고, 반쯤 바위에 얹혀 있는 듯한 모습을 하고 있었다고 해. 어떻게 끌어올릴까 허둥거리는 사이에 시체는 파도에 휩쓸려 간 모양이야. 그래서 다카시의 시체도 권총도 지금 어디에 있는지 알 수 없다는 거지."

그녀가 전율하듯이 긴 한숨을 내쉬고 의자에 등을 기댄다.

반면에 그는 사에구사의 말을 들으면서도 안쪽 방에서 들려오는 소리에 주의를 빼앗기고 있었다. 뭘까? 저, 지직 하는…….

팩스다.

그의 표정을 읽었는지, 사에구사가 말했다.

"사카키 클리닉과 사이와이 산장 사건이 관계가 있음을 알았을 때, 나는 그 사건에 관해 쓰인 기사를 전부 다시 읽어 보았어. 그뿐 아니라 나보다 사건에 관해 더 자세히 아는 인간에게 물어보기도 했고."

지직거리는 소리가 멈추었다.

“아까, 일부러 말하지 않았던 게 있어. 네 사람이 사살당한 시간은 한밤중이고, 게다가 주위에는 인기척이 없었다. 그런데 경찰이 바로 움직인 까닭은 네 사람이 사살당한 바로 뒤에, 사이와이 산장에 찾아온 인간이 있어서 시체를 발견했기 때문이야.”

“대체…….” 그녀가 중얼거리고, 목소리를 잃은 듯 입을 다물어 버린다.

사에구사는 일어나 안쪽 방으로 걸어갔다.

“늦게 와서 목숨을 구한 사람은 두 명. 미요시 가즈오의 장녀와, 오가타 부부의 외동아들이다. 그들 두 사람은 미리 짜고 몰래 찾아와서 부모님과 여동생을 놀라게 할 계획을 세우고 있었지.”

소리가 나며 그의 머릿속 페이지가 넘어 갔다.

—깜짝 놀라게 하자. 산타클로스처럼.

—분명 화내지는 않을 거야. 오늘은 크리스마스이브니까.

사에구사는 수신된 팩스를 손에 들고 되돌아왔다.

“그 두 사람은 갑자기 온 가족을 잃었어. 둘 다 아직 젊었는데, 어쨌든 지독한 사건이야. 충격도 크고. 언론은 무척 떠들썩거렸지만, 경찰이나 주변인들은 두 사람이 보도 전쟁에 희생되지 않도록 힘껏 노력해서 막아 냈어. 그래서 유족 두 사람은 이름도 공표되지 않았고 사진도 실리지 않았지. 기자회견도 하지 않았어. 그래서 두 사람의 얼굴을 아는 건 고향 사람들 뿐이야.”

지금까지와 완전히 다른 식은땀이 그의 등에서 미끄러져 떨어졌다.

“그러나 내 오래된 친구 중에 두 사람의 사진을 갖고 있는 사람이 있었어. 지금 사진을 팩스로 받았다.”

앞으로 내민 하얀 용지에 얼굴 사진이 늘어서 있다. 분명히 그와 그녀의 얼굴이었다.

“처음 뵙겠습니다.” 사에구사가 말했다.

24

기치조지 집에 돌아간 에쓰코는 옷도 갈아입지 않고 그대로 거실 의자에 주저앉아 헬로 다이얼에서 조사한 '바샤미치의 레스토랑'으로 전화를 걸었다.

"아니요, 아르바이트생 중에 그런 여자애는 없어요"라는 대답을 들으면 리스트의 번호를 하나씩 가위표로 지워 간다. 개중에는,

"네, 여름방학 동안만 일하는 여자 아이가 있습니다"라는 가게도 있어 두근거리는 가슴으로 바꿔 달라고 부탁했지만, 전부 미사오와는 다른 목소리가 들려왔다.

단순 작업이지만 새로운 번호에 전화를 걸 때마다 긴장하는 바람에 심장이 너무나 피곤해졌다. 열다섯 건 정도 걸고 나니 목이 바싹 말라 버려, 냉장고 앞에 선 채 우유팩에 입을 대고 마신 뒤 다시 전화 옆으로 돌아왔다. 유카리가 보고 있었으면, '엄마는 차암, 나한테는 그런 버릇없는 짓을 하면 안 된다고 했으면서'라고 화냈을 것이다.

리스트에 적힌 전화번호로 전부 다 걸어 보아도, 가이바라 미사오는 발견되지 않았다.

—신교지 씨……구해,

전화로 들은 목소리가 귓가에 되살아났다. 떠올릴 때마다 절박

함은 늘어갔고, 비통한 울림을 띤 듯이 느껴졌다. 단순한 착각이나 지나친 생각이면 좋겠다고 바라면서도 에쓰코는 떨렸다.

밤 여덟 시가 지났을 때 겨우 유카리를 데리러 갔다.

"엄마, 어땠어?"라며 뛰어나온다. 요시오도 걱정스러운 얼굴로 현관까지 맞으러 나와 주었다.

오늘 일을 보고하고 지금 현재는 이렇다 할 단서가 발견되지 않았다—고 이야기하는 사이, 유카리가 어쩐지 안절부절못했다. 처음에는 빨리 집에 돌아가고 싶은 걸까 했는데, 곧 딸의 작은 입술 끝이 실룩실룩하는 모습이 눈에 띄었다. 뭔가 감추는 일이 있을 때 나타나는 버릇이다.

"유카리, 무슨 일 있어?"

물어보니, 유카리가 요시오를 올려다보며 싱긋 웃는다.

"이제 괜찮겠지, 할아버지?"

열 살짜리 여자 아이가 싱글벙글 웃음 뒤에 감추는 일이라고 해 봐야 몰래 군것질을 했다든지 준비물을 깜빡해서 복도에서 벌을 섰다든지 공원 구석에 버려진 고양이를 골판지 상자에 숨겨 주고 돌본다든지, 그런 종류일 것이다. 요시오의 괜찮다는 대답에 유카리가 보여 준 것은…….

"이거…… 미사오의 일기잖아."

유카리는 의기양양하게 웃고 있다. 다만 그 눈 속에 살짝 이쪽 기분을 살피는 기색도 보인다.

"어떻게 가져왔어?"

에쓰코의 질문에 한번 헛기침을 하고 나서 요시오가 대답했다.

"유카리와 둘이서 가이바라 씨 댁에 사과하러 갔어."

에쓰코는 잠시 말이 나오지 않았다.

"언제? 왜?"

"엄마한테 전화를 받은 다음에 바로. 위치는 내가 가르쳐 줬어." 유카리는 말하고, "잘못한 거야?"라고 덧붙였다.

"아니, 그, 네가 가이바라 씨 어머니와 싸웠다고 하니까." 요시오는 무심코 목덜미에 손을 댔다. 이 또한 부친이 겸연쩍을 때 하는 동작임을 에쓰코는 알고 있다.

"이쪽에서 정중하게 나갔기 때문일 수도 있고, 내가 할아버지니까 그럴지도 모르지만, 그렇게 흥분하지 않고 이야기를 해 주었어. 응접실에도 들여보내 주었고."

"그래서……." 에쓰코는 기가 막혔다. "일기장을 가져와 버린 거야?"

유카리가 에헤헤 하고 웃는다. "너무 심했어?"

"부추긴 건 나다"라는 요시오. "응접실에 커다란 책장이 있었는데 거기 아무렇게나 쑤셔 넣어 놨더라고."

"그래서 그 아줌마도 잃어버린 거 몰라. 괜찮아, 엄마."

"처음부터 그럴 작정으로 간 거야?" 에쓰코는 두 사람의 얼굴을 번갈아 가며 보았다. "그렇지?"

"지금은 비상사태다, 에쓰코."

에쓰코는 입술을 일자로 꾹 다물었다. "어휴, 정말……."

요시오는 목덜미를 북북 긁고 있다. 유카리는 다리를 꼬고 있다.

"정말……" 하고 되풀이하고, 에쓰코는 무의식중에 웃음을 터뜨렸다. "정말 좋아."

유카리를 재우고 나서, 에쓰코는 차분하게 시간을 들여 미사오의 일기를 다시 읽어 보았다. 8월 7일에서 시작해 앞으로 돌아갔다.

그 '레벨'이라는 단어가 나온 부분에는 특별히 신경을 곤두세워 다시 봤지만, 낮에 검토해 보았을 때 이상의 발견은 없었다. '신교지 씨 ♡'에 관해서도 마찬가지다. 다른 날짜에 하트가 표시되어 있는 곳도 없고, 에쓰코에게 하트 표시를 붙인 이유에 대한 설명 같은 것도 적혀 있지 않다.

에쓰코는 일기를 쓰는 습관이 없다. 나름대로 감성적이었던 처녀 시절에도 자신의 심정을 토로하는 문장을 적는 일은 어딘가 저항감이 있었다. 쓰면 거짓말이 된다―그렇게 생각했기 때문일지도 모른다.

아무래도 미사오 역시 마찬가지였던 모양이다. 그녀는 이 깨끗한 일기장에 토막 같은 메모밖에 남기지 않았다. 아무것도 기록하지 않고 열흘 이상 지난 부분도 많다. 이 기록은 뒤를 쉽게 쫓을 수 있는 발자취가 아니라 급커브나 세게 브레이크를 밟은 곳에만 남는 타이어의 스키드마크이다.

그렇기 때문에 미사오가 일부러 한 줄을 할애해서, '신교지 씨♡'라고 쓴 부분이 마음에 걸렸다.

하트는 극히 상식적으로 생각한다면 연애나 연인의 의미일 것이다. 그러니까 여성인 에쓰코의 이름 뒤에 그렸다는 부분이 우선 이상하다. 에쓰코와 직접 만나보고 '좋은 사람이었다' '좋아졌다'는 감정을 표현하고 싶었다고 해도, '♡'를 그리는 것은 좀 어색하다.

그러면 이 '신교지 씨'는 에쓰코를 가리키는 게 아니라 같은 성씨인 다른 사람일까? 그러나 그렇게도 생각하기 힘들다. 제법 드문 성씨다. 미사오 주변에 짧은 기간 동안 '신교지'라는 성을 가진 사람이 둘이나 나타날 가능성은 제로에 가깝다.

에쓰코는 일기장을 넘기며 유카리가 무척 싫어하는 당근을 접시 끝으로 밀어 낼 때처럼 이 메모를 머릿속 한 구석으로 쫓아 버렸다. '레벨'이라는 단어도 마찬가지로 지금은 보류해 두자.

아미노 기리코가 정확히 파악했다. 미사오는 '의외로 아주 틀어박힌 생활'을 하고 있었던 듯 보인다. 외출에 대한 기록이 아주 적기 때문이다. 어머니인 가이바라 요시코의 말대로 이따금 밤에 놀러 다녔다면 조금 더 관련된 단어가 나와도 될 텐데.

거기서 문득 떠올렸다. 미사오가 말하던 '가스빼기' 때, 그녀는 어디에 갔던 것일까. 시부야니 신주쿠니, 젊은이들이 모이는 거리에 단골 가게라도 있었던 걸까. 그렇다면 한두 번은 그 가게의 이름이 나오지 않을까?

그런 기대를 품고 팔랑팔랑 페이지를 넘기는 동안 새로운 사실을 하나 발견했다.

7월 4일이다. 그저 느닷없이 '삼주기'라고 써 있다.

즉, 미사오의 가까운 사람이 재작년 그날에 죽었다는 뜻이다. 친척일까? 미사오의 나이를 생각하면 할아버지 할머니나 큰아버지 큰어머니일 가능성이 높다. 그녀는 그 사람의 기일을 일기에 기록할 정도로 가까운 관계였다…….

에쓰코는 머리를 흔들고 다음 페이지로 넘어갔다. 이것만으로는 아무것도 안 된다. 앞으로 나아가자.

그러나 1월 1일까지 다 읽어도 이렇다 할 발견은 없었다. 다만 일기장 앞쪽에, 두세 장 주소록용 페이지가 붙어 있다. 넘겨 보니 새것 그대로였지만, 제일 첫 페이지의 칸 밖에 연필로 휘갈겨 놓은 흔적이 있었다. '仏蘭珈'. 그리고 그 아래에 열 자리의 전화번호. 이 한자는 '브랑코'라고 읽겠지. 재치 있는 작명이다. 어딘가 들은 기억이 있는 듯한 이름인데…… 하다가 퍼뜩 떠올랐다.

헬로 다이얼에서 가르쳐 준 '바샤미치의 레스토랑' 중에 '브랑코'라는 가게가 있었다. 그때는 귀로 들었을 뿐이라 한자로 쓰는 법은 몰랐다.

전화번호가 똑같다!

에쓰코는 서둘러 수화기를 들었다. 버튼을 누르며 재빨리 생각했다. 리스트를 체크했을 때, '브랑코'라는 레스토랑에도 분명 전화를 걸었다. 가이바라 미사오라는 이름의 여자 아이는 일하고 있지 않았다. 미사오와 외모가 비슷한 여자 아이도 없었다. 그러면 그 외에 어떤 가능성이 있을까?

돈 많은 회사원이면 모를까 미식가인 척 식사하러 가지는 않았으리라. 누군가와 만날 약속을 잡았다 한들 미사오의 집이 있는 도쿄 히가시나카노에서 갑자기 요코하마 바샤미치라니, 너무 멀다.

발신음이 두 번 울렸다. "네, 브랑코입니다." 남자 목소리가 대답한다.

"여보세요? 저, 저녁에 한번 전화를 드려서 점장님과 통화한 신교지라고 하는데요."

다시 한번 점장님을 바꿔 주지 않겠냐고 부탁하자 전화는 대기 상태가 되고 비발디의 '사계' 멜로디가 흘러나왔다. 기다리는 동안에도 에쓰코는 필사적으로 생각했다. 미사오와 '브랑코'의 연결 고리는 무엇이 있을까?

—바샤미치의 레스토랑에서 친구와 함께 아르바이트하고 있어.

가이바라 가에 걸려온 전화는 거짓말이다. 확신한다. 미사오의 부모를 속이기 위해 미사오를 숨기고 있는 누군가가 한 거짓말이다.

그러나 거짓말의 내용까지 완전히 조작일까? '친구와 함께 바샤미치의 레스토랑에서—'라고 하는 대목까지 전부 새로 만들어 낸 말일까?

점장이 겨우 전화를 받았을 때 에쓰코는 물고 늘어질 듯한 기세로 말했다.

"죄송합니다, 정말로 죄송합니다만, 다시 한번 조사해 주실 수 없겠습니까? 거기에서 아르바이트 점원 모집을 하기는 했었지요?"

점장의 목소리는 곤혹스런 기색이었다. 조금 전에 거신 분이죠? 라고 확인한 뒤, "말씀드렸잖습니까? 가이바라 씨라는 사람은 일하고 있지 않습니다. 게다가 저희는 아르바이트는 고용하지 않습니다. 4월에 모집한 점원은 정사원입니다. 연수도 받고, 기숙사도 있을 정도니까요."

"네에, 그건 알겠습니다. 가르쳐 주십사 하는 것은 모집할 때 '가이바라 미사오'라는 여자 아이가 방문했는지 여부입니다. 지원자 이력서를 보관하고 계시지 않나요? 복사 정도 해놓지 않습니까?"

"어째서 그런 걸 알고 싶어 합니까? 가출한 따님을 찾고 있다고 하셨는데……."

"그렇습니다. 부탁드립니다. 어떻게 해서든 알고 싶습니다. 단서가 이것밖에 없습니다. 의심스러워하시는 것은 당연합니다만, 수상한 사람은 아닙니다. 이쪽 전화번호도 말씀드릴 테니, 수신자 부담 전화로 다시 걸어 보셔도 됩니다."

에쓰코가 전화번호를 말하자 점장은 그럼 다시 걸겠다고 했다. 일 분도 지나지 않아 벨이 울린다. 수신자 부담은 아니었다.

"네, 신교지입니다!"

점장은 한숨을 쉬었다.

"알겠습니다. 잠시 기다리세요. 조사해 보겠습니다."

다시 '사계'를 들으면서 에쓰코는 참을성 있게 기다렸다.

"말씀하신 대로입니다. 4월 3일에 가이바라 미사오라는 학생이 면접을 보러 왔습니다."

점장의 목소리가 들려왔을 때 에쓰코는 무의식중에 눈을 감았다. 초봄이라면 미사오가 고등학교를 그만두고 싶다고 내뱉었던 때다. 기숙사를 제공하는 취직자리가 끌렸다고 해도 이상하지 않다.

"그렇지만 아직 고등학생인지라. 외모는 좀더 연상으로 보였지만요. 그래서 거절했습니다."

"그때, 그 아이는 혼자 왔던가요? 친구와 함께가 아니었나요? 거기까지는 모르십니까?"

기도하는 심정이었다.

이제 지쳤는지 점장은 말했다. "친구도 있었습니다. 마찬가지로 고등학생이었습니다. 둘을 나란히 세워 놓고 반쯤 설교해서 돌려보냈으니까 기억하고 있습니다."

그 '친구'의 이름은 구노 모모코, 열일곱 살. 미사오와는 다른 학교지만 나카노 구에 산다. 그녀의 전화번호를 받은 에쓰코는 "언제 꼭 사례하러 찾아뵙겠습니다. 정말 감사합니다!"라고 큰 소리로 말한 뒤에 전화기의 후크를 눌렀다.

25

　시곗바늘은 열한 시를 넘겼지만 구노 가에 건 전화는 바로 응답이 돌아왔다. 허스키한 목소리라서 모친인 줄 알았는데 수화기의 저편에 있는 사람은 모모코 본인이었다. 청소년이 있는 가정에서는 밤 열 시 이후에 오는 전화를 부모가 받아서는 안 된다는 불문율이 있는지도 모른다.

　모모코는 에쓰코의 이야기 내용을 바로 이해했다. 목소리만 듣고 있으면, 네버랜드의 동료와 이야기하는 게 아닌지 착각할 정도로 어른스러운 느낌이다.

　"그래서 미사오가 지금 어디에 있는지 몰라요?"

　"응. 모모코, 짐작 가는 곳 없을까."

　"우리 집에 오진 않았어요. 요즘은 '패덕'에도 얼굴도 비추지 않고."

　"패덕이라니?"

　"나하고 미사오가 가끔 가던 게임센터. 신주쿠에 있어요. 철야영업을 하는 데다가 우린 거기 점장이랑 아는 사이거든. 싸게 놀게 해 줘."

　"미사오가 '가스빼기'할 때는 거기서 너와 함께 있었던 거구나."

　모모코는 웃었고, 멀리에서 찰칵 하는 소리가 났다. 라이터일 것이다.

"미사오가 당신한테도 '가스빼기' 말했어요? 그 녀석 엄마는 무서우니까."

"요즘 미사오랑 언제 만났어?"

무언가를 중얼중얼하면서 모모코는 생각하고 있다. "꽤 전인데. 6월—응? 잠깐 있어 봐, 7월이었나. 그래그래, 7월 중순 이후의 토요일이었던 거 같아. 새벽 일찍—그렇지, 다섯 시쯤이었나. 패덕에 훌쩍 나타났어요. 나야 주말에는 언제나 그곳에 있으니까."

"중순 이후의 토요일이라니, 21일인가."

"그런가? 응, 그러네."

"미사오가 그런 시간에 패덕에 가는 거 드문 일이야?"

"그때뿐이었어요. 게다가 상태가 이상했고."

"어떤 식으로?"

"취한 것같이 흐리멍덩한 눈인데, 상태는 명랑하더라고. 이상한 소리를 했어요. '나 말이야, 나를 찾다가 발견했으니까 이곳에 올 수 있었어'라고."

"그거, 진짜야?"

이상한 대사가 아닌가. 나를 찾다가 발견했다.

"진짜. 내 남자친구가 패덕 점장인데, 밴드를 하면서 곡을 만들고 있단 말야. 그때 미사오 말투가 재미있다며 가사를 썼거든. 그러니까 틀릴 리가 없어요."

수화기를 든 채 에쓰코는 벽을 째려보며 생각했다.

"미사오가 그 외에는 무슨 말을 했지?"

"자세한 건 몰라요. 잊어버렸어. 단지 미사오 얼굴이 어쩐지 하얘져 있었어요. 약이라도 한 게 아닐까 생각했지."

약. 그러니까 '드러그' 말인가. 시너나 톨루엔도 들어가는 걸까.

"미사오가 그런 데 손을 댔어?"

"내가 아는 한 그렇게 바보는 아니에요." 모모코가 단호히 말한다. "게다가 그런 건 미용에도 나쁘고."

"모모코가 아는 한 최근 미사오에게 뭔가 변한 건 없을까. 아무리 작은 거라도 좋아. 가르쳐 주지 않겠어?"

"그런 막연한 질문에는 대답할 수가 없는데……. 나는 머리가 안 좋아서."

"입는 옷이 변했다든지 취미가 생겼다든지. 그래, 미사오는 아르바이트하고 있었지?"

아아, 그건, 하면서 모모코의 목소리가 커졌다.

"가게 같은 곳이에요. 시급이 좋고, 식사 일회 제공이래요."

"어딘지 알아?"

"팔러 고마쓰라는 가게. 신주코 고마 극장 바로 옆. 거기 광장이 있잖아요? 그 앞에 핑크색 차양이 나와 있어요."

에쓰코는 무의식중에 무릎을 쳤다. "고마워!"

"미사오가 가출했다면 팔러 고마쓰에도 가지 않았을까."

"아마 그럴 거야. 내일 가 볼게. 미사오가 그 가게에서 친한 친구라도 사귀었나."

거기서 문득 모모코가 침묵했다. "잠시 기다려요" 하고 빠른 속
도로 말하더니 수화기를 손으로 덮은 것 같다. 부스럭부스럭 하
는 소리가 나고, 우물거리는 목소리가 들려왔다. 그러자 모모코
가 갑자기 고함쳤다.

"시끄럽다고 하잖아! 나중에 한다니까!"

에쓰코는 깜짝 놀랐다. 모모코가 평소의 목소리가 되어 돌아왔
다.

"쏘리. 할망구가 시끄럽게 굴어서."

"할망구라니, 어머니?"

"응." 바로 대답하고 화제를 원래대로 돌렸다. "미사오는 말이
야, 남자친구가 생겼다고 했어요. 팔러 고마쓰의 아르바이트 동
료인데 대학생이라든가. 이름을 뭐라고 했더라. 잊어버렸네."

"하지만 그런 사람이 있었던 것은 분명하지? 다행이야. 가서
물어볼게. 그 밖에 또 뭐 없을까. 그렇지……."

거기서 가이바라 가에 걸려온 거짓 전화의 내용을 말해 보았
다.

"예를 들어 해외여행하고 싶으니까 돈을 저축하기 위해 아르바
이트를 하고 있다. 그런 비슷한 이야기를 한 적은?"

"여행은 가고 싶어 했지만, 아르바이트를 시작했는지 어떤지
까지는 몰라요. 다만 시급이 좋아서 돈이 모인다고 말한 거에 비
해서는 씀씀이가 쩨쩨하던데. 그걸 보면 뭔가 목적이 있었을지도
모르겠네. 물어본 적은 없지만. 미사오는 하드보일드니까."

“하드보일드?”

“응. 자기에 대해선 말하지 않아. 중학교 때부터 친구지만, 미사오에 대해서 모르는 게 많거든요. 어릴 때는 어땠을지 모르겠지만. 뭐, 이쿠에 사건이 있어서 그런지, 완전히 딱딱한 삶은 달걀이 되었죠.”

“이쿠에 사건이라니?”

이번에는 모모코가 놀랐다. “그거, 몰라요? 미사오가 쇼지 이쿠에 사건, 말 안 했어? 네버랜드의 신교지 씨 맞죠? 미사오는 당신을 매우 의지가 되는 언니라고 했으니까, 틀림없이 말했을 거라 생각했는데.”

“아니, 들은 적 없어. 가르쳐 줄래?”

모모코는 주저하고 있다. “미사오가 이야기 안 했는데 내가 말하는 게 괜찮을지…….”

그 한마디로 에쓰코의 마음속 저울은 모모코 쪽으로 크게 기울었다. 말은 거칠고 아직 어린애 주제에 담배도 뻐끔뻐끔 피우지만 이 아이에게는 성실한 면이 있다.

“미사오에게는 내가 사과할게. 지금은 그 애를 찾기 위해서 아무리 작은 거라도 정보가 필요해. 부탁이야.”

다시 한번 라이터를 찰칵 울리고 후우 하며 연기를 내뱉는 기척을 낸 뒤 모모코는 말했다.

“좋아, 말해 줄게요.”

쇼지 이쿠에란 미사오와 모모코의 반 친구라고 한다. 삼학년으로 진급할 때 처음으로 같은 반이 되었다.

"성적이 좋고 귀여운 아이였지만 나는 좋아하지 않았어. 여왕님처럼 굴어서."

이쿠에에게는 남자친구가 있었다. 남자친구와 이쿠에는 계속 같은 반이었고, 일학년 때부터 유명한 '베스트 커플'이었다고 한다.

그런데 삼학년 신학기가 시작하자마자 이쿠에의 남자친구는 미사오와 사이가 좋아져 버렸다.

"이쪽에서 봐도 좋은 분위기였어요. 남자친구가 미사오에게 반해 버린 것 같아. 왜냐하면 미사오는 미인이잖아? 외모가 약간 괜찮은 애는 얼마든지 있지만, 미사오는 그 이상이었으니까."

두 사람이 친해지면 당연히 이쿠에는 재미가 없다. 지독하게 질투하면서,

"마치 남편을 빼앗긴 것 같은 소동이었어요. 난 이쿠에가 미사오에게 마구 화풀이할 때 몇 번이나 말린 적이 있거든. 이쿠에는 '도둑고양이!' 같은 말을 큰 소리로 외치면서 덤볐어."

순간 에쓰코는 긴장이 풀리며 이상한 느낌을 받았다. 여학생끼리의 관계 속에, '도둑고양이'라든지 '빼앗기다' 같은 단어가 등장하는 중학교 생활이란 어떤 것일까. 국어나 수학을 배우면서 멜로드라마를 찍고 있다는 말인가.

"미사오는 상당히 곤란해하고는 있었지만 남자친구를 좋아하는 것 같았고 헤어질 생각도 없는 것 같았어요. 왜냐하면 어쩔 수

없잖아. 미사오가 빼앗은 게 아니라 남자 쪽 마음이 기울어진 거니까. 뭐, 남자애는 바람 같은 거지만. 우리는 모두 그땐 어린애였으니까, 이상하게 고지식했거든요. 한번 커플이 되면 영원히 커플! 이라고 멋대로 생각했어.”

이번에야말로 에쓰코는 쓴 웃음을 지었다. 연애 사건이 있었을 당시, 관계자 전원은 열네댓 살이었다. 그리고 지금, 당시를 ‘어린애였다’고 회상하는 모모코는 열일곱 살이다.

“웃지 마요. 비웃음 당할 일이 아니야.” 모모코가 말을 이었다. “왜냐하면 이 싸움은 결말이 나지 않아서 마지막에 이쿠에가 자살해 버렸거든요.”

에쓰코는 숨을 삼켰다.

“자살?”

“응. 자기 집 맨션 옥상에서 투신해서. 기나긴 유서가 있었던 것 같아요. 우리는 못 읽었고 어떤 내용이 적혀 있었는지는 모르지만, 아무래도 무척이나 미사오를 탓한 모양이에요. ‘사랑에 배신당해 외톨이로 더 이상 살아갈 수 없습니다’ 같은 소리가 있었대요. 과장이지.”

과장은커녕 과격이라고 해도 되는 반응이 아닌가. 중학생의 유사 연애가 어떻게 굴러가면 죽니 사니 하는 결과를 부르는 걸까. ‘사랑’도 ‘배신’도 아직 제대로 엮을 수조차 없는 나이가 아닌가.

“대체……. 이쿠에는 어떤 애였어?”

“나도 몰라요. 아직 수수께끼야. 뭐, 죽은 사람을 너무 나쁘게 말하고 싶지는 않지만, 이상하게 자존심이 강했어. 그러니까 실연을 견딜 수 없었던 게 아닐까요. 진학 때문에도 고민했던 것 같아요. 그래서 미사오는 기가 막히게 됐지. 분풀이하듯 죽어 버리고는 전부 네가 나쁘다는 식이 되어 버렸잖아. 그때부터야. 미사오가 겁이 무척 많아지고 친구에게서 떨어져 나가게 된 건. 전에는 그런 일 없었어요. 반의 아이돌 같은 존재였으니까.”

에쓰코의 머리에 ‘나는 친구를 만드는 거 정말 서툴러’라는 말이 기억났다. 그때 미사오의 단정한 얼굴을 보면서 어째서 이 아이는 이렇게 흠칫흠칫하는 걸까 했다. 너무나 이상했다.

다시 일어설 수가 없겠지. 면허를 따고 처음 차를 운전했더니 갑자기 누가 뛰어들었고, 게다가 상대가 마음대로 죽어 버린 거나 마찬가지다. 논리적으로 말하면 이쪽은 나쁘지 않지만, 나쁘다고 생각하지 않아도, 미안해요, 제 탓입니다, 라는 얼굴을 하지 않고는 살아 갈 수 없게 되었다.

미사오의 등에는 그런 무거운 짐이 실려 있었단 말인가. 그렇게 생각하자 에쓰코는 한 번도 만난 적이 없고 지금은 죽어 버린 쇼지 이쿠에라는 아이가 미웠다. 그래, 어린애잖아. 정말로 외톨이가 되고, 정말로 살아갈 수 없는 경험을 한 적 따위 없는 어린애잖아.

“나는 지금 생각하면,” 모모코는 말한다. “이쿠에가 죽은 건 발작이 아니었을까 싶어요. 일종의 히스테리 말이야. 있지, 아이들은 자기 생각대로 되지 않으면 ‘으앙’ 하면서 짜증내잖아요? 그거야. 하지만 그 당시에는 '아이의 순수한 마음이 가여워' 같은 소리를 하는 바보가 학부모회 안에도 있었어요. 미사오가 불쌍했어요."

에쓰코는 눈을 감았다.

"얼굴이 예쁘고 못났고 그런 건 노력해도 어떻게 할 수 없잖아요? 사람을 좋아하게 되는 것도 그런 거야. 그렇게 논리로 해명할 수 없는 부분도 있고, 노력만으로 해결할 수 없는 일도 있다는 걸 이쿠에는 인정할 수 없었겠지. 그러니까 미사오가 너무너무 미워서 그렇게 미사오의 장래까지 끌어안고 죽어 버린 걸 거야. 나는 이쿠에와 한 번 더 만난다면—비록 유령이라도 말이야—말해 주고 싶은 게 잔뜩 있어요. 죽어 버리면 이쪽은 무조건 패배지. 죽은 사람의 승리잖아? 이겨 놓고 달아나는 건 비겁하다고요."

잠시 동안 에쓰코는 말없이 수화기를 움켜쥐고 있었다.

"여보세요? 듣고 있어요?"

"으응⋯⋯. 듣고 있어. 저기, 이쿠에가 죽은 게 7월 4일 아냐?"

"응? 글쎄. 7월쯤이었는데, 날짜까지는 기억 안 나요."

미사오의 일기에 있었던 '삼주기'라는 단어는 쇼지 이쿠에를 위한 기록이었다. 미사오는 잊지 않았다. 잊을 수 없었다. 이쿠에는 저승길의 대가로 미사오에게 칼자국 정도가 아니라 화상을 입혔던 것이다. 그 상처가 흉터가 되어 남아 미사오를 괴롭히도록⋯⋯.

"정말 고마워, 이야기를 들을 수 있어서 다행이야." 에쓰코가 말했다.

"미사오는 신교지 씨 혼자서 찾아요? 걔네 가족들은?"

에쓰코는 순간적으로 거짓말을 했다. "역시 걱정하고 있어. 그러니까 나도 돕는 거지."

"그렇구나. 내가 할 수 있는 게 있으면 가르쳐 줘요. 그런데 난 머리가 나빠서 별로 도움이 안 될 거 같아."

"아니, 모모코는 전혀 머리가 나쁘지 않아."

"뭐? 나는 성적 불량으로 고등학교에서 쫓겨났어요."

"단지 공부가 맞지 않을 뿐이야. 머리가 좋고 나쁜 건 학교에서는 몰라."

"흐음……. 그런가. 그런 말 처음 들었어요."

그렇게 말하고 모모코는 열일곱 살짜리답게 간지러운 웃음 소리를 냈다.

"미사오가 말이야, 당신은 아주 깜짝 놀랄 말을 하는 사람이라고 했어요. 지금까지 다른 사람이 해 주지 않았던 말을 해 준다고."

그 말은 에쓰코의 마음에 스며들었다.

"그건 내가 너희에게 책임이 없어서 그럴 거야. 그냥 친구, 그냥 아는 사람이니까, 아마도."

"그런가."

"그래. 그러니까 아무리 잔소리만 한다고 생각해도 어머니를 '할망구'라고 부르면 안 돼. 알겠어?"

모모코는 웃었다. "생각해 볼게요. 미사오가 신교지 씨는 어떤 사람일까, 나와 만나지 않을 때 신교지 씨는 어떤 얼굴을 하고 있을까, 아이에게 고함도 칠까, 그런 말을 했어요."

"고함도 치고말고. 엉덩이도 때리고."

"미사오는 있잖아, 자신이 타인에게 어떻게 보이는지 엄청 신경 쓰는 애거든요. 무리도 아니지만. 그래서 타인을 알고 싶어 하는 버릇도 있고. 하지만 본인에게 직접 달라붙어서 알려고 하는 게 아니라, 뭔가 그, 우회적으로 속을 떠본다고 할까……."

거기서 모모코는 "아!" 하고 목소리를 높였다.

"왜 그래?"

"참, 신교지 씨. 애인 있어요?"

에쓰코는 입이 딱 벌어졌다. "뭐어?"

"남편이 죽었다고는 미사오한테 들었어. 그렇지만 애인은? 지금 사귀는 사람 있어요?"

"어째서 그런 걸 알고 싶어 해?"

모모코는 당황했다. "이상한 뜻은 없어요. 미사오가 말이야, 신교지 씨에게 숨겨 놓은 애인이 있는 것 같다고 말한 적이 있어서."

에쓰코는 짚이는 데가 없다. 도시유키가 죽고 나서 남성과 어깨를 나란히 하고 거리를 걸은 적조차 없다.

"애인 같은 거 없어."

"정말? 그럼 어떻게 된 일이지."

그때 에쓰코는 '신교지 씨 ♡'라는 메모를 떠올렸다. 그것은 '신교지 씨의 애인'이라는 의미였던 걸까. 에쓰코의 애인을 자칭하는 남자와 만나기라도 했을까.

"미사오는 신교지 씨가 행복해지면 좋겠다고 했어요. 하지만 애인이 없다면, 경솔한 말이네. 그 앤 무슨 오해를 한 거지?"

그날 밤 에쓰코는 꿈을 꾸었다. 미사오가 나오는 꿈이었다.

미사오가 에쓰코와 나란히 걷는다. 그러나 갈림길에 다다르자 에쓰코에게 "바이바이" 하고 손을 흔든다. 에쓰코는 헤어지고 싶지 않았지만 미사오는 점점 멀어져서 그녀의 등이 안개에 가려 보이지 않게 된다.

미사오는 혼자가 아니다. 조금 앞에 누군가가 걷고 있다. 에쓰코는 그 '누군가'가 위험한 존재임을 아는데, 말을 해 주고 싶은데, 목소리가 나오지 않는다. 움직일 수도 없다.

그리고 시계 소리가 들린다. 바늘이 시간을 새기는 가차 없는 소리가. 그 시계는 숫자판이 거꾸로 되어 있고 초침이 빨갛다. 피처럼 빨갛다. 시계를 손에 넣어 시간을 되감을 수 있다면 에쓰코는 미사오를 따라잡을 수 있는데 어디에 있는지 알 수 없다……

26

그 시계는 지금 가이바라 미사오의 손 안에 있었다.

그녀가 격리되어 있는 이 방에서는 시간을 알 도리가 없다. 아미노 기리코가 가르쳐 준 팬시 가게에서 산 시계가 없었더라면 낮과 밤을 대충 구별하는 것 이상은 불가능했을 것이다.

지금 거꾸로 된 숫자판의 시계는 오전 영시 이십 분을 가리키고 있다. 미사오는 시간을 확인하고 나서 시계를 침대 옆 테이블 위에 살짝 되돌려 놓았다.

몸이 무겁다. 뇌가 있어야 할 곳에 톱밥이라도 가득 차 있는 듯 머리가 돌아가지 않는다.

그 가게—'라 판사'에서 이곳으로 끌려와 얼마나 지났을까. 사흘? 나흘? 미사오가 기억하고 있는 한, 그 '모험'에서 돌아온 시점은 8월 11일 밤이었다. 열 시경…… . 아니, 좀더 늦은 시간이다—.

돌아와서 처음으로 눈에 들어온 것은 무라시타 가즈키의 얼굴이었다. 라 판사의 점장인 주제에 언제나 술에 취해 가게의 구석에 눌러 앉은 사람. 하지만 그날 밤은 정신이 말짱했다.

—나 돌아왔어.

—그래, 모두 돌아오지.

―레벨7까지 가면 더 이상 돌아오지 않아도 된다고 했잖아.

―너는 레벨7에는 가지 않았어.

―왜? 내가 말했잖아? 레벨7까지 가고 싶다고. 그렇게 해 주지 않은 거야? 속였어?

미사오는 자신의 오른 팔뚝을 보이며 가즈키에게 말했다.

―이봐, 여기 레벨7이라고 써 있는데. 나를 속인 거지?

그러자 가즈키는 말했다. 퇴색한 듯한 옅은 눈 속에 희미하게 부러워하는 그늘을 보이면서.

―정말로 레벨7까지 가면 돌아올 수 있는 인간 따위 없어. 돌아오지 않아도 되는 게 아니라, 돌아올 수 없어. 레벨7까지 가면 폐인이 될 뿐이야…….

미사오는 돌아왔을 때 휘청휘청거리는 상태였다. 그래서 라 판사 안에 있는 가즈키의 방에서 쉬었고―곯아떨어졌고―목이 말라서 잠에서 깨어―그리고…….

비명을 들었다. 무서운 목소리였다. 갈라지고 새된 여자 목소리.

―그만해, 그만해, 뭐 하는 거야! 부탁이야, 그만해 그만해 그만해.

거기서 툭 끊어졌다. 그와 동시에 방의 조명이 갑자기 어두워지고 잠시 후 불이 깜빡거리면서 원래대로 돌아왔다.

미사오는 패닉에 빠져 방을 나가려고 일어섰다. 그러나 문은 잠겨 있었다. 너무나 무서워서 미쳐 버릴 것 같아 주먹으로 문을 두드리고 있으니, 그곳에 가즈키가 왔다.

아니, 가즈키 혼자가 아니다. 또 한 사람, 가즈키보다 조금 연상의 남자가 있었다. 미사오를 보자 입가가 딱딱하게 굳어졌다. 남자는 가즈키를 때릴 듯한 기세로 말했다.

—멍청아! 어째서 이곳에 사람을 들였어! 약속이 다르잖아!

그러자 가즈키는 갑자기 미사오를 껴안듯 부둥켜안고 고함쳤다.

—네가 뭔데 명령을 해! 이 아이는 특별해. 내 애인이니까.

미사오는 가즈키로부터 떨어지고 싶었다. 이 남자에게 '애인'이라고 불릴 이유가 없다. 이런 남자 좋아하지 않아. 싫어, 정말 싫어, 놔—.

그렇게 몸싸움을 벌이는 동안에 정신을 잃고 말았다. 그리고 정신이 드니 이 방에 있었다.

미사오의 방과 넓이가 비슷한 방이다. 벽도 바닥도 새하얗다. 커튼도 하얀색. 침대도 하얗고, 베개에 얼굴을 대어 보니 약 냄새가 난다.

병실임을 바로 알아차렸다.

베개를 짚고 일어나 보니 머리가 조금 아팠다. 전체가 아픈 것이 아니라 머리의 오른쪽, 귀 뒤쪽 주변. 거기가 안쪽에서 바늘로 콕콕 찌르는 느낌이었다.

침대 옆에는 작은 테이블이 있고, 그 위에 미사오의 백이 놓여 있다. 안을 열어 보니 잃어버린 물건은 없었다. 정신을 잃었을 때와 달라진 점은 복장뿐이었다. 빨간 원피스였는데 온통 하얀 파자마로 바뀌어 있었다.

그때는 뭐가 어떻게 된 건지 알 수 없어서 일단은 다시 가즈키의 얼굴을 찾아보았다. "무라시타 씨" 하고 불러도 보았다. 힘이 들어가지 않아서 목소리를 내기만 했는데도 피곤해졌다.

몇 번쯤 불렀지만 아무도 나타나지 않는다. 대답도 없다. 병실에 흔히 있는 간호사 호출용 벨도 보이지 않는다. 미사오는 침대에서 내려오려고 했다.

그때 왼팔이 움직이지 않는다는 사실을 알아차렸다.

정확히 말하면, 완전히 움직이지 않는 것은 아니었다. 그러나 저린 듯 마비되어서 재빨리 움직일 수 없었다. 팔꿈치 근처를 꼬집어 보아도 아픔이 바로 느껴지지 않았다. 피부가 코끼리처럼 두꺼워진 듯 감각이 둔해졌다.

그 발견으로 미사오는 또다시 부들부들 떨렸다. 대체 어떻게 된 일이지? 나는 어떻게 되어 버린 걸까? 이 저릿함이 몸 전체로 퍼져나가서 결국 움직일 수 없게 되는 걸까?

미사오는 파자마 소매를 걷어 올려 팔에 다친 곳이라도 있는지 살펴보았다. 이상은 없었다. 그러나 오른팔에 적혀 있던 숫자는 지워졌다.

─모험을 할 때 만일 의사가 진찰해야 할 경우가 생기면 바로 지정된 병원으로 옮기도록 써 놨어.

가즈키가 설명해 주었던 그 숫자다.

침대에서 미끄러져 떨어져 바닥에 주저앉았을 때, 문에서 조심스러운 노크 소리가 났다. 그리고 의식을 잃기 직전에 보았던 남자의 얼굴이 나타났다.

가즈키는 아니었다. 또 다른 남자다. 백의를 입고 가슴에 말쑥하게 맨 넥타이 매듭이 보인다. 백의 아래로 검푸른색 바지를 입었다.

눈을 떴구나, 하고 그 남자는 말했다. 그리고 어딘가 몸 상태가 나쁜지 물었다. 나는 의사니까 안심하라고도 했다. 낮고 좋은 목소리였다.

남자는 미사오를 침대 위에 눕히고, 맥을 짚고 눈꺼풀을 뒤집어 눈 안을 들여다보았다. 미사오는 얌전히 누워 있었지만, "당신이 정말로 의사인지 증거를 보여 줘"라고 말해서 남자를 놀라게 했다.

"나는 거짓말 따위 하지 않아."

"믿을 수 없어요. 증거를 보여 줘."

남자는 양팔을 축 늘어뜨리고 곤란한 표정으로 미사오를 쳐다보고 있었다. 오른손 새끼손가락으로 입가를 긁으면서, "난처한데" 하고 웃었다.

"의사 면허증에는 얼굴 사진이 안 붙어 있으니까 보여 줘도 소용없고……."

미사오는 고집스레 입을 다물고 남자의 얼굴을 응시했다. 이런 상황에 빠지면 누구든 그렇겠지만, 몸을 지켜야 한다는 본능이 작용해서 극단적으로 의심이 깊어져 있었다.

“알았어, 그러면 잠시 기다려.”

남자는 그렇게 말하고 등을 휙 돌리고 방을 나갔다. 문을 열고 닫는 소리, 그리고 찰칵 소리가 났다. 잠가 버린 것이다. 미사오는 다시 무서워졌다.

잠시 있다가 남자는 방으로 되돌아왔다. 손에 자그마한 액자를 들고 있었다.

“대기실에 걸려 있는 졸업 증명서다.”

미사오는 액자 안의 종이를 보았다. 유명한 사립 의과대학 졸업장이었다. 남자의 이름은 사카키 다쓰히코. 큰 굴곡 없이 입학·졸업했다고 가정하면, 졸업 날짜로 보아 마흔 살 안팎이리라.

“이런 종이 따위 증거가 되지 않는다고 하면 그만이지만, 이것 말고는 아무것도 없어. 위조한 것도 훔친 것도 아니야.”

“뭐, 됐어.” 미사오는 졸업장을 남자에게 돌려주었다. “사카키 선생님이라 부르면 돼요?”

“그래. 너는 가이바라 미사오다. 그렇지?”

미사오는 끄덕였다. “선생님은 의사야?”

“심리학자라고 하면 더 알기 쉬울까.”

미사오가 당황하자 의사는 살짝 미소 지었다. 왼쪽 어금니 부분에 의치의 보철이 빛나고 있었다.

“아니면 뇌와 마음의 의사라고 설명할까. 그것이 지금 너에게 필요하니까. 이곳은 내 클리닉이고 너는 입원 환자야."

"내가 입원했다고요?"

"그럴 필요가 있다고 내가 판단했어."

"왜요?"

"그 이유는 네가 가장 잘 알고 있을 텐데."

의사 사카키의 말을 듣고 미사오는 고개를 숙였다. 침대 옆에는 스툴이 있었지만 의사는 앉으려고 하지 않고 선 채로 이쪽을 내려다보고 있었다. 미사오와 자신의 역학 관계를 나타내기 위해 그렇게 한 것이라면 성공했다.

의사 사카키가 말하는 게 뭔지 미사오는 알고 있었다. '모험'을 가리키는 거다.

"아주 위험한 짓이야." 의사는 타이르는 듯이 말했다. "가즈키 군이 어떻게 구워삶았는지 모르겠지만 위험한 일이었어. 알고 있지?"

"무라시타 씨는 위험하지 않다고 했는데."

"무라시타는 거짓말쟁이야."

그의 단언에 미사오는 더 이상 대답할 말을 잃었다.

"선생님은 무라시타 씨의 친구?"

"아니, 무라시타는 내 처남이다. 친척이야. 부끄러운 이야기지만."

미사오는 다시 입을 다물었다. 무엇을 물을까. 어떻게 질문하지. 어디서부터 이야기할까.

그리고 고개를 숙인 채 중얼거렸다.

"내가 터무니없는 짓을 했다는 생각이 지금은 들어요."

그렇다면 이야기가 통하겠다는 듯이 의사는 스툴을 끌어당겨 앉았다. 신음하듯 한숨을 쉬더니 얼굴을 든다.

"너는 잠시 동안 입원해서 약을 완전히 몸에서 내보내야 해. 휴식도 취할 필요가 있고. 알겠지?"

미사오는 선선히 끄덕였다.

"내가 할 수 있는 모든 처치를 할 테니 괜찮아, 너는 완전히 예전으로 돌아갈 수 있어. 다만 마음에 걸리는 건 네 가족이야. 가즈키 군의 이야기로는 너를 걱정해 주는 부모가 아니라고 했다던데, 정말인가?"

"모르겠어. 그런데—선생님, 오늘 며칠이야?"

"8월 12일. 일요일이다. 지금은 오후 두 시가 됐어."

미사오는 창문 쪽에 눈길을 주었다. 하얀 블라인드로 꼭 닫혀 있다. 바깥의 햇빛을 보는 것조차 불가능하다.

"8일 밤에 집을 나와서 오늘로 나흘째거든. 우리 집에서도 슬슬 내가 돌아오지 않아서 시끄러워졌을지 몰라요. 하지만 엄마 성격으로 봐서, 경찰에게 연락하지는 않을 거야."

"어떻게 하고 싶어?" 의사는 긴 다리를 꼬았다. 얇은 스타킹 같은 양말과 바지 사이에서 놀랄 정도로 하얀 피부가 흘끗 보인다. 이 선생은 레저라든지 스포츠를 즐길 시간도 없을 정도로 바쁜 건가. 그러고 보니 안색도 좀 파리하다. 피곤하다고 온몸으로 말하는 느낌이다.

"집에 연락해서 사정을 말할까?"

"그 말은 전부 알리겠다는 뜻?"

의사는 턱을 가볍게 끄덕인다. 미사오는 고개를 흔들었다.

"그건 싫어요."

"혼날 테니까."

"응, 사실 혼나는 건 상관없어. 다만 엉뚱한 쪽으로 화를 내니까 그게 싫은 거지."

미사오가 어째서 그런 '모험'을 할 생각이 들었는지 아무리 설명해도 부모는 이해해 주지 않을 게 분명하다. 만약 이해해 주기만 한다면 고막이 찢어질 정도로 고함을 친다 해도 상관없다. 그러나 그들은 단지 미사오가 상식을 벗어난 짓을 한 사실만으로도 화를 내며 발광할 것이다.

"그럼 거짓말할 거야?"

미사오는 의사 사카키의 얼굴을 지그시 바라보았다. 이 말을 하고 나면 두 번 다시 그의 반짝이는 의치를 볼 수는 없겠군, 하고 생각하면서.

"선생님도 진실이 밝혀지지 않는 편이 좋잖아요?"

의사는 침묵했다. 마른 입술이 일직선으로 꼭 다물어져 있다.

"그렇죠? 그 '모험', 법률적으로도 안 되는 거죠?"

"당연하지."

"라 판사에서도 선생님과 만났어요."

“그래.”

“그때 비명을 들었어. 그거 뭐지?”

의사는 가만히 있다.

“내가 모르는 편이 좋은 거야?”

의사는 끄덕인다.

“비명을 지른 사람도 선생님이 구해줬어? 나처럼.”

아까보다도 좀더 시간을 두고 다시 한번 끄덕인다.

미사오는 아주 약간 웃어 보였다. “그러면, 내가 거짓말할게요. 전화를 걸게 해 줘요. 잘 변명할 테니까.”

의사는 승낙했다.

“그렇지만 전화는 밤에 쓰는 게 어때? 낮이면······.”

“여기에 있는 다른 사람들에게 들키니까?”

미사오가 앞질러 말해도 의사는 표정을 바꾸지 않았다.

“맞아.”

“알았어.” 미사오는 진지한 얼굴로 돌아갔다. “선생님?”

“뭐니?”

“나, 왼손이 이상해. 저려.”

의사 사카키의 눈이 휘둥그레졌다. “왜 진작 말 안 했니.”

미사오에게서 증상을 자세히 물어보고 왼손바닥을 만지거나 꼭 쥐거나 백의 호주머니에 질러놓은 볼펜을 잡아보게 시키거나—의사 사카키는 이것저것 지시하며 미간에 주름을 새기고 생각에 빠져 있었다.

"좀더 자세히 검사를 해 보지 않으면 뭐라고도 할 수 없어. 내일부터 시작하자. 오늘은 기사가 오지 않아서 엑스레이도 찍을 수 없거든."

의사가 가 버리자 미사오는 혼자 남았다. 다시 문을 잠그는 소리가 났고 다가가서 문을 흔들어 보았지만 꿈쩍도 하지 않는다. 격리된 것 같았다.

그래도 비교적 기분은 냉정했다. 직감—지나치게 낙관적일지도 모르지만—으로 보아 의사 사카키는 나쁜 인간은 아니라는 느낌이 든다. '모험'의 뒤처리를 제대로 해 줄 것이다.

8일 심야에 '모험'을 시작해 새하얀 백지가 되어 헤매던 사흘간은 별로 뚜렷이 기억나지 않는다. 깨어나 버리면 그렇게 된다고 가즈키가 말했다.

알고 있는 것은 자신이 다시 '가이바라 미사오'라는 인간으로 돌아오기로 했다는 것.

'모험'을 하는 동안에는 처음 약속한 대로 가즈키가 쭉 함께 있어 주었다. 둘이서 온갖 장소에 가서 여러 가지를 했다. 무섭다는 생각은 들지 않았고 힘든 일도 없었다. '모험'이 언제나 그렇다면 '시험해보고 싶다'는 인간이 제법 있어도 이상하지 않다.

그러나 그런 인간은 모두 자신이 싫은 것이다.

12일 오후는 침대에 누워서 보냈다. 마비된 왼손은 풀리지 않았지만 두통은 가셨고 기분도 나쁘지 않다. 딱 한 번 창문으로 다가가 블라인드 틈새로 바깥을 내다보았다. 고작 오 센티미터 정도밖에 벌어지지 않아서 별다른 풍경은 보이지 않았다. 콘크리트로 포장된 주차장 정도만 보였을 뿐이다. 바깥 공기를 마시고 싶어서 창을 열려고 했지만 아무 데도 열쇠가 없었다. 손잡이도 없다. 핸들도 없다. 붙박이창이었다. 게다가 재질은 유리가 아니라 강화 플라스틱 같다. 깨지지도 않을 것이다.

아홉 시경이 되어 의사 사카키보다 나이 들어 보이는 몸집 작은 간호사가 식사를 들고 왔다. 병원식이라기보다는 가정요리 같은 느낌이었다. 공복이었기 때문에 미사오는 전부 먹어치웠다.

간호사가 쟁반을 가지러 왔을 때 지루하니까 잡지라도 주지 않겠냐고 부탁해 보았다.

"자극적인 체험은 실컷 했죠? 이번에는 좀 지루하게 있으세요." 내뱉듯이 말했다.

"저……. 그러면 당신은 어째서 내가 여기에 있는지 알아요?"

간호사는 그 질문에는 대답하지 않았다. 창문의 블라인드를 확인하고 공기 조절 스위치를 살짝 만지며 말했다.

"쓸데없는 말은 하지 말고 입 다물고 있어요. 안 그러면 나갈 수 없게 되니까."

차가운 목소리, 차가운 눈이었다. 환자를 대한다기보다 죄수를 다루는 듯한 태도다. 그녀가 가 버리자 미사오는 마음이 놓였다.

열 시경 다시 의사 사카키와 간호사가 와서 방에서 나오게 해 주었다. 작은 엘리베이터를 타고 일 층으로 내려갔다. 그제서야 자기가 지금까지 사 층에 있었음을 알았다.

집에 거는 전화는 의사 사카키의 진찰실에서 했다. 전에 면접을 받으러 간 적이 있는 요코하마의 레스토랑에서 일하고 있다고 둘러댔다. 가게 이름은 말하지 않았는데 어머니는 선선히 믿어 주었다. 뭐, 미사오의 말뿐 아니라 간호사가 미사오의 친구 어머니인 척 꾸며낸 이야기를 덧붙인 탓도 있겠지만.

다시 사 층으로 돌아갈 때 사무실 문이 반쯤 열려 있어 안을 볼 수가 있었다. 깔끔하게 정돈된 책상이나 캐비닛, 선명한 색색의 파일. 그 모습에 미사오는 안심했다. 단골 의원처럼 어디에나 있는 평범한 사무실 광경이었기 때문이다.

의사는 방까지 따라왔다. 그가 돌아갈 때 미사오는 과감하게 "문은 잠그지 말아 줘"라고 부탁해 보았다.

"내가 도망갈 리 없잖아? 여기 창문도 열리지 않고 만일 화재라도 나면 어떻게 할까 생각하니 잠이 오지 않아."

"그렇게는 안 돼."

"왜?"

"위험하니까."

"내가 위험한 사람이라고? 아니면 위험한 사람이 밖에서 들어온다는 말이야?"

꾹 입술을 깨물고 나서, 의사는 대답했다.

"후자야."

"그럼 선생님, 열쇠를 두고 가. 부탁해. 여벌 열쇠 있잖아? 쓰지 않을 테니까. 응? 마음만이라도 안심하고 싶어."

의사는 조금 고민하다가 결국 주머니에서 열쇠고리를 꺼내 하나를 빼 내어 건네주었다.

"감춰 두는 거야, 알겠지? 다른 사람에게 발각되지 않도록."

미사오는 열쇠를 베개 밑에 넣고 잤다. 눕자마자 쑥 끌려가듯이 잠들어 버렸다.

그러나 그 평화로운 잠은 바로 중단되어 버렸다. 문 밖에서 사람이 말다툼하는 듯한 목소리가 났기 때문이다.

담요 밑에서 상황을 살피고 있자니 병실의 문이 갑자기 열렸다. 불이 켜지고 미사오는 눈이 부셨다.

"이거냐."

의사 사카키도, 간호사도, 무라시타 가즈키도 아닌 목소리가 그렇게 말했다.

문 앞에 몸집이 작은 남자가 한 사람, 양 다리에 힘을 주고 서 있다. 미사오의 아버지보다 연상으로 보인다. 눈이 날카롭고 입가가 성급한 느낌으로 꼭 다물어져 있다. 정장 차림이지만 상의 앞은 벌어져 있어 커다란 버클이 달린 벨트가 보였다.

의사 사카키는 이 남자 바로 뒤에서 남자의 팔을 잡고 있었다. 다투고 있던 것은 이 두 사람이었던 모양이다. 미사오는 상반신을 일으켰다.

"선생님, 그만하십시오."

의사 사카키는 목소리가 거칠었다. 두 눈이 굳어 있었다.

"아무 짓도 하지 않아. 얼굴을 보려는 것뿐이다." 의사 사카키에게 '선생님'이라고 불린 남자는 말했다. "미인이잖아, 응?"

그 남자를 보고 있으니, 미사오는 이 년쯤 전의 불쾌한 경험이 떠올랐다. 아버지의 상사가 집에 와서 밤중까지 마셨을 때 일어난 일이다.

처음부터 징그러운 느낌의 상사였다. 미사오는 인사도 하는 둥 마는 둥 방에 틀어박혀 있었다.

그러나 화장실로 내려가다가 운 나쁘게 그와 얼굴을 마주쳐 버렸다. 상대는 마침 화장실에서 나온 참이었는데, 걸음도 불안할 정도로 취해 있었고 바지의 앞 지퍼가 반쯤 열려 있었다. 미사오는 얼굴을 돌렸다.

그러자 그 상사는 술 냄새나는 숨을 내뱉으면서 다가왔다. 미사오는 달아나려고 하다가 오히려 벽 쪽으로 몰렸다. 아버지의 상사는 미사오에게 달라붙어 침으로 번쩍이는 입가를 미사오의 볼에 대려는 듯이 가까이 해서 탁한 목소리로 말했다.

—귀엽군. 가이바라의 딸치고는 지나친 작품인데.

그러고는 갑자기 미사오의 가슴을 움켜쥐었다. 뿌리치려고 했지만 엄청난 힘으로 잡혀서 움직이기가 불가능했다. 목소리도 나오지 않는다,

—아저씨가 싫어? 응? 그런 소리 하는 게 아니야. 아저씨는 대단해. 대단하다고. 효도를 해 봐.

그렇게 말하고 미사오의 허벅지에 다리를 비벼댔다.

이번에는 목소리가 나왔다. 비명을 질러 부모가 복도를 뛰어올

때까지 계속 소리를 질렀다. 아버지의 상사는 재빨리 미사오로부터 떨어져 뛰어온 두 사람에게 말했다.

―아, 너무 마셔서 어지럽군. 따님에게 부딪쳐 버렸네.

그러나 응접실로 돌아가기 전에 값을 매기는 듯한 눈으로 미사오를 훑어보는 것을 잊지 않았다.

그때의 일을 떠올리자 당장에라도 구역질이 날 것 같았다. 그리고 지금 문 근처에 서 있는 남자도 그때의 상사와 동류임을 순간적으로 알아챘다. 여자를 보면 바로 머릿속에서 알몸으로 만들어 버리는 남자다.

'선생님'이라 불린 남자는 미사오를 지그시 관찰했다. 신통찮은 용모에 비열한 느낌의 눈매가 딱이었다. 만일 이 녀석과 자지 않으면 죽여 버린다고 협박이라도 당하면, 혀를 깨물어 잘라 버릴 테다.

"뭐, 잘하고 있군. 다쓰히코, 이 아이는 네 스타일이잖아?"

'선생님'이라 불린 남자가 양아치 같은 소리를 했다.

"치료 따위 할 거 없어. 방해만 안 되면 돼."

그렇게 말하고 점점 침대로 다가온다. 그 뒤에 달라붙듯이 간호사가 스르르 따라왔다. 그녀의 손에는 은색 쟁반. 주사기와 작은 앰풀이 놓여 있다.

미사오는 달아나려고 했다. 그러나 한발 늦었다.

'선생님'은 빈약한 체격으로는 상상할 수 없는 힘으로 미사오를 꼼짝 못하게 잡았다. 사람의 자유를 빼앗는 요령을 터득하고 있는 듯하다. ‘선생님’이 미사오를 내리누르는 사이에 간호사가 주사기를 앰풀에 찔러 넣어 투명한 액체를 빨아들이고 있다.

“선생님, 그럴 필요는 없습니다!”

의사 사카키는 ‘선생님’의 팔을 붙잡았다. 그러나 선생이 쏘아보자 일순 기가 꺾였다.

“입 다물고 내가 말하는 대로 해. 실패하면 어떻게 되나.”

‘선생님’은 의사 사카키에게 그렇게 말했다. 순간 의사 사카키의 어깨가 풀썩 떨어지고 손이 내려갔다.

이번에는 간호사가 미사오를 누른다. ‘선생님’이 주사기를 손에 든다. 미사오는 소리를 지르며 울었지만 바늘은 가차 없이 오른팔을 찔렀다.

텅 빈 주사기를 쟁반에 놓고 ‘선생’은 말했다.

“일이 끝날 때까지 약으로 재우는 게 제일이다. 팬비탄은 썩어 날 정도로 있으니까 상관없어.”

의사 사카키에게 눈짓을 하고는 덧붙인다.

“알려지지만 않으면 바람 피워도 돼. 미도리에게 이르지는 않을 테니까 걱정 마라.”

그러고는 간호사를 거느리고 방을 나갔다.

“저거, 누구야?” 미사오는 떨면서 물었다.

“무라시타 선생님이야.” 의사 사카키도 목이 쉬어 있었다. 다만 미사오와 달리 분노 때문이리라—.

아니, 아니다. 선생님 역시 저 ‘선생님’을 두려워하고 있을지도 모른다.

"의사?"

"그래." 의사 사카키는 끄덕이고 손등으로 이마를 훔쳤다. "놀라게 해서 미안해. 더 이상 이런 일은 없을 테니까."

"저래도 의사야?"

"그런 거야."

"실패라니, 무슨 말이야?"

사카키는 대답하지 않는다.

"미도리는 누구야?"

의사 사카키는 미사오의 얼굴에서 시선을 돌렸다.

"우리 집사람이야. 그리고 무라시타 선생님은 내 장인어른이지."

그리고 문에 손을 걸쳤다. "잘 자. 정말로 아무 걱정 하지 않아도 돼."

미사오는 그렇게는 생각할 수 없었다. 눈을 휘둥그레 뜨고 사카키를 바라보고 있으니, 의사는 결심한 듯이 방향을 바꾸어 침대 옆으로 돌아와서 담요 위에 한 손을 올리고 빠른 말투로 속삭였다.

"믿어 줘. 너는 반드시 내가 지킬게. 조금만, 딱 며칠이라도 좋아, 참고 여기에 있어 줘."

미사오의 대답을 듣지 않고 의사는 나갔다.

어둠과 정적 속에서 미사오는 고개를 흔들기 시작했다.

아니, 아니, 아니. 여기에 있어서는 안 돼.

약이 효과가 나는지 시야가 좁아지고 점점 멍해졌다. 안 돼, 잠들면 안 돼.

침대를 내려가 백을 들고 열쇠로 문을 열어 방을 나갔다. 어둠 속에 하얗게 가라앉아 있는 복도를 발소리를 죽이고 나아간다. 도중에 몇 번이나 비틀거려서 벽에 손을 짚었다.

엘리베이터로 아래층에 내려간다. 아무도 없다. 맨발에 닿는 리놀륨 바닥의 감촉이 차갑다. 하얀 벽이 빙글빙글 돈다.

건물의 구조를 모르니까 어쨌든 창이란 창, 문이란 문은 닥치는 대로 다 열어 보려고 했다. 그러나 전부 잠겨 있다. 밖에는 나갈 수 없는 것이다.

땀과 눈물로 볼을 적시면서 파자마의 옷깃을 잡고 주위를 둘러보았다. 어쩌지? 어떻게 하면 좋지?

현기증이 시작되어 서 있을 수 없게 되었다. 쪼그리고 바닥에 손을 짚었다.

전화다. 전화를 걸어 도움을 청하자. 내가 여기에 있다고 알려야 한다.

진찰실 문은 잠겨 있었다. 사무실 쪽으로 기어서 나아간다. 여기는 잠기지 않았지만 조명 스위치를 찾을 수 없다.

물에 빠진 인간이 뭐라도 잡으려고 허우적거리듯이 손을 휘두르다가 책상 모서리에 부딪쳤다. 격렬한 통증에 일순 의식이 또렷해졌다. 책상 위에 전화기가 있다.

도와 줘, 도와 줘. 그것밖에 생각나지 않는다. 누구에게? 누구에게?

거의 무의식적으로 신교지의 전화번호를 돌리고 있었다. 발신음이 울리기 시작했을 때, 천장이 빙글빙글 돌고 미사오는 바닥에 쓰러졌다.

에쓰코의 목소리가 들린다. 꿈인지 현실인지 알 수 없어지면서 미사오는 필사적으로 그녀를 불렀다. 신교지 씨―구해줘.

에쓰코가 부르고 있다. 그 목소리가 들린다. 그러나 더 이상 입이 열리지 않는다. 미사오의 마지막 기억은 방에 불이 켜지고, 간호사 신발을 신은 발이 다가와서 미사오의 손에서 수화기를 집어든 것. 그리고,

'끈질기네, 얘는'이라는 목소리뿐…….

지금 미사오는 완전히 방에 갇혀 있다. 열쇠도 빼앗겼다. 달아날 길은 없다. 미사오에게 열쇠를 건넨 일이 들켰는지 의사 사카키의 모습은 보이지 않았다. 어쩌면 그 선생도 '무라시타 선생님'에게 감금당했을지 모른다―는 생각마저 들었다.

간호사가 와서 때마다 주사를 놓고 간다. 그녀 혼자만 온다. 그러나 약효가 떨어지기 전에 다음 분량을 맞아서, 미사오는 언제나 취한 듯한 상태였다. 제일 의식이 확실할 때도 화장실에 가는 게 고작이었다. 도저히 저항할 수 없다. 시간 감각도 이상하게 되어 버렸다.

어떻게든 일어나 현기증을 참으면서 창문에서 밖을 내다본 적도 있다. 그러나 힘이 들어가지 않는 손가락으로는 블라인드를 제대로 비집어 열기가 불가능했다. 셔터처럼 꽉 닫혀 있었다.

아주 조금 열린 틈으로 아래를 보았을 때 누군가가 그곳에 있었던 느낌도 들었다. 그러나 불러도 들리지 않을 테고 금세 서 있기가 힘들어졌다.

지금도 이렇게 베개에 기대어 시계를 보고 지나가는 하루를 확인하고—그뿐이다. 두 시간쯤 전에 맞은 주사의 효력이 남아 있다. 하루가 간다. 그러나 어느 하루지? 처음으로 주사를 맞고부터 며칠 지났지? 하루인가? 이틀인가?

졸리다. 자 버리면 아무것도 생각하지 않아도 된다…….

그때 문에서 노크 소리가 들렸다.

조심스러운 낮은 소리다. 주먹이 아니라 손바닥으로 두드리는 것처럼. 그리고 그 소리가 그치고 문 아래로 회중전등의 빛이 휙 스쳤다.

미사오는 전부 듣고 보고 있으면서도 움직일 수가 없었다. 심장이 몹시 두근거리고 가슴이 답답할 정도지만 몸이 나른해서 조금 움직이는 것조차도 뜻대로 되지 않는다.

문 아래에서 뭔가 종이 같은 것이 들어왔다. 사각, 하는 소리가 난다.

다시 한번 회중전등 빛이 움직인다. 이곳에 있는 것을 봐 줘, 라는 신호 같다.

불이 꺼졌다. 주의를 집중시키고 있자 문 앞에서 가는 발소리가 들려왔다.

침대에서 내려가기까지 미사오는 몇 번이나 휘청거렸다. 무심코 마비된 왼손으로 팔을 짚는 바람에 베개 위에 엎어졌다. 처음 이 방에서 깨어났을 때보다도 마비가 심해졌다.

거의 기다시피 해서 문 옆까지 갔다. 바닥 위에 놓인 종이는 흔한 메모 용지로 끝 부분이 찢어져 있다.

거기에 갈겨쓴 듯 커다란 글씨가 늘어서 있다.

'네가 투여받는 약은 팬비탄이라는 강력한 진정제다. 몸에서 밖으로 배출되면 후유증이 남지는 않지만 많은 양을 투여받으면 심장에 부담이 된다. 너에게 쓰도록 확보된 앰풀을 생리식염수와 바꿔 두었다. 간호사는 모른다. 그러니까 내일부터는 주사를 맞으면, 팬비탄으로 멍해진 연기를 해야 한다. 잘만 하면 절대로 들키지 않는다. 이 메모는 읽은 뒤 잘게 찢어서 변기에 내려 버릴 것'

한 줄 띄우고 가필처럼 이렇게 되어 있었다.

'이런 일에 휘말리게 해서 정말 미안하다. 가까운 시일 내에 반드시 집에 돌려보내 줄게.'

메모를 다 읽고 미사오는 무의식적으로 문 쪽에 눈길을 주었다. 그녀를 현실로부터 가로막고 있는 듯한 그 문은 그저 편편하고 하얄 뿐.

메모의 지시를 따르기 위해 종이를 잘게 찢는 것조차 힘든 작업이었다. 생각대로 움직이지 않는 왼손을 포기하고 결국에는 이빨로 물어뜯어 변기에 버렸다.

분명 사카키 선생의 메시지다. 그 선생도 '큰선생님'을 무서워한다—하지만—나를 구하려 하고 있다…….

힘을 짜 내어 침대로 돌아가 누운 미사오는 눈을 감았다.

자자. 자면서 쉬는 거다. 약에서 해방되면 다시 생각할 수 있다. 생각할 수 있으면 행동할 수 있다. 그때를 위해 힘을 비축해 두어야 한다…….

8월
14일
화요일

제3일

27

　오가타 유지, 24세. 미요시 아키에, 22세. 이것이 그들의 정체였다.

　그들은 오전에 도호쿠 신칸센으로 사에구사와 함께 센다이로 떠났다. 시계를 되감는 작업의 시작이었다.

　사에구사는 누구를 방문할지 계획을 세우고 있었다.

　"사이와이 산장 사건 당시, 피해자 양가를 대표해 언론 대응부터 합동장례식 수속까지 전부 맡아서 처리한 인물이 있어. 기억나지 않아?" 좌석에 기대앉은 유지가 고개를 흔들었다.

　"전혀 모르겠습니다."

　"이름을 되찾은 기분은 어때?"

　"아직 실감이 나지 않아요……. 예명이라도 받은 기분입니다."

　어쩌면 이 기분도 일종의 도피일지 모른다. 신원을 알아내고 보니 그들은 둘 다 믿기 어려운 재난으로 한꺼번에 가족을 잃은 사람이었다……. 그런 거대한 진실을 인정하고 싶지 않다는 의식이 작용하는지도 모른다.

　그의 옆에는 아키에가 양손을 단정하게 무릎 위로 올린 채 창 쪽으로 시선을 주고 있다. 터널에 들어갈 때마다 창유리에 그녀의 하얀 얼굴이 비친다.

열차 안은 만원이었다. 가족 여행객이 많다. 통로 건너편에 앉아 있는 두 손님이 지정석을 얻기 위해 철야를 했다고 떠드는 말을 듣고 유지는 깨달았다. 지금은 마침 귀성 기간이다.

“사에구사 씨.”

“뭐야.”

“여행사에 연줄이라도 있습니까?”

사에구사는 이쪽을 보았다.

“왜?”

“이 자리, 너무 쉽게 얻은 것 같아서.”

“운이 좋았어.”

“그런가.”

사에구사는 일어났다. 화장실에라도 가는지, 오른쪽 다리를 끌면서 통로를 걸어가는 그에게 근처의 승객이 흥미롭다는 듯한 시선을 흘끗 보낸다. 피곤하기 때문이겠지만 사에구사는 오늘 평소보다 더 다리를 질질 끄는 것 같았다.

다리에 관해서는 한 번도 물어본 적이 없다. 오래된 상처일까.

얼굴을 씻었는지 돌아왔을 때는 사에구사의 머리카락이 약간 젖어 있었다. 그대로 좌석에 등을 기대어 눈을 감아 버려서 유지도 그 이상은 묻지 않았다.

사에구사가 모아둔 사이와이 산장 사건 관련 기사를 다 읽느라 어젯밤에는 거의 못 잤다. 그래도 아직 부족한 느낌이 들어 역으로 가기 전에 몇 개쯤 정리해서 들고 왔다. 유지는 기사를 무릎 위에 펼쳤다.

오가타 내외, 미요시 가즈오·유키에 부녀—피해자의 얼굴 사진은 어느 신문, 어느 잡지를 집어 들어도 비슷비슷했다. 남겨진 유족이나 관계자가 최소한의 사진밖에 제공하지 않았던 모양이다. 단 하나, 여성 주간지 기사 중에 유키에의 성인식 차림을 실은 페이지가 있고, '그녀의 아름다움이 야수를 불러들였다'라는 표제가 붙어 있다. 이제 와 생각해 보면 잡지에 그런 사진을 제공한 인간의 품성이 의심될 뿐이다.

남겨진 유족—이라면, 자신들이야말로 그 '유족'이었다고 유지는 새삼 마음속으로 되뇌었다. 믿고 싶지 않다는 생각과 인정하지 않으면 앞으로 나아갈 수 없다는 이성이 머릿속에서 술래잡기를 하고 있다.

사진 속 유키에의 용모는 지금 옆에 앉아 있는 아키에와 많이 닮았다. 눈 주위가 똑같다. 그리고 두 딸의 윤곽—특히 홀쭉한 턱선은 부친인 미요시 가즈오로부터 물려받은 것 같았다.

오가타 내외—자기 부모의 사진을 유지는 어젯밤부터 몇십 번이나 보았다. 백발이 섞인 머리에 네모난 얼굴의 아버지. 통통한 뺨과 나이에 맞는 눈가 주름이 오히려 품위 있게 보이는 어머니—.

사실을 알고 인정하는 데 따른 충격은 아직 나타나지 않았다. 창문을 전부 닫아 버린 방 안에서 지붕 기와를 날려 보낼 정도로 거친 강풍 소리를 듣는 느낌이었다. 바람의 세기도 공포도 유리

창 저편의 일일 뿐이다. 창을 열고 손을 펴들면 좀더 확실히 체감할 수 있겠지만, 그는 아직 그 창을 어떻게 여는지 알 수 없었다.

강하게 끌리는 쪽은 오히려 사이와이 산장 사건의 범인이라는 미야마에 다카시의 사진이었다.

그의 사진은 다양하고 풍부했다. 어른이 되고 난 후는 물론, 시치고산七五三어린이의 성장을 축하하고 건강을 비는 의식으로 남자는 3, 5세, 여자는 3, 7세 되는 해에 전통복장으로 신사 등에 참배함 사진까지 실려 있다.

다만 사건 당시의 사진이 없다. 사에구사의 설명에 의하면 사건을 일으켰을 때 다카시는 스물한 살이었다. 그러나 언론에서는 열일곱 살, 고교 이학년 때의 사진을 가장 빈번하게 실었다. 교복을 입은 사진이다. 그 나이에 모친을 여의고 무라시타 집안을 뛰쳐나온 후, 다카시에게는 사진을 찍을 기회나 찍어 줄 상대가, 아니, 사진을 찍을 필요조차도 없었다는 뜻일까.

고등학교 때 다카시는 굳이 따지자면 여윈 몸매의, 허약체질이라고 해도 될 법한 체형의 소년이다. 어깨폭은 넓지만 동그스름하고, 키는 별로 크지 않은 것 같은데 묘하게 커 보인다. 얼굴은 어른스럽고, 지나친 비유지만, 여장을 하면 어울릴 듯한 이목구비다.

그의 모친인 고 무라시타 도시에와 함께 찍은 사진도 있었다. 폭로 전문 사진 잡지가 채택한 그 사진에서 두 사람은 산울타리가 있는 집의 문 앞에 서 있다. 첨부된 기사에 따르면 그 집은 무라시타 다케조가 도시에와 재혼할 때 그녀를 위해 일부러 같은 부지 내에 세운 새집이라고 한다.

낮은 키의 산울타리 너머로 차 지붕이 보인다. 사에구사는 무라시타 도시에가 교통사고로 죽었다고 했는데 어쩌면 이 차가 원인이었을지도 모른다.

그런 생각이 든 까닭은 이 사진에 찍힌 다카시의 표정이 너무나 어두웠기 때문이다.

부모의 이혼, 그에 이어지는 어머니의 재혼은 자식에게 결코 기분 좋은 일은 아니다. 더구나 사춘기 남자 아이다. 도시에가 다케조와 알기 전부터 미야마에 부부는 사이가 안 좋았다고 한다. 그것이 정학 처분을 받을 정도의 폭력 사건으로 다카시를 몰고 갔을지도 모른다.

다카시에게는 곧 악순환의 시작이었다. 폭력을 휘두르고, 그의 폭력을 힘겨워했던 부모에 의해 정신병원에 입원하고, 그것을 계기로 어머니는 병원 원장과 가까워져 결국에는 남편과 헤어지고 그와 재혼한다—병원을 나온 다카시를 기다린 것은 입원 전과는 완전히 다른 환경과 한 여성으로서 재출발하며 행복을 꿈꾸고 있는 어머니였다—.

그래서 다카시의 눈 속에 그늘이 있는 건가?

지그시 사진을 바라보며 유지는 몰래 '그것뿐만이 아니야'라고 생각했다.

이 얼굴, 이 눈. 본 기억이 있다. 너무나도 잘 아는 표정이다. 유지 자신이 요 며칠 사이 자신의 얼굴을 들여다볼 때 발견한 표정이었다.

두려움이다.

미야마에 다카시는 두려워하고 있다. 태세를 갖추고 있다. 무엇인지는 모르지만 무서워해야 할 존재가 앞길에 기다리고 있음을, 당시 불과 열일곱이던 사진 속의 소년은 알고 있었을까.

왜지—유지는 생각했다. 어째서 그런 식으로 카메라를 바라보고 있지? 어째서 그런 식으로 몸 옆으로 주먹을 꼭 쥐고 있지? 어째서 그런 식으로 양 다리를 땅에 디디고 서서 모친의 앞을 막아서려는 듯한 자세를 취하고 있는 것인가.

그리고—어째서 살인범으로 비난받게 되었나.

—그녀의 아름다움이 야수를 불러들였다.

정말로 미요시 유키에의 탓이었을까. 그녀가 마음대로 되지 않아서, 단지 그것뿐일까. 혹은 열일곱 살 때 네가 본 '뭔가 두려워해야 하는 존재'가 사이와이 산장에 있었나—.

다른 신문에서 잘라낸 기사 중에 사건 이 년 전 다카시가 도쿄에서 폭력단에 의한 권총 밀조와 밀매 적발 건에 얽혀 경찰에게 사정청취를 받았다는 내용이 있었다. 특종으로 크게 다뤄졌다. 그에 따르면 다카시는 권총을 손에 넣을 기회도 있었고 사격 실력도 상당했다고 한다.

'한때 미친 듯이 사격 연습만 했던 적이 있었다. 오백 엔 동전을 던지면 쏘아 맞힐 정도였다'라는 당시 다카시의 동료가 한 말이 덧붙여져 있다.

이 년 전의 밀조 권총 사건 자체가 상당히 떠들썩했던 모양이다. 그 사건을 보도한, 다소 바랜 잡지 기사도 스테이플러로 함께 묶여 있다. 훑어보다가 'S'라는 기자가,

"개척 시대부터 '자신의 몸은 자신이 지킨다'는 사상이 중시되는 미국에서조차 현재 총기소지 규제를 바라는 목소리가 커지기 시작했다. 하물며 일본과 같이 역사적으로 '자기방어'의 의식이 약한 나라에서 총기의 버젓한 유통은 그대로 치안의 위협에 직결될 수도 있다. 그러나 요즘은 이른바 폭력단 관계자뿐 아니라 일부 청소년에게도 이들 무기가 아주 매력적인 대상으로 비치고 있음이 사실이다. 엄중한 감시를 바란다"고 서술하는 기사에 무심코 한숨을 쉬었다.

'……만일, 미야마에 다카시가 권총을 갖고 있지 않았고 식칼이라도 들고 습격했다면, 부모님들도 반격할 기회는 있었을 것이다.'

그때 가벼운 음악과 함께, "이용해 주셔서 감사합니다. 곧 센다이 역에 도착하겠습니다……"라는 안내방송이 흘러나왔다.

그러자 사에구사가 바로 눈을 떴다. 자고 있었다고는 생각할 수 없을 정도의 재빠른 반응이었다.

양손이 좌석 팔걸이를 단단히 잡고 있다. 얼마나 긴장하고 있는지 유지도 알 수 있었다.

열차가 천천히 감속한다. 무엇인지 알 수 없는 미래—아니, 과거가 기다리는 땅을 향해서. 문득 내려다 본 유지의 눈에 자기 팔

에 돋은 소름이 들어왔다.

센다이 역에 도착해도 모든 일이 극적으로 판명되는 전개는 없었다.

이곳에는 온 적이 있다—고 하는 어렴풋한 인상을 받은 게 전부였다. 아키에도 마찬가지로 하나의 혼돈에서 다른 혼돈 속으로 옮겨졌을 뿐인 듯하다.

유지는 계속 아키에의 어깨를 안고 그녀에게 보조를 맞추어 걸었다. 꺾을 때, 설 때, 계단을 오르고 내릴 때에는 반드시 말을 걸었다.

자신과 이 아가씨는 아는 사이였다. 어떤 사이였는지는 아직 모른다. 그러나 적어도 둘 다 홀로 살아남았다는 사실은 공통된다. 이 아가씨 옆에 붙어 있어 주지 않으면 안 된다. 이때까지 암중모색 속에서 서로 도와 오기는 했지만 또 다른 의미에서 새삼 통감했다.

역 앞에서 택시를 잡은 사에구사가 운전사에게 호텔 이름을 말해 주었다. 유지에게는 아는 사람과 마주쳐 버리면 번거로우니까 시내에서 떨어진 호텔을 골랐다고 설명했다.

사에구사는 운전사에게 되도록 천천히 달려 달라고 부탁한 뒤에 이렇게 덧붙였다.

"관광하는 기분을 맛보고 싶어서요."

"알겠습니다" 하고 중년의 운전사는 웃었다. "손님, 도쿄에서 오셨습니까?"

"네. 어떻게 아셨습니까?"

"알지요. 억양으로."

"그런가? 저는 모르겠는데. 운전하시는 분도 사투리는 안 쓰시는 것 같습니다만."

"그렇습니까? 뭐, 저희 정도의 나이부터는 이미 그럴지도 모르겠네요. 표준어 교육이라는 걸 받았으니까."

"사라져 가는 방언이군."

"그러게요. 좋은지 나쁜지 모르겠습니다. 특색이 없어져 버리니까. 요즘 젊은이들은 모두 도쿄 녀석들과 구분이 가지 않아요. 애쓰고 있는 건 오사카 사투리뿐이고."

사에구사는 유지를 슬쩍 보았다. 그는 약간 고개를 끄덕여 보였다. 말을 듣고도 감이 오지 않는다. 운전사 말대로 도쿄와 구분이 가지 않았다.

그러나 차창으로 보이는 경치는 달랐다.

멀리 보이는 산의 능선. 초록은 짙고 태양빛은 뜨거운데 바람이 상쾌하게 불어 나간다. 운전사는 에어컨을 틀지 않고 창문을 열어 놓았다.

"도쿄와 달리 이쪽 여름은 견디기 쉽습니다. 습기가 없으니까요" 하고 웃는다.

빌딩이 많다. 겉모습은 도쿄와 다르지 않다. 당당한 대도시다. 그 거리, 그 경치는 기억이 난다. 아니, 그 이상이다. 자신이 과거 여기에 있었다는 실감이 처음으로 끓어올랐다. 필름이 현상되듯, 머릿속 깊은 곳에서 기억이 떠오른다.

가만히 앉아 있는 아키에의 손을 가볍게 두드리며 유지가 작은 목소리로 말을 건넸다.

"집에 돌아왔어."

아키에는 보이지 않는 눈을 그에게로 향하며 가볍게 고개를 기울이더니 "그러네" 하고 대답했다. 사에구사는 입을 다물고 있었다.

호텔에 도착하자 로비에 두 사람을 앉혀 두고 사에구사는 전화를 하러 갔다. 자기 친척에게 건다면 직접 이야기하는 편이 빠르다고 유지가 말하니 다음과 같은 대답이 돌아왔다.

"당신은 이야기할 상대가 누군지 모르잖아? 그러면 오히려 혼란스러워져. 내가 잘 설명해서 오라고 할게."

사이와이 산장 관련 기사들을 읽어서, 유지도 아키에도 자신들이 어떤 집안 사람이고 기억을 잃기 전 어떤 일을 했는지 머리로는 파악하고 있었다.

유지의 아버지 오가타 히데미쓰는 역앞 빌딩에 있는 커다란 선물가게를 운영했고 그 외에 향토 요리 가게도 가지고 있었다. 두 가게의 사장이었다. 외동아들인 유지는 후계자다. 지금 상황에서 후계자가 종업원이 잔뜩 있는 곳에 돌아가 실은 갑자기 기억상실에 걸렸습니다, 라고 말할 수 없다는 사실은 잘 안다.

보도에 따르면 유지 자신은 아버지 회사가 아니라 도호쿠 지방

최대의 지방은행에서 근무했다. 어느 지점에 배속되어 있었는지, 가족과 동거하고 있었는지—같은 세부 사항까지는 사에구사가 갖고 있는 기사 스크랩 안에는 나와 있지 않았다.

아키에의 아버지 미요시 가즈오는 시내의 공립 고등학교 교감이었다. 진학률이 높은 명문학교에 스포츠 활동도 왕성하다고 한다. 자매인 유키에도 시내에 있는 단기대 영문과 이학년. 아키에는 집안일을 돌보고 있었던 것 같다.

로비는 붐볐다. 유지는 새삼스레 지금이 관광 시즌임을 떠올렸다. 여름휴가철이다.

샐러리맨이었을 자신이 도쿄에서 무엇을 하고 있었을까? 일은 어떻게 하고 왔을까? 역시 여름휴가라도 받은 걸까—.

갑자기 아키에가 몸을 조금 움직여 양손으로 얼굴을 감싸는 바람에 유지는 생각에서 깨어났다.

"속이 안 좋아?"

로비의 푹신푹신한 소파 위에 그녀의 가냘픈 몸이 쑥 잠겨 있다.

"응……. 머리가 좀 아파."

자리를 옮겨 가까이에서 들여다보니 얼굴이 창백하다.

"잘 모르겠지만, 갑자기 한기가 들었어."

"뭔가 생각이 난 건가?"

"몰라. 하지만 전에도 지금처럼 이런 장소에서 누군가를 기다렸다는 느낌이 들어. 그게—별로 좋은 추억은 아닌 것 같지만."

그녀는 도리질을 하듯 머리를 흔들었다.

"아, 답답해. 나도 눈이 보이면 좋을 텐데!"

"누군가를 기다리고 있었다니, 당신 혼자서?"

"으응, 아마도."

좋은 추억이 아닌 약속이란 대체 뭘까.

갑자기 생각이 나서 유지는 물었다.

"당신이 기다리던 상대는 내가 아닐까?"

아키에는 눈을 깜빡였다. "왜 그렇게 생각해?"

"아니—근거 따위는 없지만."

오늘 아침이 되어서야 정말이지 오랜만에 아키에는 미소 지었다.

"으응. 당신은 아닐 거야. 그랬다면 좀더 확실히 알았을 테고—. 어쩌면—여동생이었을지도 몰라."

"유키에 씨?"

"그런 이름이네, 내 여동생. 나에게는 여동생이 있다……. 아니, 있었지."

그때 사에구사가 돌아왔다.

"바로 와 준대. 깜짝 놀라더군. 다른 사람에게는 비밀로 하고 살짝 나온다고 했어."

"어디까지 이야기했습니까?"

"사정이 좀 있어서 당신들 두 사람이 기억을 잃었다는 부분까지. 온다는 사람은 당신 아버지 밑에서 오랫동안 지배인을 맡고 있던 사람이야. 히로세 고키치 씨라고 하더군."

그로부터 이십 분 정도 기다렸을까. 정면 현관을 출입하는 사람들을 보던 유지의 눈에 한 남자가 자동문을 통과하는 모습이 들어왔다.

몸집이 작고 약간 살지고 짧은 다리를 종종거린다. 평범한 노타이 셔츠의 겨드랑이 밑에 땀이 고여 색이 변해 있다. 상당히 벗겨진 이마를 손수건으로 거듭거듭 훔치면서 로비를 휙 둘러보고—,

그리고 유지의 얼굴에서 시선을 멈추었다.

사람 좋아 보이는 둥근 얼굴의 두 눈도 입도 휘둥그레진 남자는 우뚝 서 있었다. 거의 동시에 유지도 저 사람이 자기가 아는 사람임을 직감했다.

"도련님" 하고 땀투성이의 작은 남자는 중얼거렸다. "아키에 아가씨도."

고키치는 아키에도 그렇게 불렀다.

"대체 어떻게 되신 겁니까."

28

자가용을 끌고 온 히로세 고키치는 세 사람을 차에 태우더니 자기 집으로 데려갔다.

고키치는 운전을 잘 못했다. 이따금 옆으로 흔들리거나 발진할 때마다 덜커덩 기운다. 그는 그때마다 땀을 닦으면서, "죄송합니다, 죄송합니다" 하고 반복했다. "너무 깜짝 놀라서 두근거리는 가슴이 가라앉지 않습니다."

당연하다고 생각했는지 이동하는 내내 사에구사는 계속 아무 말이 없었다. 유지도 입을 열지 않았다.

고키치의 집은 시내 변두리에 있는 작은 독채였다. 바로 가까이에 사사카마보코조릿대잎 모양으로 만든 어묵 공장이 있고, '제조 직매 지방발송 접수합니다'라고 적힌 현수막이 흔들리고 있었다.

"이곳이 제일 안심할 수 있습니다. 저는 홀아비 독신 생활이니까 훼방하는 사람도 없지요."

사에구사에게 그렇게 설명하고 나서 유지와 아키에의 얼굴을 번갈아 보았다.

"두 분 다 그런 것도 잊으셨습니까."

"그런 것 같아" 하고 유지가 대답했다.

"게다가 아키에 씨는 눈이 또 안 보이시나 보군요?"

세 사람 다 깜짝 놀랐다. 아키에는 펄쩍 뛸 뻔했다.

“제가 전에도 눈이 안 보이게 된 적이 있어요?”

이번에는 고키치가 놀란다. “잊으셨습니까? 기억상실이라는 건 그런 것도 모르게 됩니까?”

“전부 사라졌어. 이름도 조사해서 겨우 안 거야. 떠올린 게 아니라.”

유지의 말에 고키치는 기가 막히다는 얼굴로 입을 벌리고 있다. 아담하게 정리된 다다미방에서 작은 테이블에 둘러 앉아, 사에구사가 지금까지의 자초지종을 설명하는 동안 그는 계속 유지와 아키에의 얼굴을 돌아가며 쳐다보았다.

사에구사는 세세한 부분까지 이치에 맞게 이야기했지만 두 사람이 있던 팰리스 신카이바시의 방에 권총과 트렁크 가득 들어 있던 현금에 대해서는 생략했다. 자기 자신도 그저 이웃 사람이라고 설명하고 말았다.

이야기를 다 들은 고키치가 고개를 떨구었다.

“미안해” 하고 유지는 사과했다. 그 말을 하지 않으면 면목이 없다고 생각하면서.

“사과하실 것 없습니다. 별일 없어서—아니, 정말 별일 없었는지 알 수 없지만 어쨌든 돌아와 주셔서 다행입니다.”

그렇게 말하면서 고키치는 맹렬히 고개를 흔들었다.

“이렇게 되다니 도련님이 도쿄에 간다는 말을 꺼내셨을 때 더 힘껏 말려야 했습니다. 제가 잘못 한 겁니다.”

“내가 직접 상경한다고 말을 꺼냈어?”

“네. 저희에게도 행선지를 말하지 않고 뛰쳐나가셔서……. 처음에는 아키에 씨에게도 비밀로 하셨습니다. 쫓아갈 방법도 없고. 그저 열흘에 한 번 정도는 전화를 주셔서 저희도 어떻게든 도련님이 별일 없으시다는 것만 겨우 알았습니다.”

유지는 사에구사와 얼굴을 마주 보았다.

“처음에는…… 나한테도 비밀이었다?” 아키에가 중얼거리고, 시선을 들었다. “무슨 말이죠?”

고키치는 당장에라도 울음을 터뜨릴 듯한 울적한 얼굴을 했다.

“그것도 잊으셨습니까. 아키에 씨. 우리 사장님과 사모님, 아키에 씨의 아버님과 동생 분의 상이 끝나면, 아키에 씨는 며느님이 되실 예정이었습니다. 도련님과 결혼하시게 되어 저희는 모두 고대하며 기다리고 있었습니다.”

놀라서 잠시 아무도 말을 하지 않았다.

“정말?”

겨우 그렇게 묻는 유지에게 고키치는 몇 번이나 고개를 끄덕였다.

“그런 일이 있어서 정말 힘드셨겠지요. 그러니까 두 분이 결혼하시는 게 제일 좋다고 주위에서는 모두 찬성했습니다. 은밀하게 예물 교환도 마쳤습니다. 5월이었지요. 기억나지 않으십니까? 그 사건에서 얼른 재기하고 새출발하기 위해서라도 되도록 빠른 편이 좋다고 그렇게 정했습니다.”

아키에가 입가에 손을 대며 동그랗고 귀여운 눈을 휘둥그레 뜬다. 그 손을 보고 고키치는 말했다.

"아키에 씨, 반지는 어떻게 하셨습니까?"

"반지?"

"약혼반지 말입니다. 도련님 댁에 간다고 말씀하시고 저를 찾아오셨을 때는 끼고 계셨습니다. 아키에 씨의 탄생석인, 뭐더라 그, 녹색에 아름다운—."

혼란스러운지 고키치는 말을 잇지 못했다.

"에메랄드요?"

사에구사가 거들어 주자, 고키치는 힘차게 끄덕였다.

"맞습니다, 맞습니다. 디자인을 하는 도련님의 친구분이 특별히 맞춰 준 반지였습니다. 보면 바로 알 수 있어요. 에메랄드를 꽃잎 모양으로 세공해 놓은 겁니다."

아키에는 왼손 손가락을 문질렀다.

"없……네. 잃어버린 거구나……."

"잃어버린 게 아니야, 도둑맞았어."

유지의 말에 사에구사도 동의했다.

"기억이 돌아올 계기가 될지도 모르니까. 소지품을 전부 없앤 거다."

고키치는 두꺼운 목구멍으로 침을 꿀꺽 삼켰다. "그 말씀을 들으니 마치 누군가가 두 분을 일부러 기억상실이 되게 만든 것 같네요."

사에구사는 침울하게 말했다. "사실, 그런 것 같습니다."

"그런 것이 가능할 리가 없잖습니까!"

"그렇다고는 생각하지만요."

유지는 셔츠 소매를 걷어 올려, 그 불가해한 글자와 숫자를 고키치에게 보였다.

"눈을 떴을 때 이런 게 있었어."

보자마자 고키치는 갑자기 창백해졌다. 누군가가 살짝 다가와서 그의 몸의 마개를 뽑아 버린 듯했다.

"고키치 씨?"

불러보아도 고키치는 유지의 팔에 시선을 고정한 채 대답도 하지 않는다.

"이거, 본 적이 있지? 뭔가 아는 거지?"

가까스로 얼굴을 들고 고키치는 고개를 흔들었다. 이마에는 또 땀이 솟아나 있다.

"모릅니다. 아니, 저는 이런 게 있다는 말만 들은 적이 있습니다."

"누구한테?"

"사장님입니다."

"살해당한 우리 아버지가?"

"그렇습니다. 언젠가 말씀해 주셨습니다."

"이런 걸 봤다고?"

고키치는 끄덕인다. "사이와이 산장을 막 구입하셨을 무렵입니다. 사모님과 함께 두 분이 가구도 넣고 인테리어를 하기 위해 저쪽에 갔다가 거기서 언뜻 봤다고 말씀하셨습니다. 당시 사이와이 산장 자체는 이미 완성되었습니다만, 별장지 전체적으로는 아직 조성이나 건축 공사가 남았기 때문에 작업을 하는 사람들이 잔뜩 들어와 있었습니다.”

“그 작업원 중에 팔에 이런 번호를 매긴 사람이 있었다?”

“그렇습니다. 다만 정규 작업원이 아니라 일용직인 듯, 별장지 입구를 구획하는 울타리를 세우는 일을 하고 있었다더군요.”

“정규 작업원이 아니라니…… 어디서 파견된 건가.”

“그렇습니다. 그 사람들 팔에 번호가 적혀 있어서—사장님은 깜짝 놀랐다고 하셨습니다. 숫자뿐인지 아니면 도련님 팔에 있는 것과 똑같은 것이었는지 거기까지는 알 수 없지만요. 사장님도 거기까지는 말씀하지 않으셨습니다.”

그때까지 묵묵히 있던 아키에가 자신의 소매를 걷어 숫자가 쓰인 팔을 내밀면서 말했다.

“내게도 똑같은 게 있어. 그 일용직들은 어디에서 왔을까?”

이마의 식은땀을 훔치고 고키치는 대답했다.

“가타도 우애병원입니다.”

공기가 얼어붙었다.

“그 병원에서는 입원 환자의 팔에 번호를 써넣는다던데—별장 지에서 일하던 사람은 작업요법이라고 하면서 파견된 환자분들이 었습니다.”

29

"사장님과 사모님이 별장을 사려고 한 게 벌써 이삼 년쯤 전 일입니다. 처음에는 절세 용도라는 의미도 있었습니다만, 점점 은퇴하고 나면 센다이보다는 더 따뜻한 곳에서 살까 하는 계획도 생겨 본격적으로 적당한 장소를 찾게 된 것이지요. 사모님이 류머티즘으로 힘들어하신 것도 이유 중 하나였을 겁니다. 센다이 시내는 눈은 적게 오지만 추위가 대단하니까요."

"최종적으로 사이와이 산장을 고른 이유가 뭔가 있었어?"

"있었다고 생각합니다. 사장님답게 어딘가 감상적인 이유였지만."

오가타 히데미쓰는 그저 가타도라는 장소의 경관에 완전히 반했다고 한다.

"사장님은 자력으로 지금의 가게를 일으킨, 일하는 게 취미인 분이지만 사진을 좋아하셨지요. 젊었을 때부터 그것만은 즐기고 계셨습니다. 도련님은 지금 그것도 잊어버리셨군요."

고키치는 쓸쓸한 듯 미소 지었다.

"가타도라는 땅은 사장님에게도 사모님에게도 그다지 연고가 있는 장소는 아닙니다. 다만 두 분이 신혼 때 사장님 차에 짐을 싸들고 이렇다 할 행선지 없이 촬영 여행을 하셨는데 그때 우연히 들렀다가 인상이 강하게 남았다고 말씀하신 적이 있습니다.

사진도 잔뜩 있습니다. 두 분이 젊으셨던 시절 이야기니까 지금
으로부터 이십 년 넘게 옛날입니다. 가타도 근처는 손도 안 댄 상
태로, 멋지고 아름다운 곳이었다고 합니다. 절벽 위 풍경은 절경
이었다고 들었습니다."

유지는 앗, 하고 소리쳤다.

"히로세 씨, 나도—."

"도련님은 언제나 저를 고 씨라고 부르셨습니다."

"그럼, 고 씨, 나는 그곳에 간 적 없어? 아주 어린 시절에—."

"있습니다. 기억하고 계신가요?"

고키치의 얼굴이 빛난다. 그와 얼굴을 맞대고 있는 사에구사에
게 유지는 꿈 이야기를 했다.

"팰리스 신카이바시에서 깨어나기 전에 벼랑 끝에 서서 바다를
바라보는 꿈을 꾸었습니다. 아버지와 함께였어요. 분명히 아버지
라고 생각합니다."

고키치가 손을 뻗어 유지의 팔을 붙잡고 흔들면서 말했다.

"맞습니다, 맞아요! 센다이도 결코 바다에서 먼 지역은 아니지
만 가볍게 해수욕을 할 수 있는 곳은 아닙니다. 마쓰시마까지 나
가면 뱃놀이도 할 수 있지만 사장님은 그곳 경치를 별로 좋아하
지 않으셨습니다. 너무 관광지처럼 되어 버렸다고 하시며—나도
관광하러 오는 사람들 상대로 장사를 하는 입장인데 말이지, 하
고 웃으셨습니다. 그래서 도련님에게 처음으로 바다를 보여줄 때
는 일부러 가타도까지 데리고 가셨습니다. 도련님이 세 살이 되

었는지 안 되었는지 아무튼 그 무렵이었습니다. 사장님은 그 정도로 그곳 경치를 사랑하셨습니다.”

그렇기 때문에 은퇴 후 말년을 부부끼리 보내기 위한 토지를 찾고 있을 때, 가타도에서 리조트개발이 시작되고 별장지가 부동산에 나와 있다는 사실을 안 오가타 히데미쓰는 바로 보러 갔던 것이다.

“다녀오셔서는 마구잡이 개발이 아니어서 경관은 그대로라고 하시며 아주 기뻐하셨습니다. 그래서 곧바로 별장을 사기로 결정하셨습니다. 사이와이 산장이라는 이름도 사장님이 붙이셨죠.”

그때까지의 이야기를 잘 음미하고 나서 유지는 질문했다.

“살해당하셨을 때 아버지 연세가 어떻게 되셨지? 무라시타 다케조와 동급생이니까 쉰여덟인가. 그 나이에 벌써 은퇴를 생각하셨어?”

고키치는 헛기침을 하고 등을 뻗어 턱을 쭉 당겼다.

“사장님은 평소 도련님에게 회사를 물려주고 나면 자신은 완전히 손을 뗄 거라고 말씀하셨습니다. 노후에 필요한 저축만 남기고 간섭은 안 하겠다고. 도련님을 사장으로 앉히고 나서도 자신이 옆에 붙어 있으면 어느 쪽에게도 득이 되지 않는다는 생각을 갖고 계셨습니다.”

“과연” 하고 사에구사가 끄덕였다. “강직한 아버지시군.”

“게다가 도구만 주고 장사는 도련님 손으로 하게 만들겠다는 것이 입버릇이셨습니다. 사장님 자신이 노점상이나 다름없는 선물 가게에서 사업을 일으킨 분이니까요. 자신이 만들어 낸 것을 아들에게 물려주고 싶지만 그러려면 자신이 미련을 남기며 붙어 있어서는 안 된다고 생각하셨어요. 가능한 한 도련님이 자유롭게 움직이게 해 주시고 대신 무슨 일이 있어도 돕지는 않겠다는 방침이셨습니다.”

기억이 안 나십니까, 하고 고키치가 간절하게 유지를 쳐다본다. 그는 참을 수 없어서 눈을 돌렸다.

“쉰여덟 살에 은퇴한다니 자영업 경영자로서는 너무나 빠르다고는 생각합니다. 그러나 아까도 말씀드렸듯이 사모님의 류머티즘도 걱정되고 사장님 자신도 열다섯 때부터 계속 일을 하며 살아왔기 때문에, 이제 충분하다고 여기셨을지도 모릅니다. 그래서 저도 찬성했습니다.”

“잘 알았어” 하고 유지는 말했다. “게다가 아버지의 은퇴가 결정되었다는 말은 내가 뒤를 잇기로 결정되었다는 얘기지?”

고키치는 약간 곤란한 듯이 말을 우물거렸다.

“순조롭지는 않았습니다만.”

“누가 반대했어?”

“도련님이시죠. 애당초 사장님의 반대를 무릅쓰고 은행에 취직하신 것도 도련님입니다.”

사에구사가 호오, 하고 말했다. “이대二代의 반란인가.”

“부모가 깔아 준 탄탄대로는 싫다고 하셨습니다. 대학도 고향에서 다녔으니 조금이라도 세상을 알고 싶다시며 혼자서 취직을 결정해 버리셨지요. 어느 지역으로 전근이 될지 몰라서 사장님은 심하게 화가 나셨습니다.”

꽤나 과보호였군, 하는 생각이 들어서 유지는 조금 우스워졌다.

그리고 그때 비로소 오가타 히데미쓰가 자신의 아버지이고 사라진 기억 속에 의젓하게 앉아 있는 존재임을 의식했다. 고통스러운 인식이 밀려왔다.

기억의 일부가 극히 선명한 영상을 동반하여 돌아온다. 아버지와 말다툼을 했다—싸움이 되었다—집을 나올 때 두 번 다시 돌아가지 않을 생각으로 짐을 몽땅 골판지 상자에 넣어 버렸기 때문에 빌려온 밴에 이삿짐이 다 들어가지 않아서—,

“집을 나왔지, 나는. 사건이 일어나기 전부터 부모님과는 떨어져서 살았다. 그렇지 않아?”

고키치는 빠르게 끄덕인다. “네, 취직하고 바로 이시노마키 지점에 배속되어 독신자 기숙사에 들어가 버리셨습니다. 기억이 나십니까.”

“직장은 지금 어떻게 되었지.”

“그만두셨습니다, 도련님.”

고키치의 얼굴이 금세 어두워져 간다.

“사이와이 산장 사건 한 달 정도 후에 그만두셨습니다. 시간이 필요하다고 하시면서.”

“시간?”

"그렇습니다. 도련님은 그 사건을 다시 조사하겠다고 우기고 계셨습니다. 범인인 미야마에 다카시는 죽지 않았다, 살아서 어딘가에 있다고 말씀하시며."

아키에가 갑자기 숨을 삼켰다.

미야마에 다카시는 살아 있다—.

그의 시체는 발견되지 않았다. 그래서 가능성이 아예 없는 일은 아니다.

"그래서 도쿄에?"

"아니요, 곧바로는 가지 않으셨습니다. 1월 중순에 은행을 그만두고 센다이 집으로 돌아오셔서 매일매일 뭔가를 조사하고 계셨습니다. 밖으로 나가서 며칠쯤 돌아오시지 않는 일도 있었습니다. 뭐에 씐 것처럼 보였습니다."

고키치는 지금도 유지가 그런 상태에 있는 게 아닌지 불안한 눈을 하고 있다. 양손이 안절부절못한다.

"그런 사정이라 저희들 모두는 아키에 씨와의 혼인을 빨리 추진하는 편이 좋겠다고 생각했습니다. 그러나 도련님은 거들떠보지도 않으셨습니다. 미야마에 다카시는 살아 있다, 분명 어딘가에 숨어 있다고 하시며 조사에만 매달렸습니다. 그럴 때 아키에 씨의 눈이 보이지 않게 되었습니다."

유지는 아키에를 돌아보았다. 고키치는 유지의 처사를 나무라 듯 목소리가 거칠어졌다.

"아키에 씨도 아버님과 여동생을 한꺼번에 잃어서, 그것만으로도 미쳐 버릴 심정이셨을 텐데. 도련님까지 미치광이처럼 되어 버렸으니까요. 마음의 부담이 크셨던 겁니다. 의사 말로는 더이상 아무것도 보고 싶지 않다고 마음먹으면 정말로 보이지 않게 되어 버리기도 한다는군요. 아키에 씨가 그랬습니다.”

“히스테리 반응이다.” 사에구사가 말한 뒤 변명하듯이 허둥지둥 덧붙였다. “아니, 보통 말하는 의미가 아니라, 제대로 된 병명이야.”

아키에는 테이블 위에 시선을 떨어뜨리고 장식품이 된 마냥 몸을 움직이지도 않는다.

한편, 유지는 납득했다. 아키에가 지금까지 ‘눈이 보이지 않는다’는 상황에 비교적 용이하게 순응한 이유는 역시 이전에도 똑같은 경험이 있었기 때문이다. 그저 감이 좋아서만은 아니었다.

이내 아키에가 떨리는 목소리로 물었다. “그래서 저는 언제 나았죠? 유지 씨를 뒤따라 상경했을 때도 낫지 않은 상태였나요?”

“나으셨습니다” 하고 고키치는 대답했다. 그래서 이번에도 괜찮을 거라고 격려하는 듯한 목소리였다.

“의사에게 진찰도 받고, 또한 도련님이 생각을 고쳐먹고 아키에 씨 옆으로 돌아온 덕이 컸을 겁니다.”

“그럼 나는 조사를 그만두었구나.”

유지가 말하자, 고키치는 여전히 비난하는 듯한 얼굴을 한 채 끄덕였다.

“예, 그때는 그러셨죠.”

아키에의 눈이 좋아져서 결혼 이야기도 진전되고 예물 교환도 끝나 두 사람은 완전히 안정된 것처럼 보였다.

"그게 5월 초순의 일입니다."

그런데—.

"저는 지금도 자세히 기억하고 있습니다. 5월 10일이었습니다. 도련님이 갑자기 도쿄로 간다는 말씀을 하셨어요. 계기가 뭐였는지 저는 모릅니다. 아키에 씨도 그 무렵에는 모른다고 하셨고요. 어쨌든 도련님은 또다시 사건을 문제 삼아 아키에 씨를 내버려두고 상경하셨습니다."

사에구사가 머리를 긁었다. "문제는 방아쇠가 뭐였냐는 거겠군."

고키치는 어깨를 움츠렸다.

"죄송합니다. 정말로 죄송합니다—저는 아무것도 모르겠습니다. 알아내려 했지만 도련님은 전부 혼자서만 떠맡으셨습니다."

유지는 머리를 싸매고 싶어졌다. 중요한 정보를 아무에게도 알려지지 않도록 엄중하게 감춘 것까지는 좋지만 감춘 장소를 본인도 잊어버린 게 아닌가.

아니, 잊어버린 게 아니다. 잊게 만들어진 것이다.

"당신들 두 사람을 기억상실로 만든 인물은—" 하고 사에구사가 진지한 얼굴로 말했다. "그 방아쇠, 당신들만이 알고 있던 뭔가를 잊어버리게 만들고 싶었을 거야."

그것밖에 없다.

"그렇게 만든 건 누구지?"

아키에가 중얼거린다. 유지는 질문을 받았다기보다, 명제를 넘겨받은 것처럼 느꼈다.

"힌트는 있을 거야." 사에구사가 천천히 말을 꺼냈다. "만일 미야마에 다카시가 살아 있을 경우, 그의 존재를 감추고 끝까지 비호할 인물은 누구지?"

유지의 귀에 어떤 문장이 되살아났다. 사에구사가 보여준 기사 스크랩 안에 적힌 문장이 지금 살아 있는 사람의 목에서 나온 현실의 말로 들려왔다.

─아들을 용서해 주십시오, 이미 죽어 버린 인간입니다, 꾸짖으려면 저를…….

"그 인간은 당신이" 하고 유지를 손가락으로 가리키고, "다카시의 존재를 알아차리고 찾아내려 한다는 것을 알게 된다면 아마 강경한 수단을 취할지도 몰라."

"그렇지만 살아 있는 인간의 기억을 잃게 만드는 방법이 정말 있습니까?"

비명과 같은 고키치의 질문에 사에구사는 작은 뜰 쪽으로 시선을 둔 채 끄덕였다.

"별로 좋은 말은 아니지만─."

세 사람을 돌아보며 묻는다.

"덴파치라는 단어를 아나?"

아무도 대답하지 않았다.

"전기 쇼크요법이야. E·S라고도 하지. 약 십 년 전에는 분열증이나 알코올 중독 환자에게 많이 쓰기도 했어. 치료 효과는 수상쩍은데 지금도 징벌적 의도로 환자에게 적용하는 병원이 있어. 물론 그런 병원은 적지. 압도적으로 소수다. 그러나 현실적으로 있기는 있어. 이익만 좇아 환자를 제대로 치료할 생각 따위 털끝만큼도 없는 악덕 병원."

사카키 클리닉의 오타 아케미는 말했다.

―알코올 중독 환자라면 저희가 다른 병원을 소개해 드릴 수도 있다. 하지만 사카키 선생님은 별로 그 병원에 환자를 보내고 싶지 않은 것 같다―.

사에구사는 계속했다.

"그런데 말이지, 덴파치를 받으면 기억력이 떨어질 수가 있어. 빈번히 받는 바람에 일 년이고 이 년이고 기억이 지워진 환자도 알고 있지."

가타도 우애병원은 일본에서도 유수의 정신과 전문으로 큰 병원이다. 총 입원 환자 수 팔백 명. 딴 곳에서는 받아주지 않는 중증 알코올 중독증 환자도 기꺼이 받아들이고 있다―.

"당신들의 기억을 지우고 싶은 동기가 있고, 동시에 수단을 갖고 있는 인간은 아마 한 사람뿐일 거야."

사에구사의 말을 이해한 유지가 팔의 숫자를 본 후에 대답했다.

"아마―틀림없이 무라시타 다케조다."

30

한 줄기의 선이 보였다.

모든 것의 뿌리는 사이와이 산장 사건에 있다. 미야마에 다카시와 그를 위해 텔레비전에서 무릎 꿇고 이마가 땅에 닿도록 빈 의붓아버지 무라시타 다케조에게 연결되어 있다.

무라시타 다케조는 살해된 오가타 히데미쓰와 미요시 가즈오 두 사람과 같은 고향 출신이다. 가타도 읍에서 이루어진 세 사람의 만남은 결과적으로 불행한 우연이었다.

알 필요가 있다. 사라진 지식을 되돌려야 한다.

"고 씨는 어디 출신이지? 아버지나 미요시 씨와는 언제쯤부터 알게 됐어? 무라시타 다케조에 대해서는 잘 알고 있어?"

고키치는 지친 듯 어깨를 풀썩 늘어뜨렸다. 유지가 아무것도 기억하지 못한다는 사실을 확인할 때마다 낙담하고 있다.

"저는 센다이 시내에서 태어나 자랐습니다. 사장님 추천으로 스무 살 때부터 일했고요. 그러니까 무라시타 다케조에 대해서는 이번 사건이 일어나기 전, 사장님이 사이와이 산장을 사려고 결심했을 무렵부터밖에 모릅니다."

"그렇구나……."

"그래도 사장님과 미요시 씨가 어릴 때부터 친했고, 계속 가깝게 지내왔다는 사실은 압니다. 두 분은 인생 행로는 다르지만 마음이 아주 잘 맞으셨습니다."

아키에가 고키치 쪽을 보고 있다. 고키치는 그 시선을 깨닫자 눈 주위를 훔치고 말을 이었다.

"저도 미요시 씨를 좋아했습니다. 대학교에서 교편을 잡으면서 자기 연구도 하셨고……. 일찍 부인을 여의고는 계속 재혼도 하지 않은 채 아키에 씨와 유키에 씨의 성장을 기대하고 계셨습니다."

점점 목소리가 쉬어서 고키치는 크게 헛기침을 했다.

"미요시 씨에게 사이와이 산장을 공동구입하자고 권한 사람은 사장님이셨습니다. 실제로 가 보면 아시겠지만 사이와이 산장은 거의 두 세대를 수용할 수 있는 커다란 별장입니다. 두 동이 짧은 복도로 이어져 있고, 이 층이지만 경사면에 세워져 있어서 도로에서 보면 사 층 높이입니다. 그러니까 경치는 정말 최고였습니다. 아침에 태양이 바다에서 서서히 떠오르는 일출이 보였지요."

유지도 생각이 났다. 부친이 동경 비슷한 마음을 안고 있던 바다의 경치도.

"한 가족만 살기에는 너무 크고 위험하기도 하지요. 그래서 마찬가지로 예전부터 정년 후에는 조용한 곳에 들어앉아 연구에 전념하고 싶다고 입버릇처럼 말하셨던 미요시 씨에게 물어보셨습니다. 오랜 세월 교제해서 잘 아시니까. 저도 그분이라면 더할 나위 없겠다고 생각했습니다."

아키에도 유키에도 성인이다. 유키에가 단기대학을 졸업하고 취직하면 훌륭하게 자립할 테고 아키에도 가족을 돌보는 일에서 해방되어 자유로워질 것이다. 자신이 센다이를 떠나도 딸들은 잘 해 나갈 수 있다―미요시 가즈오는 그렇게 말했다고 한다.

"게다가 그 무렵 미요시 씨의 재혼 이야기도 나왔습니다. 같은 학교의 교수로 미요시 씨의 연구에 대해서도 잘 아는 여성분이셨습니다. 만일 재혼하신다면 가타도로 옮겨서 따님들과 떨어지더라도 외롭지 않겠지요. 오히려 떨어지는 편이 좋을지도 모르고요. 어느 쪽이든 미요시 씨는 정년까지 이 년 남았으니까 생각할 시간은 많았습니다."

아키에가 머뭇머뭇 질문했다.

"저―저와 여동생은 아버지의 재혼 이야기를 어떻게 받아들였나요? 알고 계세요?"

고키치는 안심시키듯이 미소 지었다.

"따님들은 찬성해 주셨습니다. 좀처럼 결단을 내리지 못한 이유는 서로의 나이를 생각해서 그런 거라고 미요시 씨는 말씀하셨습니다."

그러나 모든 것이 완전히 허무로 돌아갔다.

일어난 사건의 무게를 서서히 느낄 수 있었다. 하나, 또 하나, 돌이 쌓여가듯이. 온도가 일 도씩 올라가듯이. 마이너스 에너지가 축적되어 임계점에 달하기를 기다리는 것처럼.

"아직도 사장님과 사모님이 돌아가셨다는 게 믿기지 않습니다."

고키치는 동그란 어깨를 떨고 있다. 그의 집―히데미쓰 옆에서 일하고 그와 함께 정진하면서 쌓아올려 온 이 집에서 달아났다 돌아온 커다란 아이처럼 떨면서 손으로 얼굴을 훔치고 있다.

"저도 기분은 도련님과 똑같습니다. 미야마에 다카시가 살아 있으면 좋겠습니다. 그래서 제 손으로 죽여버리고 싶습니다. 그 바람이 이루어진다면 저는 어떻게 되든 상관없습니다. 하지만 도련님."

유지를 올려다보고 간청하듯이 말했다.

"그것은 꿈입니다. 악몽이에요. 미야마에 다카시는 죽었습니다. 미친 개 같은 놈이었지만 이미 죽었습니다. 저에게는 그 녀석이 사장님들을 죽이고 나서 얼마 지나지 않아 벼랑에서 떨어져 죽었다는 사실만이 위안입니다. 이렇게 돌아오셨으니까 끝난 일은 잊어 주십시오. 기억도 의사에게 치료받으면 바로 돌아옵니다. 분명 괜찮을 겁니다."

고키치의 이 말은 아마 기억을 잃기 전의 자신에게 몇 번이나 해 준 말과 똑같으리라. 그런데도, 이렇게 간청하는데도, 자신이 의지를 굽히지 않고 사건을 계속 조사한 까닭은 뭘까.

어지간히 큰, 혹은 절실한 이유가 있었기 때문이 아닐까.

그리고 지금 이렇게 기억이 흔적 없이 지워졌다—는 사실이 유지가 파고들었던 '이유'가 실재함을 무엇보다도 확실히 증명한다. 그와 아키에의 기억을 지운 인간에게는 이 이상 아이러니한 결과는 없을지도 모른다.

"고 씨."

또다시 팔에 기록된 이상한 숫자에 시선을 떨어뜨리며 유지가
불렀다.

"아버지나 미요시 씨는 무라시타 다케조에 대해 뭐라고 했어?
어떤 식으로 말했나?"

고키치는 망설였다.

"사장님은 쉽게 남의 험담을 하는 분이 아니셨습니다."

유지는 미소를 지었다. 이미 대답은 들은 거나 마찬가지였다.

"다케조를 별로 좋게 생각하지 않았지? 솔직히 무척 기쁜 일인
데, 우연히 재회한 오랜 친구를 달갑게 여기지 않으셨구나."

아키에를, 사에구사를, 그리고 마지막으로 유지의 얼굴을 보고
고키치는 뭔가가 끌어당긴 것처럼 끄덕였다. 아버지의 손이 인도
했을지도 모른다고 유지는 생각했다.

"환자의 팔에 번호를 넣는 짓은 그 남자에게 너무나 잘 어울린
다고 하신 적이 있습니다."

그의 이마에 땀이 맺힌다.

"그 남자는 목적을 달성하기 위해서는 수단을 가리지 않으니까
말이야, 라고요."

31

미요시 일가는 강가에 나란히 선 세련된 맨션에 살고 있었다. 도중에 예배당이 있는 학교가 언뜻 보였다. 강 이름은 히로세가와 강, 예배당은 성 도미니코 학원에 딸려 있다고 고키치가 가르쳐 주었다. 그도 모든 것이 백지에 가까운 상태가 된 지금의 유지에게 겨우 익숙해진 모양이다.

303호실 우편함에 '미요시 가즈오 · 아키에 · 유키에'의 이름이 있다. 깨끗한 필적이다. 그 바로 밑에는 '언제나 배달 수고하십니다'라는 스티커도 붙어 있었다.

여성 관리인은 아키에를 기억하고 있어서, "이제 돌아오셨네요" 하며 말을 걸었다.

"무척 오랫동안 집을 비우셨죠"라고 덧붙이다가 엉뚱한 방향으로 향하는 아키에의 시선을 알아차린 듯 손을 들어 눈을 가리키며 묻는다.

"오가타 씨. 미요시 씨가 또 안 좋으신가요."

이름이 불린 유지는 어색하게 끄덕였다. 관리인이 그의 이름과 얼굴을 기억하고 허물없이 말을 거는 것은 자신이 빈번하게 여기 드나들었기 때문이리라.

"도쿄에 가서 재발해 버렸습니다"라고 대답하자 관리인은 안됐다는 듯이 고개를 저었다.

열쇠를 잃어 버렸으니 문을 열어 달라고 해서 그들 네 사람은 방으로 들어갔다.

현관홀에 장미 무늬 매트가 깔려 있다. 발을 올리니 눅눅한 느낌이 들었다. 공기도 갑갑하다.

"제가 상경한 게 언제쯤이었나요."

아키에의 물음에 조금 생각한 뒤 고키치가 대답했다.

"5월 20일경이었을 겁니다. 아키에 씨도 만사를 제쳐두고 가 버리셨습니다."

"행선지는 말하지 않았다……."

"네. 도련님의 행선지에 짚이는 게 있다는 말씀뿐이었습니다."

아키에는 유지가 입은 셔츠의 등 부분을 잡고 함께 걷다가, 살짝 손을 떼고 왼손으로 벽을 짚어 나아가기 시작했다. 넘어지려고 하면 언제라도 받쳐줄 수 있도록 대기하면서 지켜보고 있는데, 그녀가 문턱을 하나 넘어 왼쪽으로 돌다가 작은 책장에 부딪쳤다. 양손으로 그 표면을 더듬어서 서랍 손잡이를 찾는다.

"여기……. 아마 여기인 것 같은데 열어 봐."

그 말대로 열어 보니 서랍 속에는 편지가 몇 통쯤 들어 있었다.

"아키에 씨, 기억이 돌아오셨습니까."

묻는 고키치의 얼굴에 붉은 기가 돌고 있다. 그러나 아키에는 고개를 흔들었다.

"몰라요. 하지만 문득 떠올랐어. 아무것도 안 보여서 깜깜한 가운데 현관 매트를 밟고 이런 식으로 내 방에 들어간 적이 있다는 걸. 도착한 우편물을 이 서랍에 넣은 기억도."

서랍 속의 우편물은 전부 개봉되어 있었다. 엽서도 몇 장 섞여 있다. 그중에 보낸 사람 부분에 '유지'라고만 적힌 것이 한 장 있었다.

'걱정 끼쳐서 미안. 숙소가 정해졌으니 너에게만은 알려줄게. 아무쪼록 우리 회사 사람에게는 비밀로 해 줘. 걱정하지 말고 기다려'

소인은 올해 5월 18일이었다. 사에구사가 내용을 다 읽으니 아키에가 미소지었다.

"역시. 목적지도 없이 상경할 리가 없어. 난 겁쟁이니까."

유지가 '숙소'라고 쓴 주소는 다카다노바바였다.

"이어졌군." 사에구사가 말했다. "도쿄에 돌아가. 당신은 그곳에 사이와이 산장에 관해 조사한 자료를 남겨놨을지도 몰라."

"무라시타 다케조가 먼저 찾아내지 않았으면 말이죠."

아키에는 도쿄로 갈 때 집 안을 빈틈없이 정리한 모양이다. 사에구사는 "전화도 끊겨 있군" 하더니 밖으로 나갔다. 돌아가는 신칸센 표를 예약해야 한다며 종종걸음이었다.

"오자마자 바로 돌아가시네요."

현관홀에 우두커니 서서 고키치가 쓸쓸히 말했다.

"경찰에 맡기지 않으실 겁니까, 도련님."

"지금은 무리야."

"그러면, 제가 할 수 있는 일은 없을까요."

유지는 무리하게 웃었다. "마음만으로 충분해. 그리고 가게는 계속 고 씨에게만 맡겨둔 거나 마찬가지잖아. 그것만으로도 폐를 끼쳤는데."

고키치의 턱이 떨리고 있다. 울지 않으려고 어금니를 꽉 물었기 때문이다. 유지는 가슴이 찌릿했다.

아키에는 양손으로 벽을 더듬어 걸어 다니면서 집 안을 탐색하고 있었다. 쿵 하는 소리가 나서 유지는 그쪽으로 가 보았다.

그녀는 작은 불단 앞에 서 있었다. 물론 꽃병은 비어 있었고 선향도 올려놓지 않았지만 새로운 위패가 둘, 상당히 오래된 위패가 하나, 나란히 늘어서 있다.

아키에의 부모님과 여동생이다.

이때만은 아키에가 시력을 잃어서 다행이라고 유지는 생각했다. 기억이 새하얀 공백인 채로 갑자기 이런 광경을 맞닥뜨리는 건 너무 비참하다.

불단에는 사진도 있었다. 몇 번이나 보았으므로 미요시 가즈오와 유키에의 얼굴은 바로 알아보았다. 서른이 약간 넘은 정도의 여자 사진이 아키에의 어머니일 것이다. 상당히 젊을 때 돌아가셨다.

그때 액자 옆에 바쳐진 뜯지 않은 쇼트호프 한 상자를 알아차렸다.

이 담배는 아키에의 아버지 미요시 가즈오가 좋아했다. 유지는 그녀가 이것을 보지 못했음에도 감사했다. 아버지의 담배 냄새. 아버지가 좋아하는 담배.

—아키에, 담배가 떨어졌어. 잠시 심부름하러 갔다 오지 않겠니?

아버지에게 그렇게 부탁받고 어린 소녀 아키에가 달려 나간다—그런 광경마저 머리에 떠올랐다.

아키에는 다시 손을 더듬어 불단 옆에 있는 정리옷장 쪽으로 다가갔다. 그녀의 손이 낮은 옷장 테두리를 더듬다가 손이 스친 순간에 옷장 위에 놓여 있던 토끼 인형을 찔렀다.

인형이 굴러서 바닥으로 떨어졌다. 그러자 무슨 스위치라도 켜졌는지 깨끗한 음악이 흘러나온다. 그 멜로디에 맞춰 토끼가 귀를 움직이고 코를 킁킁 울린다. 오르골이다.

아키에는 양손을 앞으로 향한 채 가만히 귀 기울이고 있다가 이내 작게 말했다.

"동생 거야."

"응?"

"어릴 때 둘이서 같은 인형을 받았어. 내 인형은 부서졌지만 동생은 계속 갖고 있어서 소중하게 여겼어. 아주 소중하게."

어떠한 추억이 숨겨져 있는지 유지는 알 수 없다. 다만 콧소리를 계속 내는 토끼를 주워 들어 아키에에게 건네주었다. 그녀는 그것을 끌어안았다.

"그 아이야." 아키에는 푹신푹신한 토끼에게 얼굴을 묻었다.

“유키에야.”

사에구사가 자리를 확보한 신칸센이 출발할 때까지 두 시간 정도 있었다. 고키치는 남은 시간에 세 사람을 향토 요리점으로 데려갔다. 시내를 내려다보는 산 위쪽에 있는 조용한 가게였다.

“이곳은 사장님이 단골로 오시던 가게니까 음식을 드시면 뭔가 떠오를지도 모릅니다.”

안타깝게도 신선한 해산물 역시 기억을 되돌리는 역할은 하지 못했지만 고키치의 마음은 고마웠다.

음식점에서 차를 세워둔 장소로 돌아가기 위해 아오바 성터 공원을 빠져나갔다. 마침 단체 손님을 데리고 온 버스 가이드가 핸드마이크를 손에 들고 반원형으로 모인 사람들에게 설명을 들려주는 참이었다.

“여기 아오바 성터에 서 있는 다테 마사무네 공 기마상은 지금도 숲의 도시 센다이를 굽어보며 지키고 있습니다―.”

유창한 단어를 흘려듣고 있자니 아키에가 갑자기 말했다.

“여기 어디야?”

“아오바 성터.”

유지의 얼굴을 올려다보며 그녀는 말했다. “온 적이 있어. 당신하고.”

“나랑?”

옆에 있던 고키치가 두 사람을 바라보면서 말했다.

“두 분을 결혼시키면 어떠냐는 말은 원래 사장님과 미요시 씨 한테서 나왔습니다.”

“정말?”

“네. 부모님끼리는 친한 사이지만 자녀 분들은 그다지 가깝지 않았고 만나면 기껏해야 인사나 하는 정도였을 겁니다. 어른이 되고 나서 도련님은 이시노마키에 가 계시는 바람에 더 소원해졌습니다. 사장님이 아키에 씨와 정식으로 선을 보지 않겠냐는 말을 꺼내니 도련님은 무척 화를 내셨고.”

유지는 눈을 깜빡거렸다. 고키치는 살짝 웃는다.

“결혼 상대 정도는 직접 찾겠다고 하셨습니다. 하지만 휴가로 이쪽에 돌아왔을 때 거리에서 딱 마주쳤다고 하시더군요. 그때부터입니다.”

과연, 그렇다면 부모가 시켜서 만난 것은 아니다. 결과는 같지만.

“잠시 보지 않은 동안에 아키에 씨는 예뻐지셨으니까요. 그래도 어쩐지 쑥스러우셨겠지요. 두 분 다 사귄다는 이야기는 부모님께 비밀로 하셨습니다. 저도 도련님에게 살짝 귀띔받기까지는 아무것도 몰랐습니다.”

“고 씨에게는 언제 말했어?”

“두 분이 사이와이 산장에 가시기 전입니다. 사장님 내외 분과 미요시 씨, 유키에 씨는 오래전부터 크리스마스를 그곳에서 보내기로 결정하셨습니다. 도련님과 아키에 씨에게도 권했지만 일단 거절해 놓고 나중에 살짝 아키에 씨와 둘이 가서 모두를 놀라게 해 주겠다고 하셨습니다. 저는 크게 웃음을 터뜨렸고요.”

그랬나. 그리하여 나중에 도착한 자신들 두 사람이 사이와이 산장 사건의 첫 번째 발견자가 되었다.

“모두에게 비밀로 하고 몰래 가셨습니다, 두 분은.”

그곳에 무엇이 기다리고 있었던가를 떠올렸는지, 고키치는 입을 다물어 버렸다.

역에서 헤어질 때 고키치는 몹시 작아 보였다. 슬픈 듯 눈썹을 깔고 계속 바라보고 있다.

돌아가는 열차 안에서는 아무도 말을 하지 않았다. 사에구사는 계속 자고 있었지만 뭔가 생각하는 듯 험한 표정이었다.

아키에는 센다이 집에서 가져온 토끼 인형을 가슴에 안고 볼을 대고 있다. 울지는 않았지만 눈이 촉촉해져 있었다.

우리 가족은 두 번 살해당한 게 된다—라고 유지는 생각했다.

첫 번째는 사이와이 산장에서 총에 맞아 살해당했다. 그리고 남겨진 유지와 아키에의 기억이 지워지고 다시 기억이 났을 때 또 한 번 살해당한 것이다.

어떤 비극이든 슬픔은 한 번으로 끝난다. 어떤 비탄이든 가장 깊은 곳은 한곳으로 끝날 것이다.

그러나 우리는 다르다. 한 번 기억을 잃었기 때문에, 똑같은 슬픔을 똑같은 깊이로 다시 경험해야 한다.

용서는 불가능하다. 창 쪽을 향한 아키에의 하얀 볼을 바라보

면서 유지는 생각했다. 그것만으로도 응분의 대가를 치르게 할
가치가 있다—고.

32

신교지 에쓰코는 한 통의 전화로 하루를 시작했다.

에쓰코는 늦잠을 자는 중이었다. 답답한 꿈에 빠져 정신없이 시간을 잊고 있었다.

"엄마, 엄마 전화야" 하고 유카리가 깨워 주었을 때, 머리맡의 알람시계는 벌써 오전 열 시 반을 가리키고 있었다. 에쓰코는 벌떡 일어났다.

한시가 급하게 사람을 찾고 있는 입장이면서, 이러니까 문외한은 안 되는 거라며 부끄러운 마음이 들었다. 어제 하루 가지고 벌써 녹초가 되면 미사오에게 면목이 없다.

"전화, 누구야?"

"음, 기리코라고 하면 알 거야, 아가씨 똑똑하네, 래."

미용실 '로즈 살롱'의 아미노 기리코다. 에쓰코는 계단을 뛰어 내려가서 수화기를 거머쥐었다.

"여보세요?"

"신교지 씨? 저 기리코예요."

외부에서 거는 듯, 뒤쪽으로 사람의 수런거림이 들린다.

"미사오짱 일로 도움이 될지 어떨지 모르겠지만 정보를 하나 잡았어요. 만날 수 있을까요?"

"감사합니다! 제 쪽에서 찾아뵙겠습니다. 기리코 씨, 지금 어디죠?”

기리코는 설명했다. 요쓰야에 있는 스포츠클럽이라고 한다. ‘라이프 스웨트’라는 클럽의 위치를 머릿속에 깊이 새긴 뒤 서둘러 옷을 갈아입고 있으니 유카리가 다가왔다.

“엄마, 엄청 바빠?”

“미안해. 또 나가야 해.”

“유카리를 할아버지 댁에 데려다 줄 시간도 없겠네.”

그런 건 아니야—하고 말하려는데 유카리는 방긋방긋 웃으며 가 버렸다. 조금 가엾다고는 생각하지만 어쩔 수 없지.

채비를 마치고 가방의 내용물을 확인해 보니 차 열쇠가 보이지 않는다. 카드 지갑도 없다. 당황하고 있는데 밖에서 경적이 울렸다. 현관에 나가서 들여다보니 에쓰코의 애차 운전석에 유카리가 오도카니 앉아 있다.

“엄마아” 하고 양손을 흔든다. 오른손에 열쇠를, 왼손에 카드 지갑을 들고 있다.

“오늘은 유카리도 같이 갈래.”

“유카리!”

“괜찮잖아. 엄마, 지갑이 비어서 은행에서 출금해 왔어. 군자금. 유카리가 있는 게 편해, 응.”

에쓰코는 무서운 표정을 지었지만 큰길에 있는 은행의 캐시코너까지 쏜살같이 뛰어갔다 돌아온 유카리를 상상하고는 웃어 버렸다.

“응, 빨리 가자. 레츠고!”

‘라이프 스웨트’는 JR 요쓰야 역에서 기오이초 쪽으로 가는 길
에 위치한 커다란 신축 빌딩 안에 있었다. 빌딩 옥상에는 온실 같
은 반원형의 돔이 보인다. 실내풀이 있을지도 모른다.

프런트에서 아미노 기리코의 이름을 대자 산뜻한 노란색 트레
이너를 입은 접수대 여성이 안쪽을 가리키며 말했다.

“저 엘리베이터로 칠 층까지 올라가 주십시오. 정면이 풀장 입
구이고 왼쪽으로 꺾으면 주스 바가 있습니다. 그곳에서 기다리고
계신답니다.”

이런 곳에는 에쓰코도 유카리도 처음 들어와 봤다. 때때로 유
카리를 데리고 가는 집 근처의 공영 스포츠센터와는 매우 다르
다. 사람들이 명랑하게 “안녕하세요” 하며 말을 걸고 모두 매끈하
게 햇볕에 그을려 건강해 보인다.

칠 층은 최상층이고 예상대로 천장의 돔 안에 풀이 있다. 내부
는 유리를 끼워 놓아 푸른 물을 채운 풀의 전경을 볼 수 있다. 주
스 바는 풀을 내려다보는 위치에 있어서 에쓰코 일행이 엘리베이
터를 내리자 기리코가 바로 알아보고 손을 흔들었다.

목재와 흰색으로 통일된 실내에 다리가 긴 의자가 늘어서 있
다. 기리코는 풀에 가까운 쪽 테이블에 자리를 잡고 있었다.

혼자가 아니었다. 또 한 사람, 비슷한 연령대의 아가씨와 함께
다. 둘 다 밝은 색 스웨트웨어에 아래는 쇼트팬츠. 기리코는 이마

에 반다나를 둘렀고, 다른 아가씨는 긴 머리를 땋아서 등에 늘어뜨렸다.

"죄송해요, 오늘은 혹을 달고 왔네요."

에쓰코가 말하니 유카리는 에헤헤, 하고 웃었다. "혹덩이 유카리입니다. 엄마가 신세를 지고 있습니다."

두 아가씨는 즐겁게 웃었다.

"소개하겠습니다. 이쪽은 제 고교시절 친구인 하스미 가요코 씨."

기리코가 말하자 머리가 긴 아가씨는 일어서서 가볍게 머리를 숙였다. 눈에 띄는 미인으로 기리코보다 훨씬 조용하다는 인상을 받았다. 그래서 기리코가 그녀의 직업을 말했을 때 에쓰코는 무의식중에 "네?"라고 반문할 정도로 놀랐다.

"탐정 사무소? 당신이?"

하스미 가요코는 이런 반응이 익숙한 것 같다. 생긋 웃는다.

"아버지가 사무소를 경영하고 있어요. 그래서 저도 돕게 됐구요."

"그러니까 가내수공업이지"라며 기리코도 웃는다. "유카리짱, 뭐 마실래? 구아바 주스가 맛있어."

"응!"

곧바로 옅은 핑크색 주스가 나온다. 노란색 트레이너를 입은 웨이트리스가 가 버리자 기리코는 입을 열었다.

"미사오짱에 관한 정보란 가요코가 이야기해 준 거예요. 오늘 저희는 여기 스쿼시를 하러 왔는데요, 둘이서 이야기하는 동안에 제가 미사오짱이 가출했다고 말하니까 가요코가 깜짝 놀라더라구요.”

에쓰코는 도무지 ‘탐정’ 이미지와는 맞지 않는 아가씨의 얼굴을 보았다.

“하스미 씨도 미사오를 아세요?”

가요코는 끄덕였다. “저도 로즈 살롱에서 기리코에게 머리를 하거든요. 미사오 씨와도 그곳에서 알게 됐어요.”

넉 달 정도 전 일이라고 하니까 4월 중순경이다.

“제가 로즈 살롱에 가니까 미사오 씨가 먼저 와 있었어요. 그때 기리코가 제게 말을 거는 모습을 보고 친구란 걸 알았을지도 모르죠. 잠시 후에 제가 우연히 옆 의자에 앉으니까 그녀가 말을 걸었어요.”

“미사오짱치고는 드문 일이죠?”라는 기리코. “이유가 있었답니다.”

미사오는 가요코가 탐정 사무소 사람이라는 사실을 알고 흥미를 품은 모양이다.

기리코는 낼름 작은 혀를 내밀었다. “전 수다쟁이거든요. 가요코는 항상 ‘내 일에 대해서는 함부로 떠들지 마’라고 못을 박지만 어쩌다 그만. 그래서 그때도 파마 머리를 말다가 미사오짱에게 말해 버렸어요. ‘저 사람 전혀 그렇게 안 보여도 친구 중에서 가장 별종이야. 왜냐하면 탐정이거든’ 하고요.”

“그래서?” 에쓰코는 몸을 앞으로 내밀었다. “미사오가 뭔가 부탁하던가요?”

가요코는 무릎 위에 두 손을 놓고 고쳐 앉았다.

“텔레비전에서 본 적이 있는데 정말인가요, 하고 말을 꺼내더니—,”

미사오는 요즘 탐정 사무소나 흥신소에 자신의 신상조사를 의뢰하는 사람이 늘고 있다는 뉴스가 정말인지를 물었다고 한다.

“자신의 신상조사?”

“네. 요즘 때때로 있어요.”

이런 종류의 의뢰를 하는 사람은 대체로 기업의 관리직급 남자가 많다고 한다.

“중간 관리직은 이른바 ‘딜레마’에 빠진 사람들입니다. 어쨌든 마음고생이 많고 지쳐서 문득 내가 무엇 때문에 이런 일을 하는지 알 수 없어지지요. 이렇게나 힘들게 일을 하고도 과연 보상받을 수 있을까, 타인의 눈에 자신은 어떻게 비칠까—그런 불안에 사로잡혀 어찌할 바를 모르게 되는 것 같아요.”

그렇구나…… 하고, 에쓰코는 생각했다. 그래서 일부러 사람을 고용해 자신이라는 인간을 조사—아니, 평가해 달라고 하고 싶어지는 것이다.

“이상한 이야기죠.” 기리코가 좁은 어깨를 움츠린다. “부인과 부부관계는 어떤가. 자녀와 커뮤니케이션은 되고 있는가. 상사의 평판은 어떤가. 자기를 우러러보는 부하는 있는가. 그런 건 자기가 제일 잘 알잖아요?”

“혼자 아는 사실만으로는 안 되는 거겠지. 문제는 타인의 눈에 어떻게 비치는가, 라는 거.”

가요코는 가볍게 두 손을 벌렸다.

“스스로는 이만큼 갖고 있다고 생각하지만 객관적으로 보면 아닐지도 모른다는 위기감이 드는 거야. 그러니까 확인하고 싶어 하나 봐.”

“바보 같아. 그런 건 시간 낭비야.”

에쓰코는 중얼거렸다. “저는 조금 알 것 같습니다.”

두 아가씨는 가만히 에쓰코를 바라보았다. 기리코는 깜짝 놀란 모습이다. 가요코는 온화하게 이야기를 재촉하는 눈을 하고 있다. 직업상 그런 건지 혹은 사람됨이 그런 건지, 하스미 가요코라는 젊은 여성의 시선에는 언제나 사람에게 손을 내미는 듯한 따스함이 있었다.

“이 년 전 일이지만 남편을 잃었어요. 과로사로.”

에쓰코는 살짝 웃어 보였다.

“저로서는 이런 죽음은 정말 견딜 수 없었어요. 그렇게 될 때까지 어째서 그냥 놔두었는지, 스스로도 생각했고 주위에서도 그런 말을 했어요.”

“죄송합니다.” 기리코가 갑자기 말했다. 그런 말을 꺼내게 만들어서 미안하다는 의미이리라. 에쓰코는 또다시 그녀가 좀더 좋아졌다.

"좀처럼 회복이 안 되어서—지금도 그래요. 그러니까 알 것 같네요. 남편이 죽었을 때의 저도 무척 머뭇거렸으니까요. 남편에게 뭐라도 해 주고 싶었지만 어떡하면 좋을지 몰랐던 나를 한 명이라도 이해해 줄 사람은 없을까, 주위 사람들은 나를 어떻게 생각할까—그런 것만 신경이 쓰인 시기가 있었거든요. 여태까지 내 인생은 뭐였지, 같은 생각이나 하면서."

"힘든 경험을 하셨네요" 하고 가요코가 조용히 말했다.

옆에서 눈을 동그랗게 뜨고 있는 유카리의 존재를 알아차리고 기리코가 밝은 목소리를 냈다.

"있지, 유카리짱, 복싱 에어로빅 해 보지 않을래?"

"그게 뭐야?"

"간단해. 샌드백을 여기저기 두드리면 돼. 기분 좋아. 언니랑 가보자. 응?"

에쓰코가 끄덕이자 유카리는 벌떡 일어섰다. 기리코와 손을 잡고, "타이슨처럼 하는 거야?" 같은 소리를 하면서 가 버렸다.

가요코가 미소지었다. "귀여운 따님이네요."

"어른처럼 깜찍한 짓을 해서 곤란해요."

그래서 말이죠—하고 가요코는 이야기를 돌린다.

"제가 최근 그런 신상조사 의뢰가 분명 늘고는 있다고 말하니, 미사오 씨는 우리 사무소에 의뢰하면 해 주는지 묻더군요."

검지를 코끝에 대고 골똘히 생각하는 듯한 표정으로 가요코가 말했다.

"그때는 설마 진심으로 물었을 거라 생각하지 않았어요. 미용실에서 파마를 하는 동안 나누는 잡담일 뿐이니까요. 글쎄 어떨까요, 그렇지만 비용이 비싸요, 정도의 대답을 해 뒀죠. 다만 미사오 씨가 사무소 위치를 알고 싶어 해서 일단 명함을 주기는 했어요."

그러자 일주일 정도 후에 미사오가 정말로 사무소를 방문했다고 한다.

"자기 신상조사를 부탁하러 왔나요?"

가요코는 천천히 끄덕였다.

"구체적으로 비용은 어느 정도 드는지, 어느 정도의 기간, 어느 정도의 범위를 조사하는지 등등 꽤 자세히 묻더군요. 그래서 저도 깜짝 놀랐죠."

하스미 탐정 사무소에서는 신상조사에 관해 기본요금으로 이십만 엔을 청구한다고 한다.

"실제로는 그 이상 드니까 뭐, 삼십만 엔 정도는 준비하지 않으면 안 된다. 무리일 거라고 하니 '아르바이트해서 저축하고 있어요'라는 거 있죠. 무척 곤란했어요."

에쓰코는 미사오의 친구인 모모코가 "미사오는 아르바이트하는 것치고는 쩨쩨했다"고 했던 말이 떠올랐다. 가요코는 말을 이었다.

"우리 사무소에서는 원칙적으로 미성년자의 의뢰는 받지 않아요. 게다가 의뢰자 본인의 신상조사도 받지 않기로 하고 있답니다. 아버지—즉 소장의 방침입니다만.”

에쓰코는 흥미가 끌렸다. “왜요?”

“본인 조사는 조사가 아니기 때문이죠”라고 가요코는 딱 잘라 말했다. “그건 사기예요. 진지하게 조사했다고 해도 사기가 돼요. 왜냐하면, 타인이 어떻게 생각하는지 조사해 달라, 자신이 어떤 인생을 밟아 가는지 확인해 달라—라며 실제로 찾아오는 사람들은 정도의 차이는 있지만 모두 병에 걸렸기 때문이죠. 마음이 과로로 병들었어요. 그 병에 도움되는 건 의사뿐이라고 생각해요.”

“그러니까 노이로제라는 건가요.”

“그뿐만은 아니지만—그러네요, 노이로제 전 단계라고 하면 될까. 그러니까 전문 의사 선생님이나 카운슬러, 심리치료사에게 가는 편이 좋지요. 혹은 시간을 내어 느긋하게 쉬기만 해도 되고. 조사에 삼십만이나 내느니, 그 돈으로 가족과 여행을 가겠어요. 어쨌든 ‘조사해 줘’라는 건 잘못된 거예요.”

“그런가…….”

“그렇습니다. 왜냐하면 ‘자신을 조사해 달라’는 사람들은 조사 결과를 읽어도 결코 만족하지 않거든요.”

가요코는 쓴웃음을 지었다.

“객관적인 대답을 바란다. 그렇게 말하죠. 하지만 살아 있는 한 사람이 ‘어떤 인간인지’라는 질문에 대해 객관적인 대답이 있을까요. 일주일 전에 부부싸움을 했다. 그렇다고 부부 사이가 나쁘다고는 단정할 수 없잖아요? 싸움만 하는데도 사실은 사이가 좋은 부부도 있을 거구요. 예를 들어 이웃 사람들에게 탐문을 하잖아요? 결과는 놀랍게도 제각각이에요. 남편의 바람 때문에 고민하는 여성에게 물어 보면, 그 사람은 옆집 남편도 바람피우는 것 같다고 대답합니다. 아버지와 자녀의 사이가 좋지 않아서 고민하는 사람은 옆집 아이도 반항적인 것 같다고 해요. 정말이에요. 결국, 모두 자기 눈을 통해서만 보니까요, 그렇게 되는 게 당연하죠."

가요코가 말하려는 내용을 에쓰코도 알아차렸다.

"학교 시험이 아니니까요, 당신은 인생에서 팔십 퍼센트 성공하고 있습니다. 상사의 평판은 육십구 퍼센트, 부하의 지지율은 칠십사 퍼센트입니다, 같은 결과가 나올 리 없죠. 성공인지 실패인지, 만족인지 불만족인지, 정하는 건 자기 자신뿐이에요. 다들 알고 있을 테지만."

가요코는 고개를 흔들었다.

"그걸 모르겠으니 조사라는 형식으로 타인에게 평가받고 싶다는 말은 역시 어딘가 이상해요. 불안하고 불안해서 어쩔 줄 몰라 앓고 있는 거죠. 그러니까 한 번 조사를 해도 결코 만족하지 않아요. 좀더 자세히 알고 싶다, 라거나, 아니다, 진짜 자신은 이렇지 않다, 좀더 조사해 달라, 같은 말이 꼭 나와요. 원하는 건 스스로 만족하는 결과지만 애당초 어떤 결과에 만족하고 싶은지 모르기 때문에 조사를 의뢰하죠. 그래서 끝이 안 나는 거고. 그저 악순환을 되풀이하며 점점 구렁텅이에 빠져갈 뿐이랍니다."

에쓰코는 크게 끄덕였다.

"이런 의뢰인의 마음을 정말 이해한다면, 조사 따위 그만두고 휴가를 내세요, 신뢰할 수 있는 의사와 상담해 보세요, 라고 말해 주는 게 가장 좋죠. 하지만 현실적으로는 좀처럼 그렇게 되지 못해서—심한 곳은 의뢰인이 기뻐할 만한 결과를 꾸며내는 일조차 있어요. 좋은 소리를 해 주면 기뻐하고, 더 듣고 싶어서 다시 의뢰하니까요."

"그렇겠네요. 그 심리는 잘 알겠어요."

"조사를 하면 일시적으로는 의뢰인의 불안이 가실지도 몰라요. 그렇지만 근본적인 해결이 아니에요. 상처를 입은 부분을 치료하는 게 아니라 보이지 않도록 그저 분가루를 바르는 거니까."

가요코는 유리잔의 물을 한 모금 마시더니 표정을 약간 누그러뜨렸다.

"이건 저희 아버지 입버릇인데요, 조사라는 일에 착수할 때 우리는 머신이 돼요. 기계 말이죠. 철저하게 조사해 내는 기계. 그러니까 잘못된 목적에는 쓸 수 없고, '내가 어떤 인간인지 조사해 주십시오' 같은 막연한 목표에 스위치를 켤 수는 없어요."

그렇게 말하고 조금 웃는다. "물론 기억상실에 걸린 사람이 과거에 어떤 생활을 했는지 같은 건 조사할 수 있지만요."

"그거야 전혀 다른 문제니까요." 에쓰코는 웃었다.

"그런 연유로—," 가요코는 숨을 한번 내쉬고, "미사오 씨에게도 지금처럼 설명하고 거절했어요. 그녀는 이렇다 할 고민이 없어도 자기가 어떤 인간인지 궁금할 때가 있는 예민한 나이잖아요? 십대 때는 누구나 자신감을 잃기도 하고 콤플렉스도 강하다고 아버지가 말했더니 웃으면서 듣더군요.”

“그런 일이 있었군요.”

미사오가 무슨 생각을 하고 어떤 고민을 하는지 에쓰코는 조금씩 알게 되었다. 중학교 시절에 경험한 친구의 자살로부터 회복할 수가 없어서 계속 손을 더듬더듬거리면서 걸어온 거나 마찬가지다.

“단지 말이에요” 하고 가요코가 얼굴을 든다. “미사오 씨의 태도에는 어딘가 무서울 만큼 고집스러운 부분이 있었어요. 그 상태라면 나중에 다른 사무소에 의뢰하러 갈지도 모르겠다는 이야기를 아버지와 나눴을 정도죠. 아직 열일곱 살, 그런데다 그렇게 예쁜 여자애가 ‘다른 사람이 저를 어떻게 생각하는지 알 수 없어요’라는 말을 꺼내는 데에는 구체적이고 심각한 이유가 있는 게 아닐까 싶었어요. 하지만 저는 너무 깊이 파고들어간 질문은 할 수 없었고 미사오 씨도 대답해 줄 것 같지 않았습니다.”

에쓰코는 마음속으로 ‘그건 당신들의 나이가 비슷하니까. 당신도 미사오와 마찬가지로 젊고 아름다운 아가씨이기 때문이야’라고 생각했다.

쇼지 이쿠에의 자살 이래 미사오는 동년배의 젊은 여성들에게—그리고 그녀들 주위에 있는 남자들에게도—접근하는 방법을 알 수 없게 된 것이다. 그래서 쾌활하고 활기찬 기리코에게도, 센 척은 하지만 상냥한 모모코에게도, 가장 힘이 되어 줄 것 같았던 가요코에게도 마음속을 보이기는 불가능했을 것이다.

"죄송합니다. 지금 미사오 씨가 어디에 있는지를 밝혀내는 데 별로 도움이 되지 않는 이야기네요."

"아뇨. 그렇지 않아요. 미사오가 어떤 생각을 하고 있었는지 되짚어 보고 싶어요. 그러면 어떻게 행동했는지 알 수 있을지도 모르고."

가요코는 안심한 듯이 웃었다.

"제가 할 수 있는 게 있으면 말씀해 주세요. 물론 사적으로 돕겠지만요."

에쓰코는 고맙다고 했다.

여태껏 몇 사람에게 이런 비슷한 말을 들었는지. 모두 미사오를 염려하고 있다. 그리고 그것이 무엇보다도 확실하게 '미사오가 어떤 인간인가'를 뒷받침하고 있지 않을까.

헤어질 때 에쓰코가 물어보았다. "여기 정말 멋진 클럽이네요. 두 분도 회원이세요?"

가요코는 쿡쿡 웃었다. "입회금 백오십만, 월 회비 이십만. 도저히 엄두가 나지 않아요."

아래 풀에서 선명한 색깔의 수영복을 몸에 걸친 여자가 한 사람, 물 위를 미끄러지듯이 헤엄치는 모습을 바라보면서 가요코는 중얼거렸다.

"때때로 이런 곳에서 새 의뢰인과 만나는 일이 있어요."

이쪽을 돌아보고 살짝 웃는 표정을 짓는다.

“이런 곳 회원인데도 고민이 있는 분은 있나 봐요. 밖에서 보고 있으면 불만도 부족함도 없는 사람들로만 보이지만.”

“모두 똑같아요” 하고 에쓰코가 말했다.

33

‘팔러 고마쓰’는 간단히 찾을 수 있었다. 모모코가 말한 대로 커다란 핑크색 차양이 멀리서 보아도 눈에 띈다.

신주쿠 역 남쪽 출구의 루미네 백화점 주차장에 주차한 뒤 유카리의 손을 끌고 걸으면서 에쓰코는 후회했다. 가부키초는 열 살 난 여자 아이가 올 만한 곳이 아니다. 역시 유카리는 두고 와야 했다.

“유카리, 딴 데 보면 안 돼.”

엄하게 말하자 유카리는 천연덕스럽게 대답했다. “괜찮아, 엄마. 유카리는 길을 알거든.”

에쓰코는 무의식중에 걸음을 멈추었다. “뭐라고?”

“어머나, 잊어버렸어? 작년 여름에 할아버지가 데리고 〈피터 팬〉 보러 갔잖아. 고마 극장이라는 곳이었어.”

“그것만 가지고 길을 안다고?”

“응. 연극을 본 후에 할아버지랑 주변을 탐색했어. ‘유카리, 잘 봐. 이 주변은 무서운 곳이니까. 친구가 신주쿠에 놀러 가자고 해도 따라가면 안 된다’라고.”

요시오는 현장 교육을 하는 사람이다. 에쓰코는 반쯤 기가 막히고 반쯤 감탄해서 아무 말도 못했다.

"가이바라? 아아, 어떻게 됐습니까?"

팔러 고마쓰의 점장은 미사오의 이름을 듣고 바로 말했다.

나이는 에쓰코와 비슷해 보인다. 이십 년쯤 철지난 뮤지션 같은 차림이다. 가게 자체는 청소년 대상으로 되어 있어서 한 사람만 붕 뜬 느낌이다.

가게의 반은 아이스크림 스탠드이고 반은 좌석인데, 묘하게도 좌석 쪽에 낡은 인베이더 게임기가 놓여 있었다. 정겹지만 서글픈 전자음을 내며, 학생으로 보이는 일행 두 사람이 정신없이 열중해서 놀고 있다.

"곤란하네. 토요일도 일요일도 말없이 쉬더니. 몸이라도 아픈가?"

"아니……. 사정이 좀 있어서요. 미사오는 매주 주말에만 일했습니까?"

"네. 토요일 두 시부터 다섯 시까지 하고, 일요일은 하루 종일. 벌써 상당히 오래됐죠. 반 년쯤 될까. 여태 말없이 빠진 적이 없던 아인데."

지난주 토, 일요일은 11일, 12일이다. 미사오는 8일 밤에 집을 나왔지만, 아르바이트하는 곳에 미리 알리지 않았다는 말은 그전까지 돌아올 예정이었다는 뜻일까. 아니면 그런 것 따위 잊어버릴 만큼 중요한 일로 머리가 가득 차 있었던 걸까.

"미사오가, 이곳에서 친해진 친구가 있었다고 듣고 왔습니다. 아르바이트하는 대학생이라던데 어느 분인지 아세요?"

점장은 고개를 갸우뚱하고, 목에서부터 늘어뜨린 짤랑거리는 목걸이를 만졌다. 그 뒤를, "점장, 비켜" 하고 말하면서, 캔디 스트라이프바탕색에 단색 줄무늬 제복을 입은 웨이트리스가 지나간다.

"안짱인가" 하고 천장을 본 채 점장은 말했다.

"안짱?"

"안도라는 남잡니다. 가이바라가 미인이니까 그 녀석이 상당히 빠져 있는 것 같았는데."

"그분, 오늘 왔습니까?"

"올 겁니다. 오늘은 화요일이니까—" 하고, 계산대 뒤에 붙어 있는 근무 스케줄표를 확인한다. "두 시부터군."

겨우 열두 시 반이 막 지났다. 에쓰코는 다시 들르겠다고 말한 뒤 가게를 나왔다. 밖은 숨이 막힐 정도로 덥다. 아스팔트에 반사된 햇볕과 너저분하게 밀집된 빌딩을 식히는 무수한 에어컨 실외기가 토해 내는 열풍 탓이리라.

달아나듯이 걸음을 재촉해 이세탄 백화점으로 뛰어들었다. 백화점 내의 레스토랑에서 점심을 먹고 두 시 오 분 전에 팔러 고마쓰로 돌아가 보니 가게 뒤쪽으로 오전 중에는 보이지 않던 대형 바이크가 세워져 있었다.

다시 한번 점장과 얼굴을 마주하니 그는 곧 안쪽 주방을 향해 "안짱!" 하고 소리를 질렀다.

부르는 소리에 포동포동하고 얼굴이 하얀 남자 아이가 나타났다. 대학생이니까 '남자 아이'라는 건 실례일지도 모른다. 그러나 동안童顔이라 마흔 살이 되어도 '안짱'이라는 이름이 어울릴 듯했다.

"안도 미쓰오입니다"라며 약간 주뼛주뼛한 느낌으로 느닷없이 고개를 숙인다. 에쓰코가 자기 이름을 대고 가이바라 미사오의 이름을 말하자 부드러운 얼굴이 순식간에 굳어졌다. 에쓰코의 팔을 붙잡을 듯한 기세로,

"어떻게 된 겁니까? 무슨 일 있었습니까?"라고 묻는다. 가출했다고 말하니 충격을 받았는지 양팔이 축 늘어졌다.

팔꿈치에 팬 곳이 생길 정도로 굵어 보이는 팔이지만, 스포츠맨 타입은 아닌 것 같다. 정말로 미사오의 '남자친구'였을까 하고 언뜻 생각했다.

"그 아이에 대해 잘 알죠? 어디로 가출했는지 짐작 가는 곳은 없을까. 뭐든 좋아요."

미쓰오는 오른손으로 볼을 긁고 침착하지 못하게 눈을 움직였다. "그야, 뭐어—하지만 전 미사오의 행선지 따위 모릅니다."

"그 아이가 최근 어땠는지 알려 줘도 좋아요. 뭔가 이상한 점은 없었습니까?"

손님은 드문드문 들어오고 있지만, 미쓰오는 일이 마음에 걸리는지 머뭇머뭇 점장 쪽을 신경 쓴다. 에쓰코는 큰 소리를 냈다.

"점장님!"

계산대 뒤에서 짤랑거리는 목걸이가 보였다. "뭐죠?"

"죄송합니다, 안도 씨를 잠깐 빌리고 싶은데 폐를 끼치는 요금

으로 얼마 내면 될까요?”

점장은 만화영화 속의 이리처럼 입 끝을 끌어올리고 히죽 웃었다.

“오십만 엔 내놔! 같은 소릴 하면 곤란하겠죠. 공짜로 합시다. 그 대신 메뉴를 주문하세요.”

에쓰코는 크림소다 두 개와 유카리를 위해 프라페를 주문했다. 어쩌면 나중에 유카리가 배탈이 날지도 모르지만 어쩔 수 없다.

유카리는 아까부터 인베이더 게임에 마음을 빼앗겼다. 에쓰코가 허락하니 희희낙락하며 기계 앞에 앉는다. 그러자 직접 크림소다를 날라 온 점장이 “옷” 하고 소리를 높였다.

“아가씨, 이거, 전혀 모를 텐데.”

“응. 어떻게 하는 거야?”

“쏴서 떨어뜨리면 돼. 어디, 잠시 봐봐. 아저씨가 ‘나고야 쏘기 인베이더 게임의 비법 기술 중 하나’ 기술을 보여 주지.”

주위가 차분해지자 에쓰코와 마주한 미쓰오가 머리를 긁적였다.

“죄송합니다. 말하기 난처해한 건 시간을 걱정한 탓은 아닙니다.”

“그러면 어째서?”

“당신, 신교지 씨지요.”

에쓰코가 고개를 끄덕이자 미쓰오는 정말로 죄송한 표정을 지었다.

"저, 미사오짱에게 부탁받아서 당신 연인의 뒤를 밟은 적이 있
어서—."

에쓰코는 반쯤 입이 벌어졌다. 나왔다. '신교지 씨 ♡'다.

"그거 어떻게 된 일이야? 나도 미사오가 나한테 연인이 있다고
믿어 버린 건 대충 알아. 하지만 나한테는 연인 따위 없거든."

미쓰오는 고개 흔드는 인형처럼 작게 끄덕인다. "미사오짱도
그건 아는 것 같았습니다. '신교지 씨의 연인'이란, 뭐랄까, 그냥
별명입니다. 미사오짱이 그 남자에게 붙인 별명이요."

미사오가 처음으로 그 '에쓰코의 연인'을 본 날은 7월 14일이었
다—고 한다. 일기에 '신교지 씨 ♡'라고 남긴 날이다.

"토요일에 같이 다섯 시까지 일하고 나서, 제가 뭔가 마시러 가
자고 권해 보았습니다. 그전까지 아르바이트 동료들이 모여서 논
적은 있지만, 일대일로 권한 것은 그때가 처음이었습니다."

코밑에 솟은 땀을 단숨에 훔치며 미쓰오가 말했다.

"가망 없다는 건 알고 있었어요. 원래 미사오짱은 별로 사교성
이 좋은 편이 아니고. 동료끼리 모일 때도 미사오짱이 오는 건 세
번에 한 번이 고작이니까. 그러나 전 그녀가 좋았습니다. 그런 미
인이 저 따위에게 흥미를 가질 리 없다는 걸 알지만, 그래도 순순
히 포기할 수 없어서요. 그날도 그녀는 다른 일이 있다며 거절했
습니다. 그래서 제가 약속 장소까지 데려다 주겠다고 했지요. '앗
시—'라도 좋으니까 옆에 있고 싶어서."

에쓰코는 그의 말을 가로막았다. "미안한데 '앗시—'가 뭐지?"

미쓰오는 빨개졌다. "제 입으로 말하기는 조금 부끄럽네요. 요컨대, 진짜 남자친구가 아니라, 쇼핑이나 놀러갈 때 데려다 주고 데리러 오는 일만 하는 아시£, 즉 대용 남자친구라는 뜻입니다. 달리 장점은 없지만, 일단 바이크는 같이 탈 수 있으니까요."

밖에 세워져 있는 바이크는 미쓰오 것이었다.

"그래서 미사오는 어디로 갔어?"

"마루노우치입니다. 거기 신교지 씨라는 친구가 있다고."

7월 14일에, 미사오는 에쓰코를 만나러 근처까지 왔던 것이다.

물론 만날 약속은 하지 않았다. 나흘 전에 처음으로 직접 얼굴을 보고 집에 초대한 참이었다.

그래도 미사오는 다시 에쓰코를 만나러 왔다. 결코 에쓰코를 싫다고 생각하지도, 귀찮게 느끼지도 않았다.

그러나 '근처에 왔으니까 들러 봤어'라든지 '있잖아, 토요일인데 어디로 놀러가지 않을래?' 같은, 별 생각 없이 다른 사람에게 권하는 일은 미사오에게 상당히 용기가 필요했으리라.

7월 14일은 에쓰코가 출근하는 토요일이었다. 미사오에게도 스케줄을 가르쳐 준 상태였다. 그러니까 그녀는 다섯 시 반까지 내가 네버랜드에 있는 줄 알고 있었다. 하지만 갑자기 찾아가면 내가 어떤 얼굴을 할지 불안했을까.

미쓰오는 말했다.

"그런데 미사오짱, 자기가 말한 장소에 도착해서도 무척 곤란한 표정을 짓는 겁니다. 저는, 아하 내 권유를 거절하려고 거짓말을 했다가 수습이 안 되는구나, 라고 생각했습니다. 사실은 약속 같은 건 없었을 거라고.”

있을 수 있는 일이다. 에쓰코는 고개를 끄덕였다. 미쓰오에게 거짓말을 한 이상 어딘가에 가지 않으면 안 되어서 순간적으로 네버랜드와 에쓰코를 떠올렸다. 그러나 막상 근처까지 와 보니, 에쓰코를 찾아갈 용기가 나지 않았다―는 얘기다.

“그녀는 저에게, 고마워 이제 돌아가도 돼, 라고 하더군요. 하지만 저는 참을 수 없어서 말해 버렸습니다. 사실은 약속 따위 없잖아, 거절하고 싶었으면 확실히 그렇게 말해 주면 돼, 그러니까 거짓말하지 말아 줘, 라고.”

“그랬더니?”

“처음에는 무척 놀라더라구요. 그다음에는 울적한 얼굴이 되어서, 혹시 내가 울렸나 했는데―. 아니었어요. 그녀는 웃었어요.”

미안하다고 했다.

―그래. 약속 따위 없어.

―여기에 친구가 있다는 것도 거짓말이야?

―아니. 그건 정말이야. 그런데 그 사람이 내가 갑자기 만나러 가면 기뻐할지 어떨지 모르겠어.

그 말을 들은 미쓰오는 이렇게 말했다고 한다.

―하지만 그 사람, 미사오짱 친구지?

―내가 멋대로 친구라고 생각할 뿐일지도 몰라.

―바보. 왜 그렇게 생각해? 미사오짱이 친구라고 생각하면 상

대방도 그럴 거야. 친구란 그런 거잖아. 오늘부터 당신과 나는 친구다, 라고 선언한 다음부터 되는 게 아니라고.

"미사오짱, 깜짝 놀라더군요. '그래? 그렇게 편하게 생각해도 돼?'라고 하더라구요."

안짱, 좋은 말을 했군. 에쓰코는 미소지었다.

"지금까지 아무도 그 아이에게 분명하게 말해 준 사람이 없었던 거지."

"그런가."

미쓰오는 아이스크림이 녹아 하얗게 되어 버린 소다를 마셨다.

"그래서 제가 아이디어를 냈습니다. 찾아가는 게 부끄러우면 빌딩 출입구에서 그 사람이 나오기를 기다리자고. 그리고 그 사람이 나타나면 우연을 가장해서 말을 걸면 된다. 그러면 상대방이 사정이 있어서 '잘 가'라고 인사하더라도 덜 겸연쩍을 거라고요."

그 시점에서 미쓰오는 미사오의 '친구'가 남자이리라 멋대로 생각했다고 한다.

"그래서, 친구가 신교지 씨라는 여성분이고 네버랜드라는 전화 서클 같은 곳에서 알게 되었다는 말을 듣고 또다시 깜짝 놀랐습니다. 미사오짱처럼 예쁘고 인기 있는 아가씨가 여자한테조차 왜 이렇게 소극적인지 너무 이상했습니다."

"미사오가 인기 많아?"

"엄청나죠. 그렇지만 미사오는 전혀 상대해 주지 않는다고 할까, 가드가 단단해요.”

두 사람은 갓길에 세운 바이크에 기대어 자연스럽게 행동하며 에쓰코가 나오기를 계속 기다렸다고 한다.

“누굴 기다릴 때는 어쩐지 주위도 신경이 쓰이잖아요? 우리는 조금 떨어진 곳에 우리와 마찬가지로 출입구를 바라보고 있는 사람을 알아차렸습니다. 남자였어요. 마흔 살—정도였을까. 와이셔츠를 차려 입고 넥타이를 맸지만, 윗도리를 벗어 어깨에 걸치고 있었어요. 그런 차림이 익숙한 사람이었습니다.”

—저기 봐. 저 사람도 누굴 기다리는 것 같아.

—그러게.

“그때 신교지 씨, 당신이 나왔습니다. 어떤 여자와 함께. 우리를 알아보지 못한 듯, 역 방향으로 척척 걸어가 버렸습니다. 미사오짱이 우연인 척하고 말을 걸기에는 딱 좋았죠. 하지만 결국 그렇게 하지 않았습니다.”

에쓰코도 누가 말을 건 기억은 없다. “왜?”

“그 남자도 신교지 씨를 보고 깜짝 놀란 표정이 되었거든요. 그 남자가 기다리던 사람도 당신이었습니다. 그뿐 아니라 그는 당신 뒤를 따라 걷기 시작했습니다.”

34

에쓰코는 양손으로 팔꿈치를 안고 잠시 어안이 벙벙해 있었다. 대체 무슨 일이지? 남자가 내 뒤를 밟은 기억 따위 전혀 없다.

"그 사람 정말로 나를 따라갔어?"

"틀림없습니다. 짐작 가는 데 없습니까?"

"전혀."

생각 탓인지 미쓰오는 안심한 것처럼 보였다.

"다행이다. 아는 사이는 아닌 거죠."

"아는 사이라면 미행 따위 하지 않겠지. 그 사람 정말로 마흔 살 정도야?"

"네에."

"좀더 나이 들지 않았어? 머리숱도 적지 않았어?"

요시오가 아닐까, 라고 생각했다. 에쓰코를 깜짝 놀래 주려 했을지도 모른다. 그러나 미쓰오는 웃음을 터뜨렸다.

"그 정도로 착각할 리가요. 머리숱도 적지 않고 여윈 몸매지만 꽤 멋진 사람이었습니다. 저는 아무리 발버둥쳐도 그런 식으로는 될 수 없어요."

에쓰코는 빨대를 손에 들고 무턱대고 소다를 휘저었다. 누군가에게 미행당하다니 기분 좋은 경험은 아니다.

"대체 누구지."

"미사오짱도 그렇게 말했습니다. 어머, 누굴까, 라고. 그래서—아주 부끄럽지만 우리도 뒤를 따라갔습니다."

"당신들도 미행했다고?"

미쓰오는 머리 뒤에 손을 댔다. "네."

바이크를 두고 걸어갔다고 한다. 길에 사람이 많아서 놓치지 않기 위해 아주 애썼다며 웃는다.

"잠시 지나서 신교지 씨, 함께 있던 여자분과 찻집에 들어갔죠? 기억나지 않습니까?"

에쓰코는 생각했다. 한 달 전의 토요일이라 확실한 기억은 없다. 그러나 지하철역 가까이에, 네버랜드 직원들과 자주 커피를 마시러 가는 가게가 있기는 하다.

"들어갔을지도 몰라."

"들어가셨습니다. 그러자 그 남자도 같은 가게에 들어가서, 박스석에 있는 당신들을 볼 수 있는 카운터에 앉더군요."

그 광경에 미사오는 긴장했다고 한다.

—이상하네. 이상하지 않아? 친한 사람이라면 가만히 있지 않고 말을 걸 텐데.

—그렇지.

—내 생각인데.

—뭐?

—저 남자도 분명 네버랜드에서 신교지 씨와 이야기를 하는 사람일 거야. 그래서 목소리만으로는 아쉬워져서 만나러 왔겠지.

―그런가. 그렇다면 냉큼 말을 걸면 될 걸.

사실 그 남자는 몇 번쯤 에쓰코에게 말을 걸고 싶은 기색을 보였다고 한다. 그러나 실행은 하지 않았다. 떨어진 곳에서 계속 바라보고 있을 뿐.

미사오는 미쓰오에게 바이크를 가져오라고 부탁했다.

―왜?

―저 사람이 이제부터 어디 가는지 따라가 보고 싶어. 차를 탈 수도 있으니까 바이크를 가져와. 부탁해.

변명하듯이 미쓰오는 필사적인 말투가 되었다.

"미사오짱도 그저 호기심으로 꺼낸 말이 아닙니다. 당신을 걱정했어요. 가만히 지켜보고 있는 남자란 어쩐지 으스스하잖아요. 그래서 미사오짱은 그 녀석의 신원을 확인하려고 했습니다."

"네에, 알겠어요. 그럴 거라 생각해요."

그것이 미사오 나름대로 에쓰코에 대한 친애의 정을 표현하는 방법이었다.

에쓰코는 기억하지 못했지만 그날은 찻집에서 사십 분 정도 있다가 케이크를 사서 나갔다고 한다. 그 후에는 다른 곳에 들르지 않고 지하철 오테마치 역에 내렸다―.

"문제의 남자도 역 계단까지는 당신을 따라갔습니다. 그리고 당신이 내려가자 그곳에서 멈추고 잠시 생각에 빠진 듯했지만 역시 내려갔습니다. 저희도 뒤를 따랐습니다."

"그 남자가 당신들을 눈치 챘어?"

"아뇨. 설마 미행 같은 건 생각도 못 했을 겁니다."

에쓰코는 평소 통근 때도 오테마치 역 연결 통로를 이용해 JR 도쿄 역으로 나간다. 그곳에서 기치조지의 집까지 쾌속을 타면 한 번에 가기 때문이다.

미행하던 남자는 그곳에서 이미 에쓰코와는 떨어져 오기쿠보 행 마루노우치 선을 탔다. 미사오도 미쓰오도 그와 같은 차량에 올라타 신주쿠 역에서 같이 내렸다.

"결국 그 사람은 어디로 갔어?"

미쓰오는 아주 대략적으로 기타신주쿠 방향을 가리켰다.

"오타키바시도리 길 근처에 있는 사카키 클리닉이라는 작은 병원입니다. 간판에 이름밖에 없어서 진료과목은 몰랐지만, 주변에 물어보니 정신과 전문 병원이라고 가르쳐 주더군요."

정신과. 한꺼번에 너무나 많은 사실이 터져 나와 에쓰코는 혼란스러웠다.

"미행은 그곳에서 끝났어?"

"아직 남아 있습니다." 미쓰오는 땀을 훔쳤다. "미사오짱이 그 남자가 정신과 의사에게 갔다는 점을 아주 중요하게 생각했어요. '어쩌지, 대체 어떤 사람일까'라면서."

미쓰오는 비록 그 남자가 정신과 의사에게 진찰받으러 갔다고 해도 바로 '어쩌지' 하고 당황해서는 안 된다, 편견이다, 라고 타일렀다고 한다.

"저희 아버지가 전에 스트레스로 출근도 거부하셨던 적이 있었습니다. 그때 진찰해 준 의사 선생은 아주 좋은 사람이었어요. 누구든 정신적으로 불안정하게 되는 일이 있고, 그런 때에는 내과에 가는 셈치고 정신과로 오면 된다. 전혀 부끄러운 일이 아니고 치과보다 무섭지 않다고 가르쳐 주더군요.”

미쓰오는 부끄럽다는 듯이 웃었다.

“어차피 그때는 미행하는 남자가 병원에 들어갔다는 점 외에 다른 건 아무것도 알 수 없었습니다. 그 병원 의사였을지도 모르고.”

한 시간 정도 후에 남자는 사카키 클리닉에서 나왔다. 역시 도보로 오타키바시도리 길을 터벅터벅 걸어갔다. 미사오는 완전히 정색하고 무조건 뒤를 따라간다며 고집을 피웠다.

남자는 오타키바시도리 길과 와세다도리 길이 만나는 삼거리를 오른쪽으로 돌았다. 그리고 주택가 안에 오도카니 파란 네온이 켜진 가게의 문을 밀었다.

“펍 라 판사라는 간판이 보였습니다. 슬쩍 보기에는 보통 가정집 같은 느낌이 드는 작은 가게더군요. 우리는 남자가 그곳에 들어가고 나서 잠시 후에 문을 열어보았습니다만, 내부도 좁았습니다. 카운터석은 의자 대신 위스키 나무통을 쓰고 있었고 담배 연기가 자욱했어요. 별로 사람이 있는 것 같지도 않았는데 안으로는 들어갈 수 없었습니다. 주인으로 보이는 지독하게 취한 남자가 나오더니 예약이 들어와서 앉을 자리가 없다고 하더군요. 단골손님만 갈 수 있는 가게라서 뜨내기 손님은 거절한 건지도 모르죠."

"그 남자는 어디에 있었어?"

"보이지 않았어요. 안쪽에 있었을지 모르지만 알 수 없었습니다."

미사오와 미쓰오는 그 후 한 시간 정도 밖에서 버텼지만 남자는 끝내 밖으로 나오지 않았다.

"미사오짱은 안타까워했습니다. 저는 돌아가자고 설득했지요. 마루노우치에 바이크를 세워 놓았기도 했고. 결국 마지못해 따라오더군요."

에쓰코는 여태까지 듣고 알게 된 사실을 머릿속으로 정리하면서 천천히 물었다.

"저어, 안도 씨. 당신은 미사오가 그후 남자의 정체를 밝혀내는 것을 포기했다고 생각해?"

미쓰오는 고개를 가로로 저었다. "미사오는 분명 계속 조사했을 겁니다. 어쩌면 그날 밤, 제가 미사오를 집에 데려다 주고 나서 다시 라 판사에 되돌아갔을지도 모르구요."

"그러나 당신에게 말하지 않았다?"

"네. 저한테 말하면 그런 짓 하지 말라고 할 게 뻔하다고 생각했겠지요."

7월 14일에 그런 일이 있었다.

그러나 미사오는 에쓰코에게 그 일에 관해서 한마디도 털어놓지 않았다. '이상한 남자를 보았어. 신교지 씨, 짐작 가는 거 없어?'라고조차 묻지 않았다.

그리고 네버랜드에 거는 통화 시간은 짧아졌다. 분명히 미사오는 뭔가 에쓰코와 관련된 일을 떠안고 있었지만 비밀로 하고 싶어 했다.

"안도 씨 쪽에서 미사오에게 그 후의 일을 물어본 적은 있어?"

"물어봤습니다."

—그런 거 아직 신경 쓰고 있어? 아니면 신교지 씨에게 직접 물어봤니?

그러자 미사오는 웃으며 '그런 건 벌써 잊어버렸어'라고 대답했다.

"안도 씨는 그 대답이 진짜라고 생각해?" 미쓰오가 다시 고개를 흔든다.

"하지만—그 후 조금 지나니까 미사오짱이 밝아졌어요. 그전보다 방어적인 자세가 풀어졌달까, 소극적인 정도가 가벼워졌달까. 그래서 저는 기뻐서—그 말을 믿는 척했습니다."

미쓰오는 고개를 숙이더니 불쑥 덧붙였다.

"미움받고 싶지 않았습니다."

"잘 알아요. 그런 얼굴 하지 말고. 안도 씨, 하나만 더 가르쳐 줘."

"뭡니까?"

"미사오가 '레벨'이란 단어를 말하는 거 들은 적 있어? '레벨' 다음에 숫자가 붙기도 하는데."

미쓰오는 생각에 잠겼다. 버릇인지 계속 코 밑을 문지르고 있다.

그러자 점장 목소리가 불쑥 끼어들었다.

"그런 말을 들은 적이 있어요."

에쓰코는 점장 쪽으로 몸을 돌렸다. "언제쯤이죠?"

"언제였더라. 그렇게 오래된 일은 아니고. 기껏해야 이 주일 정도 전인가."

점장은 유카리가 완전히 열중하고 있는 인베이더 게임 쪽으로 손을 흔들었다.

"우리 집에는 이것밖에 없잖아? 새로운 게임도 넣어야 하나 고민이라는 이야기를 하고 있을 때 웨이트리스로 아르바이트하는 패미컴 좋아하는 애가 이게 좋고 저게 좋고 떠들어 대더라고. 나는 하나도 모르니까 그냥 듣고만 있었고 가이바라도 잘 모르겠다는 얼굴을 하고 있었죠. 그래서 '넌 패미컴 한 적 없니'라는 질문을 했는데―."

미사오는 이렇게 대답했다고 한다.

―나는 '레벨7'이라는 아주 재미있는 게임에 도전하기로 했어.

게임인가. 에쓰코는 자문했다. 그러면 '레벨7까지 가 본다. 돌아올 수 없을까?'라는 말은 어떤 의미를 갖고 있는 것일까.

미사오가 모모코에게 말했다는 대사를 떠올렸다.

―나 말이야, 나를 찾다가 발견했으니까 이곳에 올 수 있었어.

"안도 씨, 지금 이야기해 준 클리닉과 펍 위치를 지도로 그려

주겠어?”

미쓰오가 지도를 그리는 사이에 에쓰코는 계산을 끝내고 유카리를 재촉했다.

헤어지기 섭섭한 듯 유카리는 “점장님, 인베이더가 무슨 뜻이야?” 하고 물었다.

“우주에서 온 침략자라는 의미지.”

유카리는 웃음을 터뜨렸다. “뭐어야. 그러면 ‘비지터’잖아.”

“신교지 씨.” 지도를 다 그린 미쓰오가 말했다. “그러고 보니 까먹고 말하지 않은 게 있습니다. 당신을 미행한 그 남자에 대해.”

“뭔데?”

미쓰오는 일어서더니 가볍게 오른쪽 다리를 질질 끌며 걷는 시늉을 했다.

“그 사람, 이런 느낌이었어요. 조금이지만 오른쪽 다리가 불편해 보였습니다.”

35

에쓰코는 먼저 사카키 클리닉으로 향했다. 무척 너저분한 주택가에 어울리지 않는 느낌으로 오도카니 서 있는 병원이다.

시각은 오후 세 시 사십 분. 진료시간인지 에쓰코가 유카리와 손을 잡고 포장된 앞뜰 너머로 건물을 올려다보고 있으니 정면의 문이 열리고 사람이 하나 나왔다.

가까이 올 때까지 젊은 여성이라는 것을 알 수 없었다. 그 정도로 말라서 몸 전체가 쪼그라들어 있다. 그녀의 얼굴에서 순간적으로 연상되는 인상은 잘 건조된 쪼글쪼글한 과일.

거식증일까, 라고 생각하며 에쓰코는 여성에게 말을 걸었다.

"실례합니다, 여기 환자분이신가요?"

상대는 바로 방어태세를 취했지만 아이를 데리고 온 여자라 그런지 어쨌든 달아나지는 않고 걸음을 멈춰 주었다.

"죄송합니다, 실은 저도 지금 저희 아이를 데리고 찾아왔는데요. 처음이라 불안해서…… 어떤 선생님인가요?"

삐삐 마른 여성은 에쓰코와 유카리를 빤히 관찰하고 나서 느릿느릿 대답했다.

"나쁜 선생님은 아닙니다."

"그렇구나, 안심이네요. 감사합니다."

"하지만 예약이 안 되어 있으면 진찰해 주지 않아요. 초진일 때는 소개장이 없으면 안 되고."

빠르게 말하더니 등을 돌리려고 한다. 에쓰코는 뒤를 따라가며 물었다.

"그, 사카키 선생님은 혹시 다리가 안 좋은 분이 아닌가요?"

"그렇지 않습니다."

말을 내뱉고는 오쿠보도리 길 쪽으로 반쯤 뛰듯이 걸어가 버렸다.

에쓰코는 발끝을 리드미컬하게 울리면서 잠시 생각했다. 어떻게 접근할까?

"유카리짱."

"왜."

"배 아프지."

"안 아파."

"아니, 아플 거야. 자, 손으로 배를 눌러 봐."

유카리는 깜짝 놀란 얼굴로 에쓰코를 올려다보았지만 머지않아 방긋 웃었다.

"응. 아파. 차가운 걸 너무 먹었나 봐."

"그럼, 가자."

유카리의 연기력은 상당했다. 에쓰코는 아이가 갑자기 아파 난처해진 엄마를 가장해 몸을 비틀면서 괴로워하는 유카리를 데리고, 사카키 클리닉의 정면 현관으로 들어갔다.

접수대에서 "아이가 갑자기 배가 아파 힘들어하는데 좀 봐 주실 수 있을까요"라고 말을 걸자, 유리창이 열리고 여자 얼굴이 보였다. 백의에 '안자이'라는 명찰이 달려 있다. 끙끙 신음하는 유카리를 보자, "어머나" 하고 입을 동그랗게 벌렸다.

"실례합니다, 진찰 좀 해 주세요."

"죄송합니다, 저희는—정신과 전문입니다."

에쓰코는 분개한 척을 했다. "어휴! 아니, 밖에는 그냥 클리닉이라고 나와 있잖아요."

"그렇게 말씀하셔도—"라고 하는 안자이의 말문이 막혔다. 귀위의 머리카락을 쓸어 올리고 나서 웅크리고 앉아 버린 유카리를 쳐다보고 있다.

"여기서 신주쿠 쪽으로 조금만 가면 '하루야마 외과병원'이라는 데가 있어요. 거기는 구급지정이고……."

"이 아이더러 걸으라는 겁니까!"

에쓰코의 노력은 헛되지 않았다. 안자이를 확 밀어제치며 둥근 얼굴의 여성이 나와서,

"잠깐 기다려 주세요. 사카키 선생님이라면 봐 주실 거예요. 마침 환자분이 끊어진 참이니까요. 거기서 기다리세요" 하고 시원시원하게 말한다.

"감사합니다."

에쓰코는 유카리를 안아 올렸다. 그렇게 하는 것도 오랜만이다. 묵직하다.

바로 정면의 문이 열리고 조금 전의 얼굴이 둥근 여자가 "들어

오세요” 하고 들여보내 주었다. 이쪽은 가슴에 ‘오타’라는 명찰이 있다.

대기실 같은 방에 들어가니 백의의 의사가 열린 진찰실의 문을 손으로 누르고 서 있었다. 단정한 얼굴에 아직 삼십대로 보인다. 취향이 고상한 넥타이를 매고 있다.

“이쪽으로 데려오십시오” 하고 의사는 먼저 안으로 들어간다. 오른발을 끌지는 않았다. 울상이 된 ‘명배우(?) 유카리’를 안고 에쓰코도 뒤를 따랐다.

진찰실이라기보다 응접실이라는 느낌의 방이었다. 의식적으로 그렇게 해 놓았겠지만, 사무실을 연상시키는 금속이나 플라스틱 제 비품이 적다. 작은 캐비닛과 롤러인덱스, 그리고 다기능 전화 정도일까. 나머지는 응접세트도 의사의 책상조차도 따뜻하고 차분한 나무 재질뿐이다. 창은 넓고 블라인드가 쳐져 있지만, 틈새로 햇빛이 비치고 있다.

의사는 유카리를 소파에 눕힌 뒤 배를 까고 이쪽저쪽을 눌러 보았다. 그동안 저음의 부드러운 목소리로 오늘 아침부터 지금까지 무엇을 먹었는지 질문했다.

“단순한 냉증일 겁니다. 구아바 주스하고 프라페, 아이스크림이라면 말이죠.”

유카리에게 배를 덮으라고 하고, 몸을 일으키면서 의사는 말했다.

“아, 다행이다. 정말 깜짝 놀랐네요.”

에쓰코는 가슴에 손을 대며 유카리를 향해 말했다.

"그러니까 엄마가 말했잖아, 너무 많이 먹는다고."

유카리가 부루퉁해진다. 의사는 웃으면서 말했다.

"복통에 잘 듣는 약을 드리겠습니다. 하지만 약국에서도 파는 평범한 시판약이에요. 여기에는 다른 일반약은 비치해 두지 않습니다."

"죄송합니다. 정신과 의사 선생님이라고 하셨지요. 무리한 부탁을 드렸네요. 그래도 덕분에 살았어요."

의사는 책상의 서랍을 열어 흔해빠진 구급상자를 꺼내더니 알약이 든 병을 집어 들고 한 알을 손바닥 위에 흔들어 나오게 해서 유카리에게 건넸다.

"저쪽 문을 열면 세면장이 있으니까 거기서 먹어라."

유카리가 그 말대로 한다. 에쓰코는 상냥한 웃음을 짓고 의사 쪽을 돌아보았다.

"사카키 선생님이시죠."

"그렇습니다."

"정말로 감사했습니다. 아이의 상태가 나빠졌을 때 선생님 클리닉 옆을 지나가다니, 신기하군요. 이런 일이 다 있네요."

사카키는 그 말의 의미를 가늠하기 어려웠는지 책상을 돌아 의자 쪽으로 걸어가며 눈썹을 약간 올렸다.

"제 지인이 전에 선생님한테 진찰받은 적이 있어요. 그래서 소문은 진작부터 들었습니다."

"오호. 누구십니까."

"많은 환자들을 보고 계시니까 이름은 기억하시지 못할 거예요, 아마도."

에쓰코는 마음속으로 태세를 갖춘 뒤 의사의 얼굴에 시선을 고정하고, 말했다.

"사십대 남자인데 오른쪽 다리가 좀 안 좋아요."

의사의 표정이 재빨리 움직였다.

에쓰코는 야구에서 타자가 볼을 포착한 순간을 상상했다. 분명 이런 느낌일 거야. 까앙!

"기억 못 하시나요?"

의사 사카키는 양손을 책상 위에 짚고 얼굴을 약간 위를 향해 기억을 더듬는 듯한 표정을 하고 있다. 태연함을 가장하고는 있지만 유카리보다도 연기가 서툴렀다.

그러나 어째서 내 뒤를 미행했다는 다리가 불편한 남자의 이야기에 이렇게나 동요하는 걸까?

"글쎄……. 잘 모르겠습니다." 의사는 입 끝만으로 웃어 보였다. "다른 '사카키'가 아닐까요."

"어머, 그런가. 이상하네요."

유카리가 돌아왔다. "선생님, 화장실을 써 버렸어. 죄송해요."

의사는 살았다는 듯이 유카리 쪽을 보았다. "상관없어. 그럼 조금은 가라앉았을 거다."

"응. 나올 게 나오니까 조금만 아파졌어."

“아휴, 버릇없어라. 선생님 죄송합니다.”

웃음을 지으며 에쓰코는 유카리를 잡아끌었다.

“그럼 실례했습니다. 저어, 요금은…….”

한시라도 빨리 에쓰코가 나갔으면 하는 듯이 의사 사카키는 재빨리 손을 흔들었다.

“아니, 괜찮습니다. 그냥 가셔도 돼요.”

다시 한번 깊숙이 머리를 숙이고 나서 에쓰코는 문손잡이에 손을 대며 막 생각났다는 듯이 돌아보았다.

“선생님, 한 사람 더 있네요. 제 지인 중에 선생님의 신세를 진 적이 있는 사람이.”

의사는 ‘누구입니까?’라는 듯이 얼굴을 찡그렸다.

에쓰코가 말했다.

“가이바라 미사오라는 열일곱 살 여자 아이예요.”

에쓰코의 배트가 때린 공이 이번에는 스탠드 쪽까지 훌쩍 날아갔다.

의사의 안색이 변했다. 조급하게 백의 주머니를 뒤적거린다. 마일드세븐 갑과 금색으로 빛나는 라이터가 나왔다. 서툰 배우가 담배를 피우는 동작으로 연기력 부족을 얼버무리듯 의사는 필터를 입술 사이에 물고 라이터를 켜려 했다. 좀처럼 불이 붙지 않는다.

“글쎄요……. 기억에 없네요.”

그것으로 충분했다. 에쓰코는 방을 나갔다.

접수 창을 연다. 이번에는 오타밖에 없다. 안에서 뭔가를 쓰는 중이다.

"오타 씨, 감사했습니다."

말을 걸자 그녀가 다가왔다. 생글생글 하고 있다.

"아가씨, 괜찮아?"

"응."

에쓰코는 그녀에게 얼굴을 가까이 하고 작은 목소리로 물었다.

"죄송합니다, 저, 지인이 사카키 선생님께 진찰받은 적이 있다는 생각에 그냥 말씀드렸더니 다른 사람이었던 모양이에요."

"선생님은 그런 것 때문에 기분 나빠하시지는 않아요."

"오른쪽 다리를 약간 질질 끌며 걷는 중년 남자랑, 또 한 사람은 젊은 여자 아이인데요. 그쪽은 모르시려나."

오타는 눈을 깜빡깜빡 했지만, "글쎄요" 하고 대답했다. "환자분 중에 그런 사람이 있었나. 젊은 여자 아이만 해도 잔뜩 있고ー."

그러다가 어라? 하고 말하는 듯이 눈을 모았다.

"그렇지만 다리가 불편한 남자라면, 어제 한 사람 왔어요. 소개장이 없어서 진찰할 수 없었지만요."

에쓰코는 잠시 생각했다.

어떻게 된 일이지? 안도 미쓰오는 분명히 그 남자가 이곳에 들어왔다 나가는 것을 봤다. 한 달이나 전에. 그런데 접수대에서 모른다니ー.

아, 그렇군. 토요일이었기 때문이다.

"이 병원, 주말에는 쉬지요?"

"네, 맞아요."

그러니까 오타는 모르는 것이다. 문제의 남자는 이 클리닉에 있는 다른 사람에게는 알려지지 않게 의사 사카키를 만나러 왔을 것이다.

그리고 어제—바로 어제, 이번에는 환자인 시늉을 하고 찾아왔다—.

"어제는 그 사람 혼자였나요?"

"아니요. 젊은 남자가 함께였어요. 핸섬한 사람이었지만."

대체 어떻게 된 일이지.

이 오타라는 여성은 별로 경계심이 강한 편은 아닌 듯하다. 안자이라는 여성이 없는 동안에 조금 더 물어보기로 했다.

"여기는 입원할 수 있는 병실이 있나요? 아니, 저, 아무래도 사람을 잘못 본 것 같지는 않아서. 제 지인이 찾아간 선생님은 역시 사카키 선생님 같네요. 그 지인은 입원했거든요."

오타는 손을 팔랑팔랑 흔들었다. "어머, 그럼 역시 사람을 잘못 보셨어요. 여기서는 환자분을 거의 입원시키지 않으니까요. 어지간한 일이 없는 한은요."

"그렇구나……. 그렇군요. 넓어 보이는 건물인데."

"선생님이 여기 살고 계시니까. 가족은 따로 계시지만요."

오타의 입술은 술술 잘 움직인다. 이것도 역시 에쓰코가 아이를 데리고 있었기 때문이리라. 엄마와 아이의 조합에는 누구도 경계심을 품지 않는 것이다.

"어머, 그런가요. 저어, 아까 했던 이야기 말인데, 정말로 모르시나요? 젊은 여자애. 아주 미인이에요. 이름은 가이바라 미사오라고 해요."

상대는 잠시 생각하더니 고개를 흔들었다.

"기억에 없네요. 지금 특별히 우리가 맡고 있는 환자분도 젊은 여자 아이 같지만 그 애는 선생님 아는 분의 따님이라고 하고⋯⋯."

에쓰코는 숨이 멎어 버릴 것 같았다. 잡고 있던 유카리의 손을 꼭 쥐었다.

"그 사람 얼굴 봤어요?"

마침내 오타는 경계하기 시작했다. "어째서 그런 걸 물어보세요?"

그때 유카리가 "엄마!" 하고 불렀다. 돌아보니 바로 앞에 간호사가 한 사람 서 있었다. 아니 가로막고 서 있었다.

"누구시죠?" 간호사는 따져 물었다. 수세미와 세제로 문지른 벽처럼 청결하고 쌀쌀맞고 얇은 입술은 칼날처럼 똑발랐다.

"어머, 죄송합니다, 수다를 떨어 버려서."

기가 꺾여 있으니 갑자기 유카리가 소리 높여 울음을 터뜨렸다.

"엄마, 엄마, 이제 집에 가자, 병원 싫어, 주사 맞는 거 싫어."

에쓰코는 간호사를 밀어젖혔다. "그래, 얼른 가자. 실례했습니다!"

서둘러 밖으로 나간다. 대여섯 걸음 뛰다가 발을 멈추었다. 아무도 쫓아오지 않는다.

에쓰코는 사카키 클리닉의 창문을 올려다보았다. 블라인드가 빈틈없이 내려진 부분과 열려진 부분이 있다.

에쓰코는 소리를 낮추어 말했다. "유카리, 딱 한 번만 더 부탁해."

"이번엔 뭐야."

"떼를 써 줘. 엄마가 고함지를 테니까. 알겠지?"

이해했다는 듯 유카리는 그 자리에서 발을 동동 구르기 시작했다.

"싫어, 싫어, 도호 만화 축제 간다고 했잖아, 도라에몽 보러 간다고 했잖아, 엄마 거짓말쟁이!"

"배탈이 났으니까 안 돼!"

에쓰코는 큰 소리를 냈다. 그리고 숨을 들이켜 뱃속에 힘을 주고 몸을 반쯤 틀어 사카키 클리닉의 건물 쪽으로 소리쳤다.

"미사오! 턱없는 소리 하지 마!"

주위에 울려 퍼지는 소리를 냈다. 길가는 사람이 이쪽을 본다.

"엄마 바보!"

"미사오 따위 이제 엄마는 몰라!"

"미사오, 죽어 버릴 테야!"

"건방진 소리 하면 놔 두고 갈 거야! 버려 버린다, 미사오!"

미사오, 미사오라고 연달아 부르며 에쓰코는 재빨리 사카키 클리닉을 올려다보았다. 만일 미사오가 여기에 있다면 분명 들었을 것이다. 내 목소리를 듣고, 우연히 듣고, 신호를 해 줘 미사오—.

그때 사 층 가장 끄트머리 창문의 블라인드가 약간 움직였다. 사람의 눈이 보였다. 손끝이 보인다.

'미사오?'

정면 문이 열리고 아까 본 간호사가 뛰어 나왔다. 갑자기 에쓰코의 팔을 붙든다. 에쓰코는 지지 않고 그 손을 흔들어 떨쳐냈다.

"뭐하는 거야!"

"애가 말을 안 들으니까 어쩔 수 없잖아요!"

때맞춰 유카리가 발구르기를 멈추고 뛰어가기 시작했다. 에쓰코도 뒤를 쫓는다.

앞뜰을 가로질러 도로로 나가자 에쓰코는 유카리를 따라잡아 손에 손을 잡고 달리고 또 달렸다.

오타키바시도리 길로 나가 신주쿠 역 서쪽 출구의 오다큐 하루쿠 백화점이 보이는 곳까지 뛰어가서야 겨우 발을 멈추었다. 둘 다 땀투성이가 되었다.

"엄마, 굉장해" 하고 유카리가 감탄한다.

"할아버지한테 전화하자."

턱 주위의 땀을 남자처럼 팔로 닦으면서 에쓰코는 말했다.

"저 클리닉을 감시하라고 하자. 미사오는 분명 저기에 있어."

유카리는 공중전화로 달려갔다. "잠복이라면 할아버지가 프로니까. 아, 전 프로인가?"

요시오는 현역 프로였다.

신문사의 자동차부원 일은 그저 기자들을 태우고 달리기만 하지 않는다. 미행도 하고 잠복도 같이 한다. 요시오는 그 일을 사십 년이나 해 왔다.

부랴부랴 달려 와서 우선 해야 할 순서부터 정리했다. 매우 침착해 보였다. 다만 흥분했을 때의 습관이 나와 목소리가 커져 있다.

"낮 동안은 몰래 들어가서 미사오 씨를 구출해 낼 수 없을 게야. 해가 떨어질 때까지 아버지가 지키고 있을 테니 너희들은 옷을 갈아입고 배를 채우고 차를 준비해. 기름은 가득 채워 두는 거다."

"왜요?"

"네가 찾아갔기 때문에 그곳 녀석들은 미사오를 다른 곳으로 옮기려고 할지도 몰라. 만일 그렇게 한다면 저쪽도 이쪽이 어떻게 나올지 생각할 테니까 지금 바로 옮기든지 밤이 되고 나서 옮기든지 둘 중 하나일 거다."

그러나 요시오가 근처를 어슬렁거리면서 지켜보는 동안 사카키 클리닉에 움직임은 보이지 않았다. 환자도 출입하지 않는다. 더 이상 블라인드가 움직이는 일조차 없었다.

에쓰코는 언제든지 차로 출발할 수 있도록 준비를 갖추고 사카키 클리닉 근처의 민가 옆에 주차를 해 두었다.

유카리는 뒷좌석에 숨어서 잠들었다. 에쓰코도 한 시간쯤 쉬고 차 안에서 머리카락을 묶어 머리 뒤로 정리했다. 근처의 양품점에서 자신과 유카리의 옷을 새로 사서 갈아입었다. 움직이기 편한 폴로셔츠와 바지를 골랐다. 옷과 머리 모양을 바꿨으니 한 번밖에 만나지 않은 사카키 클리닉 사람은 멀리서 보면 에쓰코를 못 알아볼 것이다.

그렇게 하고 저녁때부터는 요시오와 교대로 망을 보았다.

시간은 지나가지만 이렇다 할 변화는 없다. 해질녘에는 장보고 오는 주부의 모습이 많아지고 해가 저물어 밤이 되니 귀가를 서두르는 정장이나 와이셔츠 차림의 남자들이 눈에 띄었다.

사카키 클리닉은 움직이지 않는다.

오후 열 시가 되자 건물의 정면 현관에 켜져 있던 불이 꺼졌다. 전신주 뒤에서 혹은 담배 가게 앞에서 공중전화를 거는 시늉을 하면서, 혹은 길을 왔다 갔다 하면서, 요시오와 에쓰코는 가만히 관찰을 계속했다. 열 시 반이 지나 열한 시가 되고, 열한 시 이십 분이 되었다.

그리고—.

에쓰코가 먼저 발견했다.

무심코 입고 있던 폴로셔츠의 칼라를 움켜쥐었다. 도로 건너편에 몸을 숨긴 요시오에게 신호를 보냈다.

오른쪽 다리를 약간 끌면서 남자 하나가 이쪽을 향해 온다. 호리호리하고 장신에 여윈 몸매로, 가로등 빛을 등지고 그림자를 길게 끌면서.

요시오는 에쓰코의 신호를 알아차리고 그 남자를 보았다. 남자가 이쪽을 알아차리지 못한 채 약간 어깨를 늘어뜨린 채 고개를 숙이고 다가온다.

시선을 고정하던 요시오의 턱이 덜컥 떨어졌다.

오른쪽 다리가 안 좋은 남자는 사카키 클리닉의 앞뜰로 한걸음 발을 들여놓으려―,

놀라서 지켜보는 에쓰코 앞에서 요시오는 남자 쪽을 향해 뛰기 시작했다. 요시오가 다가간다. 남자가 얼굴을 들어 요시오를 보자, 그의 표정도 또한 경악으로 얼어붙었다.

요시오는 남자의 멱살을 잡았다. 몸집이 작고 살이 좀 찐 요시오에게 붙들린 남자는 앞으로 넘어질 듯 휘청였다. 에쓰코는 길을 가로질러 두 사람에게 뛰어갔다. 요시오가 남자를 때리는 게 아닌가 걱정이 되었다.

그러나 요시오는 때리지 않았다. 남자를 잡아끌고 옆에 있는 골목 쪽으로 갔다. 어디서 저런 힘이 나왔을까 싶을 정도의 기세다.

두 남자는 입을 다물고 골목 한가운데까지 뒤얽히듯이 나아가 그곳에서 걸음을 멈추었다. 뒤따라온 에쓰코가 "아버지!" 하고 불렀을 때 남자의 목덜미를 잡고 있던 요시오의 손이 떨어졌다.

요시오는 덤벼들 듯한 얼굴로 남자를 보고 있다. 남자 쪽은 요시오가 끌어당겨서 찢어져 버린 셔츠 깃을 손으로 잡더니 요시오를 보고 다시 에쓰코를 보았다.

기억에 없는 얼굴이었다. 한 번도 만난 적은 없다. 그저 안도 미쓰오의 표현이 정확하다는 것만 알 수 있을 따름이었다.

요시오 쪽으로 시선을 돌려 믿을 수 없다—는 표정으로 남자는 말했다. “신교지 씨.”

에쓰코는 선 채 꼼짝할 수 없었다.

요시오는 천천히 말했다. “오랜만이군요. 십몇 년 만이 될 것 같은데. 기억하십니까.”

남자의 표정이 누군가가 등을 쓰다듬어 주고 있는 어린아이처럼 불안하게 변했다. 그는 툭 내뱉었다.

“잊을 수 있을 리 없지 않습니까.”

요시오는 에쓰코를 돌아보았다.

“이 사람은 사에구사 다카오 씨다. 오랜 지인이지.”

남자는 에쓰코 쪽을 보지 않았다. 살짝 눈을 깔고, 그리고 결심한 듯이 얼굴을 들고 말했다.

“신교지 씨가 이런 시간에 이런 데서 뭘 하고 계십니까. 설마—,”

사에구사라는 남자는 이번에는 정면으로 에쓰코를 바라보았다.

“설마—가이바라 미사오를 찾으러 오신 건 아니겠지요?”

요시오는 사에구사를 에쓰코의 차 안으로 밀어 넣었다.

"어쨌든 이야기를 해 주시죠. 무엇이 어떻게 되고 있는 거요. 어떻게 당신이 가이바라 미사오를 알고 있지?"

사에구사는 가만히 바라보는 에쓰코와 유카리의 시선을 무시하듯이 요시오의 얼굴만을 쳐다보고 있었다. 진지했다.

"지금은 자세히 이야기할 시간이 없습니다. 서둘러야 해요."

"어째서 미사오를 알지? 당신 무슨 짓 하려는 거야?"

사에구사는 격렬하게 고개를 흔들었다. "말할 수 없습니다. 지금은 안 됩니다."

"미사오는 사카키 클리닉에 있지요?"

에쓰코가 물으니 그는 시선을 돌린 채로 끄덕였다.

"왜 갇혀 있는 겁니까? 왜? 무슨 짓을 했기에."

사에구사는 머리를 마구 쥐어뜯었다. "아무 짓도 하지 않았습니다. 그 아가씨는 상관없는 일로 봉변을 당한 겁니다. 휘말린 거죠."

"휘말렸다?"

"그렇습니다. 저와―제 동료가 지금 실행중인 계획에 말이죠. 저희도 그녀는 계산 외였습니다."

"미사오는 당신을 미행했기 때문에 휘말렸나요?"

갑자기 에쓰코에게 세게 맞은 듯이 사에구사가 펄쩍 뛰었다.

"어떻게 알았습니까?"

"당신이 미사오에 대해 말해 주지 않으면 나도 말하지 않겠어."

사에구사는 "신교지 씨" 하고 도움을 구하듯이 요시오를 돌아보았다.

"부탁입니다. 이제부터 제가 하는 말을 듣고, 따라 주십시오. 하나, 바로 이곳에서 나갈 것. 둘, 가이바라 미사오는 제가 꼭 무사히 구출할 테니 신교지 씨는 손을 대지 말아 주십시오. 괜찮아요, 내일은 구출할 수 있습니다. 내일 모두 끝납니다. 지금도 그녀는 감금되어 있지만 위험한 건 아닙니다. 그렇게 조치했습니다. 셋, 어쨌든 이 이상은 묻지 말아 주십시오. 알겠습니까?"

에쓰코는 물고 늘어졌다. "어째서 내일이죠? 지금 바로 구해주세요!"

"안 됩니다. 지금 그렇게 하면 쓸데없는 의심을 삽니다. 오히려 위험하게 돼요."

요시오도 바로 말을 되받아쳤다. "에쓰코가 찾아간 일로 사카키 클리닉 녀석들은 미사오를 딴 곳으로 옮겨 버릴지도 몰라. 그래도 당신이 구출해 낼 수 있다는 보장이 있나?"

사에구사는 한숨을 내쉬었다. "괜찮습니다. 절대. 믿어 주십시오. 신교지 씨가 아는 사람을 제가 그냥 내버려둘 리 없잖습니까."

이번은 요시오가 시선을 돌릴 차례였다.

"믿어 주십시오." 사에구사가 다시 한번 말했다.

요시오는 흘끗 에쓰코를 보았다. '여기서는 아버지에게 맡겨 줘'라는 눈이었다.

"사에구사 씨. 좋아, 알았어. 당신 말대로 하지."

"아버지!"

"할아버지?"

요시오는 에쓰코와 유카리를 손으로 제지하고, "괜찮아. 이 사람은 신용할 수 있다. 그러니까 괜찮아. 다만 사에구사 씨, 단 한 가지 조건이 있어. 지금 이 자리에서 미사오가 어딘가 다른 곳에 옮겨진다고 해도 구출할 자신이 있다고 단언한 이상, 어디로 옮겨지는지 대강 예상을 하고 있겠지?"

"한 군데밖에 없습니다."

"그런가. 그럼 그 장소를 내게 가르쳐 주시오."

그러더니 요시오는 사에구사에게 가까이 가서 목소리를 낮추었다.

"당신은 지금 사카키 클리닉에 가는 거지?"

사에구사는 끄덕였다.

"그럼 만일 녀석들이 미사오를 당신이 알려준 장소로 이동하기로 결정하면 신호를 해 줘. 정면 현관의 불을 두 번 깜빡거리면 돼. 가능할까?"

"그런 것을 알아서 뭘 하실 생각입니까?"

"우리는 미리 가서 기다린다. 내일 미사오를 구출해 내면 우리가 있는 곳으로 데려와 줘. 이 차로 갈 테니까 바로 알아보겠지."

사에구사는 쥐어짜는 듯한 목소리로 애원했다. "얽히시면 안 됩니다.”

“이미 읽혀 버렸어요” 하고 에쓰코는 말했다.

사에구사는 잠시 동안 창 쪽을 보며 생각에 잠겼다. 이윽고 매우 지친 듯한 숨을 내쉬고 말했다.

“알겠습니다. 말씀대로 하겠습니다.”

그리고 요시오가 내민 메모장에 미사오가 옮겨질 가능성이 있는 유일한 장소를 적었다. 조금 시간이 걸렸다. 때때로 손을 멈추고 생각했다.

다 쓴 메모를 요시오에게 건넬 때, 사에구사는 다시 한번 다짐을 받았다.

“아시겠지요? 약속을 지켜 주십시오. 내일까지 참는 겁니다. 무슨 일이 있어도 손을 대지 말아 주십시오.”

그가 차에서 내릴 때 요시오는 물었다.

“당신 대체 뭘 하려는 건가?”

일순 주저하고 나서 사에구사는 대답했다.

“복수입니다. 원수를 갚는 겁니다.”

그는 약속을 지켰다. 지켜보는 에쓰코와 요시오 앞에서, 사카키 클리닉 현관의 등이 두 번 점멸했다.

신호를 확인하고 나서 요시오는 에쓰코를 재촉했다.

“일단 집에 돌아가 채비를 하자. 행선지는 조금 멀어. 보소 반도의 끄트머리니까.”

"어디?"

"가타도 우애병원이라는 곳이다."

"아버지는 어떻게 그 사람 말을 그렇게 순순히 믿어?"

요시오는 희미하게 웃음을 지었다.

"그 이야기는 가타도에 도착하고 나서 하자. 천천히."

8월 15일
수요일
제 4 일

37

"어젯밤에는 어디 간 겁니까?"

오전 아홉 시. 아키에 앞으로 온 엽서에 적혀 있던 다카다노바바의 주소지로 향하기 위해 차에 올라탔을 때 유지는 문득 생각이 난 듯한 얼굴로 물어보았다.

어젯밤에는 아직 밤이 깊어지기 전에 센다이에서 돌아올 수 있었다. 유지와 아키에는 곧바로 다카다노바바로 가고 싶었지만 사에구사가 반대했다.

"당신은 몰라도 그녀는 조금 쉬는 편이 좋겠어. 안색이 지독해."

"하지만……."

"괜찮으니까, 어쨌든 오늘은 더 이상 안 돼. 별말 하지 않을 테니 좀 쉬어."

사에구사 없이 밤의 거리로 나갈 용기는 역시 나지 않는다. 결국 일찍 잠자리에 들었다. 사에구사의 말대로 피로가 지독했는지 바로 잠들어 버렸다.

그러나 열한 시 가까이 되어 혼자만 살짝 방을 나가는 사에구사의 인기척을 알아차렸다.

말을 걸어 볼까 하다가 막판에 생각을 고쳐 몰래 뒤를 밟았다. 비상계단을 내려가 들키지 않도록 거리를 두면서 따라가 보았다.

하지만 사에구사가 신카이바시도리 길까지 나가 마침 모퉁이를 돌아온 택시를 잡아타 버리는 바람에 유지의 미행도 백 미터 정도로 끝나 버렸다.

유지의 질문에 사에구사는 깜짝 놀란 것처럼 보였다. 평소라면 한 번에 걸렸을 시동이 걸리지 않아 화가 난다는 듯이 언짢은 표정으로 다시 한번 차 열쇠를 비틀며 말했다.

"일어나 있었나."

"당신이 일어나는 바람에 잠에서 깼습니다. 그런 시간에 어디 간 겁니까?"

옆에 있던 아키에가 무슨 일인지 궁금해하는 얼굴이다.

"내게는 변변찮은 프라이버시조차 없는 건가?"

"당신은 우리에게 고용되었습니다."

"밤은 자유시간이야." 사에구사는 차를 출발시켰다. 이쪽을 보려고도 하지 않는다. "잠깐 산책하러 갔을 뿐이야. 잠이 오지 않아서."

택시를 타고? 그렇게 물으려다가 유지는 입을 다물었다. 그러나 새삼 아키에가 한 말을 마음속으로 되새겼다.

—이 사람에게서 눈을 떼지 않는 편이 좋아.

납득이 가지 않는 일이 몇 개쯤 있다. 하나하나는 작지만 모이면 의미가 생길 듯한 것이.

다시 도쿄의 동쪽에서 서쪽을 가로지르는 드라이브. 그러나 오늘은 교통정체에 걸리지 않고 쭉 달릴 수 있었다. 수도 고속도로에서도 이름에 어울리게 고속으로 달렸다.

다카다노바바는 학생의 거리라고 한다. 근처에 와세다 대학이 있기 때문이라는 설명을 들었지만 말만 들어서는 이미지가 잘 떠오르지 않는다.

"그러니까 학생용 아파트나 맨션이 아주 많아. 당신이 살고 있던 집도 그런 게 아닐까 해."

엽서에는 '신주쿠 구 다카다노바바 4초메 41-6 우에다 아파트 102'라고 적혀 있었다. 사이와이 산장 사건에 관해 조사하기 위해 일부러 방까지 빌렸다면 나름 장기전을 각오했다는 얘기다.

자신은 완전히 혼자서 이렇다 할 목적지도 없이 조사하고 돌아다녔나—하고 생각했다. 협력자가 전혀 없었을까. 대체 무엇이 나를 센다이의 집을 떠나 도쿄로 가게 이끌었던 것일까.

역 앞에서 하차해 걷기 시작했다.

"조금 거리가 있지만 근처를 걸으면 이것저것 떠오를지도 모르니까." 사에구사가 구분 지도를 보면서 말한다. "역 앞은 이런 느낌이야. 어때?"

비좁은 버스터미널과 노란색 전철이 발착하는 역. 지하철도 다니고 있는 듯, 계단이 지하로 향한다. 역을 등지고 바로 오른쪽에 '빅 박스'라는 커다란 건물이 보인다.

"온 적이 있는 것 같습니다."

그렇게 대답하고 유지는 재빨리 사에구사의 표정을 살폈다. 그는 눈이 부신 듯이 얼굴을 찡그리고 있을 뿐이라 아무것도 읽어

낼 수 없었다.

자신은 분명히 이 주변에 있었을 것이다. 이 역도 이용한 적이 있으리라. 엽서에 썼으니까 틀림없다—.

하지만 한편으로 곧이곧대로 믿어서는 안 될 듯한 느낌도 들었다.

모든 것이 맞추어져 있고 계획되어 있는—아니, 모든 것까지는 아니어도 누군가의 의도에 따라 움직이고 있다는 느낌이 든다.

일 년 중 제일 혼잡한 시기에 어떻게 그리 간단히 신칸센에 자리를 잡을 수 있었을까? 어째서 사에구사는 한 번도 헤매지 않고 사카키 클리닉을 찾을 수 있었을까. 그렇게 외진 곳에 있었는데.

애당초 '전과가 있으니까 경찰에 신고할 수 없다'고 한 얘기도 어디까지 믿을 수 있을지 모른다. 오히려 경찰에게 주목받기 쉬운 입장이라면 이런 일에 얽히는 상황 자체를 피하려고 들지 않을까?

아키에의 방에서 발견된 엽서도 반드시 유지가 썼다고는 할 수 없다. 지금은 자기 필적조차 분간하지 못하기 때문에 내가 쓴 엽서라고 속였을 가능성도 있다—.

그렇다. 일요일부터 시작한 모든 일은 처음부터 예정되었던 게 아닐까. 그와 아키에는 그 예정에 맞추기 위해 기억이 지워졌을지도 모른다.

"왜 그러나?"

사에구사가 말을 걸자 그는 당황해서 걷기 시작했다. 어제처럼 팔에는 아키에가 매달려 있다.

어디로 끌려가는 중이라 해도 지금은 그의 말을 따를 수밖에 없다. 끝까지 가면 길이 열릴지도 모른다―고 믿으면서.

우에다 아파트 102호실에는 문패가 걸려 있지 않았다. 어디를 가도 이름 모를 무명씨군, 하고 유지는 생각했다.

물론 열쇠도 없었고, 여기는 관리인도 없다. 출입구 문 열쇠는 그렇게 튼튼해 보이지 않으니까 부수고 들어가야 할까.

사에구사는 주변을 휙 둘러보았다.

"펠리스 신카이바시와 비교하면, 집세로 환산해서 이삼만은 싸겠군" 하며 웃는다. 문은 합판이고 복도 벽 여기저기에 얼룩이 져 있다. 문 옆에는 창문이 있고 그 건너편이 주방인 듯하다. 이쪽으로 향한 환기팬 배기구 후드에 기름때 섞인 먼지가 빽빽하게 들러붙어 있었다.

"어떻게 할 겁니까? 문을 부숩니까."

"뭐, 잠깐 기다려. 입구 계단 부분에 우편함이 있었지? 그 안을 보고 와. 사람에 따라서는 우편함 뚜껑 안쪽에 여벌 열쇠를 테이프로 붙여놓는 경우도 있으니까."

아키에가 복도 난간을 잡을 수 있도록 도와준 뒤 유지는 그의 말대로 내려갔다. 잠금장치가 없는 우편함 안쪽에는 '부재 배달표'라고 적힌 직사각형 왕복엽서 같은 게 들어 있을 뿐이었다. 날짜는 8월 13일이다.

유지가 엽서를 손에 들고 돌아왔을 때 사에구사는 발돋움을 해 복도 벽에 달려 있는 전기미터기 위로 손을 뻗는 참이었다.

"있다." 그는 먼지투성이 손끝으로 키를 집어 이쪽에 보였다.

"여벌 열쇠를 감추는 장소는 다들 독창성을 발휘하지 못하는군. 우편함에는 뭔가 들어 있었나?"

유지가 부재 배달표를 보이자 사에구사는 고개를 갸웃했다.

"뭐지. 됐어. 나중에 가지러 가 보자."

사에구사가 문을 열어 세 사람은 집 안으로 발을 들여놓았다.

밝다. 그리고 숨이 막힐 듯 무덥다. 정면에 보이는 창문 커튼이 한껏 열려 있기 때문이다.

다다미 넉 장 정도 넓이의 주방과 여섯 장 넓이의 방 한 칸밖에 없다. 주방에는 소형 냉장고와 빨간 포트, 오븐토스터, 그리고 작은 손수레 위에 전기밥솥이 놓여 있다. 팰리스 신카이바시에서 본 광경과 매우 비슷하다. 주방의 식기 건조대 안에 접시 두 장과 유리잔이 두 개. 들어 보니 전부 바싹 말라 있었다.

안쪽 방은 정면이 창이고 왼쪽이 벽장이다. 그 옆에 옷걸이가 있고 남녀의 재킷과 셔츠가 걸려 있었다.

방 한가운데에는 다리를 접을 수 있는 테이블이 놓여 있고 그 위에는 아무것도 없었다. 오른쪽 벽에는 달력. 텔레비전은 없다. 전화는 창가에 고정된 상자 모양 부속품함 위에 놓여 있었다.

"어때? 뭔가 기억이 나나?"

사에구사의 목소리를 들으며 유지는 두 방을 가르는 유리 미닫이문을 바라보았다.

일요일 아침, 팰리스 신카이바시 방 안을 둘러보고 있을 때 그 방 유리문을 보고 문득 머리를 스친 이미지가 있었다. 깨진 유리.

—죄송합니다 이건 강화유리가 아니로군요—.

이 방의 미닫이문은 나무틀에 직사각형 불투명유리를 세 장 끼운 것이었다. 다가가서 자세히 보니 2단째와 3단째의 유리만 새것 느낌이 든다. 퍼티도 더럽지 않다. 만져 보니 아직 부드러워 손톱자국을 남길 수 있었다.

이곳의 미닫이가 깨졌을 때의 기억이었구나. 전자제품인지, 가구인지, 누군가가 이 방에 짐을 날라 왔을 때 그만 부딪쳐 깨진 것이다.

그렇다면 자신이 한때 이곳에 살고 있었다—는 사실은 믿어도 좋을 것 같다.

집 전체는 아파트 밖에서 상상하던 것보다 훨씬 청결하고 편해 보였다. 걸어 다니면 먼지가 피어올라 창문에서 비쳐드는 금색의 햇빛 속에 떠 다닌다. 먼지가 많은 여름에는 하루만 청소를 하지 않아도 그렇게 된다. 유지도 아키에도 최소한 나흘은 이곳에 돌아오지 않았으니까 먼지가 있는 것은 당연하다.

아키에는 손을 더듬어 주방 싱크대를 살피고 있다. 여기에는 급탕기가 없고 전형적인 벽 부착식 순간 급탕기가 설치되어 있었다. 그 급탕기도 싱크대 테두리도 2구 가스레인지도 모두 반짝반짝 닦여 있다.

아키에가 청소를 했구나. 아주 꼼꼼하게. 좁은 집을 살기 편하게 만들려고. 그렇게 생각하니 아키에가 사랑스럽게 느껴졌다.

"신혼부부 집이군." 사에구사가 슬쩍 웃는다. 옷걸이에 걸린 옷들을 만져 보고, 주방의 아키에를 향해 말했다.

"아가씨, 당신 제법 집안일을 잘했나 봐. 세탁소에 맡긴 것처럼 다림질이 되어 있네."

극적으로 떠오르는 기억은 없었지만 집 안에 서 있으니 이곳은 안전하다는 느낌이 들었다.

"좋아, 그러면 가지러 갈까."

또다시 물건 찾기다. 그러나 유지는 별로 기대를 걸지 않았다.

"만일 우리가 사이와이 산장 사건에 관한 새로운 사실을 발견했다면 훨씬 전에 빼앗겼을 겁니다. 기억을 지웠는데 그런 것을 남겨 둘 리 없잖습니까?"

그러자 창가에 서서 태양으로 얼굴을 향하며 사에구사가 말했다.

"당신, 그렇게 멍청했나."

"네?"

"알겠나? 조금 정리해 보자고." 사에구사는 다시 이쪽을 보았다. "당신이 사이와이 산장에 가서 다시 조사했다는 것은 일반적으로 보도된 사실만으로는 설명되지 않는 진상을 밝혀낼 단서를 잡았기 때문일 거야. 그렇지 않으면 일부러 센다이에서 나올 리가 없지. 그 증거를 계기로 당신은 여기에 자리를 잡고 조사를 계속하고 있었어."

사에구사는 손으로 집 안을 가리켰다.

"당신은 닌자가 아니니까 조사를 하는 동안에 당신 움직임은 당연히 무라시타 집안 쪽에도 전해지겠지. 아무리 조심해서 움직여도 당신이 뭔가를 하고 있다는 건 알 거야. 그 사실이 무라시타 집안 녀석들을 곤란하게 하기 때문에 당신들의 기억이 제거되었다. 그 설은 어제 실컷 얘기했잖아?"

"네에."

"기억이 지워진다니 당신도 예기치 못했어. 내가 같은 입장이었어도 거기까지는 예상할 수 없었을 거야. 하지만 기록이나 증거가 될 만한 것을 빼앗길지도 모른다는 예상쯤은 당신도 했겠지. 그렇다면 어떤 형태로든 사본을 남기지 않았을까, 응?"

유지는 벽에 기대었다. 과연, 지당하신 말씀이다.

"하지만 현실적으로 어떻게 찾습니까? 예를 들어 대여 금고 열쇠를 찾는다 한들 어떤 은행인지 알 수 없지 않습니까."

"당신, 대여 금고에 넣었다는 기억은 있나?"

유지는 고개를 흔들었다.

"그러면 금고가 아닐지도 몰라. 얼른 시작하자고."

에어컨이 없어서 집을 뒤지는 일은 힘들었다. 십 분도 지나지 않아 유지도 사에구사도 물을 뒤집어쓴 듯한 꼴이 되었다.

벽장 안은 다소 어질러져 있었다. 윗단에는 똑바로 갠 이불이 쌓여 있고, 두 개 있는 방충 박스도 각 맞춰 놓여 있는데 아랫단에는 종이봉투나 상자가 찌그러지거나 기울어져 있다. 마치 누군가가 숨겨진 물건이 있다는 사실만 알 뿐 위치는 몰라서 휘저었다는 느낌이다.

아랫단에는 천으로 된 소형 여행가방도 하나 들어 있었다. 안은 텅 비어 둥글게 만 신문이 채워져 있었고 그 안에 방충제가 하나 놓여 있다. 아마 아키에가 센다이에서 들고 왔으리라. 이곳에 살기 시작하며 내용물을 꺼냈기 때문에 정리해 둔 것이다.

만일을 위해 이불은 전부 꺼내어 끝에서 끝까지 두드려 보았다. 커버 안쪽에 뭔가 없을까 싶었지만 나온 것은 먼지뿐. 다만 이불은 전부 이불 대여점에서 빌렸다는 사실을 알았다. 가장자리에 업자 상표가 붙어 있다. '이 일이 끝나면 속 시원히 집에 돌아갈 수 있다'는 마음가짐이 느껴져 유지는 가슴이 아팠다. 자기 때문이 아니라 아키에 때문에.

주방 구석에 쌓아 놓은 옛날 신문을 뒤집는다. 아무것도 나오지 않는다. 벽에 압정으로 걸어 놓은 편지정리함도 들여다보았다. 오가타 유지 명의의 가스나 전기 영수증이 몇 장 있을 뿐이다. 누군가와 편지를 주고받을 짬 따위는 없었을까.

벽장의 천장 판자를 들어보거나 주방 바닥에 깔려 있던 비닐 매트를 들어 보는 등, 생각이 미치는 한 샅샅이 뒤져 보았지만 소득은 없었다. 점심때쯤에는 유지도 사에구사도 녹초가 되어 주저앉아 버렸다.

“없는 것 같아?”

주방에서 얌전히 기다리던 아키에가 머뭇머뭇 말을 걸었다.

“걱정하지 않아도 돼.” 유지는 대답했다.

부속품 상자 서랍에 포장을 뜯지 않은 마일드세븐이 두 갑 들어 있었다. 재떨이는 주방 찬장에 있다. 유지와 사에구사는 벽에 기대어 담배를 피우고 주방에서 물을 따라 마셨다.

“주방도 봤지?”

“응.”

“야채실이나 냉동고도?”

“응. 아무것도 못 찾았어.”

그렇구나, 하고 아키에는 고개를 숙였다.

“이렇게 되면 허세를 부려 볼까.” 목의 땀을 닦으면서 사에구사가 말한다.

“허세?”

“그래. 기록이나 증거가 있는 척을 하자고. 일단 사카키 다쓰히코와 맞붙는 거야.”

“그렇다고 솔직히 말을 할까.”

“협박하면 돼. 이쪽에는 권총이 있으니까. 잊었나?”

유지는 철렁했다. 잊고 있었다. 사에구사에게 맡기고 나서 권총에 대해서는 전혀 생각하지 않았다.

“사에구사 씨.”

“뭐야.”

“아까까지 한 추측으로는 그 권총과 현금은 어떻게 되는 겁니까?”

사에구사는 끙끙거리면서 등을 펴고 뻐근한 근육을 풀었다.

“분명히 그건 설명하기 어려워. 그렇지만 난 이렇게 생각해. 무라시타 집안 녀석들은 당신들의 기억을 지운 후 당신들이 경찰이나 병원에 가지 못하도록 저런 걸 남겨 둔 게 아닐까—덕분에 당신들은 꼼짝할 수 없게 되었고. 안 그래?”

“단지 그 이유로 오천만을?”

“무라시타 다케조라면 그쯤이야 우스워” 하고 웃는다. “그 정도로 당신들을 떨쳐 낼 수 있다면 싼 거지.”

“하지만 권총은? 그렇게 간단히 손에 들어오는 물건이 아니잖아요.”

“돈만 있으면 간단해. 다케조는 지역 폭력단과도 관계가 있었다는 소문이 있고…….”

아키에가 얼굴을 들었다.

“무슨 말이에요?”

“딱히 가타도에 한정된 일이 아니야. 요컨대 그런 식으로 일당 독재처럼 돈도 권력도 한 집안에 집중된 지역이면, 오른쪽 왼쪽, 위 아래 할 것 없이 다양한 단체가 다가온다는 말이야.”

특별히 의미가 있는 질문은 아니지만 문득 생각이 나서 유지는 물었다.

“다케조도 권총을 쏠 수 있습니까?”

사에구사는 파안대소했다. "쏠 수 있지 않을까? 쏘는 거야 아무나 할 수 있지. 문제는 쏜 총알이 표적에 맞는지 어떤지고."

그러더니 진지한 얼굴로 돌아가 말을 이었다.

"특히 사이와이 산장 사건처럼 그렇게 효율적으로 사살할 수 있느냐는 전혀 별개의 이야기야. 다케조에게는 무리였을걸. 다카시 쪽이 훨씬 가능성이 높아. 내가 갖고 있는 스크랩 안에도 그에 관해 적혀 있는 기사가 있었지?"

사에구사는 담배를 껐다.

"바꿔 말하면 녀석들은 당신들 두 사람의 기억이 결코 원래대로는 돌아가지 않을 거라는 자신이 있었던 게 아닐까. 그렇다면 말이지. 그 세 가지를 남겨 두는 한, 당신들은 더 이상 어떻게 할 도리도 없어."

"자신의 신원을 모르는 채 살아갈 수밖에 없다?"

"그래. 기억을 잃기 전에 자신들이 범죄자였던 게 아닐까 벌벌 떨면서. 그렇게 되면 어차피 팰리스 신카이바시에서도 나가겠지. 센다이에 있는 히로세 고키치 같은 사람이 소식이 끊어진 당신들을 걱정해서 상경해도 이 다카다노바바 집을 찾는 데 그칠 것이고. 당신들 두 사람은 행방불명으로 처리될 거야."

"그렇다면 누군가가 의심을 품지 않겠습니까? 우리는 사이와이 산장 사건 피해자의 유족인데."

"사건의 충격을 극복하지 못하고 고향을 떠나 증발했든지 자살했다고 보는 게 고작이겠지."

유지는 세차게 머리를 흔들었다. "설마!"

"다 그런 거야. 경찰은 당신들같이 자살 가능성도 있는 실종자를 그렇게 열심히 찾지 않아. 하물며 이곳은 도쿄다. 행방불명자는 넘치도록 있다고. 아무리 히로세 고키치가 '도련님은 사이와이 산장 사건에 관해 다시 조사하고 계셨습니다'라고 주장해도, 그건 가타도 읍에서 일어난 사건이야. 경시청은 관계없어. 게다가 공식적으로 해결이 끝난 사건이잖나. 돈을 걸어도 좋아. 경시청은 엄지발가락 하나 움직여 주지 않을걸."

아키에가 몸을 떨었다. "차라리 우리를 죽이고 시체를 숨겨 버리면 행방불명이 된 거나 마찬가지일 텐데 왜 그렇게 안 하고 일부러 번거로운 짓을 했을까요?"

"시체가 영원히 발견되지 않는다는 보장은 없어. 그리고 만일 발견되면 대소동이지. 지금은 개인 식별 기술이 무척 발달해 있어. 뼈만 남았어도 누구인지 밝혀낼 수가 있다고. 당신들을 죽였습니다. 한때는 그것으로 안심이 되었습니다. 그러나 시체가 발견되어 신원까지 밝혀져 버렸습니다—그렇게 되면 최악이지 않나."

사에구사는 몸을 앞으로 내밀었다. "그러나 당신들을 기억상실로 만들고 공공 기관에 도움을 요청하는 길도 막아버리면 위험은 전혀 없지. 가령 히로세 고키치가 이 넓은 도쿄에서 기적적으로 당신들과 만났다고 해도, 권총과 오천만 엔과 피묻은 수건을 보이면 아무것도 말할 수 없어. 어떻게 하기도 불가능해. 그도 당신들이 뭔가 무서운 짓을 한 게 아닐까 겁을 먹을 테니까. 당신들을 감싸기 위해 입을 다물고 묵묵히 센다이로 데려가 지금까지처럼 조용히 살 뿐이겠지. 그런 의미에서 그 오천만 엔은 위자료이기도 하겠군."

유지는 천천히 말했다. "무라시타 다케조는 선심이 좋았다는 말이군요."

"그렇게 되겠네."

잠시 눈을 꼭 감고 생각한 후 유지는 일어섰다.

"좋습니다. 사카키 다쓰히코를 협박해 봅시다. 그게 가장 좋을 것 같네요."

사에구사와 둘이서 방금 이사 왔나 싶을 정도로 어질러진 방을 정리하기 시작했다. 아키에는 다시 주방에 틀어박혀 조금 쓸쓸한 얼굴을 하고 있다. 도울 수 없어서 슬플 것이다.

편지정리함에 우편물을 다시 넣으면서 사에구사가 말했다.

"전기요금 영수증은 5월부터 받았어. 집세 독촉장은 없는데. 당신들은 좋은 세입자였나 봐. 편지는 없고—."

거기서 사에구사의 손이 멈췄다.

"어이, 아까 부재 배달표가 있었지?"

"네에. 그게 왜요?" 유지가 주머니에서 꺼내어 보였다. 사에구사는 잡아채듯 빼앗았다.

"우편이었구나."

철썩 하고 자기 머리를 때린다.

“나도 바보군. 눈앞에 어른거리고 있었는데 말야. 생각해 봐. 대체 누가 당신들에게 우편물 따위를 보내지? 여기 주소를 누가 안다고.”

묵묵히 있는 유지와 아키에에게 그는 큰 소리로 말했다.

“이건 아마 당신들이 보낸 우편물이겠지. 그게 돌아온 거야. 봐. 이 배달표의 날짜는 8월 13일이야. 월요일이라고. 당신들은 여기 없었어. 없었으니까 여기서도 다시 우체국에 돌려보낸 거고.”

“뭐가 그렇게 중요합니까? 만일 그게 지금 찾고 있는 귀중한 자료라면 돌아오지 않을 곳에 보냈겠죠?”

“아니, 그런 게 아니야. 내 생각이 맞으면 당신은 상당히 주의 깊은 사람이었다는 말이 돼.”

사에구사와 둘이서 배달표에 지정되어 있는 우체국으로 급히 갔다. 주소 증명과 인감이 필요하다고 해서 전기요금 영수증과 막도장을 들고.

창구에서 작은 소포를 받았다. 우편함에 다 들어가지 않을 크기다. 받는이 이름은 ‘센다이 시 중앙우체국 유치우편. 미요시 아키에 님’. 보낸이는 오가타 유지, 주소는 이 아파트로 되어 있다.

열어 보니 두꺼운 종이 다발과 카세트테이프가 하나 들어 있었다. 꼼꼼하게 싸 놓아 밖에서 봐서는 무엇인지 알 수 없다.

종이 다발의 표지에는 사이와이 산장 사건을 보도한 신문기사가 붙어 있었다.

"이거다." 유지가 말했다. "하지만 어째서 그녀 앞이지?"

"머리가 좋아." 사에구사는 그를 감탄의 눈빛으로 바라보았다. "받는이 이름은 아무래도 상관없어. 아키에 씨는 여기서 당신과 함께 있잖아. 당신으로서는 이 소포를 센다이 우체국에 유치우편으로 보내면 돼. 아무도 소포를 찾으러 오지 않으면—유치우편의 경우 아마 열흘간인가, 우체국에서 보관해 주고 그 후에는 보낸 사람 주소로 돌려보내지. 돌아오면 다시 보내면 되고. 그렇게 하면 이 자료는 안전하게 보관돼. 당신 신상에 무슨 일이 있어서 아파트를 샅샅이 수색당했다고 해도 그 시점에 우체국에서 배달하러 올 확률은 지극히 낮아. 그래서 이 자료는 안전하다는 뜻이지."

아파트에 돌아가 셋이서 내용물을 읽어 보았다. 아키에를 위해 유지는 소리 내어 읽어주었다—.

38

고 씨.

이 글의 사본과 테이프를 고 씨가 받아보았다면 나와 아키에의 소식을 알 수 없어서 걱정한 당신이 우에다 아파트 102호실을 찾아내어 방문했다는 뜻이겠지. 내가 아키에 앞으로 쓴 엽서에는 이곳 주소가 적혀 있으니까 그다지 어려운 일이 아니었을 거야.

우리가 자취를 감춘 경우 행방을 찾아낼 단서는 매우 적을 것 같아. 나는 의도적으로 고 씨에게는 아무 말도 하지 않았으니까. 휘말리게 하고 싶지 않았어. 그러니까 아키에 앞으로 되어 있는 이 우편물은 얼마 되지 않는 단서 중 하나야. 당연히 고 씨가 개봉해 줄 거라고 생각해.

나는 이 서류를 센다이 중앙우체국 유치우편으로 보내고, 수취인이 오지 않아서 반송된다―는 형태로 보존해 왔어. 여차할 때 보험으로 삼을 생각이었지. 이것은 사본이니까.

다만 가급적이면 이것이 필요하지 않게 되도록 노력하는 중이야. 그러니까 지금 고 씨 앞으로 쓰는 편지도 읽을 필요가 생기지 않기를 바라고 있지.

솔직히 아키에까지 말려들게 하고 싶지는 않았어. 하지만 아키에는 의외로 완고해서. 도무지 센다이에 돌아가려고 하질 않더군. 마지막까지 나와 함께 일을 끝낼 생각인 모양이야.

그녀의 주장은 이래. 내가 단독 행동을 하다가 결과적으로 실패하면 그녀가 유지를 이어받아 같은 일에 도전할 것이다. 반드시 그렇게 한다. 하지만 그녀가 꼭 성공한다고는 할 수 없지. 둘 다 실패하면 결국 아무것도 되지 않아. 그렇다면 처음부터 두 사람이 협력하는 편이 성공할 확률이 높지 않은가―.

'유지'라는 단어를 써서 놀랐겠지. 그렇지만 우리가 지금부터 하려는 일은 아주 위험해.

우리는 미야마에 다카시를 잡으려 하고 있어. 그를 잡아서 도쿄 신문사에라도 끌고 갈 작정이야. 가타도 경찰은 전혀 믿을 수 없고, 그쪽 현경도 위험해. 어째서 위험한지는 나중에 설명하겠지만, 어쨌든 경찰은 의지할 수 없어. 관할 관계로 경시청에 가도 가타도로 되돌려질 뿐이고. 역시 언론이 제일이라고 생각해.

그래. 미야마에 다카시는 살아 있어.

그는 지금 의붓아버지인 무라시타 다케조가 경영하는 가타도 우애병원에 숨어 있어. 아니, 감금되어 있다고 말하는 편이 좋을지도 몰라. 물론 다케조의 명령으로 말이지.

어째서 그렇게 되었는지, 처음부터 순서대로 설명할게.

사건이 일어난 작년 크리스마스이브, 나와 아키에는 양가 가족을 깜짝 놀래 주려고 일단 초대를 거절한 뒤 둘이 몰래 사이와이 산장으로 향했어. 여기까지는 고 씨도 알고 있겠지.

나와 아키에가 사이와이 산장에 도착한 것은 오후 열 시경이었어. 도중에 길을 헤맸지. 하지만 부모님들은 그날 밤새도록 마실 예정이라고 했기 때문에 별로 걱정하지 않았어. 사이와이 산장에도 불이 켜져 있었고.

그런데 안에는 아무도 없었어. 노크해봐도 대답이 없고 주차장에 차도 없었지. 나중에 알았지만 부모님들은 나란히 시내에 있는 교회로 크리스마스이브 미사를 보러 갔다고 해.

나와 아키에는 잠시 밖에서 기다렸어. 상당히 추운 밤이었지만 둘 다 사이와이 산장은 초행이라 건물 주위를 걸어 다니며 구경하다 보니 제법 시간을 죽일 수 있었어.

그런데 어느 순간 갑자기 머리 위에서 과일 바구니가 떨어진 거야.

올려다보니 이 층 베란다—경사지니까 실질적으로는 사 층 높이인—바닥에 사각형 구멍이 뚫려 있었어. 조금 후에는 사다리까지 떨어지더군. 비상용 해치가 열려 있었고.

왜 그런지는 바로 알았어. 어머니가 센다이에서도 때때로 하시던 일이야. 냉장고가 꽉 찼을 때는 술이나 과일류를 베란다에 내놓아 차갑게 해 두시지. 사이와이 산장에서도 똑같이 했다가 비상용 해치 위에 놓는 바람에 과일 무게로 해치 뚜껑이 열려 버린 거야.

아키에가 과일을 주워 모으고 나는 사다리를 타고 베란다로 올라갔지. 마침 창문이 잠겨져 있지 않은 덕분에 집 안으로 들어가 문을 열고 아키에를 불러들였어. 둘이서 해치를 원래대로 고치고 이번에는 떨어지지 않을 위치에 과일 바구니를 놓아뒀지. 해치에 후크가 너무 얕게 걸려 있길래 수리하는 편이 좋겠다고 생각했던 기억이 나. 무심코 누군가가 발을 올리면 위험하니까. 지금 생각하면 태평한 이야기지.

집 안에서 다시 한 시간 정도 기다렸을 거야. 그래도 가족들은 돌아오지 않았어. 기다리다 지쳐 우리는 시내까지 나가 보기로 했지. 집 안에서 여벌 열쇠를 발견했는데 아키에는 보안에 민감한 편이라서 문단속은 제대로 했어. 이 층 베란다의 창도 닫았고. 그래서 사건이 일어난 다음에도, 범인은 방문자인 척 굴어서 현관문을 열게 만드는 수밖에 침입 방법이 없었다고 경찰도 결론을 냈지. 다만 이 건은 보도되지 않았어. 이런 사건이 발생하면 자주 있는 일인 것 같은데, '사실 내가 범인이다' 같은 장난전화가 왔을 때 사이와이 산장의 문단속 상황과 침입 경로를 물어봐서 '베란다 창문이 열려 있었으니까'라고 대답하면 바로 엉터리라는 걸 알 수 있거든.

우리는 시내까지 갔고 그 때문에 아버지 일행과는 길이 엇갈려 버렸어. 길을 잘 몰랐으니까.

나도 아키에도 어쨌든 모두를 깜짝 놀라게 하고 싶었거든. 그 날은 그녀에게 반지를 선물한 날이기도 했고. 그날 우리 사이를 밝히고 싶었지. 어린애 같지만 그래도 좋아, 크리스마스니까, 라고 생각했어.

다시 사이와이 산장으로 돌아온 건 자정 무렵.

여전히 불이 켜져 있더군. 아직 샴페인이 포치에 늘어서 있고. 창문으로 방 안을 들여다보려 했지만 이번에는 한 시간 전과 달리 커튼이 쳐져 있었어. 즉, 모두가 돌아왔다는 말이지.

아키에가 문을 열었어. 잠겨 있지 않았어.

그리고 우리는 시체를 발견한 거야.

지금도 잊을 수 없고 꿈에도 나와. 처음 방에 들어간 아키에의 목이 부풀어 터질 듯한 비명도 귀에 남아 있어. 그녀가 휘청거리며 꽃병을 쓰러뜨려 장미꽃이 바닥에 흩어진 광경도 기억하고 있지.

집 안이 온통 피투성이였어. 베란다 쪽으로 머리를 향한 채 위를 보고 쓰러져 있는 아버지의 모습이 먼저 눈에 들어오더군. 머리의 반이 날아가 있었어. 말쑥하게 넥타이를 매고 카디건을 입고 한 발만 슬리퍼를 신고 있었던 것 같아.

아버지 옆 소파 등받이에 주방에서 가져온 식칼이 하나 꽂혀 있었어. 현장에 손을 대면 안 된다는 건 알고 있었는데, 나는 순간적으로 이성을 잃고 칼을 뽑아내 바닥에 던져 버렸지. 뭔가…… 아주 불쾌한 상징처럼 느껴져서. 이 식칼은 범인인 다카시가 쓴 게 아니라 피해자 중 누군가가 몸을 지키기 위해서 가져온 거지만. 손잡이 부분에 미요시 씨 것 같은 희미한 지문이 남아 있었다고 해.

미요시 씨는 거실과 주방의 경계 부분에 쓰러져 있었어. 반 주저앉은 자세로 계단으로 이어지는 복도를 가로막듯이 손을 벌리고 있었지.

그 이유는 복도로 나가 보고 알았어. 계단을 올라가는 곳에 어머니가 쓰러져 있었기 때문에. 미요시 씨는 우리 어머니와 유키에짱을 계단 위로 피신시키려고 범인 앞을 막아섰을 거야. 그러다가 총에 맞았지. 흉부에 한 발, 심장을 관통했다고 나중에 형사가 가르쳐 주더군.

어머니는 등을 맞아 쓰러진 상태에서 후두부에 다시 한 발 맞았어. 이것으로 네 발이지.

유키에짱은 한 발을 맞고 쓰러져 있었어. 머리를 맞았지. 위층 베란다까지 딱 한 걸음 남았는데. 십 센티미터만 손을 더 뻗었다면 창문틀을 붙잡을 수 있었을 텐데.

나는 감각을 잃어버렸어. 누군가 한 사람이라도 좋으니까 살아 있지 않을까, 그것만 생각한 것 같아. 허무한 희망이었지만.

110번에 신고를 하려 했는데 전화선이 끊어져 있었어. 싹둑 잘려 있었지. 이 참사가 계획된 사건임을 그때 알았어.

아키에는 아래층에서 멍한 상태로 미요시 씨의 몸을 안아 일으키려고 했어. 불쌍했지만 경찰이 지문을 채취해야 하니까 제지하고 나서, 읍내의 경찰서까지 차로 달려갔어.

가타도 경찰서는 별로 크지 않아. 수사에 착수한 사람들도 가타도 서 사람들은 아니었어. 그들은 현경에서 기동수사대가 올 때까지 현장을 봉쇄하고 있었을 뿐이야.

삼엄한 분위기 속에서 우리는 여러 가지 질문을 받았어. 아키에는 신문을 견딜 수 있는 상태가 아니어서 병원으로 옮겨졌지.

나는 주로 현경 수사과에서 파견되어 왔다는 고미야마라는 형사와 이야기를 했어. 체격이 다부지고 얼굴이 무서워 보이더군.

우리가 가타도 서로 뛰어 들어가고 나서 바로 시내 전체에 사이렌이 울려 퍼지기 시작했어. 규정대로 비상소집을 걸었던 것 같아. 소집된 사람들은 소방단이나 청년단 멤버가 주축인 남성들이었어. 가타도 서 형사들의 지도에 따라 이 사람들이 산속을 수색했지.

그 결과 새벽 일곱 시 삼십 분경, 사이와이 산장에서 일 킬로미터도 떨어지지 않은 절벽 아래 떠올라 있는 미야마에 다카시를 발견한 사람들이 있었다―는 거야.

이 사람들은 사이와이 산장 근처에 있어서 산속 수색에는 참가하지 않았어. 둘 다 젊은 삼십대 남성인데도 수색에 참가하지 않은 이유는, 이들이 무라시타 다케조가 도쿄에서 데려온 사람들이었기 때문이지. 자기가 경영하는 부동산 회사의 사원이었어. 현지인이 아니라 산속 수색에 참가하면 오히려 자신들이 길을 잃을지도 모른다고 여겼대.

그들은 사건 이야기를 듣고 바로 사이와이 산장으로 뛰어왔다고 해.

"사장님 친구분들께 사건이 일어났기 때문에 뭔가 도움이 되지 않을까 해서"라고 말했어.

그러나 현장에 있다고 뭔가 할 수 있을 리가 없으니까 새벽 무렵에 가타도 쪽으로 되돌아갔던 모양이야. 도중에 다카시를 발견한 것 같아.

그들은 다카시가 '바위 사이에 걸려서 떠 있는 모습을 보았다'고 했대. 물론 끌어올릴 수도 없었지. 절벽은 가파르고 파도가 거칠었으니까. 두 사람은 힘껏 달려 사이와이 산장으로 돌아갔어. 그리고 경관들을 데리고 돌아왔을 때 이미 다카시의 몸은 어딘가로 쓸려가 버린 듯 사라졌다—고 하는 것이 그들의 이야기야.

아까부터 함축적으로 썼으니까 이미 알았을 거야.

나는 이 두 사람의 이야기는 완전히 거짓말이라고 생각해. 사실은 둘 다 아무것도 못 봤어. 왜냐하면, 미야마에 다카시는 절벽에서 떨어지지 않았기 때문에.

현실적으로는 이 거짓말과 함께 그날 절벽 밑에서 발견된 다카시의 구두 덕분에 '미야마에 다카시 사망설'이 공식적으로 인정돼 버렸지.

하지만 모두 속고 있어. 다카시는 살아 있으니까.

다만 내가 두 사람의 이야기를 의심하기 시작한 것은 사건 후 한 달 정도가 지난 뒤였어. 겨우 머리가 식어 냉정해지니까 그런 생각이 들더군.

무슨 확실한 근거가 있어서 그렇게 생각했던 건 아니지만 경찰이 어째서 간단히 다카시가 죽었다는 결론을 낸 것인지 이상했어.

그 이야기에 들어가기 전에 경찰이 어째서 다카시를 범인이라 단정했는지 조금 설명해 둘게. 고 씨는 이 부분을 나만큼 자세히 듣지 못했을 테니까.

첫 번째는 사이와이 산장 아래층 방에 다카시의 지문이 잔뜩 남아 있었다는 것. 그의 혈액형인 AB형과 일치하는 짧은 머리카락도 떨어져 있었대. 부모님들 중에 AB형은 없어. 위층 방에는 지문은 없었지만, 계단 난간에는 있었지. 사이와이 산장에는 소유주인 미요시 가족과 오가타 가족 이외의 인간은 발을 들여놓지 않았고, 그나마 지문을 남길 가능성이 있는 제삼자는 건물을 세운 업자 정도니까 지문은 큰 증거였어.

산장에서 발견된 지문과 대조하기 위한 다카시의 지문 샘플은 가타도 우애병원에 보존되어 있었대. 다카시가 미래의 의붓아버지가 경영하는 병원에 입원한 적이 있었던 것은 고 씨도 알지. 이 병원은 모든 입원 환자의 지문 샘플을 모으고 있었다는군. 이 병원 내에서 압도적 다수를 점하는 알코올 중독 환자 중에는 퇴원하거나 도망쳐서 다시 술에 절어 살다가 길에서 쓰러져 죽는 환자가 적지 않아. 그런 경우 바로 신원을 조회할 수 있도록 하기 위한 조치래.

두 번째는 사건 전날에 부모님들이 무라시타에게 초대받았을 때 그가 유키에짱을 꾀어 내려고 하다가 실패했다는 것. 그때는 다케조가 고함을 쳐서 도망치기는 했지만 부모님들이 사이와이 산장에 머무른다는 사실을 알 기회는 있었으니까, 다음 날 거기가더라도 이상하지는 않지.

사건 전날인 23일에 다카시가 유키에짱에게 무슨 말을 하고 어떻게 하려 했는지는 이제 상상에 맡길 수밖에 없어. 무서워서 도움을 청하는 유키에짱의 목소리를 듣고 맨 처음 달려간 사람은 미요시 씨였지만, 그분도 이미 돌아가셨으니까.

유키에짱은 그때 무라시타 저택의 정원에 있었어. 가정집 정원이라고는 생각할 수 없을 정도로 넓다고 하니까 다카시도 몰래 덮칠 수 있었을 거야.

그리고 다카시는 실제로 그런 일을 할지도 모르는 경력이 있잖아. 이에 관해서는 실컷 보도되었으니 고 씨도 잘 알겠지. 커다란 상해사건만 해도 두 번이나 일으켰어. 한 번은 다케조가 계약한 생명보험 회사의 영업사원을 때려 입원시킬 정도였고, 또 무라시타 가즈키가 데려온 여자를 덮쳤다가 그녀의 팔이 골절되는 일이 있었지. 이 여자는 가즈키 가게의 단골이자 당시 연인이기도 했어. 그녀 말로는 정원을 산책하고 있는데 갑자기 덤벼들어 필사적으로 달아나다가 넘어져서 팔이 부러졌다더군. 그녀의 비명을 듣고 사람이 뛰어오지 않았으면 어떻게 되었을지 알 수 없지. 나머지 케이스는 유키에짱의 경우와 마찬가지고.

세 번째 이유는 23일 밤 이후—즉, 유키에짱 일이 있고 무라시타 저택에서 자취를 감춘 다음—다카시의 행방이 확실하지 않다는 거야. 즉, 그에게는 알리바이가 없어.

하지만 그렇다면 무라시타 집안 사람들은 전원 알리바이가 없는 셈이야. 사건 당시 가타도의 무라시타 저택에는 다케조 부부, 두 딸들과 그 가족, 그리고 다케조의 장남인 가즈키가 있었지. 그들은 각각 사건 발생 당시는 무라시타 저택 안에 있었다고 진술했지만, 뒷받침할 수 있는 제삼자의 증언이 없잖아? 가족끼리의 증언으로는 알리바이를 입증할 수 없어. 난센스처럼 들리지 않는 것도 아니지만.

이 세 가지가 다카시가 범인으로 지목된 이유야.

유감스럽게도 목격자다운 목격자는 발견되지 않았어. 사이와이 산장이 있는 별장지는 아직 미완성이었기 때문에 우리 별장 말고는 크리스마스를 보내는 사람들이 없었지. 그러니까 부모님들은 사실상 고립되어 있었던 셈이야. 외딴섬처럼.

단 한 사람, 별장지 입구 근처에서 다카시 같은 사람을 보았다는 증인이 나타나기는 했지만 날짜가 전날인 23일 밤이었어. 다만 경찰로서는 이것도 다카시가 전날 예비 조사를 해서 24일에 흉악한 범죄에 이르렀다는 증거가 된다고 판단했지.

사이와이 산장 근처에서 총성을 들었다는 증언도 없어. 사건 발생 당시, 절벽 쪽에서 커다란 폭발음 같은 소리를 들었다는 신고가 있었지만, 아무래도 애매해서 확실히 총성이었는지는 알 수 없는 모양이야.

그래그래, 하나 잊은 게 있어. 차 말인데.

미야마에 다카시는 사이와이 산장에 차를 타고 온 것 같아. 무라시타 집안의 차고에는 상당히 예전에 가즈키가 타고 돌아다니던 낡은 폭스바겐이 있었대. 전날인 23일 밤, 다카시가 다음날 차를 쓰고 싶다고 해서 폭스바겐 열쇠를 건넸다고 다케조가 증언했어.

사건 후 사이와이 산장 주위에서 이 폭스바겐과 일치하는 타이어흔적이 발견되어 증거 중 하나가 되었지. 차 자체는 추락한 듯했고, 절벽으로 이어지는 오솔길 바로 앞에 버려져 있었어. 차 안에는 다카시의 머리카락 몇 가닥과 사이와이 산장에서 사용된 것과 같은 구경의 탄피가 하나 떨어져 있었다더군.

문제는 다카시가 쓴 그 총인데—.

그가 어째서 총을 갖고 있었는지는 잘 알 수 없어. 설명이라고 해봤자 현재 무라시타 다케조의 부인인 히로코가 다케조의 전부인이자 다카시의 모친인 도시에의 성묘에 갔다가 우연히 그와 마주쳐 말다툼을 하던 중에 들은 협박 정도야. 다카시가 '나는 도쿄에서 폭력단과 교류도 하고 총도 갖고 있으니까'라고 한 적이 있다—는 정도로 빈약한 말뿐이지.

다만 경시청 수사 자료 중에서 발견된 내역이 있는데, 사이와이 산장 사건이 벌어지기 이 년 전 도쿄에서 밀조 권총이 한 번에 오십 정이나 압수된 적이 있어. 그 수사 때 다카시는 참고인으로 사정 청취를 받았지. 당시 그는 열아홉. 이케부쿠로의 맨션에서 친구 둘과 동거했고 무직이었어.

다카시는 밀조 권총 사건과 무관하지만 마닐라에 갔을 때 권총을 쏜 적은 있다고 인정했어. 똑같이 참고인으로 조사받은 그의 친구는 다카시가 권총 마니아이자 사격 솜씨가 좋았다는 사실을 인정했고—.

사이와이 산장 사건 범행에 사용된 총은 결국 찾을 수 없었지.

처음에는 협박만 할 작정이었을 거라고 경찰은 말했어. 하지만 발끈해서 쏘아 버렸고, 한 사람을 쏜 이상 몇 명을 더 쏜건 마찬가지가 되니까 목격자를 없애기 위해 전원을 죽였을 거라고.

나는 그것만으로는 납득할 수 없었어. 다카시는 사이와이 산장에 있던 피해자들이 미웠던 모양이라고 생각했지.

물론 우리 아버지와 어머니, 미요시 씨 부녀가 구체적으로 다카시에게 뭔가를 하지는 않았지만 그 사람들이 그곳에 있는 것만으로 다카시의 증오를 돋우지 않았나 싶어…….

다카시는 무라시타 집안에서는 일 년밖에 살지 않았어. 모친인 도시에가 다케조와 결혼한 지 일 년 만에 사망해 버렸으니까. 자동차 사고였다고 일부 잡지에서도 보도했고.

사고는 다케조를 우애병원에 데려다 주고 귀가하는 도중 일어났어. 그녀는 자동차 면허를 막 딴 참이었는데 커브를 잘못 돌아 절벽 아래로 추락한 것 같아. 그 후 다카시는 혈연관계가 없는 무라시타 집안을 뛰쳐나갔어. 원래 도시에가 살아 있었을 때도 다른 가족들과 잘 지내지 못했던 모양이야. 그쪽 일은 고미야마 형사가 가르쳐 주더군.

다카시의 가정환경이 좋지 않았던 건 사실이야. 스물한 해 그의 인생에는 좋은 일이 없었지. 학교에서는 쫓겨나고 부모는 이혼 · 재혼. 새로 가족이 생겼나 했더니 낳아 준 모친이 죽는 바람에 생판 남이나 마찬가지인 가족 속에 남게 되었으니까.

사이와이 산장에 있던 부모님들은 다카시가 바랐지만 얻을 수 없던 것을 전부 가졌다고 생각해. 그리고 다가온 다카시를 뿌리쳤어. 물론 다카시의 접근 방법이 난폭했기 때문이지만 그런 사람은 방식 따위는 고려하지 않아. '거부당했다'는 사실에만 집착하니까 오히려 원망을 하게 되지.

부모님들은 부적절한 곳에서 부적절한 인간과 만나 버린 거야.

자, 그럼 내가 어째서 미야마에 다카시는 살아 있다는 생각에 다다랐는지 설명할게.

아까도 썼듯이 처음에는 지극히 소박한 의문이었어. 시체가 발견되지 않았는데 단 두 사람의 목격담을 근거로 그가 사망했다고 쉽게 단정해도 될까.

나중에 발견된 그의 신발 따위는 문제가 되지 않아. 신발만 버리는 건 얼마든지 가능하니까.

그래서 나는 현경까지 찾아가 앞에서도 쓴 고미야마 형사를 만났어. 사이와이 산장 사건의 수사본부는 내가 가기 사흘 전에 해산되었고, 그는 다른 사건 담당이 되어 있더군.

나는 솔직히 의문을 터뜨렸지. 그는 묵묵히 듣고 나서 설명하기 시작했어.

하나. 다카시의 시체를 보았다는 두 사람의 목격자는 다카시를 잘 알고 있다. 경찰에서도 확인했다. 그래서 두 사람이 그를 잘못 보는 일은 있을 수 없고, 옷도 전날의 다카시와 똑같았다는 증언을 확보했다.

둘. 사건이 발생했을 때, 가타도의 남쪽이나 북쪽에 이웃한 읍에서도 행방불명자 신고가 들어온 사실이 없다. 그러니까 전혀 다른 사람이 바다에 빠져 우연히 그 절벽 아래에 밀려 올라온 것으로는 보이지 않는다. 이전에 떨어져서 가라앉았던 시체가 하필 그날 아침 떠올랐다고 보기도 무리가 있다.

셋. 다카시의 시체로 보이는 것이 밀려 올라온 절벽 아래 길은 사이와이 산장에서 네 사람을 살해하고 사람 눈을 피해 도주하려고 할 경우 고를 만한 루트로 적합하다. 비포장이고 가드레일도 없는 위험한 길이라 그 지역 사람밖에 모른다. 이 길을 똑바로 북상하면 읍의 북쪽을 둘러싸고 있는 산이 나오지만, 산을 가로지르면 이웃인 닛타 읍에 있는 화물 전용 역으로 나갈 수 있다.

실제로 산을 수색할 때도 제일 먼저 이 길을 조사했어. 그러나 그때는 심야였기 때문에 다카시가 추락했다는 사실을 몰랐던 것 같아.

이 세 가지가 주된 이유라고 고미야마 형사는 말했어. 나도 그때는 납득이 되었고.

하지만―.

가장 중요한, 내게 설명을 해 준 고미야마 형사 본인이 오히려 납득이 가지 않은 얼굴을 하고 있었어. 설명하면서 시원시원하지 않았던 것도 그 때문이겠지.

내가 형사님 개인은 어떻게 생각합니까, 하고 물었어.

그는 오랫동안 가만히 있다가 말하더군.

—그런 것을 물어서 뭐 하시려구요.

—뭘 하려고 하는 게 아닙니다. 그냥 알고 싶습니다.

—알면 어떻게 됩니까?

—분명히 말을 못하는 이유는 고미야마 형사님 자신이 미야마에 다카시가 죽었을 가능성이 희박하다고 생각하기 때문입니까?

고미야마 형사는 한참을 가만히 있다가 천천히 고개를 끄덕였어.

당연히 나는 놀랐지. 이런 일이 있어도 되나 했어. 내 눈에 이 형사는 수사의 중심에 있는 사람처럼 보였기 때문이야.

—상층부가 미야마에 다카시는 죽었다고 말하면 죽은 겁니다. 그러니까 시체를 찾으라고 명령받으면 전력으로 찾습니다.

사실 다카시의 시체 수색은 대대적이었어. 고 씨도 기억하겠지?

—그리고 결과적으로 발견을 못해도 시체는 어딘가에 있을 겁니다. 미야마에 다카시가 죽었다는 결론은 흔들리지 않습니다. 찾아도 발견할 수 없는 이유가 처음부터 시체 따위는 존재하지 않았기 때문이라는 생각은 허락되지 않습니다.

—당신이 말하는 상층부는 어떤 근거로 미야마에 다카시가 죽었다고 결론 내렸습니까?

고미야마 형사는 어두운 얼굴로 수수께끼 같은 말을 했어.

―무라시타 다케조가 그렇게 말하기 때문입니다.

그 뒤 당황해서 목소리를 낮추더군.

―죄송합니다. 이런 말을 하는 게 아니었습니다. 잊어 주세요.

다케조가 그렇게 말하기 때문입니다.

나는 처음에 그 말뜻을 알 수 없었어. 범인의 부친이 주장했다고 한들 어떻다는 말인가? 라고 생각했어.

수수께끼는 가타도가 아니라 센다이에 돌아가 주간지를 읽었을 때 풀렸지.

무라시타 다케조라는 인물이 가타도에서 거대한 권력을 갖고 있다는 기사였어. 경제적으로도 인맥상으로도 다케조의 지위는 확고부동했지.

인맥. 그래, 그게 답이었어.

가타도 살인 사건의 수사에 착수한 현경 형사부장에게는 세 살 많은 형이 있어. 전직 변호사에 현재는 보수당 국회의원이야.

그의 선거 때 다케조가 자금을 지원했지. 정치 자금 규정법에 준해 공개된 금액만으로도 천만 엔 이상이야. 뒷돈은 한층 비교할 수 없을 거액일 테고.

현경 형사부장이라면 수사의 방향을 좌우할 수도 있어. 경찰청이 무슨 말을 해도 그거야 국회의원이 어떻게든 해 줄 거야. 사이와이 산장 사건은 범인이 판명되지 않은 게 아니다. 범인은 알고 있다. 다만 그를 잡을 수 없었을 뿐이다. 그것을 '시체는 발견할 수 없었지만 사망한 것이 틀림없다'는 방향으로 끌어가기는 그리 어렵지 않을 거야.

그렇게 되면 여론도 술렁거리지 않아.

나는 생각했지. 고미야마 형사가 일부러 '무라시타 다케조가 그렇게 말하기 때문입니다'라고 한 의미를.

그 말은 즉 다케조가 다카시를 숨겨 주고 있다―혹은 신병을 구속하고 있다는 결론으로 이어지지 않을까―라는 거지.

다케조에게 부탁받은, 혹은 압력을 받은 현경의 상층부로서도 아무리 그가 지갑을 쥐고 있든, 그에게 신세를 지고 있든, 네 명이나 쏘아 죽인 살인범을 흉기와 함께 풀어줄 수는 없었겠지. 그렇게 하다가 만일 다음 사건이 발생하면 결과는 최악이니까.

다케조도 섣불리 그런 부탁을 할 정도로 바보는 아닐 거야.

그러니까 그는 사건이 발생하고 수사를 시작한 지 얼마 되지 않아 다카시를 붙잡은 게 아닐까. 그리고 이런 일에 가담시켜도 좋을 듯한 부하 두 사람을 골라 다카시의 시체를 목격했다는 거짓말을 시킨 거지.

현경 형사부장―혹은 그 형인 국회의원―에게는 이렇게 간청했을 거야. 다카시의 신병은 구속하고 있다. 그 녀석이 두 번 다시 세상에 폐를 끼치지 않도록 하겠다. 그러니까 자기 부하의 목격담을 받아들여 다카시는 이미 사망했다는 방향으로 수사를 진행해 달라―.

고 씨, 가능할 것 같지 않아?

이후 내 머리는 온통 그 생각으로 가득 차 도저히 다른 일을 할 수가 없었어. 그래서 은행도 그만두었고 잠시 동안은 아키에조차 잊어버리고 말았지. 아키에가 시력을 잃지 않았으면 계속 그랬을 거야.

내 고민은 실제로 다카시가 어딘가에 있다는 확증이 발견되지 않았다는 점, 그리고 다카시를 숨겨 봐야 무라시타 집안도 다케조도 무엇 하나 득을 보지 못한다는 점, 그 두 가지였어.

특히 두 번째가 어려운 문제였지. 어째서 다카시를 숨겼을까?

숨긴 시점에서는 누구에게도 이득이 되지 않아. 다카시가 사이와이 산장 사건의 범인이라는 사실은 일본 전역에 알려졌으니까, 이제 와서 본인을 숨긴다고 한들 무라시타 집안의 명예가 회복되는 것도 아니야.

애정 때문이라고도 볼 수 없어. 사건 후 다케조는 다카시를 대신해서 사죄한다는 태도를 취했지만, 아무리 봐도 의도적인 제스처일 가능성이 높아. 그런 태도로 일관하면서 세상의 공격을 능숙하게 피한 게 아닐까.

다만—,

방증傍證에 불과하고 소문의 범위를 넘지 않으니까 단정은 할 수 없지만, 무라시타 다케조가 자신의 가족을 지키기 위해서는 어떤 일이라도 할지 모른다는 앞선 사례가 있어.

고 씨도 십팔 년 전 도쿄 아자부에서 있었던 호텔 화재를 기억할 거야. 호텔 이름은 '신니혼新日本 호텔'. 숙박객 여든세 명 중 마흔한 명이 불타 죽은 대참사였지.

이 화재는 인재임이 확실히 드러났어. 신니혼 호텔은 당시 완성된 지 반 년밖에 되지 않은 새 호텔이었는데 방화문도 스프링클러도 연기 탐지기도 갖추지 않았거든. 소화기조차 일부 층에만 있었지. 각 방의 커튼도 불연성이 아니었고 비상구 문은 쌓아놓은 화물로 막혀 있었고.

게다가 호텔 외관을 세련되게 꾸미느라 팔 층짜리 건물 전체가 중앙이 트인 구조였어. 발화 장소는 이 층이었지만 화재가 일어나니 호텔 자체가 거대한 굴뚝이 되어 불길이 위로 번지게 되었지. 희생자 중에는 불에 쫓겨 높은 곳에서 뛰어내리다가 죽은 사람이 적지 않고.

분명히 이 화재는 재판에 부쳐져 소유자와 경영책임자가 실형 판결을 받았어. 하지만 그들은 그저 대역일 뿐 실제로 경영 자금을 대고 설비를 주문한 사람, 비용을 빠듯하게 줄여 종업원을 혹사하라는 지시를 내려 왕창 돈을 번 사람은—

무라시타 다케조라고 해.

그는 가타도라는 시골의 명사로 만족할 수 없었을 거야. 도쿄로 진출하고 싶어 했지.

십팔 년 전이라면 다케조는 마흔한 살. 가타도 우애병원은 어엿하게 대형 병원 대열에 끼어 있었어. 수익도 점점 늘어났지. 그래서 그는 도쿄에 발판을 구축하려고 마음먹었어. 그리고 첫 단계로 호텔 경영에 손을 댔고. 대역을 세운 이유는 슬슬 경쟁이 격렬해지던 업계에서 정신과 전문 병원 원장이 경영자로 표면에 나서면 이미지가 마이너스가 될 우려가 있어서겠지.

대역들이 유유낙낙 화재의 책임을 뒤집어쓰고 죄를 인정하면서 다케조의 이름을 드러내지 않은 이유는 다케조가 돈을 듬뿍 지불하고 그들의 가족을 돌봐 주며 좋은 변호사를 붙였기 때문일 거야. 어차피 업무상 과실치사니까 그다지 무거운 형벌은 받지 않고 끝나리라 예상했겠지.

이건 내 억측이 아니야. 주간지 기사로도 나온 적 있어. 그 기사의 사본을 끼워 둘게―.

무라시타 다케조라는 남자를 조사하는 동안 이 기사를 보고 나는 정말 깜짝 놀랐어. 그래서 당시 관계자를 몇 명 찾아내어 만났거든. 좀더 자세하게 알고 싶어서.

그중에 화재 당시 신니혼 호텔에서 객실 담당이었던 사람이 이렇게 말했어. 그 화재의 발화 원인이 뭔지 아느냐고.

보도에서는 빈방을 청소하던 객실 담당이 숨어서 담배를 피우고 난 후 허술하게 뒤처리해서라고 했어. 그러나 그 사람은 고개를 흔들었어.

―진짜 원인은 무라시타 다케조의 장남인 가즈키야. 비어 있었다던 방에 실은 사람이 있었어. 다케조의 아내인 기요코가 가즈키를 데리고 묵고 있었지. 기요코는 한 달에 한 번은 도쿄에 올라가 옷을 잔뜩 사서 과시하는 게 습관이었거든.

―그렇지만 당시의 가즈키는 아직 열 살인가 그 정도잖습니까?

—그러니까 기요코가 자는 사이에 그 아이가 불장난을 한 게 원인이었지. 게다가 기요코는 잠에서 깨어 화재를 보고 자기만 살려고 아무 조치도 취하지 않은 채 아이를 데리고 맨 먼저 도망쳤어. 정말 다케조와 잘 어울리는 여자야.

신니혼 호텔 참사의 진짜 원인은 그거야. 다케조가 사건을 무마하기 위해 객실 담당 한 사람을 매수해서 대신 책임지게 만들었다—는 소문이 호텔 관계자 사이에는 뿌리 깊게 흐르고 있었다고 해.

'가즈키라는 장남이 어떤 어른이 되었는지 보면 다케조가 한 짓도 의미가 없었다는 느낌이 들지만 말이야' 하고 그 사람은 말했어.

무라시타 가즈키는 부친에게 출자를 받아 도쿄 기타신주쿠에서 펍·스낵 주점을 경영하고 있어. 하지만 세인의 이목을 꺼려서 실질적으로 가게는 개점휴업, 가즈키 본인은 부친의 병원에 입원하는 편이 나을 정도로 심한 알코올 중독에다가 여색에 빠져 있다—는 사실은 내가 직접 조사해서 알게 됐지.

그러나 가즈키가 어떻게 되었는지는 아무래도 상관없어. 지금 문제는 다케조가 과거에 그러한 억지를 써서 가족을 지켰다는 '실적'에 있는 거니까.

다만 이 사례를 다카시에게 그대로 적용할 수는 없어.

그는 가즈키와 달리 다케조의 친자가 아니잖아. 다케조는 다카시의 모친과 재혼할 때 그를 양자로 들이는 수속을 취하지 않았고 그럴 생각도 없었어. 그러니까 다카시에게 무라시타 집안의 재산을 상속받을 권리는 없지. 성도 '미야마에' 그대로였고.

이래서야 다케조가 사건 후에 역설했던, '나는 다카시를 친자식처럼 생각했다. 어떻게 해서든 그 아이의 마음을 열려고 노력했다'는 대사를 액면 그대로 받아들일 수 없지.

곧이곧대로 해석하면 다케조가 다카시를 숨길 이유를 찾을 수 없으니까.

그래서 나는 다케조와 무라시타 집안 주변에 관해서 조사하기 시작했어.

일단 알아낸 사실 하나. 다카시 모친의 사고사에 관해 당시 상당히 불온한 소문이 퍼져 있었대. 도시에가 다케조에게 살해당했다는 내용이야.

동기도 있다고 해. 당시 다케조는 이미 지금의 부인인 히로코와 사귀고 있었어. 당연히 도시에와는 사이가 나빠졌겠지. 결혼하고 일 년이 채 안 되었는데 말이야.

다만 아내와 사이가 나빠서 죽였다고 보기는 힘들어. 그런 위험한 다리를 건너지 않더라도 바로 이혼하면 되니까. 위자료도 일 년 정도의 결혼생활이면 그렇게 많이 낼 필요가 없고.

도시에가 사망할 당시, 이 일에 관한 괴문서가 어지럽게 퍼지기 시작했대. 다케조가 드나드는 자동차 수리 공장에 지시를 해서 차에 잔꾀를 부려 도시에를 죽였다―는 내용이야. 문서가 지명한 '핫토리 자동차공장'에서는 경영자가 괴문서를 쓴 인간을 밝혀내어 다케조와 함께 소송을 걸겠다고까지 했어.

진상이 어떨지는 나도 몰라. 만일 정말 다케조가 도시에를 죽였다 해도, 사이와이 산장 사건의 범인인 다카시와 어떤 관련이 있는지 잘 모르겠고.

게다가 더 깜짝 놀랄 사실이 나왔어.

가타도 우애병원에 관한 거야.

가타도 사람들은 입이 무거워. 하지만 인내심을 가지고 친해지면 그 입의 무거움은 다케조에 대한 충성심에서 나오는 게 아니라는 사실을 알게 되지.

모두 두려워하고 있어, 고 씨.

무라시타 집안은 일종의 신디케이트를 도맡아 관리하는 패밀리고, 다케조는 그곳의 보스야. 거역하면 가타도에서 살아갈 수 없어져. 그뿐 아니라, 목숨마저 위태로워. 경찰도 다케조에게는 손조차 대지 못하고. 지방 신문도 마찬가지. 그래서 사이와이 산장 사건을 취재하려 밀어닥친 중앙 언론사에게 아무도 함부로 입을 열지 않았어. 어디서 어떻게 들킬지 모르니까.

그래서 가타도 우애병원은 우수한 대형 병원으로서 알려졌지.

그런 사람들이 내게 입을 연 이유는 아마 내가 사이와이 산장 사건 피해자의 유족이었기 때문일 거야. 가타도 사람들도 그 사건이 너무나 간단히 해결되어 불만과 불안을 느끼고 있더군.

이야기를 해 준 사람들은 지역 주민만이 아니었어. 같은 현 내의 복지시설이나 병원, 노무자 합숙소나 여관가, 그리고 우애병원에 알코올 중독 환자가 많은 것을 보고 단주斷酒 모임이나 단주를 지도하는 의료기관을 찾아가 보니 그곳에는 '전 우애병원 환자'가 잔뜩 있었는데 마치 기다렸다는 듯이 말해 주더군. 그들은 모두 지금까지 몇 번이나 우애병원의 무서움에 대해 말했지만 아무도 들어주지 않았다고 해. 어차피 알코올 중독자, 인간쓰레기의 말이 아닌가, 신용할 수 없다—고 하면서.

그 병원에 관해서는 섬뜩한 이야기가 잔뜩 있어. 내가 들은 내용만 해도 이 정도야.

• 원내에서 환자가 사망하면 시체를 가족에게 보여주지 않는다. 심할 때는 멋대로 화장해 버린다. 사인이 알려지면 곤란하기 때문이다.

• 식사는 언제나 부슬부슬한 보리밥이나 썩기 시작한 오래된 쌀. 반찬은 허술하기 짝이 없다. 환자에게 징수한 식사 요금은 전부 무라시타 일족이 횡령한다.

• 입원 환자의 소지품이 이웃 동네 바자회에서 팔리고 있었다.

• 약을 잔뜩 사용하고 필요 없는 검사를 추가해서 약값과 검사 요금을 보험으로 청구한다. 건강보험제도가 있는 한, 환자를 입원시켜 끼고 있으면서 처방과 검사를 되풀이하면 돈은 착착 들어온다.

• '작업요법'이라는 명목으로 환자를 일용 노동자로 내보낸다. 벌이는 물론 병원에서 가로챈다.

• 우애병원이 알코올 중독 환자를 기꺼이 받아들이는 이유는

그들이 한번 퇴원해도 다시 돌아올 확률이 높은 좋은 손님이기 때문이다. 알코올 중독 환자는 가족들이 입원비라면 얼마든지 낼 테니까 병원에서 절대 내보내지 말아 달라고 부탁하는 경우도 있다. 가족들이 그렇게 포기한 환자는 원내에 붙잡아 두기만 해도 우습게 돈이 벌린다. 도쿄의 산야나 나미다바시 근처에도 사람을 파견해 알코올 중독 환자를 그러모으는 이유 역시 그 때문이다.

• 재입원의 경우 과거에 입원했던 곳에 보내지는 일이 많으므로, 우애병원에서는 입원 환자의 팔에 번호를 매긴다. 이 사실이 바깥에도 알려져 있으므로, 현 바깥이나 도쿄에서 발생한 환자라도, 길가에 쓰러져서 발견될 경우 바로 우애병원으로 연락이 들어온다. 그만큼 안정된 수의 환자를 확보할 수 있게 된다.

• 치료 따위는 하지 않는다. 환자가 완치되면 돈을 벌 수 없다. 명목상 대단한 선생들 이름을 올려놓고 있지만, 무라시타 다케조와 사위인 사카키 다쓰히코, 도야마 아키라 이외의 의사가 있었던 적이 없다.

• 여간호사도 남간호사도 절대적인 수가 부족하다. 환자 중에 사람을 골라 환자를 감독시키고 있다. 영화에서 본 나치 수용소 같다.

• 무라시타 다케조는 지역 경찰들과 공모하는 사이다. 지역 전체가 다케조에게 좌지우지되기 때문에, 경찰도 관공서도 예외가 아니다. 최근 도호쿠 지방에서 세력을 확대하고 있는 폭력단과도 관계가 있고 상해나 살인 사건으로 체포된 조직원을 무라시타 원

장이 분열증 등 적당한 병명을 꾸며 죄를 가볍게 해 준 적이 있다는 소문을 들었다. 그런 조직원은 조치 입원으로 우애병원에 보내져서 원장의 보디가드 역을 하거나 어느새 '간호사' 대우로 환자들을 감시하는 역할을 맡기도 하는 것 같다. 때문에 우애병원 환자들 중에서는 간호사에게 권총으로 협박받은 경험이 있는 사람이 적지 않다.

• 우애병원에서 전기쇼크요법 같은 것은 일상다반사다—.
어떻게 생각해, 고 씨.

들으면서 구역질이 올라왔어. 아버지가 생전에 사이와이 산장을 보러 갔다가 다케조와 재회했을 때 전혀 기뻐하지 않았던 이유를 알겠더군.

물론 부모님들은 지금 내가 쓴 내용을 알 리 없겠지. 그러나 두 분은 다케조의 어린 시절을 알고 있잖아? 거기에 '좋은 추억은 하나도 없다'고 확실히 말씀하셨어.

—자꾸 거짓말을 하고, 예사로 이야기를 꾸며내. 자기가 한 나쁜 짓이 들켜서 추궁받아도 절대로 인정하지 않아. 현장을 덮쳐도 내 탓이 아니다, 아무개에게 명령받았다—같은 소리를 해서 관계없는 사람을 말려들게 하거나, 죄를 전가하는 녀석이었다.

아버지는 골목대장이었기 때문에 그다지 억울한 일은 당하지 않았지만 미요시 씨는 다케조 때문에 호되게 안 좋은 일을 당한 적이 많았던 모양이야.

아버지는 터무니없이 타인의 험담을 하는 타입의 인간은 아니

었어. 미요시 씨도 그렇고. 그런 두 분이 다케조를 벌레라도 보듯이 했다는 것은ㅡ,

그리고 보면 전에 아키에가 이야기해 준 게 있어.

미요시 씨의 집에서는 사이와이 산장의 구입을 검토하면서 유키에짱도 언제나 함께 행동했는데 그래서 그녀도 전에 다케조를 만난 적이 있대.

아무래도 다케조는 유키에짱이 마음에 들었던 모양이야. 다음에 센다이에 갈 테니 그때는 식사라도 하자는 말을 들었다고 해.

유키에짱이 솔직히 승낙할 리가 없지. 예의상 겉치레로 받아넘겼더니 다케조는 정말로 센다이에 찾아왔대. 전화가 걸려 왔다고 해.

다케조가 하도 끈질기게 굴어서 거절할 수 없었던 유키에짱은 아키에에게 부탁해 함께 나갔다는군. 다케조는 느닷없이 자신이 묵고 있는 호텔 로비로 약속장소를 지정하더래.

결국 그날은 아키에와 유키에짱 둘이 다케조를 뿌리치고 돌아왔지. 아키에는 무서워하고 있었어. 그 사람이 앉았다가 일어난 곳은 기름으로 번질거리는 듯한 느낌이 든다며. 징그러운 남자지만 농담으로 이야기할 수 있는 징그러움이 아니야ㅡ.

그래서 나로서는 사이와이 산장 사건 전날, 아버지들이 무라시타 저택에 초대받은 게 너무나 이상했어. 역으로 생각하면 몰려가서 확실히 말해 주고 싶은 게 있었을지도 모르지만. 어쨌든 부모님들과 다케조의 관계는 사건 후에 그 녀석이 퍼뜨린 것처럼 좋은 관계가 아니었던 건 확실해.

아버지가 사이와이 산장의 구입을 검토하고 있을 무렵에 이야기해 주었지만, 사이와이 산장이 있는 별장지의 개발 계획은 가타도 내에서도 별로 없는, 강경한 '반反 무라시타 일족'인 지주가 도쿄에서 업자를 불러들여 시작했대. 당연히 개발에 의해 주변이 발전하더라도 다케조의 품에는 땡전 한푼 들어가지 않지.

확실히 무라시타 일족 덕분에 가타도는 발전해 왔어. 그 결과 일당 독재 체제처럼 되어 버렸는데 이제 야당이 생긴 셈이야.

다케조로서는 그런 움직임이 바람직할 리가 없지. 그러나 개발 추진파는 실로 솜씨 좋게 움직여서 다케조의 영향력이 미치지 않은, 그리고 다케조만으로는 겨룰 수 없는 은행이나 규모가 큰 부동산 회사와 관계를 터서 계획을 궤도에 올렸어. 그렇게 되니 재빨리 입장을 바꾼 다케조가 부드러운 태도로 자기 병원 환자를 '작업요법'이라며 별장지에서 일하게 했지. 추진파로서도 '환자를 위하는 것이다'라는 말에 거절할 수 없었을 테고. 그래도 나는 그 '작업요법'의 보수가 환자들에게 건네졌을 것으로는 보지 않지만.

아버지가 사이와이 산장을 구입하기로 결심한 이유는 그렇게 함으로써 다케조의 지역 사유화를 반대하는 사람들에게 힘을 실어 줄 수 있다고 여겼기 때문이 아닐까. 물론 가타도라는 토지에 대한 애정도 있어서 다케조에게 그곳을 좌지우지하게 놔둘쏘냐—라고 생각하셨을 거야. 겁이 없으셨고 비뚤어진 것을 정말 싫어하는 분이셨으니까. '작업요법' 환자들 팔에 번호가 매겨진 것을 알았을 때 무척이나 화를 내시던 모습이 아직도 생생해.

다시 이야기를 앞으로 돌려야겠군.

우애병원의 실체를 알게 되긴 했지만 다케조가 왜 다카시를 죽은 사람으로 만들려고 했는지에 대한 수수께끼는 여전히 그대로야. 다카시를 숨기지 않으면 안 될 이유는 나오지 않았어.

다카시는 무라시타 집안의 일원이 되기 전에 가타도 우애병원에 입원한 적이 있어. 그래서 병원 내부에 대해 어느 정도는 알고 있었을 거야.

그러나 사이와이 산장 사건의 범인인 그가 의붓아버지의 병원은 지독한 곳이라고 고발한들 누가 진지하게 받아들여 줄까? 그는 네 명이나 죽인 살인범이야. 다케조 역시 다카시가 떠들면 곤란하니까 그를 숨겨 주자고 생각할 리도 없어. 아니 설령 그렇게 생각했다 해도 다카시 쪽에서 다케조를 의지할 리가 없지.

왜냐하면 그렇잖아? 일시적으로는 도움이 될지 몰라도 결국 다케조의 손아귀에 들어가는 선택이니까. 표면상으로 이미 죽은 인간으로 보도되었으니 다케조는 아무런 위험 없이 다카시를 없애버릴 수 있고.

나는 정말로 머리를 싸쥐고 고민했어.

마침 그 무렵이야. 아키에의 눈이 보이지 않게 된 게.

그녀를 방치한 것은 지금도 잘못했다고 생각해. 그래서 고 씨에게도 야단맞았지만, 그 이상으로 스스로를 나무랐어. 정말이야.

다행히 아키에는 바로 좋아졌어. 그녀를 고쳐 준 시바타 선생님은 다케조와는 북극과 남극만큼이나 다른 정신과의사였지.

당시 나는 아키에의 곁에 있어 주고 싶다는 마음과 조사를 계속하고 싶다는 욕심 사이에 있었던 것 같아. 어느 쪽도 포기할 수 없었기 때문에 꼼짝할 수 없었어.

그 상태를 뒤흔든 게 한 통의 전화였지.

전화를 건 사람은 '겐 씨'라고 해. 본명이 있겠지만 본인은 그냥 겐 씨라고 주장했어. 사이와이 산장 사건에서 살아남은 사람인가, 라고 처음에 묻더군.

겐 씨는 4월 말까지 가타도 우애병원에 입원해 있었대. 역시 알코올 중독 환자야. 부랑자나 마찬가지인 모습으로 가타도 역에서 자다가 경찰에 의해 우애병원으로 보내졌다고 해.

첫 입원이어서 겐 씨는 지문을 채취당했어. 한밤중에 당직 남자 간호사에게 끌려가 병원 안에 있는 자료실 같은 곳에서 열 손가락 지문을 전부 채취당했대.

그때 그곳에는 의사가 한 사람 있었는데 겐 씨와 남자 간호사가 들어가자 매우 당황한 표정을 지었다고 해. 의사는 진료기록 카드를 손에 들고 있었는데 겐 씨가 흘끔 보았더니 카드 성명란에 '미야마에 다카시'라는 이름이 적혀 있었다더군.

정말이냐고 몇 번이나 물었지만 겐 씨는 자신만만하게 보증했어. 절대로 틀림없다고. 그리고 의사의 이름이 사카키 다쓰히코로, 다케조의 맏사위라고 가르쳐 줬어. 도쿄에서 클리닉을 하지만 때때로 우애병원에도 도우러 갔던 것 같아.

다케조의 집안 사람이 왜 이제 와서 다카시의 진료기록카드 같은 걸 몰래 꺼냈을까? 정말로 다카시가 죽었다면 말이야.

나는 새삼 확신했어. 다카시는 역시 살아 있다. 그는 어떤 치료가 필요해서 진료기록카드가 있어야 했다.

다카시는 가타도 우애병원에 있다—분명 틀림없다.

겐 씨는 도쿄에 있었어. 옛날 그곳에서 탈원(탈주를 가리킨다고 한다)한 경험이 있는 친구와 같이 있었던 모양이야. 병원에서 다카시를 데리고 나가는 데에 도움을 줄 수 있을 거라고 하더군. 그 말을 듣고 나는 만사 젖혀 두고 상경했어. 그게 5월 10일이었지.

도쿄에서 겐 씨와 그의 동료를 만나 많은 이야기를 들었어. 우애병원은 만성적인 일손 부족으로 특히 의사가 좀처럼 붙어 있지 않아. 다케조의 경영방침이 의사로서의 양심을 짓밟기 때문이지. 그 탓에 거기 있는 의사는 다케조의 집안 사람뿐이다—라고 들었을 때에는 좀더 확신을 가질 수 있었어. 그렇다면 다카시를 숨기고 있어도 발각될 위험은 그다지 크지 않을 테니까.

가장 오싹했던 것은 우애병원에서는 상당히 빈번하게 환자의 기억을 '지우는' 처치를 시행한다—는 이야기였어.

겐 씨와 같은 병실을 쓰던 젊은 남자가 있었대. 그는 면허를 따자마자 아이를 치어 죽이는 큰 사고를 일으키는 바람에 정신적으로 불안정해져서, 사고로부터 이 년이 지나도 일상 생활로 돌아올 수 없었다고 해. 입원은 가족의 동의하에 했어.

그런 그가 어느 날 이틀 동안 자취를 감추었다가 돌아왔을 때에 기억이 지워져 있었대. 그리고 환자의 팔에 적힌 숫자가 바뀌어 있었다더군.

Level 7이라고 젊은 남자의 팔에 써 있었어.

기억을 잃은 남자는 거의 아기나 다름없었다고 해. 겐 씨는 그에게 젓가락 잡는 법부터 가르쳐 줘야 했대. 그러나 얼마 후 겐 씨는 알아차렸어. 남자의 동작이 굼떠지고 손재주가 서툴러진 이유가 단지 기억이 지워졌기 때문만은 아니었다는 걸. 좌반신에 마비가 일어난 탓이었어.

남자는 기억이 지워지고 곧바로 가족이 데리러 와서 퇴원했어. 그것이 진정한 의미로 '싫은 기억은 전부 잊었다'는 것일까 하고 겐 씨는 몸서리치면서 웃었어.

어찌 되었든 간에 우리는 이제부터 우애병원에서 다카시를 끌어내는 계획을 실행할 거야. 결행의 날이 언제가 될지 모르지만 전력을 다하려고.

동봉한 카세트테이프는 겐 씨의 이야기를 녹음한 거야. 우리가 돌아오지 않을 경우 이 수기의 사본과 테이프를 들고 도쿄의 신문사로 가 주었으면 좋겠어.

그렇게 되지 않도록 반드시 돌아올 생각이지만.

그러니까 맺음말은 쓰지 않을게.

유지

유지가 수기의 사본을 다 읽자 주위에 침묵이 내려앉았다. 상당히 오랫동안 아무도 말을 하지 않았다.

이윽고 사에구사가 폭발하는 듯한 기세로 재채기를 했다. 나머지 두 사람은 펄쩍 뛰었다.

"실례"라고 그는 말했다. "어때, 의문이 풀린 기분은?"

유지는 수기에 시선을 떨어뜨렸다. "우리 두 사람은 아무래도 우애병원에 숨어들어 가려다가 잡혔던 것 같군요."

"그런 모양이군."

"어째서 그대로 병원 안에 갇히지 않았을까."

사에구사는 웃었다. "다케조에게도 양심이 있었겠지."

"아니에요." 유지는 고개를 흔들었다. "다케조로서는 병원에 우리를 처넣었을 때 누군가가 알아차릴지도 모른다는 두려움이 있었을 겁니다. 우리도 다카시가 그곳에 있는 것을 알아냈으니까요. 아무리 단단히 지켰다고 해도 그곳에는 팔백 명이나 되는 살아 있는 환자들이 있으니 정보가 새는 경로를 완벽히 막기는 무립니다. 어쨌든 그 덕분에 우애병원도 반드시 안전하지는 않다는 걸 알았겠죠."

"자, 그러면……" 하더니 사에구사가 일어났다.

진지한 얼굴이다. 관자놀이에서 혈관이 실룩실룩 하고 있지만 분노보다는 긴장 탓이리라.

"무라시타 다케조를 몰아세우러 가 볼까?"

"무라시타 다케조를 몰아세우러 가 볼까?"

39

신교지 에쓰코는 가타도 땅에 발을 들여놓고 나서야 비로소 이곳이 사이와이 산장 사건의 무대였음을 떠올렸다. 텔레비전에서 몇 번인가 본 적이 있는 경치가 창밖을 가로질러 간다.

"기분 나쁜 사건이네." 요시오가 말했다.

끄덕이던 에쓰코는 문득 불길함을 느꼈다. 그런 무서운 사건이 일어난 곳으로 미사오를 옮긴다—대체 그녀의 신변에 무슨 일이 일어나고 있다는 말인가.

다만 창문 밖의 풍경은 지친 머리에도 스며들 정도로 아름다웠다. 도착한 시간이 동틀 녘이었기 때문에 높은 곳에서 내려다보이는 수평선 저편에서 아침 해가 뜨는 광경과 마주했다. 뒷좌석에 잠들어 있던 유카리도 깨워서 창밖을 보여주었다.

새벽녘의 금빛이 바다를 물들이고, 그 빛이 천천히 모이더니 이내 빛나는 활 모양이 된다. 매일같이 이런 광경을 보고 있으면 지동설 따위는 믿기 힘들어질지도 모른다. 여기서 보는 태양은 하늘에서 빛나는 장식품이었다.

사에구사는 요시오에게 건넨 메모 속에 특유의 네모진 글씨로 여러 가지를 적어 놓았다.

우선 미사오를 구출할 수 있는 시간은 오늘 밤 열 시경이 될 것이다, 라고 써 놓았다. 다만 다소 앞당겨지거나 늦춰질 수도 있으

니 아홉 시 반쯤부터 지정한 장소에 차를 세우고 기다려 달라고
도.

'지정한 장소'란 가타도 우애병원 뒤쪽 잡목림 안이었다. 바로
옆에 병원의 '4호 통용문'이라는 출입구가 있는 모양이다. 간단한
약도가 첨부되어 있다.

직접 얼굴을 마주했을 때에도 집요할 정도로 강조했던 말이 약
도 아래에 적혀 있다.

〈어쨌든 여러분들은 아무것도 묻지 말고 미사오를 구하면 즉시
그곳을 떠나 도쿄로 돌아가 주십시오. 자세한 설명은 머지않아
반드시 하겠습니다.〉

메모의 지시를 따른다면 가타도 읍은 이날 오후쯤 찾아가더라
도 충분하다. 그러나 에쓰코가 어찌할 바를 모를 정도로 초조해
했고 낮 동안 도로가 혼잡할지도 모르는 데다 가타도 읍과 우애
병원을 미리 조사해 두는 편이 좋을 거라는 요시오의 의견을 수
렴해 신교지 일가는 한밤중에 도쿄를 떠나 가타도로 왔다.

가타도 읍은 전체가 경사지에 세워진 느낌으로 비탈길이 많았
다. 동서로 가늘고 긴 읍의 거의 한가운데에 사철私鐵 역이 있다.
번화가도 역 주변에 모여 있어, 아침 일찍부터 영업하던 찻집에
서 가벼운 아침 식사를 할 수 있었다.

지쳐 보이는 얼굴로 모닝 세트를 내어 온 웨이트리스는 예상외
로 친절해서 근처에 좋은 호텔이 있다고 알려 주었다.

"가타도 우애병원은 어디 있습니까?"

요시오의 질문에 웨이트리스는 창문을 열고 굵은 팔을 뻗어 읍 서쪽의 고지대를 손가락으로 가리켰다.

"저기, 저거예요."

아침 해에 반짝이는 그 건물이 에쓰코는 마치 요새 같다고 생각했다. 건물의 크기를 생각하면 극단적으로 창문이 적다. 주위에 인가가 없고 높은 펜스가 둘러쳐진 것도, 고지대를 단지 불도저로 고르기만 한 듯 맨땅이 드러난 주차장에 차가 몇 대 세워져 있는 것도 잘 알 수 있었다.

웨이트리스는 "환자를 데려가는 거라면 창구는 여덟 시 반에 열어요"라고 가르쳐 주었다. 버스의 발착 시간을 가르쳐 주는 듯 지극히 익숙한 말투였다.

사이와이 산장 사건이 보도되고 있을 무렵, 이 읍은 우애병원 덕분에 지탱된다는 얘기를 자주 들은 기억이 있다. 살인 사건이 일어난 별장지는 그런 읍에 체질적 변화를 가져오지 않을까 기대를 모으고 있었다는 것도.

"사건 이래로 별장지 쪽은 어떤가요?"

웨이트리스는 시큼한 것이라도 씹은 듯한 얼굴을 했다.

"안 돼, 안 돼. 완전히 황폐해져서 말이에요. 골프장은 그래도 좀 낫지만, 리조트 호텔은 너무 손님이 없어. 별장도 분양해 봐야 사겠다는 사람이 없고, 전에 사기로 했던 사람도 모두 취소해 버린 것 같고."

그야 그렇겠지, 인간의 천성이다. 비싼 돈을 내고 별장을 갖거나 리조트 호텔에 묵는 것은 스트레스로부터 벗어나고 싶기 때문이다. 일부러 스트레스를 받을 가능성이 있는 장소를 고를 필요는 없다.

웨이트리스가 추천한 호텔에 방을 잡고 한숨 돌리니 오전 열 시가 되었다. 유카리는 바로 침대로 기어들고 말았다

"약속했죠, 아버지."

창가의 의자에 등을 기대어 에쓰코는 말했다. "사에구사라는 사람에 대해 말해 줘."

요시오는 침대 아래쪽에 앉아 유카리의 자는 얼굴에 눈길을 주면서 끄덕였다.

"에쓰코, 십팔 년 전의 '신니혼 호텔' 화재, 기억하냐?"

조금 생각한 뒤 기억해 냈다. 아자부의 호텔 화재로 사십 명가량의 희생자가 생긴 대참사다.

"네, 기억해요."

"실은 말이지, 어머니는 그 화재에 휘말린 손님 중 하나였어."

에쓰코는 눈을 휘둥그레 떴다.

"그런 이야기, 금시초문이야. 들은 적도 없어. 십팔 년 전이라면 나도 열여섯인데. 어머니가 다치기라도 했으면 바로 알았을 거라고."

"다치지는 않았지. 아슬아슬한 상황에서 구조되었으니까."

"그렇지만……. 어째서 그 일을 나한테는 알리지 않았어?"

요시오는 조금, 간격을 재는 듯이 묵묵히 있었다. 추억을 눈에

보이지 않는 저울에 달아, 그 바늘의 흔들림이 멈추기를 기다리고 있는 것처럼.

"사에구사라는 남자는 어머니의 목숨을 구해준 은인이야."

"그 사람이 어머니를 호텔 화재에서 구출해 줬어?"

반 농담으로 에쓰코는 웃으면서 말했다. "그러면, 그 사람은 소방수?"

요시오는 희미하게 미소를 짓고 고개를 저었다.

"그는 화재가 일어났을 때 어머니와 같은 방에 있었다. 호텔 제일 위층에."

에쓰코는 다음에 요시오가 입에 올릴 단어를 예상하면서도 아무 말도 못 한 채 앉아 있었다. 요시오는 이렇게 말했다.

"사에구사 다카오는 십팔 년 전 한때—정말 한때지만—어머니가 사랑했던 남자였단다."

십팔 년 전—하고, 에쓰코는 생각했다. 당시 어머니 오리에는 몇 살이었지? 스물한 살에 에쓰코를 낳았으니까 서른일곱 살인가.

"하지만 그 사람—사에구사라는 사람, 지금 겨우 마흔 정도잖아요?"

"마흔셋이야. 십팔 년 전에는 스물다섯 살 젊은이였지."

오리에는 언제나 실제 나이보다는 젊게 보이는 사람이었다. 죽었을 때도 사십대 후반으로 보였을 정도니 서른일곱 때도 서른두

세 살 정도로밖에 보이지 않았을지 모른다.

그래도 오리에가—어머니가, 열두 살이나 어린 남자와 사랑을 했다?

아니, 그런 것을 사랑이라고는 부르지 않는다.

"아버지, 알고 있었어요?"

"당시에는 몰랐어. 화재가 나기 전까지는."

목덜미에 손을 대어 쓰다듬고 있다.

"일에 몰두하느라 집안일은 전부 맡겨 놨으니까."

에쓰코의 목소리가 무심코 거칠어졌다. "엄마의 불륜은 집안일이 아니에요!"

"그렇게 큰 소리를 내는 게 아니야, 에쓰코."

에쓰코는 의자에서 일어났다. 요시오와 마주 보고 싶지 않았던 것이다. 냉장고를 열어 캔맥주를 두 개 꺼내어 요시오에게 하나를 내밀었다.

"말짱한 정신으로는 들을 수 없는 이야긴가?"

"서른세 살이 되어서 서른일곱 살이던 모친의 불륜을 알아 봐, 캔맥주가 마시고 싶어진다고."

"그거 광고에 쓸 수 있을 것 같은 대사구나."

두 사람은 거의 동시에 캔 뚜껑을 당겼다. 한꺼번에 커다란 소리가 났다. 왠지 기분이 이상해서 에쓰코는 웃음을 터뜨리고 말았다.

"미안해요."

"뭐가?"

"웃은 거. 웃을 일이 아니잖아요."

"그런가." 요시오는 맥주를 마셨다. "나는 이 일을 떠올릴 때마다 언제나 조금쯤 웃어. 조금만. 많이는 웃을 수 없고."

"웃을 수 있게 될 때까지 얼마나 걸렸어?"

"오 년쯤이었나……."

오 년인가. 아내의 바람에서 회복하는 속도치고는 빠른 건지 느린 건지, 어느 쪽일까. 영원히 웃을 수 없는 남자도 있겠지.

"그 사람, 어떤 사람이었어?"

"당시는 「도쿄일보」 사회부에 있었다. 기자였어."

에쓰코는 고개를 돌려 요시오의 얼굴을 들여다보았다.

"그러면 아버지가 아는 사람이었네?"

"그래. 나와 오리에와 셋이서 밥을 먹은 적도 있고 술을 마신 적도 있지. 혹시 기억나지 않니? 그 사람이 집에 놀러 온 적도 있어. 그가 필터를 쓰지 않고 직접 끓이는 커피를 만들어 줘서 모두가 웃으면서 마셨단다."

기억을 더듬어 보아도 에쓰코에게는 떠오르지 않았다. 요시오의 동료나 「도쿄일보」의 기자들이 놀러 오는 일은 자주 있었다. 하나하나 선명하게 기억하지는 못한다.

"나는 그가 마음에 들었다."

태연하게 말하고, 요시오는 캔맥주를 간이 테이블에 내려놓았다.

"기르는 개에게 손을 물린 상황이잖아?"

"에쓰코. 사람이 기르는 개가 될 수는 없어."

"두 사람은 아버지가 소개한 셈이네."

요시오는 관자놀이를 긁었다. "뭐…… 그렇네."

"기가 막혀." 에쓰코는 양손을 펼쳤다. "엄마가 그런 여자였다니―."

"어머니를 나쁘게 말하는 거 아니다."

요시오는 단호히 말했다. 에쓰코는 양손을 내렸다.

"두 사람이 어떻게 가까워졌는지 아버지는 모른다. 거기까지는 묻지 않았어. 솔직히 말하면 듣고 싶지 않았고."

당연하지, 하고 에쓰코는 생각했다.

"그렇지만, 에쓰코. 어머니는 외로웠을 거야. 아버지는 일, 일, 하면서 집에 없고, 너는 고등학생이 되어 이미 어른 같은 소리나 하지. 친구랑 놀 생각만 하면서 점점 멀어져 가고―."

"그렇다고 불륜은 아니잖아."

에쓰코는 다시 의자에 앉아 몸을 뒤로 젖혀 팔짱을 끼고 다리를 꼬았다. 아버지 앞에서 이런 식으로 건방진 태도를 취하기는 처음이었다.

"아버지, 관대하네."

"지금이니까" 하고 요시오가 웃는다.

"그럼 옛날에는? 역시 엄마를 용서했죠?"

요시오는 조금 생각했다.

"용서와는 좀 다르지. 어머니의 마음이 다른 곳을 향했는데 어째서 그걸 아버지가 용서하거나 용서하지 않을 수 있어?"

"하지만……."

"그 당시에는 어쩔 수 없다고 생각했다. 그야 화가 나지 않았다면 거짓말이고. 하지만 에쓰코. 때로는 어쩔 수 없다고 여길 수밖에 없는 일이 있단다."

"어떻게 어쩔 수 없다는 생각이 들 수가 있어?"

요시오가 다시 침묵했다. 에쓰코는 그제야 자신의 질문이 얼마나 잔인했는지를 깨달았다.

"이제…… 됐어."

"아직 안 됐어, 에쓰코. 아버지가 어째서 그를 신용했는지 알고 싶지?"

에쓰코는 고개를 숙이고 끄덕였다.

"그는 신니혼 호텔 화재 때, 어머니를 구해주었어. 불이 빨리 번져서 숙박객의 반수 가까이 희생된 지독한 화재 속에서 제일 위층에 있던 어머니가 살아난 것은 그가 옆에 있었기 때문이야."

"어떻게 빠져나왔어?"

"옥상에 올라가서, 어머니는 사다리차로 내려왔지."

"그 사람은?"

"함께 옥상에 올라간 다른 손님들을 모두 먼저 내려보내고—그 뒤에는 이미 치솟는 불길과 연기 때문에 사다리차도 접근 못할 정도가 되었지. 그래서 뛰어내려야 했어."

믿을 수 없다.

"팔 층에서 뛰어내려서 잘도 살았네."

"지상에 쿠션 같은 게 있었거든. 그러나 뛰어내리는 도중에 아래층 돌출창에 부딪쳐 다리를 다쳤지. 오른쪽 다리. 그때 부상의 후유증이 지금도 남아 있어."

사에구사가 오른쪽 다리를 질질 끌며 걷던 모습을 에쓰코는 떠올렸다.

"정말로 엄청난 화재였어. 목숨을 건졌지만 평생 지울 수 없을 정도로 지독한 화상 자국이 남은 사람도 있지. 아이만 살아나고 부모가 타 죽은 가족도 있고. 아버지도 언론계에 오래 있었지만, 그 사건은 정말로 끔찍했지. 얄궂게도 '4'라는 숫자를 싫어해서 사 층도 4호실도 만들지 않은 호텔이었어. 그런 미신 같은 걸로 현실의 화재를 막을 수 있을 턱이 없는데."

요시오는 입을 다물고, 에쓰코 역시 침묵을 지켜서 방 안은 조용해졌다. 유카리가 부스럭부스럭 몸을 뒤척인다.

이윽고 요시오는 불쑥 말했다. "아무 일도 없었다고 하더군⋯⋯."

에쓰코는 부친의 얼굴을 보았다. "뭐가?"

"어머니 말이다."

에쓰코는 숨을 멈추었다.

"둘이 호텔 같은 데서 만난 건 그날이 처음이었다고 해. 그렇지만 아무 일도 없었다고, 어머니는 말했어. 마지막 순간에 아무래도 결단을 내릴 수 없었다고.”

“아버지, 그 말 믿어?”

“어머니가 그렇게 말했다면, 그런 거다.”

에쓰코는 문득 오리에가 ‘아버지를 배신하려고 했던 벌이 내려서 화재 같은 데 휘말렸어’라고 말한 게 아닐까 상상했다.

“그래서 이후로 헤어졌어?”

요시오는 끄덕인다. “그는 신문사를 그만두게 되었지. 이런 일은 소문을 막을 수 없으니까.”

두 사람이 휘말린 화재 현장에는 사에구사의 동료나 상사도 와 있었을 테니까.

“나는 회사에서 평판이 좋았다. 기자들과 정말로 좋은 신뢰관계를 만들었다고 생각해. 그래서 내 아내와 피운 바람을 들켰을 때 그는 아마 바늘방석이었겠지.”

“당연한 응보야.”

요시오는 웃음을 터뜨렸다. “에쓰코 너, 결벽증 걸린 열세 살 여자애 같은 소리를 하는구나.”

에쓰코는 가만히 있었다.

“사에구사 씨는 그 사실을 회피하지 않았고 책임 전가도 변명도 하지 않았어. 그건 그것대로 매우 훌륭하다고 아버지는 생각해.”

“훌륭한 사람이 남의 아내와 바람을 피워?”

“연애란 건 그런 게 아니냐, 에쓰코.”

그 무렵에 그도 삼 년차였으니까…… 하고, 요시오는 불쑥 중얼거린다.

"기자로서 여러 가지 의미로 벽에 부딪쳤을 거야. 아버지는 그런 사람을 많이 봐 왔으니까 잘 안다. 그래서 잠시―방황했겠지."

에쓰코는 생전의 오리에의 말버릇을 떠올렸다.

―엣짱의 아버지는 훌륭한 사람이니까.

―엄만 아버지의 아내가 되어서 정말 다행이라고 생각해.

에쓰코가 어릴 때부터 들었던 말이다.

그 말의 의미는 뭐였을까. 거의 사진만 보고 스무 살 때 결혼해서 바로 아이를 낳고―이렇게 살아도 괜찮을까 불안이 스칠 때마다 자신을 타이르듯 중얼거린 말이었나.

그것이 서른일곱 때의 사건으로 진짜, 본심으로 바뀌었다? 아니면 역시 그때까지와 마찬가지 기분으로 주문처럼 중얼거렸을 뿐이었나.

―여보, 에쓰코를 부탁합니다.

갑자기 나오려는 울음을 감추기 위해 에쓰코는 맥주를 꿀꺽꿀꺽 마셨다. 요시오가 불쌍하지만 밉고, 오리에의 기분을 이해할 수 있을 것 같은 기분도 들지만 비난해 주고 싶었다.

"아버지는 어째서 그 사람을 신용해? 그 사람 지금 뭐 하고 있어?"

"글쎄……. 그건 나도 몰라. 신문사를 그만둔 뒤 여러 일을 전

전했다는 건 알지만. 나도 신경을 쓰고 있기는 했는데.”

“그 사람 나를 미행했어.”

요시오는 에쓰코를 돌아보았다. “화나니?”

“지금은—그렇지도 않아. 하지만 뭣 때문일까?”

“아버지 정년퇴직 때 회사 사람들이 송별회를 열어 줬잖아? 그때, 지금은 방송국에서 일하지만 당시 사에구사 씨의 동료였던 사람도 나왔더구나. 사에구사 씨가 회사를 그만둔 후에도 계속 교제가 있었던 것 같아. 그를 통해서 사에구사 씨도 우리 소식을 알았을 거다.”

“그래서 나를 미행한 거야?”

요시오는 상냥하게 말했다. “아마 너를 만나러 갔을 거야. 다만, 말을 걸 수가 없었을 뿐이겠지.”

“나를 만나러—.”

요시오는 끄덕이고 창문 너머로 새파란 하늘을 올려다보았다.

“어제, 그는 ‘원수를 갚는다’고 했어. 그게 어떤 의미인지는 상상에 맡길 수밖에 없지만, 아마 상당히 위험한 일일 게다. 그래서 그전에 너나 내 얼굴을 보러 온 거겠지.”

대체 뭘 하려는 걸까.

“아버지. 아직 대답하지 않았어. 어째서 그 사람을 신용해?”

요시오는 크게 기지개를 펴고 유카리 옆에 벌렁 드러누웠다. 그러더니 천장을 본 채 말했다.

“신니혼 호텔 화재 때, 그가 기자로서 자신의 보신을 생각했다면 어머니를 두고 달아날 수도 있었어. 다른 손님을 도와서 대피시키는 일까지는 안 해도 상관없었을 거야. 그랬으면 그런 상처를 입을 일도 없었겠지.”

에쓰코의 눈에 옛날 텔레비전에서 본 화재 현장 모습이 떠올랐다. 도망갈 길이 막혀 총에 맞아 추락하는 새처럼 호텔 창문에서 떨어지던 사람들—.

“그는 굳이 그렇게 했다. 그렇게 하지 않고는 견딜 수 없었을 게다. 그런 사람이라면 신용할 수 있다고 생각하지 않냐, 에쓰코.”

맥주 캔을 옆에 놓고 에쓰코는 고개를 흔들었다.

“몰라. 십팔 년이나 지나면 인간도 변하는걸.”

“그 화재는 재판에서도 결론이 났어. 피해자에게는 배상금도 지급되었고. 그러나 사에구사 씨는 그 돈을 받지 않았어. 그는 자신이 피해자라고 신고하지 않았으니까.”

“왜?”

“재판장에 선 사람이 화재의 진짜 책임자가 아니기 때문이라더군. 진정한 책임자는 따로 있다, 그 인물을 어떤 형태로든 정당한 심판의 장에 끌어내기까지 자신은 결코 포기하지 않겠다고도 했어.”

“그게 누군데?”

에쓰코의 물음에 요시오는 천천히 대답했다.

“화재가 났을 무렵 잡지 몇 군데에서 무라시타 다케조라는 사람의 이름이 나온 적은 있었다."

에쓰코는 얼굴을 찡그렸다. 그 이름을 다른 데서 들은 기억이 있는 것 같았기 때문에.

요시오는 에쓰코에게 끄덕여 보였다.

"그래. 무라시타 다케조라는 사람은 가타도 우애병원의 원장으로 사이와이 산장 사건을 일으킨 범인의 부친이다."

에쓰코는 고개를 돌려 우애병원이 세워져 있는 방향으로 시선을 주었다. 읍의 어디에 있어도 눈에 들어오는 위치에 자리 잡은 요새 같은 그 건물이 별안간 불길한 그림자를 드리운 것처럼 느껴졌다.

―원수를 갚는 겁니다.

사에구사는 거기서 대체 무엇을 하려는 걸까?

"무척 위험한 다리를 건너려는 거겠지."

에쓰코의 마음의 의문을 간파한 듯 요시오가 말했다.

"그렇기 때문에 사에구사 씨는 너를 만나러 갔을 거야. 아니, 너를 통해서 어머니의 추억을 만나러 간 거겠지. 오리에가 죽은 걸 알고 있었을 테니."

에쓰코는 눈을 깔고, 오리에의 얼굴을 떠올렸다. 어머니는 웃고 있었다.

40

가이바라 미사오는 두려웠다.

지금 갇혀 있는 방은 사카키 클리닉의 병실과는 비교가 안 될 정도로 지독한 곳이었다.

천장은 낮고 다다미 넉 장 정도의 넓이밖에 안 되는 방이다. 불은 천장에서 늘어져 있는 알전구 하나. 벽도 바닥도 회색 콘크리트로, 천장에 닿을락 말락 한 곳에 대학노트를 옆으로 누인 크기의 창문이 뚫려 있다. 유리는 없지만 격자가 달려 있다.

실내에 있는 물품은 덜커덩거리는 침대와 몸에 닿으면 여기저기 가려워질 것 같은 담요. 소름끼칠 정도로 눅눅한 베개. 그리고 바닥에 고정된 변기는 노출되어 있다. 하수가 막혔는지 때때로 심장이 나빠질 것 같은 악취가 감돈다.

미사오는 앞으로 살아가며 반드시 피하고 싶은 일로 미혼모가 되는 것, 결혼과 이혼을 반복하는 것, 삼류 바의 호스티스가 되는 것—이 세 가지를 생각했다.

여기에는 현실의 '최악'이 있다. 더럽혀진 변기와 한 방에 있는 상황 따위, 악몽 속에서조차 상상한 적이 없었다.

여긴 어디일까. 어째서 이런 곳에—.

'신교지 씨가 찾으러 와 주었기 때문이다.'

그렇다. 어제 오후, 밖에서 "미사오, 미사오!" 하고 외치는 목소리를 들었다. 틀림없이 에쓰코의 목소리였다. 너무나 기뻐서 미사오는 정말로 약효가 들었다면 움직일 수 있을 리가 없다는 사실을 잊고 창에 달려들었다.

창문 아래에 에쓰코와 유카리가 있었다. 둘 다 소리를 지르고 있다. 그리고 에쓰코가 이쪽을 올려다보았다. 미사오는 큰 소리로 호소했다. 어떻게든 창을 열 수가 없을까 필사적이었다.

그때, 그 '큰선생님'이 방 안에 들어왔다.

"뭐야. 약이 부족한 것 같군."

양아치 같은 어조로 그렇게 말했다. 미사오는 아랑곳하지 않고 창을 계속 두드렸다. 방음 처리된 붙박이창은 미사오를 가둬 버린 듯 꿈쩍도 하지 않았다. 곧 큰선생님이 뒤에서 겨드랑이 아래로 팔을 넣어 뒤통수를 눌렀다. 죽을 각오로 저항했지만 오른손을 제압당하자 마비된 왼손만으로는 어떻게 할 수도 없었다.

아래에 있는 에쓰코와 유카리에게 그 무서운 간호사가 뛰어갔다. 창문에서 떨어지는 미사오의 눈에 그 간호사가 에쓰코의 팔을 움켜잡고 있는 광경이 들어왔다. 신교지 씨, 달아나, 달아나! 하고 계속 소리치며 오른팔을 찌르는 주삿바늘을 느끼고 의식이 아득해져서―.

정신을 차리고 보니 이 무서운 방 안에 있었다. 몸 아래에 있는 얇디 얇은 매트리스와 후두부를 얹은 베개에서 축축한 감촉이 느껴졌다. 무심코 벌떡 일어났다.

지금까지 입던 파자마와 똑같은 옷을 걸치고 있다. 그러나 가방이 사라졌다. 시계가 없으니까 시각을 짐작할 수 없다. 창문에서 희미하게 해가 들어오는 것 같지만 오전인지 오후인지 전혀 알 수 없다.

이 방의 문에는 천박해 보이는 녹색 페인트가 칠해져 있다. 여기저기 흠집투성이다. 깨끗하게 페인트를 지우고 나서 다시 바르지 않고, 군데군데 벗겨진 칠 위에 계속 겹쳐 바르는 작업을 되풀이해서였다. 표면이 울퉁불퉁하다. 두드려 보니 철제 문이다.

문 아래쪽으로 작은 창이 나 있지만 마찬가지로 철제라 아무것도 안 보였다. 집에서 고양이를 기를 때 주방 미닫이문에 이것과 비슷한 '고양이 출입구'를 달았던 기억이 났다. 이쪽에서 밀거나 당겨도 열리지 않는 것을 보면 복도 쪽에서 잠가 놓은 모양이다.

콘크리트와 철로 된 방.

이곳은 도망을 허용치 않는 방이다. 사카키 클리닉의 붙박이창도 무서웠지만, 그래도 안에 있는 인간의 비위를 맞추는 듯한 면이 있었다. 갇혀 있는 것은 아닙니다, 라는 듯.

이곳은 다르다. 안에 있는 인간 따위 아무래도 상관없는 것이다. 한번 갇히면 다시 내보내지 않는—그런 기능밖에 없는 방이다.

앞으로 어떻게 될까.

청결한 병실에서 커다란 침대에 누워 감촉이 좋은 담요를 덮고 있던 때에 느낀 공포 따위는 아무것도 아니었다. 그때의 공포는 단지 미사오를 바짝 움츠러들게 했을 뿐이다. 지금 이곳이 자아

내는 공포와 혐오는 미사오의 기력을 깎아 내고 있었다.

이런 상황에서 기력까지 잃는다면 그대로 죽음으로 이어진다.

소리를 질러 체력을 소모해서는 안 된다. 지금까지도 약이 떨어질 시간을 가늠해 대체로 누군가가 왔다. 패닉을 일으켜서는 안 된다. 침착해. 그 말만 되뇌었다.

심호흡을 하고 싶지만, 너무나 심한 악취에 도무지 숨을 깊게 빨아들일 수가 없다. 평소대로 호흡하는데도 구역질이 올라온다. 참지 못하고 입으로 숨을 들이쉬어 보았지만, 이 방 안에 괴어 있는 더러운 공기가 직접 몸 안으로 들어오는 느낌이 들어 당황해서 그만두었다.

문득 내려다보니 발밑에 커다란 바퀴벌레가 가로질러 간다. 비명을 지르고 침대 위에 일어서서 때려 죽일 만한 게 없을까 필사적으로 찾았다. 그러는 동안에 바퀴벌레는 변기를 기어 올라가 버렸다.

어차피 이런 베개에는 두 번 다시 머리를 댈 마음이 없다. 몇 번이고 두드리면 효과가 있을 것 같아 오른손으로 베개를 들고 숨을 멈춘 상태로 조심조심 변기 속을 들여다보았다.

물이 고여 있지 않았다. 시커먼 구멍이 뻥 뚫려 있을 뿐.

믿을 수 없어서 바라보고만 있으니 다시 그곳에서 바퀴벌레가 기어 올라왔다.

침대 위로 튀어 올라가 발끝으로 선 미사오는 처음으로 눈물을 흘렸다. 계속해서 볼을 타고 흘러 떨어진다.

눈물과 함께 딸꾹질이 나온다. 딸꾹거릴 때마다, 턱이 흔들흔들 했다. 점점 격렬해지고 목소리가 커진다. 정신을 차려 보니, "꺼내 줘, 여기서 꺼내 줘"라고 중얼거리고 있었다.

스스로 의식하고 나니 더 이상 억제할 수 없었다. 미사오는 큰 소리로 울고 소리 지르고 바닥에 뛰어내려 몸 전체로 문을 부딪치며 오른손 주먹으로 마구 두드렸다. 손이 아프도록 두드렸지만 아무 소리도 들리지 않았고 누구 하나 오는 기척이 없다.

문에 손톱을 세워 허무하게 페인트를 긁어 대면서 반 광란 상태로 계속 소리를 지르는 동안, 머릿속이 하얗게 되었다. 산소 결핍일지도 모른다—이대로 죽을지도 모른다—여기서 죽기는 싫다—.

정신이 들어 보니 문에 기댄 채 바닥에 주저앉아 있다.

실신했던 것 같다. 아까보다도 훨씬 어두워졌다. 알전구에는 아직 불이 들어오지 않고, 방의 구석마다에 어둠이 웅크리고 있는 느낌이었다.

미사오는 허둥지둥 일어나 정신없이 온몸을 털어 냈다. 아무것도 꾀어들지 않았다. 오른팔로 몸을 안고 힘껏 발돋움을 해서 바닥과 닿는 면적을 줄였다.

그때—,

노크 소리가 들렸다. 동시에 알전구가 켜졌다. 탁한 노란색 불 때문에 공기가 더욱 탁한 느낌이 든다.

다시 노크 소리. 미사오는 매달리듯이 문에 몸을 댔다.

"부탁해요, 부탁입니다, 여기서 꺼내 줘. 나 정신이 이상하게—."

바닥과 문 틈새로 종잇조각이 미끄러져 들어왔다. 주워 들었다.

'조용히'라고 적혀 있다.

미사오는 마른침을 꼴깍 삼켰다. 사카키의 메모와 매우 비슷한 필적이다.

목소리를 죽이고 미사오는 빠르게 중얼거렸다.

"선생님? 사카키 선생님?"

잠시 후 다음 메모가 미끄러져 들어왔다. 서둘러 썼는지 글씨가 흐트러져 있다.

'맞아. 하지만 주위의 방에도 환자가 있고, 누군가 듣고 있을지도 모르니까 소리를 내어 말할 수는 없다. 알겠지?'

미사오는 작게 "네" 하고 대답했다. 사카키 클리닉 때도 역시 주변을 경계하느라 같은 방법을 취했을 것이다.

"선생님, 저를 돕는 건 선생님한테 위험한 일이죠? 그렇다면 문을 한 번 두드려 주세요."

문틈에 얼굴을 내리누르듯 바짝 갖다 대고 속삭이자, 콩 하는 노크 소리가 돌아왔다.

"아주 위험한 입장에 있구나, 선생님은."

콩. 그리고 조금 있다가 다음 종잇조각이 미끄러져 들어왔다.

글자로 가득하다.

'힘들겠지만 지금은 꺼내 줄 수 없어. 문을 열 수 없으니까. 밤까지만 참아, 힘내는 거다. 오늘 밤, 비상벨이 울릴 거야. 그럼 바로 구출해 줄 수 있어.'

종이를 두 번 읽고 미사오는 속삭였다.

"알았어요. 하지만 가르쳐 주세요. 지금 몇 시죠, 몇 시인지 알면 비상벨이 울릴 때까지 계속 시간을 세면서 보낼 수 있으니까. 네?"

한 호흡 두고 처음으로 목소리가 들렸다.

"오후 일곱 시 오 분."

"고마워요." 미사오는 말했다. 그리고 종잇조각을 접어서 파자마의 가슴에 찔러 넣고, 침대 위로 올라가 헤아리기 시작했다. 육십 초에 일 분. 육백 초에 십 분. 삼천육백 초에 한 시간.

41

유지 일행 세 사람은 오후 아홉 시경, 가타도에 도착했다.

가타도 우애병원 주위를 차로 천천히 한 바퀴 돌았다. 튼튼한 펜스 위에는 철조망이 둘러쳐져 있고 그 안쪽에 있는 창문이 작은 건물은 정말 수용소처럼 보였다. 문은 열려 있지만 통과하는 사람이나 차는 건물 내에 있는 모니터로 관찰되는 것 같았다. 우주인의 머리 같은 형태의 비디오카메라가 천천히 목을 흔들고 있다.

이곳도 처음 보는 곳은 아니다. 오히려 지금까지 본 풍경 중에서 제일 강력하게 과거로의 '자력$_{磁力}$'을 발하고 있는 건물이었다.

"뭔가 안 좋은 냄새가 나—." 뒷좌석에 앉은 아키에가 얼굴을 찌푸리고 있다.

사에구사가 핸들을 꺾으면서 대답했다. "원장의 썩은 근성이 냄새가 나는 거야."

"어떻게 숨어들어 갑니까?"

"숨지 않고 당당히 들어간다."

도쿄를 나오기 전에 사카키 클리닉에 전화를 넣어 무라시타 다케조도 사카키 다쓰히코도 우애병원에 와 있다는 사실을 확인해 두었다.

"숨어들어 가서 다시 실패하고 같은 일을 되풀이해 봐야 무슨 소용이야. 이번에는 여기 권총이 있어. 그렇지만 미사오가 위험하지 않도록 주의를 잘 기울이자고.”

유지는 아키에의 어깨를 안고 깊숙이 끄덕였다.

다케조와의 대면에 아키에를 데려갈지 어떻게 할지 유지는 상당히 고민했지만 사에구사가 단호히 말했다.

“그녀도 이런 입장에 몰린 원인을 알 권리가 있다.”

문 옆에 차를 세우고 걸어서 건물로 향했다. 도중에 건물 옆 간이 차고에 세워져 있는 다케조의 벤츠와 사카키의 폰티악을 발견했다.

가타도 우애병원의 창이란 창은 모두 철격자가 끼워져 있었다.

“여기 들어오는 자, 모든 희망을 버려라.” 사에구사가 중얼거린다.

“뭡니까?”

“아무것도 아니야.”

정면 현관은 오래된 학교를 연상시키는 차가운 콘크리트 구조였다. 학교와 다른 점은 왁스나 분필 냄새 대신에 약과 오물의 악취가 감돌고 있다는 점이다.

홀에는 벤치가 몇 개나 늘어서 있었지만 사람 그림자는 보이지 않았다.

에어컨이 나오지 않아 무덥다.

뒤돌아본 유지는 지금 빠져나온 입구에서 철격자가 내려오는 장치를 발견했다. 몸의 어딘가에서, 아마 심장 가까이에서 체온이 십 도 정도 쑥 내려간 느낌이 들었다.

오른쪽에 '야간 접수' 표시가 되어 있다. 사에구사는 그곳으로 다가가서 서류 위에 수그리고 있는 간호사에게 붙임성 있게 말을 걸었다.

"수고. 사카키 선생, 있나?"

"누구십니까?"

"오가타 유지라고 하면 알 거야."

"약속하셨나요?"

"친구야. 근처에 왔다가 잠시 들렀어. 그냥 인사만 해도 되는데, 얘기 좀 전해 주지 않겠나?"

간호사는 카운터 위에 있는 내선 전화를 들어 번호 버튼을 두 개 눌렀다. 잠시 기다리고 나서 수화기를 향해 말했다.

"사카키 선생님이세요? 친구분이 오셨는데요."

간호사가 오가타 유지의 이름을 대자, 의사 사카키는 말문이 막힌 듯했다. 간호사는 몇 번이고 "여보세요? 선생님?" 하고 부르고 나서, "네" 하고 끄덕이더니 수화기를 놓았다.

"바로 오신다고 합니다. 선생님, 상당히 놀라시던데요."

사에구사는 빙긋 웃었다. "그렇지? 오랜만이니까."

안쪽의 하얀 엘리베이터 문이 열리고 사카키가 모습을 드러냈다. 처음에는 종종걸음으로 다가오다가 유지와 아키에의 얼굴을 알아보고는 걸음을 멈추더니 백의의 옆구리에 손바닥을 닦았다.

사에구사는 카운터 밑에 늘어뜨린 오른손에 권총을 쥔 채 그 총구를 접수 간호사의 이마 방향으로 향했다.

"야아, 바쁠 때 미안하네." 사에구사는 명랑하게 말을 걸며 왼손 손가락으로 손짓하여 불렀다. 사카키는 얼굴이 경직되어 우뚝 서 있었지만 간호사가 알아차리지 않도록 주의하면서 끌어당겨진 듯 다가왔다. 오른손과 오른쪽 다리가 동시에 앞으로 나오는 것 같은 어색한 걸음걸이였다.

의사와의 거리가 일 미터 정도가 되자, 사에구사는 성큼 걸음을 내디뎌 그에게 다가가서는 잽싸게 바싹 달라붙어 그의 옆구리에 총구를 들이댔다.

"오랜만이군. 큰선생님은 건강하신가?"

"그, 그럼, 건강하시지." 의사 사카키는 떨리는 목소리로 대답했다. 다시 서류 일을 하던 간호사가 살짝 시선을 들어 두 사람을 번갈아 쳐다본다. 유지는 당황해서 그녀에게 말을 걸었다.

"훌륭한 병원이네요."

간호사가 가볍게 머리를 끄덕거린다. "감사합니다."

"시간이 있으면 큰선생님께도 인사하러 가고 싶군. 지금 만날 수 있나?"

사에구사는 그렇게 말하면서 총구로 의사 사카키의 옆구리를 꾹 눌렀다.

"그렇군……. 괜찮을 것 같아." 의사의 관자놀이가 땀으로 빛나기 시작한다.

"그럼 안내해."

권총으로 겁에 질린 의사는 가까스로 걷기 시작했다. 유지는 아키에를 데리고 그를 뒤따르면서 간호사를 향해 살짝 웃어 주었다. "감사합니다."

간호사는 아래를 보며 고개를 끄덕거렸을 뿐이었다. 그들 네 사람은 엘리베이터로 향했다.

"몇 층이야?"

엘리베이터에 올라타 문을 닫자 사람이 돌변한 듯 엄한 목소리를 내며 사에구사가 물었다.

"오 층 안쪽. 무라시타 선생님은 지금 집무실에 있어."

병원 엘리베이터 특유의 느린 상승 속도에 유지는 위가 뒤집어질 것 같았다. 벽이나 바닥에 오물이 들러붙어 있어 거기서 나는 악취도 코를 찌른다.

삼 층에서 한 번 엘리베이터가 정지했다. 문이 열리자 라운드 티셔츠에 하얀 슬랙스 바지를 입은 남자 간호사가 서 있었다. 담배를 문 채 손에 양동이를 들고 있다.

엘리베이터에 오른 간호사는 사 층 버튼을 눌렀다. "선생님, 손님입니까?" 하고 의사 사카키에게 묻는다. 의사를 대하는 태도는 아니다.

"그래." 의사 사카키는 대답했다. "큰선생님의 지인이야."

사에구사는 그에게 딱 달라붙어 층수 버튼 쪽으로 얼굴을 돌리고 있다. 유지와 아키에는 의사의 등에 내리눌러진 권총을 간호사의 눈에서 가리기 위해 그의 앞을 가로막았다.

간호사는 몸집이 큰 사람이었다. 팔에는 근육이 불거져 나와 있다. 슬쩍 옆눈으로 관찰하니 왼쪽 상박부에 문신이 보였다.

사 층에 도착하기까지 무한한 시간이 걸리는 기분이다. 간호사가 물고 있는 담배 연기 너머로 이따금 이쪽을 본다. 고개를 숙인 아키에의 목덜미 쪽을 가만히 바라보고는 입가를 약간 실룩거리기도 했다.

사 층. 짜증날 정도로 천천히 문이 열린다. 간호사는 성큼성큼 나가 엘리베이터를 내렸다. 유지는 재빨리 손을 뻗어 '닫힘' 버튼을 눌렀다.

그러나 문이 닫히려는 찰나에 불쑥 그의 다부진 팔이 끼어들어 왔다. 철컹 하고 소리를 내며 문을 되밀더니 의사 사카키에게 다가온다.

유지는 일순 권총을 쥔 사에구사의 손가락에 반사적으로 힘이 들어가는 것을 보았다.

"선생님." 간호사는 커다란 소리를 냈다. "전부터 부탁하자 부탁하자 했는데. 잊을 뻔했네. 401호 다케시타 할아범 말이야. 팬비탄 양을 조금 더 늘려 주지 않겠어? 중얼중얼 불평을 해 대서 너무 잔손이 많이 가."

의사의 울대뼈가 꿀꺽 하고 상하로 움직였다.

"그렇지만 그 약은 강력한 진정제야. 그렇게 간단히 투약량을 늘릴 수는 없어."

"그런 소리 해 봤자, 이쪽 입장이 되어 보시란 말입니다."

간호사는 열린 문에 팔꿈치를 대고 그 손으로 머리를 지탱하듯이 기대었다. 거리에 떼로 모인 양아치 같은 자세다.

"팬비탄을 늘리면 그 사람은 혼자서 화장실에도 갈 수 없게 돼. 귀찮은 일이 더 느는 게 아닐까?"

간호사는 코웃음쳤다. "상관없어. 카테터catheter 소변 배출 등에 쓰는 관라도 쑤셔 넣어 두면 되니까."

"실례." 사에구사가 점잖게 끼어들었다. "미안한데 우리는 지금 큰선생님을 만나러 가는 길이어서 말이야. 약속 시간보다 늦었어."

간호사는 험악한 눈초리로 그를 쏘아보았다. 문에서 물러나 물고 있던 담배를 홋 하고 복도에 뱉어 버린다.

"미안하군." 사에구사가 말한다. 유지는 문을 닫았다. 그 직전에 이 층 어딘가 멀리서 사람이라고는 생각할 수 없는 목소리가 길게 지르는 비명이 들렸다.

"저것이 댁의 간호사 씨군."

비웃는 것 같은 사에구사의 말에 의사 사카키는 눈을 깔았다.

"나도―전혀 야단치지 않는 건 아니야."

오 층 복도는 아래층과는 다른 건물인 듯, 골고루 청소가 되어 있었다. 창에 격자가 끼워져 있는 점에는 변함이 없지만 유리가 제대로 닦여 있기 때문일 것이다. 채광이 완전히 다르다.

"이곳은?"

"병원 직원이 쓰는 층이다."

사에구사는 웃었다. "직원이라. 귀신도 지옥의 직원이지. 어느 방향이야?"

의사 사카키는 복도를 오른쪽으로 꺾었다. 복도 끝에 묵직해 보이는 쌍여닫이문이 보인다.

"여긴가?"

의사 사카키는 끄덕였다. 또다시 총구의 감촉 때문에 겁에 질려 작게 노크를 한다.

조금 후, "들어와"라는 목소리가 들려왔다.

42

무라시타 다케조는 몸집이 작았다.

사진대로다. 빈약한 체격에, 그을은 얼굴로 눈을 두리번거리고 있다.

사진과 다른 부분은 머리카락과 눈썹뿐이었다. 백발이 사라져 칠흑이 된 걸 보니 물을 들인 모양이다.

다케조는 방의 오른쪽에 있는 월데스크에 앉아 문 쪽으로 몸을 향하고 있었다. 지금까지 글을 쓰고 있었던 듯 코 위의 안경이 조금 흘러내렸고 눈을 치뜨고 째려보듯 이쪽을 쳐다보고 있다.

몇 초간 서로 계속 노려보았다. 사에구사가 의사 사카키의 몸 옆에 있는 총을 보여 주고, 둘 중 어느 쪽이든 쏠 수가 있다는 뜻으로 슬쩍 총구를 흔들어 보였다.

"들어와서 문을 닫지 않겠나." 다케조가 입을 열자 네 사람은 실내로 발을 들여놓고 문을 닫았다.

집무실 안은 고급 호텔 방처럼 청결하고 아름답게 정돈되어 있었다. 벽난로까지 설치되어 있다. 방문객을 대접하고 가타도 우애병원의 실태를 알아차리지 못하게 하기 위한 이곳은 표면상의 얼굴일 뿐이다. 어쩌면 전용 엘리베이터도 있을지 모른다.

"다쓰히코. 너는 정말 등신이구나." 다케조가 내뱉자 의사 사카키의 얼굴이 창백해졌다.

"소중한 사위님을 나무라지 마. 그가 그만두면 일손이 다시 부족해진다고."

사에구사가 의사 사카키를 총구로 밀면서 말했다.

"앉지 않겠나." 다케조는 턱으로 응접세트 쪽을 가리켰다.

사에구사는 대답했다. "됐어. 오래 있지 않을 테니. 당신도 일어서. 일어나서 이쪽으로 나와. 양손을 들고 말이야. 말해 두지만, 나는 권총을 다루는 데에 익숙해. 쓸데없는 짓을 하면 우선 당신을 쏠 거야. 이 거리라면 이마에 한 방. 그렇게 해 두고 여기 숨어서 110번에 신고하면 돼."

다케조는 그 말대로 했다. 유지 일행이 서 있는 장소와 책상의 중간지점까지 오자 사에구사가 멈춰 세웠다.

"그대로 착한 아이처럼 있어 줘."

다케조는 와이셔츠 위에 백의를 걸치고 있었다. 말끔히 넥타이를 매고 있지만, 이 남자에게는 전혀 어울리는 차림이 아니었다. 그리고 확실히 전에 이 남자와 만난 적이 있다고 느꼈다. 다시 거친 입자가 모여들어 하나의 그림을 구성해 가는 듯한 감각이 밀어닥친다.

"유지, 사카키 선생의 손발을 묶어. 손을 등 뒤로 돌려 묶는 거다. 선생의 넥타이를 쓰면 돼. 다리는 구두끈을 서로 묶어야 하고."

아키에를 벽 쪽에 세우고 유지는 재빨리 지시에 따랐다.

"사카키 선생, 수고스럽겠지만 그 자리에 정좌해. 선사禪寺라도 갔다고 생각하면서."

사카키는 카펫을 빈틈없이 깔아놓은 마루에 정좌했다. 다케조는 가만히 보다가 얼굴을 들어 불평하는 어조로 물었다.

"용건이 뭔가."

"알고 있을 텐데. 미야마에 다카시를 내놔."

다케조의 볼이 꿈틀했다.

"담배를 피우고 싶은데."

"지금은 금연 시간이다."

다케조의 책상 위에는 하이라이트 갑과 싸구려 라이터가 놓여 있다. 무의식중에 이렇다 할 생각도 없이 유지는 말했다.

"당신답지 않군."

다케조는 두 눈썹을 치켜 올렸다. "뭐가."

"담배 말이야. 아바나 여송연에 순금 라이터가 아닌가?"

흥 하고 코로 숨을 내뱉는다. "일하는 도중에 그런 졸부 같은 짓을 할 수 있나. 그런 건 과시할 필요가 있을 때만 피우는 거다."

"당신, 지금 일하는 중인가"라고 묻는 사에구사.

"너희와 만나는 것도 일 가운데 하나지."

"호오. 그래서 당신은 졸부가 아니라는 말이야?"

다케조는 유들유들한 목소리를 냈다. "나는 사업가다. 사업의 결과, 돈이 들어오지. 졸부라는 건 아무것도 하지 않고 그냥 돈을 번 녀석을 말하는 거야. 똑같이 취급하지 마."

유지는 일종의 감개에 가까운 마음을 안고 작은 남자를 바라보았다.

이 남자는 근본적으로 장사꾼이다. 의사가 되지 않았다면 의외로 타인에게 존경받을 만한 일을 해냈을지도 모른다.

"그럼 먼저 설명을 들어 볼까."

사에구사가 말을 꺼내자 다케조는 무서운 눈초리로 쳐다보았다.

"그전에 가르쳐 줘. 당신은 누구야?"

"이름을 댈 정도는 아니야. 두 사람의 지인이라고 해 두지." 그러면서 훗 하고 웃는다. "안심해. 이 두 사람을 내세워 당신을 공갈하려는 게 아니니까."

유지는 무의식중에 사에구사의 얼굴을 보았다. 그는 유지를 보지 않았다.

"말해 줘." 유지가 입을 열었다. "어째서 우리 두 사람의 기억을 지웠는지. 하긴 어느 정도는 짐작이 가지만."

다케조는 입을 다물고 있다.

"미야마에 다카시는 살아 있다―그렇지?"

유지가 그렇게 말하자, 비로소 다케조의 얼굴에 긴장된 표정이 떠올랐다. 눈이 번뜩인다.

"그래, 살아 있다."

다케조가 유지와 아키에의 기억을 지우고, 팰리스 신카이바시 707호실에 내버려두고 간 이유는 사에구사가 말했던 추측과 내용이 정확히 일치했다. 권총과 오천만 엔을 놓고 온 것도 두 사람이 움직이지 못하게 하기 위해서였다고 한다.

"그 집 소유주는 당신이지?"

"맨션 자체가 내 소유다."

"그 방에 우리를 데려다 놓기 위한 사전 준비를 한 사람은—,"

유지는 고개를 숙이고 있는 의사 사카키를 돌아보았다.

"저 사람이지? 가구를 사고 가스나 전화를 예약한 사토 이치로는?"

사토 이치로는 단정한 느낌의 중년 남성이니까.

다케조는 곁눈으로 사카키를 쏘아보았다. "형편없는 가명을 썼군."

"재킷 주머니에 지도를 남겨 둔 이유는 뭐야?"

이상하게도 그 질문에 다케조는 잠깐 주저했다.

"아, 그걸 봤군."

"그게 단서가 됐어."

사에구사가 무뚝뚝하게 대답하고 지도에 찍혀 있던 팩시밀리 번호에서 사카키 클리닉을 알아낸 경위를 재빨리 설명했다.

다케조는 한숨을 내쉬었다.

"그랬군. 두 사람에게 자기가 있는 곳의 단서 정도는 남기지 않으면 불쌍해서 한 일이야. 팩스번호가 찍혀 있었다니 전혀 몰랐어."

중얼중얼 혼잣말처럼 중얼거린다. 유지는 조금 위화감을 느꼈지만 어떻게 표현하면 좋을지 몰랐다.

"우리는 여기서 잡혔나?"

다케조는 고개를 흔들었다. "아니, 도쿄다. 나도 가능하면 그런 짓까지는 하고 싶지 않았으니까. 6월 중순쯤에, 당신들 두 사람이 여기에 숨어들었다가 들켰을 때는 그냥 밖으로 쫓아냈을 뿐이야."

은혜를 알아라, 같은 어조였다.

"그러니까, 우리는 그때 다카시가 살아 있다는 증거를 잡지 못한 건가?"

"여기는 경비가 엄중하니까." 다케조가 의기양양하게 내뱉었다.

"그렇게 상냥하게 타일러 줬으니까 물러가기를 바랐는데, 당신들은 끈질기게 계속 휘젓고 돌아다니더군. 여기뿐 아니라 다쓰히코의 주위도 어슬렁거렸어. 다쓰히코는 나만큼 배짱이 두둑하지 않으니까. 속임수가 드러날지도 몰라. 그래서 결국 과감한 조치를 취할 수밖에 없었지."

"어디서? 사카키 클리닉에서?"

"거기서 하면 클리닉 녀석들이 눈치를 챈다고. 가즈키의 가게에 기구를 갖다 놓고 당신들을 잡아 왔지."

또다시 유지에게 달라붙어 있던 아키에가 작게 물었다.

"대체 어떻게 기억을 지웠어? 그런 게 가능하다니 믿을 수 없어."

다케조는 느닷없이 양손을 내렸다. 사에구사가 한 걸음 다가간다.

"아무 짓도 안 해. 피곤해져서 내렸을 뿐이다. 설명하는 데 주의를 분산시키지 마."

유지의 지나친 생각이 아니라면 다케조는 우쭐거리는 표정을 지으며 이야기를 시작했다.

"당신들 두 사람의 기억을 '지운' 게 아니야. 그런 건 불가능해. 일시적으로 기억이 돌아오지 않도록 '봉인했을' 뿐이지."

봉인했다—.

"인간의 기억 메커니즘은 아직 잘 알려져 있지 않아. 어떻게 기록하고 저장하고 재생하는가. 즉 뇌의 정보처리지."

"풀이는 필요 없어." 사에구사가 재빨리 말한다.

"모처럼 설명하는데 그렇게 말하지 마. 예를 들어 노인의 경우 옛날 일은 매우 자세히 기억하지만, 최근 일이라면 전혀 기억을 못하잖아? 바로 잊어버려. 그건 젊을 때 기억은 뇌의 성장·발달에 맞추어 물질의 형태로 쌓이는 데 비해, 최근의, 즉 뇌가 성장을 멈추어 버린 후의 기억은 단순한 전기적 신호에 지나지 않기 때문이야. 바로 사라져 버리지. 그래서 젊을 때일수록 기억력이 좋다. 그렇지만 이것도 하나의 가설에 지나지 않기 때문에 말이지. 예외는 얼마든지 있어. 어떤 노인이나 손자의 생일은 제대로 기억하지. 자식이나 자기 생일은 잊어버리는데도."

다케조는 손을 들어 등을 긁었다.

"이렇게 '어째서 나이가 들면 기억력이 나빠지나요?' 같은, 애들이 전화 상담실에나 할 법한 질문에도 제대로 대답하기가 불가능한 게 현실이야."

계속 움직이는 다케조의 입술을 쳐다보며 유지는 생각했다. 이 남자의 분위기. 이 요설饒舌. 정신병으로 괴로워하는 가족을 병원에 데리고 오는 사람들은 이처럼 잘 움직이는 입과 무게 잡는 분위기에 속아 버린다. 그러니까 환자들이 입을 모아 지옥 같은 병원이라며 무서워하는데도 이렇게 융성했다.

"그런데 말이지." 다케조는 계속했다. "가령 천연두를 예로 들어 보자고. 이 전염병은 끝내 원인을 알 수 없었어. 아니, 바이러스가 원인이라는 사실은 알았지. 그렇지만 바이러스가 인간의 몸속에 들어왔을 때, 어떠한 메커니즘으로 작용하고 어떤 독소를 만들어 그런 증상이 일어나는지는 끝내 판명되지 않았단 말이야. 그래서 그 병에는 원인요법이 없었지. 치료는 대증요법對症療法 병의 원인이 아닌 증세에 따라 다스리는 치료법에 지나지 않았고."

유지는 사에구사의 옆얼굴을 살폈다.

"그러나 의학은 경험칙經驗則을 받아들여 종두라는 예방법을 생각해 냈지. 결국 지구상에서 천연두를 근절할 수 있었어. 즉, 메커니즘을 몰라도 가능한 일이 있다는 말이야."

시시하다는 듯이 한숨을 쉬면서 사에구사가 말했다.

"큰선생. 당신, 병원에서 환자의 기억을 '봉인하는' 처치를 하기 전에 지금 지껄인 대사를 가족을 향해 떠들어 댔겠군. 정말 거침이 없어."

다케조는, 흠 하고는 말했다.

"그래서 말이다." 입술을 할짝 적시고 나서 계속한다. "인간의 기억에 관해서도 어느 정도 기억중추에 작용해 재생을 저지하는 물질이 발견되었어. 어째서 그렇게 되는지는 몰라. 모르지만, 그렇게 되더군. 팩싱턴이라는 호르몬의 일종이야. 우리 병원에서는 이 물질을 합성하는 데 성공했지."

아키에가 숨을 삼키고 등 뒤에서 유지의 셔츠를 꼭 움켜쥐었다.

"누가 성공했어? 당신은 아니겠지. 사카키 선생인가?"

"뭐, 우리 병원 두 사위들의 공동 연구라고 할 수 있지."

사카키가 작은 소리로 말했다. "저는 거의 아무것도 하지 않았습니다."

"너는 멍청이니까." 다케조는 단정했다. "이 물질을 주사하면 멋지게 기억장애가 일어난다. 다만 이제부터 학습하는 내용까지 기억할 수 없는 건 아니고 기억한다고 바로 잊어버리는 것도 아니야. 어디까지나 그전까지 뇌 안에 쌓여 있던 기억을 되살리지 않도록 가두어 버리는 작용뿐이지. 그런데 여기에는 결점이 있어. 확실하게 기억장애를 일으킬 수 있는 양을 주사하면 아무래도 합성호르몬이니까 여러 가지 부작용이 생기는 거야. 여자 환자라면 생리가 멈추거나 남자는 발기 부전이 되거나. 아이라면 성장호르몬의 분비를 방해하기도 해서 왜소 발육증을 일으킨 적도 있어. 이런 건 쓸 수 없잖아, 그렇지?”

연설이 귀찮아졌는지 대충대충 하는 투로 바뀌었다.

“그래서 우리는 전기쇼크요법을 병용하고 있어. 분열증 치료법이지만. 이 요법을 계속하면 심한 건망증을 유발한다는 부작용은 유명하지. 다만 쇼크요법 단독으로는 최소 예순 번을 하지 않으면 안 돼. 반면에 쇼크요법과 팩싱턴 투여를 조합해서 쓰면 약의 부작용은 거의 없고, 전기충격 횟수는 십분의 일 이하로도 기억상실을 만들 수 있다는 말이지.”

의기양양하게 콧구멍을 벌렁거리는 다케조를 보며 유지는 기가 막혔다.

“두 조합에도 후유증은 있을 텐데.”

다케조는 태연했다. “뭐 가끔은. 가벼운 운동 마비가 발생하는 정도.”

그리고 곁눈으로 아키에를 보고 말을 잇는다. “이 아가씨의 눈이 보이지 않는 건 내 요법 탓이 아니야.”

아키에는 눈을 돌려 버린다.

“어이, 큰선생.” 사에구사가 불렀다. “당신은 어째서 그런 연구를 시작했나. 목적이 뭐지?”

다케조는 가슴을 젖혔다. “기억을 봉인할 수 있게 되면 알코올 중독이나 중증 노이로제 환자를 재교육할 수 있지 않겠나.”

유지는 멍해졌다.

알코올 중독이 낫지 않으니까, 노이로제로 본인도 가족도 괴로워하니까, 일단 과거의 기억을 닫아 버리고 처음부터 새로 시작하게 해 주자는 의미인가?

"큰선생, 당신은 바보야."

사에구사의 말에 다케조는 단순히 의아하다는 표정을 지었다.

"왜지? 환자 가족 중에는 이제야 겨우 평화롭게 생활할 수 있다고 기뻐하는 무리도 있어. 게다가 기억을 봉인한다 해도 전부 다 백지가 되는 게 아니야. 기억에도 종류가 있어서 말이지, 대개 진술적 기억과 절차적 기억 두 개로 나뉘지. 진술적이라는 것은 후천적인 학습·체험된 기억 중, 이른바 '지식' '사실' '추억'이라는 녀석이야. 절차적이라는 것은—뭐랄까, '몸으로 기억한다'는 기억이지. 한번 자전거 타는 법을 익히면 평생 탈 수 있지? 그런 거야. 기억상실에 걸린 인간은 이전에 하던 행동은 전부 할 수 있다. 다만 그것을 누가 가르쳐 줬는지, 어떻게 익혔는지는 잊어버린다—는 말이다."

다케조의 설명에 의사 사카키가 끄덕이고 있다.

"내 요법이 가장 잘 듣는 영역은 이 '진술적 기억'이지. '절차적 기억'에는 거의 작용하지 않아. 일반적인 기억장애에서도 마찬가지다. 그래서 당신들 두 사람도 평소 생활하는 데는 불편함이 없었을 거야. 게다가 시간이 지나 팩싱턴의 효과가 떨어지면 '진술적' 기억도 돌아오거든. 점점 재생할 수 있게 되니까."

유지는 장을 보러 갈 수 있었고 아키에는 식칼을 쓸 수 있었다. 그런 생각을 하고 있을 때, 유지는 문득 떠올렸다. 식칼. '토템’······.

“그러니까 내 요법으로 기억을 ‘억누르고 있는’ 환자의 경우 정기적으로 팩싱턴 투여와 전기충격을 계속하는 한, 우연한 충격에 극적으로 기억을 모두 되찾는 일 따윈 없어. 그 대신 약이 떨어지면 전부 떠오른다. 봉인이 풀리니까.”

“우리의 경우 얼마나 걸리지?”

유지는 셔츠의 소매를 걷어 올려 이상한 번호를 보였다.

“Level 7이라는 것은 칠 일간 팩싱턴 효과가 떨어지지 않는다는 의미인가?”

다케조는 기세 좋게 끄덕였다.

“원칙은 그렇지. 팩싱턴 투여 단계를 우리는 그런 단위로 부르고 있어. 다만―,”

“예외가 있다는 말인가?”

다케조는 히죽 웃었다. “우리가 정말로 당신들에게 레벨7까지 투여했다면 당신들은 돌아올 수 없었을 거야. 거기까지 투여하면 바로 폐인이 되니까.”

오싹했다.

“안심해. 당신들 팔의 ‘Level 7’은 원장인 내가 직접 관리하는 환자라는 의미니까. 숫자가 6이라면 다쓰히코나 다른 사위인 아키라가 봐도 괜찮아. 4에서 5는 비상근 의사라도 괜찮고, 3 이하는 간호사들도 괜찮다. 그런 식으로 정해져 있어. F와 M은 성별, 그 뒤의 번호는 등록번호. 즉 당신은 원장인 내가 직접 진찰하는 백

칠십오 명째 남자 환자가 되지. 기억을 봉인한 동안 당신들이 만일 다른 병원에 실려갔을 경우 그 번호를 '우리 환자'라는 근거로 삼아 끌어올 수 있도록 써 뒀어."

레벨7. 그것은 팩싱턴에 의해 떠나는 귀로가 없는 여행을 상징한다. 동시에 무라시타 다케조에게 컨트롤되는 처지를 가리키기도 한다. 이 단어가 팔에 적혀 있는 인간은 폐인이 되거나, 달아나도 '주치의'인 다케조에게 끌려가 그의 세력권에서 나갈 수 없어지는 길로 갈 수밖에 없다.

사에구사가 후우 하고 숨을 내뱉으며 유지를 보았다.

"다음 이야기는 걸으면서 듣지 않겠나? 다카시가 있는 장소를 안내받자고."

다케조에게 다가가 재빨리 양팔을 뒤로 비틀어 올려 등에 총구를 들이댄다.

"다카시는 어디에 있나?"

다케조는 얼굴을 일그러뜨렸다. 그러나 전혀 의기소침한 모습이 아니다. 눈도 번뜩이고 있다.

"특별 보호실이야. 지하다."

43

유지에게 권총을 건네서 다케조를 감시하게 두고, 사에구사는 의사 사카키를 화장실에 가두었다.

"변기에 붙들어 매어 놓았으니까 움직이지 못할 거다. 좋아, 가자."

사에구사는 유지에게 권총을 되돌려받고, 총구로 다케조를 쿡 찔렀다.

네 사람은 복도로 나왔다.

역시 다케조 전용 엘리베이터는 있었다. 덕분에 이번에는 남자 간호사가 나타날까 겁낼 필요가 없었다.

일 층까지 내려와서 일단 밖으로 나갔다가 풀이 무성한 뒤뜰을 가로지른 다음 다른 입구를 통해 다시 병원 안으로 들어갔다.

그곳은 어둑한 창고같이 보였다. 계단을 반 단쯤 내려가니 철제 문이 있다. 천장에는 거미줄이 가득했다.

문을 열자 긴 복도의 오른쪽에 비슷비슷한 강철 문이 다섯 개 늘어서 있었다. 복도 끝에는 다른 계단이 있었고, 이쪽은 더 아래로 이어진다.

"다카시는 아래층에 있다. 이곳은 징벌방이야. 이 정도로 환자 수가 많으면 다툼이나 싸움도 많거든."

"감옥이잖아."

악취에 무심코 얼굴을 찡그린 유지가 말했다.

"학교와 마찬가지야. 나쁜 짓을 하면 벌을 받지."

다케조의 주장에 사에구사는 코웃음 쳤다. "그렇다면 당신이 들어가야겠는데."

말하는 소리가 어둑하고 텅 빈 천장에 반사되어 돌아온다. 유지는 다시 한 번 고개를 들어 주위를 둘러보다가, 천장과 어울리지 않게 번쩍번쩍 빛나는 물체를 발견했다. 밥공기를 엎어 놓은 모양의 하얀 플라스틱. 스프링클러인가. 그렇다면 갇혀 있는 환자들은 타 죽는 일만큼은 면할 수 있겠군.

사에구사는 유지를 돌아보고 안쪽으로 머리를 기울였다.

"나는 큰선생을 데리고 간다. 당신은 이 아가씨와 여기 남아서 누가 오지 않는지 망을 봐."

끄덕이고 나서 유지는 서둘러 말했다.

"잠시 기다려 주십시오. 그전에 미리 물어봐야 할 게 있어요."

뭐야? 라는 듯이 사에구사가 눈썹을 모았고, 다케조가 약간 자세를 틀어 유지 쪽을 향했다.

"지금 현재 다카시의 상태 말입니다. 어떻게 되었습니까? 이런 곳에 그저 얌전히 갇혀 있는 겁니까."

유지는 다케조를 바라보았다. 상대는 시선을 피하지 않았다. 마치 눈을 움직이면 그곳에서 거짓이 넘쳐흘러 버릴 것 같다.

"내가 그의 입장이라면 이런 곳에 감금되고 싶다고는 생각하지 않지. 경찰 쪽이 더 잘 대우해 줄걸.”

여기가 그렇게 지독한 곳이야? 라는 듯 벽 쪽에 있던 아키에가 유지 쪽으로 몸을 가까이 댔다.

“다카시는 어떻게 하고 있습니까? 당신은 어째서 그를 숨겨온 거죠? 이유가 뭡니까? 그를 이런 곳에 가두어서 세간의 눈을 피한 건 어째섭니까?”

다케조는 한동안 아무 말도 하지 않았다. 사에구사는 총을 들지 않은 쪽 손가락으로 콧날을 긁으며 가만히 다케조의 얼굴에 시선을 고정하고 있다.

조금 후에 사에구사가 입을 열었다.

“다카시는 이상한 건가?”

다케조는 흠칫 얼굴을 들었다. “뭐라고?”

“다카시가 이상했는지 묻고 있어. 정신적인 문제점이 있었나? 그런 사건을 일으킨 것과 뭔가 관련이 있어? 그래서 세상에 알려지지 않도록 그를 이곳에 가두었냐고? 응?”

다케조는 서둘러 끄덕이더니 몇 번쯤 침을 삼켰다.

“그래. 그 말대로야. 그놈은 이상했어. 보통이 아니었지. 나로서도 녀석이 언젠가 터무니없는 짓을 저지르는 게 아닌가 걱정되어 참을 수가 없을 만큼. 사실이야.”

사에구사가 다음을 이어받아 말했다.

“그러나 당신은 다카시를 치료하지 않고 내버려두었어. 의사인데도. 전문의인데도. 그래서 사이와이 산장 사건에 얽혀 당신 자신이 의사로서의 태만, 도의적인 무책임을 추궁당할까 봐 두려워서 다카시를 감금했지. 아닌가?"

다케조는 희미하게 끄덕이며 유지의 얼굴을 보았다.

"그냥 보통이 아니라는 소리를 들어도 납득이 가지 않습니다. 어디가 어떻게 이상했습니까."

사에구사가 고개를 흔들었다. "지금은 그런 것에 집착할 때가 아니야. 본인을 끌어내는 게 먼저다."

"왜죠? 집착하지 않는 편이 오히려 이상하죠. 다카시가 당신 혼자서 끌어낼 수 있는 상태인지 어떤지 신경 쓰이지 않습니까?"

정말 이상했다. 여태껏 냉정하고 옳은 판단을 하던 사에구사가 아까부터 묘하게 서두르는 모습이, 도망치려는 것처럼 보였다.

"물어봐도 이 아저씨가 반드시 진실을 말한다고는 할 수 없잖아. 그렇지?"

"나는 거짓말을 하지 않아." 다케조가 융통성 없게 말했다.

"말 잘했어."

유지는 밀고 나갔다. "어디가 이상합니까. 어떤 식으로, 왜 사이와이 산장에서 네 사람을 죽였습니까."

"그런 걸 묻고 있을 시간은—,"

"괜찮습니다. 여기는 아무도 오지 않잖아요. 저는 설명을 듣고 싶습니다."

다케조는 두 손을 축 늘어뜨리고 목을 움츠린 채 서 있었다. 검은자위를 데굴데굴 움직이며 말하기 시작했다.

“이브 밤, 다카시는 새벽 한 시경에 몰래 집으로 돌아왔어. 나는 서재에 있었지만 차를 차고에 넣는 소리가 나서 다카시가 돌아왔다는 걸 알았지.”

훔쳐보는 것처럼 사에구사의 얼굴을 흘끗 올려다본다. 그는 무표정했다.

“계속 소원했던 다카시가 어째서 갑자기 집에 묵을 생각을 했는지 나는 알고 있었어. 당신들도 그걸 묻는 거지? 신문에서도 잡지에서도 실컷 써 제꼈으니까. 유키에라는 여자애를 점찍었기 때문이야. 전날 그녀에게 지독한 짓을 하려고 해서 내가 고함을 쳤더니 달아났지. 그러나 녀석은 포기하지 않았어. 우리 집에서 묵으면서 기회를 노리려 했겠지.”

다케조는 느릿느릿 고개를 흔들었다.

“그게 다카시의 곤란한 점이었어. 갖고 싶다고 생각한 것은 어떤 짓을 해서라도 손에 넣지 않으면 직성이 풀리지 않지. 여자도 차도, 뭐든 그래. 그렇게 집착하는 모습이 나는 정상이 아니라고 생각했어.”

“혹시 당신은 다카시가 23일 밤 사이와이 산장을 예비 조사하러 간 것도 알고 있지 않았어?”

23일, 즉 사건 전날 밤 사이와이 산장 부근에 다카시는 모습을 보였다.

사에구사의 물음에 다케조는 기다렸다는 듯 고개를 끄덕였다.

“물론. 23일 밤에도 녀석이 외출했으니까. 무슨 생각을 하는 거냐고 물어도 봤어. 그러나 상관하지 말라는 대답만 들었지.”

유지의 목소리가 무심코 거칠어졌다. “그랬으면서 그날 밤 차를 빌려 달라고 했을 때 아무 생각도 없이 빌려 줬다는 말입니까?”

다케조는 목을 움츠렸다. “안 된다고 할 이유가 없잖아. 그저 위험한 짓은 하지 말라고 못을 박아 뒀지.”

어처구니가 없다. 무책임한데도 정도가 있다. 유지는 할 말을 잃었다.

그러나—,

동시에 어딘가 마음에 걸린다. 뭘까? 뭔가 이상하잖아?

다케조의 이마에 아주 약간 땀이 맺혔다.

“24일 밤, 다카시의 차가 돌아온 소리를 듣고 나는 차고 쪽으로 내려갔어. 녀석의 옷은 피투성이더군. 화약 냄새도 코를 찔렀고. 나는 기겁을 했지. 설마 녀석이 총을 갖고 있으리라곤 짐작도 못 했거든.”

서둘러 입술을 적시더니 유지 쪽으로 반보 무릎걸음으로 다가가 말한다.

“정말이야. 총에 대해서 나는 몰랐어. 알았으면 빼앗았을 거야. 나도 그렇게까지 무책임한 부모는 아니니까.”

유지는 가만히 있었다. 다케조는 계속했다.

“다카시에게 캐물으니, ‘사이와이 산장 녀석들을 해치웠어. 그 녀석들은 모두 나를 바보 취급해. 말을 듣지 않는 여자는 정말 싫어'라고 하잖아."

다시 흘끗 사에구사의 얼굴을 훔쳐본다. 마치 이야기 도중에 갑자기 그에게 총을 맞지는 않을까 경계하듯.

"나야말로 미칠 것 같았어. 전부터 다카시가 발끈하면 억제를 못하는 성질인 것은 잘 알고 있었으니까. 뇌장애에서 오는 성격 이상일지 모른다는 의혹도 있었고."

"그래도 검사해 보지 않았다?"

비난하는 사에구사의 말투에 다케조는 코로 숨을 내뱉었다.

"그럴 시간이 없었으니까. 녀석은 도시에가 죽자마자 바로 집을 뛰쳐나가 버렸고. 나도 무척 마음에 걸려 녀석을 찾았지만 찾아낼 수 없었어."

목 뒤를 긁으면서 말을 이었다.

"애당초 다카시가 그렇게 어처구니없는 짓을 저지를 거라고는 생각도 못 했지."

한숨을 한 번 쉬고 사에구사가 물었다.

"그래서? 다카시에게 살인 자백을 들은 당신은 어떻게 했나?"

다케조는 이미 얼굴 가득 땀을 흘리고 있었다.

"나는 두려워졌어. 방치해 두면 무슨 일을 일으킬지 모른다. 죄의식 따위도 없었고, 달아나려고도 하지 않았지. '내가 했다는 건 아무도 몰라' 같은 소리를 했어. 짭새한테 밀고하면 가만두지 않겠다면서 무시무시한 눈빛으로 나를 쏘아보더군. 그래서 나는 나를 지키기 위해 다쓰히코, 아키라와 상의해서 우리 병원 남자 간호사 두 사람을 불러 녀석을 감금시켰지.”

사에구사가 눈썹을 치켜올렸다. “그 후로 다카시는 이곳에?”

다케조가 끄덕인다.

“아까 엘리베이터 안에서 댁의 훌륭한 간호사님이 ‘팬비탄’인가 하는 약 이름을 말했어. 강력한 진정제라고 하던데. 댁은 그걸 잔뜩 쓰는 것 같더군. 사카키 클리닉에서는 제약 회사 판촉원이 허리를 깊이 숙여 절도 하고. 다카시도 그 약으로 얌전하게 만들었나?”

사에구사가 말하자 다케조는 놀란 얼굴을 했다.

“그렇게까지 말하지 않아도…….”

말을 하다가 허둥지둥 입을 다문다. 이번에는 솔로 훑는 듯이 유지의 얼굴을 쓱 쳐다본 다음 말했다.

“그래. 다만 약에 절여 놓지는 않았어. 정신 상태가 안정되게 유지할 뿐이지.”

“다른 환자들 취급과는 무척 다른데.”

“다카시는 내 자식이다. 가족이야.”

“환자는 밥벌이니까, 인간이 아니라는 말인가.”

다케시는 분개한 표정이 되었다.

“이 병원은 좋아. 다른 정신과 의사가 싫어하고 진찰을 꺼리는 환자를 잔뜩 받아들여 돌봐 주니까. 환자 가족도 기뻐하지. 그 대가로 내가 조금쯤 돈을 벌어도 상관없잖아. 그렇지 않으면 불공평해.”

유지는 되받아칠 말이 없었다. 아까부터 계속 손톱을 깨물고 있던 아키에가 얼굴을 들고는 믿을 수 없다는 표정으로 허공을 응시했다.

사에구사는 유지를 보았다. "직성이 풀렸나?"

유지 스스로도 알 수 없어졌다. 애매하게 고개를 흔들고, "어쨌든 다카시를 만나 볼 수밖에 없겠군요"라고 대답했다.

"고맙군. 이런 이야기 따윈 시간낭비다."

사에구사가 생각났다는 듯이 총구로 다케조를 살짝 찌르면서 물었다.

"어디야?"

다케조는 휴우 하고 숨을 내뱉었다. "아래층이다."

유지는 천천히 걸어가는 사에구사와 다케조의 등을 바라보았다.

석연치 않다. 딱 부러지게 얘기할 순 없지만 뭔가 이상하다.

갑자기 아키에가 불쑥 말했다. "난 모르겠어."

"응?"

"그렇게 다카시 씨를 걱정했다면 어째서 좀더 빨리 손을 쓰지 않은 거지. 전문의잖아? 방법은 얼마든지 있었을 거야. 극단적인 말로 다카시 씨가 유키에를—내 여동생을 덮치려고 했을 때 남자 간호사를 불러서 병실에 넣을 수 있었어. 아니, 물론 뭐든 가둬 버리면 해결된다는 뜻은 아니지만."

"응, 알고 있어."

유지는 생각했다.

분명 아키에의 말도 일리가 있다. 그러나 '가족의 정으로 도저히 그렇게까지 할 수는 없었다. 설마 다카시가 그런 어처구니없는 짓을 저지를 거라고는 생각하지 못했다'라는 다케조의 주장 역시 이해할 수 있을 것 같다. 그 같은 에고이스트가 아니라도 자기 가족 일이 되면 비정상적으로 무르게 해석하는 인간도 있는 법이다.

다카시가 다케조의 친자식이 아니라는 사실과는 관계가 없다. 혈연관계가 없는 부모 자식에게도 신뢰 관계나 정은 존재한다. 의붓자식이라는 사실만으로 다케조에게 다카시를 염려하는 마음이 없었다고는 단언할 수 없다.

다만—,

유지가 걸리는 것은 그 부분이 아니다. 아키에가 말하는 사실관계가 아니라 좀더 감정적인—이른바 그 자리의 분위기에 관련된 것이었다.

어째서 다케조는 말하는 내내 그런 식으로 사에구사의 얼굴을 훔쳐보았을까? 총에 맞을까 봐 경계하던 건가? 그러나 다카시가 있는 곳을 가르쳐 주지 않은 이상 사에구사가 그를 쏠 리 없다는 건 알고 있을 텐데.

게다가 무기로 협박당해 무서워하는 인간의 태도가 아니었다. 분명 다케조는 긴장했고 땀도 흘리고 있었다. 말을 우물거리기도 했다. 하지만 어딘가 의심스러운 구석이 있었다.

‘지나친 생각인가.’

유지는 눈을 꼭 감았다. 일단 머릿속을 백지로 만들어 다시 생각해 보자―.

그리고 눈을 뜸과 동시에 더러운 건물 전체를 뒤흔들 기세로 울리는 비상벨 소리를 들었다.

44

비상벨이 울리기 시작했을 때, 미사오는 일만 천이백구십오까지 세고 있었다.

벨 소리는 감각 차단 상태였던 그녀를 현실로 되돌렸다. 퍼뜩 눈을 크게 뜨고 문 쪽을 돌아본다.

그때 갑자기 머리 위에서 세게 내리치는 기세로 물줄기가 쏟아졌다. 미사오는 머리부터 정면으로 물을 뒤집어쓰는 바람에 아무것도 보이지 않았다.

'대체 어떻게 된 거지?'

몸을 웅크리고 양손으로 얼굴을 감싸며 침대에서 내려왔다. 벽으로 다가가 천장을 올려다보고서야 물을 퍼붓는 것이 스프링클러임을 알았다.

순간 화재라고 생각했다. 그러나 의사 사카키는 '비상벨이 울리면 구해줄 수 있다'고 써 보냈다. 당황해서는 안 된다. 미사오는 문으로 뛰어가 차가운 쇠에 얼굴을 대고 복도의 기척에 귀를 기울였다.

문 저편에서 사람 소리가 난다. 쏟아지는 물 소리 때문에 잘 들리지 않았지만 분명히 남자 목소리다. 한 사람—아니, 두 사람이다.

"빨리 가!" 목소리를 낮추고 있지만 말투는 서두르는 기색이다.

“정말로 잘되고 있어?” 또 한 남자의 목소리.

미사오는 부들부들 떨었다. 큰선생님 목소리다. 틀림없다.

“여기까지 와서 꿍얼꿍얼 불평할 여유 없어. 빨리 가!”

먼저 말한 남자가 초조한 듯이 말한다.

대체 무슨 일이 일어나고 있는 거지?

그 이상은 전혀 들리지 않았다. 떨어지는 물보라로 미사오는 흠뻑 젖었다.

갑자기 물이 그치더니 벨 소리도 뚝 끊어진 듯 멈췄다.

“제길, 도망쳤어! 이쪽이다!” 먼젓번 남자 목소리가 큰 소리로 외쳤다.

45

비상벨과 동시에 스프링클러 노즐이 열려 방수가 시작됐다. 유지도 아키에도 갑자기 머리부터 물을 뒤집어쓰고 시야가 차단되었다.

무슨 일이 일어난 건지 금세 판단이 서지 않았다. 아키에를 벽 쪽에 세우고 물보라 속을 거의 헤엄치는 자세로 사에구사와 다케조가 사라진 계단 쪽으로 나아갔다. 가장 윗단에 서니 아래층을 향해 물이 소규모의 폭포를 만들어 떨어지며 유지의 발을 적신다. 몸을 앞으로 기울인 자세로 이마 위를 손으로 가리고 유지는 소리쳤다.

"사에구사 씨!"

계단 위 천장에도 노즐이 있어 밉살스러울 정도로 기세 좋게 물을 방출하고 있다. 벽을 따라 천천히 나아가지 않으면 발을 헛디딜 것 같았다.

겨우 계단을 다 내려가자 격렬한 인공비 저편에 벽으로 몸을 굽힌 사에구사의 모습이 보였다. 뭔가 레버 같은 것을 조작하고 있다.

"사에구사 씨!"

그 순간 갑작스레 물이 멎었다. 사에구사가 유지를 알아보고 비에 젖은 개처럼 머리에 묻은 물을 털며 소리쳤다.

“제길, 도망쳤어! 이쪽이다!”

유지는 뛰어서 다가갔다. 아래층은 문이 네 개밖에 없고, 위층에 다섯 번째 문이 있는 곳에 가느다란 통로가 뻗어 있다. 통로 바로 앞 벽에 ‘화재경보기’라고 적힌 빨간 패널에서 유리가 산산이 부서져 바닥에 떨어져 있었다. 유지가 뛰어 다가가자 발밑에서 유리 파편이 깨지는 소리가 났다.

비상벨 버튼과 나란히 ‘긴급 방수용 수동 코크’ 핸들이 붙어 있다.

“이걸?”

“당했다.”

“총은?”

“여기야.”

사에구사는 윗옷 안쪽을 가리켰다. 벨트 부분에 꽂혀 있다.

통로를 달려가니 그 앞에 사람 하나가 겨우 빠져나갈 만한 폭의 비상계단이 보였다.

뒤를 쫓아가는 사에구사를 향해 유지가 소리쳤다.

“주차장으로 가겠습니다!”

위층으로 되돌아가서 아키에를 데리고 있는 힘껏 달려 주차장으로 향했다. 아키에 역시 무작정 그를 따라 달렸다.

건물 모퉁이를 돌자 출입구 가까이에 세워진 하얀색 벤츠에 다케조가 올라타는 모습이 보였다. 문이 닫히고 시동이 걸린다.

건물 반대쪽에서 사에구사가 달려온다. 다케조의 차는 출발해서 문을 향해 돌진했다.

유지는 아키에의 손을 끌고 차 쪽으로 향했다. 등 뒤에서 건물의 창이 여닫힌다. 불빛이 들어온다. 사람 소리가 어지럽게 뒤섞이기 시작했다.

유지와 아키에가 차에 타자마자 사에구사도 운전석으로 뛰어들었다. 다케조의 벤츠는 문을 지나자 크게 커브를 틀어 바깥 도로를 탔다. 유지 일행도 뒤를 쫓았다.

가타도 읍의 불빛이 내려다보이는 길을 하얀 벤츠가 질주해 간다. 시내를 우회해 커브를 틀며 산길을 마구 달려가는 모습을 보니 확실한 목적지가 있는 모양이다. 운전석의 다케조가 때때로 이쪽을 돌아보고 그때마다 스피드를 올렸다. 거리는 떨어지지 않았지만 따라붙기도 불가능하다. 게다가 길이 점점 좁아진다.

"바다 쪽으로 가고 있어."

사에구사가 핸들에 매달리면서 말했다.

"대체 어디로 갈 생각이지?"

"다카시는? 어디 있습니까? 거기 없었습니까?"

"몰라."

차가 크게 튀어 오르자 아키에가 작게 비명을 질렀다.

"다시 한번 녀석을 잡아서 이번이야말로 불게 할 거야."

창밖을 어두운 숲이 달려 지나간다. 차는 격렬하게 옆으로 흔들려 헤드라이트 불빛이 벤츠의 트렁크 근처까지 닿는가 하면 다시 간격이 벌어진다.

벤츠가 어디로 향하는지 유지는 대략 짐작할 수 있었다. 어둡게 펼쳐진 바다와 밤보다도 검은 숲의 저편—

사이와이 산장이 있는 곳이다.

물줄기가 그치고 나서도 미사오는 문에 몸을 댄 채 가만히 귀를 기울였다. 속까지 젖은 파자마가 몸에 찰싹 달라붙어 추위에 떨면서.

대체 지금 소동은 뭐였지?

처음에 달아난 남자는 큰선생님이 틀림없다. 그 후, "도망쳤어!"라고 소리 지른 남자—나중에 온 훨씬 젊은 남자와 빠른 말투로 대화를 하던 남자 목소리도 들은 기억이 있다.

그렇다, 틀림없다. 신교지 씨를 미행했던 남자. 오른쪽 다리가 약간 안 좋은 남자. 미사오는 그를 미행해서 사카키 클리닉으로 갔고 라 판사에 갔고 무라시타 가즈키와 알게 되어 '레벨7'의 모험을 권유받았다.

가즈키는 그를 뭐라고 불렀더라—사토였나—아냐, 그런 이름이 아니었어—.

그때 발소리가 들렸다. 달려온다. 다가온다. 그리고 미사오가 있는 방문에 열쇠를 꽂는 소리가 들리더니 한 호흡을 두고 무거운 문이 천천히 뒤로 열렸다.

의사 사카키는 백의를 입고, 옷과 똑같은 하얀 얼굴을 하고 서 있었다. 미사오를 보자 반사적으로 팔을 벌린다. 미사오는 그 안으로 뛰어들었다.

“미안해.” 의사의 목소리는 상기되어 있었다. “미안해. 자, 이쪽으로.”

의사의 재촉에 통로를 뛰어가서 계단을 올랐다. 밖으로 나가는 문 앞에서 의사는 잠시 주위의 상황을 살폈다. 하얀 덧옷을 입은 몸집이 큰 남자 둘이 큰 소리로 떠들면서 지나간다. 미사오는 몸을 움츠렸다.

“어째서 이런 시간에 비상벨 테스트 따윌 했지?”

“몰라. 원장이 하고 싶었나 봐.”

남자들이 가 버리자 의사는 미사오의 팔을 잡고 반대 방향으로 달리기 시작했다. 미사오는 맨발에다 물에 젖어 완전히 지쳤지만 지금 달리지 않으면 두 번 다시 여기서 나갈 수 없을 거라는 무서운 확신이 들어 힘껏 다리를 움직였다. 돌아보지도 않았다.

“네 친구가 구하러 와 있어.”

의사 사카키가 숨을 헐떡이면서 말했다. 미사오는 귀를 의심했다.

“친구?”

“그래. 신교지 씨라고 하는 사람이야. 알지?”

모를 리가 없다.

에쓰코가 와 주었다. 와 주었다. 와 주었다.

“그런데 어째서 선생님이 신교지 씨를 알아?”

“어제 동료에게 들었어.”

의사는 백의 호주머니에서 꺼낸 열쇠로 낡은 철문의 자물쇠를 열어 어둠의 저편을 응시했다.

"동료?"

"그래. 너는 애당초 그와 만나지 않았으면 무라시타 가즈키 따위와 관계될 일도, 이런 지경에 처할 일도 없었겠지만 말이지."

철문을 밀어 열고 의사는 미사오를 밖으로 끌어냈다.

"선생님, 선생님은 뭘 하고 있어? 위험한 일이죠?"

회중전등 하나가 건물 쪽에서 다가온다. 의사는 미사오의 머리를 눌러 웅크리게 하고 자신도 몸을 숙였다.

사람 그림자가 하나 성큼성큼 지나간다. 회중전등이 흔들흔들했다. 불빛이 멀어질 때까지 기다린 후, 의사는 미사오를 일으켰다.

"어어, 누구지?"

"그냥 순찰이야. 괜찮아, 빠져나가는 모습만 들키지 않으면 아무도 쫓아 오지 않으니까."

의사는 미사오의 어깨를 밀었다.

"자, 뛰어. 근처에 차가 세워져 있을 거야."

미사오는 뛰기 시작했다.

47

에쓰코는 약속한 오후 아홉 시 반부터 통용문 옆 잡목림 속에서 요시오와 유카리와 함께 대기하고 있었다. 이미 한 시간 이상이 지났다.

그 사에구사라는 사람을 정말로 신용할 수 있을까—에쓰코가 몇 번이나 자문을 되풀이하고 있을 때 우애병원 쪽에서 요란하게 벨이 울리기 시작했다.

"비상벨이다."

요시오가 운전석에서 몸을 앞으로 내밀었다.

"엄마." 유카리가 중얼거린다.

무슨 일이 있어도 여기서 기다리지 않으면 안 된다—고 당부받았다. 에쓰코는 몹시 불안해져 제멋대로 뛰는 심장을 느끼며 꼼짝 않고 서 있었다.

벨은 짧게 울리다가 멈추었다. 화재가 일어난 낌새는 없다. 어딘가 멀리서 물이 흐르는 듯한 소리가 난다. 건물 창문에 하나, 또 하나 불이 켜진다. 집 지키는 개가 눈을 뜨는 것처럼.

어둠의 저편으로 달려가서 미사오를 구해 오고 싶다는 마음과, 뛰어 달아나고 싶다는 충동이 에쓰코의 안에서 뒤섞여 피가 끓고 무릎이 떨렸다. 눈을 감고 있지 않으면 오히려 현실을 잃어버릴 것만 같다.

이윽고―.

처음엔 잘못 들었나 했다. 자신의 마음이 멋대로 연주하는 환청인가 하고.

아니, 다르다.

"신교지 씨."

미사오의 목소리다. 에쓰코는 눈을 휘둥그레 떴다.

"아버지!"

요시오가 운전석에서 내려 에쓰코 쪽으로 다가왔다. 둘이서 귀를 기울인다.

다시 한 번, 이번에는 더 가까이에서―.

"신교지 씨!"

어둠 속에 희미한 유령같이 하얀 사람 그림자가 떠 있다. 하나― 아니, 둘이다. 그 뒤로 점점 윤곽이 뚜렷해진다.

미사오다. 하얀 파자마차림, 머리를 흩뜨리고 맨발로 달려온다. 그 뒤로 미사오의 등을 떠밀듯 하며 백의의 의사가 따라오고 있다. 의사 사카키다.

에쓰코는 달리기 시작했다. 미사오가 쓰러지듯이 달려들었다. 울고 있어서 무슨 말을 하는지 알 수 없었다. 그러나 미사오였다. 그녀는 무사했다.

"빨리 이쪽으로!"

요시오가 차문을 열고 소리쳤다. 에쓰코는 미사오를 껴안은 채, 의사 사카키의 하얀 얼굴을 올려다보았다.

“선생님, 여기에 선생님이—어째서?”

미사오가 흐느껴 울면서 대답했다.

“선생님이 날 구해주셨어.”

에쓰코가 눈을 휘둥그레 떴다. “선생님, 당신도 사에구사 씨의 동료였어요?”

의사는 살짝 미소지었다. “이야기를 하면 길어집니다. 나중에 합시다. 그보다 빨리 여기서 떠나야 합니다. 경비원에게 발견되면 번거로워져요.”

“사에구사?” 미사오가 에쓰코를 보았다. “아, 맞아. 그래요. 그 사람 사에구사라고 했지. 신교지 씨 아는 사람이에요?”

“아무래도 아는 것 같아.”

“그 사람 여기에 있어. 아니, 있었어. 총이 이러니 저러니 하던데.”

“총?”

“엄마, 빨리!” 유카리가 소리치고 있다.

에쓰코는 미사오를 데리고 차의 뒷좌석에 올라탔다. 미사오의 파자마가 물에 흠뻑 젖어 있는 모습을 그제야 겨우 깨달았다.

의사 사카키가 백의를 벗어 미사오에게 걸쳐 주면서 빠르게 속삭였다.

“사에구사 씨에게 들었겠지만 곧바로 도쿄로 돌아가 주십시오. 아시겠죠?”

“당신은?”

"저는 병원에 남겠습니다."

순간 미사오가 소리쳤다. "안 돼요!"

갑자기 의사의 소매를 붙들고 늘어지며 미친 듯이 고개를 흔든다. "선생님, 돌아가면 안 돼. 돌아가면 이번엔 선생님이 그런 곳에 갇혀요. 선생님, 위험하죠? 저를 구한다고 큰선생님을 배신했죠?"

"나는 괜찮아. 전부 잘되면 더 이상 아무 걱정도 없어."

운전석의 요시오가 냉정한 표정으로 말했다.

"잘되지 않을 경우 어떻게 됩니까?"

미사오는 필사적이었다. "부탁해, 선생님, 같이 달아나지 않으면 안 돼요!"

"그렇지만—."

"아, 진짜!" 유카리가 소리친다. "선생님, 빨리 타라니깐!"

그 말이 신호가 된 듯 요시오가 조수석의 문을 열어 의사 사카키를 끌어당겼다.

48

별장지는 어둠의 저편에서 망령처럼 솟아올랐다.

불빛도, 음악도, 빛도 없다. 한여름의 정체된 어둠의 밑바닥에서 고요히 죽어 있다. 나란히 선 몇몇 별장의 지붕은 묘비처럼 그저 초연하게, 모든 생생한 생명 활동으로부터 뒤쳐진 듯 보였다.

앞쪽의 벤츠는 의연하게 유지 일행의 차를 뿌리치려 한다. 운전석에서 다케조가 뒤를 돌아볼 때마다 차는 꼬리를 흔들었다. 맹렬한 속도로 별장지 울타리를 돌파해서 옆으로 미끄러지며 문 안쪽으로 달려들었을 때, 차체는 완전히 균형이 무너져 있었다. 그대로 별장과 부딪히기 직전에 급브레이크를 건다. 벤츠는 반원을 그리며 급정차했고 거의 동시에 문이 열리며 운전석에서 다케조가 튀어나왔다. 뛰기 시작한다.

사에구사가 액셀러레이터를 꾹 밟아 달려가는 다케조의 뒤를 쫓았다. 다음 순간 덜커덕 하고 커다란 충격이 오더니 차체가 튀었다. 뭔가에 걸렸는지 갑자기 중심을 잃고 통로를 벗어나 옆에 있는 울타리 쪽으로 돌진했다.

"꽉 붙잡아!"

사에구사가 고함쳤다. 한 순간 차는 크게 기울어지며 울타리에 부딪혀 심하게 진동했다. 아키에는 무방비하게 앞좌석으로 나동그라지며 튀어 올라 창에 머리를 부딪혔다. 비명과 덜컹 하는 기분 나쁜 소리가 들렸다.

차가 멈춘다. 아주 짧은 순간이었지만 유지는 머리가 멍했다.

사에구사가 버둥거리며 밖으로 나간다. 아키에는 뒷좌석 문에 기대어 축 늘어졌다. 유지는 등이 싸늘해졌다.

"괜찮아?"

말을 걸자 그녀는 눈을 떴다. 멍하다. 눈동자의 초점이 제대로 맞지 않는다.

"아키에?"

다시 한번 부르자 그녀는 눈을 깜빡였다. 그리고 멍청히 그를 올려다보며 중얼거렸다.

"괜찮아……. 괜찮아, 그보다—."

그녀는 일어나려고 했다. 유지는 그 어깨에 손을 얹어 제지하고 재빨리 말했다.

"여기 있어, 알았지?"

아키에는 끄덕였다. "조심해!"

차에서 나오니 바로 앞쪽에 사에구사가 웅크리고 있었다. 배를 누르고 있다. 핸들에 부딪쳤는지도 모른다.

"걸을 수 있습니까?"

물어보니 얼굴을 찡그리며 한 손을 들어 대답했다.

"멀쩡해."

사에구사의 손을 잡아 일으켜세우며 주위를 둘러보았다. 다케조의 모습은 없다—.

그럴 거라고 예상했지만 눈앞에 있는 별장 뒤에서 작은 사람 그림자가 숨어 이쪽의 상황을 살피듯이 머리를 숙이고 있다. 유지가 알아보자 당황해서 달아나기 시작했다.

"저 녀석—?"

"아마 방금 사고로 우리가 죽지 않았을까 기대했겠지."

다케조는 의외로 민첩해서 어둠 속을 가볍게 달려 빠져나간다. 거리가 좁혀질 듯하면서도 좁혀지지 않는다.

"쏠 수 없습니까?" 사에구사를 돌아보며 소리쳤다.

"죽이면 의미가 없어."

"위협용으로요!"

"시간 낭비다!" 사에구사도 고함을 친다.

전방에 한층 더 커다란 별장이 보였다. 격침되어 바다 밑에 잠든 군함처럼 보이는, 커다란 검은 그림자. 다케조가 그쪽 방향으로 달려간다.

숨을 헐떡이며 등이 격렬하게 흔들리고 있다. 유지는 점점 거리를 좁혀가다가 다케조의 다리가 꼬여 속도가 떨어졌을 때 힘껏 달려들었다. 두 사람은 얽히듯이 땅바닥에 뒹굴었다.

다케조는 더 이상 날뛰려고 하지 않았다. 거칠게 숨을 쉬며 땅에 엎드려 있다. 그 팔을 잡고 등으로 비틀어 올리자 큰 소리로 신음했다. 사에구사가 따라왔다.

"녀석의 넥타이를 써서 손을 묶어."

사에구사도 숨을 헐떡이고 있다. 오른쪽 다리를 심하게 끌면서. 역시 달리면 부담이 되는 모양이다.

사에구사는 다케조의 머리 옆에 쪼그리고 앉아 목덜미를 잡아 얼굴을 들게 했다.

"다카시는 어딨지?"

다케조는 입을 다물고 있다. 턱 끝에서 땀이 똑 떨어진다.

"어디에 있어? 애당초 스프링클러를 써서 달아날 속셈으로 우리를 특별 보호실까지 끌고 간 거지? 생각해 보면 당신이 순순히 다카시가 있는 곳에 데려갈 리도 없어."

다케조는 눈을 내리 깔더니 드디어 조그맣게 입을 열었다.

"저기에 있다."

"뭐?"

"저 별장."

유지와 사에구사는 약속이나 한 듯 동시에 어두운 별장을 우러러보았다.

유난히 커다랗게 보이는 이유는 별장이 경사면에 세워져 있기 때문이다. 보통 건물의 이 층 높이에 문이 달려 있고, 거기까지 완만한 계단이 이어진다. 왼쪽에는 동그란 베란다가 있다. 그 위 층에는 돌출창이 있어 아래의 베란다보다도 훨씬 깊숙이 들어간 위치에 또 하나 넓은 테라스창과 베란다가 보였다.

유지의 몸속 깊은 곳에서 피의 흐름을 거스르듯 심장이 한 번, 두 번, 제자리걸음을 했다.

"저기에 있다." 다케조가 낮게 말했다.

“뭐라고?” 유지는 건물에 눈을 고정한 채 되물었다. “저기에 있다고?”

“이 별장이다!” 다케조는 소리를 질렀다. “등잔 밑이 어두운 법이지. 여기는 무인도나 마찬가지야. 이제 언론도 가까이 오지 않고 아무도 관심을 갖지 않아. 사건이 잊히고 난 후에는 여기가 제일 안전했지.”

“다카시가 이 별장지에?”

“그래. 규칙적으로 약을 주면 조용해지거든. 도망가려고도 하지 않아. 하루에 한 번 상태를 보러 오면 충분해. 게다가 여기는 우리 병원에서보다도 훨씬 더 사람다운 생활을 할 수 있지.”

“하하.” 사에구사가 야유하는 듯한 목소리를 냈다. “본심이 나왔군.”

다케조는 깊이 한숨을 쉬었다.

“이 시간에 다카시는 이미 푹 자고 있을 거야. 어떻게든 끌어내어 도망치려고 했지만 아무래도 헛된 일 같군. 어쩔 수 없지.”

“포기와 단념은 빠를수록 좋지.” 사에구사가 히죽 웃는다.

다케조가 땅에 뻗었다.

“나는 이제 몰라. 여기까지 온 이상, 당신들은 다카시를 끌어낼 작정이지? 마음대로 해. 나는 이제 아무래도 좋아. 저 녀석이 불쌍하니까 지금까지 계속 감싸 왔는데 재판에 끌려가 다시 소동에 휘말려도 마찬가지로 힘써 줄 테니.”

“좋은 아버지군.” 사에구사가 말했다.

"단지—," 다케조는 유지를 올려다보았다. 눈빛이 변해 있다. "재판에 회부되면 나는 끝까지 싸운다. 어차피 정신감정에 따라 다카시에게 보통이 아닌 부분이 있다는 게 밝혀질 테지. 그 시점에서 의사로서의 내 체면은 완전히 파괴되니까 더 이상 무서울 게 없어."

유지는 당혹스러웠다. "무슨 말이야?"

"다카시는 감형될 가능성이 아주 많다는 말이다."

다케조는 히죽 히죽 웃기 시작했다.

"무죄가 될 리는 없겠지만 사형을 면할 가능성은 높아. 일본의 법원은 관대하니까. 징역형이라도 대개는 선고된 형기보다 훨씬 빨리 나올 수 있어. 조치 입원을 당해도 평생은 아니야. 어쩌면 당신들이 끈질기게 다카시를 찾아다녀 준 덕분에 오히려 저 녀석은 살아난 건지도 몰라."

일순 현기증이 났다. 실제로 비틀거렸을지도 모른다. 사에구사에게 세게 팔을 붙들려 정신이 돌아왔다.

"간다." 그가 말했다.

유지는 눈을 깜빡이며 땅에 드러누워 있는 다케조를 내려다보았다. 사에구사가 고개를 흔든다.

"이제 그냥 놔둬. 방해는 안 될 테니까."

재촉받은 유지는 느릿느릿 걸어 나갔다. 양다리에 저울추를 단 듯한 기분이었다.

"동요시키려는 거야" 하고 중얼거렸다.

사에구사가 진중하게 고개를 흔든다. "아니, 미안하지만 다케조의 말이 맞아."

유지는 발을 멈추었다. "그러면 대체 어떻게 하면 됩니까?"

대답 대신 사에구사는 윗옷을 열어 권총을 보였다.

"죽이자."

말을 되받아치기가 불가능했다. 권총을 꺼내어 장전을 확인하고 언제라도 쏠 수 있도록 고쳐 쥐는 사에구사의 얼굴을 그저 가만히 보고 있었다.

"할 수 있어." 그는 말했다.

"살인을?"

"네 명이나 죽인 녀석이다."

"다케조가 가만히 있지 않을 겁니다."

"그럴까? 마음대로 하라고 했어. 어찌됐든 다카시는 공식적으로는 이미 죽은 인간이야."

사에구사는 갑자기 돌아보며 조용한 어조로 다케조에게 말을 걸었다.

"우리가 마음대로 해도 되지?"

다케조는 외면한 채로 대답했다. "나는 여기 없는 거다."

"별장 열쇠는?"

"유리라도 깨고 들어가지그래."

천천히 건물로 다가가면서 유지는 생각했다.

결국 그런 것인가. 다카시가 가엾다는 말 따위 아무렇게나 지껄인 거다. 다케조는 그저 다카시가 체포되어 정신감정을 받을 경우 이상이 발견되어 의사로서 자신의 체면이 떨어지는 상황을 두려워하고 있었을 뿐이다…….

여기서 다카시를 죽여도 아무 말도 하지 않으리라. 아니, 몰래 무덤 파는 일을 도울지도 모른다.

사에구사가 앞장 서서 걸어간다. 벽에 등을 붙이고 계단을 오르기 시작한다. 천천히. 한 단. 또 한 단. 살짝 미끄러지듯이 문에 달라붙어 유지 쪽으로 가볍게 고개를 흔든다.

"창문으로 들어가자."

유지는 계단 아래에 서 있었다. 움직일 수가 없었다. 극심한 긴장과 혼란으로 머리가 아프기 시작했다. 별장을 둘러싼 어둠은 꿈쩍하지 않았고, 주위의 숲 전체가 수런거리고 있다. 유지의 몸 속에서 피가 끓는 소리와 공명했다.

죽일 것인가, 죽임을 당할 것인가.

눈을 감고 자신을 타일렀다. 사에구사의 말대로 하자. 그 편이 좋다. 그것밖에 길이 없다.

다케조는 다카시를 계속 감싸다가 어떻게 할 생각이었을까? 성형 수술이라도 한 뒤 다카시와 비슷한 나이의 가족도 친척도 없는 환자가 우애병원에서 죽기를 기다렸다가 환자의 호적을 이용하려 했을까? 새로운 인간으로 꾸민 뒤에 다시 사회로 돌려보낸다—?

그쯤이야 다케조에게는 쉬운 일이었으리라. 이 가타도에서 그는 절대군주다. 유일하게 버거운 반대 세력을 형성할 뻔했던 리조트 관계자는 사이와이 산장 사건과 함께 매장되어 버렸다.

아니면 다카시를 평생 돌보며 자기 옆에 두었을지도 모른다. 낭만 따위 눈곱만큼도 없는 현대판 철가면이다.

유리가 깨지는 날카로운 소리에 유지는 정신이 들었다.

"어이, 괜찮나?"

사에구사가 부르고 있다. 유지는 멍하니 그를 올려다보았다.

"좋은 걸 찾았어."

사에구사는 목소리를 죽이고 있다.

"받아."

목소리와 동시에 뭔가 짧은 막대 같은 게 날아왔다. 받아든다. 회중전등이었다.

"조심해."

사에구사는 그렇게 말하고 권총을 겨누며 모습을 감추었다. 이번에는 깨진 유리가 떨어지는 소리가 들렸다.

회중전등의 스위치를 켜니 뜻밖에 강한 빛이 새어나왔다. 살짝, 주의 깊게 문 근처를 비추어 보았다.

기억이 한 장, 번뜩이듯이 휘릭 떨어져 마음속 열람대 위에 자리 잡았다.

―오늘은 크리스마스이브다.

아키에와 둘이 여기에 선 기억이 있다.

회중전등 빛이 낮은 문 안쪽에 세워져 있는 반원형 목제 모양

우편함에 닿았다. 그 옆에 손으로 새긴 아름다운 글자가 세 개 늘
어서 있다.

유지는 그것을 읽었다. '사이와이 산장幸山莊'이라고.

돌아왔다.

49

요시오는 조용히 차를 출발시켜 우애병원을 떴다. 거리를 내려다보는 산길에서 일단 차를 세워 의사 사카키를 재촉해 내렸다. 에쓰코는 남자 두 사람이 등을 돌리고 있는 사이 차 안에서 미사오의 젖은 파자마를 벗기고 준비해 온 옷으로 갈아입혔다.

"내 거라 조금 치수가 클지도 모르지만, 일단, 알겠지."

미사오는 마른 셔츠와 스커트를 걸치고 수건으로 머리를 닦았다. 그 후, 갑자기 떠오른 듯 에쓰코를 단단히 끌어안았다.

"고마워."

에쓰코가 떨어지자 이번은 유카리가 달려들었다. 미사오가 오히려 아이처럼 울고 유카리는 그녀의 머리를 쓰다듬는다.

요시오가 돌아와서 미사오의 어깨를 다정하게 두드렸다. 운전석에 올라탄다. 조수석 문을 열면서 의사 사카키도 희미하게 미소 지은 듯이 보였다.

"당신들이 건너고 있는 위험한 다리가 어떤 건지는 모르겠지만 그게 성공했는지 실패로 끝났는지는 도쿄에 있어도 알 수 있겠지요?"

요시오의 물음에 의사 사카키는 끄덕였다.

"저는 이제 잘되기를 기도하는 수밖에 없습니다."

에쓰코는 주저하면서도 묻지 않을 수 없었다.

"당신은 가타도 우애병원에게는 배신자일까?"

의사는 쓴웃음을 지었다. "그렇습니다. 반란군의 한 사람이겠지요."

"그런 병원, 배신하는 편이 좋아요. 그쪽이 정의야."

"그렇게 지독해?"

미사오는 유카리의 얼굴을 보며 말했다.

"유카리짱이 무서운 꿈을 꿀지도 모르니까, 지금은 말할 수 없어. 나도―내 꿈에도 나올 것 같아."

에쓰코는 새삼 오싹했다.

"훌륭한 병원처럼 보이는데……."

의사 사카키는 시선을 앞으로 향한 채, 억양이 없는 목소리로 중얼거렸다.

"저는 도둑 신랑이 된 남자입니다."

에쓰코가 그 수수께끼 같은 말의 의미를 물으려 했을 때 차체가 낮은 차 한 대가 코앞을 스치듯 재빨리 앞을 가로질러 갔다. 요시오가 날카롭게 브레이크를 밟는다. 상대 차는 속도를 늦추지도 않고 달려갔다.

바닷가의 별장지 방향으로 가고 있다.

"저건……."

달려가는 자동차를 눈으로 좇으며 사카키가 중얼거렸다. 그의 말이 채 끝나기도 전에 미사오가 크게 소리쳤다.

"저거, 무라시타 씨 차야!"

“무라시타?”

“제 처남인 가즈키입니다.” 의사 사카키가 굳은 목소리로 대답을 했다.

“뭘 하러 왔을까?”

“저 사람이 오는 건 당신들 계획에 들어 있었습니까?”

의사는 재빨리 고개를 흔들었다. “아니요. 그는 도쿄에 있어야 하는데.”

목소리가 갈라졌다. 에쓰코가 보기에도 의사는 동요하고 있었다.

“그냥 상태를 보러 왔을지도 몰라…… 가즈키라면 그럴 수 있지. 하지만—혹시 뭔가 눈치를 채서 우리 계획이 들켰다면—.”

무슨 말인가를 혼자 중얼거리며 의사가 차에서 내리려 하자, 요시오가 딱 잘라 말했다.

“붙잡고 있어요. 저 차를 따라갑시다.”

“그래도—.”

“알겠지, 에쓰코. 미사오도.”

미사오의 대답이 빨랐다.

“네.”

그러고는 에쓰코의 손을 꽉 쥔다.

요시오는 가볍게 차를 돌리고는 가즈키의 뒤를 쫓아서 달리기 시작했다.

“미사오, 너 가즈키라는 사람을 아는 거지? 어떻게 알게 됐어?”

흔들리는 차 속에서 미사오는 눈을 깔았다.

"신교지 씨는 어디까지 알고 있어?"

에쓰코는 지금까지 조사한 내용을 재빨리 들려주었다. 그 사이 요시오는 가즈키의 차를 포착하고 속도를 떨어뜨렸다. 살금살금 따라 간다. 라이트도 하향등으로 바꿨다.

에쓰코의 이야기를 다 듣고 난 미사오가 천천히 입을 열었다.

"나―신교지 씨의 연인―신교지 씨를 따라다니던 사람을 미행해서 처음에는 사카키 클리닉, 그리고 라 판사라는 펍에 갔어. 함께 간 안도 군이 '이제 그만두자'고 하길래 일단은 포기. 하지만 아무래도 마음에 걸려서 안도 군과 헤어지고 나서 다시 라 판사에 돌아갔어."

7월 14일 밤이었다.

"두 번째로 찾아가 보니 이미 그 다리가 불편한 사람은 없고, 라 판사의 점장이라는 남자가 한 사람 있더라구. 상당히 취해 있었지만 친절했는데―그 남자가 무라시타 가즈키였어."

미사오가 넌지시 다리가 불편한 남자에 대해 묻자, 가즈키는 남자의 이름을 가르쳐 주고 내일 저녁에 다시 올 거라고 했다.

―뭔지는 모르겠지만 마음에 걸리면 와 봐. 사에구사를 소개해 줄게.

그러고 있는 사이에 다른 손님이 한 사람 불쑥 들어왔다. 젊은 여성이었다. 화장이 짙고 취하지는 않은 것 같은데 발걸음이 좀 불안했다.

'이것 가지고는 약해서 시시하다'며 갑자기 가즈키에게 말을 걸었다. 미사오를 신경 쓰는 기색도 없었다.

가즈키는 히죽거리면서 미사오를 보다가, 여자 쪽으로 시선을 돌려 말했다.

—레벨1이니까. 바로 떨어질 거야.

—나른해.

—안에서 쉬어.

미사오는 다시 다른 호기심이 동해, 레벨1이 뭐냐고 물었다. 가즈키는 웃은 뒤 대답했다.

—무척 재미있는, 익사이팅한 게임이야…….

그 말이 묘하게 미사오를 끌어당겼다.

가즈키의 말대로 다음 날인 일요일에 미사오는 아르바이트를 조퇴하고 라 판사를 찾아갔다. 저녁때였는데 가게는 닫혀 있었다. 풀이 죽어 밖에서 어슬렁거리고 있으려니 사에구사가 나타났다.

"가게에 들어가서—한 시간쯤 있다가 나왔어. 난 또다시 뒤를 따라갔고. 도중에 딱 한 번, 이상하다는 얼굴로 돌아봤지만 숨어서 잘 넘겼어."

"사에구사 씨는 어디로 갔어?"

"신주쿠의 백화점 옥상. 특별히 누구와 만나는 것도 아니었어. 그냥 멍하니 있더라구."

미사오는 큰맘 먹고 그에게 다가가 보았지만 그는 미사오를 무시하고 가 버렸다.

"곧바로 뒤를 쫓았지만 놓쳐 버렸어. 그래서 다음 날—."

이번에는 밤에 다시 라 판사로 갔다.

"바보 같지만—무척 마음에 걸렸어. 그 사람, 신교지 씨와 무슨 관계일까, 신교지 씨에게 무슨 짓이라도 하려는 게 아닐까 싶은 생각이 들어서……. 걱정되고."

"바보야." 에쓰코가 말했다. 그러나 미사오의 마음은 잘 알았다. 기뻤다.

그날 밤 가게에는 역시 가즈키밖에 없었다. 그런 곳에 가 본 적이 없는 미사오도 이 가게가 보통 스낵 주점과는 다르다고 느꼈다. 영업할 생각 따위는 없었기 때문이다. 주인인 가즈키가 언제나 취해서 혼자 있을 뿐, 그 외에는 여자 한 명 없었다.

"가즈키 씨가 콜라를 내와서—조금 이야기를 했어. 사에구사는 오늘 밤은 오지 않으니까, 자기랑 놀러가자며 꼬시더라구. 나는 겁이 나서 도망쳤어."

그로부터 얼마간 라 판사에 가까이 가지 않았다.

"되도록 잊어버리려고 했어. 하지만, 잊을 수가 없었어. 신교지 씨에게 전화해도 속에 뭔가 쌓여 있는 것 같아서……. 마음이 복잡했어. 그래서 다시 라 판사에 갔어."

에쓰코는 미사오의 말을 끊고 물었다. "그거 7월 20일 아냐?"

"그다음 주 금요일이었으니까, 아마 그런 것 같은데……."

가즈키는 미사오를 기다리고 있었다는 듯 환영했다고 한다. 그러더니 오늘 밤에는 사에구사가 온다고 말해 주었다.

사에구사는 거의 한밤중이 다 되어 찾아왔다. 미사오의 얼굴을 보더니 의아한 듯이 눈썹을 모으고, 말했다.

—어딘가에서 본 적이 있는 듯한 아가씨군.

미사오는 말하기 어려운지 몇 번쯤 입술을 적셨다. 고개를 숙인 채 무릎 주위를 보고 있다.

"나—참을 수 없어서 한꺼번에 전부 떠들어 버렸어. 당신, 신교지 씨랑 무슨 사이예요, 나 계속 미행했어요, 라고. 그랬더니 사에구사 씨라는 사람 엄청 화를 내고—고함을 질렀어."

조용히 듣고 있던 사카키가 살짝 끼어들었다.

"네가 휘말려 드는 걸 원치 않았을 테니까."

미사오는 끄덕거렸지만 얼굴은 들지 않았다.

"사에구사라는 사람, 정말로 겁이 날 정도로 화를 냈어. 자신은 신교지 씨와 아는 사람이고, 수상한 사람도 아니다. 너 따위에게 미행당할 이유도 없고, 힐문받을 일도 없다. 냉큼 돌아가! 라고."

"그래서?"

"가게 안쪽으로 들어가 버렸어. 눈물이 나서. 그랬더니 가즈키 씨가 쫓아와서 위로해 주더라구. 사과의 의미로 자기가 맛있는 것을 사 주고 아주 재미있는 곳에도 데려가 줄게—라면서. 상냥한 목소리로."

미사오는 충격으로 흥분해서 가즈키의 말도 귀에 들어오지 않았다. 그러다가 정신이 들어보니 근처의 바인지 스낵 주점 같은 곳에서 그와 마주 앉아 있었다고 한다.

"왠지 집에 가기 싫어 보이네, 라는 거야. 그래서 나—지금 생각하면 이상하지만 이것저것 떠들어 버렸어. 내가 얼마나 엉망인 인간인가, 이걸로 사에구사라는 사람이 신교지 씨에게 고자질하면 난 신교지 씨에게도 미움을 사서 다시 외톨이가 된다는 등등. 그랬더니 가즈키 씨가 그런 걱정은 필요 없어, 내가 어떻게든 해 줄게, 라고 약속했어."

에쓰코는 다시 질문했다. "그 사람이 술을 먹였어?"

미사오가 끄덕였다. 에쓰코도 끄덕이며 무라시타 가즈키와 만날 때를 위해 발톱을 갈아 두기로 했다. 소녀에게 술을 먹여 구워 삶다니 최악의 남자다.

차는 거의 기어가다시피 했다. 주위는 캄캄하고 때때로 사각사각 나뭇잎 소리가 들린다. 상당히 앞쪽에 무라시타 가즈키의 차에 켜진 라이트가 보였다.

용기가 사라지기 전에 전부 털어놓으려는 듯 미사오의 말투가 빨라졌다.

"그리고…… 그 사람이 말했어."

—있잖아, 너 말이야, 자신의 가치를 모르는 것 같아.

—난 나 따위 정말 싫어.

—하지만 좋아하고 싶잖아, 정말은.

그리고 가즈키는 말했다고 한다.

—어때? 자기를 찾는 게임 해 보지 않을래? 재미있어. 그렇게

재발견한 자기가 좋아지게 될지 어떨지 해 보는 거야, 어때?

미사오는 시선을 들었다.

"그것이 '레벨 뭐'라는 게임이라고 그가 말했어."

"그래서 너, 그걸 한 거야?"

미사오는 입술을 깨물고 끄덕였다.

"죄송해요."

"사과하지 않아도 돼. 속은 거나 마찬가지니까."

조용히 얌전하게 있던 유카리가 에쓰코의 소매를 끌어당겼다.

"있잖아, 레벨 뭐라니, 무슨 게임이야?"

에쓰코도 알고 싶다. 바로 그것을 묻고 싶었다. 묵묵히 미사오의 얼굴을 바라보았다.

미사오는 작은 한숨과 함께 말했다.

"그게…… 약을 써서…… 위험은 전혀 없다고, 가즈키 씨가 말했어…….."

"그럼, 그럼, 당연히 그러시겠죠."

미사오의 눈에서 눈물이 흘러넘쳤다.

"그 약 때문에 일시적인 기억상실이 되거든."

에쓰코는 무의식중에 눈을 감았다.

"그러면 여기저기 놀러 다니는 거야. 완전히 백지가 되어서, 놀러 간 곳에서 만난 사람에게는 엉터리 이름이나 직업을 말하고……. 하지만 약효가 사라져 가면서 점점 원래의 자신을 떠올리게 돼. 약효가 있는 동안에 진짜 과거가 말이야, 조금씩 얼굴을 내밀기도 해. 그것을 주워 모아—조작된 자신과 비교하거나 이어 맞추거나—그리고 마지막에 약효가 완전히 떨어져서 원래대로 돌아왔을 때는 미아가 된 자신을 찾아낸 듯한 기분이 든다고 가즈키 씨는 말했어.”

7월 20일 밤, 미사오는 ‘레벨3’부터 시작했다고 한다. 깊은 밤, 라 판사에 아무도 없을 때 몰래 돌아와 주사를 맞았다.

“화내지 마. 나, 즐거웠어. 가즈키 씨가 같이 있어 줘서 무섭지도 않았고. 하지만 도중에 속이 안 좋아져서—가즈키 씨는 술 탓이라고 했지만—가게까지 데려와 줬고. 아쉬웠어. 왜냐하면 정말 즐거웠으니까. 바로 집에 돌아갈 기분도 들지 않아서, 모모코를 만나러 갔는데 이상한 표정을 짓던 거 분명히 기억 나. 약이라도 한 거 아냐? 라면서.”

스스로를 격려하듯이 미사오는 크게 숨을 쉬었다.

“가즈키 씨는 그 후에도 몇 번이나 만났어. 그 기억상실 놀이가 마음에 들었거든. 구원받은 느낌이 들었어. 난 내가 싫어. 정말 싫어. 하지만 나를 바꾸려고 해도 바뀌지 않아. 싫은 추억만 너무나 잘 기억하고 있는걸.”

“모두 그런 거야, 미사오.” 에쓰코가 조용히 말했다.

“하지만 나—.” 미사오는 손으로 얼굴을 덮었다. “사에구사라는 사람이 나한테 화내고 나서, 신교지 씨에게 전화해도 괴로울 뿐이었어. 이야기를 할 수가 없는 거야. 내가 사에구사 씨를 미행하고 실례되는 말을 했다는 이야기를 신교지 씨가 다 들었을 거라고 생각했거든. 그저 업무니까 참고 나와 이야기할 뿐이라고 생각했어."

그래서 통화가 짧아진 것이다.

"그래서 나, 가즈키 씨에게 부탁했어."

―있지, 나, 다른 사람이 되고 싶어. 기억을 지우고 두 번 다시는 원래대로 돌아올 수 없도록 해 줘.

가즈키는 불가능하다며 당황스러워했다고 한다. 그러나 미사오는 고집을 피웠다.

"그랬더니 그 사람, '레벨7까지 가면, 돌아오지 않아도 돼'라고 했어. 그리고 약속했지. 다음에는 그렇게 해 준다고."

그것이 미사오가 집을 나간 8월 8일이었다. 일기에 '돌아올 수 없을까?'라고 쓴 것도, 그 때문이었다.

"하지만 결과적으로 넌 다시 미사오로 돌아왔잖아?"

에쓰코의 말에 미사오는 끄덕였다. 사카키가 덧붙였다.

"게다가 가즈키 혼자서 레벨7까지 가게 할 수는 없습니다. 그는 주사는 놓을 수 있어도 E·S는 할 수 없으니까."

"E·S?"

의사는 어둡게 미소지었다. "전기쇼크 말입니다. 무서운 이야기지요."

미사오가 말했다. "가즈키 씨는 내가 깨어나서 거짓말쟁이라고 비난했더니 '레벨7까지 가면, 그다음은 폐인이 될 뿐이다'라고 했어."

"그 말대로야." 의사가 고개를 끄덕이더니 에쓰코 쪽을 돌아보고 좀 지친 듯이 어깨를 늘어뜨리며 말했다.

"미사오가 이런 처지가 된 것도 원래는 가즈키 탓입니다. 우리는—어떤 목적을 위해 그의 가게인 라 판사에 제법 대량의 약과 E·S를 위한 기구를 운반해 놓았습니다만. 약을 마음대로 들고 나가서 그런 위험한 놀이에 썼지요."

"약이라니—그것을 주사하면 기억이 지워지는 건가요?"

"일시적으로 봉인할 뿐입니다. 팩싱턴이라는 합성호르몬으로—부작용도 있어요. 대량으로 투여하면 가즈키가 말한 대로 폐인이 되는 무서운 약품이죠. 미사오, 마비된 팔은 풀렸니?"

미사오는 깜짝 놀란 듯이 왼팔을 보았다.

"잊어버리고 있었어."

"그러면 좋아진 거구나."

에쓰코는 새삼 무서워졌다. 미사오는 어쩜 그토록 위험한 구렁에 빠져 있었던 것일까.

"미사오가 우리 계획에 휘말린 날짜는 8월 11일 밤, 그녀가 가즈키와 함께 라 판사에 돌아왔기 때문이었습니다. 나쁜 장면을 봐 버렸지요. 저도 가즈키가 멋대로 타인에게 약을 투여한 사실을 알고 너무나 놀랐습니다……."

그때 요시오가 한 손을 들어 전원을 제지했다.

"앞차가 섰다."

50

유지는 겨우 걸음을 떼어, 계단에 발을 올렸다.

문 옆으로 베란다가 있는 테라스창이 열려 있다. 사에구사는 총목으로 유리를 깼을 것이다, 잠금쇠 옆에 깔쭉깔쭉한 구멍이 뚫려 있었다.

집 안은 문자 그대로 어둠에 지배되어 정적에 싸여 있었다. 유지는 신중하게 회중전등을 들어 실내를 비추기 시작했다.

거실이다. 꽃무늬 커버를 씌운 소파와 타원형 테이블이 보인다. 생각보다 정연한 느낌이었다. 안에 주방이 있는 것 같다. 싱크대 테두리가 회중전등의 노란빛을 반사한다.

문턱을 넘어 유지는 실내로 발을 들였다.

희미하게 이상한 냄새가 났다. 시체 썩는 냄새일까 아니면 쉬어 버린 피 냄새일까.

자신도 아키에도 사건 후 이곳을 정리하거나 처분할 수는 없었으리라. 전부 그대로인 것 같다. 카펫에는 핏자국이 남아 있다. 벽에도 천장에도 가구에도 총에 맞아 죽은 가족의 흔적이ㅡ.

실내의 어둠 속에서 기억이 홍수가 되어 밀려왔다. 여기서 본 것, 경험한 것. 벽 쪽의 시체. 깨진 꽃병. 바닥에 떨어진 장미꽃. 흩날린 피와, 그리고ㅡ그리고ㅡ.

'소파 위에 쌓인, 피를 빨아들인 쿠션에ㅡ토템.'

바로 옆에서 소리가 났다. 유지는 용수철 장치가 된 인형처럼 돌아보았다. 사에구사가 서 있었다.

"미안. 나야. 괜찮나?"

바로 목소리가 나오지 않아 고개만 끄덕였다.

"다카시는 어디 있습니까?"

사에구사는 위층을 올려다보았다. "이 층이다. 잘 자고 있어."

유지는 사에구사의 얼굴을 쳐다보았다. 각자 쥔 회중전등이 벽을 비추어, 희미하게 반사된 빛에 각자의 얼굴이 보인다.

지독한 얼굴이군. 익숙해졌다고 생각한 사에구사의 얼굴이 타인처럼 서먹서먹하게 느껴진다. 번화가에서 만났다면 시선을 마주치지 않고 피해 가고 싶을 만큼 위험한 얼굴로.

"가자." 그가 조용히 말했다. "빨리 끝내자고."

등을 휙 돌리고 걷기 시작한다. 주방과 거실 사이의 문이 활짝 열려 있다. 그 앞은 계단이었다.

사에구사는 오른쪽 다리를 끌고 있는데도 유지보다 훨씬 걸음걸이가 힘차 보인다.

계단은 삐걱거리지 않았다. 이 별장은 아직 새것이다. 소유주들은 갓 지은 집 안에서 살해당했다.

제대로 살아 보지도 못했다. 페인트 냄새가 남아 있었을지도 모른다. 습기도 다 빠지지 않았다. 그런데도 소유주들은 살해당했고, 그 후에는 텅 빈 좀비 같은 집이 남았다―.

사에구사가 계단에서 가장 안쪽에 있는 문 앞에 멈춰 섰다. 문은 몇 센티미터 열려 있다. 사에구사는 턱을 약간 들어 유지를 재촉했다.

문을 연다. 회중전등 빛을 살짝 올리니 침대 다리가 보였다. 더 올려보니 하얀 이불이 불룩했다.

손이 보인다.

유지는 숨을 들이삼켰다.

회중전등을 움직인다. 어깨가, 이어서 턱이, 그리고 얼굴이 보인다. 젊은 남자가 틀림없다. 그러나 다카시의 얼굴로는 보이지 않는다. 어둠 탓일까?

아니, 아니다. 이 남자의 얼굴은—상처투성이다.

유지가 돌아보자, 사에구사가 부드러운 목소리로 말했다.

"아무래도 성형 수술을 끝낸 것 같군."

침대 위의 남자가 뭔가 중얼거리듯이 끙끙거리며 몸을 뒤척였다.

유지는 회중전등을 내렸다. 그러자 사에구사가 그의 손에서 전등을 집어 들었다.

대신에 권총을 내밀었다.

"생각해 보면 웃긴 이야기지" 하고 속삭이는 듯한 목소리로 말한다. "다케조가 준비해 준 권총이다."

유지는 그것을 받아들었다. 팰리스 신카이바시 집에서 처음으로 총을 손에 넣었을 때처럼 숨이 막힐 듯한 감각이 되살아났다.

"턱을 당겨." 사에구사가 말한다.

“못 하겠어.”

“못 할 건 없어.”

유지는 고개를 흔들었다. “안 됩니다. 살인이에요.”

“당신 부모는 살해당했어.”

“경찰을—.”

“시간 낭비다.”

사에구사의 목소리는 단조로웠고, 거의 감정이 담겨 있지 않았다.

“경찰에 넘기면 어떻게 될까? 다케조가 말했지? 눈앞에서 다카시에게 도망갈 구멍을 주는 거나 마찬가지야.”

유지는 목소리를 짜냈다. “살인입니다.”

“그렇지 않아. 복수다.”

권총을 쥔 오른손을 도저히 들어올릴 수가 없다.

자고 있는 인간을 쏘는 일 따위 불가능하다.

“당신이 하지 않으면 아무도 대신 해 주지 않아.”

사에구사의 목소리가 멀리서 들려온다.

“살해된 사람들은 얼마나 원통할지.”

그 말에 유지는 얼굴을 들었다. 사에구사가 천천히 끄덕이면서 이쪽을 보고 있다.

“불은 내가 든다. 가슴을 겨냥해” 하고 낮게 중얼거린다. “왼쪽 가슴, 심장 근처다. 조금 빗나가더라도 과다출혈로 죽는다. 머리는 어려워. 의외로 뼈가 딱딱하니까.”

다시 한번 최후의 저항을 하기 위해 유지는 고개를 흔들었다.

"맞지 않을 겁니다."

"맞을 거야. 팔을 들고, 턱을 당겨."

자신의 의지를 잃어 버린 것 같았다. 기계가 된 느낌이다.

"총은 두 손으로 받쳐. 반동이 있으니까."

그 말대로 했다.

"양 다리는 어깨 폭으로, 팔은 힘껏 뻗어."

그대로 따랐다.

침대 위의 남자가 한숨 같은 소리를 냈다. 평화로운 수면의 표시. 살아 있다는 표시.

"방아쇠는 오른손 검지로 당긴다. 손가락을 걸어."

그대로 한다. 땀 때문에 총을 떨어뜨릴 것 같다.

"천천히 좁혀 가는 거야. 최후의 순간까지 좁혀. 갑자기 당기면 표적이 빗나갈 수 있어."

눈을 감고 유지는 끄덕였다.

"내가 신호하지."

사에구사는 그렇게 말하고 일단 회중전등을 껐다. 잠시 입을 다물었다. 조금 후, 다른 사람 같은 경직된 목소리로 불렀다.

"다카시."

침대 위의 잠자는 남자는 움직이지 않는다.

"다카시, 일어나."

팔이 움직이고 이불을 그러당긴다.

"다카시, 일어나라고."

사에구사는 목소리를 높였다.

옷이 스치는 소리가 나고 처음 들어 보는 목소리가 어둠 속에서 속삭였다.

"응…… 누구야?"

잠이 덜 깬 듯한 목소리다. 전혀 두려움 없이 편안한 잠을 탐하던 인간의 목소리.

"너, 미야마에 다카시지?"

사에구사의 목소리가 울린다.

침묵.

"거기 누구 있어?"

목소리에서 긴장이 묻어 나왔다.

사에구사는 회중전등을 켰다. 강한 빛이 정면으로 침대 위에 있는 남자의 얼굴을 비추었다.

상대는 침대 위에서 상반신을 일으키고 있었다. 손으로 얼굴을 덮고 뒤로 물러난다.

"아버지야?"

외치듯이 말하더니 둥근 빛을 피해 달아나려 했다. 그때 방문에 서 있는 유지 쪽으로 파자마를 두른 가슴을 돌렸다.

쏴! 사에구사의 목소리가 들렸다. 분명히 들렸다. 그러나 유지는 움직일 수가 없었다. 방아쇠도 당길 수 없었고, 숨도 쉴 수 없었다. 팔을 내리기조차 불가능하다.

"젠장!"

외치는 소리가 나더니 회중전등의 빛 속에서 침대의 남자가 몸을 훌쩍 날려 침대 밑에서 뭔가를 꺼냈다. 반짝 빛난다. 식칼임을 알아차렸을 때 남자가 이쪽으로 오는 모습이 보였고 동시에 굉음이 울려 퍼졌다.

쏘았다. 아니, 쏘아졌다. 사에구사가 손을 뻗어 총을 쥔 유지의 손을 잡자 그 반동으로 방아쇠가 당겨진 것이다.

"위험했어."

사에구사는 그렇게 말하고 손을 놓았다.

믿을 수 없다. 반동은 놀랄 정도로 가벼워서 거의 느낌이 없었다. 총의 무게를 생각하면 거짓말 같다.

그러나 화약 냄새가 난다. 확실히 난다. 그리고 무엇보다도 침대 위 남자의 기척이 사라졌다—.

"전기차단기를 올리면 불이 들어올지도 몰라."

그렇게 말하고 사에구사가 방을 나간다. 유지는 어둠 속에 남았다.

어느 정도 그렇게 있었을까. 드디어 불이 들어왔다. 느닷없이 세게 얻어맞은 듯이 현실이 돌아왔다.

그곳은 아래층 거실과 비슷한 넓이의 방이었다. 침대가 둘, 우측 벽 가까이 대어 놓았다. 정면은 창문으로 두꺼운 커튼이 쳐져 있다. 왼쪽에는 응접세트와 화장대, 플로어 램프가 창가 가까이 세워져 있고, 그 옆에 관엽 식물 화분이 놓여 있었다.

평화로운, 부동산 광고에 나올 듯한 광경.

그러나 바로 앞 침대 위에는 앙상하게 마른 남자가 몸을 뒤틀어 시선을 위로 향한 채 쓰러져 있다. 가슴은 온통 새빨갛게 물들었고 파자마가 찢어져 탄내가 코를 찌른다.

남자는 눈을 휘둥그레 뜨고 있었다. 만세를 하듯이 양손을 올리고, 그 오른손 근처에 자루가 긴 식칼이 하나, 어울리지 않게 뒹굴고 있다.

'식칼―토템.'

사에구사가 돌아와서 침대로 다가갔다. 일순 멈추어 젊은 남자의 얼굴을 바라보고, 손을 뻗어 눈을 감겨 준 뒤 유지 쪽을 돌아보았다.

"쏘지 않았으면 찔렸어."

간신히 유지는 팔을 내렸다. 권총의 무게를 감당하지 못하겠다는 듯 그대로 어물어물 바닥에 주저앉았다.

"해치워 버렸군."

머리 위에서 목소리가 들려왔다. 올려다보니 다케조였다. 양손이 넥타이에 묶여 있고 바지는 흙투성이다.

"이제 서로 원망할 거 없어. 당신도 살았잖아?"

사에구사의 비꼬는 어조를 무시하고 다케조는 침대 쪽을 바라보았다.

"얼굴이 다르군. 봉합 흔적도 있어. 성형인가?"

"도중이었다." 다케조는 대답했다.

“다카시가 틀림없지?”

“거짓말 따윈 하지 않아.”

다케조는 크게 숨을 내쉬고 유지를 보았다.

“묻어 주지 않으면 안 돼. 당신도 경찰에게 신고할 생각은 없지?”

“당연하지.” 사에구사가 내뱉는다.

다케조는 제안하는 것도 아니고 권하는 것도 아닌 어조로 나직이 말했다.

“쌀 만한 게 필요하겠군. 내 차 시트커버를 쓰면 되니까 가지고 올게. 풀어 주지 않겠나? 더 이상 나를 묶어 둘 의미도 없잖아.”

사에구사가 양손을 자유롭게 해 주니 방을 나간다. 상당히 오랫동안 돌아오지 않았다. 사에구사는 담배를 한 대 피우고, 침대 끄트머리에 엉덩이를 걸친 채 가만히 유지를 바라보고 있었다.

“언제까지 그렇게 주저앉아 있을 거야?”

유지는 고개를 숙이고 머리를 흔들었다.

이다지도 허망한 결말.

이리하여 살인자.

원수를 갚았다는 느낌이 들지 않았다. 지금은 아직, 그런 기분이 될 수 없었다.

사람을 죽였다―그저 그뿐이다.

손바닥을 펴서 권총을 놓았다. 바닥에 떨어뜨리자 툭 하는 소리가 났다.

다케조가 돌아왔다. 양손 가득 회색 비닐시트를 껴안고 있다.

"일단 침대에서 내리자. 피가 배어들면 귀찮으니까. 큰선생, 못 참을 것 같으면 손을 대지 않아도 돼."

다케조는 흠 하고 말했다. 뺨이 경련하고 있다.

"이렇게 되어 버린 이상 어쩔 수 없어. 내 손으로 다카시를 수습해야지."

"이렇게 되면 다카시는 더 이상 정신감정을 받을 일도, 해부될 일도 없으니까. 안심했지?"

"말도 안 되는 소리."

사에구사는 일그러진 웃음을 지으며 유지를 돌아다보았다.

"바깥바람이라도 쐬고 오는 게 어때? 그 아가씨도 차에서 걱정하고 있을 거야. 총성이 들렸을 테니까."

그제야 유지도 일어나야겠다고 생각했다. 아키에를 마냥 내버려둘 수는 없다.

방을 나가 불이 들어와 있는 거실을 빠져나갔다. 싫어도 모든 광경이 눈에 들어오고 떠올리지 않으려 해도 전부 생각난다. 바닥에는 핏자국이 남아 있었다. 새카맣게 변색되었고, 그 자리만 카펫의 보풀이 없어졌다. 벽 여기저기에 흩어진 피얼룩은 벌레라도 꾀어든 듯이 흉하게 보인다.

그리고 꽃무늬 커버를 씌운 소파에―,

'토템.'

유지는 강하게 머리를 흔들었다. 아까부터 어째서 이 단어만 떠오르는 거지?

걸음을 멈추고 소파를 쳐다본다. 그러나 막상 신경을 집중하니 기억의 자투리는 팔랑팔랑 달아나 버린다.

초조해졌다. 유지는 자기 머리를 한 번 때리고 창밖을 보았다.

출입구 계단 부분에 아키에가 타고 있는 차의 지붕이 흘끗 보인다. 겁에 질려 있겠지. 거기서 꼼짝하지 않고 있었으면 좋겠다. 그리고 지금은 자신이야말로 그녀에게 매달리고 싶어서 견딜 수 없다는 것을 깨달았다.

계단을 내려가 문을 빠져나간다. 걸음이 빨라졌다. 그리고 제일 앞의 나무숲 옆을 빠져나가려 했을 때, 누군가의 손이 유지의 소매를 붙들었다.

51

무라시타 가즈키는 차에서 내리자 몸을 웅크려 사람 눈을 피하는 자세를 취하더니 살그머니 나아가기 시작했다.

불이라면 자기 차의 헤드라이트뿐. 그 속을 실루엣이 되어 가즈키는 나아간다.

미사오와 유카리를 차에 남겨 두고, 사카키와 요시오 그리고 에쓰코는 발소리를 죽여 그의 뒤를 쫓았다. 나무를 몇 그루쯤 지나쳐 좀 트인 곳으로 나가니 그곳에도 이미 차가 두 대 세워져 있었다.

한 대는 버려진 느낌으로 운전석 문이 열려 있다. 하얀 벤츠다. 바로 앞에 있는 하얀색 국산 차는 울타리에 머리를 처박고―,

뒷좌석에 누군가 타고 있다. 움직이는 머리가 보였다.

가즈키도 알아차린 듯했다. 하얀 차가 있는 쪽으로 천천히 다가갔다. 그러자 요시오가 깜짝 놀랄 정도로 잽싸게 움직여 가즈키를 따라붙더니 등 뒤에서 목을 껴안아 나무 뒤로 끌고 갔다.

에쓰코는 숨을 삼키고, 그러고는 달리기 시작했다. 흰 차에 있는 사람은 이쪽을 알아차린 기색이 없다.

"가즈키 군."

사카키가 낮은 목소리로 불렀다. 요시오에게 목을 눌린 가즈키는 눈을 휘둥그레 떴다. 손발을 버둥거리고 있다.

“큰 소리를 내면 안 됩니다.”

요시오가 아이를 타이르듯이 말했다.

“안 그러면 거칠게 다뤄야 하니까.”

“형님—어째서 여기에?”

가즈키는 사카키의 얼굴만 보고 있다. 사카키 쪽도 마찬가지였다.

“너야말로 어째서 여기 있어?”

“상황을 보려고. 잘되고 있는지—.”

“너는 도쿄에 있어야 했는데.”

“그렇지만 그 애 일도 있고—.”

에쓰코는 따져 물었다. “그 애라니?”

가즈키는 다시 시선을 돌렸다. “형님, 이건 어떻게 된 일입니까. 이 인간들은? 당신—.”

여자를 구워삶을 때 말고는 작용이 둔한 그의 머리가 거기서 가까스로 움직였다.

“형님—당신, 배신했지?”

사카키는 대답하지 않았지만, 침묵이 대답이 되었다. 가즈키는 요시오를 떨쳐 버리려는 듯이 격렬하게 저항했다. 요시오는 꿈쩍도 하지 않았지만, 목에 핏대가 튀어나왔다.

“놔! 놓으라구! 나는 관계없어!”

“뭐가 어떻게 관계가 없어? 가이바라 미사오라는 여자애한테 팩싱턴을 놓은 기억도 없나?”

요시오가 말하자 가즈키는 순간 기가 꺾였다.

"그건 그 애가 하고 싶어 했어! 내 책임이 아냐!"

꼴사나운 변명을 하는 가즈키를 내려다보던 에쓰코는 그 무책임한 말투에 순간적으로 끓어올랐다. 이 자식, 이 난봉꾼. 알맹이도 없는 빈 깡통 같은 게 미사오에게 위험한 약을 권하고 휘말리게 했다.

가즈키는 소리를 지르려는지 가슴을 부풀렸다. 요시오가 팔을 치켜 올린다. 사카키가 꼼짝 못하게 누르려고 덤벼든다. 그러나 그 두 사람보다 한발 앞서 에쓰코가 가즈키의 사타구니를 차올렸다. 단번에 그는 축 늘어졌다.

사카키가 눈을 크게 뜨고 에쓰코를 돌아보았다. 요시오도 입을 벌리고 있다.

"그런 얼굴 하지 마." 에쓰코가 작은 소리로 말했다. "이게 제일 효과적이라고 아버지가 가르쳐 줬잖아. 잊었어?"

요시오는 묵묵히 끄덕였다. 다시 입을 벌리고 있다.

"오 년 정도 깨어나지 않을지도 몰라"라는 사카키. "어쨌든 이 뒤에 숨겨놓죠."

그때, 별로 멀지 않은 곳에서 큰 폭발음이 울려 퍼졌다.

"총소리다." 요시오가 말했다.

세 사람은 다시 몸을 숙여 나무 뒤에서 얼굴을 내밀었다.

흰 차 뒷좌석의 문이 살짝 열렸다. 사람의 머리가 보인다. 긴 머리카락. 여자다. 그녀는 한쪽 발을 차에서 내리고 가만히 건너편을 보고 있다.

에쓰코도 같은 방향으로 눈길을 주었다. 커다란 별장이 보인다. 잠시 후 창문 가득 불빛이 넘쳐흘렀다.

“저게 사이와이 산장입니다”라며 사카키가 소곤거리고 움직이려는 에쓰코를 제지했다.

“아직 안 돼. 안 됩니다.”

뒷좌석의 여자도 꼼짝하지 않았다. 조금 후에 갑자기 키가 쑥 커져 두 다리를 땅에 내리고는 문득 주저하다가 다시 차 안으로 들어갔다. 문을 닫는다.

사이와이 산장 쪽에서 누군가 다가온다.

에쓰코는 가만히 응시했다. 몸집이 작은 남자다. 저건—누구지?

사카키를 올려다보니 그는 입을 한일자로 다물고 있다.

“제 장인입니다. 무라시타 다케조입니다.”

가타도 우애병원 원장이다.

에쓰코는 숨을 죽이고 다케조를 지켜보았다. 하얀 외제 차 트렁크를 열고 비닐시트 같은 것을 꺼낸다. 그러는 동안 이따금 앞에 있는 국산 차를 신경 쓰지만 다가갈 기색은 없다. 국산 차 뒷자석의 여자도 창에 머리를 기댄 채 가만히 움직이지 않는다.

뭘까? 하고 생각하면서 에쓰코는 지켜보았다.

다케조는 양손에 시트를 안고 다시 한번 국산 차 쪽으로 얼굴을 돌린다. 그때 라이트에 비친 얼굴에 떠오른 표정을 에쓰코는 보았다.

무라시타 다케조는 얼굴 가득 웃고 있었다. 히죽히죽 웃음이 입가에서 계속 새어나온다. 이렇게 숨김없는, 그러나 동시에 터무니없이 불쾌한 웃음을 에쓰코는 본 적이 없었다.

다케조가 시트를 껴안고 사이와이 산장 쪽으로 되돌아간다. 그 모습을 지켜보던 에쓰코는 두 손으로 머리카락을 쓸어 올렸다.

"지금 건 뭐죠?"

"잘됐다며 웃는 얼굴이군." 요시오가 말한다. "자신 외의 타인에게는 요만큼도 득이 되지 않아 잘됐다고 하는 얼굴이야."

바로 앞의 국산 차 문이 조용히 열렸다. 여자가 살짝 두 다리를 내려 땅 위에 선다. 그러고는 문을 닫고 역시 사이와이 산장 쪽으로 걷기 시작했다. 조용히, 눈에 띄지 않도록, 나무에 몸을 숨겨 가면서.

"저 여자―." 사카키가 중얼거렸다. "저 여자는―."

52

아키에가 유지의 소매를 잡았다.

그는 자신의 눈을 의심했다. 아키에가 혼자 서 있고, 그의 팔을 잡고, 얼굴을 바라보고, 재빨리 입술 앞에 손가락을 세우고, 조용히 하라는 몸짓을 한 것이다.

"보여?"

겨우 그 말만 했다.

그녀는 크게 끄덕였다. 유지를 나무 사이로 끌어당겨 몸을 굽힌다. 지금은 사이와이 산장에서 불빛이 새어나오고 있어서 어둠이 숲 속 깊은 곳까지 후퇴해 있었다.

"아까, 차가 울타리에 돌진했지? 그때 머리를 부딪쳤어."

믿을 수 없다.

"겨우 그걸로? 갑자기 보이게 됐어?"

"나도 처음에는 믿을 수 없었어. 하지만, 나, 전에도 이런 일이 있었다고 들었잖아. 진짜 눈이 보이지 않는 게 아니라 심한 정신적 스트레스가 원인으로 일시적인 유사 맹목이 되는―."

센다이에 있을 때의 일이다.

"이번에도 마찬가지였던 거야. 기억을 잃었다는 쇼크 때문에 보이지 않게 되었을 뿐이었어." 유지는 이마에 손을 대어 공회전하는 머리를 누르며 생각했다. 혹은―혹은 팩싱턴의 부작용일지도 모른다. 약의 효과가 약해지자 눈도 보이게 되었을지도 모른다.

"잘된 건지 아닌지 모르겠어."

"왜?"

"그를 죽였어. 내가 죽였어. 시체를 처리하지 않으면 안 돼. 네게는 보이고 싶지 않아."

아키에는 목 언저리에 손을 대고 작게 숨을 들이마셨다.

"당신이?"

자신을 재촉하며 유지는 설명했다. 변명은 할 수 없다. 방아쇠는 이 손으로 당겼다.

"그래서 그 사람이─그 사람이 무라시타 다케조지? 시트를 꺼내러 온 이유도?"

"그래. 시체를 쌀 시트를 가지러 간 거야."

아키에의 눈이 다시 초점을 잃는 것 같았다. 그러나 이번에는 시력을 잃었기 때문이 아니었다.

"그 사람, 웃고 있었어."

"뭐?"

"웃고 있었다고. 내 눈이 안 보인다고 생각했으니까 안심하고 웃었겠지. 목소리는 내지 않았지만 얼굴 가득 웃음을 띠고 있었어. 시트를 꺼내면서 계속."

유지는 말없이 그녀를 바라보았다. 다시 주위의 나무들이 수런거리기 시작했다.

“나, 움직일 수가 없었어. 보이게 되었는데도 언제 다시 눈이
안 보일지 모른다고 생각하니까 무서워서 차에서 나올 수가 없었
어. 그리고 말이야, 그 사람이 다가왔을 때 왠지 안 보이는 척하
는 편이 좋을 것 같았어. 그래서 창문에 기대서 딴 데를 봤어. 하
지만 그 사람이 웃는 모습이 또렷하게 보였어.”

아키에는 유지에게 몸을 가까이하고, 희미하게 떨리는 목소리
로 말했다.

“어째서 웃었지? 그런 식으로―기쁜 듯이. 내 눈에는 완전히
‘감쪽같군’이라는 느낌이었어.”

유지는 사이와이 산장을 우러러보았다.

53

아키에의 손을 끌고 사이와이 산장의 방으로 돌아갔다.

사에구사는 침대 위 남자 몸에 시트를 덮고 있는 참이었다. 다케조는 응접세트의 소파에 걸터앉아 식칼을 만지작거리며 얼떨떨한 듯 멍한 표정을 짓고 있었다.

"바닥에 내릴 거니까 손을 빌려 줘." 사에구사가 사무적인 말투로 유지에게 말했다.

"큰선생은 됐어. 허리라도 삐끗하면 곤란하니까."

유지는 사에구사를 도왔다. 시트 안의 몸에는 아직 체온이 남아 있어 부드러웠다. 시체 같은 느낌이 나지 않는다.

지독하게 손을 더럽힌 기분이 들었다. 살인에다가, 더 한층 손을 더럽힌 듯한 기분이.

"어디 묻을 거면, 동이 트기 전이 좋지 않을까?"

사에구사의 물음에 다케조가 아무래도 상관없다는 목소리로 대답했다.

"깜깜할 때는 산에 들어갈 수 없어."

"그러면 어떻게 할 거야?"

사에구사는 지친 듯 침대에 걸터앉았다.

"휴식?"

"그렇게 합시다." 유지가 말했다.

유지의 어조에 어딘가 걸리는 점이라도 있었는지 사에구사가 이쪽을 보았다.

"왜 그래? 괜찮나?"

"괜찮습니다."

사에구사 본인도 지독히 피곤한 얼굴을 하고 있었다. 이마 주름이 깊어져 있다.

벽 쪽에 아키에가 작게 어깨를 움츠리고 서서 꼼짝 못하고 있다. 유지는 그녀 옆에 나란히 서서 살짝 시선을 맞추었다가, 벽에 몸을 기댔다.

지금은 다시 생각해 보는 것이 필요하다.

이제까지의 이야기라면 납득이 간다.

다케조는 다카시가 경찰에 체포되어 정신감정에서 이상이 발견되면 의사로서 자신의 입지를 잃는다고 생각했다―고 말했다. 그래서 다카시를 숨겼다. 계속 숨겨 왔다. 다카시가 사망한 것처럼 꾸미기 위해 잔꾀를 부리고 경찰에도 압력을 넣었다. 가타도에서라면 불가능한 일은 아니다.

그렇게 계속 잘되고 있었다.

다카시를 죽이지 않은 것은 차마 그럴 수 없었기 때문에―라고도 했다. 가족이다. 의붓자식이지만 일단은 자신의 아내가 된 여자의 아들이고 가족의 일원이다. 죽일 수 없다. 인정상, 그래서 숨겨 왔다.

그러나 다케조도 마지막에는 아마 귀찮아졌을 것이다. 쫓아 내도 기억을 지워도 나와 아키에는 끈질기게 돌아왔다. 다카시를 쫓아서. 그래서 이제 됐다, 거기까지 끈질기게 따라붙는다면 다카시를 주지. 나는 이제 모른다, 마음대로 해. 그런 생각으로 이곳에 발을 들여놓는 우리를 제지하려 들지도 않았다―.

―어떻게든 도망치게 해 주려고 했지만, 이제 헛된 일이군.

그렇다. 여기까지 왔으면 다카시를 자유롭게 풀어줄 수 있을 리가 없다. 다카시가 도망치더라도 잔꾀가 먹히지 않는 인간에게 발각되기라도 하면 방법이 없다. 유지와 아키에가 돌아오는 바람에 다케조에게는 더 이상 선택의 여지가 없어졌다. 자신을 지키기 위해서는 다카시를 포기할 수밖에 없었다.

그래서 웃은 것인가?

―감쪽같군, 이라는 느낌이었어.

다케조는 아키에의 눈이 보이는 것을 알아차리지 못했다. 그래서 그녀의 코앞에서 숨김없이 웃었다.

본심이 나왔다―그런 것일까?

이로써 자기 손을 더럽히지 않고 성가신 존재를 떨쳐 버리게 되었다―그렇게 생각했나?

그랬을지도 모른다. 그러나―.

유지는 천장을 올려다보았다. 이상하다. 뭔가 이상하다. 납득이 가지 않는다.

'감쪽같군―.'

마침 그때 다케조가 한숨이라고도 탄식이라고도 할 수 없는 소리를 내며 일어섰다. 손에 들고 있던 식칼을 아무렇지도 않게 소파의 등받이에 찌르고 툭 내뱉는다.

"아아, 지쳤다."

기지개를 펴고 어깨를 아래위로 움직이고 있다.

'토템.'

끈질긴 속삭임이 유지의 머릿속에 돌아왔다. 의미 불명의 그 말. 토템.

무의식중에 입 밖에 내었을까. 다케조가 이쪽을 돌아보았다. 얼굴을 찡그리면서 머리를 절레절레 흔든다.

"그래. 지독한 이야기야, 그 일은."

유지는 묵묵히 다케조의 얼굴을 쳐다보았다.

"부모인 내가 보기에도 지독한 짓을 했어. 그때 다카시에게 저항하려고 주방에서 식칼을 들고 온 사람이 있었잖아. 다카시는 모두 죽이고 달아나기 전에 그 칼을 이렇게 소파 등받이에 꽂아 두었지. 아래층 거실 소파에 아직도 흔적이 남아 있어. 일부러, 피가 밴 쿠션까지 세심하게 주위에 쌓아올렸던 흔적. 정말 지독하지. 그래서 당신도 뽑아서 바닥에 버릴 수밖에 없었겠지. 정말 당신 말대로 취향 나쁜 토템 폴 같은 거였어. 살인 기념이라니."

다케조는 계속 떠들어 댔다. 입술이 움직인다.

유지는 그저 가만히 바라보았다. 그러나 마음은 머릿속 목소리에 귀를 기울여 되살아난 기억을 보고 있었다.

그래—그랬다. 그래서 '식칼'이 '토템'으로 연결되었다.

팔에 뭔가 따뜻한 것이 닿았다. 아키에가 그의 손을 잡고 있다. 눈을 커다랗게 뜨고.

다케조는 계속 떠든다. "나도 당신들에게는 면목이 없어. 그러니 이것으로 다 잘된 거야. 이게 제일 좋은 길이었어. 그렇게 생각해—."

현실이 다시 초점을 되찾아 머리가 개운해졌다.

진흙탕에서 겨우 빠져나왔다. 사에구사의 얼굴이 보였다. 이 정도로 당황하는 모습은 처음 봤다. 눈 사이와 눈꺼풀 주위가 새하얗게 되어 있다.

"큰선생." 사에구사가 말했다. 시선은 유지에게 고정한 채 움직이지 않고.

"뭐야."

"당신, 지나치게 떠들었어."

다케조는 입을 다물었다. 사에구사를 보고 유지를 보았다.

유지의 몸속에서 피가 차가워졌다. 심장은 고동을 칠 때마다 소규모의 핵폭발을 일으키는 듯이 차가운 에너지를 전신으로 보낸다.

그라운드제로. 그래, 그때 모든 것이 확실하게 보였다.

"토템."

유지가 다시 한번 중얼거리자 다케조는 당황해서 말했다.

"그래, 그거야. 그러니까—."

"아니야."

“뭐?”

“아니야. 당신이 그걸 알 리가 없어.”

아키에가 두 손으로 뺨을 누르고 그 후 크게 끄덕였다. 몇 번이고 몇 번이고.

“분명 나는 그날 밤 소파 등받이에 꽂힌 식칼을 보고 그렇게 생각했어. 취향 나쁜 토템 폴이라고 말이야. 그래서 소리지르면서 식칼을 던져 버렸어. 나중에 경찰에도 진술했지. 식칼에 내 지문이 묻어 버렸으니.”

다케조는 입을 놀리려다 그만두었다.

“그런데 보도는 되지 않았어. 언론도 몰라. 경찰은 숨겼고 직접 관계자 중에서 그때 내 행동을 아는 사람은 나와 아키에뿐이야. 두 사람뿐이라고.”

사에구사가 천천히 머리를 흔들고 있다.

“그런데 어째서 당신이 알지?”

침묵.

“어째서 당신이 알고 있는 거야.”

다케조는 턱을 당기고 눈을 피했다.

“경찰한테 들었어.”

“허어.”

“정말이야. 내가 물으면 뭐든 가르쳐 줘. 나는 유력 인사니까.”

바닥에 떨어져 있던 권총이 지금은 침대 위에 놓여 있다. 사에구사 옆이지만 손이 닿지 않을 정도의 거리는 아니다.

유지는 두 손을 축 늘어뜨리고 사에구사와 다케조를 똑같이 볼 수 있는 위치에 섰다.

"어이, 오해라고—."

다케조가 말을 하면서 이쪽으로 다가오려 했다. 일순 사에구사의 주의도 그쪽으로 쏠렸다. 그 틈을 노려 아키에가 재빨리 침대 위에서 권총을 주워 유지에게 건네고 그의 등 뒤로 숨었다.

사에구사는 유지의 얼굴에 시선을 고정한 채 천천히 두 손을 어깨 높이로 들었다.

"장난치지 마."

"장난치는 거 아닙니다. 쏘는 법은 당신이 코치해 줬고."

다케조는 계속해서 다가오려 했다. 유지는 재빨리 총구를 돌렸지만 사에구사한테서도 눈을 떼지는 않았다. 사에구사도 움직이지는 않았다.

"쏘는 무기는 이길 수 없으니까."

그렇게 말하고 아키에를 본다.

"보이게 됐군?"

"마침 방금 전부터."

"확률은 낮지만 있을 수 있는 일이지"라며 사에구사는 웃었다. "잘됐군."

아키에는 따라 웃지 않았다. 다케조를 돌아보고 말했다. "당신이 밖에서 웃는 얼굴을 봤어."

다케조는 다시 흠칫 놀랐다. 사에구사는 웃음을 터뜨렸다.

"큰선생, 당신, 허술하게 감정을 얼굴에 드러낸 것 같군?"

사에구사의 말에 다케조는 흥 하고 대꾸했다.

"부탁이 있어." 유지가 그에게 말했다.

"뭐야?"

"베란다로 나가."

다케조는 유지가 아니라 사에구사의 얼굴을 보았다. 사에구사는 어깨를 움츠렸을 뿐이다.

"빨리."

마지못해 총구 쪽을 바라보면서 다케조가 움직였다. 커튼을 열고 잠금쇠를 벗기고 창을 연다. 바깥공기가 흘러들어왔다.

"그곳에 비상용 해치가 있지?"

다케조는 발밑을 보았다. "있어."

"그 위에 올라가 점프해 주지 않겠어? 세게 하지 않아도 돼. 체중을 싣는 정도로."

다케조는 움직이지 않았다. 아니, 움직일 수 없는 것처럼 보였다.

"못 해?" 유지가 물었다.

신경이 극한까지 긴장되어 오히려 냉정해졌다. 아니, 냉혹이라 해야 할지도 모른다.

"못 해?"

다시 한번 묻자 다케조는 입을 우물우물하며 대답했다.

"이건 위험해. 위에 올라가면 바로 떨어져 버리니까."

"보통 탈출용 해치는 그렇게 간단히 빠지지 않아. 그러면 너무 위험하잖아. 다만 그 해치는 부서졌는지 후크가 얕아. 위에 과일 바구니만 놓았는데도 열려 버려."

다케조가 혀를 찼다.

"당신, 그것도 알고 있었군?"

사에구사가 다시 고개를 흔들었다. 입가만 일그러뜨려 웃으면서.

유지는 그와 아키에가 허술한 해치에 대해 알게 된 경위를 들려주었다.

"그래서, 역시 나와 아키에, 경찰 관계자밖에 모르는 일이야."

"나도 경찰한테 들었다."

"이제 그만 해."

유지는 어깨에서 힘을 뺐다. 여기까지 오면 더 이상 아무것도 놀랄 일 따윈 없다고 생각했다.

"사건이 일어나기 전부터 여기 있던 사람이 아니면 해치에 대해서는 몰라. 사건 직후에 이곳에 있던 인간이 아니면 식칼에 대해서도 모를 거고."

"그러니까 경찰한테 들었다고 하잖아!"

사에구사가 웃는다. "큰선생, 그만해."

"게다가 당신은 내가 다카시를 죽인 뒤 일부러 밖으로 나가서 아무도 보지 않는다고 생각하며 껄껄 웃었어."

"감쪽같군, 이라는 얼굴로 보였어." 아키에가 떨리는 목소리로 덧붙였다.

"이제 됐어. 허튼소리는 더 필요 없어. 상황 증거야 이 세 가지만으로도 충분해. 적어도 나한테는."

어떤 의미에서는 무의식적으로 계속 이 가능성을 생각했을지도 모른다. 기억이 지워지기 직전까지 추측하고 있었을지도 모른다.

"당신이 했지?"

유지는 조용히 물었다.

"다카시가 아니야. 다케조, 당신이다. 당신이 우리 가족 네 사람을 쏘아 죽였지?"

베란다에 선 채 다케조는 딴 곳을 보았다.

성급하게 입을 꽉 다물고 나서 드디어 내뱉듯이 대답했다.

"그래."

시간이 멈추었다.

유지는 지그시 견디며 자신의 컨트롤을 되찾았다.

"당신이 네 사람을 죽이고 죄를 다카시에게 덮어씌웠다."

"그래."

"다카시도 죽이려고 절벽에서 던져 떨어뜨렸다."

"맞아."

"그러나 잘되지 않았어. 다카시는 살아남았다. 그렇지?"

"그렇지 않으면 누가 이런 귀찮은 연기를 하겠나."

"그렇겠지."

유지는 사에구사를 보았다.

"다카시는 살아 있다. 하지만 다케조 곁에는 없어. 있었다면 훨씬 전에 살해당했을 거야. 아무도 몰래."

사에구사는 가볍게 끄덕였다.

"그러니까 다카시를 이곳에 숨겼다는 말은 새빨간 거짓말이다."

"그래." 다케조가 신음했다.

"그렇다면 오늘 밤 여기로 데려온 건 누구야? 우리 손으로 죽이도록 다카시를 데려온 사람은?"

사에구사가 천천히 말했다. "소거법을 쓰지 않아도 나밖에 없다는 건 알겠지."

무의식중에 유지는 지금까지 중 가장 깊은 상처를 입었다.

"당신도 한패였군."

54

"생각해 보면 이상한 일은 몇 가지나 있었어."

그렇게 말을 시작하자 사에구사의 눈썹이 꿈틀 하고 움직였다.

"모든 게 너무나 지나치게 잘되어 갔지. 지도 복사본에서 팩스 번호를 알아낸 것도. 사카키 클리닉에 이른 것도. 바로 사이와이 산장 사건에 도달한 것도."

"내 조사 실력이 좋았지."

"실력만으로 이 혼잡한 시기에 신칸센 표를 그렇게 쉽게 손에 넣을 수는 없어."

유지는 딱 잘라 말했다.

"센다이행은 처음부터 예정된 행동이었다고 생각하는 편이 훨씬 자연스럽지 않을까."

사에구사는 익살스러운 태도로 고개를 흔들었다.

"당신은 처음부터 무라시타 다케조와 짰지."

유지는 말했다. 지독히 낙담했지만, 실망을 얼굴에 드러내지 않도록 힘껏 노력하면서.

"우리에게 고용된 게 아니야. 다케조에게—그에게 고용되어 있었어. 그렇지? 그래서 우리를 여기까지 유도해 왔고."

조용한 방 안에 '유도'라는 단어가 울렸다. 의지에 반해 가슴이 메어왔다.

"내가 당신들을 유도했다?"

"그래. 오늘까지 당신은 여러 번 우리 두 사람에게 이치에 맞는 근사한 가설을 들려주었지. 우리가 스스로의 의사로 팰리스 신카이바시 707호실 침대에 누워 있던 게 아니라는 것부터 권총과 현금과 피 묻은 수건이 남겨진 의미까지. 아이디어는 좋았어. 하지만 그 자리에서 즉석으로 생각이 미친 게 아니었지. 이전부터 때가 오면 말하려고 준비해 둔 대사의 일부였던 거야."

사에구사는 묵묵히 한쪽 입술 끝을 쑥 끌어올리며 웃었다.

"제일 이상했던 것은 오늘 우애병원에서의 일이야. 당신과 원장이 이야기하고 있을 때, 나는 뭔가 자꾸 마음에 걸렸어. 그렇지만 그때는 원인을 알 수 없었지."

"지금은 아나?"

유지는 끄덕이고, 다케조를 보았다.

"원장 선생. 당신은 떠들면서 사에구사 씨의 얼굴을 훔쳐보았어. 그때는 나도 단지 총을 경계하고 있는 탓이라 여겼어. 하지만 아니야. 당신은 떠들면서 걱정이 되어 어쩔 줄 몰랐던 거지. '이렇게 말하면 되겠나? 잘되고 있어?' 하며 사에구사 씨의 표정을 살피지 않고서는 견딜 수 없었던 거야."

다케조는 얼굴을 일그러뜨리며 코 밑을 문지르고 있다. 유지는 웃어 버렸다. 목소리가 뒤집어졌다.

"제일 걸작은 진정제인 팬비탄을 잔뜩 쓰고 있다—고, 사에구사 씨가 말했을 때였지. 무라시타 선생, 당신 뭐라고 했는지 기억나? '그렇게까지 말하지 않아도—'라고 했어. 그때 바로 알아차리지 못했다니 우리도 참 어수룩하지."

"하나하나는 작으니까." 사에구사가 말한다. "모아 보지 않으면 몰라."

"그래. 당신 집에서 쇳내가 나고 맛이 없었던 수돗물도 힌트 중 하나였어. 당신은 그곳에 이사 오고 한 달 정도가 지났다고 했지. 하지만 물 맛은 지독했어. 실제로는 한 달도 살지 않았지?"

사에구사는 천장을 올려다보았다. "어이쿠, 어쩔 수 없군."

유지에게 시선을 돌리며 말했다. "그래. 정답이다. 나는 너희들을 데려오기 고작 이삼 일 전에 그 방으로 옮겼어. 가구도 최소한으로밖에 준비하지 않았고."

"처음에 주차장에서 세차를 하고 있던 것도 내가 나오기를 기다렸다가 슬쩍 말을 걸기 위해서였나?"

사에구사가 끄덕인다.

"밤에 집으로 쳐들어온 것도?"

다시 한번 끄덕이고 말을 이었다. "다만, 여자의 눈이 보이지 않게 된 상황까지는 예상하지 못했어. 구실은 그 외에도 여러 개 준비해 놓았지."

"임기응변으로 대응할 수 있도록 말이야."

"임기응변으로 대응할 수 있도록 말이지."

다케조가 "시시하군, 시간 낭비야"라고 침을 뱉듯이 내뱉었다.

"그렇게나 돈과 시간을 들였는데 간파당하다니 어이가 없군."

유지는 현기증을 느꼈다. 이야기하면서도 끝내 마음속 어디선가는 전부 얼토당토않은 착각이었으면 좋겠다는 바람도 품고 있었다.

"목적은 뭐였죠?"

유지를 대신해 아키에가 물었다.

"왜 이런 복잡한 연기를 한 거예요?"

"그러니까 짐작대로야." 사에구사는 침대 건너편, 시트에 싸인 남자가 누워 있는 쪽을 턱으로 가리켰다.

"너희 손으로 다카시를 죽이게 하기 위해서다."

무뚝뚝한 표정으로 베란다의 다케조를 돌아보고 말을 건다.

"큰선생. 이쪽으로 와. 이 두 사람에게 설명해 줘. 당신도 문답무용으로 총에 맞느니 그 편이 낫잖아?"

"설명해 주지." 다케조가 말했다. 천천히 방 안으로 들어온다. 다시 히죽히죽 웃음을 지으면서. 그러나 눈은 날카로웠고 유지가 겨냥한 총을 바라보고 있었다.

"원래는 4월 중순경에 사에구사가 찾아온 일이 발단이었지. 이 녀석은 말했어. 당신 아들 미야마에 다카시를 보호하고 있다, 어떻게 하면 좋겠나? 라고."

사에구사는 다시 입 끝을 끌어올리고 웃고 나서 평이한 어조로 말했다.

"나는 가타도 옆 미사키라는 곳에서 지내고 있었다. 사이와이 산장 사건 다음 날, 늦은 밤이었나…… 나만 아는 갯바위 낚시 장

소가 있어. 거기서 얼굴도 몸도 상처투성이에, 숨이 다 끊어져 가
는 상태로 밀려 올라온 다카시를 발견했지.”

아키에가 벽 쪽을 향해 소리 없는 비명을 질렀다.

“나는 뒷세계 쪽으로도 줄이 좀 있어. 건강보험은 안 되지만 돈
만 주면 아무나 치료해 주는 의사가 있지. 짊어지고 가서 진찰을
맡기는 건 일도 아니야.”

“왜 바로 경찰에 신고하지 않았지?”

사에구사는 기대를 갖게 하는 듯 뜸을 들였다.

“내가 건져 올렸을 때 의식이 돌아온 다카시가 이렇게 말했으
니까. ‘젠장, 아버지에게 속았어’라고.”

유지는 머릿속이 새하얗게 되는 느낌이었다.

“직관적으로 이건 돈이 된다고 생각했지. 그래서 다카시가 회
복하기를 기다려 큰선생에게 연락을 했어. 덥썩 물더군.”

“나도 설마 다카시가 살아 있으리라곤 꿈에도 생각지 못했으니
까.”

다케조는 부아가 난다는 듯 사에구사를 째려보았다.

“그 절벽에서 떨어져서 살았다니 지금도 믿을 수 없어.”

“하지만 믿었지.”

“그래. 지문이 일치했으니까.”

유지는 시트에 싸인 몸이 누워 있는 쪽으로 눈길을 주었다.

“나는 바보가 아니거든.” 사에구사가 말했다. “큰선생이라는 거
물과 거래하려는 거야. 신중하게 했지. 충분히 신중하게.”

다케조는 콧방울을 부풀린다.

"나도 바보가 아니야. 무라시타 다케조는 머리로 승부해 온 남자다. 처음에는 다카시가 살아 있다는 말을 믿지 않았지. 어떤 기적이 일어나도 내가 절벽에서 던져 떨어뜨린 다카시가 살아 있을 리가 없다."

그렇다. 살아 있을 리가 없다.

"정말로 던져서 떨어뜨렸어?"

"뭐 하러 거짓말을 하겠나."

"그럼 절벽 아래에 쓰러져 있는 다카시를 보았다는 증언도, 증인들이 경관을 데리고 오는 사이에 시체가 떠내려갔다는 것도—."

"전부 진짜야. 거기까지 거짓말을 꾸며내면 너무 위험하다고."

유지는 점점 이상해졌다. 바보 같다. 센다이에서, 도쿄에서, 나는 전혀 엉뚱한 생각을 하면서 다카시가 살아 있다고 믿었다.

"그러면 경찰은—."

"다카시가 범인이라는 부분은 경찰도 이론의 여지가 없었다. 그래서 나로서는 빨리 다카시의 시체를 발견하고 싶었다. 떠내려가다니 완전히 오산이었지. 미사키 해안에 밀려 올라와 이 녀석이 주웠으니 아무리 찾은들 발견될 리가 있나. 마음을 졸이느라 손해 봤어."

사에구사는 양손을 든 채 재미있다는 듯 눈썹을 움직였다.

"이 녀석은 일단 그 주에 간행된 주간지를 들고 왔더군. '이 표지에 내가 맡고 있는 미야마에 다카시라 자칭하는 남자의 지문이 묻어 있으니 병원에 보존하고 있는 샘플과 비교해 봐'라면서."

지문은 정확히 일치했다.

"내가 직접 비교했으니까 틀릴 리가 없지. 주간지 발행일도 속 임수 따위 없었어."

다케조는 그래도 여전히 믿을 수 없다는 듯 고개를 흔들었다.

"다카시는 살아 있다. 나는 포기했지. 살아 있는 거야. 이렇게 되니까 더 이상 어쩔 수가 없더군. 나는 사에구사와 거래하기로 했어. 그게 5월 초순경의 일이었고."

흥 하고 웃는다.

"그나마 다행인 점은 이놈이 돈이 목적이라 다카시를 팔아먹는 인간이었다는 거지."

아키에가 울음이 터질 듯한 눈으로 사에구사를 바라보고 있다. 사에구사는 쓴웃음을 지었다.

"누구나 자기 자신이 제일 중요해."

"그렇지만 당신에게 구조된 다카시는 당신을 신뢰하고 있었죠? 그래서 오늘 밤에도 아무 의심 없이 여기서 자고 있었고."

"그렇지."

"너무해."

"세상이란 너무한 일뿐이야, 아가씨."

유지는 아키에에게, 무슨 말을 해도 소용없다는 뜻을 담아 눈 짓을 보냈다.

"다카시는 사건에 대해 얼마나 기억하고 있었지?"

"거의 아무것도 몰라. 계속 약을 맞고 자다가 정신이 들어 보니 절벽에서 떨어져 있더라는 거야. 게다가 전혀 기억에 없는 사건의 범인이 되어 있었고. 그 녀석도 누가 자기를 약으로 재웠는지 알고 있어. 자신에게 죄를 뒤집어씌울 수 있는 인간이 다케조밖에 없다는 것도 알아. 그래서 '아버지에게 속았다'고 했겠지."

사에구사는 다케조의 얼굴을 살피고 히죽 웃었다.

"길고 짧은 건 대 봐야 아는 법이야. 그래서 내가 큰선생과 접촉해 보니 이상하게 허둥거리면서 다카시를 넘겨주면 얼마든 좋으니 지불한다고 하더군. 이야기하는 도중에 무심코 사실을 불어 버린 거지. 난 이 도박에 승산이 있다고 생각했어. 그래서 지문을 묻힌 주간지를 들고 가서 확인시켰지. 위험을 무릅쓰기는 싫으니까. 거래할 때가 되면 내 안전을 확보하고 난 뒤에야 큰선생과 다카시를 대면시킬 수 있다는 것쯤은 계산에 넣고 있었어."

다케조가 크게 헛기침을 하더니 말했다.

"사에구사와의 거래는 순조롭게 진행될 것 같았지. 마침 그때야. 당신들 두 사람이 주위를 휘젓고 다니기 시작했어. 다카시는 살아 있다 같은 소리를 하면서 실제로 병원에 숨어들려고까지 했지."

유지는 재빨리 아키에와 시선을 마주했다.

"나는 깜짝 놀랐어. 당신들은 완전히 엉뚱한 소리를 하고 있었으니까. 다만 다카시가 살아 있다는 것만은 사실이었지. 그렇게 되니 당신들을 내버려둘 수가 없었어. 언제 다카시의 존재를 알아낼지 모르니까.”

“그래서 우리를 우애병원에 가두었다?”

“무슨 소리야! 그때는 조용히 거래하길 원했어. 가타도에 찾아온 당신들을 누군가 봤을지도 모르잖아. 당신들이 가타도에서 행방불명이 됐다는 소문이 돌아 봐, 이쪽은 치명적이야.”

“그게 언제지?”

다케조는 잠시 생각했다. “8월 초순경이었던가. 음, 그래.”

유지는 끄덕이며 다음 이야기를 재촉했다. 그렇다면 유치우편물로 보냈던 자료에 우애병원에 숨어든 후의 경위를 가필하지 않은 이유가 설명이 된다. 아직 우편물이 돌아오지 않았던 것이다.

다케조는 계속했다.

“나는 솔직히 난처했지만 일단은 당신들에게 감시를 붙여 행동을 지켜보았어. 둘 다 우애병원에 침입하는 데 실패해서 맥이 풀려 있더군. 내가 신사적으로 행동해서 허탕을 친 기분이었을지도 모르고.”

“그러나 문제는 남아 있었어. 당신들은 여전히 의심중이고 다카시는 살아 있었으니까.” 사에구사가 말했다.

“그래. 그게 큰 문제였지. 나는 사에구사에게 난처하게 되었다고 했어. 당신들 둘을 정리할 때까지 거래는 연기한다고.”

“정리한다?”

“그래. 그럴 생각이었지.”

아키에가 양 팔로 팔꿈치를 끌어안았다.

"그런데 사에구사가 반대하더군. 너무 눈에 띈다고 했지. 도쿄에서 하든 가타도에서 하든 당신들이 실종되면 이상하게 생각하는 사람이 나올 거라면서. 언론은 살인 사건도 축제처럼 생각해. 사건 일이 년쯤 뒤에, '그 사건의 관계자는 지금' 같은 기획 특집으로 당신들에게 인터뷰를 시도할지도 모르지. 그런 때 두 사람이 행방불명이면 긁어 부스럼 만드는 게 아닌가, 라는 논리였지."

유지도 이해할 수 있었다. 사에구사는 냉정했다.

"이제부터는 네가 말해. 네가 다듬은 계획이니까."

다케조는 사에구사에게 명령하듯이 말했다.

사에구사는 누구와도 시선을 맞추지 않고 단조롭게 설명을 시작했다.

"얼마 동안 이것저것 생각해서 나는 계획을 짰어. 차라리 이 두 팀을 동시에 처리하면 어떨까 하고 말이야."

"처리―."

"단어가 부적절하군. 당신들을 죽일 생각은 없었어. 죽기를 바라는 대상은 다카시뿐이야. 그래서 당신들을 잘 유도해서 다카시를 죽이게 하면 되겠다 싶었지."

그 결과가 지금 이 상황이란 말이다. 이제 이해가 된다.

"당신들은 다카시가 살아 있고 다케조가 그를 숨기고 있으리라 짐작했어. 그리고 큰선생은 뜻밖에도 살아 있던 다카시를 제거하고 싶어 하더군. 일이 이렇게 된 이상 당신들 손으로 다카시를 죽이면 일석이조가 아닌가. 그렇다면 당신들도 만족. 이쪽도 살 수 있거든. 나도 손해날 일이 없고. 당신이 다카시를 죽인 뒤 이런 놈 때문에 경찰에 잡힐 필요는 없다고 설득해서 입을 다물게 하면 돼. 진상은 비밀리에 처리된다. 어차피 다카시는 한 번 죽은 인간이니까.”

믿을 수 없다는 감정의 밑바닥에서 거의 안도에 가까운 납득이 솟아 올라왔다.

“오늘 밤은 다카시를 어떻게 구슬려서 여기로 데려왔지?”

“등잔 밑이 어두운 거지. 녀석은 녀석대로 아버지와 대결하고 싶어 했어. 경찰 따위 믿을 수 없으니 스스로 복수를 한다며 씩씩대고 있었지. 그러려면 큰선생에게 접근해야 돼. 그래서 가타도에서 몸을 감추려면 사이와이 산장이 가장 좋다고 일러줬지. 그 녀석은 생명의 은인인 나를 완전히 믿었으니까 아무런 의심도 품지 않았어. 순진한 녀석이야.”

아키에는 사에구사에게 등을 돌려 버렸다.

“당신들 둘은 8월 10일 밤에 다카다노바바의 아파트 근처에서 붙잡혀 무라시타 가즈키가 경영하는 가게 라 판사로 끌려갔어. 거기서 이틀 밤에 걸쳐 기억을 봉인한 뒤 팰리스 신카이바시로 데려갔지.”

사에구사가 감탄한 얼굴로 유지를 본다.

“아파트 방을 뒤져 당신 주위에 있던 기록을 훔친 사람도 나야. 당신들을 유도하는 역할을 맡고 나서 일부러 아파트에 데려간 이유는 이야기를 그럴 듯하게 진행시키기 위해서고, 당연히 아파트에는 아무것도 없으리라 예상했거든. 그래서 부재 배달표를 발견했을 때는 진짜로 깜짝 놀랐지. 당신은 제법 빈틈없었어."

"정말로 빈틈이 없었다면, 이렇게 보기 좋게 속았을 리가 없지."

"그런가."

한번 심호흡으로 머리를 정리하고 유지는 말했다.

"우리 기억을 지우고 당신이 나타나 이야기를 잘 끌어가서―그래서 모두 잘되었다는 거네."

"그렇지." 사에구사는 싱긋 웃었다. "막판에 당신이 식칼 따위 기억해 내지 않았으면 깨끗하게 성공했을 텐데."

"당신의 보수와 신변 안전은?"

"둘 다 확보했어. 경위를 녹음한 테이프와 다카시의 지문이 묻은 잡지를 다른 곳에 맡겨 놨거든. 큰선생도 손을 대지 못하는 곳에. 내가 죽으면 세상에 드러나게 돼. 돈 쪽은 반액은 확실히 받았고. 나머지 반은 당신들을 무사히 이곳에서 내보내고 나서 받을 예정이었어."

"과연."

사에구사는 눈썹을 조금 치켜올렸다.

"그래서, 어떻게 할 거야? 당신 어떻게 할 생각인데?"

"아직 묻고 싶은 게 남았어."

유지는 다케조를 보았다.

“어째서 가족들을 죽였나?”

사에구사가 끄덕인다.

“그래. 나도 그쪽 이야기는 듣지 못했어. 큰선생이 진범이라고 확실히 언질을 준 건 지금이 처음이잖아. 여태껏 다카시를 내놓으라는 소리밖에 안 했고.”

다케조는 얼굴을 들었다.

유지는 놀랐다. 또한 무라시타 다케조라는 남자의 정체를 보았다고 생각했다.

얼굴이 바뀌어 있다. 비뚤어진 입에 충혈된 눈.

“그 녀석들이 내 읍에 와서 나를 거역했기 때문이다. 나에게서 이 가타도를 빼앗으려 했기 때문이야!”

노골적인, 거의 순수에 가까울 정도의 증오로 몸을 떨고 있다.

“나를 반대하는 지주를 따라서 나를 바보 취급하려고 했어. 여기는 내 읍이야. 내가 여기까지 키운 읍이다. 어디 감히 가로채려고.”

유지는 현기증을 느꼈다.

“겨우 그거 때문에?”

“겨우 그거? 겨우 그거라니!”

다케조는 유지의 손에 총이 있다는 사실조차 잊은 듯 방을 가로질러 다가왔다.

“거기 서.”

그렇게 말하자 가까스로 정신을 차린 모양이다. 손등으로 턱의 땀을 훔치고 반보 뒤로 물러난다.

"이 읍은 내 재산이야. 내 업적이 전부 여기에 있다. 나의 근본이지. 그 자식들, 고향에서도 나를 계속 바보 취급했어. 그리고 내가 가까스로 쌓아 올린 가타도에 와서 이번에는 이곳을 빼앗으려고 했다. 또다시 바보 취급하려고 했어. 다 알아."

"당신은 어린 시절부터 수재였다고 들었어. 아무도 바보로 취급하지 않아."

"그냥 미움받는 놈이었겠지." 사에구사는 내뱉듯이 말했다. "그렇지?"

다케조는 대답하지 않았다.

어린아이는 교활하다. 누구든 어릴 때는 그런 면을 갖고 있다. 그러나 아버지에게 들은 세세한 일만 모아 봐도 다케조의 '교활함'이 어릴 적부터 일반적인 종류는 아니었던 것 같다고 유지는 생각했다.

닭과 달걀이다. 어느 쪽이 먼저지? 어린 시절의 다케조가 착한 아이가 되고 싶어서 자기 죄를 친구에게 덮어씌운 게 발단일까. 아니면 두뇌가 명석하고 '착한 아이'인 다케조를 주위에서 시기하며 은근히 따돌린 게 시작일까?

어느 쪽이든 먼 옛날 일이다. 과거의 아픔을 파헤친다고 현실의 범죄를 상쇄시킬 수는 없다. 만약 다케조가 정말로 '바보 취급당하고' 있었다 할지라도, 비슷한 수모를 겪으며 자란 사람은 다케조 외에도 얼마든지 있다. 이유도 모른 채 미움받는 놈이 되는 인간도 있다. 잔뜩 있다. 마치 제비뽑기에서 꽝을 뽑는 사람 쪽이 압도적으로 많은 것처럼.

그러나 그런 사람들이 모두 '바보 취급당했으니까'라면서 살인을 저지를까?

말도 안 된다. 결국은 전부 변명이다. 논리가 거꾸로 아닌가.

다케조를 살인으로—병원 내 착취로, 환자 학대로, 가타도의 사유지화로 몰아간 원인은 단 하나.

철두철미한 이기심이다. 그것밖에 없다.

"나한테서 가타도를 빼앗는 녀석은 용서 못해." 다케조가 말했다. "누구든 용서하지 않아."

"아무도 당신에게서 가타도를 빼앗지 않아."

원래 가타도 읍은 당신 게 아니라는 말을 유지는 삼켰다.

"빼앗으려고 했어!" 다케조는 부르짖었다.

"그런 장난감 같은 별장이 늘어서고 관광객이 줄줄이 오게 되어 봐라! 내 병원이 내쫓긴단 말이다! 환경미화니 가타도의 지위 향상이니 잘난 척 지껄이면서. 내가 여태껏 우애병원을 키우면서 얼마나 공헌해 왔는지 모두 씻은 듯이 잊어버린다고! 알코올 중독자가 몰래 입원하는 정신병 전문 병원이 있다니 꼴불견이라는 소리 따위를 한다고. 그게 다 새로운 밥벌이가 생겼기 때문이야. 깨끗한 별장지가 생겼기 때문이라고!"

못을 박는 것처럼 발을 쾅쾅 굴렀다.

"모두 배은망덕해!"

다케조의 외침에 유지는 가슴에 사무치는 연민을 느꼈다.

사에구사가 천천히 말했다.

"나도 당신의 피해망상만은 아닐 거라고 인정해."

슬픈 얼굴을 하고 있다.

"그러나 큰선생. 당신은 지나칠 정도로 수단과 방법을 가리지 않았어."

유지는 생각했다.

다른 곳도 아닌 이 사이와이 산장에서 잔학한 살인 사건을 일으키면 당분간 개발 계획이 늦어져 관광객의 발길이 뜸해지는 원인이 될 것이다.

현실적으로 그대로 되었다.

그렇게 하면 다케조에게도 정비할 시간이 생긴다. 잘되면 고스란히 이곳을 매수할 수 있을지도 모른다. 이곳 지주도 취미로 남아도는 돈을 써서 별장지를 조성했으니 막다른 길에 이르면 손을 빼지 않고는 못 배길 것이다.

가타도는 다시 다케조의 천하가 된다.

"어떻게―어떻게 죽였어?"

유지는 소리 높여 물었다.

"나는 당신이 직접 우리 가족들을 쏘아 죽였다고는 생각할 수 없어. 솜씨가 지나치게 좋았으니까."

다케조가 순순히 대답했다.

"프로를 고용했지."

“지역 폭력단인가?”

“그 녀석들도 이곳이 리조트지가 되면 여러 가지로 곤란해. 번화가면 좋았겠지만 리조트라는 녀석은 곤란하다고. 지역 주민들이 한 마음으로 더러운 것을 쓸어내겠답시고 달려들 테니까.”

처음으로 다케조는 자조하는 듯 보였다.

“내 병원과 마찬가지야. 그러니까 녀석들도 기꺼이 협력해 줬지.”

“녀석들이야 기꺼이 당신 쪽에 붙겠지. 좋은 자금줄이었잖아?”라는 사에구사.

“가타도에 있는 건 뭐든 내 거야.”

“폭력단도 그렇지.”

유지는 물었다. “어째서 살인죄를 씌울 배역으로 다카시를 골랐지? 우연히 그때 돌아왔기 때문인가?”

“오래전부터 생각했어.”

다카시는 모친인 도시에의 죽음으로 다케조를 의심했다고 한다.

“성가신 녀석이었어. 잘 따르면 귀여웠으련만 그 녀석은—.”

“무리야. 잊었나? 다카시는 일단 당신 병원의 세례를 받았다. 잘 따를 리가 없지.”

사에구사가 어이없다는 듯이 말했다. 다케조는 그저 화만 내고 있다.

“그 녀석은 미쳤어.”

"미친 사람은 당신이야."

"사에구사 씨, 조용히 해."

유지는 말을 자르고 다케조를 보았다.

"다카시의 모친인 도시에 씨가 결혼하고 바로 당신과 사이가 나빠졌다는 소문을 들었어. 역시 다카시 때문이었나?"

다케조는 가만히 있었지만, 대답한 거나 마찬가지였다.

"귀찮아져서 그녀를 죽였다?"

"사고였어!"

"거짓말."

결혼하고 안정되면서 다케조라는 인간—아들을 진찰해 준 '무라시타 선생님'이 아니라 한 남자로서 다케조의 모습을 보며 도시에도 냉정하게 생각할 여지가 생겼으리라.

"다카시의 정신에 이상이 있었다는 이야기는?"

다케조는 또 말을 하지 않았다.

"우리를 납득시키기 위해서 나오는 대로 지껄인 건가."

정답이군. 만일 정말로 뇌장애 따위가 있었다면 다카시의 몸을 부주의하게 절벽에서 던져 떨어뜨렸을 리가 없다. 아마 다른 방법을 강구했을 것이다.

"어째서 다카시에게 죄를 뒤집어씌웠나?"

다시 물으니 다케조는 빠른 말투로 떠들기 시작했다.

"계획은 전부터 다듬어 놨어. 도시에의 기일인 12월 23일이 되면 녀석이 이쪽으로 돌아오니까 그때 잡아서 이용하려고 했지.

게다가 정말 딱 알맞게도 녀석은 우리 집에 미요시와 오가타가 와 있다는 사실을 알게 되자 일부러 그들에게 접근하려고 했어.”

아키에가 재빨리 끼어들었다. “유키에는?”

“그렇지. 미인이었다. 당신도 아름답지만.”

다케조는 새삼 값을 매기듯 아키에를 쳐다보았다.

“나는 그 아가씨가 마음에 들었어. 다카시 녀석은 간파했지. 일부러 그 아가씨에게 무라시타 다케조는 무서운 남자다, 부모님들께도 주의하라고 말해 주라는 등 쓸데없는 소리를 지껄였더군.”

이 만남이 사건 전날에 다카시가 유키에를 ‘덮치려고 했다’는 말로 바뀌었다.

“그때 다카시 녀석이 무척 흥분하는 바람에 유키에라는 아가씨는 무서워했어. 그러나 미요시와 오가타는 녀석의 말이 점점 열기를 띠자 마음이 끌렸을 거야. 나는 위험하다고 생각했지.”

“부모님들이 당신 집으로 가서 뭐라고 했나?”

이상했다. 호랑이 굴에 들어가는 거나 마찬가지다. 하물며 유키에까지 데리고.

“그 자식들, 인사의 탈을 쓰고 내게 선전포고하러 왔더군. 이제부터 이 땅에 뿌리를 내릴 테니까 잘 부탁한다고 말이지. 미요시 자식, ‘우리 딸에게는 신경 쓰지 말고’라는 말까지 했어.”

“그건 당신이 센다이까지 와서 유키에에게 손을 대려고 했기 때문이야. 부모로서는 당연하잖아.”

아키에가 참을 수 없어서 말을 뱉고, 처음으로 노기를 얼굴에 드러냈다.

그렇다. 못을 박아 두러 갔다. 유지는 납득과 동시에 안타까움을 느꼈다. 선전포고라니. 지나치게 성실한 방법이 아닌가.

다카시는 유지와 아키에의 부친들과 접촉했을 뿐 아니라, 그날 밤 사이와이 산장을 찾아갔다고 한다.

"지켜보고 있었더니 외출하더군. 어차피 나를 몰아넣을 의논을 하는 거겠지만 이쪽으로서는 고마울 뿐이지."

부모님들은 다카시가 말하는 내용에 흥미를 가졌을지도 모른다. 그래서 좀더 자세한 이야기를 들으려 했을 것이다. 다카시도 겨우 아군을 얻은 기분이 들어 안도했거나, 다케조를 적으로 돌리면 위험하다고 서둘러 경고할 작정이었을지도 모른다.

사이와이 산장에 있던 다카시의 흔적은 사건 당일 밤이 아니라 그 전날인 23일에 남긴 것이었다. 그냥 청소를 한 정도로는 하루 전에 묻은 지문이나 떨어진 머리카락은 남아 있었을 것이다. 경찰은 대충 훑듯 현장을 조사하고 24일에 방문한 증거라 판단해 버렸다.

그렇지 않아도 다카시는 의심받을 이유가 충분했으니까.

"일부러 사살이라는 형태를 취한 것도 다카시가 권총을 소지했을 가능성이 있고 사격 솜씨가 좋았기 때문이지?"

"당연하지. 나는 바보가 아니야."

23일 밤, 사이와이 산장에서 돌아온 다카시를 붙잡아 우애병원의 특별 보호실에 감금한다. 그리고 다음 날인 24일 밤, 꽁꽁 묶은 다카시를 데려다 폭스바겐에 태워서 사이와이 산장으로 향했다. 물론 다카시가 폭스바겐을 빌렸다는 얘기는 경찰 앞에서 나오는 대로 지껄인 말이다.

"내가 고용한 남자는 별장지 근처까지 슬슬 걸어왔다. 그게 가장 안전하다고 했어. 그래서 도중에 차에 태웠지."

다케조 일행이 사이와이 산장에 도착했을 때 타깃은 자리에 없었다.

"돌아오기를 계속 기다렸지. 그러자 당신들 둘이 오더군."

그때 과일 바구니가 떨어지고 해치가 열리는 장면을 봤다.

"당신들이 가 버리고 거의 동시에 녀석들이 돌아왔어. 나는 고용한 남자와 함께 안에 들어갔지. 녀석들은 내가 혼자 왔다고 생각해서 수상한 줄도 모르고 문을 열어 주더군."

다케조는 웃었다.

"간단했어. 프로였으니까. 나는 그 자리에서 전부 지켜봤지."

아키에가 머리를 감싸 쥐었다.

"살인 후 너무 깔끔하게 뒤처리를 하는 바람에 집 안을 좀 흐트러뜨려 둘 필요가 있었지. 신중하게 해야 해서 꽤 시간을 잡아먹었어."

전화선을 자르고 식칼을 소파의 등받이에 찌른 것도 그때다.

"어째서 굳이 식칼을 주워 그런 곳에 꽂았지?"

"다카시가 정말 이상한 놈처럼 보일 테니까."

그뿐일까. 유지는 생각했다. 다케조는 방금 전에도 같은 짓을 하지 않았는가.

역시 다케조의 악취미다.

"그런데 당신들이 돌아왔어. 나는 고용한 남자에게 당신들도 쏘라고 했는데,"

아키에가 불쑥 얼굴을 들었다.

"그건 너무 위험하다고 그러더군. 다카시에게 죄를 뒤집어씌우기 위해서는 어디까지나 녀석이 유키에라는 여자 아이에게 집착하다가 점점 발전해 살인으로 치달은 형태를 취할 필요가 있다. 그러나 거기서 당신들을 죽여 버리면 균형이 무너진다고 했어."

"무슨 소리야?"

"프로니까. 총성이란 바람의 방향 같은 외부 요인으로 엉뚱한 방향에서도 들리는 일이 있다고 했어. 만일 누군가가 듣고 있었는데 네 사람을 죽인 총성과 나중에 온 두 사람을 죽인 총성이 시간적으로 떨어져서 들리면 이상하잖아? 충동적인 살인이 아니게 되어 버리지. 다카시가 네 사람을 죽인 다음, 바로 달아나지도 않고 꾸물거리고 있었다는 뜻이니까."

그래서 우리가 목숨을 건졌구나―. 복잡한 심경이었다.

"당신들이 경찰에 신고하러 가기 전까지 나와 고용한 남자는 계속 집 안에 숨어 있었지. 당신들이 가고 나서 달아났고."

다카시는 계속 폭스바겐 안에 감금되어 있었다. 경찰이 발견하도록 절벽에서 던질 작정이었으니까 약은 쓸 수 없었다.

"다카시를 데리고 절벽까지 갔지. 흔적이 남지 않을 정도로 후려갈겨서 기절시키고 손에 권총을 쥐어 준 뒤 바다를 향해 한 발쐈어."

자신이 기록한 자료 중에 사건 날 밤 절벽 쪽에서 폭발음이 들렸다는 증언을 유지는 떠올렸다.

"그래서 손에도, 입고 있는 옷에도 초연 반응이 남았던 거야. 녀석을 바다에 던져 버리고 우리는 살짝 집으로 돌아왔지. 알리바이 따위 신경 쓰지 않았어. 크리스마스이브 밤이다. 서재에서 한가롭게 보내는 것 말고 할 일이 뭐가 있나? 섣불리 꾸미는 쪽이 오히려 부자연스럽지."

다케조는 이야기를 끝냈지만 유지는 아무 말도 할 수 없었다.

누군가 손뼉을 치고 있다. 사에구사다.

"훌륭해, 훌륭해."

웃고 있지만 재미없다는 표정이다. "완벽해."

유지를 올려다보며 "어떻게 할 거야?"라고 묻는다.

"경찰을 부를 거야."

다케조는 흥 하고 비웃었다. "너도 살인자다. 우리에게 속았다는 소리를 해도 통하지 않아. 살의가 없었으면 방아쇠를 당기지 않았을 테니. 아무 짓도 하지 않은 다카시를 죽인 건 너다."

그 말이 유지의 온몸에 박혔다.

"각오는 됐어……."

"그 또한 훌륭해."

“말 돌리지 마.” 아키에가 큰 소리를 냈다.

“나는 아무것도 인정하지 않을 테니까.” 다케조는 목소리를 높였다. “변호사에게 맡기고 나는 모른다고 우기면 돼. 증거는 하나도 없고 다카시도 죽어 버렸으니까. 네가 죽여 줬지.”

살려 달라는 듯한 눈빛으로 유지를 본다.

“어때? 아무 일도 없었던 것으로 하지 않겠나? 그 편이 좋잖아. 오늘 밤 일은 우리 네 사람 말고는 아무도 몰라.”

“사카키 선생이 있어.”

다케조는 코웃음을 쳤다. “그놈은 얼간이야. 송사리다. 내 말은 다 들어.”

“여기서 당신을 쏘아 죽일 수도 있어.”

유지가 위협하자 다케조는 더 크게 웃었다.

“너한테 그런 배짱이 있을까.”

“무엇보다도 그건 물리적으로 무리야.” 사에구사의 조용한 목소리가 끼어들었다.

“왜—.”

말을 하다가 멈추고, 유지는 숨을 삼켰다.

사에구사는 주머니에서 탄환을 꺼내어 침대 위에 흩뿌렸다. 하나, 둘, 셋—.

거의 표정이 없는 얼굴로 유지를 올려다본다.

“어이, 내가 총알을 빼지 않은 총이 뒹굴게 놔둘 정도로 멍청하다고 생각했나?”

전원이 꺼진 듯 머릿속이 캄캄해졌다. 아키에의 비명에 정신을 차려 보니 식칼을 손에 든 다케조가 그녀를 붙잡고 있다.

"큰선생, 제법 빠르군."

"총알을 빼 놨으면 빼 놨다고 진작 말하란 말이야!"

고함치는 다케조에게 사에구사는 웃어 보였다. "나도 당신 이야기에 흥미가 있었거든."

끝내 포기하지 않고 유지는 몇 번쯤 방아쇠를 당겨 보았다. 철컥, 하는 둔탁한 소리가 났다.

빈 총이다.

"미안해." 사에구사가 손을 내밀었다. "이쪽으로 건네줘."

한숨과 함께 유지는 총을 침대 위에 던졌다. 사에구사는 그것을 주워 들어 다케조를 보지 않고 말했다.

"큰선생, 어떻게 할 거야?"

"뭘 어떻게 해. 이 녀석들을 죽일 수밖에 없잖아."

"그런가?"

"그럼. 그러니까 내가 처음부터 말했잖아. 죽여 버리는 게 가장 좋다고. 뒤탈이 없어."

침을 튀긴다. 식칼이 들이대어진 아키에의 얼굴이 공포와 혐오로 일그러졌다.

"그런데 네가 꾸물거리면서 말린 탓에 이렇게 길을 돌아와서 결국 시간만 낭비했지."

"그런가."

“그럼.”

“이 두 사람을 죽이면 전부 정리되나?”

“당연하지.”

“어째서 죽일 필요가 있지?”

“너, 머리가 어떻게 됐어? 전부 떠들어 버렸잖아, 내가.”

“큰선생, 그러니까 당신이 지금까지 떠든 게 전부 진실이라는 말이군. 응?”

다케조는 눈을 크게 떴다. “너, 머리가 어떻게 된 거 아니야?”

“고마워” 하고 사에구사가 말했다. “완벽하다.”

“진짜 완벽해.”

전혀 들은 기억이 없는 새로운 목소리가 그렇게 말했다.

55

이번에야말로 유지는 경악으로 숨이 멎었다.

침대 건너편에 유지가 쏘아 죽인 젊은 남자가 일어나 있었다. 가슴을 온통 새빨갛게 물들이고 찢어진 파자마를 입은 채 모범적인 사수의 자세를 취하고. 발밑에 비닐시트가 떨어져 있다.

"이거, 사격 전용 펌프총이거든." 총구를 정확히 다케조 쪽으로 향한 채 젊은 남자는 말했다. 명랑하다고 해도 좋을 정도로 밝은 목소리다.

"클레이를 쏘는 녀석인데 말이지, 이렇게 근거리라면 머리가 날아가 버릴지도 몰라. 해 본 적이 없으니까 모르겠지만."

유지의 눈에 젊은 남자의 모습은 서부극의 등장인물처럼 보였다. 어깨 높이에 걸려 있는 총은 산탄총 같다.

"말도 안 돼……."

다케조가 턱을 부들부들 떨었다.

"우리도 바보가 아니야, 큰선생."

사에구사도 활기찬 목소리를 냈다.

"좀 전의 이야기, 전부 영상으로 찍었어. 후회해도 늦었고 도망갈 곳도 없어."

"그 사람을 풀어줘, 큰선생." 젊은 남자가 말했다. "아키에 씨였나. 깜짝 놀라서 눈이 동그랗게 됐네. 가여우니까 빨리 놔 줘."

다케조는 인질로 붙잡은 아키에가 유일한 믿을 구석이라는 듯, 그녀에게 달라붙어 있다. 식칼도 놓지 않는다.

"쯧쯧." 젊은 남자가 혀를 찼다. "있잖아, 난 어릴 적부터 클레이 사격을 했거든. 우리 할아버지가 선수였으니까. 나도 그 피를 이었지. 그러니까 노린 표적은 빗나가지 않아. 안 좋은 소리 하지 않을 테니, 내 말대로 해."

기력이 빠진 듯이 다케조의 팔이 내려갔다. 자유로워진 아키에가 유지 쪽으로 뛰어왔다.

"이야, 이야, 잘됐어." 젊은 남자가 기뻐한다.

"자. 그럼 사에구사 씨, 큰선생을 얌전하게 만들까요."

사에구사는 침대 밑에 손을 쑤셔 넣어 밧줄을 한 묶음 꺼냈다. 젊은 남자가 조준을 하고 있어서 다케조는 눈앞에서 바라보면서도 움직이지 못했다.

"미안하군." 사에구사가 일어났을 때 돌연 다케조의 표정이 일그러졌다.

문 쪽에는 유지와 아키에가 있다. 다케조는 창으로 돌진해서 문턱을 넘어 베란다로 뛰쳐나갔다. 뛰어내려 달아날 작정인가 하고 생각한 순간, 알아들을 수 없는 말을 큰 소리로 부르짖고는 자취를 감추었다.

한 호흡 늦게 쿵 하는 소리가 났다.

방 안의 네 사람은 모두 베란다로 달려갔다. 젊은 남자는 아직 총을 어깨에 메고 있다.

비상탈출용 해치의 뚜껑이 열려 있고 연결된 사다리 끝이 지면에 닿아 있다. 그 바로 옆에 다케조가 엎드려 쓰러져 있다.

"살아 있을까."

그제야 총을 내린 젊은 남자가 말했다.

"무리야." 사에구사가 대답한다.

"사에구사 씨, 이런 말 하기 싫지만."

"응?"

"일부러 허점을 만들었지?"

사에구사는 쓴웃음을 지었다. 대답은 하지 않았다.

유지와 아키에는 기가 막혀 그저 두 사람의 얼굴을 쳐다볼 뿐이다. 사에구사가 이쪽을 돌아보고 표정을 누그러뜨리며 말했다.

"미안해. 깜짝 놀랐지?"

말도 나오지 않는다.

"이걸로 전부 끝났어. 정말로 끝났다."

유지는 가까스로 목소리를 짜냈다.

"당신―."

"응."

"당신, 대체 누굽니까."

"사에구사 다카오라고, 전직 신문기자." 젊은 남자가 발랄하게 말한다. 불빛 아래에서 봐도 얼굴에 무수한 상흔, 봉합 자국이 있다. 인공적으로 만든 게 아니다. 진짜다.

그런데―잘 보면 상처라기보다는 화상의 흔적처럼 보인다.

"신문기자?"

"벌써 이십 년쯤 전의 일이야."

달리 할 것도 없는 유지는 사에구사를 쳐다보며 몇 번이고 눈을 깜빡였다.

"당신은 다카시 씨죠?"

묻는 아키에의 목소리가 갈라져 버렸다.

젊은 남자는 고개를 흔들었다. "아니, 저는 소마 슈지라고 해요. 잘 부탁합니다."

꾸벅 머리를 숙이더니 바닥에 걸터앉아서 익숙한 손놀림으로 총을 받치고 볼트를 당기고 탄환을 빼고 총을 텅 비운다.

"이제 별일 없으니까요. 위험하지 않습니다."

싱긋 웃으니 정말로 애교 있는 얼굴이다. 나이도 젊다. 유지나 아키에보다 어린 게 틀림없다.

"전화는?"

사에구사가 물으니 슈지가 그를 올려다보았다.

"가져왔습니다."

요즘은 휴대전화라는 게 생겨서 편리하지, 같은 소리를 중얼거리면서 복도로 나간다. 잠시 후에 소형 보스턴백을 하나 들고 돌아왔다.

"그런데 사에구사 씨."

"뭐야."

“지금 복도 창문으로 봤는데.” 슈지가 싱긋싱긋 웃는다. “사카키 선생이 이쪽으로 달려오고 있어.”

사에구사는 잠시 생각하고 나서 베란다로 나갔다. 바로 돌아온다.

“정말이군. 마침 잘됐는지도 몰라.”

“걱정되어서 가만히 있을 수 없었던 거야, 분명.” 슈지가 웃었다.

유지의 팔을 잡고 있던 아키에가 갑자기 소리를 질렀다.

“당신, 죽은 거 아니었어?”

슈지는 새빨갛게 물든 본인의 파자마를 내려다보았다.

“이거 말이군. 가짜예요.”

파자마를 끌어올려 가는 전선과 찢어진 비닐봉투를 보여 주었다.

“이 안에 염료를 채워 넣어 발포음에 맞춰 찢었죠. 지극히 단순한 특수촬영 기술인데.”

“가짜―.”

“영화에서도 자주 있죠?”

“그러면―저 총―.”

유지가 침대 위의 권총을 가리키자 슈지는 안됐다는 듯이 끄덕였다.

“정말, 죄송합니다. 저것도 모형이에요. 텔레비전에서 자주 쓰는 녀석. 총알도요, 안은 텅 비었어요. 한 발만 공포탄이 들어 있었을 뿐이고."

그러면 내가 공포탄을 쐈다고?

아래층에서 사카키의 목소리가 났다. 사에구사가 복도로 머리를 내밀어 소리쳤다. "이쪽이야."

"카메라 꺼야지" 하고 말하면서 슈지가 방을 나간다. 우뚝 서 있는 유지와 아키에에게 창틀 옆에 뚫린 통풍구를 손가락으로 가리켜 보였다.

"저기 붙여놨습니다. 옆방에 배터리를 연결하고 말이죠."

뭐가 뭔지 알 수 없다. 유지는 주저앉을 것같이 힘이 빠져 겨우 말했다.

"설명해 주십시오."

사에구사는 끄덕였다. "물론 하고말고."

56

사카키의 지시에 따라 에쓰코 일행은 참을성 있게 기다렸다.

국산 차 뒷좌석에 있던 여자가 별장지 쪽으로 모습을 감춘 뒤에도 계속 나무숲 속에 숨어 있었다. 사카키는 때때로 시계를 보고 다시 어둠의 건너편으로 시선을 돌렸다.

"아직이에요?"

무엇을 기다리고 있는지도 모르면서 에쓰코는 물었다. 의사가 끄덕이더니, "아직입니다"라고 대답했다.

―이윽고,

멀리서 사람이 울부짖는 듯한 소리가 들려왔다. 사카키는 훌쩍 일어섰다.

"여기에서 기다려요."

그리고 아까 젊은 여자가 걸어갔던 방향으로 종종걸음 쳐 사라졌다. 에쓰코는 요시오와 얼굴을 마주 보았다.

잠시 후 사카키가 뛰어 돌아왔다.

"이쪽으로 오십시오!" 양손으로 부르고 있다. 에쓰코는 뛰기 시작했다. 요시오는 일단 차로 돌아가 미사오와 유카리를 태우고 천천히 따라왔다.

에쓰코가 본 광경은 창문에 불이 켜진 커다란 별장―사카키가 말한 대로 우편함 부분에 사이와이 산장이라고 적혀 있다―그리고 건물의 옆쪽 땅바닥에 쓰러진 무라시타 다케조의 모습이었다.

사카키는 다케조 옆에 무릎을 굽히고 있다. 에쓰코가 다가가자 얼굴을 들고 고개를 가로로 흔들었다.

에쓰코는 사이와이 산장을 올려다보았다.

"안으로." 사카키가 재촉한다. "경찰이 올 때까지 이야기할 시간이 있습니다."

"신교지 씨."

등 뒤에서 미사오가 부르고 있다. 에쓰코는 어깨 너머로 살짝 돌아보며, "보지 않는 편이 좋아"라고 말했다.

요시오가 미사오와 유카리의 어깨를 감싸고 정면 계단 쪽으로 걸어가다가 잠시 발을 멈추더니 사카키에게 말을 걸었다.

"선생님."

"네."

"저기 쓰러져 있는 사람은 죽었나요."

사카키는 끄덕였다. 그러자 요시오는 말했다.

"그러면 뭘 좀 덮어 주는 게 어떻겠습니까."

사카키의 표정이 확 일그러졌다.

"그러죠."

그가 돌아올 때까지 에쓰코는 기다렸다. 그리고 함께 사이와이 산장 안으로 발을 들여놓았다.

57

"어디서부터 시작합니까." 사에구사가 입을 열었다.

처음으로 모인 일동의 소개가 막 끝난 참이다. 유지는 이번 건에 이렇게 많은 인간이 관련되었나, 하고 놀랐다.

그러나 실제로 사에구사와 슈지에게 손을 빌려 준 사람은 의사 사카키뿐, 나머지 네 사람은—더구나, 그중 한 사람은 초등학생 여자 아이다—단지 휘말렸을 뿐이다.

의사 사카키가 '아군'이었다는 사실에 유지는 약간 당혹스러웠다.

"무사해서 잘됐습니다. 죄송하게 됐습니다." 의사 사카키가 이렇게 말해도 여전히 감이 오지 않는다.

우애병원에서 다케조의 집무실을 나갈 때 사에구사는 의사 사카키를 화장실에 가두는 척하고 실제로는 그를 풀어주고 왔다. 그래서 의사는 어쩌다 휘말린 '미사오'라는 젊은 여성을 구한 뒤 그녀를 데리고 도망쳤다—고 한다.

"우선은 내가 어째서 미야마에 다카시와 알게 되었는지부터 말하는 편이 좋을까."

유지는 끄덕여 보였다. 그 외에 발언을 하는 사람도 없었다.

"어떤 계기로—."

그렇게 말을 꺼내고 사에구사는 흘끗 '신교지' 부녀를 보았다.

"나는 무라시타 다케조라는 남자를 계속 지켜보고 있었습니다.
벌써 십팔 년이나 됐군요."

"그렇게 오래?"

아키에가 묻자 사에구사는 끄덕였다.

"마흔한 명이나 되는 사람들의 죽음에 다케조가 관련되어 있었
으니까."

살짝 시선을 떨어뜨리고 나서 계속한다.

"가타도에도 몇 번쯤 왔습니다. 실제로 가타도 옆 미사키에 자
리 잡고 산 적도 있고. 무라시타 다케조라는 남자의 꼬리를 잡으
려면 우애병원부터 공격하는 게 가장 효과적이겠구나 싶어서 말
이죠. 다만 가타도 안에서는 오히려 꼼짝할 수가 없어서 미사키
를 골랐는데―그게 지금으로부터 오 년 전 일입니다."

오 년 전―.

"다카시의 모친인 도시에가 사고로 죽은 바로 그 무렵?"

사에구사는 유지에게 끄덕였다.

"그녀가 살해당한 게 아닌가 하는 소문은 나도 들었어. 확증은
없었지만 틀림없다고도 생각했어. 그래서 무라시타 집안의 자동
차 정비를 맡았던 핫토리 자동차 수리 공장에 위장 취업했지. 나
는 기계는 잘 모르지만 그 공장은 중고차 판매도 하는 곳이라 영
업사원으로 일했어. 그러면 가타도를 돌아다녀도 부자연스럽지
않을 테니까."

한번 한숨을 쉬고―,

"그곳에서 다카시와 알게 됐어. 핫토리 자동차의 경영자한테 따지러 왔었거든. 모친의 차에 잔꾀를 부린 게 아닌가 하고."

"그 심정은 잘 알겠군." 신교지의 부친 쪽이 말했다.

"그러나 위험했어." 사에구사는 말했다. "너무나 위험했지. 나는 그에게 다가가 솔직하게 내 목적을 말했어. 내가 어째서 다케조를 쫓고 있는지 알게 되자 다카시도 신용해 주더군. 그래서 나는 먼저 그를 가타도에서 내보냈어."

그래서 다카시는 무라시타 집안을 뛰쳐나갔다.

"그러나 핫토리 자동차 공장에 남은 나도 다케조가 살인을 저질렀다는 결정적 증거를 잡을 수는 없었지. 분하지만 이곳에서 다케조는 정말 전지전능했더군."

유지의 귀에, '가타도에 있는 것은 모두 내 거다'라고 잘라 말하던 다케조의 얼굴이 떠올랐다.

"죄송합니다만, 가르쳐 주세요" 하고 아키에가 얼굴을 들었다.

"뭘?"

"다카시 씨는 과거에도 폭력 사건을 일으켰잖아요? 그러니까 사이와이 산장 때도 의심받기 쉬웠고. 우애병원에 입원하는 계기가 된 학교나 집안에서의 일은 차치하고라도, 다른 두 사건은 어떻게 된 일인가요?"

사에구사는 안타까운 듯이 얼굴을 찌푸렸다.

"그건 나도 실망했어. 둘 다 내가 다카시와 알기 전 사건이었지만."

다케조가 계약한 보험 회사의 영업사원을 때린 일과 의붓형인 가즈키의 여자친구를 '덮쳤다'고 하는 일이다.

"처음 일은 다케조가 도시에 명의로 거액의 생명보험을 들려는 걸 저지하다가 일어났어. 두 번째는—,"

사에구사는 잠시 말을 머뭇거렸다.

"가즈키의 여자친구가 다케조에게도 추파를 던지고 거기다 도시에를 향해 불량한 태도를 취해서였대. 다만 느닷없이 폭력 사태로 치달은 것은 결코 칭찬할 일이 아니지."

"달리 방법을 몰랐을지도……." 아키에가 중얼거렸다.

"그럴 수도 있겠군. 다카시는 내게 이렇게 말한 적이 있어. 자신이 문제를 계속 일으켜서 꼬투리가 잡혀서라도 어머니가 무라시타 집안에서 쫓겨나면 좋을 거라 생각했다고."

'그렇게 되었으면 어머니는 살해당하지도 않았을 텐데'라는 말도 했다.

유지는 사진 속 다카시의 얼굴을 떠올렸다. 언제나 싸울 태세를 취하고 있는 듯한 그 소년.

사에구사는 계속했다.

"도시에가 사고로 죽고 이 년 후, 나도 일단은 포기하고 핫토리 자동차를 그만둔 후에 도쿄로 돌아왔어. 다카시는 자포자기 상태였지. 도쿄의 폭력단과도 교류가 생기고 권총 밀조에 얽히기도 했어. 스스로도 사격에 미쳐 있었고. 이렇게 된 이상 자기가 직접 다케조를 죽이겠다고 하더군. 진정시키느라 애먹었어."

다카시는 한때 친구가 '미친 것 같다'고 말할 정도로 사격에 열중했다.

"다케조는 도쿄에도 얼마간의 부동산을 가지고 있었어. 그 거래도 별로 깨끗하지는 않았으니 도쿄에서 뭐라도 잡아낼 수 있지 않을까. 그렇게 생각했어. 답답했지. 속이 탔어. 뭐든 상관없으니까 당국에 소송을 낼 수 있을 증거를 절실하게 찾았지. 탈세 같은 거라도 괜찮았어."

사에구사는 마른 어깨를 움츠렸다.

"내가 부자였다면 좋겠다는 생각이 들더군."

"왜죠?" 신교지의 딸이 물었다. 에쓰코라는 이름이었다. 대충 서른쯤이리라고 유지는 짐작했다.

"그러면 일하지 않아도 되니까. 조사에만 전념할 수 있죠. 밥벌이를 하면서 다케조를 추적하다 보니 왠지 모르게 비참하더군요."

"어떤 일을 하셨죠?"

"뭐든지." 사에구사는 미소 지었다. 에쓰코도 미소를 보냈다.

"이래저래 지내는 동안 사이와이 산장 사건이 일어났지—."

사에구사가 천장을 올려다보았다.

"당했다는 생각이 들더군. 또 다케조다. 이번에는 네 사람. 아니, 다섯 사람이다. 다카시가 범인이라는 말이 나오는 걸 보고 나는 그를 포기했어. 틀림없이 살해당했을 거라고 생각했거든."

유지는 천천히 끄덕였다.

미야마에 다카시는 죽었다. 그는 살해당했다.

"사건이 상세하게 보도되면서 확신은 강해졌어. 다카시는 죽었다. 절벽에서 떨어져 살해당했을 것이다. 그리고 시체를 발견하지 못한 것은 다케조에게도 예상 밖의 일이었음이 틀림없다고 생각했어.

다케조가 그럴듯하게 다카시를 범인으로 꾸민 이상, 그가 달아나서 행방불명이 되었다는 위험한 방식으로 처리할 리가 없어. 네 사람을 사살한 살인범이니까. 전국 경찰이 뒤쫓고 있는데도 발견되지 않으면 누구나 이상하다고 생각할 거야. 그래서 다카시를 범인으로 만든 이상 그를 죽여 경찰이 시체를 발견하게 만드는 편이 자연스럽고 무리가 없어."

"그런데 시체가 발견되지 않았다."

유지가 말하자 사에구사는 끄덕였다.

"처음으로 행운이 다케조를 버렸어."

그 말은 방에 있는 모두의 머리에 스며들었다.

"운명을 건 도박이지만 해 볼 가치는 있을 것 같았지." 사에구사는 말을 이었다. "기다릴 수가 없더군. 더 이상 고발에 필요한 증거를 모으고 있을 여유 따위는 없었어. 또다시 누군가 살해당할지도 모르는데. 이제 지겹다. 충분하다는 생각이 들었지. 그래서 슈지에게 부탁해 함께 계획을 다듬었어."

"슈지 군을 다카시로 꾸며서, '다카시는 살아 있다'라고 다케조를 동요시켜 봤지. '아버지에게 속았다'라고 말했어. 어때, 거래하지 않겠나―.

그래. 그리고 반응을 본다. 다케조가 어떻게 나오는지 보면 사이와이 산장 사건의 진범이 그 녀석이라는 확증을 잡을 수 있다고 생각했어.”

슈지가 끼어들었다. “저도 사에구사 씨와는 어떤 계기로 오래 알고 지냈습니다. 그 ‘계기’는 나중에 이야기하겠지만.”

빙긋 웃는다. “게다가 제 얼굴에 이런 상흔이 있는 것도 유리했고.”

절벽에서 떨어져 엉망진창이 된 얼굴을 성형 수술했다고 속일 수 있다. 체격은 슈지 쪽이 다카시보다도 튼튼한 느낌이지만, 십 대 후반에서 이십대 초반 남성이란 잠깐 눈을 떼면 금세 키가 자라고 듬직해지는 법이다. 게다가 다케조는 성장 중인 다카시를 잘 알 만큼 가깝지도 않았다.

함께 생활한 기간은 딱 일 년간, 그것도 오 년이나 지났다. 그 후에는 사이와이 산장 사건에 그를 이용하려고 잠깐 얼굴을 마주했을 뿐이다.

계획 중에 다카시로 분장한 슈지가 다케조와 얼굴을 보는 일도 역시 딱 한 번―그것도 ‘시체’가 되고 나서 극히 짧은 시간 동안이다.

오히려 문제는 다른 데 있었다. ‘다카시가 살아 있다’고 다케조가 믿게 하기 위해서는―,

유지는 몸을 앞으로 내밀었다. “지문은 어떻게 했습니까?”

“그게 어려웠지.”

사에구사는 옆에 서 있는 의사 사카키 쪽을 올려다보았다.

“결국 이 선생을 끌어들였어. 전에 다카시가 무라시타 일족 중에서 다케조를 배신할 만한 기개가 있는 남자는 아마 사카키 선생밖에 없을 거라고 한 말을 기억하고 있었거든.”

유지는 앗 하고 놀랐다.

자신이 쓴 기록 안에 의사 사카키가 다카시의 진료기록카드를 만지작거린 적이 있었다는 대목이 생각났다.

“사카키 선생을 우리 편으로 끌어들여 병원 기록에 보관되어 있는 다카시의 지문을 슈지의 지문으로 바꿔치기했어. 그러면 다케조가 둘을 비교해 봤을 때 정확하게 일치할 테니까.”

사카키는 고개를 숙이고 있었다.

“저는―저 나름대로 우애병원의 현 상황을 어떻게든 개선해 보고 싶었습니다. 어느 것 하나 잘되진 않았지만.”

“선생님만 뛰쳐나오면 됐는데.”

‘미사오’라고 불린 젊은 여자가 말했다.

“선생님, 큰선생 딸과 결혼하기 전까지는 우애병원이 좋은 병원이라고만 생각했죠? 속았잖아.”

“그건 좀 곤란했지.” 의사는 마음 약하게 웃었다. “나는 아이도 있어. 무라시타 일족 곁에 아이를 남겨 두고 떠날 수는 없잖아. 어딘가에 호소해 보려고 해도 역학관계로 보면 승산이 없고. 그래서 사에구사 씨가 협력을 부탁했을 때, 단 한 번의 기회라고 보고 승낙했던 거야."

"그뿐만은 아니겠죠." 신교지의 부친 쪽이 말했다. "당신도 사이와이 산장 사건의 범인이 장인인 다케조란 사실을 알아차린 거 아닙니까?"

의사는 끄덕였다. "단지 직감이었지만."

"가족의 직감은 대체로 맞아떨어지지."

의사 사카키는 도쿄에도 클리닉을 갖고 있으니까 그 점에서도 자유로웠다. 표면적으로는 어디까지나 다케조에게 맹종하는 척 가장하면서 이른바 이중생활을 했다.

"그렇다고 해도 사카키 선생, 잘도 결심했군."

신교지 부친의 목소리에 유지는 시선을 들어서 의사 사카키를 보았다.

"이번 계획에 가담하는 데는 엄청난 결심이 필요했을 텐데. 이 일이 공개되면 당신은 의사 면허를 박탈당할지도 모르니까."

사카키는 입을 꾹 다물었다.

"각오하고 있습니다. 사에구사 씨와도 그에 관해서는 이야기를 많이 나누었습니다."

"그렇지만……."

"괜찮습니다. 어차피 어느 쪽으로 굴러도 똑같으니까요. 저는 우애병원에서 자행되고 있는 일을 알고 있으면서도 묵과해 왔죠. 큰선생님이 무서워서 거든 적도 있고. 팩싱턴의 합성도 실험도 그곳이니까 가능했던 겁니다."

사카키는 고개를 흔들었다.

"큰선생님도 그 사실을 알기 때문에 내가 배신할 리 없다고 대수롭지 않게 여겼습니다. 한통속이라고 말이죠."

"지독한 이야기군."

"저도 지독한 의사였습니다. 겁이 많다는 점이 변명은 되지 않습니다. 저는 내내 두려워했습니다. 우애병원에서 하고 있는 짓은 언젠가 반드시 드러날 때가 오겠지요. 평생 그 시점을 무서워하면서 살아가느니 스스로 행동하는 편이 낫겠다고 생각했습니다."

신교지 씨가 고개를 끄덕인다.

"게다가 만일 저 혼자 반기를 들었다고 해 봐야 할 수 있는 일은 뻔합니다. 큰선생님은 아마 다른 의사에게 책임을 전가해서 자신은 큰 죄를 추궁받지 않고 빠져나갈 겁니다. 그런 조작에 무척이나 익숙한 사람입니다. 그렇다면 사에구사 씨를 돕는 게 좋죠. 단 한 번이자 최대의 기회였습니다."

조심스럽게 주먹을 쥔다.

"제 미래는 과거를 전부 청산하고 나서 생각하겠습니다."

그렇게 말하고 의사는 희미하게 웃었다.

유지는 사에구사를 보고 이야기를 계속해 달라고 재촉했다. 그는 살짝 헛기침을 하고 계속했다.

"그래서 계획은 시작되었지. 그런데 거기에—,"

"우리가 왔다."

유지가 끼어들었다.

“나도 슈지도 당황했어. 다케조는 그냥 당신들 두 사람을 처리해 버리면 된다는 소리를 하지. 우리가 다케조를 걸려들게 한 직후에, 당신들 두 사람이 살해당해 버릴지도 모르는 상황이었어.”

“놔뒀으면 틀림없이 처리됐을 겁니다.”

유지는 말하고 아키에의 손을 더 꽉 쥐었다.

“그래서 계획을 수정해서 당신들을 죽이지 않도록 다케조를 설득해야 했어. 그다음부터는 아까 다케조가 이야기했던 그대로야.”

사에구사는 사정을 모르는 다른 사람들에게 간단히 설명했다.

“당신들의 기억을 지운다는 다케조의 의견을 결국 바꿀 수 없었던 부분은 미안하게 생각해. 나는 당신들이 보통 상태로 있어도 잘 유도해서 다카시를 ‘죽이게 할’ 수 있다고 설득했지만—.”

사카키가 끄덕인다. “그렇지만 너무 우기면 오히려 의심받으니까. 포기할 수밖에 없었습니다. 죄송합니다.”

사에구사는 아직도 미안한 얼굴을 하고 있다.

“사카키 선생은 다케조에게 큰소리 내지 못하는 척하고 있었기 때문에 다케조는 완전히 방심했어. 그래서 이 계획도 그에게 도움을 받았지. 선생은 당신들이 팩싱턴을 투여받을 때도 위험이 없도록 엄중히 감시해 줬어.”

아키에는 의사를 올려다보고 가볍게 끄덕였다.

“이제 괜찮습니다.” 유지도 말했다.

"오늘 밤은 마지막 날이었어. 나는 다케조에게 다카시를 잘 구슬려 약속 시간에는 사이와이 산장에 데려다 놓겠다고 말해 두었지. 다케조도 정해진 각본대로 행동했어. 일부러 사이와이 산장으로 달아나서 다카시를 여기 숨겨 놓았다고 말했지."

"때때로 대사를 잊어버린 부분도 있었지만."

유지가 말하자 사에구사는 쓴웃음을 지었다.

"실은 나도 조마조마했어."

"그렇다고 해도 다케조는 돈을 엄청 들였군." 신교지의 부친이 말했다. 그러자 딸이 반론했다.

"왜요? 여행용 가방의 오천만 엔은 그대로 돌아와요. 사에구사 씨와 거래한 돈은 이런 연극을 꾸미지 않아도 지불해야 한다고 각오하고 있었겠죠."

"하지만 스프링클러로 온 건물을 적셨잖아."

"특별 보호실에만 틀었습니다. 게다가 어쩔 수 없었어요. 그렇게라도 하지 않으면 다케조가 달아났다고 소리쳤을 때 유지와 아키에가 이상하게 생각했을 테니까."

유지는 끄덕였다.

'유카리'라는 작은 여자 아이가 말참견을 했다.

"그리고 할아버지, 건물에는 보험이 있어."

사에구사와 사카키가 웃음을 터뜨렸다.

"맞았어. 아가씨, 머리가 좋네. 다케조는 정말로 손해가 가는 짓은 하지 않아."

“다만 다케조가 잘도 성급한 행동을 하지 않았군요.” 유지가 말했다. “극단적인 경우 도중에 연기를 중지하고 다시 폭력단을 고용해 우리 둘을 죽일 수도 있었습니다. 오늘 밤도 사에구사 씨 당신이 우리들을 유도하는 사이에 사이와이 산장으로 사람을 보내 다카시를—다케조가 다카시라고 믿고 있었던 슈지 군을 죽여 버릴 수도 있는 거 아닙니까?”

그 질문에는 사카키가 대답했다.

“그렇게 되지 않도록 사에구사 씨는 만일 계획에 반하는 짓을 하면 다카시의 지문이 묻은 최신 잡지와 돈을 지불해서라도 다카시를 되찾고 싶다는 다케조의 목소리를—우리 대화를 녹음한 테이프를 당국에 보내겠다고 못을 박았습니다.”

“사카키 선생이 다케조 옆에 있으면서 계속 당신들 둘을 죽이면 위험하다, 라고 귀에 딱지가 앉도록 말하기도 했어.” 사에구사도 덧붙였다.

유지는 아키에와 시선을 맞추고, 사에구사를 올려다보았다. “그럼 역시 두 분이 우리를 구해주신 셈이군요.”

고맙다고 하자 사에구사는 고개를 흔들었다.

“고마운 건 내 쪽이야. 당신이 사건 당일 밤 일을 떠올려 준 덕분에 다케조가 저만큼 나불나불 떠들었으니까.”

“사에구사 씨, 마음이 약하잖아.” 슈지가 놀린다. “오늘 밤은 그저 다케조가 당신들을 죽이지 못하도록 ‘대신 다카시를 죽이게 한다’는 연극만 하고 끝날지도 몰랐어. 하지만 나는 생각이 달라서 비디오카메라도 확실히 설치하고 총도 갖고 왔다는 말씀.”

그 후 유지와 아키에는 ‘미사오’라는 여자 아이가 이 사건에 휘말린 이유를 들었다. 미사오는 약간 울상을 지었다.

“난—내가 그런 짓을 한 탓에 많은 사람을 위험한 지경에 빠뜨렸어.”

죄송합니다, 라고 했다.

사에구사는 모든 계획이 끝나기까지 어쨌든 미사오를 옆에 두자고 주장했다. 미사오의 입에서 어디로 어떻게 계획이 샐지 알 수 없었기 때문이다.

“미안해”라고 미사오에게 사과했다.

미사오는 머리를 흔들었다. “괜찮아요. 아저씨가 그렇게 말해주지 않았다면, 나는 벌써 살해당했을지도 몰라.”

“모두 무사해서 다행이야.” 유지는 미사오를 향해 웃어 보였다.

“뭐가 뭔지 잘 모르겠어.” 유카리라는 여자 아이가 입을 뾰족하게 내민다. “그렇지만 그 가즈키라는 사람은 엄마에게 걷어차여도 할 수 없는 거지?”

“조용히 해.” 에쓰코가 유카리의 입을 막았다.

“가즈키는?” 사에구사가 물었다.

“아직 실신해 있습니다.” 의사 사카키가 웃으면서 대답했다. “가즈키를 뒤쫓아서 우리도 여기까지 올 수 있었지요.”

예정과 달리 가즈키가 온 경위를 의사는 설명했다.

“붙잡을 때 애를 좀 먹었습니다. 에쓰코 씨가 가즈키를 얌전하게 만들어 줬지만.”

사에구사가 묘한 얼굴로 에쓰코를 보았다. 에쓰코는 깨끗한 치열을 보이며 생긋 웃었다.

“마지막으로 하나만.”

유지가 사에구사를 돌아보며 말했다.

“당신이 다케조를 쫓게 된 ‘계기’란 건 뭡니까?”

사에구사는 약간 주저했다.

“십팔 년 전, 신니혼 호텔의 화재를 기억하나? 두 사람이 아직 어린애였을 때의 일이지.”

사에구사는 화재 때의 상황을 담담히 설명했다.

“나도 그때 화재에 휘말렸어.”

가볍게 오른쪽 다리를 두드린다.

“이게 그 후유증.”

아키에가 살짝 한숨을 내쉬었다. “마흔한 명이나 죽었다니…….”

“우리 부모님도 그때 불에 타 돌아가셨어요.”

슈지의 목소리에 유지는 얼굴을 들었다.

“내 화상 자국도 그때 생긴 거죠. 한 살이었습니다. 아버지와 어머니는 나를 사다리차의 소방수에게 넘기고는 미처 도망치지 못해서.”

조금 쓸쓸한 표정이 된다.

“사에구사 씨와는 대학에 들어간 해에 지금도 이어지고 있는 유족 모임에서 알게 됐습니다."

유지는 천천히 끄덕였다.

"그 사건이 다케조와—."

사에구사가 대답했다. "다케조는 신니혼 호텔의 배후 소유주야. 진짜 책임자지."

"한 번도 재판받지 않았지만 말이야." 신교지의 부친이 말했다.

침묵이 내렸다.

먼저 입을 연 사람은 미사오였다.

"슈지 씨, 열아홉이구나. 더 어릴 줄 알았는데."

슈지는 얼굴에 웃음을 띠었다. "나, 네 타입 아니야?"

모두 웃음을 터뜨렸다.

"특수촬영은 슈지 군 특기입니까?"

웃고 있는 슈지를 대신해 사에구사가 대답했다.

"신교지 씨, 슈지는 말이죠, 모 유명 사립대학의 학생인데요."

"그래요?"

"클레이 사격과 영화 제작에만 몰두하느라 수업은 늘 뒷전입니다."

슈지가 유카리에게 말했다. "학예회에서 필요한 소도구가 있으면 나한테 말해. 아르바이트하는 제작 회사에서 뭐든지 빌려와 줄게."

다들 웃음을 터뜨리고는 잠시 동안 모두 침묵에 빠졌다. 이윽고 사에구사가 말했다.

“십팔 년간 말하고 싶어서 참을 수 없었던 대사를 겨우 할 수 있겠군.”

“뭡니까?”

밝은 슈지의 얼굴을 올려다보며 사에구사는 진지한 표정으로 돌아왔다.

“슈지.”

“네.”

“경찰을 불러.”

사건 후 얼마 동안 관련자들은 모두 연락조차 뜻대로 되지 않는 상태가 되었다.

사에구사와 슈지는 경찰에서 취조도 받았다. 유지와 아키에는 언론에 쫓겼다. 그 점에서는 미사오도, 신교지 일가도 마찬가지였다.

모든 상황이 겨우 안정된 것은 가을도 상당히 깊어진 후의 일이다. 그 무렵이 되자 사이와이 산장 사건도 먼 옛날 이야기가 되었다.

에쓰코와 미사오는 시간을 만들어 자주 이야기를 했다. 미사오는 가두어 놓았던 기억을 토해 내듯 많은 이야기를 해 주었다.

에쓰코는 언제나 묵묵히 귀를 기울였다. 미사오가 이야기하는 내용은 분명 고백이겠지만, 동시에 미사오 자신의 기분을 정리하기 위한, 이른바 자정 작용이기도 하다고 생각했다. 그녀는 가까스로 마음의 창고를 정리하고 필요 없는 짐을 버리기 시작했다.

에쓰코가 그녀에게 묻고 싶은 것은 딱 하나밖에 없었다.

"미사오, 다시 발견한 자신이 좋아?"

잠시 생각하고 나서 미사오는 고개를 갸웃했다.

"재발견 같은 거 하지 않은 것 같아."

"그래?"

"응. 나는 처음부터 계속 여기에 있었어."

"그래서, 어때? 자신이 좋아?"

미사오는 웃고 크게 끄덕였다.

"좋아. 왜냐하면 나 엄청 애썼거든. 바보였지만 애썼어. 그래서 신교지 씨도 구하러 와 준 거지?"

그래, 하고 에쓰코는 대답했다.

"신교지 씨."

"부탁이 있는데."

"뭐야."

"나 있지, 사에구사 씨에게 돌려줘야 할 게 있어. 그렇지만 역시 신교지 씨가 돌려주는 편이 좋을 것 같아―."

12월 초순의 일요일, 딱 한 번 에쓰코는 사에구사를 만났다.

장소는 에쓰코가 정했다. 우에노 공원을 골랐다. 어딘가 실내에 틀어박히는 것은—찻집이라도 좀 거북했으니까.

재판은—다케조의 '사고사', 미사오 그리고 유지와 아키에가 투여받은 위험한 약물 등—다양한 측면에서 진행되고 있다. 에쓰코와 다른 사람들도 몇 번쯤 증인대에 서게 될 것이다.

사이와이 산장 사건도 다케조에게 고용된 남자가 체포되어 살인의 실행범으로 기소되었다.

에쓰코의 불만은 다케조도 다카시도 사망해 버렸기 때문에 그들을 어떻게도 할 수 없다는 점이었다. 단죄도 명예 회복도—법적으로는—이미 불가능했다.

'피의자 사망에 따른 불기소, 래요'라고 에쓰코가 뾰로통한 얼굴로 얘기하자 요시오는 '그게 다행인 것 같기도 해'라고 대답했다.

소마 슈지는 법률상 미성년자여서 보도에도 실명이 나갈 일은 없었다. 다케조에게 총을 겨누어 위협한 것은 사실이지만, 다케조가 미요시 아키에에게 식칼을 들이대며 협박하고 있었기 때문에 정상 참작될 것이다.

기쁜 일은 가타도 우애병원의 무서운 실태가 폭로되었다는 점이다. 다만 의사 사카키가 앞으로 어떻게 될지 아직 뭐라고도 할 수 없는 상태였다.

"당신은요? 보석 중인가요?"

남김없이 잎이 떨어진 가로수 길을 걸으며 에쓰코가 물었다.

사에구사는 머리에 손을 댔다. "그렇게 되네요."

두꺼운 회색 상의에 검은 바지를 입었다. 머리를 깎은 듯―안 됐지만 여름보다도 더 늙어 보였다.

언론이나 여론은 사에구사 쪽을 지지하는 움직임이 보이지만 실질적으로는 별로 의지가 되지 않았고, '그런 방법은 린치나 마찬가지다'라고 비난하는 의견도 있었다.

사건에 대해 이야기하려 사에구사를 불러낸 것은 아니었다. 에쓰코는 기분을 바꾸었다.

"미사오가 전해 달래요."

핸드백에서 꺼낸 물건을 사에구사에게 내밀었다.

넥타이핀이다.

"당신을 미행하다가 백화점 옥상에서 주웠답니다."

사에구사는 받아들고 기쁜 표정을 지었다.

"일부러……."

"주웠을 때 바로 건네주려고 쫓아갔지만 놓쳤다고 했어요. 기념품 같다고 하던데―."

사에구사는 에쓰코에게 넥타이핀을 건넸다.

"뒤를 보세요."

그 말대로 해 보았다.

'핫토리 자동차 판매 창업 기념'이라고 새겨져 있다.

"핫토리 자동차 공장 중고차 판매 부문 창업 기념품입니다. 한

때 영업사원은 모두 이것을 달았지요.”

에쓰코는 시선을 들어 사에구사와 얼굴을 마주 보며 웃음을 터뜨렸다.

“아직까지 달고 있었다니 옷 같은 것에 별로 신경 쓰는 편이 아니군요?”

에쓰코가 묻자 사에구사는 살짝 어깨를 움츠렸다.

“어차피 지저분하니까요.”

“그렇지도 않은데.”

두 사람은 묵묵히 걸었다.

“하나만 가르쳐 주세요.”

제법 용기를 내어 에쓰코는 입을 열었다.

“뭡니까?”

“어머니를―.”

말하다 말고 그만둔다.

“저기요.”

“네에.”

“미사오가 제 뒤를 미행―따라온 당신을 보았을 때 말이에요.”

“네.”

“아버지는 당신이 저를 통해 어머니의 추억을 만나러 왔다고 했어요. 당신은 그때 아주 위험한 일을 하려고 했으니까 그전에 딱 한 번 만나러 왔다고.”

사에구사는 상의 주머니에 양손을 쑤셔 넣고 먼 곳을 보고 있다. 에쓰코는 발밑의 낙엽만 보고 있다.

"그거, 맞아요?"

대답이 돌아오기까지 제법 시간이 걸렸다. 많이 걸었다. 많은 낙엽을 밟았다.

사에구사는 천천히 걸으면서 에쓰코 쪽을 내려다보았다.

"말을 걸려고 몇 번이나 생각했지만."

옛날 동료를 통해 오리에의 사망 소식, 요시오의 은퇴, 에쓰코 가 네버랜드에 근무하는 것―그런 일은 알고 있었다고 한다.

그다음은 입을 다물어 버렸다.

"괜찮아요." 에쓰코가 말했다.

어느새 우에노 역으로 이어지는 계단까지 왔다.

"그럼, 이만."

에쓰코는 생긋 웃어 보였다.

"이제부터 미사오하고 유카리와 셋이 동물원에 가요. 사에구사 씨는 변호사 사무소에?"

"네, 그렇습니다."

"이제 이걸로 만날 일은 없겠네요."

법정에서 얼굴을 마주하는 것은 만나는 게 아니다.

"그렇겠네요."

잠시 틈이 비었다. 바람이 불어와서 에쓰코의 볼에 스치고 간 다.

"건강하세요."

“감사합니다.”

등을 휙 돌려 에쓰코는 성큼성큼 걷기 시작했다. 대여섯 걸음 갔을 때, 사에구사가 불러 세웠다.

“신교지 씨.”

돌아보니 사에구사는 계단을 한 단만 내려가 반쯤 이쪽을 향하고 있었다.

“뭐예요?”

에쓰코는 걸음을 멈추고 되물었다. 돌아가려는 생각은 없었지만, 사에구사가 무슨 말을 하는지 어떻게든 들어 두어야 할 것 같았다.

아주 조금, 입 끝을 내리며 미소 짓고 나서 사에구사는 말했다.

“당신은 어머니와 꼭 닮았어.”

에쓰코는 할 말을 찾았다.

“자주, 그런 말 들어요.”

사에구사는 살짝 끄덕이고 아까보다 더 크게 미소 지었다.

“안녕히.” 그가 말했다.

“안녕히.” 에쓰코가 대답했다.

걸어가기 시작한다. 점점 빠른 걸음이 되어 차가운 바람에 볼이 달아올랐고 마지막에는 종종걸음이 되었다.

미사오와 유카리가 비둘기에게 팝콘을 던지고 있다. 에쓰코가 두 사람을 부르면서 달려가자 비둘기들이 일제히 날개를 펼치고 날아올랐다.

그해 연말, 센다이에 돌아가 살고 있는 유지와 아키에에게 한 통의 편지가 도착했다. 사카키에게서 온 것이었다.

열어 보니 갈겨쓴 글씨에 내용이 짧다. 두 사람의 근황을 묻고 자신은 잘 있다, 개운한 기분으로 지낸다, 라고 적혀 있다.

'더 빨리 되돌려 주어야 했습니다만 좀처럼 찾을 수가 없었고 번거로운 규정에 얽매여 늦어 버렸습니다.' 편지의 바닥에서 반지가 나왔다.

꽃잎을 본뜬 에메랄드 반지다.

아키에 것이었다.

유지는 그것을 집어 들어 아키에의 가냘픈 손가락에 끼워 주었다. 반지는 그녀의 손에 멋지게 들어갔다.

그때 봉인되어 있던 시간이 최후의 일 초까지 전부 되감기는 소리를 유지는 분명히 들은 것 같았다.

편집자 후기

이상적인 미스터리란 세월이 흘러도
마지막까지 다시 읽게 되는 작품

병원의 식사 구성에 불만을 표현한 입원환자를 간호직원이 금속파이프로 20분간 구타하고, 병문안을 온 지인에게 병원의 현실을 알리려 했던 환자를 직원이 폭행하는 바람에 다음날 급사하는 사건이 발생합니다. 병원은 사건 이전부터 병상보다 많은 환자를 불법으로 입원시켰고, 작업치료라는 명목으로 원장 가족의 기업에서 불법으로 환자들의 노동력을 착취했으며, 사망한 환자를 불법으로 해부하는 일도 있었습니다.

애당초 해당 병원의 원장은 내과 의사로서 정신과 의사 경력이 없었지만, 정신과가 다른 진료과에 비해 인건비가 적게 들어 이익률이 좋은 사업이라는 점에 착안, 내과에서 정신과로 변경하여 무자격으로 환자를 진료해 왔습니다. 환자를 구타하여 사망하는 사건이 발생했을 당시 상근의는 원장을 포함하여 3명뿐.

입원환자들에게는 무리하게 약물을 주입하여 적은 인원으로 다수의 환자를 관리하였습니다. 심지어 환자가 다른 환자에게 주사를 놓거나 검사를 수행하기도 했지요. 전화 통화와 면회를 제한함으로써 외부로 알려지지 않았던 병원 내의 각종 사건들이 세상에 알려진 건 1984년 3월 14일, 『아사히 신문』의 보도 덕분이었습니다. 일본 도치기 현 우쓰노미야 시의 '우쓰노미야 병원'에서 발생한 정신과 환자 린치 치사 및 무자격 진료 사건은 일본 의료 역사에서 가장 대표적인 인권 침해 사건 가운데 하나입니다.

'레벨 7'이라는 제목 때문에 게임을 기반으로 한 작품이라 짐작하기 쉽지만 『레벨 7』은 위 사건을 모티브로 삼은 사회파 미스터리입니다. 그것도 선악의 구도가 분명한 작품이지요. 미야베 미유키 작가는 현대물에서든 시대물에서든 등장인물을 선악으로 구별하는 것을 피해 왔다고 할까, 명백하게 나쁜 놈을 작품 속에 등장시키는 경우가 드물었습니다. 선함과 악함이라는 건 동전의 양면과 같다는 것이 작가의 세계관인데 여러 작품을 통해 그러한 생각을 설파한 바 있습니다. 이를테면 "약과 독은, 사실 같은 뿌리를 갖고 있네. 이 해열제만 보아도, 고뿔에 걸려 고열로 괴로워하는 환자에게는 훌륭한 효능을 보이는 좋은 약으로 기능하지만, 필요 없는 자에게 먹이면 오히려 병에 걸리고 말 때가 있지” 같은 비유적인 문장이 그러하지요.

한데 『레벨 7』의 세계관은 왜 달랐을까요. 아마도 이 작품을 집필할 당시 일본에서 출간된 미스터리들 가운데 ‘불행한 성장 과정이 범행의 원인이었다’라는 식으로 범인에게 서사를 부여하는 작품이 많았기 때문이 아니었을까 싶습니다. 이에 대한 작가의 대답이 『레벨 7』 안에 담겨 있어요.

“닭과 달걀이다. 어느 쪽이 먼저지? 어린 시절의 다케조가 착한 아이가 되고 싶어서 자기 죄를 친구에게 덮어씌운 게 발단일까. 아니면 두뇌가 명석하고 ‘착한 아이’인 다케조를 주위에서 시기하며 은근히 따돌린 게 시작일까? 어느 쪽이든 먼 옛날 일이다. 과거의 아픔을 파헤친다고 현실의 범죄를 상쇄시킬 수는 없다. 만약 다케조가 정말로 ‘바보 취급당하고’ 있었다 할지라도, 비슷한 수모를 겪으며 자란 사람은 다케조 외에도 얼마든지 있다. 이유도 모른 채 미움받는 놈이 되는 인간도 있다. 잔뜩 있다. 마치 제비뽑기에서 꽝을 뽑는 사람 쪽이 압도적으로 많은 것처럼. 그러나 그런 사람들이 모두 ‘바보 취급당했으니까’라면서 살인을 저지를까? 말도 안 된다. 결국은 전부 변명이다.”

『레벨 7』은 대조적인 분위기의 두 가지 이야기가 동시에 진행되는 작품입니다. 먼저 낯선 방에서 낯선 상대와 함께 눈을 뜬 젊은 남녀의 이야기. 두 사람은 기억을 잃어버린 상태지요. 가까스로 힘을 합쳐서 찾아낸 것은 5억 원의 현금다발과 권총, 피 묻은 수건. 이 조각들을 단서로 다소 위험해 보이는 인물 사에구사의 도움을 받으며 퍼즐을 맞추기 위해 분투하는 가운데 스토리는 다른 층위로 바뀝니다. 전화 상담원 신교지가 "레벨 7까지 가 본다, 돌아올 수 없을까"라는 말을 남긴 채 실종된 고교생 미사오를 찾는 이야기입니다.

이 수수께끼 같은 말에서 '레벨 7'은 '망각'을 의미하는 키워드이며, 미사오가 왜 굳이 '레벨 7까지 가보려 했는지'를 추적하는 신교지는 미야베 미유키 소설 특유의 허술한 탐정(스기무라 사부로를 떠올리게 하는 구석이 있습니다) 같은 캐릭터입니다. 아군은 10살짜리 딸 유카리와 신문사에서 자동차 부원으로 근무했던 아버지뿐.

하드보일드 소설에서는 거액의 돈과 함께 사라진 인물을 추적하는 탐정이 직접 발로 뛰며 정보를 수집하는 과정에서 도시 뒤편의 부패한 권력과 도덕적 타락을 목격하지만 사회의 근본적인 부패는 해결되지 않은 채 주인공이 씁쓸함을 느끼며 마무리되는 경우가 많죠.

『레벨 7』에서 신교지의 행동 패턴은 하드보일드 소설의 주인공이 선택하는 전형적인 형태로 이해할 수 있습니다. 그녀가 아버지나 딸에게 격려를 받는다는 구도는 미국의 사립 탐정물에 공통

되는 그림이라고 할 수 있겠습니다.

이제 전체적인 구도를 정리해 볼까요. 이 소설은 대조적인 두 가지, 즉 '뜻하지 않게 기억을 잃은 남녀'와 '스스로 기억상실의 위험에 몸을 던진 고교생'을 둘러싸고 벌어지는 이야기입니다. 마지막까지 읽고 나면 겨우 나흘에 걸쳐 일어난 사건이라는 것이 믿어지지 않을 만큼 방대한 서사지요.

질 들뢰즈는 『천개의 고원』에서 소설에는 두 가지 방식이 있다고 했습니다. 수수께끼 풀이로 엮어지는 미스터리가 그 전형이고, 과거로 향하는 소설의 방식이 그 하나입니다. 어느 날 살인 사건이 일어나고, 과거에 무슨 일이 있었는지에 소설의 흥미는 집중됩니다.

또 다른 하나는 이제부터 무슨 일이 일어날 것이냐 하는 것으로, 이를테면 미스터리와 대조적인 모험소설이 그렇습니다. 어떠한 사건이 일어난 상태에서 주인공은 이제부터 어떻게 반응할 것인가, 향후 무엇이 그를 기다리고 있을 것인가에 소설의 초점이 맞춰지는 것이죠.

뛰어난 소설은 항상 이러한 이중의 움직임을 가지고 있어야 하는데, 『레벨 7』이 바로 그렇습니다. 꼼꼼하게 깔아놓은 복선도 훌륭하지요.

아직 본문을 읽지 않았다는 형제자매님들은 '토템'이라는 단어가 어떤 이유로 준비되었는지 주목해 보시기 바랍니다.

아울러 본문의 마지막까지 읽으셨다는 분들은, 책의 도입부로 돌아가 처음 등장하는 두 사람이 누구였는지, 그들의 대화가 무슨 뜻이었는지, 넥타이핀에 어떤 의미가 있는지도 다시 한번 음미해 주시길. 그러고 나면 미야베 미유키의 설계에 놀라게 될 겁니다.

무엇보다 가장 놀라운 사실은 이 작품이 일본에서 출간된 해가 1990년, 지금으로부터 30년도 훨씬 더 전이라는 점입니다. 이듬해 출간된 『화차』(정확히 얘기하면 1992년이지만)에 가려지는 바람에 상대적으로 덜 알려졌지만 제가 느끼기에 『화차』에 전혀 뒤지지 않아요. 장신구 하나, 아무렇지도 않은 듯한 자연스러운 행동, 무심코 던진 말 한마디로 이루어지는 묘사로 순식간에 독자를 끌어들여 다음 장면을 궁금하게 만든다는 측면에서는 어깨를 겨룰 수 있지 않을까 싶은데요.

사실 『레벨 7』을 리뉴얼해서 재출간하자고 생각한 계기가 있었습니다. 곧 이 작품의 한국어판 계약이 만료되거든요. 선택지는 두 가지입니다. 절판시키든지, 아니면 비용을 지불하고 재계약을 하든지.

원래는 절판시킬 작정이었어요. 원서가 출간된 지 30년(한국어판은 18년)이 지났으니 이제 슬슬 수명이 다하지 않았나 싶었던 거죠. 그리하여 절판을 앞두고 마지막이라는 심정으로 읽어보았습니다. 시작부터 긴장감이 감돌아 페이지를 넘기는 손을 멈출 수 없더군요. 과장이 아닙니다. 마치 기억을 잃은 소설 속 주인공처럼, 18년 전에 제 손으로 만들었던 이 작품의 줄거리가 전혀 기억나지 않아서 신작을 읽는 기분으로 라스트 신까지 단숨에 도달했습니다.

걸작이란 이런 것이구나. 30년이 지나도 전혀 색이 바래거나 퇴색하지 않는구나. 읽기를 마친 후에는 생각이 바뀌었습니다. 아직 미야베 미유키를 읽지 않은 분들이 꼭 읽어주었으면 좋겠다 싶었습니다. 그래서 절판 대신 재계약을 택했습니다.

기존에 상하권이었던 판본은 합본으로 바꾸며 판형을 다시 짜고 문장도 손을 보았습니다. 이러한 작업을 하는 내내 얼마나 즐겁던지. 봄이 도래하여 옷장에 처박혀 있던 봄옷을 꺼내 입었는데 안주머니에서 잊어버리고 있던 비상금을 발견한 기분이라고 할까. 이 비상금이 유용하게 쓰일지 허투루 쓰일지 아직은 모르겠습니다. 모쪼록 유용하게 쓰일 수 있기를.

2026년 꽃 피는 봄을 맞이하며,
삼송 김 사장 드림.

레벨 7
초판 1쇄 발행 2026년 3월 10일

지은이　　미야베 미유키
옮긴이　　한희선

　　　　발행편집인　　김홍민 · 최내현
　　　　책임편집　　조미희
　　　　편집　　김하나
　　　　마케터　　마리
　　　　표지디자인　　이혜경디자인
　　　　용지　　한승
　　　　출력　　블루엔
　　　　인쇄 · 제본　　대원

펴낸곳　　도서출판 북스피어
출판등록　　2005년 6월 18일 제105-90-91700호
주소　　(10595) 경기도 고양시 덕양구 동송로 23-28 305동 2201호
전화　　02) 518-0427
팩스　　02) 701-0428
홈페이지　　https://blog.naver.com/hongminkkk
전자우편　　editor@booksfear.com

ISBN 979-11-92313-85-6 (04830)
ISBN 978-89-91931-11-4 (SET)